聲 韻 論 叢

第九輯

中華民國聲韻學學會
國立臺灣大學中國文學系 主編

臺灣 學生書局 印行

序

　　由國立臺灣大學中國文學系和中華民國聲韻學會共同舉辦的「第
六屆國際暨第十七屆中華民國聲韻學學術研討會」，於民國八十八年五
月十四日至十六日在臺灣大學校總區圖書館舉行；一共發表專題演講一
場、主題演講九場、宣讀論文三十二篇、座談會一場，與會海內外學人
二百餘人。這些演講、座談的記錄和部份的宣讀論文在會後經過修訂、
審查，彙編成為這本《聲韻論叢·第九輯》。

　　這次會議的主題是「聲韻學的科際整合」，從聲韻學與經學、
文學、方言學、音韻史、比較語言學、當代音韻理論等幾個方面進
行研討。現在將演講、論文彙集成編時，重新調整成「通論」、「聲
韻學與文學」、「聲韻學與歷史比較語言學」、「漢語音韻史」、
「聲韻學與漢語方言學」五個部份，並且把座談的記錄附在最後，
以求簡明。

　　「科際整合」是擴大知識領域的重要手段。這次會議以科際整合
為主題，給了聲韻學同道們一個思考如何由近及遠、拓展新知的機會。
《聲韻論叢·第九輯》所呈現的，就是這項嘗試的初步成果。行遠自邇，
我們希望這是一次成功的起步。

　　在這裡我要代表聲韻學會向這次會議的合作夥伴臺灣大學中國文
學系、參與研討的女士先生們、以及所有提供贊助的公私單位致謝；感

謝他們共同促成了這次重要的會議。我也要特別向臺灣學生書局致謝，感謝他們多年來對《聲韻論叢》的支持。

中華民國聲韻學會理事長

何大安　謹序

民國八十九年五月十日

聲韻論叢　第九輯

目　錄

聲韻學與漢語方言學

會議記錄

編　後　記

《聲韻論叢・第九輯》
聲韻學學會主編　　頁1～16
臺灣學生書局　　2000 年 8 月

論有關聲韻學的幾項研究[*]

丁邦新[**]

　　科際整合是近年來學術研究的一個趨勢。由於在一種學問的範圍裡研究的方法和角度可能受到限制，如果把別種相關學問研究的方法和角度整合起來，對於許多問題也許可以有一個比較全面的觀察。這跟我們研究的對象自然有密切的關聯，如果聲韻學是「研究中國語的語音系統的學問」（董 1968：1）；或者說是研究「漢語這個語言在使用語音訊號時的種種規則，以及這些規則的來龍去脈。」（何 1987：1）；或者說「是研究歷代的漢語語音系統，漢語語音的發展過程以及發展規律的科學。」（林、耿 1997：1）。這幾個定義都不能脫離「語言」，語言有時代地域的不同，聲韻學自然就跟漢語方言學有密切的關聯。處理語音系統難免受理論的啓發，在成系統的音標出現之前談聲韻學只能局限於反切、字母，在音位學出現之後才有較新的觀念處理語音的問題。當然當代的音韻理論，對聲韻學的研究更有很大的影響，這幾門學問之

---

[*]　這篇文章是我在第六屆國際聲韻學會上所作主題演講的講稿，爲配合大會的主題，當時擬了一個「滿目繽紛話接枝」的題目，現在改用副題作爲題目。

[**]　香港科技大學

間整合的需要是很清楚的。

　　文學作品既以語言文字爲表達的工具，漢語又是以單音節爲主的語言，語音跟文學之間關係之密更不待言。經學跟小學傳統上就分不開，段玉裁致戴東原書早就說過：「音均明而六書明，六書明而古經傳無不可通。」清朝人正是看到了聲韻學的價值，在經學上才得以有非凡的成就。王念孫「廣雅疏證」自序更說明「今則就古音以求古義，引伸觸類，不限形體。」脫離文字的形體，只從語音上著手，等於是給聲韻學跟經學的整合提出了宣言。宣言雖然早就有了，但是近年來的研究顯著的成就並不多。

　　在這篇文章裡，我想從整合的角度提出幾項有關聲韻學研究的成果，證明用另一種學問的角度看問題時可以有新的發現。

壹、七言詩的起源[1]

　　七言詩的起源已經有許多人討論過，現在只略舉幾種說法稍作說明：

　　1.王力（1958：14-15）提到「至於七言詩，也有人說是始於西漢，相傳柏梁詩是漢武帝和群臣聯句。」又說：「七言詩的起源，似乎比五言更早，至少是和五言同時，這是頗奇怪的一件事。」因爲一般人都認爲七言詩比五言詩晚，如果七言更早，自然覺得奇怪。

　　2.勞榦（1985：77-94）從漢代木簡中的一首七言古詩推斷七言詩的起源，結論認爲「詩經體之根據地在北方，發展後之形成爲五言詩；

---

[1]　　拙文論「七言詩的起源」已交北京大學《國學季刊》發表。

楚辭體之根據地在南方,發展後之形成爲七言詩。」程毅中(1992:48-57)
也提出類似的看法,認爲「七言詩的形成與楚歌有直接關係。」

現在我想增加幾點語言學的證據來說明七言詩源於楚辭楚歌,形
成的時期當在漢代無疑。

一、柏梁臺詩的著作年代問題

一般討論七言詩起源的人都引述柏梁臺詩,我曾經寫過一篇文章
從校勘和音韻的角度討論它的著作年代。根據版本的異同,我認爲有兩
句詩的韻字有問題,「三輔盜賊天下危」,「危」應作「尤」;「走狗
逐兔張罘罳」,「罘罳」應作「罝罘」。

「尤、罘」兩字是廣韻的尤韻字,在東漢以前和之部字押韻,例
如這首詩中的「來、才、哉、時、治、之」等都是之部字。但到魏晉之
後,「尤罘」就跟幽部字合流,根本不會與之部字押韻了。可見柏梁臺
詩的著成時代不會晚到魏晉,至少也要推到東漢。從別的文獻資料證
明,柏梁臺詩極可能寫成於西漢末年 (48-8 B.C.) 。

漢元帝時黃門令史游所作的《急就篇》中,有相當的部分都是七
言,而且每句押韻,與柏梁臺詩的情形非常接近。可見在西漢末年時這
種詩的形式已經相當流行。

二、西漢初年楚歌的分析

西漢初年有幾首詩歌的著成年代是大家都公認的,無人懷疑是偽
作。楚霸王項羽 (232-202 B.C.) 和漢高祖劉邦 (247-194 B.C.) 都是楚
人,現在來看一看這些楚歌裡詩句的用韻及組織。

項羽垓下歌：「力拔山兮氣蓋世，時不利兮騅不逝；騅不逝兮可奈何？虞兮虞兮奈若何！」

漢高祖大風歌：「大風起兮雲飛揚，威加海內兮歸故鄉，安得猛士兮守四方？」

漢高祖子劉友楚歌：「諸呂用事兮劉氏危，迫脅王侯兮強授我妃。我妃既妒兮誣我以惡，讒女亂國兮上曾不寤。我無忠臣兮何故棄國？自決中野兮蒼天舉直。于嗟不可悔兮寧早自財，為王而餓死兮誰者憐之？呂氏絕理兮托天報仇。」

漢武帝太一天馬歌：「太一貢兮天馬下，霑赤汗兮沫流赭，騁容與兮跇萬里，今安匹兮龍為友。」

漢武帝蒲梢天馬歌：「天馬來兮從西極，經萬里兮歸有德，承靈威兮降外國，涉流沙兮四夷服。」

漢武帝瓠子歌：「瓠子決兮將奈何，浩浩洋洋兮慮殫為河，殫為河兮地不得寧，功無已時兮吾山平，吾山平兮鉅野溢，魚弗鬱兮柏冬日，正道弛兮離常流，蛟龍騁兮放遠遊，歸舊川兮神哉沛，不封禪兮安知外，為我謂河伯兮何不仁，泛濫不止兮愁吾人，齧桑浮兮淮泗滿，久不反兮水維緩。」

漢武帝秋風辭：「秋風起兮白雲飛，草木零落兮雁南歸。蘭有秀兮菊有芳，懷佳人兮不能忘。汎樓船兮揚素波，簫鼓鳴兮發櫂歌。歡樂極兮哀情多，少壯幾時兮奈老何！」

　　這裡有三點值得提出來說明：第一、歌辭每句押韻，兩句就轉韻一次，大概每兩句是楚歌中一個歌唱押韻的單位。只有大風歌是三句押同一韻。另外劉友楚歌的末三句也可以認為是押同一韻，「財之」是之

部字，「仇」是幽部字，之幽通韻在西漢是常見的。蒲梢天馬歌四句同韻，到了秋風辭，前面兩句一韻，最後四句語氣連貫，也是四句一韻。可見基本上兩句一韻，已經有三句或四句連韻的例子。主要的趨勢是由兩句一韻向三四句押同一韻的方向走。這一種現象和楚辭押韻的方式大致相同，離騷兩韻一轉，九歌有東皇太一一韻到底的例子，但是主要的方式是以兩韻爲一個單位。（見王力1980。）

再看漢晉西陲木簡：七言古詩：「日不顯兮黑雲多，月不可視兮風非（飛）沙，從忩（茲）蒙水誠（成）江河。州（周）流灌注兮轉揚波，辟（壁）柱槇（顚）到（倒）兮忘相加。天門俠（狹）小路彭他（滂沱），無因以上如之何。興（典）章教海（誨）兮誠難過。」

這一首詩八句押同一韻，大概押韻的習慣已經漸漸打破兩句一韻的程式開始走向同一首詩都押同一韻的方向了。到了魏文帝曹丕（A.D.187-226）的燕歌行，全首一韻，已經是大家公認的七言詩了。

魏文帝燕歌行：「秋風蕭瑟天氣涼，草木搖落露爲霜，群燕辭歸雁南翔。念君客遊思斷腸，慊慊思歸戀故鄉。君何淹留寄他方？賤妾煢煢守空房，憂來思君不可忘，不覺淚下沾衣裳。援琴鳴絃發清商，短歌微吟不能長。明月皎皎照我床，星漢西流夜未央；牽牛織女遙相望，爾獨何辜限河梁！（其一）」

第二、從句子內部的組織來說，上錄漢初的詩歌每句都有「兮」字，項羽垓下歌的前三句「兮」字前後各有三字，但最後一句「虞兮虞兮奈若何」是很清楚的上四下三的句子，因爲「虞兮」二字重覆一次，應該是「虞兮—虞兮—奈若何」，不大可能是「虞兮虞—兮—奈若何」。這也可以證明從節奏來說，這些歌辭大體都是上四下三的組織，換句話說，「兮」字在句中的作用基本上與前三字相連，例如：

力拔山兮—氣蓋世，時不利兮—騅不逝。

這種組織和後來七言詩的標準句式是一致的。

漢高祖的大風歌句子略有不同，除去第一句「大風起兮—雲飛揚」以外，後面兩句都是上五下三，「威加海內兮—歸故鄉，安得猛士兮—守四方。」這樣的組織一方面讓我們知道「兮」字大概是可以拉長的聲音，另一方面可以知道後面三字是一個小單位。但楚歌並不如此單調，漢高祖的兒子趙王劉友的楚歌就不大相同，除第一句以外，其他各句後面的半段都是四個字。到了漢武帝（157-87 B.C.）的瓠子歌，只有兩句「浩浩洋洋兮—慮殫爲河，殫爲河兮—地不得寧」後面是四個字，其餘各句的後半段都是三個字。

從「兮」字前面的字數來說，有三、四個字的，也有五個字的，如「爲我謂河伯兮—何不仁」，但從整體的趨勢來看，句式越來越整齊，以上四下三爲主體。在上五下三的句子裡，如果把「兮」字去掉，就成爲七言詩了，例如秋風辭：「草木零落（兮）雁南歸……少壯幾時（兮）奈老何。」到了柏梁臺詩已經完全是上四下三的句法了。

楚辭裡「兮」字放在句末的可能是早期現象，「兮」字放在句中的有多種句式，但是九歌、山鬼、國殤中已經有許多上四下三的句式。這一點和楚歌的情形非常接近。

第三、從「兮」字的用法來說，整個的趨勢是從多用到少用再到不用。這一點勞榦先生（1985：79）已經明白指出：

故七言詩最初發展時期，應自楚辭變化而來，而其中用兮字或不用兮字，並不固定。但其發展趨勢，則爲漸次用實字以代替

分字。開始爲前數句具有分字,而後數句刪去分字,再後則爲
第一句當保留分字,而以後各句刪去分字,最後則全部刪去分
字。此種刪去分字之詩,當以王逸之琴思楚歌爲最早(王逸爲東漢
安帝及順帝時)。

我覺得這個看法與現存的資料是符合的。王逸生卒年不可考,他
是東漢人,卒年約在 A.D.126 之後,而比他稍後的張衡(A.D.78-139)
寫四愁詩時第一句還有「兮」字,如四愁詩的第一首:

> 我所思兮在太山,欲往從之梁父艱,側身東望涕沾翰。美人贈
> 我金錯刀,何以服之英瓊瑤。路遠莫致倚逍遙,何爲懷憂心煩
> 勞。

又如第四首:

> 我所思兮在雁門,欲往從之雪紛紛,側身北望淚沾巾。美人贈
> 我錦繡段,何以報之青玉案;路遠莫致倚增歎,何爲懷憂心煩
> 惋?

東漢趙曄的《吳越春秋》中,還有一首《河梁歌》也可作爲旁證:

> 渡河梁兮渡河梁。舉兵所伐攻秦王。孟冬十月多雪霜。隆寒道
> 路誠難當。陣兵未濟秦師降。諸侯怖懼皆恐惶。聲傳海內威遠
> 邦。稱霸穆桓齊楚莊。天下安寧壽考長。悲去歸兮何無梁。(卷
> 十)

這首詩的首末兩句都有「兮」字，與四愁詩雖不完全相同，形式是接近的。著成時代難以說定，至少可以認爲不晚於東漢。（詳見程毅中 1992：51-52）。

　　從以上三點觀察來說，我們可以作一個小結論。漢初的楚歌每句押韻，通常兩句一韻，也有三句一韻的，發展的方向是通篇一韻。句式大體上是上四下三的組織，早期並不一致，有上五下三，也有上五下四的，但漸漸走向整齊的上四下三的句式。句中早期都有「兮」字，漸漸越來越少，只有第一句保留「兮」字，最後全部全都沒有「兮」字了。

三、七言詩的起源

　　一般都承認曹丕的「燕歌行」是七言詩之祖，也已經脫離了楚調。（見葛賢寧 1956：101）我現在想增加一點證據來解釋「燕歌行」和兩漢楚歌的關係。請看下面的比較：

> 漢高祖大風歌：大風起兮雲飛揚。
> 漢武帝秋風辭：秋風起兮白雲飛，草木黃落兮雁南歸。
> 曹丕燕歌行：秋風蕭瑟天氣涼，草木搖落露爲霜，群燕辭歸雁南翔。

從「大風」到「秋風」，「雲飛揚」到「白雲飛」，「草木黃落」到「草木搖落」，「雁南歸」到「雁南翔」，任何人都要承認這三首歌行的前幾句有辭意沿襲的現象，他們三位都是皇帝，這樣前後的雷同一方面顯示了皇帝的氣象，另一方面，也是最重要的一點，就是證明了七言詩從楚歌脫胎換骨的現象，從有「兮」到沒有「兮」的走向。

　　回頭看一看以上討論的詩歌，我相信七言詩是從楚辭楚歌演變而來，應無問題，形成的時代在西漢之末東漢之初。柏梁臺詩如果如逯欽立（1948）所說，作於元成之際（48-8 B.C.），而《急就篇》也寫成於漢元帝時，到王逸的時代前後一百五十年的光景正是七言詩的形成期。

　　如果五言詩形成於東漢，那麼七言詩的形成很有可能比五言詩略早。七言詩從南方的楚辭楚歌演變而來，和在北方形成的五言詩地域不同，加上漢朝開國的君王是楚人，那麼七言詩比五言詩略早，也自有其理由。

貳、國語中中古入聲字讀法分歧的原因❷

　　國語沒有入聲調，中古入聲字到了國語裡變讀的方向甚為歧異，摘取董同龢先生（1968：235）的部分表格，重新整理如下：

中古入聲字演變條件　　　　國語今讀

　　　清聲母　　⟶　　陰平、陽平、上聲、去聲

　　　次濁聲母　⟶　　去聲

　　　全濁聲母　⟶　　陽平、去聲

對於這個現象許多人提出過解釋，如 Forrest（1950）、平山久雄（1960, 1990）、Stimson（1962）、謝信一（Hsieh 1971）和林燾（1992）。Forrest 提出文白兩層的看法，Stimson 則又將兩層分為四個方言，認為國語裡的入聲讀法是方言積累的結果。謝信一對 Stimson 的說法做過詳細的檢

---

❷　原文見拙著〈漢語方言接觸的幾個類型〉，發表於《語言學論叢》第二十輯，這裡引用其中一節，略加刪改。

討，指出其中幾點主要缺陷。他根據王士元（Wang 1969）詞彙擴散的理論，認爲現在國語中入聲讀法的分歧是不同時段語音演變的結果，由於有許多未完成的音變，因此留下這種不一致的現象。

　　平山久雄早年就從語音和詞性兩個角度討論過這個問題，最近（1990）重新檢討，但基本觀點並沒有大的改變，他認爲入聲清聲母字現在讀陰平和上聲的屬於白話方言層，在這一層裡，主要作動詞用的大多讀陰平，主要作名詞用經常帶輕聲詞尾的多數也讀陰平，主要作名詞用而不帶輕聲詞尾的則多讀上聲。至於現在讀陽平和去聲的則是文言層次的讀法。在合於規律的通例之外還有許多例外，平山也一一加以解釋，尤其他把「一、七、八、不」四字的特殊變調跟一般入聲清聲母字的讀法放在一起考慮，是非常有意思的觀察。他設計了四條規律來解釋白話層的演變現象，從每個字出現的環境設定變調的讀法，再把詞性跟環境連接起來。例如在字組非末位出現的入聲字，如果後面有輕聲音節，就變入陰平，動詞正好是帶輕聲詞尾的字，因此原來動詞性的入聲字就讀陰平。對於文言層分歧的讀法，平山在白話層之外認爲還有四個文言層，但傳進北京的時代先後就難以說定了。

　　林燾（1992）最近統計 540 個常用古入聲字，其中四分之一（133字）有異讀。沒有異讀的 407 字之中，次濁聲母 111 個例字，有 107字讀去聲；全濁聲母 98 個例字，有 81 字陽平，15 字讀去聲，這是大體的趨勢，例外不計。清聲母 198 個例字分讀四聲：陰平 53、陽平 42、上聲 19、去聲 84。其中最值得注意的是有異讀的字達到總數的四分之一，有的字如「緝、幅」，各有三讀，甚至有的字如「索」可以有四讀，四聲俱全。

　　我覺得謝信一和平山兩位的看法各有優點，但是所設計的演變過

程失之於太細，過分複雜的規律有時不易令人相信。林燾的資料指出來的事實無可懷疑，我想也許可以從新的角度加以解釋，從方言接觸的類型看來，入聲字在國語的這些不規則的演變可能正是一種「交融積累型」，是好幾種不同的官話方言積累的結果。問題是這是哪些官話方言呢？

檢看《中國語言地圖集》有關官話分布的幾張地圖及圖說❸，我們發現下列古入聲字演變的情形：

	膠遼官話	北方官話	中原官話	西南官話
		石濟片	五河、鳳陽	四川、雲南
入聲清	上聲	陰平	去聲	陽平
入聲次濁	去聲	去聲	去聲	陽平
入聲全濁	陽平	陽平	去聲	陽平

沿著橫行加起來，入聲清聲母字正是有四種秩序井然的變化，在個別的方言中分讀陰平、陽平、上聲、去聲、並不混亂。❹但把四個方言加在一起，就會產生「犬牙交錯」的情形，變得條理不清了。林燾提到的異讀字可以作爲這一解釋的注腳。入聲次濁聲母字主要都變去聲，陽平的讀法在國語裡沒有痕跡；入聲全濁聲母字則分別變爲陽平或去聲，國語裡正是如此。膠遼官話入聲分讀的情形和《中原音韻》一致，正是嫡親的後裔。跟其他三種方言「犬牙交錯」的結果，可以產生平山所說的詞性的差異，也可以產生謝信一所說的詞彙擴散的痕跡。這跟 Stimson 的

---

❸　從圖 B1 到 B6 都是官話方言圖，本節之中用的方言名稱都根據《地圖集》。

❹　這裡只舉出四個方言來說明，另外還有別的不一致的演變，例如蘭銀官話的入聲清和次濁今讀都是去聲，全濁則讀陽平。（見《地圖集》B4 的圖說）

說法類似，但根據的是實際方言的讀法，不是想像的層次，文白的異讀也可一並解釋。

雖然找到了國語入聲字讀法的可能來源，現在說明何以這些官話跟國語的形成有關。從元代在北京建都之後，經過幾百年的演變，許多說不同官話方言的人把各自的方言帶到北京，這是很容易想像的事。膠遼官話區主要在山東，移民從山東把方言帶到遼寧，主要的時代是嘉慶年間（1796-1820）清政府廢除禁墾令之後。西南官話主要是明代洪武十四年（1381）數十萬大軍帶到雲南去的。從 1393 年到 1578 年，當地的人口增加了五倍（游汝杰 1992：97）。安徽五河、鳳陽的移民大概是從河南去的。換句話說，這些官話方言大致原來都是在河北、山東、河南等地通行的。「交融積累」成為國語則是自然的方言接觸的結果。「犬牙交錯」的現象只出現在入聲字的演變也是有理由的，因為其餘中古三聲的演變在官話方言中方向大體都是一致的。

參、甲骨刻辭中的方言問題

甲骨文的研究已經歷有年所，似乎從來沒有人討論過其中的方言問題。最近高嶋謙一和余靄芹兩位教授提出看法❺，認為甲骨刻辭中有方言混合的現象。我覺得這是研究甲骨文的一項突破的發現，如果不是

---

❺　原文為「Evidence of Possible Dialect Mixture in Oracle-Bone Inscriptions」，在一九九八年八月十七日至十九日華盛頓大學為紀念李方桂先生而舉行的「Linguistic Change & the Chinese Dialects」國際會議中宣讀，將發表於《語言變化與漢語方言》，丁邦新、余靄芹編（印刷中）。謝謝兩位作者准許我在此討論他們未發表的論文。

甲骨學者和方言學者的合作，很不容易得到這樣整合的結果。

北大沈培（1992）的博士論文「殷墟甲骨卜辭語序研究」，首先討論甲骨刻辭中的雙賓語結構，高余兩位從檢討沈氏的觀點開始。認為把甲骨刻辭所見的動詞分成「祭祀」「非祭祀」兩類，並沒有語言學上的理由。他們建議重新分類，分成「祈求」「非祈求」兩類。屬於「祈求」類的動詞，直接賓語出現在間接賓語之前，在間接賓語之前有時有「于」字；屬於「非祈求」類的動詞，包括「有方向的」祭祀動詞，則兩個賓語出現的次序相反。例如：

一、祈求類（取得）：

　　王求雨于土

　　甲午卜，惠周乞牛多子

　　辛未貞禱年高祖河于辛巳。

二、非祈求類（給予）：

　　貞禱于上甲受我祐

　　貞帝其作我孽

　　乙亥卜來甲申又大甲十牢十伐

「非祈求」類動詞之後，基本上「于」字不出現；「祈求」類動詞之後出現「于」字，但是按動詞不同而用法有異。例如：在「求、丐、寧、祝」之後總是用「于」字，在「禱、御、告」之後多半用「于」字。總的來說，許多動詞兩種用法都有，表面看來根本弄不清楚條件是什麼。

甲骨刻辭可以大分為「王室卜辭」和「非王室卜辭」兩種。王室卜辭記錄祭祀殷先公先王之事、以及祭禮、戰爭、貢品等等；非王室卜辭則多記載私人的事如懷孕、生子以及小臣活動等等。屬於王室卜辭的貞人基本上有七組：師、賓、出、何、黃、歷、和無名。非王室的貞人

有三組：午、子、和無名。貞人的數目按時代而遞減，到第五期帝乙、帝辛時代已由王自己主持貞卜。他們相信商王室用的語言是一種標準語，一百二十個貞人中有三十三個來自於商王朝安陽以外的地方，他們大概懂標準語，但是他們自己的語言可能有方言的成分。

　　現在我們來看以上討論過的雙賓語結構問題。祈求類動詞的詞序是「動詞＋直接賓語＋于＋間接賓語」，在沈培的資料裏只有兩個例外，而這兩個例外都出現在無名貞人的卜辭裡。非祈求類的動詞詞序是「動詞＋間接賓語＋直接賓語」，大多數的例子都合於規則，例外的絕大多數屬於某些貞人的卜辭，基本上貞人名沒有記錄，或者出於無名貞人之手。令我們不得不相信不同的結構代表方言的不同。

　　為證明甲骨刻辭的詞序有方言成分，他們引粵語為例。余藹芹觀察自 1841 到 1993 的四十一種粵語材料，研究粵語雙賓語的結構。認為相關的動詞可以分為「給予」「非給予」兩類。正常的詞序是：給予類動詞＋直接賓語＋過／俾／畀＋間接賓語，而非給予類動詞先接間接賓語再加直接賓語。老派香港粵語和這個分析完全一致，余藹芹自己就是可靠的發言人。到 1981 年 Peyraube 調查香港的粵語時，發現許多混雜的現象，已經不能用「給予」「非給予」的觀念來給動詞分類，在各種動詞後面出現的雙賓語次序也多有不同，或者兩者皆用。顯然香港粵語受到北方話很大的影響。在幾十年中已經看出語言的變化，Peyraube 的研究反映了語言接觸的結果。

　　用香港粵語的情形回頭來檢看甲骨刻辭，可以推測商代的標準語在幾十年中是可能受另一個方言或語言的影響，產生許多例外，這些例外主要出現在無名貞人的卜辭裡。

　　以上討論的三個問題，前兩個和聲韻的關係比較密切，最後一例

是文字學和方言學的整合。根據我個人的看法，聲韻學是離不開方言學的，那麼就也算是跟聲韻學有關的研究了。

引用書目

丁邦新

1976 從音韻論柏梁臺詩的著作年代，中央研究院：《總統蔣公逝世周年紀念論文集》1223-1230。

1998 漢語方言接觸的幾個類型，《語言學論叢》20：149-165。

王　力

1958 《漢語詩律學》，上海。

1980 《楚辭韻讀》，上海。

平山久雄

1960 《中古入聲と北京語聲調との對應通則》，《日本中國學會報》12：139-156。

1990 《中古漢語的清入聲在北京話裡的對應規律》，《北京大學學報》1990.5：72-79。

北京大學中國語言文學系

1989 《漢語方音字彙》，文字改革出版社，北京。

沈　培

1992 《殷墟甲骨卜辭語序研究》，臺北：文津出版社。

林　燾

1992 「入派三聲」補釋，《語言學論叢》17：3-18。

勞　榦

1985　《漢晉西陲木簡新考》，中央研究院歷史語言研究所單刊甲種之 27，臺北。

程毅中

1992　《中國詩體演變》，中華書局，北京。

游汝杰

1992　《漢語方言學導編》，上海教育出版社，上海。

葛賢寧

1956　《中國詩史》，中華文化出版事業委員會，臺北。

董同龢

1968　《漢語音韵學》，廣文書局，臺北。

Forrest, R.A.D

1950　The Ju-sheng Tone in Pekingese, *Bulletin of the School of Oriental and African Studies* 13.2:443-447.

Hsieh, Hsin-i

1971　*The Development of Middle Chinese entering tones in Pekinese*, Dissertation, University of California at Berkeley.

Peyraube, Alain

1981　"The dative construction in Cantonese." *Computational Analyses of Asian & African Languages* (Tokyo) 16.29-65.

Stimson, H. M.

1962　Ancient Chinese -p, -t, -k endings in the Peking Dialect, *Language* 38.4:376-384.

Wang, William S. Y.

1969　Competing changes as a cause of residue, *Language* 45:9-25.

《聲韻論叢・第九輯》
聲韻學學會主編　　頁17～32
臺灣學生書局　　2000 年 8 月

從音韻的觀點讀《詩》

龍宇純*

　　讀先秦古書，需要一些古音韻知識；讀《詩經》，因爲還有協韻的問題，似乎更是如此。清代以來，學者憑藉其古音知識，治《詩》而有所獲的，可以說所在可見。個人不學，續貂所作〈試說詩經的雙聲轉韻〉❶，〈析詩經止字用義〉❷，以及〈讀詩管窺〉❸中「言刈其蔞」、「遠兄弟父母」、「素絲祝之」、「投畀豺虎」、「令德壽豈」、「我黍與與、我稷翼翼」、「干戈戚揚」、「黽勉畏去」諸條，不論其然否如何，也都是通過音韻的觀點，有所論述。此次大會籌備人楊秀芳教授，電話邀請我，指明像曾經討論《楚辭・卜居》「咿喏栗斯」❹一樣，談談讀經與古音韻的應用關係。於是我擬定了這個題目，就下列諸字句表示一些個人的淺見，主要當然是希望能獲得與會的各位博雅女士先生的指教。

---

*　　東海大學中國文學研究所講座教授

❶　　《幼獅月刊》第 44 卷第 6 期，臺北，1974。

❷　　學生書局《書目季刊》第 18 卷第 4 期，臺北，1985。

❸　　《中央研究院歷史語言研究所集刊》第 55 本第 2 分，臺北，1984。

❹　　見《臺大中文學報》第 2 期〈說咿喏栗斯喔咿儒兒〉，臺北，1988。

壹、〈豳風·東山〉：有敦瓜苦，烝在栗薪。

　　從上下兩句的關係看，烝在栗薪之上的是瓜；「有敦」句有敦二字形容的，也是團團然繫在蔓上的瓜。詩人卻不說「有敦苦瓜」，而說「有敦瓜苦」，似乎是個可以推敲的地方。如果更想到〈邶風·匏有苦葉〉的「苦葉」，儘管那裡有與「深涉」對仗押韻的理由，總覺得這裏說「瓜苦」並不尋常。至於〈邶風·谷風〉的「誰謂荼苦」、〈小雅·小明〉的「其毒大苦」，雖然也以苦字落句；前者下接「其甘如薺」，後者上承「心之憂矣」，當然也非此文可比。

　　毛《傳》說：「言我心事又苦也」，鄭《箋》說：「此又言婦人思其君子之居處，專專然如瓜之繫綴焉。瓜之瓣有苦者，以喻其心苦也。」已經注意到苦字用法的特異，等於說詩人的用心，在於重點強調。但根據同類相感的道理，內心苦楚的人，所以映入眼中的是苦瓜；也就是說，不需改變語法的常態言苦瓜，與變易正常語法言瓜苦，作用並無異致。因此，說之以重點強調，未必便是詩人的本意。

　　今從聲調分析，兩句以仄平平仄，對平仄仄平，十分工整。再看下二句「自我不見，於今三年」，竟然是相連四仄聲，對四平聲，如此這般的巧構，也許才是「瓜苦」所以形成的匠心所在。不過有一點必須說明。其中的不字原屬之部陰聲，今逕直以爲仄聲，自然不是取其後來改讀爲微部入聲弗字保留重脣的讀法；《廣韻》尤韻甫鳩切及有韻方久切下並云「不，弗也」，後者且更引《說文》「鳥飛上翔不下來」的解釋，此取其上聲讀法，是爲本文以不字讀仄聲的根據。還有不能已於言的，「於今三年」的三字，是九個數字中唯一的平聲，征人離家也許不到三年，也可能超過三年，但唯有三字可以長言，於是「於今三年」的

句子，讀起來悠長的感覺，是所有超過三的數目字所無法比擬的。這也是我直覺詩人言瓜苦而不言苦瓜，必有其深致用心的道理之一。

問題是，如何能落實詩人確然有講求平仄對拗的心意。對於這一層，當然無法肯定答覆，但可作如下的說明。

〈秦風・蒹葭〉首章所顯示的富音樂性，是讀者都能感受到的。其中的原因也許不止一端，如蒹葭雙聲，蒼蒼重言，謂與水疊韻，伊與一雙聲兼疊韻等等；但聲調的錯綜配合，也應該是因素之一。先將其文辭錄之如下：

> 蒹葭蒼蒼，白露爲霜。所謂伊人，在水一方。溯洄從之，道阻且長；溯游從之，宛在水中央。

順次是平平平平，仄仄平平。仄仄平平，仄仄仄平。仄平平平，仄仄仄平；仄平平平，仄仄仄仄平。前四句，中間兩句平仄複沓，前後兩句平仄相對，唯一不合的平聲，即爲韻之所在。後四句，首句孤仄起，二句孤平收，三句與首句複沓，末句與二句複沓，多出的一字，與二句相協。總共三十三字，除兩個韻字及末句五言，其餘平仄各半相疊相拗。也許這便是此詩讀來特別鏗鏘的地方。類似的例，再看第一篇的〈周南・關雎〉。首章：

> 關關雎鳩，在河之洲。窈窕淑女，君子好逑。

首句四平，對三句四仄；二四兩句除逑爲韻字，亦正平仄相異。二章：

　　參差荇菜，左右流之。窈窕淑女，寤寐求之。

前兩句平仄相對，三句與前章重疊，二四兩句平仄相同。三章：

　　求之不得，寤寐思服。悠哉悠哉，展轉反側。

一二兩句除韻字平仄相對，三四兩句四平對四仄。無不組織完密。「《詩》三百」本是藝術成就極高的作品。音韻方面，王念孫早有〈古詩隨處有韻〉❺的發現，中如所舉〈兔罝〉的「肅肅兔罝」與「糾糾武夫」、〈匏有苦葉〉的「有瀰濟盈」與「有鷺雉鳴」，不僅字字爲韻，後者且是字字同調。說這些並非偶一見之的現象，都只是妙手天成，不代表任何人工意義，恐不能言之成理。然則如本文所分析的「瓜苦」構詞，也許便不是傅會之辭了。

貳、〈周南·關雎〉：左右流之。

　　毛《傳》說：「流，求也。」這個訓詁，因爲得不到佐證，學者多不予置信。首先，朱熹《詩經集傳》說以爲「順水之流而取之也」，繼起的所知有王夫之與高本漢。王的《詩經稗疏》說：

　　《爾雅》：「流，擇；芼，搴也。」說《詩》者，自當以《爾雅》爲正。毛、鄭謂「流，求也」，於義未安。擇者於眾草中

---

❺　見《經義述聞·毛詩下》，《皇清經解正編》。

擇其是荇與否，擇而後寒之於文爲順。擇有取舍，不必皆得，故以興「求之不得」；寒則得矣，故以興得而樂之。

高的《詩經注釋》說❻：

> 流與罶同音，罶的意思是捕魚竹器。語源上，罶從留得聲，留已有羈留的意思。所以這裏的流，可能是罶或留的假聲字。「左右流之」，是向左向右去捕捉荇菜。

當然也有相信毛《傳》，爲之疏通的。先後有王念孫、馬瑞辰二人。《廣雅·釋言》：「摎，捋也。」王氏《疏證》說：

> 〈周南·關雎〉「左右流之」，流與摎通，謂捋取之也。捋流一聲之轉。「左右流之、左右采之」，猶言「薄言采之、薄言捋之」耳。下文云「左右芼之」，流、采、芼皆取也。卷一云「采、芼，取也」，此云「摎，捋也」，義並相通。

馬的《毛詩傳箋通釋》說：

> 流求一聲之轉。《爾雅·釋詁》「流，擇也」，〈釋言〉「流，求也」，擇與求義正相成。流通作摎，《後漢書·張衡傳》注：「摎，求也」。

---

❻　據先師董同龢先生譯本《高本漢詩經注釋》，《中華叢書》，臺北，1960。

　　比較以上各說，朱的說法是標準的「增字解經」，自無可取。王說「說《詩》當以《爾雅》爲正」，卻忽略了同書的〈釋言〉部分也說流義爲求。何況《爾雅》訓擇訓求，其實二義相因，甚至可以說兩者針對的都是〈關雎〉的流字。這些差不多都已由馬瑞辰所點破。至於《爾雅》的時代及權威性，是否定超過毛《傳》，便不必多說了。高氏用留或罶字去取代，直是迂曲得可笑，因爲國人必不會說在河水中把荇菜留住，或罶捕住。

　　馬瑞辰可以說是混合了二王所說，但群母的求，如何能轉爲來母的流，殊不可解；舉出〈張衡傳〉中摎字一例❼，又誠如高氏所指，晚得不生效力。王念孫畢竟是高手，既有同音力求切的摎字訓捋可用，流捋一語之轉的說法，也能言之成理❽，無疑可爲流字訓捋之助，所以是最好的。問題是摎作捋解，沒有舉出例證。《說文》：「摎，縛殺也。」大徐居求切，小徐居幽反，與曹憲音流不合。段注說：「縛殺者，以束縛殺之也。凡縣死曰縊，亦曰雉經。凡以繩帛等物殺人者曰縛殺，亦曰摎，亦曰絞。」參考《儀禮·喪服·傳》「故殤之経不摎垂」❾，鄭注「不絞其帶之垂者」，及《廣雅·釋詁三》「摎，束也」，其說當合許意。然則《廣雅》訓捋的摎，必與《說文》的摎不同字，不過適同一形

---

❼　原句爲「摎天道其焉如」，見《高本漢詩經注釋》譯本注。

❽　向來多以爲一語之轉有兩種，一是雙聲相轉，一爲疊韻相逐。拙見以爲，脣、齒、牙、舌、喉五音，大要而言，脣一類，舌及齒一類，牙及喉一類，實際約爲三類而已。語音的演變，聲母上三類互變情形不易發生。韻母部分，則舌位置的高低前後及脣的圓展略有不同，便可產生元音的差別。因此聲母相同韻母差異，與韻母相同聲母差異，前者爲轉語的可能性較大。

❾　摎，今作摎。阮元《校勘記》說：「瞿中溶云：石本原刻作摎，從手旁。」今從之。

而已。究竟《廣雅》摎字與〈關雎〉的流字具何關係？如何而可以爲毛《傳》作證？也不是不待說明而可的。

依拙見，毛《傳》訓流爲求，《爾雅》訓流爲擇，以及《廣雅》摎字訓捋，前二者固是一義相成，同是對〈關雎〉「流之」的訓解；流、摎與求寫的也只是同一語言，不過流與求爲同音借用，摎則是後起的專字。其先本只是讀複聲母*g´ljəu ⑩的一音，後來複聲母轉化爲單一聲母，而爲*g´jəu 與*ljəu 二音，分別以同音的求和流字兼代，儼然而爲二語，以致同一〈關雎〉詩，既言「左右流之」，又言「寤寐求之」，毛公至以求字訓釋流字。後來的學者，自然更不知道這層關係，王夫之的捨求取擇，固然是換湯沒有換藥；王念孫的以摎說流，也並沒有想到用後起字疏證其先假借字的問題。從翏聲的字，顯示上古本有複聲母的讀法。如蓼、廖等字與《廣雅》訓捋的摎字同讀來母，而摎、膠、鷚等字分別音居虯、古孝及渠幽，又《說文》摎字讀見母，璆爲球字或體讀群母，決其有讀*kljəu 或*g´ljəu 的可能。而《說文》別有訓「經縛殺也」的翏字音力求、吉了二切，實與訓縛殺的摎字爲異體，更充分表示古漢語確有讀*kljəu 的音節。咎音其九切，咎聲的絡字《說文》云讀若柳，都是同類複聲母讀法的證明。然則對毛《傳》「流，求」的訓詁，本文所作如上的解釋，或許是個比較合理的說法。

---

⑩　擬音用拙文〈上古音芻議〉，下同。文載《中央研究院歷史語言研究所集刊》第 69 本第二分，臺北，1998。

參、〈小雅·正月〉：洽比其鄰，昏姻孔云。

　　毛《傳》說：「云，旋也。是言王者不能親親以及遠。」孔穎達
《正義》說：「親比其鄰近左右，與妻黨之昏姻甚相與周旋而已，不能
及遠人也。」鄭《箋》則說：「云，猶友也。」也許因為「昏姻孔友」
的意思較為清楚，《正義》及後來馬瑞辰的《毛詩傳箋通釋》都不見有
所發明。但是對云字所以訓旋訓友的道理，總該有個交代。

　　胡承珙《毛詩後箋》說：

　　　　云本古文雲，《說文》以雲象回轉之形。《傳》以雲象周旋盤
　　　　薄之形，故訓云為旋，是也。《箋》以云為友，乃從雙聲得義，
　　　　似不如《傳》訓之古。

云字篆書作 𩇒，象雲的回轉之形，只是造字的取象，云的語義則只是
雲，不作回轉講。如果望文生訓可信，"一"字便可有橫或平的意思，
豈其然乎！至於云友雙聲得義之說，當然也過於粗疏。

　　朱駿聲《說文通訓定聲》雲（云）下說：

　　　　假借為圓。《詩·正月》「昏姻孔云」，《傳》旋也，《箋》
　　　　猶友也。按：圓也，全也，猶合也。

《說文》圓下云回，從云為聲而音羽巾切，《集韻》且又與云字同王分
切。此不僅回與旋意義相同，圓與回也具有雙聲對轉的關係，這樣替毛
《傳》疏通無疑是可取的。然而，《詩經》中孔字下接動詞的，僅〈常

棣〉「兄弟孔懷」一例，以兄弟爲懷的受詞。其餘習見如〈汝墳〉的「父母孔邇」、〈小戎〉的「四牡孔阜」、〈小旻〉的「謀夫孔多」、〈崧高〉的「其詩孔碩」等等，顯示「孔云」的云應爲狀詞。毛氏訓云爲旋，取其義爲迴旋，則「昏姻孔旋」文不成義；如孔氏所解，周旋的動詞性則又明不相合。朱氏調和二家，從云字的迴旋義，引申爲圓、爲全、爲合，到最後的友，展轉牽附的穿鑿，亦絕不可從。

《廣雅·釋詁一》：「云，有也。」王念孫《疏證》說：

> 云爲有無之有。……古者謂相親有曰有，……云又爲相親有之有。〈小雅·正月〉「洽比其鄰，昏姻孔云」鄭《箋》云：「云，猶友也。」言尹氏與兄弟相親友。襄二十年《左傳》「晉不鄰矣，其誰云之？」言誰與相親友也。

照這樣說來，鄭說誠然不可易。問題是，王說相親有的有與有無的有一義相成，可以理會；何以云字也具備有無和相親有二義，仍然不得其解。這一點，我在近作〈上古音芻議〉中曾談到，在字轉語爲存；龜字從〈大雅·緜〉韻飴、謀、龜、時、茲，到《莊子·逍遙遊》「不龜手」徐邈龜音舉倫反❶；敏字從〈大雅·生民〉韻祀、子、敏、止，〈小雅·甫田〉韻止、子、畝、喜、右、否、畝、有、敏，到《廣韻》的眉殞切，都和有（友）與云現象完全平行，則云當是有（友）的轉語，所以具有與有字完全平行的意義。

---

❶　龜字今音居追切，正是舉倫反的陰聲。

肆、〈大雅·抑〉：其維哲人，告之話言，順德之行。

段玉裁《六書音均表·弟十四部》說：「行，本音在弟十部，《詩·抑》合韻言字」。王念孫《古韻譜》亦以言行爲韻。案元陽二部韻尾不同，無協韻之理，是以江有誥《詩經韻讀》直以爲「無韻」。但本章詩全文：

> 荏染柔木，言緡之絲。溫溫恭人，維德之基。其維哲人，告之話言，順德之行；其維愚人，覆謂我僭，民各有心。

前四句絲、基韻，後三句僭、心韻，中三句以「其維哲人」對「其維愚人」，與末三句相儷以行，不應獨不協韻。今以爲行當是衍字之誤，言、衍古韻同部。蓋衍字略有漫漶，於是誤認爲行字。《說文》：「衍，水朝宗于海貌。」引申爲流演、順沿之意。維德之衍，猶言順德是行。《易經·需卦·象傳》：「需于沙，衍在中也。」《經義述聞》說：「家大人曰：衍當作行，行在中也，即承上文『不犯難行也』而言。」兩字形近致誤，可以互參。

伍、〈大雅·抑〉：天方艱難，曰喪厥國。

《經典釋文》說：「曰音越，《韓詩》作聿。」曰聿古韻同屬微部，且同入聲，但聲母有喻三喻四之隔。依照曾運乾以來的一般說法，喻三古歸匣，喻四古歸定，匣與定是兩個發音部位絕遠的聲母。曰的古聲爲ɦ，各家無異辭；聿的古聲無論爲 d、爲 z、爲 r，都無法構成這樣

的異文；而這異文卻不是偶然的誤書。〈小雅‧角弓〉「見晛日消、見晛日流」，《釋文》也說《韓詩》作聿，並說「劉向同」。不僅如此，《說文》：「欥，詮詞也。從欠日，日亦聲。《詩》曰『欥求厥寧』。」欥與聿同音，分明即是日字加欠的轉注字。許君引《詩》，見〈大雅‧文王有聲〉，今欥字作遹，亦與聿同余律切。同詩尚有「遹駿有聲、遹觀厥成、遹追來孝」的句子；又〈載見〉的「曰求厥章」，曰亦應同於「欥求厥寧」的欥字。此外，日聿遹三字通用的例，還可詳《經傳釋詞》卷二的「欥聿遹曰」條。這種狀況，是過去學者所無法解釋的。我在拙文〈上古音芻議〉中，倡言上古喻四應為*zɦ複母，其中ɦ的成分同匣母，於是乎現象可得而解。該文曾舉出鹹鹽、永羕等同源詞，及棪從炎聲、豔從盍聲等諧聲字，並可為日聿的異文作說明。

陸、〈豳風‧七月〉：九月築場圃，十月納禾稼。黍稷重穋，禾麻菽麥。嗟我農夫，我稼既同，上入執宮功。晝爾于茅，宵爾索綯；亟其乘屋，其始播百穀。

此詩依文意段落分韻：首二句協圃、稼，五至七句協同、功，八九兩句協茅、綯，末兩句協屋、穀；唯獨三四兩句穋麥二字古韻不同部。段玉裁《六書音均表‧弟一部入聲》以穋、麥為韻，云：「穋本音在弟三部，〈閟宮〉以韻稷、福、麥、國、穡，讀如力。」王念孫《古韻譜》兩詩意見與段氏相同。江有誥《詩經韻讀》於此詩說為之幽通韻，於〈閟宮〉則不以穋為韻字。今以為江認〈閟宮〉穋字非韻是，此詩菽麥本作麥菽，涉〈閟宮〉詩而誤倒，菽穋同為幽部入聲。〈閟宮〉詩穋字則涉

此詩誤倒在句末，其原句作「重穋黍稷」，以稷字入韻，詳見下條。《詩經》中因句子的類似，相互影響而失韻的，如〈大雅‧桑柔〉四章：「憂心慇慇，念我土宇。我生不辰，逢天僤怒。自西徂東，靡所定處。多我覯痻，孔棘我圉。」「自西徂東」本作「自東徂西」❷，以慇、辰、西、痻及宇、怒、處、圉奇偶句分別相協，因〈緜〉有「自西徂東」、〈文王有聲〉又有「自西自東」的句子而誤；又如〈鄘風‧蝃蝀〉二章：「朝隮于西，崇朝其雨，女子有行，遠兄弟父母。」父母本作母父，以父與雨韻，因涉首章「遠父母兄弟」，及〈衛風‧竹竿〉「遠兄弟父母」❸而誤。更有如〈周頌‧良耜〉「俶載南畝」句下，涉其前篇〈載芟〉誤衍「播厥百穀，實函斯活」兩句的例子，說詳下。都是此詩菽麥原當作麥菽的旁證。

柒、〈魯頌‧閟宮〉首章：閟宮有侐，實實枚枚。赫赫姜嫄，其德不回。上帝是依，無災無害，彌月不遲，是生后稷。降之百福，黍稷重穋，稙稺菽麥，奄有下國，俾民稼穡；有稷有黍，有稻有秬，奄有下土，纘禹之緒。

此詩依文意段落分韻：前八句協枚、回、依、遲，「是生后稷」

---

❷　段玉裁《六書音均表‧弟十三部》西下云：「西聲在此部，《禮記》與巡韻（案見〈祭義〉），劉向〈九歎〉與紛韻。漢魏晉人多讀如下平一先之音，今入齊。」江有誥《詩經韻讀》云：「西，協思殷反，當作自東徂西。」

❸　見拙文〈讀詩管窺〉。

句總結上文，或本不入韻，或稷與首句衁字韻❶。衁從血聲，本屬脂部入聲，疑周代已經變入之部。《切韻》以來字入職韻，音況逼反（切），《釋文》亦音況域反，蓋其來有自。《說文》闃古文作𨵌，明是從血為聲的洫字早有轉入之部的讀法❶，可與衁字互參。《釋文》又云衁字「一音火季反」，則是其字的本音。九至十三句協福、麥、國、穡，末四句協黍、秬、土、緒。段玉裁、王念孫、江有誥並以第八句稷字下屬，與福、麥等字韻，不合文氣，不可取。段、王又謂第十句穋字與福、麥等字通協，江則不以為韻。今疑「黍稷重穋」原當作「重穋黍稷」，涉〈七月〉詩「黍稷重穋」而誤倒，此本協福、稷、麥、國、穡，五字並屬之部入聲。毛《傳》於〈七月〉詩說「後熟曰重，先熟曰穋」，於此詩說「先種曰稙，後種曰穉」，然則「重穋黍稷，稙穉菽麥」，正相對為文，不啻為此詩誤倒之證。

捌、〈周頌·良耜〉：畟畟良耜，俶載南畝。播厥百穀，實函斯活。或來瞻女，載筐及筥，其饟伊黍。其笠伊糾，其鎛斯趙，以薅荼蓼。荼蓼朽止，黍稷茂止。穫之挃挃，積之栗栗。其崇如墉，其比如櫛，以開百室。百室盈止，婦子寧止。殺時犉牡，有捄其角，以似以續，續古之人。

---

❶ 孔廣森《詩聲分例》舉〈車攻〉五章及〈抑〉三章為〈首尾韻例〉，可參。

❶ 〈大雅·文王有聲〉韓《詩》「築城伊淢，作豐伊匹。」淢與匹韻，是其本字本音。今毛《詩》淢作淢，當是後人誤寫。《說文》淢、淢異字異義。

　　此詩二十三句，向不分章。從韻的觀點看，則有兩個疑點：一是三四兩句的「播厥百穀，實函斯活」，一是末句的「續古之人」。除此之外，依文意及韻，恰好四章，章五句：一章耜、畝韻，之部，又女、筥、黍韻，魚部；二章糾、趙、蓼韻，幽、宵合，又朽、茂韻，幽部；三章挃、栗、室韻，脂部，又崇、墉、比、櫛句中自爲韻，前者冬、東合，後者脂部。如此說來，「播厥」兩句無韻，十分可疑；適巧其前一詩〈載芟〉中有完全相同的句子，且亦正在「俶載南畝」的句子下，其前句爲「有略其耜」，同以耜與畝韻，文意幾乎無異；而其相關諸句爲：「有略其耜，俶載厥畝。播厥百穀，實函斯活。驛驛其達，有厭其傑。」活字在彼與達字傑字爲韻，古同屬祭部入聲，自是此詩涉彼而衍。〈小雅・大田〉首章云：「以我覃耜，俶載南畝。播厥百穀，既庭且碩，曾孫是若。」前三句與〈載芟〉相近相同，「俶載南畝」下但有「播厥百穀」一句，作爲「既庭且碩」的主語，其下更無「實函實活」的句子，正因爲活字不能與碩字若字協韻，無疑也可以爲此詩誤衍兩句作證明。經查江有誥《詩經韻讀》，早有「二句無韻，疑是前章衍文」的話。可是像朱熹《集傳》的「活協呼酷反」，以及姚際恆《詩經通論》兩句下所注的「本韻」，以其在江氏之前，固宜無論；今人注解《詩經》，卻也不見有引江書爲說的。所以儘管江氏已早得我心，仍有加以表彰的必要。至於最後的「續古之人」一句，據〈小雅・裳裳者華〉的「維其有之，是以似之」，〈大雅・卷阿〉的「似先公酋矣」，〈江漢〉的「召公是似」，似都與續字同意；而〈小雅・斯干〉說「似續妣祖」，竟以似續連言，顯然似續先人的話，必是當時的習見語，特別在似續二字連用的句子，如此詩的「以似以續」，其爲繼承先祖往事的意思，十分顯白，實沒有單獨承一續字加上「續古之人」一句的道理。再看毛《傳》

和鄭《箋》，前者說：「以似以續，嗣前歲，續往事也。」根據前引〈裳裳者華〉至〈斯干〉諸詩的似字毛氏都訓爲嗣，這裏的嗣前歲和續往事，明是分別就「以似」和「以續」加以說明，不僅沒有提到「續古之人」句，而且「續往事」的說法，更與「續古之人」意思不盡相同。倘使毛公當年所見已同今本，「以似以續，續古之人」，文意顯白，實沒有加注的必要；即使要加，最多如前述諸篇，一句「似，嗣也」即可，何得所注與經文「續古之人」不相符合？可是後者則說：「嗣前歲者，復求豐年也；續往事者，復以養人也；續古之人，求有良司穡也。」⓰是分明鄭時經文已有「續古之人」四字，當是某家經文續字的旁注，誤入了正文，並非本來所有。

胡承珙《毛詩後箋》說：

> 「續古之人」，諸家皆以此句無韻。孔氏《詩聲類》云：「眞清音本相近，三百篇審音較精，故通者較少。然「巧笑倩兮，美目盼兮」，「無競惟人，四方其訓之。不顯維德，百辟其刑之」，確然爲兩部合用。……「我聞其聲，不見其身」，〈何人斯〉實有之。……「百室盈止，婦子寧止，續古之人」，〈良耜〉實有之。承珙案：此篇末句人與上文盈寧隔協，而中以角續爲閒韻，與〈生民〉末章韻同。

胡氏所引孔氏語，頗有節略，屬於《詩經》的，都有問題，加注補

⓰　復，今誤作後，從阮元《校勘記》改。

出⑰；其不屬於《詩經》的，不一一討論，包括胡氏文中所引，本文亦略而不錄。倩與盼，是從耕部青字為聲的眞部倩字與文部的盼字相協，誤以為眞耕通；訓與刑，可能本非韻字，訓古韻屬文部，此誤以為眞部字。〈何人斯〉二章云：

> 彼何人斯？胡逝我陳？我聞其聲，不見其身。不愧于人，不畏于天？

聲字見於奇數句，不必入韻。此詩盈字寧字見於虛詞止字之上，與「續古之人」句法不相同，人字不應與盈、寧為韻，不得強合。諸家所以不以人為韻字，其故正在此。前章：「其笠伊糾，其鎛斯趙，以薅荼蓼。荼蓼朽止，黍稷茂止。」江氏《韻讀》不於茂下總云「幽宵通韻」，而於前三句蓼下云「幽宵通韻」，茂下又別云「幽部」，也正是有鑒於句法不同，不相為韻的緣故。以見孔氏胡氏之說，實由誤解。

一九九九年三月二十八日宇純於絲竹軒

---

⑰　此外，尚舉有〈商頌·那〉的「鞉鼓淵淵，嘒嘒管聲」，以及〈大雅·雲漢〉的「瞻卬昊天，有嘒其星」。但〈那〉相關的詩句為：「湯孫奏假，綏我思成。鞉鼓淵淵，嘒嘒管聲。既和且平，依我磬聲。於赫湯孫，穆穆厥聲。」淵字見於奇數句，不必入韻。〈雲漢〉末章云：「瞻卬昊天，有嘒其星。大夫君子，昭假無贏。大命近止，無棄爾成。何求為我，以戾庶正。瞻卬昊天，曷惠其寧？」兩處天字都在奇數句，亦不當為韻。江有誥《詩經韻讀》兩詩並不以淵、天為韻字。

《聲韻論叢‧第九輯》
聲韻學學會主編　　頁33～58
臺灣學生書局　　2000年8月

古聲韻與古文字之參究芻說

向光忠*

引　言

　　我國的歷時悠遠的語文學，在世代延續的古文化之承傳與古文獻之研習的漫長途程中，經久演遞，逐漸更革，由小學而派生，於國學以拓展，起初肇始於說字形、釋字音、解字義之經籍詮注，爾後發展為文字學、聲韻學、訓詁學之專門學問。於是，在學科門類中，遂形成為三足鼎峙之分野，畛域判然，然而，在學術研究中，則依然是三位一體以互求，相與貫通。實踐表明，剖析文字，相關於訓詁與聲韻；探究聲韻，離不開文字與訓詁；從事訓詁，自涉及聲韻與文字。本文擬就古聲韻與古文字之參驗考究，概略檢討，聊陳芻說。而評述中，於必要處，則援引訓詁材料以印證。

---

*　　南開大學中文系教授

一、古文字於古聲韻之研究

　　古文字蘊涵古聲韻，古聲韻寓於古文字。古聲的考索，古韻的推究，既可由古文字探察具體徵跡而多所發現，亦可由古文字參合有關佐證而相得益彰。在古聲韻研究中，古文字之可供考察而發揮功效者，或為古文字構造之成素所透示的古音表徵，或為古文字同源之關係所透示的古音徵跡，或為古文字應用之變易所透示的古音跡象。這樣，古韻部之考定，便借諧聲印證韻語之相協，而以諧聲彌補韻語之局限，使分部由粗疏臻於精細；古聲類之推求，亦由諧聲結合通假及異文，並同其它關聯材料相參證，使分類由茫然趨於認識。此外，古文字的諸多相關資料也有助於各聲類與各韻部的音值構擬。

　　回顧古音學的形成與發展的進程，則可具體瞭解古文字於古聲韻研究所發揮的實際功效。

　　在中國學術史上，古音學成就斐然。王國維於清代學術評價道：「自漢以後，學術之盛，莫過於近三百年。此三百年中，經學、史學皆足以陵駕前代，然其尤卓絕者則曰小學。小學之中，如高郵王氏、棲霞郝氏之於訓詁，歙縣程氏之於名物，金壇段氏之於《說文》，皆足以上掩前哲。然其尤卓絕者則為韻學。古韻之學，自崑山顧氏而婺源江氏，而休寧戴氏，而金壇段氏，而曲阜孔氏，而高郵王氏，而歙縣江氏，作者不過七人，然古音廿二部之目，遂令後世無可增損。」❶

　　江有誥於古音學史評述曰：「自周、沈四聲定而古音失，法言《切韻》作而古音之部分失。宋吳才老首復古韻，特未免隨文牽就，於古之

---

❶　《觀堂集林·卷八·周代金石文韻讀序》。

正音、古之部分，蓋茫乎未之知也。鄭氏庠作《古音辨》，始分六部，分部至少，而仍有出韻。蓋專就唐韻求其合，不能析唐韻求其分，宜無當也。明陳季立始知叶音即古本音，誠爲篤論，然於古韻部分亦未之知也。國朝崑山顧氏始能離析唐韻以求古韻，故得十部。然猶牽於漢以後音也。婺源江氏始專就三百篇以求古韻，故得十三部，然猶惑於今人近似之音也。金壇段氏始知古音之絕不同今音，故得十七部。古韻一事，至今日几如日麗中天矣。取而譬之：吳才老，古音之先導也；陳季立，得其門而入也；顧氏、江氏則升堂矣；段氏則入室矣。」❷而戴氏、孔氏、王氏與江有誥本人亦各臻閫奧。

當「叶音」說方破而「音變」觀初立，考究詩韻之古讀，開始只是就《詩經》三百零五篇押韻之字進行考察。而《詩經》之韻字總共只有一千八百七十餘個，再參合其它韻文，可供考證者亦尚有限，而《說文》匯聚篆文、籀文、古文等一萬零五百一十六字，其中諧聲之字約佔八成之多。另加《說文》未收而經籍見用之字，則考求古韻之足以依據的材料便大爲豐富。孔廣森《詩聲類》卷一曰：「書有六，諧聲居其一焉。偏傍謂之形，所以讀之謂之聲。聲者，從其偏傍而類之者也。」「蓋文字雖多，類其偏旁不過數百，而偏旁之見於《詩》者，固已什舉八九。苟不知推偏旁以諧眾聲，雖遍列《六經》、諸子之韻語，而字終不能盡也。故左方載《詩》所見字而止。有信愚說者，觸類而長之，觀其會通焉，可矣。」

在古音學史上，爲考求古韻開啓先河的宋代學者吳棫，導先利用諧聲偏旁考證韻字古讀，爲探究古音開闢新途。錢大昕曰：「才老博考

---

❷　《詩經韻讀》卷首《古韻凡例》。

古音，以補今韻之缺，雖未能盡得六書諧聲之原本，而後儒因是知援《詩》、《易》、《楚辭》以求古音之正，其功已不細。」❸而吳棫之同里與相知者徐蕆，爲吳棫作《韻補序》則進而闡明了諧聲同韻之理：「殊不知音韻之正，本諸字之諧聲，有不可易者。如『霾』爲亡皆切，而當爲陵之切者，由其以『免』得聲；『浼』爲每罪切，而當爲美辨切者，由其以『免』得聲；『有』爲云九切，而『賄』、『痏』、『洧』、『鮪』皆以『有』得聲，則當爲羽軌切矣；『皮』爲蒲麋（糜）切，而『波』、『坡』、『頗』、『跛』皆以『皮』得聲，則當爲蒲禾切矣」。此即後世學者藉諧聲辨古音之濫觴。

　　陳第破叶音之謬誤，考《毛詩》之古音，即以《說文》諧聲與韻語用字參證。其《讀詩拙言》曰：「愚考《說文》：訟以公得聲，福以畐得聲，霾以貍、斯以其、脫以兌、節以即，溱、臻皆秦，闐、塡皆眞，者讀旅（按：者从白，𣢀聲，𣢀古文旅字），涘讀矣，滔讀舀，玖讀芑。又我讀俄也，故義有俄音，而儀議因之得聲矣，且以莪娥鵝峨硪哦譺之類例之，我可平讀也，奚疑乎？可讀阿也，故奇有阿音，而猗因之得聲矣，且以何河柯軻珂妸苛訶之類例之，可可讀平也，亦奚疑乎？凡此皆《毛詩》音也。」

　　清代古音學之奠基者顧炎武，承前啓後，推進創新，不囿於個別考證古音，致力於系統探求古韻，其所憑藉之有效手段也正是依據《詩經》、《周易》韻文而驗證《說文》諧聲系列，由諧聲偏旁辨察中古音系，先進行離析，後加以綜合，而改變原有的相承互配之關係，創立了古韻十部說。顧氏憑諧聲離析唐韻，乃古音研究之一大發明，大力推動

---

❸　《潛研堂文集·跋吳棫韻補》。

了古音學的發展。下所摘引，即其《唐韻正》以諧聲離析中古音系而探求古韻系統之法：

> 「衰」字下注：「以上字當與六脂、七之通爲一韻。凡從支、從氏、從是、從兒、從此、從卑、從虒、從爾、從知、從危之屬，皆入此。」
>
> 「蓋」字下注：「以上字當與七歌、八戈通爲一韻。凡從多、從爲、從麻、從垂、從皮、從育、從奇、從義、從罷、從離、從也、從差、從麗之屬，皆入此。」

其《古音表》曰：「凡所不載者，即案文字偏旁以類求之。」於此可見，文字結構之諧聲偏旁對古韻系統的類推作用。

江永在顧炎武古韻十部的基礎上進一步考辨，將顧氏的第三部「魚」和第五部「蕭」分爲「魚」（第三部）、「宵」（第六部）、「侯」（第十一部）三部；將顧氏的第四部「眞」分爲「眞」（第四部）、「元」（第五部）兩部；將顧氏的第十部「侵」分爲「侵」（第十二部）、「談」（第十三部）兩部，而將古韻增爲十三部，使「古音之學以漸加詳」（戴震語），此亦採用顧氏所創造的新方法，即根據諧聲系統離析《廣韻》「虞」、「先」、「蕭、肴、豪」、「覃、談、鹽」等韻系而作出推斷的。譬如江氏以諧聲偏旁對「虞」韻之離析：

> 「虞韻亦當以偏旁別之，凡從吳械從無從巫從於從瞿從夫從雩從夸從具從㬟者皆通魚模，其從禹從芻從句從區從需從須從朱

从爻从俞从史从妻从付从吾从孚从取从廚从求者皆通候尤。」❹

戴震初分古韻爲七類二十部，後定古韻爲九類二十五部。上承江
永之陽聲韻、陰聲韻皆有入聲說，確立陰陽入三分法，提出「正轉法」
之概念，啓孔廣森「陰陽對轉」說之先聲。戴氏之研究，亦曾注目於諧
聲偏旁。譬如他協助江永撰著《古音標准》，論證「眞」、「元」之必
須划分爲二部，即舉「艱」、「鰥」二字之偏旁得聲。他從段玉裁的第
十五部中將「祭」、「泰」、「夬」、「廢」和「月」、「曷」、「末」、
「黠」、「鎋」、「薛」分離出來，也是依據詩韻與諧聲。

段玉裁基於顧炎武、江永考索古韻所取得的成果，進而深入辨析
古韻，將「支」部析爲「之」部（第一部）、「脂」部（第十五部）、
「支」部（第十六部），將「眞」部析爲「眞」部（第十二部）、「文」
部（第十三部），將「侯」部析爲「尤（幽）」部（第三部）、「侯」
部（第四部），分古韻爲十七部而愈臻於細。段氏所循之路徑也正是將
詩三百與「群經有韻之文及楚騷諸子、秦漢六朝詞章所用」❺同《說文》
所揭示之諧聲偏旁相參證。其著《六書音均表》，首列《今韻古分十七
部表》，次列《古十七部諧聲表》，釋曰：「諧聲者必同部也，三百篇
及周秦之文備矣。輒爲十七部諧聲偏旁表，補古六藝之散逸。類列某聲
某聲，分系於各部，以繩今韻。則本非其部之諧聲而闌入者，憭然可考
矣。」❻。較之前彥，段氏之認識則愈益深化，他將文字之構造法則與

---

❹　《古音標準》第三部「總論」。

❺　《六書音均表一·今韻古分十七部表·弟一部弟十五部弟十六部分用說》。

❻　《六書音均表二·古十七部諧聲表》。

語言之聲韻現象密切結合，從理論上與方法上精闢地闡述了考察諧聲系列於研究古韻系統之效用。他明確指出：「六書之有諧聲，文字之所以日滋也。考周秦有韻之文，某聲必在某部，至賾而不可亂。故視其偏旁以何字為聲，而知其音在某部，易簡而天下之理得也。」**❼**所以，「一聲可諧萬字，萬字而必同部，同聲必同部。」**❽**爾後，孔廣森著《詩聲類》、嚴可均著《說文聲類》、朱駿聲著《說文通訓定聲》等，都從段氏之學說受到啓發。

王念孫分古韻為二十一部，划分出「至」部與「祭」部及其與孔廣森、江有誥不謀而合地將「屋」部與「覺」部划分開來，也都是參合諧聲與《詩》韻而為根據的。王氏在古韻表中，於「至」、「祭」兩部與侯部入聲詳列字表，收進了《說文》屬於「至」、「祭」兩韻與侯部入聲之字，即按諧聲偏旁序列。如：至（荎、咥、躓、胵、郅、室、窒、螯、座、蟄、挃、姪、銍、蛭、垤、銍）……，祭（蔡、瞭、鄒、穄、察、瘵、憏、際）……屋（喔、椢、偓、渥、握）……

孔廣森著《詩聲類》，分古韻為十八類（部）。每一韻類（部）之下，先列諧聲，次列本韻，再列入韻字，以相印證。

孔氏主張「東」、「冬」分韻，將顧炎武、江永、戴震、段玉裁原以為上古應歸為一個韻部的《廣韻》「東、冬、鍾、江」諸韻字分開，段玉裁曾給予充分肯定，其《聲類表序》曰：「（孔氏）東冬為二，以配侯幽，尤徵妙悟。」其《答江晉三論韻》曰：東冬分韻「核之《三百篇》、群經、《楚辭》、《太玄》無不合」，「此孔氏卓識，勝前四人

---

❼ 　《六書音均表二·古十七部諧聲表》。

❽ 　《六書音均表一·今韻古分十七部表·古諧聲說》。

處」。王念孫與江有誥都是先疑而後從。王氏曾採納之，將原分古韻爲二十部而變成二十一部。江氏亦採納之，將原先的二十部改訂成了二十一部。孔氏此一學說，即由諧聲偏旁參合《詩經》用韻而發現，亦用諧聲偏旁連同入韻之字以揭示。他敘述道：「至乃通校東韻之偏傍，使多割其半」，這就是指通過諧聲偏旁離析東韻三等字而另立多類（部）。其《詩聲類》表明，凡從「冬、眾、宗、中、虫、戎、宮、農、夅、宋十個聲旁得聲之字，都應分出而別立「冬」類（部），凡從「東、同、豐、充、公、工、塚、囪、從、龍、容、用、封、凶、邕、共、送、雙、尨」十九個聲旁得聲之字，都應獨存而自立爲「東」類（部）。

　　孔廣森的「陰陽對轉」理論之創立，也正是以《詩經》韻腳之用字、文字諧聲與通假、經史異文等材料爲依據的。其《詩聲類》第二卷陽聲二下兼入脂韻字「底」下曰：「案此字從『氐』。……今考張平子賦『思百憂以自疢』正用此經。蓋『脂』爲『眞』之陰聲，故從『今』之字可變而從『氐』。《廣韻》十六軫『呮』字，訓『告也』，《類篇》以爲即《曲禮》『畛於鬼神』之『畛』，或引作『聄』，亦作『呮』。若然，『呮』可以通『聄』讀『之忍反』，則『底』亦可通『疢』讀『之鄰反』，又何疑焉！」此即論證「脂眞對轉」，從而闡明「陰陽對轉」。

　　江有誥分古韻爲二十一部，段玉裁《江氏音學序》曰：「集音學之成，於前此五家（顧、江、戴、孔、段）皆有匡補之功」，「其脂祭之分，獨見與戴氏適合者也；析屋沃以分隸尤侯，改質櫛屑以配脂齊，獨見與孔氏適合者也；東冬之分，則近見孔氏之書而取者也。」江氏著有《音學十書》，已刊行者有《詩經韻讀》、《群經韻讀》、《楚辭韻讀》、《先秦韻讀》、《諧聲表》、《入聲表》、《唐韻四聲正》，於此可見其音學成就亦得力於對韻字與諧聲等材料之研究「精深邃密」。

其《古韻凡例》曰:「昔人以緝合九韻分配侵覃。愚遍考古人有韻之文、唐韻之偏旁諧聲,而知其無平上去,故別分輯合及洽之半爲一部,葉貼狎業乏及洽之半爲一部。」段玉裁評價其《入聲表》曰:「前人論入聲,說最多歧,未有能折衷至當者。晉三(江有誥)則專據《說文》之偏旁諧聲及周秦人平入同用之章爲據,作《入聲表》一卷,尤爲精密,不惟陸氏分配之誤辨明,即江、戴異平同入之說亦可不必。其眞知確見有如此者!」江氏《寄茂堂先生書》則曰:「韻學談及入聲尤難,有明章氏著《韻學集成》,分配全誤;顧氏一正之,而得者半、失者半;江愼齋再正顧氏,而得者十之七,失者十之三。蓋不專以三代之經傳、許氏之諧聲爲據而調停舊說,是以未能盡善。」。

　　清代學者之治古韻者,顧炎武、江永、戴震、段玉裁、孔廣森、王念孫、江有誥七家之成就最爲突出,另二十餘家之著述亦有見地。而在此期間與繼此之後,古音學家之研究古韻,無論是考古派,或者是審音派,都是將經籍所用韻字與《說文》諧聲偏旁及其它有關材料相參證的。近世古音學者,亦循此路徑而新有創獲。譬如,章太炎氏之將「隊」部獨立,發現「隊異於脂」❾,王力師之將微部獨立,主張「脂微分野」❿,這些都是辨察《詩經》用韻並分析《說文》諧聲而作出的合乎實際的科學論斷。而董同龢氏切實檢驗脂微之分別,也是縝密考察諧聲,另兼及重紐⓫。

　　研究上古聲母,材料比較缺乏,不像研究上古韻部具備先秦韻文

---

❾　《國故論衡·二十三部音準》。

❿　《上古韻母系統研究》、《古韻脂微質物月五部的分野》。

⓫　《上古音韻表稿》。

那樣的依據。而學者們經大力發掘，亦索得一些手段。在研究中，不同學者則各有所取：以錢大昕、章太炎、曾運乾為代表者，主要根據漢代以前的異文、聲訓、音讀（創造反切法前之古書注音），並參考方音、梵音等，對照「三十六字母」，考證上古聲母的異同分合；以董同龢、李方桂、高本漢為代表者，主要考察諧聲字，通過分析同聲旁之字組而歸納上古聲母系統。當然，前者於後者所取之材料亦或用之；同樣，後者於前者所用之材料亦或取之。

　　試看諸家是如何運用古文字資料及其它材料探究古聲母的：

　　錢大昕開上古聲母研究之先河，其「古無輕唇音」與「古無舌上音」說，以確鑿之實證，為學者所認同。在論證中，其所據之古文字資料，即為異文，或為諧聲。

　　錢氏論述「古無輕唇音」之以「異文」為例證者⓬：

　　　凡輕唇之音，古讀皆為重唇。
　　　古讀「封」如「邦」。《論語》：「且在邦域之中矣。」《釋文》：「『邦』或作『封』」。「而謀動干戈於邦內。」《釋文》：「鄭本作『封內』。」《釋名》：「邦，封也。有功，於是故封之也。」
　　　古讀『紛』如『豳』。《周禮·司几筵》：「設莞筵紛純。」鄭司農云：「『紛』讀如『豳』。」
　　　古文「妃」與「配」同。《詩》：「天立厥配。」《釋文》：「本亦作『妃』。」《易》：「遇其配主。」鄭本作「妃」。

⓬　《十駕齋養新錄》卷五。

古讀「茀」如「孛」。《史記·天官書》：「星茀於河戍。」
《索隱》云：「『茀』音佩，即孛星也。」《漢書·谷永傳》：
「茀星耀光。」師古曰：「『茀』與『孛』同，音步內反。」
「鳳」即「朋」字。《說文》：「朋、鵬皆古文鳳字。」……
《莊子·消遙遊》篇：「其名爲鵬。」《釋文》：「崔音鳳，
云鵬即古鳳字，非來儀之鳳也。」
《周禮·職方氏》：「其澤藪曰望諸。」注：「望諸，明都也。」
疏：「明都，即宋之孟諸。」按：由此知「望諸」即「孟諸」
也。

亦有以諧聲偏旁與異文相結合證明「古無輕唇音」者：

古音「魴」如「鰟」。《說文》「魴」或作「鰟」。《春秋》：
「晉侯使士魴來乞師。」《公羊》作「士彭」。是「魴」非唇
音也。

錢氏論述「古無舌上音」之以「異文」與「諧聲」爲例證者[13]：

古無舌頭、舌上之分。「知」、「徹」、「澄」三母，以今音
讀之，與「照」、「穿」、「床」無別也。求之古音，則與「端」、
「透」、「定」無異。
古音「竹」如「篤」。《詩》：「綠竹猗猗。」《釋文》：「《韓

---

[13]　《十駕齋養新錄》卷五。

詩》『竹』作『篤』，音徒沃反。」（今北音「定」母去聲字多誤入「端」母。古音當不甚遠。《詩》「麟之定」、「定之方中」，皆丁侫反。）與「篤」音相近，皆舌音也。「篤」、「竺」並从「竹」得聲。《論語》：「君子篤於親。」《汗簡》云：「古文作『竺』。」《書》曰：「篤不忘。」《釋文》云：「本又作『竺』。」《釋詁》：「竺，厚也。」《釋文》云：「本又作『篤』。」按，《說文》：「竺，厚也。」「篤厚」字本當作「竺」，經典多用「篤」，以其形聲同耳。《漢書·西域傳》：「無雷國北與捐毒接。」師古曰：「捐毒即身毒、天毒也。」《張騫傳》：「吾賈人轉市之身毒國。」鄧展曰：「毒音督。」李奇曰：「一名天竺。」《後漢書·杜篤傳》：「摧天督。」注：「即天竺國。」然則「竺」、「篤」、「毒」、「督」四文同音。

其中所謂「『篤』、『竺』並从『竹』得聲」，即以「諧聲」與「異文」相參證。

　　此外，錢氏還提出正齒音照系三等在上古亦讀舌頭音。此說不少學者尙持保留態度，而其論證則是援引故訓，也以「異文」與「諧聲」試圖說明❶。

古人多舌音，後代多變爲齒音，不獨「知」、「徹」、「澄」三母爲然也。今人以「舟」、「周」屬照母，「輖」、「啁」屬知母，謂有齒舌之分。此不識古音者也。《考工記》：「玉

---

❶　《十駕齋養新錄》卷五。

柳雕矢磬。」注：「故書『雕』或爲『舟』。」是「舟」有「雕」音。《詩》：「何以舟之。」《傳》云：「舟，帶也。」古讀「舟」如「雕」，故與「帶」聲相近。「彫」、「雕」、「琱」、「鵰」，皆从「周」聲，「調」亦从「周」聲，是古讀「周」亦如「雕」也。《考工記》：「大車車轅摯。」注：「摯，輖也。」《釋文》：「輖，音周，一音弔，或竹二反。」陸氏於「輖」字兼收三音；「弔」與「雕」有輕重之分，而同爲舌音；「周」、「摯」聲相近，故又轉爲「竹二反」。今分「周」爲「照」母，「竹」爲「知」母，非古音之正矣。

　　章太炎提出「古音娘日二紐歸泥說」，也是援引故訓，以「諧聲」與「異文」爲論據❺。

　　古音有舌頭「泥」紐，其後支別，則舌上有「娘」紐，半舌半齒有「日」紐。於古皆「泥」紐也。
　　何以明之？
　　「涅」从「日」聲，《廣雅·釋詁》：「涅，泥也。」「涅而不緇」亦爲「泥而不滓」。是「日」、「泥」音同也。「䋆」从「日」聲。《說文》引《傳》：「不義不䋆」，《考工記·弓人》杜子春注，引《傳》：「不義不昵。」是「日」、「昵」音同也。（「昵」，今音「尼質切」，爲「娘」紐字；古「尼」、「昵」皆音「泥」。見下）

---

❺　《國故論衡》上。

今音「泥」、「狋」在「泥」紐，「尼」，「昵」在「娘」紐。「仲尼」，《三蒼》作「仲狋」，《夏堪碑》曰「仲泥何侘」，足明「尼」聲之字古音皆如「狋」、「泥」，有「泥」紐，無「娘」紐也。（今武昌言「尼」如「泥」，此古音也。）

　　黃侃提出照系二等歸精系說，也是以「諧聲」爲依據，與「異切」相參證的。他指出，「則」爲精系字，而從「則」得聲的「側、測、廁」都是中古照系二等字；從「且」得聲的字有「徂、組、祖、粗、阻、鉏、俎、沮」等，在這些字中，「徂、組、祖、粗」爲中古精系字，「阻、鉏、俎、沮」爲中古照系二等字，加之「異切」亦有類似現象，故中古照系二等字在上古可能同精系同一聲紐❶❻。

　　章、黃二氏不只考證了個別聲紐，而且研索了整個聲類系統。章氏是完整建立上古聲類系統的首創者，分爲二十一聲紐；其弟子黃氏步夫子之後，分爲十九紐，頗有影響；其另一弟子錢玄同氏則分爲十四紐。在古聲類系統的探求中，自有篳路藍縷之功。然而，由於他們未能系統地利用諧聲資料，在方法與材料上，則有其一定局限。

　　曾運乾提出「喻三歸匣」、「喻四歸定」說，也是舉「異文」與「諧聲」爲證據，並注明「聲訓」與「反切」以證音韻❶❼。

於母（喻三）古隸牙聲匣母，喻母（喻四）古隸舌聲定母。部件秩然，不相陵犯。古讀「營」如「環」，《韓非子》「自營爲私」，

---

❶❻　見於錢玄同《文字學音篇》上。

❶❼　《喻母古讀考》。

《説文》作「環」，按「環」戶關切，匣母；又古讀「營」如「還」，《詩・齊風》「子之還兮」，《漢書・地理志》作「營」，「還」，戶關切。

古讀「夷」如「弟」，《易・渙》「匪夷所思」，《釋文》「夷」荀本作「弟」；又《易・明夷》「夷於左股」，《釋文》子夏本作「睇」，又作「眱」；《説文》「鶲」从鳥夷聲，金文作「鵜」，从鳥弟聲。按：弟，徒禮、特計二切，睇，特計切，杜今切，並定母。

　　在考訂上古韻部與上古聲母而建立上古韻部系統與上古聲母系統的基礎上，學者們進而從事上古聲韻之音值的構擬。從古音之「類」的考辨到古音之「值」的擬測，此研究之飛躍自然是基於：認識深化，方法精密，材料充實，工具更新。擬音本始於章太炎之以漢字模擬古韻之音值，而運用現代語音學的科學原理與科學方法，採用國際音標全面構擬上古聲韻系統之音值者，則是肇端於瑞典著名漢學家高本漢（Klas Bernhard Johannes Karlgren），繼之則有國內外諸學者相推進。上文表明，古聲韻之分別部類，乃是以古文字之結構成素與同源關係及應用現象同其它有關材料相參證而作為具體依據，既然如此，古聲韻之構擬音值，亦當以古文字之結構成素與同源關係及應用現象同其它有關材料相參證而作為實際憑藉。高本漢之構擬上古聲母系統的音值，便是從系統著眼而利用已構擬的中古聲母系統向上推求，以諧聲資料作為構建上古聲母系統的最基本、最重要的根據的。高氏認定，同一諧聲系列之字，其輔音聲母之發音部位通常都相同，如均為唇音或均為舌根音等；而通過主諧字與被諧字之關係，則可推斷某些古聲母之類別。譬如，喻母分

而爲三：從「余」得聲的有「途、荼」，從「甬」得聲的有「痛、通」，這表明「余」、「甬」在上古有某種舌尖音輔音聲母，從而構擬爲[d]；從「王」得聲的有「匡、狂」，從「爲」得聲的有「嬀、僞」，從「喬」得聲的有「橋、僑」，這表明「王」、「爲」、「喬」在上古有某種舌根音輔音聲母，從而構擬爲[g]；從「羊」得聲的有「祥、庠」，這表明「羊」在上古也有某種舌尖音輔音聲母，從而構擬爲[z]。此外，複輔音的擬測，也是以諧聲資料爲主要根據而參證其它有關材料。至於上古韻的音值之擬測，正如上古韻的部類之考辨，自然也是以諧聲資料參證詩韻及其它有關材料而構擬的，即如主要元音的擬音，便是在參照已構擬的《切韻》主要元音中，由詩韻與諧聲及其它有關材料相參證的。

關於古聲韻的研究，學者們廣爲發掘，已探得多種材料。吳棫初始嘗試考證古韻，就運用了韻語、聲訓、古讀、諧聲、異文五種資料。清代學者許瀚《求古音八例》曰：

> 求古韻之道有八：一曰諧聲，《説文》某字某聲之類是也。二曰重文，《説文》所載古文、籀文、奇字、篆文或从某者是也。三曰異文，經傳文同字異，漢儒注某讀爲某者是也。四曰音讀，漢儒注某讀如某，某讀若某者是也。五曰音訓，如「仁，人」、「義，宜」、「庠，養」、「序，射」、「天神引出萬物」、「地祇提出萬物」者是也。六曰疊韻，如「崔嵬、虺隤、傴僂、污邪」是也。七曰方言，子云所錄，是其專書，故書雅記，亦多存者。流變實繁，宜慎擇矣。八曰韻語，九經、楚辭、周秦諸子、兩漢有韻之文是也。盡此八者，古韻之條理秩如也。

　　除此之外，還可考察通假字、同源字、現代漢語方言、古代外語借詞、親屬語言現象等。而可供考據的材料愈多，則愈有助於古聲韻考定之實證充實而臻於嚴謹。上述諸種材料，或直接爲古文字之屬，或間接同古文字相關。而古文字之資料中，或爲古文字之結構成素，如「諧聲」；或爲古文字之淵源關係，如「同源字」；或爲古文字之應用現象，如「異文」、「通假」。就古音研究之各種材料看，相對之下，「韻語」與「諧聲」之具有普遍性與系統性，則更爲學者們所廣泛運用。就古音研究之文字資料看，「諧聲」由文字構造法則所決定的周遍性，較之文字應用現象之「異文」、「通假」及文字滋生關聯之「同源字」等資料，尤能體現其類推作用。

　　科學研究之取得進展，有賴於科學理論之導引，得力於科學方法之巧用。古聲韻研究之取得創獲，也正在於，認識突破而趨向深化，手段多樣而漸臻完善。陳第之提出「時有古今，地有南北，字有更革，音有轉移」的論斷，破除了叶音說，建立了音變觀，爲古音研究之前導。段玉裁之表述「一聲可諧萬字，萬字而必同部，同聲必同部」的見解，揭示了諧聲偏旁以類相從的規律，指明了古韻考索據類系聯的作法，使古韻分部逐漸精細。而通過諧聲偏旁以考究上古聲韻，從吳棫之用以個別考證，到顧炎武之用以離析唐韻，至段玉裁之用以歸納韻部，乃是經歷了逐步演化的途徑。

二、古聲韻於古文字之研究

　　段玉裁序王念孫《廣雅疏證》曰：「聖人之制字，有義而後有音，有音而後有形，學者之考字，因形以得其音，因音以得其義。」大家知

道，文字爲語言之載體，乃是以特定構形之符號標誌含一定義音之語
詞，而具有形、音、義三要素。這樣，文字之認知，則體現於形、音、
義三方面。而古文字之考釋，亦必須就形、音、義索解，故解讀古文字
便有賴於稽明古聲韻。高本漢（Bernhard Karlgren）《漢文典》（Grammata
Serica）「導言」曰：「如果不考慮到漢字的上古讀音，殷周文字的研
究將無從下手。因爲研究象形字、會意字的假借用法，上古音是唯一可
靠的鑰匙，同時對於瞭解由假借而產生的諧聲系統來說，上古音也是必
不可少的工具。」實際上古聲韻於古文字之研究，并不限於「假借」與
「諧聲」。這就是說，研究古文字，無論是辨認獨體之「文」，抑或是
析釋合體之「字」，都必須考定古音。而就「形聲字」、「轉注字」、
「通假字」、「古今字」、「同源字」等言，緣於歷史音變，尤須究明
古聲韻，方可探清其底蘊。事實表明，古文字研究獲取之成果，不少得
助於古音學之效能；古文字研究存在之疑難，亦須借助於古音學以解
決。譬如，諧聲偏旁紛雜之披究，字族源流統系之索隱，即有待古音學
研究進展。另外，濫言通假之弊，侈言通轉之陋，則要依古音學原理匡
正。

　　這裡，以古文字考釋爲實際之例證，闡明古聲韻與解讀古文字之
密切關係：

　　「申」，甲骨文作 ⿰ （《英藏》二五二三），金文作 ⿰ （即
篆），籀文作 ⿰ ，小篆作 ⿰ 。《說文·申部》：「申，神也。」另
《虫部》「虹」之籀文從申，許慎則訓「申，電也。」段玉裁注：「電
者，陰陽激燿也。虹似之，取以會意。」王筠《說文句讀》曰：「⿰ 象
電光閃爍屈曲之狀。」徐灝箋亦據古鐘鼎文言「（申）蓋象電光之形」。
近世古文字學家於甲金文「申」之字形，始而多所猜測，然其釋之失當，

後則從《說文》家言，乃得其解。葉玉森曰：「申象電燿曲折」，「余謂象電形爲朔誼。」⑱李孝定曰：「（申）象電燿屈折激射之形，葉說是也。」⑲可是，在出土的古文字資料與傳世的古經籍文獻中，迄未見到以「申」示「電」者。卜辭全都用爲干支名，銘文亦多用作干支字，其用以紀年、月、日、時，亦爲世傳典籍之習見者。這樣，爲突破據形訓釋之囿，則須另有所求證，而古聲韻正可提供理據。推究古音，干支之「申」屬書紐、眞部。「閃電」之「申（電）」屬定紐、眞部。書紐爲舌面音，定紐爲舌頭音，同爲舌音，彼此相近，爲准旁紐，而且眞部疊韻。故「依聲韻事」而假借「閃電」之「申（電）」指代干支之「申」。至於初文「閃電」之「申」，其音本讀爲「電」。張舜徽《說文解字約注》曰：「（申）今讀失人切，古讀則與電同。」這樣，「申」之古本音與古字形相印證，「申」爲「電」之初文至確。而由初文之「申」結合形、音、義以尋其流，則可探明同源相生的蕃衍之跡：初始，地支之第九位無以造字，乃借音近之象形字「申」權且代之。而干支之常用，則久假不歸，便爲借義所專。爾後，「申」之本義與其它別義，就通過增加形符以示之，從而孳乳出「區別字」，亦稱爲「分別文」，即由「初文」衍生之「後起字」，或謂同「古字」相對之「今字」。試詳言之：

「申」之朔義原爲「電」，而由於雷電常伴隨著降雨，故增「雨」爲「電」而專指「閃電」，以別於地支第九位之「申」。玉筠《說文句讀》曰：「然則『電』字小篆加『雨』耳，分別文也。」從此「申」則爲地支第九位之專用字。

---

⑱　《殷虛書契前編集釋》一卷十七葉下。

⑲　《甲骨文字集釋》四三八八葉。

「申」之別義亦指「神」，故許訓「申」爲「神也」。張舜徽《說文解字約注》揣度曰：「初民睹此（電光），不解所以，相與驚怪跪禱，此即天神之見所由興。」而金文與帛書等以「申」指「神」者有之：杜伯盨：「其用享孝於皇申（神）且（祖）考。」《馬王堆漢墓帛書·老子甲本·德經》：「非其申不傷人也，聖人亦弗傷人。」今本《老子》第六十章作「非其神不傷人。」推究古音，「神」屬船紐、眞部。而「神」之船紐與「申」之書紐，同爲舌面音，聲極相近，互爲旁紐，其韻部亦同爲眞部。顯然，「神」乃由「申」增「示」而孳乳之分別文。

「且」，甲骨文作 ▢（《合集》二零六三）、▢（《合集》一零二），金文作 ▢（盂鼎），小篆作 ▢。《說文·且部》：「且，荐也。」段玉裁注：「古音徂，所以承藉進物者。」王筠《說文釋例》曰：「且，蓋古俎字，借爲語詞既久，始從半肉定之，許說亦不合爲一，而其說解則俎形也。」然而，在卜辭與銘文中，「且」則用爲「先祖」之「祖」。如：

> 癸卯王卜貞其祀多先且（祖）。（《合集》三八七三一）
> 王其侑於高且（祖）。（《合集》二七一五五）
> 御且（祖）癸豕且（祖）乙豕且（祖）戊豕。（《合集》三一九九三）
> 皇且（祖）皇考。（郱叔止伯鐘）
> 厌易（賜）中貝三朋用乍（作）且（祖）癸寶鼎。（中祖癸鼎）
> 用乍（作）且（祖）南公寶鼎。（盂鼎）

王襄《簠室殷契類纂》曰：且，「古『祖』字，不從示。」羅振

玉《增訂殷虛書契考釋》曰：「此（且）與古金文均不从示，惟《齊子仲姜鎛》始作『祖』。」而「且」字之構形取象於何，則諸家有歧解：郭沫若《甲骨文字研究·釋祖妣》曰：「且實牡器之象形」，「蓋上古之人本知母而不知父，則無論其父之母與父之父。然此有物焉可知其爲人世之初祖者，則牝牡二器是也。故生殖神之崇拜，其事几與人類而俱來。」李孝定《甲骨文字集釋》曰：「蓋且象神主之形。」古文字學家亦有從王筠釋「俎」者，林義光《文源》曰：且「即俎之古文。從二肉在俎上，肉不當在足間，則二橫者俎上之橫，非足間之橫也。」徐中舒主編《甲骨文字典》曰：「古置肉於俎上以祭祀先祖，故稱先祖爲且，後起字爲祖。」各家析形異辭，而釋「祖」則相同。竊謂古文字「且」象神祖之牌位形。在卜辭銘文中，「且」乃確指「祖」，可是，在傳世典籍中，「且」常標指虛詞，卻未見指「祖」義之用例。這樣，地上文獻無以印證地下文獻，則須另求考證。驗之於音，「且」與「祖」，現代官話讀音相去甚遠，中古《廣韻》反切亦相別異，而往前推究上古音，「且」屬清紐、魚部，「祖」屬精紐、魚部，精、清同爲舌頭音，互爲旁紐，極其相近，而韻部則完全相同。由此看來，先祖之「祖」古本作「且」，後「且」借以稱指虛詞，則增「示」爲「祖」以別之。

上述事實表明，考察古文字，結合古音辨察古形求解古義，便可探明獨體之「文」孳乳合體之「字」的由義之引申或形之假借而衍形分化的古今蕃衍軌跡、義音成分眹備、同源相生關係的文字演化之具體原委。

在形聲字中，由於古今音的變化，其主諧字與被諧字之今音相歧異者，多所見之，這就更有賴於古音學以究明其所以。試以《說文》篆字之從「乍」得聲者辨之：

1.詐，欺也。从言，乍聲。（言部）

2.胙，祭福肉也。从肉，乍聲。（肉部）

3.笮，迫也，在瓦之下、棼上。从竹，乍聲。（竹部）

4.飵，楚人相謁食麥曰飵。从食，乍聲。（食部）

5.柞，木也。从木，乍聲。（木部）

6.昨，壘❷日也。从日，乍聲。（日部）

7.稓，禾搖兒。从禾，乍聲。讀若昨。（禾部）

8.作，起也。从人，乍聲。（人部）❷

9.阼，主階也。从阜，乍聲。（阜部）

10.酢，醶也。从酉，乍聲。（酉部）❷

11.齰，齧也。从齒，昔聲。齚，齰或从乍。（齒部）❷

12.祚，福也。从示，乍聲。（示部，新附）

　　上列諸字所从之聲符「乍」，按官話音或中古音，只同「詐」音
相諧，而同其它字音不諧。推究語音史，乃是在於，自上古至中古，「乍」
及「詐」音發生了變化，即原本爲入聲鐸部字，而變成了去聲禡韻字。
可是，從「乍」得聲之「作」、「飵」、「柞」、「酢」、「昨」、「稓」

---

❷　「壘」，段注本據小徐本「累」作「絫」，注曰：「絫日謂重絫其日也。《廣韻》
　　云：『昨日，隔一宵也。』」

❷　大徐本爲「从人、从乍」，此爲小徐本，段玉裁《說文解字注》、朱駿聲《說文通
　　訓定聲》、王筠《說文句讀》均從小徐本。

❷　徐鍇《說文解字繫傳》「酢」下曰：「今人以此爲酬醋〔ㄗㄨㄛˊ　zuó〕字，反以
　　醋爲酒酢〔ㄘㄨˋ　cù〕，時俗相承之變也。」

❷　「昔」、「乍」上古音同屬鐸部入聲，而「昔」屬心紐與「乍」屬崇紐亦均爲齒音。

則沿襲上古音未變,「胙」、「阼」、「祚」則變成了去聲暮韻字,「筰」、「酢」則變成了入聲陌韻字。這樣,稽明「乍」及上列各字之上古音,其從「乍」聲之理則瞭然:

乍——崇紐鐸部入聲韻
詐、筰——莊紐鐸部入聲韻
胙、飵、柞、咋、秨、阼、酢、祚——從紐鐸部入聲
作——精紐鐸部入聲
酢——崇紐鐸部入聲

於此可見,「乍」及《說文》從「乍」得聲之字,其上古音皆為鐸部入聲,并同為齒音:莊紐與崇紐均為正齒音而互為旁紐,精紐與從紐均為齒頭音亦互為旁紐,莊紐與精紐則互為準雙聲,崇紐與從紐也互為準雙聲。顯然,「乍」與從「乍」聲之字,古音自諧。

此外,《說文》漏收而見於上古文獻的「咋」❷、「痄」❷、「窄」❷、「鮓」❷、「砟」❷等字,其從「乍」聲原亦相諧。

據此甄別,另從「乍」得聲而其今音相諧之未見於《說文》及上

---

❷ 《周禮·考工記·鳧氏》「侈則柞」鄭玄注:「柞,讀為咋咋然之『咋』,聲大外也。」(「咋」音讀 zé ㄗㄜˊ,義指「大聲呼叫」。)《左傳·定公八年》:「桓子咋謂林楚曰。」(「咋」音讀 zhà ㄓㄚˋ,義指「突然」。)

❷ 見《侯馬盟書》。

❷ 《尉繚子·兵教下》:「城大而地窄者,必先攻其城。」

❷ 《釋名·釋飲食》:「鮓,菹也,以鹽米釀魚以為菹,熟而食之也。」

❷ 曹操《氣出唱》之三:「遊君山,甚為眞,磪 砟硌,爾自為神。」

古典籍的「拃」、「苲」、「炸」、「蚱」等字，則可判定爲後出之形聲字。

　　在形聲字中，有所謂「省聲」者。省略聲旁之構件，此乃造字之一法。然傳本《說文》之標示省聲，則有可疑者：

　　　　迮，迮迮，起也。从辵，作省聲。（辵部）
　　　　怍，慙也。從心，作省聲。（心部）

　　根據上古音，我們可以推斷，此言「作省聲」，非許書原文，乃後世不諳古音之淺人妄改。「迮」上古音屬莊紐鐸部入聲，「怍」上古音屬從紐鐸部入聲，二字亦本从上古音屬崇紐鐸部入聲之「乍」得聲，故「作省聲」當爲「乍聲」。檢索有關文獻，亦可驗證。徐鍇《說文解字繫傳》「怍」字即爲「乍」聲。慧琳《一切經音義》訓釋「迮」、「怍」二字之援引《說文》即均爲「乍聲」：「內迮」條引文爲：「《說文》：『迫也。从辵，乍聲』。」（卷六二）「迫迮」條引文爲：「《說文》：『从辵，乍聲。』」（卷六七）「愧怍」條引文爲：「《說文》云：『怍，慚也。从心，乍聲。』」（卷八八）此足證《說文》傳本於唐代猶爲「乍聲」，而「作省聲」蓋後出之訛。

　　由此看來，古聲韻對於傳統文字學的研究以至《說文》傳本的校讎，其價值之大，亦甚顯著。

結　語

　　縱觀傳統小學之演進爲現代學科的發展歷程，緣於形、音、義之

密切相關，古文字之研究、古聲韻之研究、古語義之研究，乃是相輔相成的。而古聲韻與古文字之交互爲用，則彼此促成了如上所述之進展。然而，嚴予審度，亦有不足。

就古聲韻研究之利用古文字資料看，其缺陷在於：

㈠文字之孳乳蕃衍有其時代性，而有的古音研究者卻未辨別產生異時之形聲字。譬如，高本漢擬測上古聲母系統，試圖充分運用諧聲資料，而從《康熙字典》中挑選不很冷僻的一萬二千字，觀察其諧聲關係，其選材即失之於疏，而有大量字是今文字即隸變才出現的。

㈡文字之存在通行有其地域性，而有的古音研究者卻未辨明出現異地之形聲字。譬如，上述高本漢之運用諧聲資料而疏於選材，亦表現在未顧及有的諧聲偏旁帶有方音色彩。

㈢文字之表音機制有其二元性，而有的古音研究者卻未辨識轉注異元於形聲字。譬如，一般學者由於孤立觀察諸如「考」之從老 (省)、「丂聲」一類字，便只是滯目於「丂」與「考」之聲諧。本人曾撰文闡明，宜將同源之轉注字系聯審視，爲探究古音韻一新途。即如將「考」與「老」相聯系，則可窺見複輔音之形跡，而從古文字之另一隅求索例證。❷❾可是這一視角卻常被忽視。

此外，憑藉「通假」與「異文」等審辨古音，亦有尚欠斟酌，言之不甚確鑿者。

就古文字研究之利用古聲韻材料看，其缺陷在於：

㈠有的古文字學者未能熟諳古音學之原理，而強以古聲韻相牽合，造成誤斷。

---

❷❾　向光忠《複輔音聲母與同源轉注字之參證》，臺灣學生書局《聲韻論叢》第五輯。

㈡有的古文字學者率爾無視通轉說之原則，而濫言文字之通假，助其臆說。

綜上所述，在古聲韻與古文字之參究中，諸如此類的尚欠周嚴之處，已經或將會爲學者們所正視。縱目展望，古聲韻與古文字之研究，必將在既得成就的基礎上，彌補罅漏，長足進展。近年，有學者嘗試根據殷契甲骨文與殷鑄鐘鼎文探測殷商古聲韻，引人矚目。

1999 年 3 月急就於南開園西南村篤學齋

《聲韻論叢‧第九輯》
聲韻學學會主編　　頁59～84
臺灣學生書局　　2000 年 8 月

《詩集傳》非叶韻音切語與
朱熹讀《詩》方法試析

金周生*

一、前言

　　王力先生《漢語語音史》講宋代音系，主要是根據朱熹反切。他說：

> 朱熹的《詩集傳》和《楚辭集注》都有反切。他用反切來說明
> 叶音，那是錯誤的。但是，他所用的反切並不依照《切韻》，
> 可見他用的是宋代的讀音。這樣，朱熹反切就是很寶貴的語音
> 史資料。❶

根據朱熹注音資料，王先生歸納宋代的聲母變化有四項：

---

*　　輔仁大學中文系副教授
❶　　見《漢語語音史》頁 260。

(一)全濁聲母全部消失了。並母平聲併入了幫滂兩母❷；奉母併入了非敷兩母；從母併入了精清兩母；邪母併入了心母；定母併入了端透兩母；澄母併入了知徹兩母；床母平聲併入了照穿兩母；床神禪併入了穿審兩母；群母併入了見溪兩母；匣母併入了曉母。

(二)舌葉音消失了。莊母字一部分併入精母，一部分併入照母；初母字一部分併入清母，一部分併入穿母；山母字一部分併入心母，一部分併入審母。

(三)娘母併入了泥母。

(四)影母併入了喻母。❸

韻母變化也十分明顯，王先生說：

> 宋代的韻部比晚唐五代的韻部少得多了，從四十個韻部減爲三十二個韻部，少了八部。主要是由於純二等韻部都轉入一等韻或三四等韻去了，江併於陽，肴併於蕭豪，佳皆併於咍，點鎋併於曷末，洽狎併於合盍，刪山併於寒桓，咸銜併於覃談，毫無例外，這也是一種發展規律。❹

---

❷ 「平聲」二字恐有誤。王力先生〈朱熹反切考〉曾說朱熹時代幫母包括並母仄聲字，滂母包括並母平聲字。

❸ 見《漢語語音史》頁261。

❹ 見《漢語語音史》頁304。

至於聲調，王先生認爲：

> 宋代的聲調和晚唐五代的聲調一樣，仍舊是平上去入四聲。宋
> 代平聲未分陰陽，朱熹反切可以證明這一點。……朱熹時代，
> 入聲韻尾仍有-p，-t，-k 三類的區別，除[ik]轉變爲[it]以外，其
> 他都沒有混亂。❺

王先生在《漢語語音史》中的結論，應是植基於其先前所作的〈朱熹反
切考〉❻，而該文所用資料，百分之九十以上是引用朱熹改讀的「叶韻
音」。「叶韻音」對研究語音史有多少價值，在此不作檢討，但朱熹如
果用宋代音讀《詩》，則一般的反切注音，也就是沒有經過「改讀」以
求「叶音」的「非叶韻音切語」，應是更直接可用的資料。本文就朱熹
《詩集傳》所注出的一千七百七十五個非改讀叶韻音切語，試圖找出切
語來源，並與《廣韻》、《集韻》音作一比較，找不出切音來源的，則
一一提出該音產生的可能原因，希望藉此能瞭解《詩集傳》的反切究竟
能提供多少對研究宋代音系有利的資料，並進而瞭解朱熹讀《詩》的方
法。

二、《詩集傳》非叶韻音切語探源

朱熹《詩集傳》非叶韻音切語多半抄自《經典釋文·毛詩音義》，

---

❺ 見《漢語語音史》頁305。

❻ 見1982年2月《中華文史論叢》增刊。

少數與《廣韻》《集韻》同音，以〈關雎〉〈葛覃〉二篇注音為例，在
十七個反切注音中，有十二個與〈毛詩音義〉反切用字完全相同，有六
個與《廣韻》或《集韻》相同，只有三個字的反切用字不同於這三種資
料，除「荇」字外，所切出的音並無分別，下面表列出來，即可見其一
斑。

被注字	《詩集傳》音	《釋文》音	《廣韻》或《集韻》音
雎	七余反	七胥反	《廣韻》七余切
窈	烏了反	烏了反	《廣韻》烏皎切
窕	徒了反	徒了反	《廣韻》徒了切
參	初金反	初金反	《廣韻》初簪切
差	初宜反	初宜反	《廣韻》楚宜切
荇	行孟反	衡猛反	《廣韻》何梗切
輾	哲善反	哲善反	《廣韻》知演切
芼	莫報反	毛報反	《廣韻》莫報切
施	以豉反	以豉反	《集韻》以豉切
刈	魚廢反	魚廢反	《廣韻》魚肺切
濩	胡郭反	胡郭反	《廣韻》胡郭切
絺	恥知反	恥知反	《廣韻》丑飢切
綌	去逆反	去逆反	《廣韻》綺戟切
害	戶葛反	戶葛反	《集韻》何割切
澣	戶管反	（未收）	《廣韻》胡管切
否	方九反	方九反	《廣韻》方九切
母	莫後反	（未收）	《廣韻》莫厚切

經我統計，在《詩集傳》所注出的一千七百七十五個非改讀叶韻音切語中，有一千四百六十一個抄自《經典釋文·毛詩音義》（反切用字完全相同），比例高達百分之八十二。如果再與《廣韻》、《集韻》中的聲韻類比對，則《詩集傳》反切找不到該音來源的只有五十二個，比例不及百分之三。這顯示朱熹《詩集傳》的反切原則上多不是自己造的，其中沿用《經典釋文·毛詩音義》切語，及其字音讀同《廣韻》、《集韻》的痕跡十分明顯。

三、特殊非叶韻音切語的形成原因

朱熹《詩集傳》中有五十二個非叶韻音切語，其所呈現的音類與前代文獻並不相同，下面就爲其形成原因作一分類，並作簡要說明。

(一)當爲叶韻音而漏書「叶」字

01 華·芳無反。

按：〈桃夭〉「桃之夭夭，灼灼其華，之子于歸，宜其室家。」「灼灼其華」下朱注：「芳無·呼瓜二反」；「宜其室家」下朱注：「古胡·古牙二反」。依朱熹之意，「家」讀「古胡反」時，「華」叶音讀「芳無反」。

02 華·芳無反。

按：〈何彼襛矣〉「何彼襛矣，唐棣之華，曷不肅雝，王姬之車。」「唐棣之華」下朱注：「芳無·呼瓜二反」；「王姬之車」下朱注：「斤於·尺奢二反」。依朱熹之意，「車」讀「斤於反」時，「華」叶音讀「芳無反」。

03 榆·夷周反。

04 驅·袪尤反。

按：〈山有樞〉「山有樞，隰有榆，子有衣裳，弗曳弗婁，子有車馬，
　　弗馳弗驅，宛其死矣，他人是愉。」「山有樞」下朱注：「烏侯·
　　昌朱二反」；「隰有榆」下朱注：「夷周·以朱二反」；「弗曳
　　弗婁」下朱注：「力侯·力俱二反」；「弗馳弗驅」下朱注：「袪
　　尤·虧于二反」；「他人是愉」下朱注：「他侯·以朱二反」。
　　依朱熹之意，「樞」讀「烏侯反」、「婁」讀「力侯反」、「愉」
　　讀「他侯反」時（〈毛詩音義〉「樞」正讀「烏侯反」、「婁」
　　讀「落侯反」，〈毛詩音義〉言「愉」字鄭作「偷」，「他侯反」），
　　「榆」方叶音讀「夷周反」，「驅」方叶音讀「袪尤反」。

05 上·辰羊反。

按：〈宛丘〉「子之湯兮，宛丘之上兮，洵有情兮，而無望兮。」「子
　　之湯」下朱注：「他郎·他浪二反」；「宛丘之上」下朱注：「辰
　　羊·辰亮二反」；「而無望」下朱注：「武方·武放二反」。依
　　朱熹之意，「湯」讀「他郎反」、「望」讀「武方反」押平聲韻
　　時（《廣韻》「湯」音「吐郎切」，「望」音「武方切」），「上」
　　方叶音讀平聲「辰羊反」。

06 肺·普計反。

按：〈東門之楊〉「東門之楊，其葉肺肺，昏以爲期，明星晢晢。」「其
　　葉肺肺」下朱注：「普計反」，「明星晢晢」下朱注：「之世反」。
　　〈毛詩音義〉「晢」注「之世反」，朱注抄錄此音，但〈毛詩音
　　義〉「肺」注「普貝反」，朱注卻未錄此音，推其原因當是「之
　　世反」的「晢」與「普貝反」的「晢」不押韻，故朱注將「肺」

改讀「普計反」以叶韻。

07 紹‧實照反。

08 懆‧七吊反。

按：〈月出〉「月出照兮，佼人燎兮，舒夭紹兮，勞心慘兮。」「佼人燎」下朱注：「力召反」，「舒夭紹」下朱注：「實照反」，「勞心慘」下朱注：「當作懆，七吊反」。朱熹認爲「照燎紹懆」四字押韻，「照」爲去聲字，所以「燎紹」都要叶韻改讀爲去聲（「燎」本有平、去二讀），朱注「力召反」「實照反」都是去聲；甚至「勞心慘兮」的上聲「慘」字，朱熹還不惜改爲「懆」字以求押韻。

09 華‧芳無反。

按：〈隰有萇楚〉「隰有萇楚，猗儺其華，夭之沃沃，樂子之無家。」「猗儺其華」下朱注：「芳無‧胡瓜二反」；「樂子之無家」下朱注：「古胡‧古牙二反」。依朱熹之意，「家」讀「古胡反」時，「華」方叶音讀「芳無反」。

10 芾‧蒲昧反。

11 芾‧芳勿反。

按：〈候人〉「彼候人兮，何戈與祋，彼其之子，三百赤芾。」「何戈與祋」下朱注：「都律‧都外二反」；「三百赤芾」下朱注：「芳勿‧蒲昧二反」。依朱熹之意，「祋」與「芾」押韻，〈毛詩音義〉「祋」音「都律反」，所以「芾」叶音「芳勿反」；《集韻》「祋」音「都外切」，所以「芾」叶音「蒲昧反」。

12 駒‧恭侯反。

13 驪‧虧由反。

按：〈皇皇者華〉「我馬維駒，六轡如濡，載馳載驅，周爰咨諏。」「我馬維駒」下朱注：「恭于·恭侯二反」；「六轡如濡」下朱注：「如朱·如由二反」，「載馳載驅」下朱注：「虧于·虧由二反」「周爰咨諏」下朱注：「子須·子侯二反」。依朱熹之意，「駒濡驅諏」四字，分別讀「恭于反」「如朱反」（〈毛詩音義〉亦作「如朱反」）「虧于反」「子須反」（〈毛詩音義〉亦作「子須反」）押韻，但《集韻》「濡」「諏」又有「而由切」「將侯切」二音，所以爲了押韻，朱熹就將「駒」字改讀爲「恭侯反」，「驅」字改讀爲「虧由反」。

14 華·芳無反。

按：〈采薇〉「彼爾維何，維常之華，彼路斯何，君子之車。」「維常之華」下朱注：「芳無·胡瓜二反」；「君子之車」下朱注：「斥於·尺車二反」。依朱熹之意，「車」讀「斥於反」時，「華」方叶音讀「芳無反」。

15 破·彼寄反。

按：〈車攻〉「四黃既駕，兩驂不猗，不失其馳，舍矢如破。」「兩驂不猗」下朱注：「於寄·於簡二反」；「不失其馳」下朱注：「叶徒臥反」；「舍矢如破」下朱注：「彼寄·普過二反」。依朱熹之意，「猗」讀「於寄反」時，「破」方叶音讀「彼寄反」。

16 友·羽軌反。

按：〈沔水〉「沔彼流水，朝宗于海，鴥彼飛隼，載飛載止，嗟我兄弟，邦人諸友，莫肯念亂，誰無父母。」「朝宗于海」下朱注：「叶虎洧反」；「邦人諸友」下朱注：「羽軌反」；「誰無父母」下朱注：「叶滿洧反」。依朱熹之意，「海止友母」押韻，「友」

字《廣韻》「云久切」，不叶韻，所以當改讀「羽軌反」。

17 輦·下介反。

18 逝·石列反。

按：〈車舝〉「間關車之舝兮，思孌季女逝兮。」「間關車之舝」下朱
注：「胡瞎·下介二反」；「思孌季女逝」下朱注：「石列·石
例二反」。依朱熹之意，「舝逝」押韻，當「舝」讀「胡瞎反」
時，「逝」即改讀叶音「石列反」；當「逝」讀「石例反」時，
「舝」即改讀叶音「下介反」。

19 喙·吁貴反。

按：〈緜〉「柞棫拔矣，行道兌矣，混夷駾矣，維其喙矣。」「柞棫拔」
下朱注：「蒲貝反」，「行道兌」下朱注：「吐外反」，「混夷
駾」下朱注：「徒對反」，「維其喙」下朱注：「吁貴反」。依
朱熹之意，「拔兌駾喙」押韻，「拔」本「黠」韻字，「兌駾」
本「泰」韻字，「喙」本「廢」韻字，今朱注改「拔」爲「蒲貝
反」，是叶韻音，「喙」音「吁貴反」也當是叶韻音。

20 癉·當簡反。

按：〈板〉「上帝板板，下民卒癉，出話不然，爲猶不遠，靡聖管管，
不實于亶，猶之未遠，是用大諫。」「下民卒癉」下朱注：「當
簡反」，「是用大諫」下朱注：「叶音簡」。依朱熹之意，「板
癉遠管亶遠諫」押上聲韻，「癉」，〈毛詩音義〉「當但反」，
與「諫」都是去聲字，故需改讀「當簡反」與「簡」音才能押韻。

21 害·許曷反。

22 害·瑕憩反。

按：〈蕩〉「人亦有言，顛沛之揭，枝葉未有害，本實先撥。」「顛沛

之揭」下朱注：「紀竭・去例二反」，「枝葉未有害」下朱注：
「許曷・瑕憩二反」，「本實先撥」下朱注：「蒲末反，叶方吠・
筆烈二反」。依朱熹之意，「揭害撥」押韻，因《廣韻》「揭」
有去聲「祭」韻「去例切」一音，所以原本去聲「泰」韻「胡蓋
切」的「害」，也要改讀爲「祭」韻的「瑕憩切」，原本入聲「末」
韻「北末切」的「撥」，也要改讀爲「廢」韻的「方吠切」；既
然朱注作「叶方吠反」，「瑕憩反」也當是叶韻音。《廣韻》「揭」
又有入聲「薛」韻「居列切」一音，所以原本去聲「泰」韻「胡
蓋切」的「害」，要改讀爲入聲「曷」韻的「許曷反」，原本入
聲「末」韻「北末切」的「撥」，也要改讀爲「薛」韻的「筆烈
反」。

23 收・殖酉反。

按：〈瞻卬〉「人有土田，女反有之，人有民人，女覆奪之，此宜無罪，
女反收之，彼宜有罪，女覆說之。」「女反有」下朱注：「酉・
由二音」；「女覆奪」下朱注：「徒活反」；「女反收」下朱注：
「殖酉・殖由二反」；「女覆說」下朱注：「音脫」。依朱熹之
意，「有收」押韻，「奪說」押韻。「有」讀「酉」，「收」叶
韻讀「殖酉反」；「收」讀「殖由反」，「有」則叶韻讀「由」。

24 玷・丁險反。

按：〈召旻〉「皋皋訿訿，曾不知其玷，兢兢業業，孔塡不寧，我位孔
貶。」朱熹以爲「玷貶」押韻，所以在「曾不知其玷」下注：「丁
險反」。因爲「貶」字《廣韻》屬「琰」韻，「玷」字《廣韻》
屬「忝」韻，朱熹爲求押韻，「玷」字改讀爲「琰」韻的「丁險
反」才恰當。

25 犧·虛何反。

26 宜·牛何反。

按：〈閟宮〉「享以騂犧，是饗是宜，降福既多。」「享以騂犧」下朱
注：「虛宜·虛何二反」；「是饗是宜」下朱注：「牛奇·牛何
二反」；「降福既多」下朱注：「章移·當何二反」。朱熹以爲
「犧宜多」押韻，「多」音「當何反」時，「犧」叶音「虛何反」，
「宜」叶音「牛何反」。

(二)朱注用早期而不見於韻書之音

27 家·古胡反。

按：〈桃夭〉「之子于歸，宜其室家。」「家」，朱注「古胡·古牙二
反」；古「曹大家」，「家」有「姑」音，朱熹「家」讀「古胡
反」當緣於此。

28 家·古胡反。

按：〈隰有萇楚〉「夭之沃沃，樂子之無家。」「家」，朱注「古胡·
古牙二反」；古「曹大家」，「家」有「姑」音，朱熹「家」讀
「古胡反」當緣於此。

29 長·丁丈反。

按：〈蓼莪〉「長我育我」，「長」，朱注「丁丈反」，「端」母；《廣
韻》「知丈切」，「知」母。〈毛詩音義〉此處未注音。〈毛詩
音義〉在其他地方「長」多音「丁丈反」，如〈葛覃〉「日長」、
〈擊鼓〉「之長」、〈定之方中〉「長大」、〈斯干〉「正長」、
〈小弁〉「長大」、〈巧言〉「用長」……等都注「丁丈反」，
則此處朱注可視爲沿用〈毛詩音義〉慣用切語。

30 長・丁丈反。

按：〈大明〉「長子維行」，「長」，朱注「丁丈反」，「端」母；《廣
　　韻》「知丈切」，「知」母。〈毛詩音義〉此處注爲「張丈反」，
　　朱注未取此音。朱注可視爲沿用〈毛詩音義〉慣用切語，理由見
　　前條。

31 長・丁丈反。

按：〈皇矣〉「克長克君」，「長」，朱注「丁丈反」，「端」母；《廣
　　韻》「知丈切」，「知」母；〈毛詩音義〉此處未注音。朱注可
　　視爲沿用〈毛詩音義〉慣用切語，理由見前條。

32 長・丁丈反。

按：〈皇矣〉「不長夏以革」，「長」，朱注「丁丈反」，「端」母；
　　《廣韻》「知丈切」，「知」母；〈毛詩音義〉此處未注音。朱
　　注可視爲沿用〈毛詩音義〉慣用切語，理由見前條。

(三)朱熹用本字音注通借字音

33 袢・薄慢反。

按：〈君子偕老〉「是紲袢也」，朱注：「薄慢反、叶汾乾反。紲袢，
　　束縛意。」〈毛詩音義〉與《廣韻》都以「符袁」切「袢」，《廣
　　韻》注云：「絺綌，《詩》云：是紲袢也。」雖引此《詩》以爲
　　說，但朱熹文意與此並不相同。竊意以爲此「袢」朱熹解爲「羈
　　絆」的「絆」或「靽」字，《廣韻》音「博慢切」，朱注用本字
　　音注通借字音。

34 瘨・都田反。

按：〈小宛〉「哀我瘨寡」，朱注：「都田反。『瘨』與『癲』同，病

也。」《廣韻》「瘨」音「都年切」，正與「都田反」同音。《廣韻》「填」「徒年切」，定母字，此處朱熹用本字「瘨」音注通借字「填」。

35 苑‧於粉反。

按：〈都人士〉「我心苑結」，朱注：「於粉反。苑，猶屈也，積也。」《廣韻》「苑」音「於阮切」，義爲「園苑」。「於粉切」下收「薀」字，注：「《說文》曰：積也」，正與朱注義同。所以「苑」的本字當爲「薀」，此處朱熹用本字「薀」音注通借字「苑」。

36 黮‧尸荏反。

按：〈泮水〉「食我桑黮」，朱注：「尸荏反。黮，桑實也。」《廣韻》「他感切」下收「黮」字，義爲「黤黮黑」，《集韻》「式荏切」下收「椹」字，注云：「桑子。」音與「黮‧尸荏反」同，義與「食我桑黮」合，故朱熹用本字「椹」音注通借字「黮」。

㈣朱熹明説其特殊讀法

37 疑‧魚乞反。

按：〈桑柔〉「靡所止疑」，朱注：「魚乞反。疑，讀如《儀禮》『疑立』之疑，定也。」《廣韻》「疑」讀平聲「語其切」，無入聲「魚乞切」一音；但《儀禮》「疑立」一詞出現數次，〈儀禮音義〉的切語都是「魚乞反」，可知朱熹認爲「疑」字在此有其特殊讀法。

㈤《經典釋文》或《詩集傳》字誤

38 茁‧則劣反。

按：〈騶虞〉「彼茁者葭」，〈毛詩音義〉、《廣韻》都是以「側劣」
切「茁」，爲「莊」類字；朱注「則劣反」，爲「精」類字。「則」
恐爲「側」字之形誤。

39 鮮・期踐反。

按：〈新臺〉「籧篨不鮮」，《廣韻》音「息淺切」，〈毛詩音義〉音
「斯踐反」，都是「心」母字，朱注「期踐反」，爲「群」母字。
「期」恐爲「斯」字之形誤。

40 緌・加誰反。

按：〈南山〉「冠緌雙止」，〈毛詩音義〉「緌」的切語是「如誰反」，
《廣韻》音「儒佳切」，都是「日」母字；朱注「加誰反」，「加」
爲「見」母字。「加」恐爲「如」字之形誤。

41 鴥・伊橘反。

按：〈晨風〉「鴥彼晨風」，〈毛詩音義〉「鴥」的切語是「尹橘反」，
《廣韻》音「允律切」，都是「喻」母字；朱注「伊橘反」，「伊」
爲「影」母字。「伊」恐爲「尹」字之形誤。

42 湛・答南反。

按：〈常棣〉「和樂且湛」，〈毛詩音義〉作「啓南反」，朱注作「答
南反」，黃焯《經典釋文彙校》云：「啓字誤，宋本作『荅』。
阮云：小字本、相臺本、十行本皆作『荅』。」「啓」爲「荅」
之誤，「荅」「答」同音（《集韻》同「德合切」），二書用字
不同，音實相同。

43 蹟・並亦反。

按：〈沔水〉「念彼不蹟」，〈毛詩音義〉「蹟」的切語是「井亦反」，
《廣韻》音「資昔切」，都是「喻」母字；朱注作「並亦反」，

「並」爲「並」母字。「並」恐爲「井」字之誤。

44 炙·之赦反。

按：〈楚茨〉「或燔或炙」，〈毛詩音義〉「炙」音「之赦反」，《廣韻》「禡」韻「炙」音「之夜切」，正與此音相應；朱注作「之赦反」，「赦」屬入聲「職」韻，《廣韻》「職」韻無「炙」字。朱注「赦」恐爲「赦」字之形誤。

45 鋪·普兵反。

按：〈常武〉「鋪敦淮濆」，〈毛詩音義〉「鋪」的切語是「普吳反」，《廣韻》音「普胡切」，都是「模」韻字；朱注作「普兵反」，「兵」是「庚」韻字。「兵」恐爲「吳」字之形誤。

46 裒·蒲侁反。

按：〈殷武〉「裒荊之旅」，〈毛詩音義〉「裒」的切語是「蒲侯反」，《廣韻》音「薄侯切」，都是「侯」韻字；朱注作「蒲侁反」，「侁」是「臻」韻字。「侁」恐爲「侯」字之形誤。

㈥朱注音不詳其來源

47 收·殖由反。

按：〈瞻卬〉「人有土田，女反有之，人有民人，女覆奪之，此宜無罪，女反收之，彼宜有罪，女覆說之。」「女反有」下朱注：「酉·由二音」；「女覆奪」下朱注：「徒活反」；「女反收」下朱注：「殖酉·殖由二反」「女覆說」下朱注：「音脫」。依朱熹之意，「有收」押韻，「奪說」押韻。「有」讀「酉」，「收」叶韻讀「殖酉反」；「收」讀「殖由反」，「有」則叶韻讀「由」。「收」，《廣韻》「式州切」，「審」類，而「殖」爲「禪」類字。

48 腓·芳菲反

按：〈四月〉「百卉具腓」。「腓」，朱注「芳菲反」，〈毛詩音義〉
「房非反」，《廣韻》「符非切」；「芳」「符」有「敷」「奉」
母之別。朱注「腓」字前後共三注其音，其餘二次都是「符非反」，
與《廣韻》同。

49 阜·方九反。

按：〈頍弁〉「爾殽既阜」。「阜」，朱注「方九反」，〈毛詩音義〉
未注音，《廣韻》「房久切」；「方」「房」有「非」「奉」母
之別。朱注「阜」字前後共六注其音，其餘五次都是「符有反」
或「扶有反」，與《廣韻》同音。

50 薵·初邁反。

按：〈都人士〉「卷髮如薵」。「薵」，朱注「初邁反」，〈毛詩音義〉
音「敕邁反」，《廣韻》「丑犗切」；切語上字「初」「敕」有
「初」「徹」類之別。

51 暢·初亮反。

按：〈江漢〉「秬鬯一卣」。「暢」，朱注「初亮反」，〈毛詩音義〉
音「敕亮反」，《廣韻》「丑亮切」；切語上字「初」「敕」有
「初」「徹」類之別。朱注「暢」字共二次，另一次是「敕亮反」，
與〈毛詩音義〉同音。

52 伾·符丕反。

按：〈駉〉「有騅有駓，有騂有騏，以車伾伾。」〈毛詩音義〉「駓」
音「符悲反」，「伾」音「敷悲反」；「駓」，朱注「符悲反」，
與〈毛詩音義〉同，「伾」音「符丕反」，與〈毛詩音義〉有「奉」
「敷」母之別。按：「駓」「伾」都為重唇音，朱熹本不當以輕

唇音注之。

如果以上的分析正確，在五十二個特殊音例中，除上文第六項六個字外，其餘都可以找出非關古今音變的形成理由，則《詩集傳》非叶韻音切語與古文獻音異的比例就不及百分之一了。

四、非叶韻音切語與宋代音系的關係——以聲母為例

王力先生從朱注的反切與直音中，發現一些宋代新產生的音變現象，但就《詩集傳》非叶韻音切語言，由於標音多取自前代音切，所以往往能輕易的見到反證。以下就〈朱熹反切考〉中的結論，僅從聲母方面作一重點式的反駁與論述。

㈠在一百四十二個朱注古「見」母字中，所有字在韻書或〈毛詩音義〉裡，都可以找到古「見」母的讀法，無一例外；可知「溪」「群」母並未與其混淆。同樣，在五十一個「溪」母字，四十五個「群」母字，除去上節「鮮·期踐反」用「群」切「心」，恐「期」為「斯」之誤外，全體的「溪」「群」母字也都可以找到古讀「溪」「群」二母的讀法；且以古「群」母的「舅咎芹祁錡綦旂」七字言，朱熹全用「巨」作反切上字，除前二字是仄聲外，後五字都是平聲，可見王先生說「群」母仄聲讀同「見」母，「群」母平聲讀同「溪」母，在「非叶韻音切語」中是完全不存在的；此處反而突顯出朱熹對古「見」「溪」「群」母字分別甚嚴。

㈡在三十五個朱注古「喻三」字，五十三個「喻四」字，九十四個「影」母字，除去上節「鴥·伊橘反」用「影」切「喻四」，恐「伊」為「尹」之誤外，全體的「喻三」「喻四」「影」母字也都可以分別在

韻書或〈毛詩音義〉找到「喻三」「喻四」及「影」母的讀法。可見王先生說這三類字朱熹已無分別，從此處看來並無確證。

　　㈢在一百零三個朱注古「曉」母字，除去上節「犧‧虛何反」用「心」母切「曉」母字，「害‧許曷反」用「曉」母切「匣」母字，恐爲叶韻而改讀者外，全體的「曉」母字都可以在韻書或〈毛詩音義〉找到古讀「曉」母的讀法。在八十七個朱注古「匣」母中，全體的「匣」母字也都可以在韻書或〈毛詩音義〉找到古讀「匣」的資料。可見王先生說此二類字朱熹已無別並無確證。

　　㈣在五十五個朱注古「端」母字中，除上節所述「湛‧答南反」「長‧丁丈反」「塡‧都田反」，因特殊原因不讀「澄」「知」「定」母外，其他各字在韻書或〈毛詩音義〉裡，都可以找到古「端」母的讀法。在六十三個朱注古「透」母字，六十九個「定」母字中，在韻書或〈毛詩音義〉裡，都可以分別找到古「透」母或「定」母的讀法，無一例外。且以古「定」母的「提沱闉翯滕苕佻鼉鶉鵜條驒頹隤蜩溥純彤博綯悸黈絢敦土兌滌陶錞窀奪鬌髢駾棣沓跿」三十七字言，朱熹全用「徒」作反切上字，「土」後十三字是仄聲外，前二十四字都是平聲，可見王先生說「定」母仄聲讀同「端」母，「定」母平聲讀同「透」母，這種音變在非叶韻音反切中並不存在。

　　㈤在十八個朱注古「泥」母字，五個「娘」母字中，都可以在韻書或〈毛詩音義〉找到古分別讀「泥」母或「娘」母的資料。王力先生說「娘」「泥」已無分別，在此也找不出實例。

　　㈥在三十一個朱注古「知」母字，二十八個「徹」母字，四十一個「澄」母字，三十個「照」類字，三十個「穿」類字，十六個「神」類字，十六個「審」類字（上節所引「黜‧尸荏反」除外），五十四個

「襌」類字（上節所引「收‧殖酉反」除外，「收‧殖由反」爲例外），二十四個「莊」類字，十個「初」類字，（「薑‧初邁反」「鸎‧初亮反」以「初」切「徹」類字爲例外。）十七個「床」類字，十九個「疏」類字，六十八個「精」母字（上節所引「茁‧則劣反」除外），七十八個「清」母字，四十一個「從」母字（上節所引「羨‧餞面反」除外），七十七個「心」母字，十三個「邪」母字，也都可以在韻書或〈毛詩音義〉找到古分別讀「照」「穿」「神」「審」「襌」「莊」「初」「床」「疏」類及「知」「徹」「澄」「精」「清」「從」「心」「邪」母的資料。王力先生說朱熹時代的「知」母，包括古「澄」母、「床」母仄聲字、「照」母及一部分「莊」母字；「徹」母包括古「澄」母、「床」母平聲字、「穿」母及一些「神」母、「襌」母、「初」母字；「審」母包括古「襌」母、一些「心」母字和一些「神」母、「山」母字；「精」母包括古「從」母仄聲字及「莊」母一部分字；「清」母包括古「從」母平聲字及「初」母一部分字；「心」母包括古「邪」母及「山」母一部分字，凡此種種，在朱熹非叶韻音反切中也很難找出實例。

　　㈦在四十三個朱注古「幫」母字，二十五個「滂」母字，六十三個「並」母字（上節所引「袢‧薄慢反」「躓‧並亦反」「茇‧蒲昧反」「裒‧蒲侯反」除外），八個「非」類字（上節所引「阜‧方九反」除外），三十三個「敷」類字（上節所引「腓‧芳菲反」、「茀‧芳勿反」及四個「華‧芳無反」除外）及三十九個「奉」類字，基本上也都可以在韻書或〈毛詩音義〉找到古分別讀「幫」「滂」「並」「非」「敷」「奉」母字的資料。且以古「並」母的「庖陪裒芃掊拔茇背匐跋撥樸茷茇筏鞁鮁駮魃襞」二十字言，朱熹全用「蒲」作反切上字，「拔」後十五個字是仄聲外，前五字則是平聲，可見王先生說「並」母仄聲讀同「幫」

母，「並」母平聲讀同「滂」母，這種音變在非叶韻音反切中並不存在。又說「非」母包含「敷」「奉」母字，在非叶韻音反切中也很難找出實例。

從以上七點聲母方面的比對，顯而易見的是朱熹非叶韻音切語音類多同於前代音，其中看不出什麼宋代的音變現象；這無疑要使想藉此證明宋代音變者大失所望，也同時對利用「叶韻音」看出韻母或聲調「音變」者，在理論與現實上打下一個問號。

五、朱熹讀《詩》的語音與方法

朱熹教《詩》讀《詩》時用何種音唸？是當時的口語音？讀書音？某種方音？抑或是某代的古音？這是一個有趣且值得探討的問題。從一些基本理論及朱熹注音資料研判，首先可以推出以下幾點：

㈠朱熹不會用上古周秦音讀《詩》，否則就不會有大量「叶音某」、「叶某某反」的注音。

㈡朱熹注《詩》取音受《經典釋文·毛詩音義》的影響極大。根據我初步統計，《詩集傳》所注出的一千七百七十五個非改讀叶韻音切語中，至少有一千四百六十一個抄自〈毛詩音義〉，因為二者取用的反切上下字完全相同，其比例高達百分之八十二；《詩集傳》所注出的七百七十四個直音中，至少有六百十三個抄自〈毛詩音義〉，因為二者直音用字完全相同，其比例也高達百分之八十。

㈢《詩集傳》約一千五百七十個「叶音某」「叶某某反」的「叶音」，多數是自己造的，僅有極少數可溯源自〈毛詩音義〉，如〈鵲巢〉「百兩御之」，朱注「叶魚據反」，而〈毛詩音義〉引王肅音正作「魚

據反」;〈小戎〉「陰靷鋈續」,朱注「叶辭屢反」,而〈毛詩音義〉引徐邈音正作「辭屢反」;〈日月〉「寧不我顧」,朱注「叶果五反」,〈毛詩音義〉注云:「徐音古,此亦叶韻也。」「古」即音「果五反」;〈韓奕〉「韓姞燕譽」,朱注「叶羊茹、羊諸二反」,〈毛詩音義〉注云:「譽,叶句,音餘。」「餘」即音「羊諸反」。

㈣朱熹讀「叶音某」「叶某某反」,只是一時爲押韻的「改讀」音,與當時一般狀況下的單字音讀法絕對不同,這至少可由三事得知:一爲朱熹對某些非常用字注音時有單字音與叶韻音兩收的現象,如〈關雎〉「左右芼之」,朱注「芼」字爲「莫報反,叶音邈。」其次爲朱熹叶韻音隨文改讀,一字常會產生不合理的多音現象,如爲讓〈桃夭〉「灼灼其華」「宜其室家」押韻,「家」字就注「古胡、古牙二反」,爲讓〈行露〉「誰謂女無家」「何以速我獄」押韻,「家」字就注「叶音谷」,爲讓「誰謂女無家」「何以速我訟」押韻,「家」字就注「叶各空反」;「家」字除「古牙反」外,其它的音都不是正常的讀法。三爲某些常用字在一般情形下不注音,但在配合押韻才注音,並且其音必不合中古韻書的反切音。如:「來」字《詩》中出現百餘次,通常都不注音,只有在少數需改讀以求叶韻時才注「叶六直反」或「叶陵之反」。

就現存朱注《詩》音,我們大致可以有以上四點的認知,現在還有兩個問題較難解決。一是本文開頭所列王力先生用朱熹注音證明宋代讀音的各項說法是否可信?其次是朱熹讀《詩》,對大多數的字不注音,他是依何種音來讀的?首先就第一個問題作初步分項舉例式的反向討論。

㈠王先生在「全濁聲母全部消失」的前題下,又說朱熹時代平聲仍不分陰、陽調,如此則後代多數方言因中古聲母清、濁而分陰、陽調

的現象，就會找不著根源，這兩種情形在宋代並存的可能性甚低。

㈡王力先生說：「朱熹時代，入聲韻尾仍有-p，-t，-k 三類的區別，除[ik]轉變爲[it]以外，其他都沒有混亂」，王先生說「[ik]轉變爲[it]」的證據是從詞韻中歸納出來的，在朱注《詩》音中並沒有這種現象。

㈢王先生列出許多聲母的合併現象，基本上都是選用部分叶韻音的反切而作的判斷，如：以「分‧叶敷因反」作爲「非敷」不分的證據，但爲何不用「華‧叶芳無反」作爲「匣敷」不分的證據？用「邁‧叶力制反」作爲「明來」不分，或古複聲母 ml-在方言中讀成「來」母的證據？❼以「存‧叶祖陳反」作爲「精從」不分的證據，但爲何沒想到「存」是平聲字，清化後當讀「清」母而不讀「精」母呢？以「得‧叶徒力反」作「端定」不分的證據，爲何也沒注意到「得」讀「端」母，而「徒」已變讀成「透」母了呢？這些都會面臨不能自圓其說的窘境。❽

㈣王先生說「喻」已讀同「影」母，在叶音裡可以找到「有‧叶音以」「用‧叶于封反」「遠‧叶於圓反」等「影」「喻三」「喻四」相混的音例，但根據我統計《詩集傳》非叶韻的直音中，四十五個影母字都用另一影母字標音，二十一個喻三類字都用另一喻三類字標音，四十六個喻四類字都用另一喻四類字標音，❾三者完全沒有混用的跡象，這與改讀的叶音有極大的差異。

---

❼ 許世瑛先生〈詩集傳叶韻之聲母有與廣韻相異者考〉一文即有此種猜測。

❽ 王力先生〈朱熹反切考〉曾說：朱熹時代精母包括從母仄聲字，清母包括從母平聲字；端母包括定母仄聲字，透母包括定母平聲字。參見《龍蟲並雕齋文集》第三冊，頁 337。

❾ 統計見輔大中文系八十七學年度學術討論會〈《詩集傳》直音考〉一文。

㈤就韻母部分「江併於陽，肴併於蕭豪，佳皆併於咍，黠□併於曷末，洽狎併於合盍，刪山併於寒桓，咸銜併於覃談」等說法，因爲往往是用叶音的反切下字與其它押韻字作比較，必須受到「押韻」的制約，所以歸納韻類時不致於有太大偏差；但也有兩點值得一提。

首先是「押韻條件」問題，原則上押韻要求主要元音及其韻尾完全相同，但王先生由「支脂之微齊祭廢」（平賅上去聲）所形成的「支齊」部，如認爲它們合於這種「押韻條件」，所屬字的主要元音都是 i，且沒有任何韻尾，恐怕會簡化了問題；至少許世瑛先生擬了-i、-ei、-uei就比較複雜，而其中的主要元音並不全然相同。這種「合韻」式的押韻如果爲朱熹所認可，那麼由叶韻音所透露出的押韻現象，似乎只能視爲涵蓋面較大的「韻攝」，而不能視爲合於「押韻條件」的「韻部」。朱熹對《詩》的押韻態度如何，我們並不十分清楚，所以逕將改叶的音視爲符合較嚴的「押韻」，借此作進一步「韻部」的歸納合併，恐怕還有商榷的餘地。

其次是王先生在歸納韻部時，資料的取用不夠嚴謹。以「江併於陽」爲例，在《漢語語音史》中並沒有舉《詩集傳》的例證，只以詞韻有同押現象作合併的依據。稍早王先生〈朱熹反切考〉「江陽」類下曾注解說：

> 江韻與陽唐韻合用沒有例證，但是《詩集傳》通行本〈草蟲〉、〈出車〉的「降」字都音杭，〈長發〉的「厖」字音忙，應該認爲朱熹時代江韻已與陽唐合流了。講絳準此。

這是否也存在推闡太過的問題？許世瑛先生雖認爲「江陽唐」在朱熹口

中已合爲一韻，但合併的理由卻不一樣，許先生在〈從《詩集傳》叶韻中考《廣韻》陽聲及入聲各韻之併合情形〉一文中說：

> 「江」韻與「陽、唐」韻（舉平以該上去）可以通押的例子也沒找
> 到，但是由於「江」韻相承的入聲「覺」韻卻有跟「陽、唐」
> 相承的入聲「藥、鐸」二韻通押的例子，並且爲數還不少呢？
> 因此我們可以作合理的推測説：「江陽、唐」（舉平以該上去）三
> 韻在朱子口中已混而爲一了。

這樣的推法也不太好，因爲畢竟在《詩集傳》的一般直音和反切中，眾多的「陽唐」韻字是絕不與「江」韻混淆的。

　　對大多數不予注音的字，朱熹如何讀？從現有的資料研判，用「讀書音」唸的可能性最大，因爲《詩集傳》中非由叶韻改讀而標注的「直音」和「反切音」，一般都和〈毛詩音義〉與《切韻》系韻書的反切音類相同；只有在叶韻音所改讀的反切中，才有韻類混讀的情形。至於對「支、脂、之」及其上去聲相承韻目，在押韻位置上的「精」系字，一律用非精系字作反切下字注音的現象，學者們都稱是因爲讀舌尖元音的緣故，針對這一點，我們也當暫時承認讀這類字是與《切韻》音不同的。❿除此之外，《詩》中一般不注音的字，基本上還是用「讀書音」

---

❿　所謂「暫時承認」，主要是《詩集傳》中仍可找到一些反證。如〈桑柔〉「資疑維
　　階」押韻，「資」字未注叶音；〈召旻〉「時茲」押韻，「茲」字未注叶音；〈載
　　芟〉「濟積秭醴妣禮」押韻，「秭」字未注叶音；〈卷阿〉「止士使子」押韻，「子」
　　字未注叶音；〈瞻卬〉「誨寺」押韻，「寺」字未注叶音；〈采菽〉「泲嘒駟屆」

唸的，因爲學者諸多音變的考證說明，證據上並無十分把握，仍以保留參考爲宜。

六、結語

經過上文分析，我們知道朱熹《詩集傳》非叶韻音切語多抄自〈毛詩音義〉，從中無法考知宋代朱熹的口語讀音，更無法借此瞭解當時的語音系統。而朱熹讀《詩》的方法，卻因爲朱注音切來源的確定，也使我們知道朱熹讀《詩》力求「仿古」，也就是用「讀書音」而非「口語音」或某種當時的「方音」，「仿古」不成，也就是依「讀書音」唸仍然不押韻，則設法「求叶」，「求叶」的方法是「改讀」，改讀音與原音的聲、韻或調會作適宜的調整變更，它不是一般「口語音」，也不是什麼「古音」，甚至因隨文改叶，會讓讀者有字無定音的困惑。從《詩集傳》叶韻音是否能看出朱熹的口語，除新生的「舌尖高元音」外，⓫其它種種音韻的分合似乎都還值得再作商榷；至少經本文的分析後，可以確知《詩集傳》「非叶韻音切語」是無法作爲研究宋代音系關鍵材料的。

押韻，「駟」字未注叶音。這與「資思」韻遇「支齊」韻必改讀「支齊」韻的通例不合。其次是〈車攻〉「決拾既佽，弓矢既調；射夫既同，助我舉柴。」朱注：「佽、音次，與柴叶；柴、子智反。」既言「佽柴」押韻，這韻例就會成爲朱熹能分「資思」和「支齊」的反證！

⓫ 本人於第十八屆中國聲韻學學術研討會中，發表〈《韻補》中的「古音」「今音」與「俗讀」「今讀」〉一文，認爲朱熹口語中所謂的「舌尖高元音」，當是「舌面圓唇元音」，與此說有異，請參看。

《聲韻論叢・第九輯》
聲韻學學會主編　　頁85～98
臺灣學生書局　　2000 年 8 月

明代學術思想變遷與
明代音韻學的發展

耿振生[*]

小　引

　　漢語音韻學從來不是一門孤立存在孤立發展的學科，它在每一時代的境況都與外部因素有關。比如南北朝文學界講究聲律，促成了大批韻書問世；唐宋以科舉詩賦取士，造就了官韻的獨尊地位；佛門中「以通音爲小悟」❶，產生了字母與等韻；清代考據學發達，古音學得以建立。本文以明代的音韻學爲例，說明不同的學術背景和學術風氣給予音韻學的不同影響，甚至左右了這門學科的命運。

　　有明二百七十餘年間的音韻學，大致以嘉靖年間（1522-1566）爲界分前後兩期，前期與後期有著顯著的反差。前期的音韻學頗爲蕭條冷淡，著作不多，而且其中的多數還是以「述而不作」爲特色。後期的音韻學則相當繁榮，特別是萬曆年間（1573-1620）及以後數十年，稱得

---

[*]　　北京大學中文系
❶　　宋・鄭樵《七音略・序》。

上「音韻蜂出」，尤其可稱道的是大多數作者都在努力推翻前人的成說，創立自己的體系，標新立異成爲一時的風尚。前後兩時期的音韻學之所以迥然不同，跟社會上的主導思想和文化潮流有極爲密切的關係。前期是以朱熹爲代表的宋儒理學思想的一統天下，後期則是陸王心學成爲主流。清人對程朱理學與陸王心學的競爭有所概括：「朱（熹）陸（九淵）二派，在宋已分。洎乎明代，弘治以前，則朱勝陸，久而患朱學之拘；正德以後，則朱陸爭詬；隆慶以後，則陸竟勝朱。」❷所謂明代的「陸學」，其實是王守仁一派發展過的心學。前期整個文化界在朱學籠罩之下都循規蹈矩，十分沉悶；後期因心學的風行而導致全社會的思想解放和學術開放，在經學、文學、藝術等領域，五花八門的觀點，各種形式的著作，以爭奇鬥異的姿態出現於世。音韻學的表現與此相適應。

一、「朱學獨尊」與明前期的音韻學

明王朝立國之初，就大力推行程朱理學，使之作爲全社會的主導思想，因而在思想界造成一家獨尊，排斥任何不同意見，嚴重束縛了學術的發展。

施行一家思想獨尊，目的在於加強對學術和文人的控制，是強化政權統治的一個重要手段。爲保障思想獨尊而採取的最強有力的措施，是嚴格限定科舉制度中的學習內容和考試內容，此外還有文字獄爲之配合。首先，朝廷以科舉作爲收羅人才的主要途徑，就把大部分文人驅趕到應舉這條道路上來。同時還把讀書的內容嚴格限定在一個十分狹窄的

---

❷ 《四庫全書總目》：《朱子聖學考略》提要。

範圍內。明王朝不僅規定了以《四書》《五經》爲考試內容，而且規定
必須按照宋代理學家的注釋理解經義，特別是以朱熹的見解爲主。應考
者的答卷須符合官方的思想，「其文略仿宋經義，然代古人語氣爲
之。」❸換句話說，是不容許有自己獨立的創造性的思想，也不容許用
其他人的思想理解經義。在這樣的政策之下，讀書人作學問惟科舉所需
是取，窮畢生精力於章句記誦，只懂得朱子訓詁，對其他學問則置之度
外，知識面十分狹窄。早在明初就有人對這種弊端有所認識，永樂帝死
後，一個官員曾對明仁宗說：「近年賓興之士，率記誦虛文爲出身之階，
求其實才，十無一二」❹。明清之際不少人對此提出過批評。小說《儒
林外史》作者借王冕之口說的非常乾脆：「這個法卻定的不好。將來讀
書人既有此一條榮身之路，把那文行出處都看得輕了。」並進而認爲這
是「一代文人有厄」。但是這條政策一直延續下來，「文行出處」不見
青眼，社會的整體文化水平難於提高。當然我們也可以說這是經學之
厄。

　　除了通過科舉制度來控制文化和思想，明初還用恐怖的文字獄以
懾服文人。朱元璋曾經搞過幾次文字獄，頌揚「聖德」的一些人竟然被
處以極刑，獲罪的理由無非是雞蛋裡挑骨頭，把頌揚性的詞句曲解爲訕
諷的文字。表面上看，似乎是朱元璋多心疑忌，然而他的真實用意何嘗
不是借題發揮殺雞嚇猴！朱元璋還採取一項嚴厲措施，即打擊隱逸。他
親自編定的《御制大誥》中有一條：「率土之濱，莫非王臣。寰中士大

---

❸　《明史・選舉志》。
❹　《明仁宗實錄》卷九。

夫不爲君用，是自外其教者，誅其身而沒其家，不爲之過。」❺辭官不作者有罪，所以名詩人高啓被殺；不應徵招者有罪，所以文士姚潤、王謨被殺。在文化專制的高壓之下，不許可出現不同意見，大家都規規矩矩地按照官方哲學的朱學說話，「所謂此亦一述朱、彼亦一述朱耳」❻。

　　由此可知，朱熹爲代表的宋儒理學成爲占據統治地位的主導思想，在很大程度上是朝廷強制推行的結果。作爲一家之言的學術思想一旦成爲政治工具，它自身就變成了僵化的教條，它所起的作用是禁錮思想，扼殺創造性的學術。音韻學也因此而十分不景氣。

　　明代前期的音韻學著作很少，流傳於世的只有官修的《洪武正韻》和蘭茂的《韻略易通》、章黼的《韻學集成》這寥寥數種。《洪武正韻》有一定的創作性質，另外的韻書則是因循保守十分拘謹的。

　　《洪武正韻》是在明太祖朱元璋的指令下，由朝廷的幾位高官編纂的。朱元璋在取得政權之後，要把運祚鼎革的功業擴展到文化領域，編這部韻書是其措施之一，目的是在經學裡除舊布新，廢除以前的官韻，由一個新的官韻取而代之。該書的序言裡說：「當今聖人在上，車同軌而書同文，凡禮樂文物，咸遵往聖，赫然上繼唐虞之治。至於韻書，亦入宸慮，下詔司臣，隨音刊正，以洗千古之陋習。猗歟盛哉。」至於審定音類的標準，序言聲稱是「一以中原雅音爲定」，但又「復恐拘於方言」而多方質正，「其音諧韻協者並入之，否則析之」。它的音系具有一定的折中性質，但是畢竟大大接近於口語，完全不同於以前的傳統韻書，所以《四庫全書總目》的《洪武正韻》提要稱「歷代韻書自是而

---

❺　《御制大誥三編》。

❻　黃宗羲《明儒學案》卷十。

一大變」。它的平、上、去各二十二韻，入聲十韻。平上去三聲大抵與
時音相吻合，不僅合併了舊韻書許多韻部，還分解了一些韻部，如支、
齊、灰、皆之分，魚、模之分，麻、遮之分，若不以時音爲根據是不可
能這樣明白的。其折中之處也顯然可見，如保留全濁聲母、平聲不分陰
陽、入聲韻仍然配合陽聲韻。作爲一部官韻，於古今音和方言之間做一
些折中不足爲怪，然而這部韻書的政治氣息太濃厚了，它對音韻學沒有
起到多少推動作用，反而是起了抑制的作用。由於它的「御修」性質，
就成爲皇權在學術上的一個象徵，一個代表。據說朱元璋後來對《正韻》
不甚滿意，科舉中又起用平水韻，但《正韻》的至高無上地位則與大明
王朝共始終，此期間的文人們一直對它表示出誠惶誠恐頂禮膜拜的姿
態。這種姿態到了後來才是表面文章，明初的文人們卻眞正不敢觸犯
它，唯恐冒犯專制者的淫威，尤其不敢自作韻書，以免招惹意外的災禍。
正是由於這一原因，明前期私家著述的韻書少而又少，這少量的韻書也
無一例外地都以「述而不作」、遵從《正韻》作爲外衣。

　　蘭茂的《韻略易通》（1442 年）一向被認爲是代表明代北音的重
要韻書，但事實上該書的宗旨乃是折中於《中原音韻》和《洪武正韻》
之間。從音系說，它的直接來源是《中原音韻》，音類的修改之處都向
《正韻》靠攏。它的二十韻部中有十八韻部和《中原》一致，多出的一
個韻部是把「魚模」部分爲居魚、呼模兩部，而韻目也用兩個字，其因
循意味十分明顯。兩書韻目的對應關係是：

《中原音韻》《韻略易通》	《中原音韻》《韻略易通》
東鐘……東洪	先天……先全
江陽……江陽	蕭豪……蕭豪
支思……支辭	歌戈……戈何

齊微……西微		家麻……家麻
魚模……居魚		車遮……遮蛇
(魚模)…呼模		庚青……庚晴
皆來……皆來		尤侯……幽樓
眞文……眞文		侵尋……侵尋
寒山……山寒		監咸……緘咸
桓歡……端桓		廉纖……廉纖

由以上的對比可以看出，《韻略易通》的體系來源於《中原音韻》，並不是一部別開生面的新型韻書。它們的區別在於：《中原音韻》是曲韻韻書，其體例只考慮押韻的需要，所以它的「韻譜」部分只收韻字，不加注釋，一韻內各小韻的排列也不考慮音理次第而隨意處置。《韻略易通》是爲了識字的方便而編寫的，它的用處主要在於由音而查字，韻部的次序編排有音理的考慮，陽聲韻在前，陰聲韻在後；一韻部內的小韻也按照一定的讀音條理安排次序；每字都有釋義。音類方面跟《中原音韻》的主要不同，除了分開居魚、呼模兩部，還有以下幾點：聲調的名目只有平上去入四聲，平聲不分陰陽（實際列字時仍把陰平、陽平分開了，各韻部的韻目二字前陰後陽，也暗示著陰陽平的區別）；入聲有獨立的調類；入聲字附在陽聲韻部內，不派入陰聲韻。這幾方面恰恰跟《洪武正韻》相吻合，這不會是偶然的，可能是作者有意識地表明他沒有與官韻分庭抗禮的意圖，也因此而不至於招致嫌疑。跟《洪武正韻》不一致的地方也是有的，如二十字母（「早梅詩」二十字）既不同於《中原音韻》，也沒有全濁音，應該來自實際口語，但這種地方不多。

章黼的《韻學集成》（1460年）的編纂目的不在於建立音韻體系，而是在《正韻》的基礎上編一部字典，具體做法是以《正韻》的韻部爲

框架，按照等韻的方法列字，使小韻有序排列，聲母、韻母條理分明，並編了一部韻圖作爲全書的綱領；再從歷代韻書、字書裡邊廣泛搜羅文字，收字多達四萬三千餘，存其注音和釋義。例如所收有《四聲篇海》《龍龕手鑒》的僻字，有後來亡佚的元代韻書《中原雅音》的音切。就語音系統而言，此書全盤套用《正韻》的七十六韻，沒有自己的音系，即使作者認爲《正韻》有不妥之處，也不敢擅改。如「凡例」說：「支韻內羈奇、微韻內機祈等字，音同聲順，《正韻》以清濁分之，本宜通用，不敢改也，但依《洪武正韻》定例。」其小心翼翼的態度於此可見。章黼窮三十年之力編成此書，生前沒有能夠付梓，在他死後，地方上一部分文人請求縣令集資刊刻此書，吳姓縣令頗爲犯難，說：「《洪武正韻》一書，革江左之偏音，美矣盡矣，萬世所當遵守者也，奚他聲爲？」那些文人還要以「是韻正所以羽翼聖制也」作爲理由，才使得此書得以刊行。

程朱理學的束縛不僅僅在於經學，而是遍及各個文化領域。以文學爲例，最初還有幾個由元入明的作家較爲出色，其後的一百多年則乏善可陳，左右文壇的的是位高權重的上層人物。詩歌方面是身居臺輔的三楊（楊士奇、楊榮、楊溥，均作到大學士）爲代表的「臺閣體」成了主流；戲劇方面也以宣揚封建倫理道德爲風尚，《五倫全備記》之類的作品大量出現，而樞軸人物是皇族寧獻王朱權（朱元璋第十七子）和周憲王朱有燉（朱元璋之孫）。由此可見，音韻學的萎縮絕不是孤立的偶然的現象，而是在整個社會文化背景下的必然命運。

二、「王學」風靡與明後期的音韻學

　　音韻學風氣的轉變從嘉靖年間開始。王應電的《聲韻會通》和《韻要粗釋》（1540 年）開風氣之先，其後各種自成體系的韻書紛紛問世，而且從內容到形式均呈多元化趨勢。雖然不少作者口頭上還是以「輔翼《正韻》」爲標榜，而實質上卻不再因循守舊。其中以表現口語的韻書和韻圖數量最多，在平水韻基礎上編纂的韻書也爲數不少，還有講字母反切的理論性著作。林林總總，頗有目不暇給之狀。

　　音韻學風氣的轉變，是整個社會主流思想轉變所引起的結果，是文化開放、經學開放的結果。社會被一種思想以僵化的方式長期統治之後，不可避免地要出現逆動。在經歷了一段「承平之世」以後，明朝的幾位皇帝的作風發生轉變，他們不像開國時期的太祖、成祖那樣勤政，開始懈怠於政務，同時本來十分嚴密的思想控制也鬆弛下來，這就在客觀上爲思想的自由發表提供了條件。而且教育體制也發生了轉變，「官學」之外，各地建立了許多書院，爲發表言論提供了一定的場所。理學統治了上百年，它的權威性開始受到懷疑和挑戰，最終因心學的盛行導致一場思想解放。陳獻章的學說是明代思想界轉變的一個開端。陳在成化、弘治年間講學，有較大影響，他與明初的學者不同之處，是提倡獨立思考和懷疑精神，他亮出宋代陸九淵的觀點，說：「前輩謂學貴知疑，小疑則小進，大疑則大進。疑者覺悟之機也，一番覺悟，一番長進」❼。反對盲從，就意味著對權威思想的否定。到了王守仁鼓吹心學，在官方奉爲正統的朱子思想之外另立爐灶，也可以說唱起對臺戲。王陽明的思

---

❼　《白沙子全集·與張廷實主事》。

想核心是「致良知」，他的重要學說之一是「心即理」，用我們現在的
語言來說，要獲得真理，需要用內省的工夫從自己的內心去發現，而不
是向外界去尋求，當然也不能靠外來的強制性的灌輸。他說：「心即理
也。天下又有心外之事、心外之理乎？」❽「夫物理不外吾心。外吾心
而求物理，無物理矣。……心雖主乎一身，而實管乎天下之理；理雖散
在萬事，而實不外乎一人之心」❾。判斷一切是非的標準在自己的內心
而不在於外界，任何神聖的人物都不能代替自己的是非標準，他說：「夫
學貴得之心。求之於心而非也，雖其言之出於孔子，不敢以為是也，而
況其未及孔子者乎？求之於心而是也，雖其言之出於庸常，不敢以為非
也，而況其出於孔子者乎？」「道，天下之公道也；學，天下之公學也；
非朱子可得而私也，非孔子可得而私也。」❿聖人的是非都不足為法，
還有什麼偶像值得盲從？這種主張對於長期受壓抑的思想界來說，無疑
具有極其強烈的吸引力。王學迅速流傳，王氏的門徒遍及全國，並由於
眾多弟子的發揮，而形成了若干門派。理學的正統名分固然保持如故，
而實際地位則大大動搖，對思想的鉗制作用大大削弱了。在王學影響
下，思想界獲得極大的解放，在整個文化界出現的自由活躍的潮流不可
遏止了，以前設置的許多禁區不復存在。文人們追求個性，突出自我，
蔑視陳規舊套，成為一時風尚。還是拿文學來類比，嘉靖以後的文學成
就比以前高得多，得益於相對自由的文化環境。如戲劇方面有反對封建
禮教的《牡丹亭》，有指斥時政的《鳴鳳記》；詩文方面有了不同的流

---

❽　《傳習錄》上，〈答徐愛問〉。

❾　《傳習錄》中，〈答顧東橋書〉。

❿　《傳習錄》中，〈答羅整庵少宰書〉。

派，擅名一時的「公安派」便是以「獨抒性靈，不拘格套。非從自己胸臆中流出，不肯下筆」爲標榜的；此外如李贄「離經叛道」的文學批評，《金瓶梅》之類市井文學的發展，莫不與時尚有關。

　　明後期的音韻學就是在這樣的大環境下實現了它的繁榮，它的種種特色都是時代精神所賦予。著眼於這時期的音韻學的主流，我們可以概括出三個特點：其一是處處洋溢著批判精神和獨立意識，其二是在語音材料上要以實際語言爲標的，其三在著作形式上要破舊立新。

　　由於明初以來長期忽略小學，文人們對歷史上的音韻學面目不太了解，有些認識看上去幼稚可笑，但是他們勇於批判，批判的對象包括歷代的韻書、字母和等韻門法。關於韻書，不僅《廣韻》、平水韻被批評，連一向不容置疑的《洪武正韻》也遭到排詆。桑紹良《青郊雜著·聲韻雜著》說：「《廣韻》每聲分五十餘部，固太瑣屑，《唐韻》約爲三十，猶涉分析，然皆無害於六書之義。《正韻》損爲二十二，當合者未必盡合，如支與齊、寒與刪先、蕭與爻、咸與鹽是也；不當合者合之，如江陽是也；俗淺舛謬，乃與六書義悖。若金元詞韻，畔理愈甚，皆市井夷狄之音，當投諸水火以滅其跡。」他說的「唐韻」指的是平水韻，「詞韻」指的是《中原音韻》。所列舉的四種韻書，都不符合他的河南方音以及六書諧聲，因而盡在排斥之列。王應電《聲韻會通·述義》：「《唐韻》世多用之，……平聲五十七韻，上聲五十五韻，去聲六十韻，入聲三十四韻，分之太過；《洪武正韻》二十二，《中州音韻》十九，合之亦太過。」批評《洪武正韻》的時候，他們當中有些人還是先把責任推給了「詞臣」而不能把矛頭指向朱元璋，王應電說：「蓋聖性得乎聲氣之中，顧所言洞中乎韻學之機要也，惜詞臣奉行猶未善耳」。呂坤也說：「《正韻》之初修也，高廟召諸臣而命之云：韻學起於江左，殊

失正音，須以中原雅音爲正。而諸臣自謂從雅音矣，及查《正韻》，未必盡脫江左故習」。儘管是委婉的批評，這在明初也是不可能出現的。

這種批判意識激發了音韻學的改革，其積極作用是應該肯定的。

此期的音韻學者編纂韻書或韻圖，大都不肯因循守舊，而盡量建立有一定獨特風格的體系，避免落入前人窠臼，所以相互之間較少雷同。而且有的作者有很大的抱負，想樹立一個通行於天下、垂之於後世的準則。試以桑紹良的話爲例，他聲稱編寫《青郊雜著》的目的是「著成簡冊，傳之時世，使詩歌詞曲皆同此用，南蠻北貊皆同此聲。」簡直要作曠古一人了。

重視實際語言是此期音韻學的很大優點。以前的韻書音系跟變化後的語言已經脫節，難懂而不切實用，所以有足夠的理由批評它們。但要想使自己的新體系得到承認，僅有標新立異的願望是不夠的，還得有充足的理由，這就是合乎人們日常的語言。這樣的體系不可能憑空產生，不能靠頭腦裡虛構，必須在實際的活生生的口語裡去歸納。音韻學者不迷信舊日韻書的「雅」，也不絀於時音的「俗」，而是理直氣壯地依靠時音建立新體系、批駁舊格套。如有名的思想家也是有名的音韻學家的呂坤，他拿自己發明的反切方法跟北京天寧寺一位「精聲律」的老僧辯難，老僧大服，兩人有一段有趣的問答：僧問：「公是何法門？」呂對：「我無法門，信口便是法門。」問：「公何師？」對：「婦人孺子皆吾師也。」這一時期大量的韻書和韻圖都緊密聯繫口語，都與具體的方言掛鉤。如北方官話區有桑紹良的《青郊雜著》（1581 年）、李登的《書文音義便考私編》（1587 年）、徐孝的《合並字學集韻》和《重訂司馬溫公等韻圖經》（1602 年）、喬中和的《元韻譜》（1611年）、呂坤的《交泰韻》（1613 年）等，吳方言區有王應電的《聲韻

會通》和《韻要粗釋》（1540 年）、毛曾《併音連聲字學集要》（1561 年）、濮陽淶《韻學大成》（1578 年）、無名氏的《韻法直圖》（1612 年前）等；在不太長的時間內，許多方言區都有了自己的韻書，這在音韻學史上是不多見的。

　　音韻學的改革不僅表現在內容上，還表現在著作的體例形式上。以往的韻書有兩種主要體例，《切韻》、《廣韻》及《洪武正韻》等為一類，首先按照四聲分卷，每一聲調內再分韻，同韻內可能包含著介音不同的兩個以上韻類；《中原音韻》和《韻略易通》等為另一類，首先按照主要元音和韻尾分出韻部，每一韻部之內再分聲調和韻類。以往的等韻圖體例較單一，先以轉（或攝）、開合分圖，再以分格、分行的方式區別四聲、四等、七音、字母。晚明的音韻學家所用的形式也追求變化，除了沿用以前的方式，還創造新的體例。如王應電的《聲韻會通》已經不同於傳統的等韻圖，一者分韻的標準不是韻腹和韻尾，而是以整個韻母作為分韻的標準，即韻頭、韻腹、韻尾完全相同的字，以及相配的入聲字，合在一起算作一個韻，「韻」這個概念被他改造了，後來的《韻法直圖》沿襲了這種模式；再者每個音節不只列出一個代表字，而是列上很多同音字。再如葛中選的《泰律篇》，其中的一種韻圖是以聲母為綱，所有同一聲母的音節都收在一張圖上，這也是前所未有的創舉。還有反切的改革也是十分引人注目的。桑紹良、呂坤等人改革反切，固然有一個重要因素是實際語音的變化，但同時還有一個重要因素是從前的反切缺乏規律性，上下字的選用完全是任意的，只要互為雙聲的字即可用作反切上字，互為疊韻的字即可用為反切下字。桑、呂等人的改革反切，在用字上要簡單化、規律化，盡量使得反切上字跟反切下字拼合時容易讀成被切字的讀音。

　　經學的開放不只引起學者們研究時音的熱情，還引起了他們對古音研究的興趣。古音學自從宋代吳棫、鄭庠之後長期沉寂，至此出現了復甦的苗頭。號稱明代第一博學的楊慎在這方面建立了頭功，他撰寫的上古音著作有《轉注古音略》、《古音獵要》、《古音略例》等好幾種；其餘如嘉靖間的張獻翼、潘恩、王應電、桑溥等人也分別就古音問題有所論述。他們的研究說不上成功，從觀念到方法到結論都處在低水平，如楊慎以「轉注」解釋上古的押韻，是吳棫「通」「轉」說的翻版，還沒有跳出「叶音說」的框框，另外幾個人也沒有新穎之處，然而這些人的工作爲古音學起到了鋪路的作用，從學術發展史的角度上說，不應該全盤否定。到了萬曆年間古音學出現了突破，焦竑和陳第批判了流傳千年的「叶音說」，提出了「時有古今、地有南北、字有更革、音有轉移」的正確觀念，他們的理論在古音學中具有畫時代的意義，從根本上扭轉了古音研究的方向，爲清代科學的古音學的建立開闢了道路。

　　前人曾以「自信、自尊、自大」來評價晚明的學風，這是比較準確的。這種學風可以導致兩種傾向，積極方面是促進思想的自由開放，學術上的創造性得以發揮；消極方面是使得有些人過分自信而空疏無根。後一種傾向在小學領域也存在，如魏校、王應電這師生二人的文字學研究，都陷入穿鑿附會的誤區。但從當時學術界的客觀現實和後來的結果而言，思想解放所帶來的學術進步是主要的，利遠遠大於弊，音韻學中尤其如此。

主要參考書目

清·張廷玉等：《明史》，中華書局 1974 年。

清·紀昀等：《四庫全書總目》，中華書局 1965 年。

清·黃宗羲：《明儒學案》，中華書局 1985 年。

清·謝啓坤：《小學考》，漢語大詞典出版社 1997 年。

王力：《中國語言學史》，山西人民出版社 1981 年。

張世祿：《中國音韻學史》，商務印書館 1938 年。

何九盈：《中國古代語言學史》（增訂本），廣東教育出版社 1995 年。

趙蔭棠：《等韻源流》，商務印書館 1957 年。

李新魁：《漢語等韻學》，中華書局 1983 年。

耿振生：《明清等韻學通論》，語文出版社 1992 年。

侯外廬等：《宋明理學史》，人民出版社 1987 年。

嵇文甫：《晚明思想史論》，世界書局 1944 年。

毛禮銳、沈灌群等：《中國教育通史》，山東教育出版社 1985 年。

劉澤華等：《中國政治思想史》，浙江人民出版社 1996 年。

《 聲 韻 論 叢 ‧ 第 九 輯 》
聲韻學學會主編　　頁99～116
臺灣學生書局　　2000 年 8 月

《廣韻切語資料庫》之
建構與運用

曾榮汾*

一、前言

　　《廣韻切語資料庫》是指筆者於民國八十三年發表《廣韻聲韻類
練習測驗程式》❶時所用的資料庫。當初主要是爲了協助研讀聲韻學的
人，認識切語上下字聲韻類所用。構思來自吾師陳伯元先生與學姊周小
萍小姐，筆者只是負責建構資料庫及把程式寫出來而已。但是因爲這個
資料庫在建構時，運用了一些資管與聲韻理念，若能將其發展過程作一
介紹，也許能提供給從事類似整理或直接利用此資料庫的學者作參考。

　　在資訊管理的理念上，對一個資料庫的管理，可因實際需求而有
所不同。因此，一個資料庫的運用當是多方面的。本資料庫雖然只收錄
了《廣韻》一書的切語，但它所具有的利用價值並非只限於某一方面。
本文即依此觀念，來析介這個切語資料庫及其運用。此處的運用範疇，
指的是聲韻學研究或聲韻學教學方面。所舉的例子則以《廣韻》聲韻類

＊　　中央警察大學資訊管理研究所教授
❶　　民國八十三年二月，臺灣學生書局發行。

練習爲主，旁及《韻鏡》塡圖練習的說明。

二、《廣韻切語資料庫》之建構

　　《廣韻切語資料庫》主要收錄《廣韻》一書之切語，但爲了實務運用的需求，必須配合相關的屬性條件。以聲韻類練習爲例，聲之清濁、韻之開合等，都當涵括進來。下文即簡要介紹此資料庫建構的步驟。

(一)欄位的設計

　　本資料庫依《廣韻》平、上、去、入分爲四個子資料庫，每個資料庫的基本欄位結構爲：

1. word：韻字
2. chie：切語
3. up：聲類
4. up1：清濁
5. down：韻部
6. down1：開合韻等
7. yin：陰陽
8. diau：四聲

這些欄位都是根據切語的基本屬性去設計。其中韻類部分兼採了韻等，而非只是開齊合撮。這一點是根據陳伯元先生的高見，而韻類韻等的分劃標準也是根據陳師的大作《今本廣韻切語下字系聯》❷的結論。把韻

---

❷　陳新雄，1991，附於《聲經韻緯求古音表》。

等考慮進來的特點，試舉一例說明，如：《東韻》，經系聯可得兩類，
即：

東一類　合口呼

東二類　撮口呼

兼採韻等，則結果如下：

東　　開一

東　　開三

「開一」、「開三」是指開口一等與三等。這種結果的解釋有兩點與前
者不同：

　　1.者據等韻採「開口」，說明語音之變。

　　2.一四等爲古本韻，二三等爲今變韻的說法❸，則東一類爲「古本
　　　韻」，東二類爲「今變韻」。

如此一來，對於古今韻的認識確較單分「合」、「撮」完整。而且，與
「古本韻」中只含古本聲，「今變韻」中雜有今變聲的觀念可以互相參
證。❹

㈡欄位值的填入

　　每一欄位值的填入方法，除了韻字切語採人工輸入外，其餘屬性
皆是利用輔助資料庫。也就是先將四十一聲類的切語上字與韻類韻等切
語下字，分別建一資料庫，注明相關屬性，再將兩個資料庫利用程式帶
入主資料庫。填入後的樣式如下：

---

❸　　據黃季剛先生說法，參陳新雄《等韻述要》，p004。

❹　　參《中國聲韻學通論》第三章之〈韻之名稱及通例〉一節，p105。

融	以戎	喻	次濁	東	開	三	陽
東	德紅	端	全清	東	開	一	陽
匆	倉紅	清	次清	東	開	一	陽
蓬	薄紅	並	全濁	東	開	一	陽
通	他紅	透	次清	東	開	一	陽
翁	烏紅	影	全清	東	開	一	陽
馮	房戎	奉	全濁	東	開	三	陽
弓	居戎	見	全清	東	開	三	陽
叢	徂紅	從	全濁	東	開	一	陽
籠	盧紅	來	次濁	東	開	一	陽
空	苦紅	溪	次清	東	開	一	陽
中	陟弓	知	全清	東	開	三	陽
同	徒紅	定	全濁	東	開	一	陽
忡	敕中	徹	次清	東	開	三	陽
充	昌終	穿	次清	東	開	三	陽
公	古紅	見	全清	東	開	一	陽
戎	如融	日	次濁	東	開	三	陽
洪	戶公	匣	全濁	東	開	一	陽
穹	去宮	溪	次清	東	開	三	陽
烘	呼東	曉	次清	東	開	一	陽
隆	力中	來	次濁	東	開	三	陽
豐	敷隆	敷	次清	東	開	三	陽
風	方戎	非	全清	東	開	三	陽
崇	鋤弓	床	全濁	東	開	三	陽

蒙	莫紅	明	次濁	東	開一		陽
嵩	息弓	心	次清	東	開三		陽
蟲	直弓	澄	全濁	東	開三		陽
瞢	莫中	明	次濁	東	開三		陽
終	職戎	照	全清	東	開三		陽
窮	渠弓	群	全濁	東	開三		陽

至此，切語資料庫概已建構完成。其中欄位是否增刪，可視利用此資料庫的目的而調整。例如筆者為了設計測驗程式，需要亂數排序，所以增加一欄，填注利用隨機的分、秒所求的值，以作為計算的依據。例示如下：

融	以戎	喻	次濁	東開三	956	陽
東	德紅	端	全清	東開一	875	陽
怱	倉紅	清	次清	東開一	873	陽
蓬	薄紅	並	全濁	東開一	914	陽
通	他紅	透	次清	東開一	871	陽

再如筆者為求《廣韻》切語與今日國音對照情形，即增加欄位，將國音資料填入此資料庫，例示如下：

同	徒紅	定	全濁	東	開一	862	陽平	ㄊㄨㄥˊ
中	陟弓	知	全清	東	開三	864	陽平	ㄓㄨㄥˊ
崇	鋤弓	床	全濁	東	開三	847	陽平	ㄔㄨㄥˊ

空	苦紅	溪	次清	東	開一	865	陽平	ㄎㄨㄥ
蒙	莫紅	明	次濁	東	開一	845	陽平	ㄇㄥˊ
通	他紅	透	次清	東	開一	871	陽平	ㄊㄨㄥ
公	古紅	見	全清	東	開一	851	陽平	ㄍㄨㄥ
匆	倉紅	清	次清	東	開一	873	陽平	ㄘㄨㄥ
風	方戎	非	全清	東	開三	839	陽平	ㄈㄥ
東	德紅	端	全清	東	開一	875	陽平	ㄉㄨㄥ

了解資料庫建構情形後，下文將就兩個實例，進一步說明本資料庫實際
運用的情形。

三、運用實例──聲韻類練習與測驗程式之運用

　　為了研讀聲韻學的方便，對《廣韻》一書切語的聲韻類較為熟悉
是必要的。過去，筆者所學的記熟方法是各設計一表，反覆練習：

(一)聲類練習

　　1.設計一表，含韻字、切語、聲類等欄，再將《廣韻》切語依韻
目次第填入如下：

一東					
韻字	切　語	聲類	清濁	備　　注	
東	德紅切				

同	徒紅切			
終	職戎切			
忡	敕中切			
崇	鋤弓切			
嵩	息弓切			

2.再查索林尹師《中國聲韻學通論》所附《切語上字表》，填入聲類：

一東					
韻字	切　語	聲類	清濁	備　　注	
東	德紅切	端	全清		
同	徒紅切	定	全濁		
終	職戎切	照	全清		
忡	敕中切	徹	次清		
崇	鋤弓切	床	全濁		
嵩	息弓切	心	次清		

於是由「東韻」至「乏韻」，反覆查記，終由生疏而熟悉。

(二)韻類練習

1.設計一表，含韻字、切語、韻類、等呼等欄，再利用上述聲類練習表，依四十一聲類次第，將資料迻入如下：

韻紐	影　紐			
韻字	切　語	韻類	等呼	
翁	烏紅切			
邕	於容切			
胦	握江切			
逶	於爲切			
漪	於離切			
伊	於脂切			

　　2.然後再查索《切語下字表》將下字聲類逐一塡入，如此亦可熟記：

韻紐	影　紐			
韻字	切　語	韻類	等呼	
翁	烏紅切	東一	合	
邕	於容切	鍾	撮	
胦	握江切	江	合	
逶	於爲切	支二	撮	
漪	於離切	支一	齊	
伊	於脂切	脂一	齊	

此種練習法雖然科學，但每重作一次則須謄寫一份。因此若能藉助電腦程式，則反覆練習，無所限制。下文即以《廣韻聲韻類練習測驗程式》爲例，說明運用本資料庫設計練習軟體的觀念：

1.聲類練習與測驗

　(1)依上述聲類練習表的觀念,設計基本畫面如下:

＊每十題一組＊　　　　　　　— 練習程式—

** 廣 韻 反 切 上 字 聲 類 練 習 及 測 試 系 統 **						
韻字		切語		切	聲類		清濁	
正誤		分數			時間			S
題號:				總分:				
學號:				正確答案:				

「測驗」畫面則加時間限制訊息:

＊測驗程式　每十題一組　每題須在四十秒內作答完畢＊

** 廣 韻 反 切 上 字 聲 類 練 習 及 測 試 系 統 **						
韻字		切語		切	聲類		清濁	
正誤		分數			時間			S
題號:				總分:				
學號:				正確答案:				

其中「正誤」欄,用來顯示答案的正確與否;「分數」欄則為答題所獲
分數;「時間」欄則顯示當前時間與每題填答所費時間,超過四十秒則
此題不計分;「正確答案」欄則用來答錯時,顯示正確答案的訊息。

　(2)程式執行時畫面如下:

＊測驗程式　每十題一組　每題須在四十秒內作答完畢＊

** 廣 韻 反 切 上 字 聲 類 練 習 及 測 試 系 統 **								
韻字	東	切語	德紅	切	聲類		清濁	
正誤		分數			時間	10:30:00		S
題號：1				總分：				

學號：xxxx　　　　　　　　正確答案：

其中「聲類」、「清濁」須自行填答。若答錯時，畫面訊息如下：

＊測驗程式　每十題一組　每題須在四十秒內作答完畢＊

** 廣 韻 反 切 上 字 聲 類 練 習 及 測 試 系 統 **								
韻字	東	切語	德紅	切	聲類	端	清濁	次清
正誤	誤	分數	0		時間	10:30:30		30S
題號：1				總分：				

學號：xxxx　　　　　　　　正確答案：端　　　　　　全清

十題之後，「練習」部分可以將錯誤題重作，「測驗」部分則可以結算分數。

2.韻類練習與測驗

(1)依上述韻類練習表觀念，設計基本畫面如下：

＊每十題一組＊　填如：[東][開一]＊　　　— 練習程式—

＊＊ 廣 韻 反 切 下 字 韻 類 練 習 及 測 試 系 統 ＊＊					
韻字	切語		切	韻目	等呼
正誤	分數			時間	S
題號：			總分：		
學號：			正確答案：		

「測驗」畫面則加時間限制：

＊測驗　每十題一組　每題限時四十秒　填如：[東][開一]＊

＊＊ 廣 韻 反 切 下 字 韻 類 練 習 及 測 試 系 統 ＊＊					
韻字	切語		切	韻目	等呼
正誤	分數			時間	S
題號：			總分：		
學號：			正確答案：		

其中「正誤」、「分數」、「時間」、「正確答案」各欄功能如「聲類」部分。

　(2)程式執行時畫面如下：

＊測驗　每十題一組　每題限時四十秒　填如：[東][開一] ＊

＊＊ 廣 韻 反 切 下 字 韻 類 練 習 及 測 試 系 統 ＊＊						
韻字	東	切語	德紅	切	韻目	等呼
正誤		分數		時間	10:30:00	S
題號：1				總分：		
學號：xxx				正確答案：		

其中「韻目」、「等呼」須自行填答。答錯時，畫面如下：

＊測驗　每十題一組　每題限時四十秒　填如：[東][開一] ＊

＊＊ 廣 韻 反 切 下 字 韻 類 練 習 及 測 試 系 統 ＊＊						
韻字	東	切語	德紅	切	韻目　東	等呼　開三
正誤	誤	分數	0	時間	10:30:30	30S
題號：1				總分：		
學號：xxx				正確答案：東　　　開一		

畫面上會顯示「正確答案」以資比對。十題之後，「練習」部分可以將錯誤題重作，「測驗」部分則可以結算分數。

　3.**聲韻類綜合測驗**

　　⑴將前面兩部分結合起來，包括「聲類」、「清濁」、「韻目」、「等呼」、「陰陽入」等條件。

　　⑵填答畫面如下：

＊綜合測試　每十題一組　每題須在六十秒內作答完畢＊

韻字	東	切語	德紅　切	學號	xxx				
聲類	端	清濁	全清	韻目	東	等呼	開一	陰陽入	陽
正誤	正	分數	10	時間	10:30:00	秒數			30 S
題號：1				總分：		費時：			S

答案：

「綜合測驗」將聲韻類結合，因此要進行此種測驗，當先對聲類與韻類先有基礎才行，可算是單獨聲韻類測驗的「進階」。

四、運用實例二──《韻鏡》填圖練習程式之運用

　　《韻鏡》是研讀等韻學時最重要的文獻，為能較詳細的認識此書，當進行填圖的練習。過去需要自行繪製韻圖圖樣，依填圖原則一張張習練，亦有不便之處。因此，在伯元師指示下，筆者設計完《廣韻聲韻類練習測驗程式》後，利用原有切語資料庫寫了一支《韻鏡填圖練習程式》。將紙面練習改用電腦軟體取代。於民國八十三年由「辭典學研究室」發行，免費提供各界使用。此程式只取《廣韻》平聲作為練習樣本。設計理念與步驟如下：

　　1.取《廣韻》切語資料庫中平聲部分，獨立成新資料庫。為配合韻圖，再將此資料庫依韻圖次切分。

2.比照《韻鏡》本有圖次，設計選擇功能畫面如下：❺

```
┌────────────────────────────────────────┐
│   ＊ 歡 迎 使 用 韻 鏡 填 圖 程 式 ＊      │
│   ----本程式由曾榮汾設計----Ｖ 1.00        │
└────────────────────────────────────────┘
```

請選擇欲練習的韻圖：

01.東	10.微	19.欣	28.戈	37.侯尤幽
02.冬鍾	11.魚	20.文	29.麻	38.侵
03.江	12.模虞	21.山元仙	30.麻	39.覃咸鹽添
04.支	13.咍皆齊	22.山元仙	31.唐陽	40.談銜嚴鹽
05.支	14.灰皆齊	23.寒刪仙先	32.唐陽	41.凡
06.脂	15.佳	24.桓刪仙先	33.庚清	42.登蒸
07.脂	16.佳	25.豪爻霄蕭	34.庚清	43.登
08.之	17.痕臻眞	26.霄	35.耕清青	*44.使用說明
09.微	18.魂諄	27.歌	36.耕青	*45.退出程式

請 鍵 入 所 欲 選 擇 號 碼：

3.選項進入後，則進入填圖畫面。以第一圖為例：

---

❺　因考慮實際執行時的流暢，四十三圖於程式中是分爲三部分。

＊ 韻 鏡 填 圖 程 式 ＊

	舌齒	喉　音	齒　音	牙　音	舌　音	唇　音	【內轉第一開】
東	○○	○○○○	○○○○○	○○○○	○○○○	○○○○	
	○○	○○○○	○○○○○	○○○○	○○○○	○○○○	
	○○	○○○○	○○○○○	○○○○	○○○○	○○○○	
	○○	○○○○	○○○○○	○○○○	○○○○	○○○○	

＊＊由右至左依序填入，空白處保留「○」(內碼 A1B3)，↑後退—↓前進—

＊＊確定後，游標移最末，按 ENTER 鍵三次計分——————————

〔韻字及切語〕

融 以戎切　籠 盧紅切　空 苦紅切　公 古紅切　蒙 莫紅切　嵩 息弓切

弓 居戎切　馮 房戎切　中 陟弓切　洪 戶公切　豐 敷隆切　蟲 直弓切

蓬 薄紅切　東 德紅切　同 徒紅切　窮 渠弓切　風 方戎切　酆 莫中切

叢 徂紅切　匆 倉紅切　忡 敕中切　崇 鋤弓切　穹 去宮切　終 職戎切

　　4.填完圖後，即可進行答案比對，完全正確時，會出現如下訊息：

　　　　　＝＝＝＝＝＝１００分＝＝＝＝＝＝

　　　　＊＊＊＊＊＊＊＊＊＊＊＊＊＊＊＊

　　　　　　聲 韻 高 手！佩 服！佩 服！

　　　　＊＊＊＊＊＊＊＊＊＊＊＊＊＊＊＊

若有錯誤，則除出現錯誤字數、得分外，也會出現標準答案：

【標準答案】— 請校訂錯誤：

東	舌齒	喉　　音	齒　　音	牙　音	舌　　音	唇　音	【內轉第一開】
	○籠	○洪烘翁	○○叢匆○	○○空公	○同通東	蒙蓬○○	
	○○	○○○○	○○崇○○	○○○○	○○○○	○○○○	
	戎隆	○○○○	○○○充終	窮穹弓	○蟲忡中	瞢馮豐風	
	○○	融○○○	○嵩○○○			○○○○	

如此則可立知錯誤之處，提供練習者參考。

五、結語

　　一個資料庫所以能產生利用的效益，正因為它具豐實內涵。今日網際網路的使用者，左拾又掇，皆有所得，正是偌大的網路資料庫所產生效益。教育部《重編國語辭典修訂本》資料庫因為收集了十六萬詞的形音義，所以它會是語文研究的好依據。《廣韻切語資料庫》亦然。上文所舉的例子，只不過是此資料庫用於聲韻研究的一端。它能藉以運用之處仍多。例如將它轉用聲韻類查索，或作為建構歷代聲韻文獻完整切語資料庫的基礎等都是。筆者於上屆聲韻學研討會所提的論文《字頻統計法運用於聲韻統計實例》，結合今日國音出現頻次資料，來分析《廣韻》切語對映國音的情形，也是一例。

　　唐宋等韻學者在精密的分析下，獲得如《韻鏡》之成就，歸字結果萬不失一，此乃古人對當代聲韻資料整理盡責的表現。今日對歷代豐富的切語資料該如何加以整理，使聲韻演變沿革得以獲得詳確的佐證，

建構歷代字韻書切語資料庫當是重要之事。誠盼本文所介紹的《廣韻切語資料庫》能忝為助力，更盼所提到的一些觀念對全面工作的展開所有助益。**❻**

參考書目

1. 林尹著·林炯陽注釋　中國聲韻學通論　黎明文化　1973-9
2. 陳新雄　等韻述要　藝文印書館　1975-7
3. 陳新雄　今本廣韻切語下字系聯　　漢語言學國際學術研討會論文　1991-11
4. 陳新雄　聲經韻緯求古音表　臺灣學生書局　1992-3
5. 曾榮汾　廣韻聲韻類練習測驗程式　臺灣學生書局　1994-2
6. 曾榮汾　韻鏡塡圖練習程式　辭典學研究室　1994-3
7. 曾榮汾　字頻統計法運用於聲韻實例　第 16 屆聲韻學研討會論文　1998

---

❻　若有需要本文介紹之資料庫，請傳電子郵件到 tzeng@bach.im.cpu.edu.tw。

《聲韻論叢・第九輯》
聲韻學學會主編　頁117～146
臺灣學生書局　　2000 年 8 月

聲韻與文情之關係
——以東坡詩爲例

陳新雄*

摘　要

　　聲韻與文情關係至爲密切，本文擬從此一方面著手研究，看如何配合聲韻與文情之關係，以達到詩文於鏗鏘悅耳之外，更能聽出其弦外之音，而此種弦外之音，若非研究聲韻學，則不易體會，盼能藉此文之發表，而能提示聲韻在文學作品中之作用。

　　研究方法則擬從使用韻部、押韻疏密、諧音取義、聲母清濁、聲母間隔、元音強弱、陰陽組合等各方面加以探索。主要材料爲蘇東坡古今體詩。蘇東坡詩，乃在李杜之外，能獨闢蹊徑，開出新路之作家，故擬以此爲基礎，分析其聲韻與文情之關係。希望能說出其所以然之故來。

　　預期本人今次分析，應超出前人所未及，提供研究文情與聲情者之參考。

---

* 　國立臺灣師範大學國文系教授

一、蘇東坡的高標風格

　　蘇東坡這個人，只要是略有知識的中國人，可以說是無人不知，那個不曉。蘇東坡是中國讀書人的典範，也是所謂士這一階層的人所要效法模倣懸爲鵠的的標準。《宋史·蘇軾傳》說他「挺挺大節，群臣無出其右。」雖然蘇軾活著的時候，受到小人的忌惡擠排，一度還被關進御史臺的監獄。六十歲的高齡，還被時相遠貶到海外蠻荒之地的海南島，可以說是受盡折磨。但人的一生爲忠、爲姦、爲君子、爲小人、不等到蓋棺論定，是很難判斷的。白居易的〈放言〉詩說得好：

> 贈君一法決狐疑。不用鑽龜與祝蓍。試玉要燒三日滿，辨材須待七年期。周公恐懼流言日，王莽謙恭未篡時。向使當初身便死，一生眞僞復誰知。❶

　　《宋史·蘇軾傳·論》可以說是蓋棺論定了的。《傳·論》說他：

> 器識之閎偉，議論之卓犖，文章之雄俊，政事之精明，四者皆能以特立之志爲之主，而以邁往之氣輔之，故意之所向，言足以達其有猷，行足以遂其有爲，至於禍患之來，節義足以固其有守，皆志與氣所爲也。

特立之志，就是獨立的意志，不爲利誘，不爲威迫，行其所當行，爲其

---

❶　《白居易集箋校·卷十五·律詩》p.953。

所當爲。所謂邁往之氣，就是孟子所言：「自反而縮，雖千萬人吾往矣。」的浩然正氣。❷《宋史·蘇軾傳·論》最後的幾句評斷，我覺得最足以代表蘇軾的立身行事。《傳·論》說：

> 或謂軾稍自韜戢，雖不獲柄用，亦當免禍。雖然，假令軾以是而易其所爲，尚得爲軾哉！

蘇軾之所以爲蘇軾，就在他的不易所爲而求免禍的氣質。所以蘇軾這兩個字，就代表了中國文化所陶冶出來的讀書人的典範。一提到蘇軾，就顯現出來了孟子所說的「富貴不能淫，貧賤不能移，威武不能屈」大丈夫的典型。當他第一次受了姦小何正臣、舒亶、李定的誣陷迫害，被貶到黃州充當團練副使閒差的時候，他的好朋友李常寄詩安慰他，言詞間不免顯得哀戚，情緒上也未免黯然，然而他報李常書卻說：

> 某啓：示及新詩，皆有遠別悵然之意，雖兄之愛我厚，然僕本以鐵石心腸待公，何乃爾耶！吾儕雖老且窮，而道理貫心肝，忠義塡骨髓，直須談笑於死生之際。若見僕困窮，便相於邑，則與不學道者，大不相遠矣。兄造道深，中心不爾，出於相好

---

❷ 蘇軾〈韓文公廟碑〉云：「孟子曰：『吾善養吾浩然之氣。』是氣也，寓於尋常之中，而塞乎天地之間，卒然遇之，則王公失其貴，晉楚失其富，良平失其智，賁育失其勇，儀秦失其辯，是孰使之然哉？其必有不依形而立，不恃力而行，不隨死而亡者矣。故在天爲星辰，在地爲河嶽，幽則爲鬼神，而明則復爲人，此理之常，無足怪者。」

之篤而已。然朋友之義，專務規諫，輒以狂言，廣兄之意爾。
兄雖懷坎壈於時，遇事有可尊主澤民者，便忘軀爲之，禍福得
喪，付與造物，非兄，僕豈發此。

處此窮困之境，顛沛之際，所發此言，眞擲地有聲，千載之下，讀之猶
見其生氣凜然，實足以使貪夫廉，儒夫有立志。我們尚友古人，捨卻這
種天下第一等人，還取尚於何人！

　　蘇軾不僅氣質感人，在我國文學史上，也是千古難逢的英傑。凡
是中國文學上，在他的時代所具有的文體，像古文、駢文、詩、詞，乃
至於字、畫，幾乎是無一不能，無一不精的。中國各家文集的分類，大
略說來，不外乎文章及詩、詞三類。可是自古以來的文學家，鮮能專精
的，往往善於文章的人，就很少精於詩與詞的，像蘇洵、曾鞏、歸有光、
姚鼐便是；而精於詩的人，也很難兼精詞與文章，像杜甫、高適、陳師
道、吳偉業等是；至於精於詞的人中，要找出兼能寫出絕好的文章與詩
的人，那就更少了。北宋的柳永、周邦彥，南宋的吳文英、王沂孫都是
以詞聞名，其他的作品，就不多見了。本來，文之與詩，詩之與詞，它
的區別，不僅在形式上的體制而已。此三者的風格與韻味，實具有本質
上的差別，即創制的技術，也不大相同。古來雖也有以作文的技術去作
詩，作詩的技術去填詞的人，但絕不容易使他的三類作品，都達到第一
流的境界。就這一點看來，蘇長公著實可以算得上是一個雄視千古的才
人。他的文章，無論是古文或駢文，與古今大家比較起來，都不遑遜讓
的。他的古文，大家耳熟能詳，在唐宋八大家中，絕不會坐第二把交椅
的。至於駢文，也許傳流沒有古文普遍，然他在哲宗元祐元年初任中書
舍人，當制行呂惠卿等貶詞時，早已能鼓動四方，風動天下，寫得眞是

痛快淋漓，而讀的人也覺得利如并剪，大快人心。❸哲宗紹聖年間，國
是大變，蘇軾的仇人章惇作了宰相，恢復新法，排除異己，貶謫舊黨，
蘇軾首當其衝。以六十二歲的高齡，被貶謫到蠻荒萬里的海南昌化軍貶
所，還要進〈謝上表〉。這樣難以措辭的文章，他卻寫出了有血有淚，
傳誦千古的名篇。他的〈謝上表〉說：

> 並鬼門而東逝，浮瘴海以南遷，生無還期，死有餘責。伏念臣
> 項緣際會，偶竊寵榮，曾無毫髮之能，而有邱山之罪，宜三黜
> 而未已，跨萬里以獨來，恩重命輕，咎深責淺。臣孤老無託，
> 瘴癘交攻，子孫痛哭於江邊，已爲死別；魑魅逢迎於海上，寧
> 許生還。念報德之何時，悼此心之永已。俯伏流涕，不知所云。

未用艱深的典故，寫來明白如話，而滿腔幽怨，盡現行間，千載之下，

---

❸ 蘇軾〈呂惠卿責授建寧軍節度副使本州安置不得簽書公事〉：「敕：元兇在位，民
　不奠居，司寇失刑，士有異論，稍正滔天之罪，永爲垂世之規。具官呂惠卿，以斗
　筲之才，挾穿窬之智，諂事宰輔，同升廟堂，樂禍而貪功，好兵而喜殺，以聚斂爲
　仁義，以法律爲詩書。首建青苗，次行助役，均輸之政，自同商賈；手實之禍，下
　及雞豚。苟可蠹國以害民，率皆攘臂而稱首。先皇帝求賢若不及，從善如轉圜。始
　以帝堯之心，姑試伯鯀；終然孔子之聖，不信宰予。發其宿姦，謫之輔郡；尚疑改
　過，稍畀重權。復陳罔上之言，繼有碭山之貶，反覆教戒，惡心不悛；躁輕矯誣，
　德音猶在。始與知己，共爲欺君，喜則摩足以相歡，怒則反目以相噬。連起大獄，
　發其私書。黨與交攻，幾半天下，姦贓狼藉，橫被江東。至其復用之年，始倡西戎
　之隙，妄出新意，變亂舊章。力引狂生之謀，馴至永樂之禍，興言及此，流涕何追。
　迨予踐祚之初，首發安邊之詔，假我號令，成汝詐謀。不圖渙汗之文，止爲款賊之
　具，迷國不道，從古罕聞。尚寬兩觀之誅，薄示三危之竄。國有常典，朕不敢私。」

讀之悽惻，雖是駢文，感人之深，述事之切，今日的白話文，又何以加焉。蘇軾的詞，卓然成家，巍然高居於第一流的位置。豪放的詞，固然是他拿手絕活；婉約的詞，寫來也纏綿悱惻，哀婉動人。像〈江城子·記夢〉云：

> 十年生死兩茫茫。不思量。自難忘。千里孤墳，無處話淒涼。縱使相逢應不識，塵滿面，鬢如霜。　　夜來幽夢忽還鄉。小軒窗。正梳妝。相顧無言，惟有淚千行。料得年年腸斷處，明月夜，短松岡。

金王若虛的《滹南遺老集詩話》評東坡詞云：

> 晁無咎云：「眉山公之詞短於情，蓋不更此境耳。」陳後山曰：「宋玉不識巫山神女，而能賦之，豈待更而後知，是直於公爲不及於情也。嗚呼！風韻如東坡，而謂不及於情，可乎！」

　　東坡的詩，無論古詩、近體、短篇、歌行，無不卓絕，實李杜以後第一人。在我看來，東坡於詩，實具有李白的天才，再加上杜甫的功力，故能處處表現出他的特殊風格。我們只要稍爲默念他詩中名句之多，就可知他在詩學方面的功力深厚了。所謂名句，乃得我心之同然，而他先爲我們拈出，故於我心有戚戚焉。蘇詩的成就，除了稟賦極高的天分，優越的天才外。個人認爲他小學造詣之深，於文字、聲韻、訓詁痛下功夫，也有以致之。關於這點，向來論詩的人，皆少談及。今願借這篇論文，來介紹東坡在聲韻學方面的造詣，以及他如何利用他的聲韻

學方面的知識，熟練地運用到詩的寫作技巧上來。

二、蘇東坡的聲韻造詣

邵博《聞見後錄》云：

> 李方叔云：「東坡每出，必取聲韻、音訓、文字複置行篋中。
> 余謂：學者不可不知也。」

　　邵博是北宋理學家邵雍的孫子，邵雍與東坡在北宋同時，邵博與東坡時代相去不遠，所見所聞，應屬可信。且所聞之言，出自李方叔，方叔初名豸，後東坡為改名廌，與黃庭堅、秦觀、晁補之、張耒、陳師道合稱為蘇門六君子。蘇軾和李廌的關係，非常親近。李廌的父親李惇，字憲仲，與蘇軾是進士同年。雖然生時並不熟悉，但由於有這層關係，且由於李廌的父親不幸早死，他就親謁蘇軾贄文求知。蘇軾很欣賞他的文辭與才華，嘗譽為「筆墨瀾翻，有飛沙走石之勢。」李廌的《師友談記》也曾談到東坡訓勉他說：

> 如子之才，自當不沒，要當循分，不可躁求，王公之門何必時曳裾也。

東坡之愛人，不但愛其才華，而且也時時敦勵其品德。李廌受東坡教誨後，也時時以為戒。但是人的窮通。非盡關才學，有時也有命運存在。哲宗元祐三年，東坡權知禮部貢舉，主省試。李廌這次參加考試，心中

也志在必得，誰知榜發出來，方叔竟然落第。兩人都非常懊惱，或者方叔也有所抱怨。故東坡賦詩送之云：

> 與君相從非一日，筆勢翩翩疑可識。平生譊説古戰場，過眼終迷目五色。我慚不出君大笑，行止皆天子何責。青袍白紵五千人，知子無怨亦無德。買羊沽酒謝玉川。爲我醉倒春風前。歸家但草凌雲賦，我相夫子非臞仙。

方叔這次應試不中後，就以布衣潦倒終身，但他與坡公之間的情誼，並無絲毫改變。蘇軾知道方叔貧窮，所以時常賙濟他，自己沒有錢時，甚至把皇帝御賜的馬，也贈給了他。還怕他出賣時，買主要馬的來路證明，特親筆爲他寫下馬券相贈。馬券上說：

> 元祐元年予初入玉堂，蒙恩賜玉鼻騂，今年出守杭州，復沾此賜，東南例乘肩輿，得一馬足矣。而李方叔未有馬，故以贈之。又恐方叔別獲嘉馬，不免賣此，故爲書。

《宋稗類鈔》謂黃山谷曾見此券，並爲題跋云：

> 天廄馬加以墨妙作券，此馬價應十倍，方叔豆羹常不繼，將不能有此馬。或又責方叔受翰林公之惠，安用汲汲索錢，此又不解蛘痛者從旁砭疽爾。使有義士能捐二十萬並券取之，不惟解方叔之倒懸，亦足豪矣。遇人中磊磊者，試以予書示之。

由此可見東坡之愛方護方叔，真可謂用心良苦，無以復加了。方叔雖窮頓。但終身熱愛東坡，服膺蘇門之教，誼非尋常。徽宗建中靖國元年，東坡由海南放歸，病卒常州。《皇宋治跡統類》載李薦悼祭東坡之文說：

> 德尊一代，名滿五朝，道大莫容，才高為累。惟才能之蓋世，致忌嫉之深仇。久蹭蹬於禁林，不遇故去；遂飄零於瘴海，卒老於行。方幸賜環，忽聞亡鑑。識與不識，固不盡傷；聞所未聞，吾將安放。皇天后土，知一生忠義之心；名山大川，還千古英靈之氣。係斯文之興廢，與吾道之盛衰，乃公議之共憂，非獨門人之私議。

此文詞意賅備而辭藻優美，是真正瞭解東坡一生行事與風格氣質的人，才能發為如此至情至性之文，薦雖布衣，此文一出，天下傳誦，風動儒林。我所以不厭其煩地敘述東坡與李方叔的關係，就在證明方叔是真正瞭解東坡的人，他的話，自應可信。東坡每出的「出」字，是對入京任官而言。東坡自仁宗嘉祐二年應禮部試，中進士乙科起，到徽宗建中靖國元年卒於常州止，總計服官四十四年，在宋朝皇都汴京任官的日子，前後不過十年，其餘三十年的時間都在外任，而每出都要把聲韻、文字、音訓小學一類的書，複置行篋中，可見浸淫之久，用功之勤與造詣之深了。

《宋史·王安石傳》：

> 安石訓釋《詩》、《書》、《周禮》既成，頒之學官，天下號曰新義。晚居金陵，又作《字說》，多穿鑿附會，其流入於佛

老，一時學者無敢不傳習，主司純用以取士。

王安石對他的《字說》也頗為自負，一時門人屬吏也爭相逢迎阿諛。羅大經的《鶴林玉露》說：「荊公《字說》成，以為可亞六經。」在王安石權傾一時，舉世滔滔爭相逢迎阿好之際，能挺身而出與之駁難者，亦不過劉邠與蘇軾數人而已。如果本身對文字的學識不夠，又怎敢輕逆其鋒呢？據宋人的記載，以蘇軾與之駁難者最多，而每次都折服得荊公啞口無言。

曾慥《高齋漫錄》云：

> 東坡聞荊公《字說》新成，戲曰：「以竹鞭馬，其篤未聞，以竹鞭犬，有何可笑？」又曰：「鳩字從九從鳥，亦有證據。《詩》曰：鳲鳩在桑，其子七兮，和爹和娘，恰似九個。」

荊公作《字說》，以為可亞六經，頗以字學相詡，而東坡每每面折之，若於文字沒有深入研究，敢對那權傾一時的相公，高談闊論，而令他折服嗎？東坡不僅對文字深入瞭解，且對語言也相當熟悉，故能觀察入微。

岳珂《桯史》記載道：

> 元祐間，黃秦諸君子在館，暇日觀畫，山谷出李龍眠賢已圖❹，

---

❹　《論語·陽貨》：「子曰：飽食終日，無所用心，難矣哉！不有博奕者乎！為之猶賢乎已。」

博奕樗蒲之儔咸列焉。博者六、七人，方據一局，投逆盆中，五皆旋，而一猶旋轉不已。一人俯盆疾呼，旁觀者變色起立，纖穠態度，曲盡其妙，相與觀賞，以爲卓絕。適東坡從外來，睨之曰：「李龍眠天下士，顧乃效閩人語耶？」眾咸怪，請問其故？東坡曰：「四海語音，言六皆合口，惟閩音則張口，今盆中皆六，一猶未定，法當呼六，而疾呼者乃張口，何也？」龍眠聞之，亦笑而服。

從語音上說，所謂合口，是指有 -u- 介音或主要元音爲 u，以及近於 u 的圓脣音，總之口腔與脣狀要稍閉些。蘇軾所謂的張口，應該是張口度特別大，相當於語音上具有低元音 a 一類的元音音節。關於「六」字的語音，現在的方言雖不全同於古代，但也可以作爲參考。北平、濟南、西安、太原皆讀 liou，漢口、長沙讀 nou，南昌、梅縣讀 liuk，成都讀 niəu，雙峰讀 nəu，蘇州讀 lo?，溫州讀 liu，廣州讀 luk，廈門、潮州皆讀 lak。以上十五種方言，只有代表閩語的廈門與潮州音，讀「六」的元音是 a，正合於東坡所謂的張口；至於其他各地的方言，不是有-u 韻尾，就是主要元音爲 u，要不然主要元音就是圓脣的 o，無論是那一種音，都合於東坡所謂的合口。本來是安徽人的李公麟，雖不懂閩語，見東坡說得合理，也不得不莞爾而笑，心服其言了。

也許有人會說，宋人的記載，也不見得是甚麼確證，因爲宋代新舊黨爭激烈，黨同伐異得厲害，舊黨的後人或同情舊黨的人，自然所寫的書籍，或所引據的資料，都是推揚舊黨蘇東坡，壓抑新黨王荊公的。那麼，姑且把它列爲旁證，而從東坡本人的作品當中，找尋直接的證據資料吧！

　　宋神宗元豐七年，東坡奉詔移汝州，離別了謫居五年的黃州。開封進士張近字幾仲的，有龍尾子石硯，東坡以銅劍易之。而賦詩相贈云：

　　　　我家銅劍如赤地。君家石硯蒼碧橢而窪。君持我劍向何許？大明宮裏玉佩鳴衝牙。我得君硯亦安用，雪堂窗下爾雅箋蟲鰕。二物與人初不異，飄落高下隨風花。

元祐六年，公知潁州軍州事，歐陽季默以油煙墨二丸相餉，各長寸許，東坡戲作小詩云：

　　　　書窗拾輕煤，佛帳掃餘馥。辛勤破千夜，收此一寸玉。癡人畏老死，腐朽同草木。欲將東山松，涅盡南山竹。墨堅人苦脆，未用歎不足。且當注蟲魚，莫草三千牘。

　　《爾雅》有〈釋蟲〉、〈釋魚〉之篇，故向來以以蟲魚代表小學，也就是我們今天的文字、聲韻、訓詁之學，我們要特別注意這兩首詩，硯與墨都是書寫的工具，當東坡得到一方硯，就想到要注蟲鰕，蟲鰕就是蟲魚。《說文》：「鰕、魚也。」鰕也就是魚，這詩因為要押麻韻，所以就改魚為鰕，得到二丸墨，也想要注蟲魚。詩本是人的心志所在，心有此意，故發而為詩。由此可知東坡內心是如何地重視小學了。因為他平素重視小學，所以對中國文字的形音義都能充分正確地掌握，這就像韓信將兵一樣，多多益善，當作詩時，遇到某字不適用，就立刻換一個字，像換魚為鰕之類，難怪他在詩學上的表現，是如此的出類拔萃了。

　　宋神宗元豐五年六月，公在黃州貶所，黃州對岸武昌西山，松柏

之間，羊腸九曲，有亭址甚狹，旁有古木數十章，不可加以斧斤。公每至其下，輒睥睨終日。一夕，大風雷雨，拔去其一，亭得以廣，乃重建九曲亭。公有〈戲題武昌王居士〉詩云：

> 予往在武昌九曲亭，上有題一句云：「玄鴻橫號黃槲岴」。九曲亭即吳王硯山，一山皆槲葉，其旁即元結陂湖也，荷花極盛，因爲對云：「皓鶴下浴紅荷湖」。座客皆笑，同請賦此詩。
> 江干高居堅關扃。犍耕躬稼角挂經。篙竿繫舸菰茭隔，笳鼓過軍雞狗驚。解襟顧景各箕踞，擊劍賡歌幾舉觥。荊笄供膾愧覺聇，乾鍋更戛甘瓜羹。

又宋哲宗紹聖二年，蘇公六十歲，在惠州貶所，三月公的表兄，也是他的姐夫程之才，以提刑使至惠州，兩表兄弟相聚，晤談甚歡，盡釋數十年的前嫌。程之才寄一字韻之作，公〈戲和正輔一字韻〉詩云：

> 故居劍閣隔錦官。柑果薑蕨交荊菅。奇孤甘挂汲古綆，僥覬敢揭鈎金竿。己歸耕稼供稿秸，公貴幹蠱高巾冠。改更句格各蹇吃，姑固狡獪加間關。

雙聲詩創自南北朝，像王融的雙聲詩：

> 園蘅眩紅蘤。湖荇燡黃花。迴鶴橫淮翰，遠越合雲霞。

以及唐姚合的〈蒲萄架〉詩：

　　蔔縢洞庭頭，引葉漾盈搖。皎潔鉤高掛，玲瓏影落寮。陰煙壓
幽屋，濛密夢冥苗。清秋青且翠，多到凍都凋。

雖已開雙聲詩的先河，但也不過一句五字雙聲，像王融也不過二十字。
而每字雙聲的七言句，全首五十六字，一首已不容易，蘇軾卻有兩首，
且九曲亭是臨時應客請賦，若非平素精熟，夙有蓄積，又何能揮筆而成，
文從字順。由此更可知蘇東坡在文字、聲韻方面純熟的程度了。這種事
實上的最佳表現，該可解開眾人的懷疑了。

　　在這裏特別說一段我自己學習的過程，我自民國四十五年從先師
林景伊先生學聲韻學，迄今已逾四十年，又從民國六十四年開始研讀東
坡詩，並且開始寫詩，迄今也已逾二十年，兩者學習的時間都不算短。
嘗試作〈戲效東坡一字韻詩以詠東坡〉詩，茲錄於下：

　　骨鯁堅剛驕亙古，耿光勁翔撟高竿。公歌佳句金規舉，劍閣扃
關各拱觀。九界均甘矜軌紀，廣京俱競見巾冠。家居更解君孤
諫，急招瑊瑰蹇吃喧。

　　先師高仲華先生在世時，此詩曾呈請先師指正，高師說，能作此
詩非常不容易，若無你的聲韻學基礎，是不可能寫成的，光是聲韻學還
是不夠，也要有作詩的底子配合才行。因為有此經驗，所以提出來供大
家參考。

三、東坡詩的聲情關係

王易的《詞曲史·構律篇》嘗謂：

> 韻與文情關係至切：平韻和暢，上去韻纏綿，入韻迫切，此四
> 聲之別也；東董寬洪，江講爽朗，支紙縝密，魚語幽咽，佳蟹
> 開展，眞軫凝重，元阮清新，蕭篠飄灑，歌哿端莊，麻馬放縱，
> 庚梗振屬，尤有盤旋，侵寢沈靜，覃感蕭瑟，屋沃突兀，覺藥
> 活潑，質術急驟，勿月跳脫，合盍頓落，此韻部之別也。此雖
> 未必切定，然韻近者情亦相近，其大較可審辨得之。

先師許詩英先生〈登樓賦句法研究兼論其用韻〉一文，對王粲〈登
樓賦〉文情之關係，提示其精義。我曾經根據詩英先師的提示，寫過一
篇〈王粲登樓賦的用韻與文情關係之研究〉，對先師的提示，加以闡述。
西京之亂，王粲南下荊州以依劉表，表之爲人，外寬內忌，好謀無決，
有才而不能用，聞善而不能納，且以粲貌寢體弱，故待粲簡慢而不甚敬
重。故王粲在荊州意多抑鬱。待休沐假日，乃出遊登樓，初見景色開闊，
心情愉快，神態悠然，故第一段以「憂、仇、州、流、丘、疇、留」等
幽部三等字押韻，以韻頭 j 始，這是一個舌位高的舌面前半元音，舌位
高則張口度小，元音的響度也小，接上去是一個舌中的央元音ə，舌位
較低，響度較大。韻尾是 u，是一個舌面後的高元音，響度又較小，以
這三個元音構成的三合元音，嘴脣的變化是由展脣變中性再變圓脣，舌
頭的位置，是前高變中央再轉後高，響度的變化是小而轉大再轉小，但
因爲韻尾是 u，所以整個音節是以元音收尾，凡是元音，對語音的延續，

不會產生阻力，也就是說可任意延長，所以用 jəu 這種音節，就足以表達心中舒暢，神態悠然的情緒。王易《詞曲史》說「尤有盤旋」，盤旋就是悠揚，而平聲又最適宜表達和暢的感情，用來發舒王粲此時的心情，的確是最適當不過的了。長久的抑鬱，一得閒暇而使精神弛緩，觀美景而令憂鬱暫銷，因爲儘管樓明豁而高敞，漳水清澈，沮水縈曲，有廣大之視野，視線所臨，有灌漑之河流，而樓上縱目所望，北盡於陶朱公的鄉野，西達於楚昭王的丘墳，草木開花結實，紅紫滿野；五穀有黍有稷，穎稼盈疇。但是這麼美麗的土地，卻不是我的故鄉。這樣一來，思鄉之情乃悠然而生，所以當行文到「雖信美而非吾土兮，曾何足以少留」時，心情爲之一轉，而變得沈重起來了，因爲思鄉而不得歸，是人生最無可奈何的愁緒。

　　第二段說懷土之思，由於遭亂的原因，先述己懷，原求世用，今既不得則望返鄉，思鄉不得返，故心情沈重，韻乃一轉，用了「今、任、襟、岑、深、禁、音、吟、心」等侵部三等字押韻，侵部三等字讀 jəm，前面兩音的結構與幽部同，只是韻尾換成了雙脣鼻音韻尾，雙脣鼻音韻尾-m 的拖長度，遠不及元音韻尾-u 那麼悠長，故沒有 jəu 韻母那麼悠閒。且雙脣鼻音韻尾-m 發音時，雙脣緊閉，最適合表達心情沉重的情感。所以王易《詞曲史》說「侵寢沈靜」。當我們心情沈重的時候，往往雙脣緊閉，不願講話。作者自西京遭亂，遷移至荊州，時逾一紀，故鄉山陽，在荊州北面，望而不可見，因被荊山所遮蔽，欲回去又因路長水深的阻隔而不可得。一想至此，就悽然落涕，聖人都有思歸之情，何況我是個常人呢？古人不論遇或不遇，懷念故鄉都是一樣的。我本來希望天下太平，以貢獻才力爲國家做事，但遭逢亂世，太平不可遇，歸鄉亦無期，心情沈重，悲切之情，就難以抑制了。

　　第三段因爲壓抑不住自己的傷感，心中就只有悵惘與焦急迫促之情了。所以韻腳又爲之一變，轉爲入聲職部韻，而用「極、力、食、匿、色、翼、息、側、臆、側」等職部三等字爲韻，職部三等字前二音也與前兩段的韻部結構相同，只是韻尾變成舌根清塞音-k，塞音韻尾-k不但不能延長，且因爲是一個唯閉音（implosive），舌根與軟顎一成阻塞，即戛然而止，最足以表達作者內心的焦急與迫切之情了。如前所說，作者本欲待國家太平而貢獻才力以爲國用，但太平無期，又不見任，因而動思鄉之情，思歸不得，在樓上徘徊，所見之景，白日西匿，寒風蕭瑟，天色慘澹，獸走尋群，鳥歸舉翼，原野無人，惟我孤獨之旅人，猶徬徨而不得棲息，一念至此，胸中激憤，悵惶悽惻，殆泣不成聲矣。故王易《詞曲史》謂「質術急驟」。因爲詞韻中已將職德合併於質術之中矣。急驟就是焦急迫切之情，因爲發塞音韻尾時，閉塞口腔與鼻腔通路，使氣流外出之通道完全閉塞，則其音勢不能持久，故戛然而止，這種聲音，兩句一頓，極似悲痛之極，變爲泣不成聲的情狀。

　　可見韻與文情的確是有相關的，現在我們從選韻方面來看看蘇軾怎樣使韻與文情相配合。王易說：「眞軫凝重」，那是說眞軫韻適宜表現凝重的情感，因爲眞軫韻的韻值是-en或近於-en的音，主要元音是一個半高的前元音，韻尾是舌尖鼻音，元音高則口腔的張口度就小，有舌尖鼻音-n韻尾，則口腔封閉而不暢通，這當然適合表現心情沈重或情緒凝重的感情。

　　譬如在宋神宗熙寧四年的時候，蘇軾因受王安石的姻親侍御史謝景溫的誣告，劾奏蘇軾在英宗治平三年護送父喪回蜀，沿途妄冒差借兵卒，並在所乘舟中，販運私鹽、蘇木家具和瓷器。這件劾案，詔下江淮發運湖北運使逮捕當時的篙工、水師，嚴切查問。又行文六路，按問水

陸所經的州縣，令向蘇軾所差借的柁工偵訊。因為本來就是子虛烏有的事情，毫無事實，雖窮治年餘，終無所得。但是蘇軾煩了，所以上章補外。神宗本欲與知州差遣，但中書不可，遂改通判杭州。這時候一班反對新法的同志像錢藻、劉邠、曾鞏、劉恕等紛紛遭貶逐。蘇軾滿腔的憤懣與悵惘，出京向他弟弟蘇轍任職的陳州進發，途中聽到一位志同道合反對新法的老朋友陸詵病故，他的心情是何等的沈重。在此情形下，寫下了〈陸龍圖挽詞〉：

> 挺然直節庇峨岷。謀道從來不計身。屬纊家無十金產，過車巷哭六州民。塵埃輦寺三年別，樽俎歧陽一夢新。他日思賢見遺像，不論宿草更沾巾。

王安石施行新法，元老重臣紛紛反對，於是引進一般新進少年，把一個隱匿母喪不孝的李定拔為侍御史，中書舍人蘇頌、李大臨、宋敏求不草制落職，史稱熙寧三舍人。給事中胡宗愈封還詞頭，也坐罪奪職，所以胡宗愈也是反對新法的直臣同志，當他的母親去世的時候，蘇軾聽到了消息，也以沈重的心情，寫下了〈胡完夫母周夫人挽詞〉，選的也是真韻。

> 柏舟高節冠鄉鄰。絳帳清風聳搢紳。豈似凡人但慈母，能令孝子作忠臣。當年織屨隨方進，晚節稱觴見伯仁。回首悲涼便陳跡，凱風吹盡棘成薪。

元豐二年，因知湖州任所上謝表中「知其愚不識時，難以追陪新

進；察其老不生事，或可牧養小民。」之語，爲權監察御史何正臣、權監察御史裏行舒亶、權御史中丞李定諸小人誣爲謗訕，逮送御史臺獄根勘。李定鞫獄，必欲置公於死地。蘇軾想不免一死，因授獄卒梁成遺子由二詩，他的心情又是何等的凝重與沈痛，因而又選了眞韻。他的詩及序說：

> 予以事繫獄，獄吏稍見侵，自度不能堪，死獄中，不得一別子由，故作二詩授獄卒梁成，以遺子由。
>
> 聖主如天萬物春。小臣愚暗自亡身。百年未滿先償債，十口無歸更累人。是處青山可埋骨，他年夜雨獨傷神。與君世世爲兄弟，又結來生未了因。

宋哲宗紹聖元年四月，東坡以端明、侍讀兩學士充河北西路安撫使兼馬步軍都總管知定州軍州事的崇高地位，落兩學士貶責英州，途中復經三貶，責授建昌軍司馬，惠州安置，不得簽書公事。旋落建昌軍司馬，貶寧遠軍節度副使，仍惠州安置。〈八月七日初入贛過惶恐灘〉詩云：

> 七千里外二毛人。十八灘頭一葉身。山憶喜歡勞遠夢，地名惶恐泣孤臣。長風送客添帆腹，積雨浮舟減石鱗。便合與官充水手，此生何止略知津。

在這種情形下，心情焉得不沈重，所以他又選擇了適宜表達凝重心情的眞韻。

　　紹聖元年八月，蘇軾在南貶的路上，某夜船舶分風浦，忽然岸上人聲鼎沸，原來發運使奉了後命，派了許多官差，明火執杖地來奪這個被嚴譴的罪官官方供給的坐船。蘇軾無奈，只得向順濟王廟默默禱告，請助一帆風力，果然不久，風聲掠耳，船帆充滿了風，很快開行，抵南昌吳城山，再禱於順濟王廟，留題望湖亭上云：

　　　八月渡長湖。蕭條萬象疏。秋風片帆急，暮靄一山孤。
　　　許國心猶在，康時術已虛。岷峨家萬里，投老得歸無。

　　蘇軾此時，以一個曾經是皇帝師傅的崇高地位，遭受滿朝小人無比刻薄的迫害，而自己卻是徬徨無助的孤臣，「暮靄一山孤」就是譬喻這種情況。所以他用魚虞韻來透露他滿腔的幽怨。因為魚虞韻的主要元音不是-u-，就是-o-，不論是-u-抑是-o-，口腔的張口度既小，嘴脣又閉攏，收斂作圓形，最足以表達這種幽咽的情緒。雖然受到如此無情的迫害，滿腔幽咽無處可訴，而他仍吟出了「許國心猶在，康時術已虛」的詩句，任何人看了，都能體會蘇軾生命的灰燼裏，依然藏著熊熊不熄的火種。這就是蘇軾，這就是中國文化所陶冶出來的高尚情操，也是我們全國同胞所應效法的典範。

　　現在我們換一個話題，看看東坡在心情開朗時，他寫的詩採用什麼樣的韻來表現。神宗元豐八年，蘇軾自黃州移汝州，並請准得在常州居住。這一路上過筠州，會晤多年不見的弟弟蘇轍一家，遊廬山，過金陵，抵常州。此時他的老朋友孫覺字莘老的寄墨給他，他作詩四首。其四云：

　　吾窮本坐詩，久服朋友戒。五年江湖上，閉口洗殘債。今來復
稍稍，快癢如爬疥。先生不譏訶，又復寄詩械。幽光發奇思，
點黮出荒怪。詩成自一笑，故疾逢蝦蟹。

　　這時候的蘇東坡，「午醉醒來無一事，只將春睡賞春晴。」生活十分悠
閒，自然心情也十分開朗，所以他用了佳蟹韻來表達他開朗的心情。因
爲佳蟹韻的韻母是-ai，口腔由侈而弇，嘴脣由張開而伸展成扁平形狀，
那種情形像極了人開口笑時的狀態，所以很能表示他一作詩就「快癢如
爬疥」的高興心情。

　　蘇軾不僅是寫詩選韻，使得文情配合得十分適切，而且還能把聲
韻學的知識運用到詩句裏頭去，這樣，除了欣賞詞釆意境之美以外，又
多了一層音韻鏗鏘的優美。神宗元豐二年，蘇軾罷徐州任，調湖州知州，
四月渡淮，過揚州，放舟金山，訪寶覺和尚，遇大風，留金山兩日，作
詩一首云：

　　塔上一鈴獨自語。明日顚風當斷渡。朝來白浪打蒼崖，倒射軒
窗作飛雨。龍驤萬斛不敢過，漁舟一葉從掀舞。細思城市有底
忙，卻笑蛟龍爲誰怒。無事久留童僕怪，此風聊得妻孥許。灊
山道人獨何事，夜半不眠聽粥鼓。

　　《晉書·佛圖澄傳》：「勒死之年，天靜無風，而塔上一鈴獨鳴，
澄謂眾曰：『國有大喪，不出今年矣。』既而勒果死。」《世說新語·
言語篇》：「佛圖澄與諸石遊。」注引《澄別傳》曰：「數百里外聽浮
圖鈴響，逆知禍福。」鈴就是鐘，有舌謂之鈴，無舌謂之鐘，蘇軾首句

「塔上一鈴獨自語」,暗用佛圖澄的典故,說此鈴聲能告訴未來的事情,未來的事是什麼?就是「明日顛風當斷渡」。顛風就是天風,《說文》:「天、顛也。」明日天刮大風,波濤洶湧,渡船不得過。詩意不過如此,但「顛風當斷渡」五字,拉長來讀爲 tien－fuŋ－taŋ－tuan－tu－。那眞像極了鐘聲。所以乾隆皇帝說:「『明日顛風當斷渡』七字,即鈴語也。奇思得自天外,軒窗飛雨,寫浪之景,眞能狀丹青所莫能狀,末忽念及灣山道人不眠而聽粥鼓。想其濡筆揮毫,眞有御風蓬萊,汎彼無垠之妙。」讀者諸君試想一想,如果不是平日對聲韻學修養有素,在揮筆作詩的時候,能夠得天外的奇思,泛無垠的奧妙嗎?

南北朝時的吳歌與西曲,在詞句的表現上,每每喜歡用雙關諧音的隱語,像以「梧子」雙關「吾子」,「蓮子」諧音「憐子」,「藕」雙關「偶」,「絲」諧音「思」等等。這種諧音雙關的表現法,在東坡來說,由於聲韻的純熟,當然更所優爲。熙寧六年五月十日,會客有美堂。宋代的官筵是有官妓相陪的,所以東坡曾作〈代人贈別〉三首,其第三首云:

> 蓮子劈開須見薏(憶),楸枰著盡更無綦(期)。破衫卻有重
> 縫(逢)處,一飯何曾忘卻匙(時)。

這完全仿吳歌格借字以寓意,席上隨手之作,應用得十分純熟自然,所以查愼行說:「至東坡蓮子劈開須見薏,是文與釋並見於一句之中矣。」

東坡的詩在聲調與韻腳上,都十分注意,常常在一首詩裏換好幾次韻,在換韻的時候,又能選擇得十分得當,務使它在可能範圍內充分變換,在紛繁複雜中顯出整齊諧洽來。因此讀他的詩時,最容易感到他

的聲韻鏗鏘悅耳而又變化多端。例如他寫的〈韓幹馬十四匹〉一首,我們仔細地吟讀,是不是有這種感覺呢!詩云:

> 二馬並驅攢八蹄。二馬宛頸騣尾齊。一馬任前雙舉後,一馬卻避長鳴嘶。老髯奚官騎且顧。前身作馬通馬語。後有八匹飲且行。微流赴吻飲有聲。前者既濟出林鶴。後者欲涉鶴俯啄。最後一匹馬中龍。不嘶不動尾搖風。韓生畫馬眞是馬。蘇子作詩如見畫。世無伯樂亦無韓。此詩此畫誰當看。

像這種韻腳緊湊而多變化的詩,王國維〈說周頌〉一文談到用韻繁促舒緩的道理時說:

> 凡樂詩之所以用韻者,以同部之音間時而作,足以娛人耳也。故其聲促者, 韻之感人也深,其聲緩者,韻之感人也淺。韻之娛耳,其相去不能越十言或十五言,若越十五言以上,則有韻與無韻同。

這段話說明用韻的道理,相當清晰,用來說明東坡此詩的用韻,也頗的當。

蘇軾在初任大理寺評事赴鳳翔時作〈辛丑十一月十九日既與子由別於鄭州西門外馬上賦詩一篇寄之〉一詩,用韻或疏或密,亦足以見其情之緊湊與疏緩。詩云:

> 不飲胡爲醉兀兀。此心已逐歸鞍發。歸人猶自念庭闈,今我何

　　以慰寂寞。登高回首坡隴隔。但見烏帽出復沒。苦寒念爾衣裳
　　薄。獨騎瘦馬踏殘月。路人行歌居人樂。童僕怪我苦悽惻。亦
　　知人生要有別。但恐歲月去飄忽。寒燈相對記疇昔。夜雨何時
　　聽蕭瑟。君知此意不可忘，慎勿苦愛高官職。

此詩十六句，首四句與末四句為三韻，中間八句則句句皆韻，韻越緊湊，
其離別感逐越強烈，首尾各間一句未入韻者，則情感上稍有舒緩之餘
地，不至於太過迫促，使人透不過氣來。

　　〈臘日遊孤山訪惠勤惠思二僧〉每四句中，或句句韻，或隔句韻，
亦同一機杼，並錄於下：

　　天欲雪，雲滿湖。樓臺明滅山有無。水清石出魚可數，林深無
　　人鳥相呼。臘日不歸對妻孥。名尋道人實自娛。道人之居在何
　　許，寶雲山前路盤紆。孤山孤絕誰肯廬。道人有道山不孤。紙
　　窗竹屋深自暖，擁褐坐睡依團蒲。天寒路遠愁僕夫。整駕催歸
　　及未晡。出山迴望雲木合，但見野鶻盤浮圖。茲遊淡薄歡有餘。
　　到家恍如夢蘧蘧。作詩火急追亡逋。清景一失後難摹。

全詩二十句，每四句為一韻段，前四個韻段皆四句三韻，第三句不韻，
而最後一個韻段則句句押韻者，則以其感人愈深也。紀昀曰：「忽疊韻，
忽隔句韻，音節之妙，動合天然，不容湊泊，其源出於古樂府。」

　　李漁叔先生《風簾客話·再論律句》云：

　　　律之細者，莫若杜少陵，余曩歲應友人林尹景伊之招，於其課

餘，與師範大學群彥，偶共商討詩法。當時曾舉少陵「兵戈飄泊老萊衣」一篇爲例，以明其虛實相應之法，全詩既寫置高壁，從平列處看之，則一三五七句自成四聲。如：

兵戈飄泊老萊衣（平）。歎息人間萬事非。我已無家尋弟妹（去），
君今何處訪庭闈。黃牛峽靜灘聲轉（上），白馬江寒樹影稀。
此別仍須各努力（入），故鄉猶恐未同歸。

　　律詩中之奇數句，今所謂出句，出句雖不入韻，但卻用平上去入四聲間隔，以取其錯綜之美，杜詩如此安排，而蘇詩亦往往如此。茲舉數例，以見一般：

華陰寄子由
三年無日不思歸（平）。夢裏還家旋覺非。臘酒送寒催去國（入），
東風吹雪滿征衣。三峰已過天浮翠（去），四扇行看日照扉。
里堠消磨不禁盡（上），速攜家餉勞勞驂騑。

夜直祕閣呈王敏甫
蓬瀛宮闕隔埃氛（平）。帝樂天香似許聞。瓦弄寒暉鴛臥月（入），
樓生晴靄鳳盤雲。共誰交臂論今古（上），只有閒心對此君，
大隱本來無境界（去），北山猿鶴漫移文。

陸龍圖詵挽詞
挺然直節庇峨岷（平）。謀道從來不計身。屬纊家無十金產（上），
過車巷哭六州民。塵埃輦寺三年別（入），樽俎歧陽一夢新。
他日思賢見遺像（去），不論宿草更沾巾。

胡完夫母周夫人挽詞

　　柏舟高節冠鄉鄰(平)。絳帳清風聳搢紳。豈似凡人但慈母(上)，
　　能令孝子作忠臣。當年織屨隨方進（去），晚節稱觴見伯仁。
　　回首悲涼便陳跡（入），凱風吹盡棘成薪。

這種平上去入四聲分用，足見在聲調上的錯綜間隔之美。

　　杜工部的律詩，除了出句有四聲錯綜之美外，其頸腹二聯，若用
疊字相對，往往可藉聲韻與文辭的配合，而加強情意的對比。例如杜詩
〈秋興〉八首當中的第三首頸聯，「信宿漁人還泛泛，清秋燕子故飛飛。」
這兩句中，以泛泛對飛飛，各家解說紛紜，觀葉嘉瑩《杜甫秋興八首集
說》自知。但從聲韻觀點看來，連續兩夜在江中捕魚的漁人，還在江中
飄泛不停，則金聖歎《唱經堂杜詩解》所云：「還泛泛者，是喻己之憂
勞，而無著落也。」蓋略近之。清爽的秋天，燕子該去而不去，尚故飛
飛，唐元紘《杜詩攟》所言「曰還、曰故，皆羨其逍遙字法也。」泛泛
句倒未必逍遙，飛飛而逍遙則近之。泛字為敷母梵韻，在唐代杜甫時代
大概讀成 p'juɐm 或 pfjuɐm 的音；飛屬非母微韻，大概讀 pjuəi 或 pfjuəi。

　　在聲母上看，泛為送氣聲母，用力重；韻母收-m 韻尾，雙脣緊閉，
以泛泛來形容漁人飄泛不停的憂勞，豈不適當？飛為不送氣聲母，用力
輕；韻母收音於-əi，發音略如開口笑狀，表示其逍遙，不亦相合嗎？
故這兩句應是漁人該休息而不得休息，著其憂勞；燕子可飛走而不飛
走，顯其逍遙。上句言人之勞瘁，下句言燕子之輕靈。從聲韻上講來，
也正是一種強烈的對比。

　　蘇軾詩中，也有很多類似的表現技巧。元豐七年十日，東坡作〈白
塔鋪歇馬〉詩云：

甘山盧阜鬱相望。林隙熹微漏日光。吳國晚蠶初斷葉，占城蚤
稻欲移秧。迢迢澗水隨人急，冉冉巖花撲馬香。望眼盡從飛鳥
遠，白雲深處是吾鄉。

　　腹聯疊字以「迢迢」對「冉冉」，這兩句字面的意思是：遠遠的
山谷間的瀑布，隨人走得益近，聲響就越急；山巖邊淡淡的花香，被風
吹向我的馬時，我嗅到了它的香味。從聲韻上分析，則可進一層加深這
種景象。迢是定母蕭韻，朱桂耀在〈中國文化的象徵〉中說：「中國文
字學上，也有一種以某種聲音直接表示某種意義，是一種純粹的音的象
徵。……又 d、t 等音，是舌端和牙床接觸，牙床是凸出的部分，而舌
端的部位，也特別顯著，感覺又最靈敏，所以發這種音時，我們就起了
一種特定的感覺。於是凡有 d、t 等音的字，多含有特定的意義。例如：
特、定、獨、單、第、嫡、點，滴等是。」迢的聲母定的讀音正是 d' 或
d，合於朱桂耀的說法，應隱含有特定或確定的意義。蕭韻韻值為 -ieu，
全部都是元音組成，這種韻母因為無輔音的阻礙，聲音最為舒暢悠揚，
與王易所說的的飄灑意義相近。冉本作冄，日母琰韻字，王力在《漢語
史稿》第四章詞彙的發展談到同源詞的時候說：「在人類創造語言的原
始時代，詞義和語音是沒有必然的聯繫的。但是，等到語言的詞彙初步
形成之後，舊詞與新詞之間決不是沒有聯繫的。有些詞的聲音相似，因
而意義相似，這種現象並非處處都是偶然的。」又說：「以日母為例，
有一系列的日母字是表示柔弱、軟弱的概念，以及與此有關的概念的。
例如：柔 nǐəu、弱 nǐauk、荏（弱也）nǐəm、軟、耎、輭 nǐwan、兒 nǐe、
蕤（草木花垂貌）nǐwəi、孺 nǐwo、茸（草木初生之狀）nǐwoŋ、韌 nǐən、
蠕（昆蟲動貌）nǐwan、壤（《說文》：「柔土也。」）nǐaŋ、忍 nǐən、

辱 n̆iwok、懦 n̆iwo。」毦字《說文》云：「毛毦毦也。」段注：「毦毦
者，柔弱下垂之貌。」所以日母字大多數具有柔弱之義，應該是沒有問
題的。至於鹽琰韻字則多函胡纖細之義。因爲琰韻的韻值爲-jem 或-
jem，前有-j-介音，後有韻尾-m，j 的響度最小，-m 韻尾嘴唇緊閉，也
很能符合函胡纖細的這層意思。蘇軾歇馬白塔舖，離廬山不遠。所以首
句詩云：「甘山廬阜鬱相望」，迢迢固然是遙遠，從很遠的地方也可以
確定那是從山上直瀉而下的瀑布，人越走越近，瀑布聲就越來越響，水
珠飄灑得到處都是。毦毦是柔弱，幽幽的花香，從山巖上隨著馬的腳步
飄來，一回兒聞到了，一回兒又好像嗅不到了。這樣強弱對比所表現的
技巧，不是跟杜詩一樣嗎？

中華民國八十八年三月十六日陳新雄脫稿於

臺北市和平東路二段鍥不舍齋

參考書目

蘇文忠公詩編註集成　王文誥　臺灣學生書局
蘇文忠公詩合註　馮星實　中文出版社
蘇軾詩　嚴既澄選註　臺灣商務印書館
蘇東坡新傳　李一冰著　聯經出版事業公司
蘇軾文集　孔凡禮點校　中華書局
蘇東坡傳　林語堂著　宋碧雲譯　遠景出版社
世說新語　楊勇校箋　明倫出版社
東坡事類　梁廷楠著　暨南大學出版社

東坡樂府箋　龍榆生校箋　中華書局

宋史·蘇軾傳　脫脫等撰　藝文印書館

宋史·王安石傳　脫脫等撰　藝文印書館

晉書·佛圖澄傳　魏徵等撰　藝文印書館

聞見後錄　邵博　藝文印書館百部叢書集成

烏臺詩案　朋程萬　藝文印書館百部叢書集成

師友談記　李廌　新興書局筆記小說大觀九編六冊

桯史　岳珂　新興書局筆記小說大觀續編四冊

鶴林玉露　羅大經　新興書局筆記小說大觀續編四冊

高齋漫錄　曾慥　新興書局筆記小說大觀六編三冊

漢語方音字匯　北京大學中文系語言學教研室

全漢三國魏晉南北朝詩　丁福保編纂　藝文印書館

詞曲史　王易　廣文書局

說周頌　王國維　世界書局定本觀堂集林上

杜甫秋興八首集說　葉嘉瑩　中華叢書編審委員會

廣韻　藝文印書館

漢語音韻學　董同龢　廣文書局

古音學發微　陳新雄　文史哲出版社

文字學概論　林尹　正中書局

漢語史稿　王力　科學出版社

說文解字　段玉裁注　藝文印書館

侯鯖錄　趙德麟　新興書局筆記小說大觀正編二冊

苕溪漁隱叢話　胡仔　木鐸出版社

老學庵筆記　陸游　新興書局筆記小說大觀三編三冊

風簾客話　李漁叔著　大西洋書公司

登樓賦句法研究兼論其用韻　許世瑛　許世瑛先生論文集

王粲登樓賦的用韻與文情關係之研究　陳新雄　兩漢文學學術研討論
　　文集　p.395-421　華嚴出版社

昭明文選六臣彙註疏解　正大印書館股份有限公司

評註昭明文選　學海出版社

乾鍋更憂甘瓜羹的蘇東坡　陳新雄　國文學報第二十六期　p.137-160

《聲韻論叢・第九輯》
聲韻學學會主編　頁147～158
臺灣學生書局　　2000 年 8 月

漢語的句調與文學的節奏

鄭再發*

摘　要

　　本文討論漢語的音律（Prosody）問題之一：節奏（rhythm）。分析的是上加成素（suprasegmental elements）與語調（intonation）；採用的是音律構詞法（prosody morphology）等一般語言學的理論；目的在求華語的音韻與語調中的節奏成素。現代詩不尚格律（metrics）。但經過去這幾十年來的摸索，節奏鮮明的作品想來也已不少。本文不打算從浩瀚的作品中披索分析現代詩篇，只擬應用音韻學裏有關自然語音的節奏的理論來分析華語，一方面供今人創作的參考，一方面作研究前人創作的理論基礎。

　　字與句既是構詞、語法上的觀念，又是語調上的觀念。不管是論結構或是論氣息，兩者同樣都得處理音節多寡與音勢長短、高低、強弱等語音現象；而這些現象正是詩歌甚至散文的音律基礎。

　　不同長短、高低、強弱、甚至其他成段音位，經過刻意的安排，

---

*　　University of Wisconsin – Madison；中央研究院歷史語言所

組成一個小單元，然後有章法地反復出現，如此構成的語音的律動，本文統名之爲節奏。節奏的意識，西洋傳統以爲來自心跳。照這麼說，節奏是與生俱來的音樂的生理基礎。不過我們人類能從毫無秩序的形、色中理出一個「內部」規則來。例如散佈天上的繁星，有人看出熊，有人看出斗。那麼從沒有明顯節奏的音中「認出」節奏，甚至聽出節拍（beat），應是人類的本能。

英語有輕重。每個詞都有一個重音，外加數量不等的輕音節。說起話來，一句話裏各重音節間的間隔等距離，自然構成輕重音的節奏。這種節奏，稍加處理，即成節律（meter）。

華語有輕音。如果一句話裏沒有輕音，又不在語詞語組間停頓，則每個音節約略等長。這是最自然的華語的語調。如此語調有沒有節奏？是什麼樣的節奏？他如何變成節律？

詩譜成歌曲的時候，在英語是重音節配重節拍，輕音節配輕節拍，順理成章。反觀華語，如果句中沒有輕音，則重音節固然配重節拍，也就是板，但也配輕節拍，也就是眼。可是如果無板無眼，也就是沒有上加的節律的時候，例如在散板的曲子裏，節奏又是什麼？

英詩裏輕重組成的反復的最小單位叫音步（foot）。華語詩歌裏有時採用這種音步，有時卻擯棄這種音步。然則華語的音步的標記又是什麼？

壹、引　論

語言是傳情達意的媒介。他的組織很複雜，包括語義、語法、構詞、音韻等範疇。這些範疇如何協同運作，是語言學者分析探討的專業，也是使用語言的人每天要琢磨的問題。以語言藝術爲專業的人要在這上

頭絞盡腦汁；假借語言爲工具的人也同樣得在這上頭反復演習。他們專注的所在，除了文法或修辭問題，還要講究鏗鏘悅耳、娓娓動聽。簡單地說，爲了表達情志，他們先立意謀篇，然後遣辭造句，最後借助於音樂的手段來表達。假借詞句傳達的情志，可名文情，內中自有節奏；假借聲音表達的情志，可名聲情。聲情可用自然的節奏或人爲的節奏，與文情互爲表裏。兩種節奏表裏諧和如一，才眞能傳情達意。

理論上一切語音現象都可拿來製成節奏的母題（motif）。可是實際上利用聲母製造節奏這個辦法只能偶一爲之，不便廣泛使用。韻可以構成節奏，但主要用於句尾或句中，而且他另有一個功能，就是留迴盪的餘韻，所以是節奏的一個輔助，用來助成更長的音段的節奏。一首詩不能只押韻而沒有其他手段的節奏。

華語的輕音可用以製造輕重律（iambus 或 trochee 等）。然而輕聲字雖早在元朝就有了，元人寫曲，卻沒有拿他配製文學節奏。顯然漢人節奏的實際，不以音位的輕重音爲素材。

華語重音節都有字調。字調的音位負荷既遠超過輕重音，所以不論是自然語言或文學語言，都拿他製作格律。這就是平仄律。印歐語裏的情況剛好相反。例如英語裏輕重的音位負荷遠超過字調，所以利用輕重來造作格律，即所謂輕重律。

一般以爲平仄律的最小單位就是音步。於是有人應用一般語言學裏分析輕重律的理論來分析平仄律。其旨趣主要在辯證語法與音韻兩範疇間的銜接關係（interface）。這種工作當然至爲重要。不過不能因爲要論證世界語言心同理同，就可以忽視素質互異的事實。拿印歐音律的間架套在漢語音律上頭，是削足適履。學問有異中求同的功夫。追求的不但是辨別異同的同，還有超越異同的同。

上面約略指出華語音律的重要素材應是輕重、音步、與字調。前兩者都與句調息息相關，所以下文先從語調著手。

貳、句　調

研究語詞的輕重配置的文章不少。討論的以雙音詞及三音詞居多。方法跟一般研究句調一樣，用數目字標出每一個音節的輕重等級。從上加成素這一個名詞來衡量，輕重音顧名思義是不能像元音、輔音一樣縱斷爲音段的，只能一層一層的橫切。然則向來的研究方法顯然是無可奈何之中的湊和辦法。

從語法的角度說，詞是語言裏能單獨使用的最小單位。由於他能單獨使用，所以他具備語義這一事實也就不言可喻。那麼詞與句的不同，在語調的層面上說，也不過是詞必得是不可再分的句子；句則可以包括數個詞或語組。換句話說，詞是最小的語句。那麼要了解詞的輕重配置，就該先看句中的輕重配置。

一個句子可有十百種句調。這眾多句調有個基礎句調。在這個基調上頭堆積各種表情標號，就形成各種變調。基調平鋪直敘，不帶表情。世界上的語言之間最明顯的共相是基本句調相同。

一句話如果一口氣說完，當中不停頓，則基礎句調由三個不同音高的段落組成：第一段中升調。遇到全句裏第一個詞匯重音就進入第二段。如果句子的第一個音節就是詞匯重音，這個音節比第二段裏重音節的音高略低。第二段裏所有的詞匯重音都等高，詞匯輕聲則略低。直到最後一個詞匯重音爲止。第三段可有個選擇。敘述句的話是高降調；疑問句的話是高升調。音重在不刻意控制下自動影響音高；反之，音高也

影響音重。只要有這一條語音學上的通則，我們就可逕認爲第二段維持頭一個詞匯重音的音高，也可逕認爲所謂的中升、高降等，也涵蘊音重的變化。

句中主語很長的話，可以略頓。其語調懸宕不下，可名之爲半調。半調之後的謂語又從頭開始，句調完整有如一獨立語句。也就是說，主語一頓之後，謂語就句調說是個小句。

又句中需要邏輯重音、對比重音等地方，語調自然調高。再加上各種各類的表情標號，基礎句調的面貌也就掩沒不顯了。不過這些暫時與本文無關，略過不提。

參、雙音節的語調是句調的縮影

由於古代漢語的語位單音節居多，雙音節於是足夠構成完整的句子。即使不然，至少也是個詞組。因此雙音節單說的時候，用的就是最小的句調。當他夾在句中而且又有停頓的時候，用的是經過第二輪調整的語調。也就是說兩個音節都是重音的雙音詞，其輕重是[1+2]（數目大的，音調重，音階也高）。同理，三音詞不停頓是[1+2+3]，第一音節後停頓的話是[2#1+3]。四字成語不停頓是[1+2+2+3]，當中停頓的話是[1+2#1+3]。如果帶輕聲詞綴，詞綴的輕重順減一級。用數目字標明的話，詞綴是[1]，其他非輕聲音節順加一級。

肆、音　步

上面說雙音節的組合可以單獨使用，也可以在句中略停。這情形

必須與語法、語義的結構並行。假使一個句子幾乎都是雙音節，又略微放慢語調說話，則全句在上述句調程式的制約下，自然依照語義的內在節奏表現成音律的外在節奏。華語的雙音節於是就有音律母題，也就是音步的功用。然而是不是漢語的外在節奏取決於語義呢？在自然語言裏，情形的確如此。那麼在文學語言裏，又是如何？

　　現代華語裏外來譯音很不少。譯音詞裏的各音節自然不帶語義。可是碰到譯名很長的時候，只要速度一放慢，整個字就自然分成兩截，聽起來好像是兩個詞的組合。例如 inspiration 是[煙絲-屄裏尋]，democracy 是[德謨-克拉西]，Marilyn Monroe 我們模糊知道他姓「夢露」，可是有時仍不免於把他叫成[瑪麗-蓮夢露]。這種把五言分成二三兩段的習慣，可能來自古代五言詩的傳統。然而古代五言分成二三兩截，又來自什麼呢？再往上古推，四言詩分成二二兩截，又來自什麼呢？

　　於此我們必須有個假說。我們認爲古代漢語以兩音節或最多三音節爲停頓的單位。在單音節語言裏，兩音節之間的語法關係，可能是主謂、動賓、定目；而三音節除了可有主謂、動賓、定目組合之外，更有主動賓，狀動賓、主動補、動賓補等的組合。換句話說，二、三音節已足構成語句或語組。語句固然用完整的句調，語組也可用完整的句調。至於名詞語組，當他是謂語的時候句調固然完整，是主語的時候，如果停頓，也有半調。他們的輕重配置是[1+2]、[1+2+3]或[1+2#2]。可見古代漢語在語位層次裏雖不含輕重，音律層次裏卻有來自句調的輕重可資運用。再說雙音節在句中可有小頓。這略停的時間，等於是給停頓前的音節延長了音長。這也有助於音步的認知的形成。

　　於是我們可以確認古代漢語的音步平常出兩個音節組成。此所以譯名的第一個音步總是兩音節居多。音步不是兩音節的自然也有。我們

模仿音樂名詞,把小於雙音節的叫減音步,大於雙音節的叫增音步。分奇偶的話,單音節與三音節約合稱奇音步。四言詩是偶音步的複沓;六言詩是奇音步的複沓;五、七言詩是偶奇相對組成的複音步。

增音步在語法上可有一二與二一兩種結構;在律詩裏似乎併成[1+2+3]處理。當然增音步也可分析爲正常音步後頭加一個減音步。其結果是[1+2#2]。第二音節與[1+2+3]輕重相同。就律詩的詩律說,增音步不是減音步加正常音步,也就是說某輕重音的配置不是[2#1+2]。

現代華語三音詞如「音樂性」等越來越多,四音節詞如「糊裏糊塗」等也有不少。前者自然是增音步,只是「性、感」這一類不負多少語義信息的詞綴都成了音節的重心,與傳統的本土語感頗不融洽;後者因爲含有重疊(reduplication)、詞綴、輕聲等成分,不能分析成二二兩個音段。不過律詩裏二二兩音步連著念的情形至少跟分開念的一樣多,所以要入律的話,四音節詞反而不是個問題。

伍、字　調

中古音四個聲調,平上去入,分爲平仄兩類。這個分法是基於音律上的考慮。分類之後,平聲字多,足敷使用,作家也樂於遵循。

現代音重音四個聲調,陰陽上去。如果也依照傳統分法,陰陽平依然字多,不至於不便。

明清以來教童子律詩入門,一般都用「平平仄仄平平仄」那一個譜。論詩的人爲了方便,雖明知這個譜不足以涵蓋律體的全部,也從這個譜說起。今人取徑語言學,拿這個譜來寫規則。規則總比描述嚴謹。拿這個入門的示例來寫嚴謹的規則,其失就是例外居半。不過這是古代

律體的專題，這裏從略。

這裏該談的是平仄是什麼樣的音律。是長短律？還是輕重律？還是抑揚律？

如果說平仄是長短律，就得說中古音平長仄短。這是歷史音韻的問題。就目前的資料看，我們還不須要這麼設定。假使長短在中古音裏不是平仄的辨異徵性，那麼要用他來定律，就有實際上的困難。說平仄是輕重律，情況也是如此。

比較近似的說法是他是抑揚律。抑揚律在文學裏實際上是指高低律。可是中古聲調是根據陰陽聲母分高低的。理論上說，如果有個方言有八個調，則四個陽調是揚調，四個陰調是抑調。因而平仄不可能是抑揚律。

在現代音裏，仄聲字上去分屬抑調與揚調。所以如果現代也要分平仄，這個平仄也不是抑揚律。

漢語每一話都有他先天帶來的、由字調組合成的旋律。旋律不只是高低相次而已。他可以在高音部進行，也可以在低音部進行。所以平仄律不是平常文學裏的高低律，而是音樂裏的抑揚律。再說入聲短促，四聲於是具備抑揚頓挫的音樂性能。

我們知道音樂裏有律動，那就是輕重配搭的節奏。又有旋律，那是高低回旋、長短變化的曲式。古代律詩，援用來自語調的輕重配搭當節奏，利用平仄的配搭形成的曲式當旋律。一首詩不用上譜，本身就是一首歌。

當然這首歌有許多「唱」法。你可以採用自然語言的節奏，不強調任何音樂成分；也可以強調節奏，念成數來寶的調調兒；也可以強調抑揚頓挫，像吟詩；也可以美化其節奏與旋律，譜成照應聲調的歌曲。

現代人爲詩製譜，平常不照應聲調，詩朗誦起來是一個味道，唱起來是另一個味道。

上面說過，高低長短配搭成的母題反復出現，也是一種節奏。所以平仄律不只製造旋律而已。

有人分析律詩的格律，套用一般歐美理論，把旋律當成律動來處理。這與傳統音感扞格不相容。

律動是同一母題的複沓；旋律卻是音的對唱。兩者作用剛好相反。複沓自以重複爲常；對唱則以對仗甚至展開爲美。此所以平之後要換用仄，仄之後要對以平，平仄相間，曲盡變化，才是能手。

由曲盡變化這四個字，也可看出入門的平仄譜之板滯。唐人的實際情況是，行末的音節與前一音節有時相重，有時相對，視入韻與否而定。其他語調重的音節，也就是二四六音節，平仄相對；語調輕的音節，也就是一三五音節，依照某種規則而可平可仄。音律似嚴而寬、似板而活。當然這裏說得過份簡單。詳細情形，當另文討論。

陸、語法與音律的銜接

這是近代語言學的新領域，其中手法繁瑣，規則一絲不苟，都不適於語言與文學間整合的需要。所以在這裏我們只論實際問題。

現代音律學界流傳一種理論，說「語法屈從於音律」，意思是說，語法結構與音律結構兩相吻合的時候，句子固然照著音律的結構念；兩不相合的時候，也得照著音念。例如「蓬萊-宮闕-對南山」，依語法與音律都可分成三部分，所以照音律讀成三步。至於「靜愛竹時來野寺」，據說也得依照音律分成「靜愛-竹時-來野寺」三個音步，不照語

法把這一句分成「靜愛竹-時來野寺」那麼念。事實上這是對傳統的隔膜造成的誤解。

傳統念西洋詩，音高、音長的確一概依從節奏。但是吟誦漢詩，卻不能每個音步都停頓或延長。一般規則是平聲可以延長，也就是停頓；仄聲則不許。但碰到入聲又勢必停頓。這是漢語各方言吟詩的通則，想來都是從古代一個源頭流傳下來的古老辦法。要說平仄律是長短律，這一現象是比附得上。然而一者平聲也只是「可以」延長而已，並非非得延長不可，因為漢詩的節奏除了音步以外，又有平仄律的輔助手段，這個輔助手段在音步不明顯的時候，就擔負起節奏的功能，甚至純任一音節一節拍的自然語言節奏施展。再者在必須變調的方言裏，延長的音不就等於標誌詞界（word boundry）的停頓，例如華語「美景」絕不因「美」字延長而不變調，反過來說，「你好」也絕不因「你」不延長而變調，因此真會吟詩的人，斷不會誤將延長當停頓、或誤將不延長當沒有詞界，把個好好兒的句子吟得支離破碎。

填詞向來講究句法。一行裏什麼地方可頓、什麼地方不可頓，都有規定。作詩雖然沒有硬性規定，但從音步原自語調這一觀點看，漢詩的音步是語調的一部分，斷不至於反過來干擾語調。假使音律、語法的結構兩不相合，中國傳統辦法不是誰壓服誰，而是兩相妥協。他們追求的不單是聲情的美，還得是聲情、文情兩相發明的內外和諧。

參考書目

趙元任 Chao, Yuan Ren

    1933a　Tone and intonation in Chinese, *BIHP* 4.2.

1933b A preliminary study of English intonation and its Chinese equivalents, *BIHP* Special Issue No.

1942 Iambic rhythm and the verb-object construction in Chinese, *Studies in Linguistics* 2.3.

1956 Tone, intonation, singing, chanting, recitative, tonal composition and atonal composition, *For Roman Jackobson* 52-59.

1968 〈中文裏音節跟體裁的關係〉，*BIHP* 40.

1975 Rhythm and structure in Chinese word conceptions. *Bulletin of the Department of Anthcheology and Anthropology* 37-38.

1976 Chinese tones and English Stress, in *Aspects of Chinese Socialinguistics*, also in *Essays by Y. R. Chao*.

呂叔湘

1963 〈現代漢語單雙音節初探〉，《中國語文》1。

王 力

1962 《漢語詩律學》，上海教育出版社。

林 濤

1990 《語音探索集稿》，北京語言學院出版社。

周法高

〈說平仄〉。

王光祁

〈中國詩詞曲的輕重律〉。

劉大白

〈中國詩的聲調問題〉。

高友工

1989 〈中國語言文字對詩歌的影響〉，《中外文學》18.5:4-38。

馮勝利

1996 〈論漢語的韻律詞〉，《中國社會科學》1。

1997 《漢語的韻律、詞法與句法》，北京大學出版社。

1998 〈論漢語的自然音步〉，《中國語文》1。

Chen, Matthew Y.

1979 Matrical Structure: evidence from Chinese poetry, *Linguistic Inquiry*, 10.

1980 The primacy of rhythm in verse: a linguistic perspective, *Journal of Chinese Linguistics*. 8:15-41.

Cheng, Tsai-Fa

1983 Tonal features of Proto-South-Min, *Papers in East Asian Languages* 1:56-81.

Hogg, Monique

1983 *Metrical Phonology*. Cambridge University Press.

Liberman, M. & A. Prince

1977 On stress and linguistic rhythm, *Linguistic Inquiry* 8:199-286.

McCarthy, J. & A. Prince

1993 Prosody Morphology I, ms.

Zuckerkandl, Victor

1956 Sound and Symbol.

《聲韻論叢・第九輯》
聲韻學學會主編　頁159～178
臺灣學生書局　　2000 年 8 月

論聲韻學知識與文學賞析

竺家寧*

壹、形成韻律的基本原則

　　聲韻學往往被視爲象牙塔裡的知識，是少數專精而能耐得住寂寞的學者所從事的一門枯燥艱深的絕學。這就是一般人對聲韻學的印象。但是，事實上不是這樣，這是長久以來的一個誤解。聲韻學和文學賞析其實有著十分密切的關係。沒有充分的聲韻知識，不但極富音樂性的詩歌無法有效體會，就是其他各類的文學形式的欣賞和研究都會受到很大的侷限。近年發展的韻律風格學正是聲韻學和文學結合的一條新途徑。

　　文學作品之構成聲音美，通常通過下面幾個基本原則。

一、同音的重覆（REPETITION）

　　本來，韻律的基本原則就是讓相同或相類似的聲音，有規律的反覆出現。各種「韻律類型」，都是這項原則的不同呈現方式而已。

　　這裡所謂的「同音的重複」，是說相同的字，或同音的字，在同

---

*　　國立中正大學中文系

一句中反覆出現，或是在同一篇章不同句中，反覆出現，造成先後呼應搭配的效果。

二、篇章中音節數目的整齊化

　　四言詩、五言詩、七言詩都是求音節數的整齊而設計的詩體。通過相同的音節所做的停頓，喚起顯明的節奏感，以達到聲音美的要求。五言、七言內部也有次要的停頓，造成音節、時間的次序性，例如五言多以二三的節奏呈現。有時，音節的整齊化是以較錯綜複雜的形式呈現，例如一篇之中由三字句／六字句／三字句／六字句的節奏次序組成，或由四字句／四字句／六字句／四字句／四字句／六字句的節奏次序組成等等。

三、押韻（RHYME）

　　所謂「押韻」是幾個字之間主要元音和韻尾相同，讓它們在每句的末一字出現。有時它是逐句押韻，有時是隔句押韻，有時是交錯押韻，類型有很多種。這是詩歌表達音樂性的最古老而又最普遍的方式。

四、句中韻

　　這是一句中有幾個字的主要元音和韻尾相同，它們之間互相協韻。至於出現在第幾個字，或出現多少次，就要看詩體和作者的應用了。例如有時是第一、三、五字相押，有時出現的位置並不規則，比如第二、三、七字相押等等。這和上一種類型，出現在句末，成爲「韻腳」的方式不同。

五、諧主元音（ASSONANCE）

在漢字的每一個字音中，發音的高峰落在主要元音，它是音節的核心，因此，詩歌中主要元音的相諧，也可以造成韻律效果。例如「公無渡河」四字，在上古音中，後三字的主要元音都是 [a]。這是句內相諧，此外也可以在一個篇章中異句相諧。也就是這一句的某幾個字和下幾句的某幾個字主要元音相同。

六、諧韻尾（CONSONANCE）

古典詩歌多半是能唱的，不論是詩詞歌賦，或樂府、古體、近體。傳統音樂的唱腔又傾向於拖長韻尾吟詠，因而韻尾的聲音效果便顯得異常突出。特別是入聲韻尾（帶塞音 p、t、k 收尾）、陽聲韻尾（帶鼻音收尾，共鳴效果強烈）、陰聲韻尾（以元音收尾），三種不同特性的類型相互交錯搭配，可以產生種種的音響效果和韻律表現。

七、圓唇音與非圓唇音的交錯

注音符號的ㄩ、ㄨ都是圓唇音，圓唇與非圓唇（展唇）兩種類型的字，古代稱為合口與開口音。兩類交錯變化，造成唇形一開一展的規律性運動，因而呈現了節奏感。例如「蓼蓼者莪」四字的上古唸法，主要元音有 [o-o-a-a] 的變化，正是「圓、圓、展、展」的交錯。這種展圓的交替在古典詩歌中，多半情況是運用介音有 [u] 和沒 [u] 的字交替而造成優美的規律性變化。

貳、如何著手分析作品的聲音美

可以分下列幾方面討論：

一、「韻」的音響效果

作品的音樂性，呈現的方式很多，最普遍而有效的一種方式，就是「押韻」。每個作家選用的韻，各有不同的偏好，表達不同情感時，也往往考慮到「韻」的音響特性，而作適當的選擇。有人常用支微韻，有人喜歡東鍾韻，我們可以從作品統計歸納各人的傾向。我們可以看看，傳統文評家所謂的「豪放」的作家，在用韻上如何呈現「豪放」的氣勢？開口度大的元音（例如主要元音是 [a]）能表現怎樣的效果？開口度小的元音（例如主要元音是 [i]）能表現怎樣的效果？作者傾向於用陽聲韻（以鼻音收尾的字，例如江陽韻）容易給人怎樣的感覺？韻尾是容易造成迴蕩共鳴的舌根鼻音（例如韻尾是 [-ng]），和閉口沈悶的雙唇鼻音（例如韻尾是 [-m]），都屬陽聲韻，作者又如何加以選擇運用，來和作品的情感內容相搭配？作者如何運用具有短促特性的入聲韻來強化作品的意境？陰聲韻腳選用「之韻」或「尤韻」，其音響效果能喚起怎樣的情感？關於這個問題，即所謂的「聲情之說」，前人已經做了很多的討論與研究，這裡不再重複引述。但聲情論也不能用得太泛，把某一種聲韻類型和某一種情感劃上等號。這是不妥當的。「韻」的音響效果必須從具體作品裡去觀察分析。例如許世瑛先生曾有王粲登樓賦的音韻分析一文，正是由這個角度探索的成功範例。同一篇作品裡，情感的轉折變化，也經常會和「韻」的音效特性聯繫起來。王粲「登樓賦」的音韻風格正是呈現了這樣特徵。首段他選用-ju 型韻母，表達初登城

樓欣賞景物的悠然；中段因思鄉之情而採用閉口沈悶的-jem 型韻母；
末段感慨自己的遭遇，情緒轉為悲憤不平，韻就跟著改為-jek 型韻母，
這種短促的入聲正傳達了作者內心的焦迫與激動。

　　前人往往拿劉邦的「大風歌」和項羽的「垓下歌」來對比，前者
正是用的江陽一類的韻，是英雄得意的慷慨高歌；後者用陰聲韻，而且
用音短而迫促的去聲韻腳開頭，造成低沈、傷懷的氣氛。事實上，我們
完全可以把傳統文評家依據經驗和印象歸納出來的各種風格，例如所謂
的「柔婉」、「纖細」的風格，所謂的「瀟灑」、「豪放」的風格，觀
察、分析在用韻上又是呈現一個怎樣的狀況。

二、平仄交錯與聲調變化所造成的韻律風格

　　聲調是漢語的特性之一，這是西方語言所沒有的成分。而聲調的
本質是一種音高的變化，也就是頻率的變化，因此，它是最富於音樂色
彩的語言成分。也是最能夠傳達聲音之美的成分。所以歷來的詩人都十
分重視聲調的運用。傳統詩歌的平仄規律，正是運用聲調效果製定出來
的。可是歷來文學家很少去瞭解平仄交錯何以能造成聲音之美。從古音
學的研究，我們知道平聲和非平聲的對比，是由於平聲是一種可以拖長
的調子，不升也不降；仄聲是短的調子，音高或升或降，二者性質迥異。
「仄」字正是「不平」的意思。講究平仄的文學體裁，固然重視聲調的
安置，不講平仄的「古體詩」、《詩經》、楚辭，一樣會重視聲調的搭
配，只不過它們的格式完全自由而已。近體詩有固定格式的平仄運用，
宋詞也要按固定的平仄來填，這是體裁風格。有的作品不需依定格的平
仄規律，完全由作者自由設計安排，實際上就是四聲的搭配運用，由平
上去入的交錯排比中傳達詩歌的音樂性。這裡就顯示了作家的個人風

格，因爲每個人的設計表現未必相同。即使定格的平仄詩體，作者也有
顯示個人風格的空間，例如所謂「一三五不論」，以及各種格律的變通
法則，正是留給作者自由揮灑的地方。黃庭堅的律詩，就有很多不合正
格，不依規定的平仄造句。所謂「其法於當下平字處以仄字易之，欲其
氣挺然不群」，這種「拗律」，正是黃庭堅的語言風格之一。唐詩中也
有類似的情況，所謂「拗之中又有律焉」（見環溪詩話），我們可以從
作品中歸納各人不同的變化方式，描寫出各人的風格。

三、「頭韻」的運用

　　「頭韻」（ALLITERATION）一詞常被誤用爲「每句開頭一個字
協韻的現象」，實際上它是韻律學上的專有名詞，指的是「聲母相協的
現象」。可參考《牛津高級雙解辭典》（東華書局）、梁實秋《最新實
用英漢辭典》（遠東圖書公司）、《大不列顛百科全書》中文版。對該
詞的說解。

　　音韻風格的呈現，不僅僅在韻和調上，也在聲母上。韻律之美往
往藉著同類的聲音一再的反覆的出現，藉此造成音調鏗鏘的效果。「押
韻」的理論基礎即在此，讓一個字音的後半截在句末一再反覆出現，造
成韻律上的美感。平仄的運用何嘗不是如此。近體詩定出「平平仄仄平
平仄」的格式，就是認爲這是最美的搭配方式，讓平、仄兩種不同的聲
調形態交錯的一再反覆出現，藉以達到韻律之美。至於聲母方面，當然
也可以這樣安排，讓類似的聲母在一句中有規律的反覆出現，這種現象
普遍的存在古今的文學作品裡，可是傳統的文學理論，或詩詞格律的研
究，很少談到這種現象，更沒有像韻母和聲調一樣，爲之制定出一套「美
的格式」，讓作家遵循這個格式去創作。我們進行韻律風格的分析，就

不能忽略這一方面。

　　西方的詩歌韻律研究，把這種情況叫作「押頭韻」（alliteration）。意思是運用字音開頭部份的相似性，在反覆出現中表達了韻律感，就像在句末讓相同的「韻」反覆出現一樣的道理。

　　無論現代詩或古典詩歌往往有意無意的運用「頭韻」效果來造成韻律之美，例如古典詩歌作品，其中最著名的例子是蘇東坡詩：「塔上一鈴獨自語，明日顛風當斷渡」，東坡本擬乘船遠行，可是忽覺佛塔簷角的鈴噹響個不停，原來是風吹鈴響，風勢不小，於是推斷明天渡口的船不會開了，走不成了。「顛、當、斷、渡」四字雙聲，全是舌尖塞音聲母的字，相連出現，正是代鈴作語，表現了「叮噹叮噹」清脆鈴聲，和上一句的「語」字相應，十分巧妙，也突顯了詩歌的韻律感。「顛風」就是「狂風」，東坡之所以把常用詞的「狂風」改成「顛風」，爲的就是增強韻律效果。造成此詩的極特殊的風格。我們可以歸納東坡作品所用的「頭韻」頻率，藉以描述他的音韻風格特色。

　　至於歷來作家偶有作「雙聲詩」的，那是一種遊戲之作，未必能代表某作家的普遍語言風格。例如唐代姚合的蒲萄架詩：

　　　萄藤洞庭頭，引葉漾盈搖。皎潔鈎高掛，玲瓏影落寮。
　　　陰煙壓幽屋，濛密夢冥苗。清秋青且翠，冬到涷都凋。

　　這類作品在文學上並沒有太大價值，因爲它違背了「美的原則」。「美」必需在「多樣中求統一」，聲母完全一樣，就造成過份的整齊一致，變得機械而刻板，缺乏「多樣」的變化效果。

　　白居易〈琵琶行〉描寫琵琶聲：「嘈嘈切切錯雜彈」一句中，聲

母的搭配是 dz'-dz'-ts'-ts'-ts'-dz'-d'，正是表現了「多樣的統一」。 句中有三種不同的聲母，呈現了「多樣」，但是前六個字音卻是相似的送氣舌尖塞擦音，呈現了「統一」，因此我們讀起來很有韻味。同時，這樣的發音正好也模擬了琵琶的聲音。

杜甫詩經常運用「頭韻」效果，以達到「詩律細」的目的。例如「城尖徑窄旌旆愁，獨立縹緲之飛樓」（白帝城最高樓）中，上句「尖、旌」（聲母都是舌尖音精母字）、「窄、愁」（聲母都是莊系字）四個字都屬齒音的塞擦音、下句「縹緲、飛」（聲母都是雙唇音）都是運用了頭韻。此外，「吹笛秋山風月清」（吹笛詩）中有五個字是舌尖音和舌尖面音，「瞿唐峽口曲江頭」（秋興之六）中有五個字是舌根音，也都是運用「頭韻」。又「古來傑出士，豈特一知己」（聽楊氏歌）中，後句全用塞音，而且一、三、五字為牙喉音，二、四字為舌尖音，這種間隔出現的搭配，使得韻律效果十分明顯。

四、利用雙聲疊韻詞造成的韻律風格

雙聲疊韻詞，這是漢語構詞上的一個重要特性。例如「干戈」、「參差」是雙聲詞；「逍遙」、「苗條」是疊韻詞（雙聲疊韻不一定是連綿詞）。利用這種詞彙的特性，巧妙地安排在詩歌中，可以有效地強化韻律感。文學家往往在作品中利用雙聲疊韻詞來表現韻律感。例如杜甫詩特別重視寫作技巧，所謂「語不驚人死不休」。晚年更講究格律、辭藻。因此詩句中佈置了雙聲疊韻的效果，成了他晚年的風格之一。例如「戎馬關山北，憑軒涕泗流」中，「關山」、「涕泗」都是疊韻。像這種在上下聯中的相對應位置上，運用雙聲疊韻詞相互應的現象，是杜詩的語言風格之一。例如：

1.舊采黃花賸，新梳白髮微（九日諸人集於林）

2.支離東北風塵際，漂泊西南天地間（詠懷古跡之一）

3.庾信生平最蕭瑟，暮年詩賦動江關（仝上）

4.千載琵琶作胡語，分明怨恨曲中論（仝上之三）

5.信宿漁人還汎汎，清秋鸞子故飛飛（秋興之三）

6.蕭瑟唐虞遠，聯翩楚漢危（偶題）

7.自胡之反持干戈，天下學士亦奔波（寄柏學士林居）

　　第1句的「黃花」都是舌根擦音，和下聯都是雙唇塞音的「白髮」相應；第2句的「支離」疊韻，和雙聲的「漂泊」相應，同時「風塵」都收舌根鼻音韻尾，和下聯的雙聲詞「天地」相應；第3句的「蕭瑟」爲舌尖擦音，和下聯舌根塞音的「江關」相應；第4句的「千載」是舌尖塞擦音，和下聯唇音的「分明」相應，「琵琶」是雙唇塞音，和下聯牙喉音的「怨恨」相應；第5句的「信宿」是舌尖擦音，和下聯舌尖塞擦音的「清秋」相應；第6句的「蕭瑟」雙聲，和下聯疊韻詞「聯翩」相應；第7句的「干戈」和下聯的「奔波」是k-k和p-p的呼應。

　　又如，「風飄律呂相和切」（吹笛詩）在意義上是風聲和笛聲相應和，在形式上則是風飄p-p'和律呂l-l兩組雙聲詞相應和。杜詩的「詩律細」皆應由此途徑理解。

　　黃庭堅也常用雙聲疊韻詞在詩句兩聯中相呼應，例如「白屋可能無孺子，黃堂不是欠陳蕃」（徐孺子祠堂）中，「白屋」都是收-k的入聲，下聯相應的「黃堂」則屬收舌根鼻音-ng的疊韻詞。又「昨夢黃梁半熟，立談白璧一雙」（次韻公擇舅）中，「黃梁」疊韻，「白璧」則爲雙聲。

再如宋代蘇東坡赤壁賦的音韻效果也是十分明顯，他描寫吹洞簫的聲音：

> 其聲嗚嗚然，如怨、如慕、如泣、如訴，餘音嫋嫋，不絕如縷，
> 舞幽壑之潛蛟，泣孤舟之嫠婦。

其中安排了一連串的疊韻詞「嗚、如、慕、訴、餘、不、縷、舞、孤、婦」造成了一連串嗚嗚然的音響效果，既反映了哀怨之情，也模擬了洞簫之聲，又和前面的歌聲（用高昂響亮的「槳、光、方」韻）形成對比。這樣，造成了赤壁賦獨特的語言風格。

《詩經》是上古的民謠，音樂性尤其強烈，可惜一般人賞析《詩經》往往忽略了這一方面，以致無法領略其中的韻律之美。我們由語言風格學的角度，運用上古音的知識，可以彌補此方面的不足。例如蓼莪篇：「蓼蓼者莪」一句的主要元音是 [o-o-a-a]，呈現圓、展的交替變化，這是疊韻（廣義而言）的效果；「哀哀父母」一句的聲母是〔喉－喉－唇－唇〕的形式，這是用了雙聲效果，喉音與唇音，一極前一極後，造成音樂上的強烈對比。「飄風發發」、「飄風弗弗」全都是雙聲字（雙唇塞音），既表現了詩歌的韻律性，又模擬了風聲。

五、由音節要素的解析看韻律風格

有些作品讀起來但覺音節鏗鏘、韻律動人，讀者一般很少能從語言學角度說出個所以然，令人感到優美的因素在哪裡？如何進行作品的韻律解析？我們唯有從語音形式上探索，依漢語的音節結構規則從事分析，才能獲得答案。

　　漢語言的音節結構包含了聲母、介音、主要元音、韻尾、聲調五個部分，每個部分的排比交錯，作適當的組合連接，正是韻律美的奧秘所在。就像一個熟練的精於解牛的庖丁，他知道牛的每一部份結構如何，哪一部份可以作菲力牛排，哪一部份可以作沙朗牛排。精於詩律的文學家，一樣可以把音節結構中的每一部份聲音特性和效果充分發揮出來。因此，我們作語言風格的分析也當由此入手，作精確、客觀的剖析。舉個例說，在繪畫、雕刻、建築上公認最美的四邊形，總是趨向於一個固定的比例，於是我們把這個比例精確、客觀的描述出來，四邊形兩邊的比（長與寬）是 1：0.618，大約就是長為 8，寬為 5 的方形，這就是著名的「黃金分割律」（Golden Section），這樣的方形就是「黃金四邊形」（Golden Rectangle）。我們對「美」的語言也不能僅止於感性的、主觀的欣賞，還要能理性的、客觀的說出所以然，把何以美的規律找出來。

　　下面我們取東漢的樂府古詩〈公無渡河〉試作分析。

公無渡河	kung	mjua	d'a	ga
公竟渡河	kung	kjang	d'a	ga
墮河而死	d'ua	ga	nje	sje
將奈公何	tsjang	na	kung	ga

右邊所注的是上古音，擬音採較寬的形式，濁塞音韻尾略去不標，無法打印的音標字型也暫用相近的符號取代。這裡主要在表明韻律分析，不做擬音討論。在漢字音節結構中，響度最大的是主要元音，它是語言韻律中的主旋律。我們先分析它在這首詩中的布局規律：

```
u — a — a — a
u — a — a — a
```

```
a ─ a ─ e ─ e
a ─ a ─ u ─ a
```

　　這首詩的主元音基調顯然是開口度最大的 [a]。第一、二句是韻律的主題，以一 [u] 三 [a] 的模式呈現，造成圓唇與展唇的對比，也造成高元音與低元音的對比。第三句是主題的開展，原有的對比性消失，而用兩個 [a] 和兩個展唇的中度元音搭配，產生一種均衡性。第四句為主題再現，仍以三 [a] 一 [u] 組成，但次序略作調整，[u] 由首音節移至第三音節。這樣的韻律組合令我們想起音樂裡的「奏鳴曲型式」（sonata form），這種音樂型式由三部分構成：主題部（exposition）、開展部（development）、主題再現部（recapitulation）。似乎「美」的構成都有共通性，不論表現的媒介是造形藝術、音樂藝術、或語言藝術。

　　我們再由〈公無渡河〉的介音類型上分析：

```
洪 ─ 細 ─ 洪 ─ 洪
洪 ─ 細 ─ 洪 ─ 洪
洪 ─ 洪 ─ 細 ─ 細
細 ─ 洪 ─ 洪 ─ 洪
```

　　仍然是一、二句同模式，以三洪一細組成。洪音是基調。第三句改為二洪二細，作均衡的配置。第四句又恢復三洪一細的格局，只是次序稍變，細音移至句首。值得我們注意的是各句的銜接十分巧妙，上句之末字必與下句之首字同洪細。

　　至於聲母，也是決定音響效果的重要因素。它的出現規律如下：

```
k ─ m ─ d' ─ g
k ─ k ─ d' ─ g
d' ─ g ─ n ─ s
```

ts — n — k — g

這是以舌根聲母爲基調的韻律形式。除了「無」是雙唇音外,其餘都是和舌尖音搭配。舌根與舌尖的錯綜出現,造成發音部位上的前後對比。

在聲調方面,情況如下:

平 — 平 — 去 — 平
平 — 去 — 去 — 平
上 — 平 — 平 — 上
平 — 去 — 平 — 平

基調是平聲,主要和去聲搭配。第一、四句都是三平一去,只是去的位置稍變。第二、三句的平仄正好相對,而且每句都是二平二仄。第三句把平聲的搭配對象改爲上聲,與其他各句之配去聲有異,這是求變化的緣故。通常第三句是「開展部」,比較需要作一些變化。

參、作品分析的實例

前面談了理論和方法,接著再從實例中嘗試進行韻律分析。先看看王維的「渭城曲」。

渭城朝雨浥輕塵
客舍青青柳色新
勸君更進一杯酒
西出陽關無故人

從這首短詩中,我們至少可以看出幾處韻律效果:

1.每一句至少都安排了一個入聲字。即「渴、客、色、一、出」五個。形成每一個大節奏單位中都有一個短促音。

2.韻腳是「塵、新、人」三個。

3.第二句「青青柳色新」的聲母具有「ts'--ts'--l---s---s」的規律性變化。用邊音隔開兩組齒頭音。

4.第三句「勸君更」是一連串的舌根塞音，形成頭韻效果。「勸君更進」四字都是陽聲韻，帶鼻音。「一杯酒」三字都是陰聲韻，不帶鼻音。音律上呈現嚴整性。

5.第四句「陽關」屬陽聲韻，置於句子中央，其前後都是陰聲韻。而「無故」二字爲疊韻。和「出」的韻母類似，構成句中韻。

下面再看看王之渙的「登鸛雀樓」。

　　　　白日依山盡，黃河入海流。

　　　　欲窮千里目，更上一層樓。

從這首短詩中，我們至少可以看出幾處韻律效果：

1.第一、二句的「白日」和「黃河」在韻律上相對偶。「白日」二字都是入聲字，這可以用現代的幾種南方方言念念看而感覺出它短促的特性。而「黃河」二字的聲母在唐代相同，今天念起來，也還是相同。

2.第一、二句的「山盡」和「海流」在韻律上也相對偶。「山盡」兩個音節的收尾都是 [-n]，屬陽聲韻（帶鼻音韻尾，鼻腔產生共鳴的聲音），「海流」則屬陰聲韻。

3.「流」和「樓」押韻，同時兩字的聲母也相同。因而使兩字的發音更接近，強化了韻律感。

4.每句都安排了入聲字,單數句有兩個入聲,偶數句有一個入聲,而且這個入聲總放置在全句的中央音節。(全詩入聲字是:白、日、欲、目、一。)

5.全詩的聲母都力求變化。各句中(除了「黃河」二字外)盡量選用了不同聲母的字。顯現了多樣化的音韻風格特徵。

下面再看看關漢卿大德歌的韻律,這首歌收入高中國文第五冊。原文如下:

> 風飄飄,雨瀟瀟,便做陳摶也睡不著。
> 懊惱傷懷抱,撲簌簌淚點拋。
> 秋蟬兒噪罷寒蛩兒叫,
> 淅零零細雨灑芭蕉。

這是元代的散曲,語言背景又和前面的作品都不同。元代屬於「早期官話」的時代,已進入「近代音」的範圍。一般都以《中原音韻》作爲擬音的依據,來探討元曲的韻律。這首作品的韻律特色有下面幾點:

1.[-au] 型的韻母的大量出現,使韻律特別明顯。例如「飄飄、瀟瀟、著、懊惱、抱、拋、噪、叫、蕉」。

2.大量使用 ABB 型式造語。如「風飄飄」、「雨瀟瀟」、「撲簌簌」、「淅零零」。

3.[a] 主要元音大量使用。除了上面第 1 條所列的之外,還有「摶、傷、懷、蟬、罷、寒、灑、芭」,全部共有 20 字,幾乎占了一半字。

4.全詩合口字(圓唇音)特別多,再加上韻尾是 [u] 的,使得非圓唇的只有「便、陳、也、傷、點、蟬、兒、罷、寒、淅、零、細、灑、

芭」幾個字而已。

　5.末句連續用五個細音字（高元音韻母，如 [i]、[y] 之類），來表示雨聲。接著又用兩個洪音字（灑、芭，都是低元音 [a] 類），造成對比性的變換。

　現代詩方面，我們看看余光中的「算命瞎子」：

　　　淒涼的胡琴拉長了下午，

　　　偏街小巷不見個主顧；

　　　他又抱胡琴向黃昏訴苦：

　　　空走一天只賺到孤獨！

　　　他能把別人的命運說得分明，

　　　他自己的命運卻讓人牽引：

　　　一個女孩伴他將殘年踱過，

　　　一根拐杖嘗盡他世路的坎坷！

這首詩分兩節，每節四行。在韻律上可以看出有下面幾個特色：

　1.第一節以「午、顧、苦、獨」四字爲韻腳，採逐句押韻，韻母的重現較密集。而第二、三、四句以「主顧」、「訴苦」、「孤獨」收尾，三詞都是疊韻，都以 [-u] 爲韻母，更加重了這種密集性。

　2.第二節以「明、引」爲韻腳（江淮方言-ing， -in 不分），然後換韻，以「過、坷」爲韻腳。

　3.本詩使用了很多雙聲疊韻詞。例如「小巷」、「黃昏」、「坎坷」都是雙聲詞。疊韻詞見上面第 1 條。

　4.頭韻（alliteration）的運用，例如第一句的「淒、琴」、「涼、

拉、了」，第二句的「偏、不」、「街、見」，第三句的「胡、黃昏」，
第四句的「只、賺」，「到、獨」，第五句的「把、別」、「命、明」，
第六句的「卻、牽」、「運、引」，第七句的「女、年」、「個、過」，
第八句的「根、拐」。

5.句中韻的運用，例如第一句的「涼、長」、「拉、下」、「胡、
午」，第三句的「胡、訴苦」，第六句的「命、引」，第七句的「伴、
殘」。這些韻母在同一句中的重現，增強了朗讀時的韻律效果。

6.第二節的四行中，每行都重複用到「他」字，前兩行放在句首
（後兩行句首以「一」的重現相對稱），後兩行的「他」字放在句中。
同字的重複出現是現代詩常用的韻律手段，但用法卻各有不同，呈現了
不同的創造風格。

肆、結論

從上面的討論，我們可以理解文學賞析不能缺少聲韻學的知識。
尤其一個語文教學者更不能捨聲韻而不談。在各種文學體裁中特別是詩
歌，詩歌教學的內容包含了兒歌、諺語、現代詩，以及《唐詩三百首》
的一些作品。前三者可以用現代音朗讀而覺察其韻律性，唐詩則需經過
一番指導，告知韻律效果之所在，才能更增加學生對唐詩的認識和興
趣。要能把主觀的音聲感覺作客觀的解析，了解美感形成的因素，揭發
韻律的奧秘，並把此類知識適度的告知學生，使其能行也能知。另一方
面針對大家熟悉的唐詩，依創作當時的音響特性，點出韻律之結構與搭
配，使口耳無法直接領略到的聲音之美，也能經由講解，使學生獲得相
當的認識。藉這方面的傳授和訓練，可以使學習者直接感受語文之美，

在瑯瑯上口，音調鏗鏘的旋律之中，收潛移默化之效。

參考書目

竺家寧

1993,01 《詩經·蓼莪》的韻律之美，《國文天地》第 8 卷第 8 期，98-102，臺北。

1993,10 岑參白雪歌的韻律風格，《中國語文》第 436 期，28-31，臺北。

1994,05 語言風格學之觀念與方法，《紀念程旨雲先生百年誕辰學術研討會論文集》，275-298，師範大學國文系所主編，臺灣書店印行，臺北。

1993,04 《詩經》語言的音韻風格，第 11 屆全國聲韻學研討會論文，國立中正大學，嘉義。

1993,08 《詩經·魯頌·駉》的韻律風格，《詩經》國際學術研討會論文，河北師範學院主辦，石家莊。

1994,12 語音分析與唐詩鑑賞，《華文世界》第 74 期，32-36，臺北。

1995,04 詩歌教學與韻律分析，《第一屆小學語文課程教材教法國際學術研討會論文集》，51-64，臺東師院編印。

1995,06 析論古典詩歌中的韻律，《兩岸暨港新中小學國語文教學國際研討會論文集》，師大，臺北。

周碧香

1995,07 《東籬樂府》語言風格研究，國立中正大學中國文學

研究所碩士論文。

陳秀眞

　1993,07　　余光中詩的語言風格研究，國立中正大學中國文學研
　　　　　　究所碩士論文。

羅娓淑

　1994,12　　李商隱七言律詩之詞彙風格研究，私立淡江大學中國
　　　　　　文學研究所碩士論文。

許瑞玲

　1993,05　　溫庭筠詩之語言風格研究-從顏色字的使用及其詩句結
　　　　　　構分析，國立成功大學中國文學研究所碩士論文。

吳梅芬

　1994,01　　杜甫晚年七律作品語言風格研究，國立成功大學歷史
　　　　　　語言研究所碩士論文。

王　力

　1988,01　　《漢語詩律學》，上海教育出版社，上海。

李潤新

　1994,10　　《文學語言概論》，北京語言學院，北京。

張德明

　1990,02　　《語言風格學》，東北師範大學，長春。麗文出版社，
　　　　　　高雄。

程祥徽

　1991,01　　《語言風格初探》，書林，臺北。

程祥徽，黎運漢

　1994,04　　《語言風格論集》，南京大學，南京。

[英]雷蒙德‧查普曼著，蔡如麟等譯

    1989,03　　《語言學與文學》，結構群，臺北。

黎運漢

    1990,06　　《漢語風格探索》，商務，北京。

謝雲飛

    1978,11　　《文學與音律》，東大，臺北。

《聲韻論叢·第九輯》
聲韻學學會主編　頁179～208
臺灣學生書局　　2000 年 8 月

韻式「成格」淺析
——詞的音律探討之一

王碩荃*

一、《花間》詞韻妙，四句結構多

濫觴於唐，繁茂於五代，造極於兩宋的詞，比近體詩有更加嚴格的音律規則。詞是詩餘，在固定的音樂背景之下，凡詩具備的字數、句數；每句的字數和「平仄式」，以及由句子的平仄、韻腳決定的詞的「韻式」等規則，都是固定的。

(一)詞體整體結構中，句數整齊劃一

近體詩句子的平仄式，以其後四字的固定格式，即「四字格」為代表。❶正體律詩和絕句的四字格有四種：甲，仄平平仄、乙，平仄仄平、丙，平平仄仄、丁，仄仄平平。甲乙式如：「王楊盧駱當時體，輕薄為文哂未休。」（杜甫《戲為六絕句》）丙丁式如：「但使龍城飛將

---

* 　河北省社會科學院研究員

❶ 　參見王碩荃《杜詩入聲韻攷》，《杜甫研究學刊》，1988 年第 2 期。

在，不教胡馬渡陰山。」（王昌齡《出塞》）

　　詞句的平仄式和後四字格，大體同於近體詩；因為是長短句，不像詩，或七言或五言為句中字數所限；詞句則難于組織，有時不得不為「拗」。相比之下，詞的平仄式更加嚴格。詞和近體詩的「韻式」，本文專指連接各韻句句尾字而成的句子。例如正體絕句和律詩的韻式，分別是「仄平仄平」和「仄平仄平仄平仄平」，首句入韻的，則是「平平仄平」和「平平仄平仄平仄平」。句中，用「○」號表示入韻的平聲字，「※」號表示不入韻的仄韻字，則以上兩句分別為「○○※○」和「○○※○※○※○」。例如王昌齡的《出塞》：「秦時明月漢時關，萬里長征人未還；但使龍城飛將在，不教胡馬渡陰山。」韻式是「關還在山」的平仄式「○○※○」。詞的整體結構不像詩那麼整齊，近體詩縱與橫的五、七「言」與四、八句，組成了一個整整齊齊的方陣。詞的字數、句數、平仄式，都是由詞調決定的。較詳盡的詞譜，往往收集詞調逾千種，常見的，也有四百種左右。收集唐、五代十八家詞代表作的《花間集》，含詞調七十七種；這諸多的紛繁的「韻式」，都是什麼樣式的呢？牠們之間，有沒有可以歸併的規律可循呢？

　　首先試分析溫庭筠的《定西番》。根據詞的語意，全詞前、後段各四句，合為四大句：

漢使昔年離別，╱攀弱柳、折寒梅、上高臺。╱
　　　　　▲　　　　　　※　　　　○　　　○
千里玉關春雪，雁來人不來。╱羌笛一聲愁絕，月徘徊。╱
　　　　　▲　　　　　○　　　　　　▲　　　○

韻式是▲※○○，▲○▲○。其中▲表示入韻的仄韻韻腳。❷再分析溫庭筠的《更漏子》。《更漏子》也是雙調，根據詞的語意，前後兩段可各自分爲四大句：

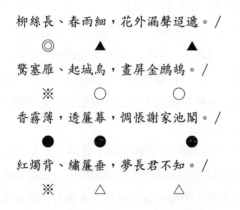

全詞的韻式是可以進一步歸併的，歸併的結果，可以得到一個四句的韻式▲○●△，這是個近似絕句的韻式。可見，詞雖由長短不一的句子組成，表面上句數也不一致的整體結構中，內裡卻隱藏著句數整齊劃一的規則。

(二)分析體式的結構對研究詞韻的重要性

宋時的詞話，作者沒有太抱怨「塡詞倚聲」如何如何難的話；大約是「只緣身在此山中」吧。以後，特別是到了清，眾多的詞話作者，那麼洋洋灑灑的關於詞的「話」，內中有多少提到塡詞難，數也數不清；

---

❷ 本文另用△、□、◇等表示入韻的平韻字，用▲、■、◆等表示入韻的仄韻字，用◎表示不入韻的平韻字，用◖、◗、●分別表示上聲、去聲和入聲。

有幾多嘔心教誨學子「詞的作法」的文字，也數也數不清。詞是韻文作品，其成多賴於詞作者的感悟。在歷代詞人創作活動的有關記載中，固然尚未發現留著最後一著、不教老虎徒弟的貓師傅，可祇憑呀呀學語，光靠亦步亦趨地學習和實踐，生套有關詞的音律之格，也終究不是正道。詞從被譽爲「詞之山斗」的晚唐溫庭筠，經前蜀的韋莊，到南宋的吳文英，作爲歌唱文學，已經走完了由至盛而漸衰的歷程。盛衰之變，一方面固然主要是，音樂從這一「音樂加韻文」的藝術形式中，漸隱而去，另有一個重要的原因，可能正因爲，詞是倚聲而塡的文學體式，就很少有人注意從結構上去把握牠了。

　　吳梅說：「作詞之法，論其間架構造，卻不甚難。」怎麼會呢？他也曾發現，分析詞的間架結構的重要：「惟律是成式，文無成式也。於是不得不論結構矣。」不過，吳梅所說的結構，大概只是前文《定西番》的八句、《更漏子》的十二句等的分法，按語法意義的全詞的「句」、「讀」。吳梅說：「全詞共有幾句，應將意思配置妥貼後，然後運筆。」如照這樣分析古人的詞作、依此運筆，只可能是依樣畫葫蘆而已。對於創作者來說，尚且可以依樣畫出葫蘆，而於對詞有研究興趣的研究者來說，如何挖掘詞的淵源、其由盛而衰的路，就非常重要了。詞在中國文學史上佔有重要的一席地位。

　　從現在可見的最早的詞譜、明張綎的《詩餘圖譜》，到清萬樹的《詞律》，以及康熙時官修的《欽定詞譜》，詞調的譜式，應該已搜羅齊全，分析詳盡。不過其詞的間架、結構，不見言及。各詞譜不過仍舊是依其語法意義，從細膩處著眼來斷句。即使如此，可能正是沒有更寬泛的句、讀分切界線罷，不免也偶見音律不諧的地方。例如溫庭筠的《番女怨》：

萬枝香雪開，╱己遍，細雨雙燕。╱

　　　　○　　　●　　　　　●

鈿蟬箏、金雀扇，畫梁相見。╱

　　　　●　　　　●

雁門消息、不歸，來又飛回。╱

　　　　○　○　　　○

其中，「開、歸、來、回」入平韻，「遍、燕、扇、見」入仄韻，該詞四大句的韻式是：○●●○。按照《欽定韻譜》，「開」字後無「句」或「讀」，「來」字後斷句註「平韻」、「歸」字後卻不斷，這就少了該詞開頭與末二句押韻呼應的平韻韻腳。再如溫庭筠的另一首《蕃女怨》，首句「磧南砂上驚」的「驚」，本是韻字，但未斷出。倒數第二句的末字「屏」也是韻字，也未斷出，這樣，就缺了倒數第二句和末句組成的兩個平韻韻腳的韻式，以及首句跟末句組成的平韻韻式中的前後呼應。從語意上分析，這兩首詞末句分別作「來又飛回」、「空杏花紅」比《欽定詞譜》等書的句讀，更爲合理。

㈢應據《花間集》分析詞的韻式

1.《花間集》是保存詞的本色的珍品

　　飽蘸著詞的精華的集子《花間集》，最能體現詞在全盛時期的面目和內在的風格，牠是保存詞的本色的珍品。《花間集》歷來以其多「花間」、「月下」、「檀口」、「鳳裙」等辭而遭睨視，在中國人傳統的眼光，特別是士大夫階層特有的道德標準下，牠幾乎被視爲異端。但是，在《花間集》的時代，詞作爲與音樂相吸附的文學作品，牠的音樂特質，

份量是相當重的。研究詞的音律，從《花間集》挖掘其原始的素材，提煉其純淨的營養，才能得到甘甜淳美的原始汁漿。

　　五代時後蜀廣政三年（940），蜀人趙崇祚精選了溫庭筠、皇甫松、韋莊、薛昭蘊等十八家詞五百首，輯成《花間集》。《花間集》從該集最短、二十三字的《南歌子》、《荷葉盃》，到該集最長、八十七字的《離別難》；雖然都遠比目前發現的最長的二百四十字的《鶯啼序》短得多，但牠們體式各一，乖巧活潑而變幻多姿。這七十七調，也許全面包容了詞的所有音律特徵。

　2.《花間集》詞說明四句結構成立

　　根據語意給詞斷句，得到的幾乎全是四句的結構。從《欽定詞譜》等詞譜的固定體式中，抽出身來，站在各書「句」、「讀」之外，檢查分析每一詞調整首詞的語意，結果，各個詞調的分析，幾乎異路而同歸；很容易得到一個一致的結論：詞的四句結構成立。

　　《花間集》收《南歌子》十二首，其中溫庭筠七、張泌三、毛熙震二。溫詞第一首爲：

　　　手裡金鸚鵡，胸前繡鳳凰。／偷眼暗形相。／不如從嫁與，／作鴛鴦。／

這首詞有兩個韻式，一是「凰、相、鴦」互押的平韻韻式（包括第三句非韻字「與」），二是「鵡、與」互押的仄韻韻式。平韻韻式是詞的主韻式。全詞是個四句結構，首句和第二、四句，相互押同一平韻，此平韻的韻式是貫串全詞的主線韻式，可稱爲「一級韻式」。本文把各詞調的一級韻式稱爲韻式的「成格」。可以看出，《南歌子》的一級韻式「平平仄平」○○▲○，實際上，同於首句入韻的近體詩絕句的韻式。這首

詞中，「鵡」和「與」互押仄韻，這兩個韻字組成的韻式「仄仄」，地位處於全詞韻式的成格之下，可稱作「二級韻式」。二級韻式也就是古人所說的「句中韻」或「短韻」。

《花間集》中，溫庭筠的七首《南歌子》，第一、三、六等首，有仄韻的二級韻式，此外第二首以「柳」叶「暮」，也可能是作者方音的反映。張泌的三首《南歌子》其中的一首，有二級韻式；毛熙震的兩首均無二級韻式。張泌、毛熙震都是蜀人。從該調二級韻式的變化，可以發現，同一詞調能在短時間內、在很小的區域範圍裡，發生由繁而簡的變化。唐、五代初的詞，音律本是最完美的，以後，漸漸丟棄、遺漏，構成音律斑駁陸離色彩的成分越來越少；這就是為什麼到南宋的吳文英（約 1200-1260），其《鶯啼序》雖長至二百四十字，可只有同韻（遇攝同韻的上、去韻）韻字十六個，以致音韻既單調，韻字之間平均長達十五字的間隔，音階又嫌過於迂緩。也許詞豐滿而挺實、鏗鏘而優美的音律，還沒走完汴京、臨安二朝，就已瘦削乾癟了；起碼從韻式看是這樣。下列吳文英的《鶯啼序》：

　　殘寒正欺病酒，掩沉香繡户。／

　　　　　　　　▲

　　燕來晚，飛入西城，似說春事遲暮。／

　　　　　　　　　　　　▲

　　畫船載，清明過卻，晴煙冉冉吳宮樹。／

　　　　　　　　　　　　　　▲

　　念羈情游蕩，隨風化為輕絮。／

　　　　　　　▲

十載西湖，傍柳繫馬，趁嬌塵軟霧。/
▲

溯紅漸，招入仙溪，錦兒偷寄幽素。/
▲

依銀屏，春寬夢窄，斷紅濕，歌紈金縷。/
▲

暝堤空，輕把斜陽，總還鷗鷺。/
▲

幽蘭旋老，杜若還生，水鄉尚寄旅。/
▲

別後訪，六橋無信，事往花萎，瘞玉埋香，幾番風雨。/
▲

長波妒盼，遙山羞黛，漁燈分影春江宿，記當時，短楫桃根渡。/
▲

青樓仿佛，臨分敗壁題詩，淚墨慘淡塵土。/
▲

危亭望極，草色天涯，嘆鬢侵半苧。/
▲

暗點檢，離痕歡唾，尚染鮫綃，亸風迷歸，破鸞慵舞。/
▲

殷勤代寫，書中長恨，藍霞遼海沉過雁，漫相思，彈入哀箏柱。/
▲

傷心千里江南，怨曲重招，斷魂在否？/
▲

全詞分三段，各段的成格都是「仄仄仄仄」，即詞的四段，韻式都分別是四句的結構，所以《鶯啼序》的韻式成格，是句句押韻的「古風」的韻式。

從溫庭筠的《南歌子》，到吳文英的《鶯啼序》，押韻的韻類單一化了，音韻的交叉變化，自然也就減少了；押韻的韻腳變得稀疏了，音階的節奏自然也就緩慢了。不過，伴隨著這些變化，詞的韻式成格，卻顯得越來越突出，越來越重要。詞人們祇要理出貫串全詞的這一條音律的主線，就可以成功地依平仄式倚聲而塡。

二、千姿百態詞韻，規矩繩墨成格

《花間集》七十七種詞調的成格，可以分爲三種類型：第一，絕句型、第二，律詩平仄式型、第三，古風型。下面依次分析。

(一)絕句型

1.純絕句型

1.1. 韻式成格與純絕句的韻式相同的，有《楊柳枝》、《浪淘沙》、《柳枝》、《河滿子》、《八拍蠻》等調，均首句入韻，成格爲「平平仄平」。

1.2. 韻式成格是純絕句型，但傳寫本上記有兩種「和聲」的，有《竹枝》、《採蓮子》兩種，《竹枝》和《採蓮子》字面上均爲七言四句。《竹枝》的和聲「竹枝」和「女兒」，分別在每句的第四字和第七字之後。例如孫光憲的《竹枝》：

　　門前春水_{竹枝}白苹花_{女兒}，／岸上無人_{竹枝}小艇斜_{女兒}。／
　　商女經過_{竹枝}江欲暮_{女兒}，／散拋殘食_{竹枝}飼神鴉_{女兒}。／

《採蓮子》約兩種和聲「舉棹」與「年少」分別在第一、三句末或第二、四句末，例如皇甫松的《採蓮子》：

　　菡萏香蓮十頃波_{舉棹}，／小姑貪戲採蓮遲_{年少}。／
　　晚來弄水船頭濕_{舉棹}，／更脫紅裙裹鴨兒_{年少}。／

以上孫光憲的《竹枝》是雙調。《竹枝》還有單調，僅十四字，也許認為十四字的《竹枝》不是詞，《花間集》不載。《欽定詞譜》載皇甫松的單調平韻《竹枝》：

　　芙蓉并蒂一心連，花侵檻子眼應穿。

載皇甫松的單調仄韻《竹枝》：

　　山頭桃花谷底杏，兩花窈窕遙相應。

詞中原「和聲」不錄。疑《竹枝》本為單調。十四字的《竹枝》詞，各句若按和聲從「竹枝」處隔開，則成句式為「四字、三字、四字、三字」的四句，所以說詞中原有和聲是有道理的，以和聲斷開處，應該是歌唱時停頓的地方，這樣這首十四字的詞，也等於在第二、四句的末尾押韻，這正合絕句的韻式。

　　和聲是應歌唱的需要增加進去的。唐劉禹錫和白居易常寫《竹枝》唱和，不過今見他們的《竹枝》，都不載作爲「和聲」的詞句，倒是五代皇甫松和孫光憲的詞，才有和聲。這也説明，劉、白的詞基本上未脫出詩的窠臼，而皇甫詞、孫詞，則是擊節歌唱的「唱詞」了，是帶有和聲的。和聲的「竹枝」二字古音聲母相近，方言口語裡可能同音。「女兒」二字的聲母，可能也十分相近，甚至相同。應該看到，「竹枝」和「女兒」二和聲，前字都是洪音或細音的 u 韻，而後字則都是 i 韻。也就是説，在詞的歌唱中，「竹枝」和「女兒」的音，只作爲和聲，每組的二字結構不是名詞，不代表什麼意義。「竹枝」的音，可能相當於勞動號子中拖音「嘟嘀」二字的音，而「女兒」，也許相當於「奴呢」或「女呢」的音。這樣擬測和聲，才能和「巴兒聯歌，吹短笛、擊鼓以赴節，歌者揚袂睢舞」場面中的歌唱，相互吻合。帶有和聲的《採蓮子》詞，和聲「舉棹」和「年少」也是叶音的：「舉年」韻部相近，近于 i 韻，「棹少」韻部相同，都是 ao 韻。

　　1.3. 合併絕句型，是兩首純絕句相連，八句，都是首句入韻，平韻一韻到底。成格是○○▲○　○○■○。例如《春光好》、《黃鐘樂》屬這類。下面以成格韻式列出魏承班的《黃鐘樂》：

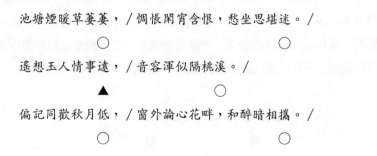

　　池塘煙暖草萋萋，/ 惆悵閑宵含恨，愁坐思堪迷。/
　　　　　　○　　　　　　　　　　　　○

　　遙想玉人情事遠，/ 音容渾似隔桃溪。/
　　　　　　▲　　　　　　　　　○

　　偏記同歡秋月低，/ 窗外論心花畔，和醉暗相攜。/
　　　　　　○　　　　　　　　　　　　○

　　何事春來君不見，／夢魂長在錦江西。／
　　　　　　　　▲　　　　　　　　○

其中上去聲「遠、見」是隱藏詞中的仄韻二級韻式，「萋、迷」。「低、
攜」分別是平韻二級韻式。

2.有二級韻式型

　　2.1. 絕句式成格的詞中，多有不止一個二級韻式，這類成格是一
個平韻；成格不換韻。成格之下的二級韻式，可以是仄韻或別的平韻韻
式。例如毛文錫的《中興樂》：

　　豆蔻花繁煙艷深，丁香軟結同心。／翠鬟女，相與共淘金。／
　　　　　　　○　　　　　　○　　　　　●　　　　　　　○

　　紅蕉葉裡猩猩語；鴛鴦浦，鏡中鸂舞。／絲雨隔，荔枝陰。／
　　　　　●　　　●　　　　○　　　　　　　　　　　　●

韻式是○○　●○　●●●　○。《中興樂》全詞一平一仄共二韻，「心、
金、陰」三韻字的成格押平韻，「深、心」是平韻二級韻式，「女、語、
浦、舞」是仄韻二級韻式。

　　2.2. 變體絕句。韻式的成格是兩個平韻，成格換韻。這類詞的成
格是▲○▲△，或▲○■△，韻式第二、四句押平韻，可以稱作絕句的
變體。具有這種成格的韻式，押韻類別既多，故有較充裕的押韻空間。
所以成格之下的二級韻式較爲複雜。例如溫庭筠的《菩薩蠻》：

　　小山重疊金明滅，鬢雲欲渡香腮雪。／
　　　　　　　●　　　　　　　●

懶起畫蛾眉，弄妝梳洗遲。／
　　　○　　　　○

照花前後鏡，花面交相映。／新貼繡羅襦，雙雙金鷓鴣。／
　　▲　　　▲　　　　　△　　　　　△

韻式是●● ○○ ▲▲ △△。《菩薩蠻》全詞二平二仄共四韻；成格
是押平韻、但換韻的絕句變體。四句中，各有一個與同韻韻腳相押的二
級韻式。不少詞調的成格，是含有二級韻式的絕句，經大致統計，約得
十幾種，如《菩薩蠻》、《酒泉子》、《河傳》、《荷葉盃》、《醉公
子》、《虞美人》、《夢江南》、《江城子》、《接賢賓》等。

3.與別體融合型

3.1. 絕句融合古風型。這類詞的成格，往往是合併絕句和古風而
成。本文把押平韻或仄韻、句句押韻的四句韻式，稱作古風式韻式。這
類詞的成格，一般是八個句尾字相連而成。如果前四（或後四）為絕句
型成格，那麼後四（或前四）即為古風式成格。

3.1.1. 前絕句後古風式。絕句、古風一韻到底的，如歐陽炯的《鳳
樓春》：

鳳髻綠雲叢，深掩房櫳，錦書通。／
　　　　○　　　　○　　　○

夢中相見覺來慵，勻面，淚臉珠融。／
　　　　　○　　　　　○

因想玉郎何處去，／對淑景誰同？／
　　　　　※　　　　　○

小樓中，春思無窮。／依欄顒望，暗牽愁緒，柳花飛起東風。／

斜日照簾，羅幌香冷粉屏空。／海棠零落，鶯語殘紅。／

絕句、古風換韻的，如張泌的《思越人》：

燕雙飛，鶯百囀，越波堤下長橋。

斗鈿花筐金匣，恰舞衣羅薄纖腰。

東風淡薄愢無力，黛眉怨聚春碧。

滿地落花無消息，月明腸斷空憶。

前絕句押平韻，後古風押仄韻入聲。

3.1.2. 前古風後絕句式。這類成格的詞有《清平樂》、《喜遷鶯》等調。下舉溫庭筠的《清平樂》：

上陽宮晚，宮女愁蛾淺。新歲清平思同輦，爭那長安路遠。

鳳帳鴛被徒熏，寂寞花鎖千門。竟把黃金買賦，爲妾將上明君。

前古風押仄韻上聲，後絕句押平聲韻。

3.2. 絕句融合律句型

這類詞的成格，是絕句與律句平仄式合併而成；律句的平仄式有時是拗句。例如牛嶠的《感恩多》：

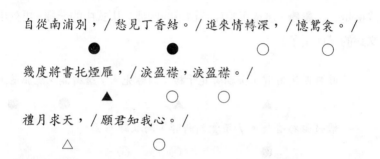

成格是●●○○　▲○△○。前四為律詩平仄式，後四是絕句的成格，第二、四句押平韻。有兩個二級韻式：「襟襟」的一式、同部平仄韻「雁天」的一式。具有這類絕、律融合型成格的，還有毛文錫的《柳含煙》、《戀情深》等調。

㈡律句平仄式型

《花間集》裡有少數詞調，其成格是律詩的平仄式，按平仄式的正、拗句形式，可以分為兩類。一類成格是律詩正體平仄式，如：平仄仄平、平平仄仄等，如溫庭筠的《蕃女怨》、歐陽炯的《南鄉子》屬這類。另一類成格是律詩變體的拗句平仄式，如：仄仄仄平，毛文錫的《西溪子》屬這類。先列出歐陽炯的《南鄉子》：

　　　　嫩草如煙，／石榴花發海南天。／
　　　　　　　　　○　　　　　　　　　　○

　　　　日暮江亭春影綠，／鴛鴦浴，水遠山長看不足。／
　　　　　　　　　　　●　　　　　●　　　　　　　　　●

成格是○○●●，這是正體律詩標準的四種平仄式中的一種。再列出毛
文錫的《西溪子》：

　　　　昨日西溪遊賞，芳樹奇花千樣；鎖春光。／金樽滿，聽弦管。／
　　　　　　　　　　▲　　　　　　▲　　　△　　　　●　　　　●

　　　　嬌妓舞衫香暖。／不覺到斜暉，馬馱歸。／
　　　　　　　　　●　　　　　　○　　　○

成格△●●○也是正體律詩平仄式中的一種。其中有兩種仄韻的二級韻
式，一種平韻的二級韻式。

㈢古風型

　　《花間集》詞的韻式成格，最多的，是四句、句句為韻的古風式
的句子。大略可以分為四種。第一種，平韻一韻到底，包括含同韻二級
韻式的調類；第二種，仄韻一韻到底，包括含同韻二級韻式的調類；第
三種，平韻一韻到底的成格，加仄韻二級韻式的調類；第四種，合併古
風。

1.平韻一韻到底

　　這類詞，其中多含有二級韻式，其二級韻式的韻腳與成格同韻。
以毛文錫的《甘州遍》為例：

春光好，公子愛閑遊，足風流。／
　　　　○　　　　　○

金鞍白馬、雕弓寶劍，紅纓錦禧出長楸。／
　　　　　●　　　　　　○

花蔽膝、玉銜頭，尋芳逐勝歡宴，絲竹不曾休。／
　　　　○　　　　　●　　　　　　○

美人唱，揭調是《甘州》；
　　　○　　　　　○

醉紅樓，堯年舜日，樂盛永無憂。／
　　　○　　　　　　○

韻式是○○ ●○ ○●○ ○○○，成格是○○○○。其中，有三個與成格同韻的二級韻式：「遊流」、「頭休」、「州樓憂」，一個去聲韻式：「劍宴」。

2.仄韻一韻到底

跟第一類相同，各句含有的二級韻式，其韻腳與成格同韻。這類可以顧夐的《漁歌子》爲例：

晚風清、幽沼綠，倚欄凝望珍禽浴。／
　　　　●　　　　　　●

畫簾重、翠屏曲，滿袖荷香馥鬱。／
　　　　●　　　　　●

好攄懷、堪寓目，身閑心靜平生足。／名利無心較逐。／
　　　　●　　　　　●　　　　　　●

韻式成格是「浴、鬱、足、逐」四韻腳的●●●●。

3.平韻成格含仄韻二級式

這類詞，看上去韻式很複雜，因爲其中的二級仄韻韻式，還往往不是同韻的。毛文錫的《紗窗恨》很有代表性：

> 新春燕子還來至，一雙飛；壘巢泥濕時時墜，涴人衣。
> 　　　　　　▲　　　　○　　　　　　　　▲　　　　○

> 後園裡，看百花發、香風拂、繡户金扉。月照紗窗，恨依依。
> 　▲　　　　●　　　●　　　○　　　　　　　　　○

這首詞的韻式成格是「飛衣扉依」四字的○○○○，是平韻古風式。共含一平二仄三韻。二級韻式一是上聲韻「至、墜、裡」三字的韻式，二是入聲韻字「發、拂」二字的韻式。

4.合併古風式

4.1. 兩首平韻古風合併。以薛昭蘊的《離別難》爲例：

> 寶馬曉鞴雕鞍，/
> 　　　　　○

> 羅帷乍別情難。/
> 　　　　　○

> 那堪春景媚，送君千萬里；半妝珠翠落，露華寒。/
> 　　　▲　　　　▲　　　　　　　○

> 紅蠟燭、青絲曲，偏能鉤取淚欄杆。/
> 　　●　　　●　　　　　　　○

> 良夜促、香塵綠，魂欲迷；/
> 　　●　　　●　　　△

檀香半斂愁低。／

　　　　△

未別心先咽，欲語情難説；出芳草、路東西。／

　●　　　　　●　　　　　　　△

搖袖立，春風急，櫻花楊柳雨淒淒。／

　●　　　●　　　　　　　△

這首《離別難》的韻式是○　○　▲▲○　●●○　／　●●△　△　●●△　●●△，成格是四句○韻、四句△韻。全詞含二平、二仄共四類韻。本首用●代表入聲韻。根據五代時詞韻對唐時詩韻的合併情況推測，這首詞的入聲韻，當時可能是作爲一類用的；不過，按細分的標準，分爲「燭、曲、促、綠」一類，「咽、説」一類，「立、急」一類的可能性也存在。

4.2. 一平韻一仄韻兩首古風合併。溫庭筠的《河凌神》，成格是合併平、仄二韻的式子，由平換仄：

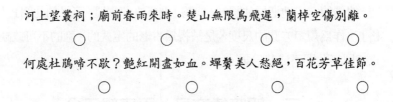

河上望叢祠；廟前春雨來時。楚山無限鳥飛遲，蘭棹空傷別離。

　　　○　　　　　　○　　　　　　○　　　　　　○

何處杜鵑啼不歇？艷紅開盡如血。蟬鬢美人愁絕，百花芳草佳節。

　　　　○　　　　　○　　　　　○　　　　　○

全詞句句押韻，節拍緩慢而整齊有致。韻式由四平而四仄，且仄韻爲入聲韻，景物、情致的鋪排、抒發，由舒緩平坦，而至頓挫起伏；在短短四十九字的篇幅裡，極盡音韻的變化。牠是溫庭筠詩詞風格的體現，也是唐詞的音律已臻於高度完美的代表。

《花間集》中，古風式成格的詞調，佔的比例最大，所以，古人上溯詞的淵源，從宋推到五代、唐，再從唐推到隋、南北朝，又推到晉、漢，有的，乾脆推到《詩經》；也許，這麼從時間的跨度上，儘量上推詞的發源和濫觴期，各自都有一定的根據。詞作爲文學的一種體式，與毗鄰的近體詩、南北曲，都可以進行縱向的比較，不過，從《花間集》載九世紀初的溫（庭筠）詞二十三字的《南歌子》，到十一世紀初的吳（文英）詞二百四十字的《鶯啼序》：短短約兩個世紀，不算長，可詞從韻式顯示出的異彩紛呈的音韻美，幾乎消失殆盡，一、二百字的長調，多一韻到底，很少二級韻式；漫長的二百個寒暑，也不算短，卻調調以作爲主脈的成格爲線索。成格的韻腳雖遠隔一、二十字才冒出一個，可畢竟能遙相呼應，而且成格的主脈上，總是有四個音律的集結點、韻的停頓。這種現象不是偶然的，牠表明，某種客觀的規律，在詞的創作實踐中起著約定和協調的作用。

吳文英的時代，據詞的全盛期（本文認爲是唐末）並不遠，那一代詞人生活的環境，也仍是個濃密地充斥著詞的氛圍的歌唱文學的空間。他們能牢牢地把握住詞的「成格」進行文學實踐，可見詞的韻式「成格」，作爲規矩方圓的尺度，是被視爲古老的定式的，牠的不可或缺，正如同無此即不成其爲詞。

三、明暗律交叉，平仄韻三分

成格，牠是詞句韻腳的鏈子，是貫串全詞的韻的主脈。被扣在成格上的韻腳、音律的集結點，其歸類歷來被研究者重視。韻腳的用韻能體現詞人、詞作品、時代、地域，以及某地歷史語音的諸多側面。以往

對詞韻的研究，多注重在押韻韻部分類方面。本文在析出成格的基礎上，試著對詞韻韻字的平仄，作個初步的分析。

㈠詞韻「平仄三分」的事實

詞韻的平仄劃分，實際上不是簡單地劃分為「平」和與之相對的「仄」兩大類的。經分析詞韻得知，按「四聲」的意義，詞韻嚴格地劃分為平、上去、入三類，十分嚴格，三者之間界線清楚，不相通用。一首詞，其成格或某一個二級韻式，平聲就是平聲、入聲就是入聲、上去聲就是上去聲（也有少數純用上聲或純用去聲的）。所謂「一平」而「三仄」的「仄」，在詞韻裡只有「入」與「上去」兩項，而不是「上」、「去」、「入」三項。這一情況，從前文所舉詞例，可以看得很清楚。

成格與二級韻式的押韻沒有必然的關係，牠們之間，只有一種可能的聯繫，這是單方向的依附關係，即有的二級韻式的韻字，有時和成格的韻式相押，另外就是按照平仄三分，各取上述三類韻中的一種，組成自己的韻式。例如柳永的《西江月》：

> 鳳額繡簾高捲，歌環朱戶頻搖。／
> 　　　　　　○
>
> 兩杆紅日上花梢，春睡懨懨難覺。／
> 　　　　　○　　　　　　●
>
> 如夢杽隨飛絮，閑愁濃勝香醪。／
> 　　　　　　○
>
> 不成雨暮與雲朝，又是韶光過了。／
> 　　　　　○　　　　　　●

〇●〇●，這是仄韻絕句型成格。宋沈義父注意到「句中多有句中韻，人多不曉。……不可以爲閑字而不押」，這是對的；不過他說「又如《西江月》，起頭押平聲韻，第二、第四就平聲切去，押側聲韻」，就不對了。《西江月》第二、第四句該押仄聲，上例柳詞押上聲、沈義父引的《西江月》押去聲，並不是「平聲切去」或「平聲切上」，他沒分清「起頭押平聲韻」和第二、第四「押側聲韻」，並不是一碼事，因此，從「起頭」到「第二、第四」，也就不是「平聲切去」的問題了。另外，清人沈雄也曾引毛馳黃的話，說「間有三聲通押者，如《西江月》」（《古今詞話》）。這都是因爲沒發現成格是詞韻最重要的韻式，和必須遵循的押韻規則。

　　也不能說，詞韻的「平仄三分」古人沒有注意到，不過同時，他們對二級韻式和成格的關係，肯定沒有認識。這也就難怪不能把纏攪在一起的兩級韻式斷然劃分開了，也就難怪常有「某作某」的結論了。至清，詞學研究者多能正視「平仄三分」的事實，但就是因爲擇不清成格與二級韻式的關係，不能把牠們分別攤開在兩級平面之上，條分縷析，所以仍有含糊之辭：「去矜於每部韻俱總統三聲，如東、董，江、講，以平聲貫上去。」（《古今詞話》）去矜鋪列三聲的意義，客觀上更在於區分「三聲」中的「平」與「上去」；假如有平、上去韻字同列，那就很容易據此劃分成格或非成格的韻字，當然特別要注意區別與成格同韻的二級韻式。

(二)「平仄三分」的理論背景——「明暗結合律」

　　詞韻的「平仄三分」是約定俗成的，是跟人們當時用漢語的知識創製和使用詞韻的實踐同時產生的。「平仄三分」並非人爲的規定。

　　爲什麼自齊、梁以來逐漸明確的「四聲」，到詞韻，卻苛刻地三分了呢？這個問題涉及到聲韻與文學的關係。對聲韻與文學的關係，丁邦新先生提出的「明律」和「暗律」是甚爲精湛的。關於明律和暗律的性質，丁先生說：「從聲韻上說，中國文學中有兩條規律，一種明律，一種暗律。」明律，是「明白規定」的創作規則；是「創作者每一個人」「不遵守就是不合律」的條律。暗律，則是「潛在字裡行間的一種默契」，牠是「溝通作者與讀者的感受」的、「因人而異的藝術創作的奧秘」（《從聲韻學看文學》）。丁先生說：「中國文學平仄聲的對立就是平調和非平調的對立。」他說：「我認爲『平仄律』是中國文學中『明律』的一種。」而表明平上去一方與入聲一方對立的「長短律」，「在中國文學中是『暗律』的一種」（《平仄新考》）。

　　詞韻的「平仄三分」，正是明律和暗律共同作用的結果，更具體地說，是「平仄律」和「長短律」共同加於詞韻的必然結果。

　　前人對四聲的推測和描寫已有不少，總的說，可以單提出的，是平聲的「平」和入聲的「促」。明律「平仄律」中的「平」、「仄」對立，既是「平調」與「非平調」的對立：平──上、去、入，那麼，平聲是可以單獨從四聲中獨立出來的一類；又暗律「長短律」中的「長」、「短」對立，也可以稱作「舒」、「促」對立，既是「長調」與「短調」的對立；平、上、去──入，那麼，入聲也是可以單獨從四聲中獨立出來的一類，也就是說，明律和暗律互相交叉，同時覆蓋於詞韻，客觀的結果，必然是四聲在詞韻裡被三分，分成了平、上去、入。圖示如下：

(明)平仄律	平調（平）	非平調（仄）		
	平	上	去	入

(暗)長短律	長調（舒）			短調（促）
	平	上	去	入

明暗結合律	平調、長調	非平調、長調		非平調、短調
	平	上	去	入

可見，音韻的四聲在詞韻裡被三分，原來正是四聲的性質決定了的。簡圖示出，被明律和暗律同時約定的古四聲，必然被平與不平、長與不長的兩種卡尺斷然掐作三截：既「平」且「長」的平聲、「不平」但「長」的上聲與去聲、既「不平」且「不長」的入聲。平與入，是兩類「走了極端」的，當然孑然獨立，與別類毫不通融；上與去呢？因屬於「不平」的「長」調，牠們之間的區別，可能主要是如何的「不平」：一升或一降？也許還小有長短之別：稍長些還是稍短些？

　　人的發乎聲，本就是生理器官發出的具有自然屬性的音。四聲的性質既如此，將其運用於詞韻，比詩韻更需切合口語，更須能夠合理地配合樂聲。所以，詞韻自然是不可能羈束住四聲內含的聲韻特質的。跟明律、暗律相比，這種「明暗結合律」，也許更能顯示聲韻自身的特點；而且客觀上，這也許是中國文學創作中，不得不承認，和不得不採用的音韻定律。

(三)關於上去通押

　　詞韻用上、去聲韻，多爲上去通押，特別是長調，通押的例子更多。上、去聲分開用，純用上聲或者純用去聲的例子不多，可能是出於習慣而漸漸成了規定，也有少數是單押上聲，或者單押去聲的。正因爲詞韻裡上、去通押，原來數量不少的上聲字加上同部的去聲字，成了龐大的可供通用的字庫，運用仄韻「上去」的詞調及詞例，怎麼會不豐盈滿溢呢？何況，需用仄韻的詞調，詞中用了上去相間的韻字，音階時昇時降，音調忽昂忽抑，……詞人幾多情感的豐姿和色彩，都能得到淋漓酣暢的寄託和發揮了。

　　詞韻上去通押，並非承襲詩韻。口語裡「濁上變去」引出的上、去相混，早就爲唐人注意到了，李涪的《切韻刊誤》曾批評「以上爲去，以去爲上」的用法。不過，也許是由於受了詩韻的影響，唐末詞人所填的短調，仄韻的上與去，還多是獨用而不通押的。因爲第一，是在近體詩盛行的環境裡；第二，有成就的詞人同時又是優秀的詩人；第三，短調詞的韻式，不過二至三個韻腳，等等，由於以上幾個方面的原因，「平仄三分」的「明暗結合律」對詞創作的限定，尚且不是強有力的。如《花間集》載溫庭筠的十二首《菩薩蠻》，其中上、去二聲的韻式有十一處，只有一處是上、去通押的。

　　到宋，隨著詞調的加長，字數越來越多，又由於幾乎不換韻，押的韻越來越少，最後，幾乎只剩下孤零零的成格韻式，以及與之同韻的二級韻式。韻類少了，韻腳相對多了；爲對付一韻到底的長調，詞人們就祇得去尋覓大的「字庫」了。上去通押，不說是解決這個問題的唯一辦法吧，也是個重要的辦法了。北、南二宋幾個長調，凡押仄韻的，多用同部的上、去聲韻字通押。例如吳文英的《鶯啼序》、蘇軾的《哨遍》、萬俟詠的《三臺》、柳永的《夜半樂》等，從一百四十四字到二百四十

字，都是押同部「一韻到底」的上去聲韻。

四、成格顯露詞韻褪，音律陵夷成就微

㈠成格的隱顯

1.詞韻四字結構的成格，大約在唐代形成

　　現存不少詞調，按語法分析就是五、七言絕句，也有的就是七言律詩或古詩。清人李漁、鄒祇謨、李佳❸等人，都曾在他們的詞話裡，詳細列出這些詞調的名稱。清人王弈清在其《歷代詞話》中，更是「以五七言之別見者匯較」了詞調的「已收」爲長短句，而多爲四句結構的例子。如《何滿子》已收六言六句，但薛逢之《何滿子》卻爲五言四句，該書並列了《何滿子》的詞調、詞例，計十一例。

　　古人也早已注意到，詞作爲一種歌唱文學，最初的、最簡便的獲得歌詞的途徑，莫過于向詞中取便了。宋胡仔、清馮金伯都曾提到這種情況。❹古人認爲唐時的歌曲，基本上是從絕句翻過去的，「詩中絕句而定爲歌曲」，❺是不得不承認的一種客觀事實。所謂「唐人《清平調》、《鬱輪袍》、《涼州》、《水調》之類，皆以絕句被笙簧」。❻絕句已是四句詩的代稱，加上四句的律詩、四句的古風，加上合併絕句等等，

---

❸　參見李漁《窺詞管見》、鄒祇謨《遠志齋詞衷》、李佳《左庵詞話》。

❹　參見宋胡仔《苕溪漁隱詞話》、馮金伯《詞苑萃編》。

❺　參見王弈清《歷代詞話》。

❻　參見謝元淮《塡詞淺說》。

總之，詞的四句的特點，可能是隨詞的正式被定爲一種體裁就確定了，也就是說，從那時起，詞的韻式成格也就隨之確定了。

在多種詞話中，惟有清吳衡照的《蓮子居詞話》，提到詞的基本體式爲二十八字的結構。以「雜以虛聲乃可歌」的《小秦王》爲例，他說，「其中二十八字爲正格，餘多格外字，「正格」的體式既定，當然「成格」的韻式也就隨之而定。怎麼從絕句型的二十八字的「正格」，衍成帶上各種格外字的長短句的呢？原來，「唐七言絕歌法，必有襯字以取便於歌。……後併格外字入正格，凡虛聲處，悉塡成辭，不別用襯字。」不用襯字，「旁行」的成了「正行」的，外而劃爲內，自然就生成了長短各一的長短句。不過，句子不管怎麼伸縮，體式不管如何變化，韻式的四句成格，總是不變的；這似乎又是古人不曾窺見到的。

2.飛卿到夢窗的音韻退步

從音韻的角度說，詞從溫庭筠到吳文英，是在走下坡路。原因可能有三方面。第一，詞作爲歌唱文學作品，其與音樂的凝結，因各種條件的影響，越來越鬆弛。「七音」乘「十二律」得到的「八十四宮調」，足能左右詞的文字結構隨之而變幻，而作者對於文字於音韻方面的修飾，餘地自然會越來越小。第二，從《花間集》可以看出，自晚唐到五代，詞韻完美意義上的詞調，其創製業已基本完成，也就是說，花樣的翻新、變化，已幾近飽和。從現存詞調看，其各調、諸體的音韻特色在「小令」，起碼在所謂「中調」裡，體現得是最爲充分的。之後的「長調」，是自「令」而衍成的「引」、「近」、「慢」、「序」，實在都是散漫之體了；而且現成的調已不少，完全可以把來一用，不必再「自創新調」。「倚聲而塡」，對於該調原有的音韻條例，只有遺漏的份兒，而絕少增補的份兒了。第三，詞盛行以後，其作爲文學作品的功能，日

益被尊重、被提倡，累累贅贅，冗長繁複的景物描寫、纏纏綿綿，拖沓重疊的情感抒發，擠去了詞人們本應重視的詞的音韻修飾，到後來，乾巴巴的只落得個「成格」的間架，就是必然的了。

㈡成格的隱顯及其與文學成就的關係

　　成格的所謂「隱」，是指成格韻式跟別的韻式纏絞在一起，隱而難辨。作為多種韻式線索中的主線，牠並不清晰，比如常被認為平與仄的上去通押的調，就是成格不夠明顯的調。相反，所謂「顯」，是指成格韻式浮出表面，顯現清晰。越是長的調，牠這個較單一的韻式，作為貫串全詞的主線，顯而易見。詞從小令到長調，其成格客觀上走過了由隱而顯的路。「唐詞多更韻之體」，甚至「有換至五、六者」。❼短調時期，詞多句中短韻，陳匪石注意到「《花間集》中其例多有」。❽這一時期，一詞多韻，成格韻式是裹夾在多個韻式之中的。包括成格在內的多種韻式揉合而成的音律，是曼聲，是馥麗奇巧的格調。應該說，這興於唐、李白肇基、溫歧受命、韋莊為五代之首的早期詞韻，才是正聲。❾「北宋諸賢，多精律呂，依聲下字，井然有法。」這時的詞韻成格，當仍是與別種韻式紐結著的，作為主脈，牠可能仍顯得很豐滿。但「南渡以還，音律之學日漸陵夷」。❿這一時期，詞的韻式成格可能已清晰可辨，「填詞者已不盡審音」，而只依傍成格即可。「詞漸成韻文只一

---

❼　參見田同之《西圃詞說》。

❽　參見陳匪石《聲執》。

❾　參見陳洵《海綃說詞》。

❿　參見吳梅《詞話叢刊序》。

體」，⓫終於，成格清楚地顯現了出來。作為主要體式的長調漫詞，越是鋪敘、敷衍、湊補，成格越是明顯。總的說，從含蓄神速、柔情而又風華點染的小令，到平正迂緩、舒徐而調長勢散的長調，成格日見明顯，而詞韻的優雅、完美性質，卻日見消褪了。

詞韻完美是詞的文學成就的重要方面，從詞韻的藝術性分析是這樣，從詞的文學成就來看，也可以得出同樣的結論。明王世貞說：「溫韋艷而促，黃九精而險，長公麗而壯，幼安辨而奇；又其次也，詞之變體也，」他認為，「李氏、曼氏父子、耆卿，……詞之正宗也。」這種看法具有普遍性，不過尚有討論的必要。因為看得出王氏起碼對什麼是「正宗」、什麼是「變體」並沒說准；相反，他正顛倒了這一對相對的概念。清劉體仁說得好：「古詞佳處，全在聲律見之。今止作文字觀，正所謂徐六擔板。」⓬長調要作到「工」，很難戒掉蕪累和痴重的毛病。也就是說，文字再好，只顯出個孤零零的「成格」，缺乏韻味，不能算好詞。劉體仁評明初的詞已「中實枵然，取給而已；於神味處，全未夢見」，很是中肯。也就是說，在成格顯明的後期，全無神味的詞標志著牠的藝術性漸漸地被架空了。作為詞，牠的需要跟音樂相依附的存在條件、需要與音樂並行的發展規律，恐怕都是客觀存在的定律。單方面於文學上的努力，無補於大局：不管是辛稼軒尚且能特出奇險，劉後村也算得曹洞旁出；⓭還是吳夢窗「善于鍊字面，佳句多於溫庭筠、李長吉

⓫　參見陳匪石《聲執》。

⓬　參見劉體仁《七頌堂詞繹》。

⓭　參見（明）俞彥《爰園詞話》。

詩中來」；❹或是「周美成長短句，純用唐人詩句」、賀方回「筆端驅
使李商隱、溫庭筠常奔走不暇」。總之，詞韻成格的由隱而顯，確也同
時標明，詞的文學成就正由顯赫的位置而逐漸向下滑坡。

參考書目

丁邦新　1975　《從聲韻學看文學》，載《中外文學》第四卷第一期，
　　　　頁 128-147；《平仄新考》，載《丁邦新語言學論文選》（臺北：
　　　　食貨，1998），頁 64-82。
王　力　1979　《漢語詩律學》。
吳　梅　1996　《詞學通論》。
李　誼　1986　《花間集註釋》。
唐圭璋　1986　《詞話叢編》。
黃拔荊　1989　《詞史》。
嚴建文　1984　《詞牌釋例》。

---

❹　參見（宋）張炎《詞源》。

《聲韻論叢‧第九輯》
聲韻學學會主編　頁209~228
臺灣學生書局　　2000年8月

唐五代詞律的構成與聲韻探賾

黃坤堯*

一、詞與曲的關係

　　一首樂曲原應該包括旋律、歌詞及編曲三部分，古今沒有不同。古代的詞人真能兼通作曲及作詞二事，例如姜夔等，而又確有作品存世者，大抵例子不多。❶一般來說，作曲及作詞是分工的，唱歌時要由樂

---

*　　香港中文大學中文系

❶　夏承燾〈姜夔詞譜學考續〉云：「唐宋歌詞分標宮商調者，今存《金奩》、《樂章》、《子野》、《片玉》、《夢窗》及《松雪》諸集。宋代詞譜見于載籍者，有《宴樂新書》、《樂府混成集》、《行在譜》等。宋代大曲皆綴譜字，《碧雞漫志》謂王平嘗刊有樂譜之『轉踏』，惜皆不傳；今知宋人詞樂而兼繫譜字者，惟張樞《寄閑集》、楊纘自度曲、《白石道人歌曲》而已。除白石歌曲外，亦皆亡佚，莫可究詰。」載《月輪山詞論集》，北京：中華書局，1979年9月，頁107。近年詞樂出土及破譯的資料較多，參看楊蔭瀏、陰法魯合著：《宋姜白石創作詞曲研究》（北京：人民音樂出版社，1957年8月）、葉棟著：《唐代音樂與古譜譯讀》（西安：陝西省社會科學院，1985年9月）、葉棟解譯：《敦煌琵琶曲譜》（上海：上海文藝出版社，1986年1月）、席臻貫著：《古絲路音樂暨敦煌舞譜研究》（蘭州：敦煌文藝

工將兩者調協起來，用現代的術語來說就是編曲。例如李白〈清平調〉
七絕三首，王灼《碧雞漫志》引《松窗錄》云：「開元中，禁中初種木
芍藥，得四本，紅、紫、淺紅、通白繁開，上乘照夜白，太眞妃以步輦
從。李龜年手捧檀板，押眾樂前，將欲歌之。上曰：『焉用舊詞爲？』
命龜年宣翰林學士李白，立進〈清平調〉詞三章。白承詔賦詞，龜年以
進。上命梨園弟子約格調，撫絲竹，促龜年歌。太眞妃笑領歌意甚
厚。」❷這個故事展示了唐代歌詞製作及編曲的程序，李白以七絕三首
爲詞，李龜年調協曲拍而歌之。李白新詞乃是御前演出的重頭戲，李龜
年因詞以配樂，當不至於大幅度改動李白原作的字句。後來洪昇《長生
殿》在第二十四齣〈驚變〉中用〈南泣顏回〉唱出，則是因樂以製詞，
也就將李白的七絕改編成長短句的歌詞了。詞云：

> 花繁。穠豔想容顏。雲想衣裳光燦。新妝誰似，可憐飛燕嬌懶。
> 名花國色，笑微微常得君王看。向春風解釋春愁，沈香亭同倚
> 闌干。❸

洪昇的歌詞當然不會是當年李龜年的唱詞了，但卻讓我們具體理
解到古人將齊言的七絕作品改編成長短句歌詞的方式，爲了配合曲拍，

出版社，1992 年 7 月）、席臻貫著：《敦煌古樂——敦煌樂譜新譯》（蘭州：甘肅
音像出版社、敦煌文藝出版社，1992 年 9 月）、李健正編著：《最新發掘唐宋歌曲》
（成都：四川人民出版社，1992 年）等。

❷　王灼《碧雞漫志》卷五，據唐圭璋編：《詞話叢編》第一冊，北京：中華書局，1986
年 1 月，頁 112。

❸　洪昇著、徐朔方校注：《長生殿》，北京：人民文學出版社，1958 年 5 月，頁 107。

有時是要動大手術的。

　　歌曲的製作不外兩途，或先有曲後填詞，或先有詞後譜曲。姜夔〈玉梅令〉小序云：「石湖家自制此聲，未有語實之，命予作。」這是依調填詞之例；又〈長亭怨慢〉小序云：「予頗喜自制曲，初率意爲長短句，然後協以律，故前後闋多不同。」❹則屬因詞譜曲之作。姜夔兼擅詞曲的製作，隨意變化，可謂通人。唐代燕樂興盛，樂器品種繁多，西域藝人大量湧入中土，與傳統音樂相互融合，創製新聲。很多新興大曲、曲子的曲調風靡朝野，❺自也需要填寫大量的漢語歌詞，才能配合樂舞演出，娛賓遣興。唐代歌詞分爲兩類：一爲齊言聲詩，一爲因應曲拍填寫的長短句。所謂「詞律」者，就是歌詞製作的格律，民間製作多依曲拍填詞，長短句的產生是自然而然的現象，例如《雲謠集雜曲子》三十首等；文人製作囿於傳統的詩律觀念，不管音樂的旋律節拍，而著重表現作品的詞采和意境，所以聲詩歌詞的出現也很普遍，例如《樂府詩集・近代曲辭》四卷等。此外，有時爲了應急，有些樂工甚至直接採用名家的詩作製詞了，配合宣傳，相得益彰。當時大家並沒有版權意識，文人甚至以此爲榮。例如旗亭畫壁的故事，王昌齡、高適、王之渙三人

---

❹　夏承燾校、吳無聞注釋：《姜白石詞校注》，廣州：廣東人民出版社，1983 年 11月，頁 88、70。

❺　崔令欽《教坊記》列曲名 278 調、大曲名 46 調；南卓《羯鼓錄》諸宮曲 23 調、太簇商 50 調、太簇角 15 調、徵羽調與蕃部不載 10 調、食曲 33 調；段安節《樂府雜錄》考證曲名者 13 調。（《羯鼓錄》《樂府雜錄》《碧雞漫志》合刊，上海：上海古籍出版社，1988 年 12 月新一版）又任二北《教坊記箋訂・弁言》云：「杜佑《理道要訣》載天寶間大樂署所訂曲名二百四十四，因《唐會要》與《策府元龜》之轉載，而得流傳，大是幸事。其中祗〈春鶯囀〉等十五名，與本書所見相複，餘並不同。」（上海：中華書局，1962 年，頁 17）

即藉梨園伶官的謳唱來評定詩名的甲乙，以爲笑樂。這些民間傳說不見得完全眞實，但它卻反映了文化的事實，唐代大詩人的絕句是隨時可以由樂工編曲謳唱的，甚至截取四句，改易字詞，亦成歌調。例如旗亭畫壁中所唱高適詩云：「開篋淚霑臆，見君前日書。夜臺何寂寞，猶是子雲居。」❻似爲五絕，而未言曲調；但在《樂府詩集·近代曲辭》卻編入〈涼州歌〉第三中，構成大曲的組成部分。惟末二句「何」作「空」、「子雲居」作「紫雲車」，亂寫白字，詩意不通。❼其實高適詩原題「哭單父梁九少府」，乃五言古詩，廿四句，歌詞僅截錄前四句，第三句原作「夜臺今寂寞」，改字或因遷就旋律音韻之故。❽唐五代的詞人一般是能詩的，很自然的就將近體詩的格律應用到詞律方面，以詩爲詞，則詞律與詩律無異。其後模仿民間製作因應曲度而使句子產生了長短變化，雖有一新天下耳目的效果，不過由於積習已成，當然也就無法完全擺脫詩律平仄聲韻的局限了。

二、詞律的特質

漢語是有聲調的語言，而聲調則反映了字音的高低變化，這跟歌

---

❻ 參薛用弱：《集異記》「王渙之」條，北京：中華書局，1980 年 12 月，頁 11。此書與《博異志》合刊，此條當改正作「王之渙」。

❼ 《漢書·揚雄傳》云：「惟寂寞，自投閣。」子雲即揚雄，這裏用來刻劃夜臺淒清寂寞的氣氛。紫雲車字面優美，仙意濃郁，但上下文難以連貫，當是樂工記譜時以同音字替代所致。參郭茂倩：《樂府詩集》，北京：中華書局，1979 年 11 月，頁 1118。

❽ 參劉開揚著：《高適詩集編年箋註》，北京：中華書局，1981 年 12 月，頁 87。

曲旋律是兩回事，不可能完全一致的。大抵歌詞字音與歌曲旋律之間只有前後相對的高低關係，而不可能有固定安排的平仄格式。所以最理想的做法是因應曲拍旋律填寫歌詞，不使字音唱出來時走調改變了意義，但偷聲減字，這往往又限死了作家的思維創意，得不償失。張炎《詞源》論音譜云：

> 先人曉暢音律，有《寄閒集》，旁綴音譜，刊行於世。每作一詞，必使歌者按之，稍有不協，隨即改正。曾賦〈瑞鶴仙〉一詞云……，此詞按之歌譜，聲字皆協，惟「撲」稍不協，遂改爲「守」字，迺協。始知雅詞協音，雖一字亦不放過，信乎協音之不易也。又作〈惜花春〉起早云「鎖窗深」，「深」字音不協，改爲「幽」字，又不協，改爲「明」字，改之始協。此三字皆平聲，胡爲如是？蓋五音有唇齒喉舌鼻，所以有輕清重濁之分，故平聲字可爲上入者此也。聽者不知宛轉遷就之聲，以爲合律，不詳一定不易之譜，則曰失律。矧歌者豈特忘其律，抑且忘其聲字矣。述詞之人，若只依舊本之不可歌者，一字填一字，而不知以訛傳訛，徒費思索。當以可歌者爲工，雖有小疵，亦庶幾耳。❾

張樞，字斗南，乃張炎之父，審音精細，惜所著《寄閒集》未能存世，否則當可媲美於《白石道人歌曲》了。所舉「撲」「守」二字乃入聲與上聲之異，長短不同；而「深」「幽」與「明」則爲清濁之異，

---

❾　《詞話叢編》，頁256。

用現代的國音及粵音的標準來看，字音高低差異很大，「深」「幽」讀成陽平調即爲「岑」「尤」等音，也就衍生出不同的意義了，易招誤會。後來戲曲史上吳江派與臨川派的爭論，雖說是審音標準的寬緊不同所致，沈璟重音律，湯顯祖重情采，其實更牽涉到戲曲「本色」的深層理論了。漢語方言眾多，聲調的高低升降並不一致，詩律平仄可以在各方言中自成體系，形成特有的腔調，但歌詞則只能按不同的方言度身訂造，自行演繹。例如國語只有四個聲調，塡詞配樂比較容易；但粵語共有九個聲調，塡詞的難度很高；尤其是入聲三調，如果拖腔拉長了字音，很容易變成高平、高去和低去三調，連字義也有所改變了。

　　說實在話，歌詞字音的搭配與詩律平仄沒有必然的關係，而歌曲中起調畢曲所用的落音住字也不同於詩律中的韻腳。[10]但唐初承襲齊梁研析永明聲律字音的風氣，近體詩平仄協韻的安排逐漸定型，甚至衍成固定的格律，例如律詩和絕句到今天還是歷久不衰的，成爲深受大家喜愛的具有鮮明民族風格的藝術形式。唐代文士精研詩律，所以詞律亦深受詩律的制約。詞又叫「詩餘」，如果不管樂曲的成分，最後也就成爲純粹的詩體了。元明以後，新的音樂興起，燕樂（或稱詞樂）漸趨沒落，歌曲的曲度失傳，只剩下歌詞的部分。明人近古，訂律寬鬆，雖或失之空疏，但卻保全歌詞的本色，未必不可入歌。清人嚴辨詞律，《詞律》

---

[10]　宋代慢詞上下闋各有四個樂段，全闋八段，結尾都有落音。起調畢曲的落音相同，通指上下闋第一、第四樂段結尾的位置，起調即始均，畢曲即末均，舊說又稱爲殺聲、住字、結聲、基音。「均」是歌曲落音專用的術語，與詩詞「韻」的概念不同。姜夔〈淒涼犯〉小序云：「凡曲言犯者，謂以宮犯商，商犯宮之類。如道調宮上字住，雙調亦上字住，所住字同，故道調曲中犯雙調，或于雙調曲中犯道調。其他準此。」落音有較長的時值，表達相對完整獨立的樂意。

《詞譜》綜合各種異體，斟酌於平仄清濁協韻句逗之間，訂出詞調平仄押韻的規範，雖大致可用，卻失之呆板。例如有些「又一體」的作品因曲度差異而影響個別字句的韻律安排，由於無異體可校，幾乎平仄一字不可移易。晚清以周（邦彥）、吳（文英）為宗，嚴辨四聲陰陽，訂律愈趨細密。說不定更有捨本逐末、走火入魔之蔽。其實詞律受曲度的支配很大，而受詩律的影響則小，我們不必專以平仄論詞。詞律的演進過程也就是擺脫詩律的過程。詞從附庸蔚為大國，至於與詩分庭抗禮，必然有她所獨具的音質和音感，別是一家，與詩畫境。

三、詞調的濫觴

詞是曲子詞的簡稱，源起於隋，蓋僅就樂史言之。隋文帝置七部樂，煬帝改為九部。唐高祖沿用隋制，至太宗則著令為十部：讌樂、清商、西涼、天竺、高麗、龜茲、安國、疏勒、高昌、康國，總謂之燕樂。至開元、天寶而盛，包攬華夷，融合百戲，著詞行酒，歌舞繁興。《樂府詩集》采錄了大量隋唐燕樂歌辭的作品，總名之曰「近代曲辭」，多屬七絕聲詩，雖體制不同，惟各有調名，自然也算作詞的一體了。目前考知源出隋曲的詞調有〈泛龍舟〉、〈紀遼東〉、〈河傳〉、〈楊柳枝〉、〈十二時〉、〈鬥百草〉、〈水調〉、〈穆護沙〉、〈安公子〉等。隋詞現存〈紀遼東〉、〈昔昔鹽〉、〈江都宮樂歌〉、〈十索〉等四調十二詞，均見《樂府詩集·近代曲辭》。隋詞多屬齊言的聲詩體，與唐五代詞成熟期作品的氣貌不類。隋煬帝〈紀遼東〉云：

遼東海北翦長鯨。風雲萬里清。方當銷鋒散馬牛，旋師宴鎬京。

前歌後舞振軍威。飲至解戎衣。判不徒行萬里去，空道五原歸。⓫

隋煬帝、王胄各二首，調式作 75757575；韻式作 aa0a、bb0b。⓬此詞多用律句，但句子的平起、仄起並無嚴格的限制。又此詞分用兩部平韻，依韻式判斷，可以算作上下兩片，上下兩個樂段的旋律相同，但平仄卻不能一一對應了，可見平仄與歌詞沒有必然的關係，要之也只是填詞人的慣性反應而已。

清商樂乃燕樂中的一支，這是源出於南朝的傳統樂歌。《樂府詩集·清商曲辭》載梁武帝〈江南弄〉詞云：

眾花雜色滿上林。舒芳耀錄垂輕陰。連手躞蹀舞春心。舞春心。臨歲腴。中人望，獨踟躕。　（和云：陽春路，娉婷出綺羅）

梁武帝七首、梁簡文帝三首、沈約四首，調式作 7773333，第一個三言句疊上七言句末三字；韻式作 aaaab0b、xxxxa0a、aaaax0x ⓭。此詞多用非律句，平仄並無嚴格的規定。韻式多用兩部平韻，其中一部或換仄韻，仄韻多用入聲。梁武帝、梁簡文帝所作皆列和聲，而沈約則否。清商曲與後代的燕樂有關，此調有明確的句式、韻式及和聲，未嘗不可以視作詞調的濫觴，開後代依調填詞之例。梁武帝又製〈上雲樂〉七曲，

⓫　《樂府詩集》，頁 1108。

⓬　調式依每句的字數計算，句式特殊者另作說明。韻式以 a、b、c、d 表不同部的平聲韻，x、y、z、w 表不同部的仄聲韻。不押韻的句子用 0 表示。

⓭　《樂府詩集》，頁 726。

以代西曲，〈桐柏曲〉云：

> 桐柏眞。昇帝賓。戲伊谷，遊洛濱。參差列鳳管，容與起梁塵。
> 望不可至，徘徊謝時人。　（和云：可憐眞人遊）❹

　　此詞調式作 33335545，韻式作 aa0a0a0a，或作 0a0a0a0a，一韻到底，首句或不協韻。末帶和聲。惟據《樂府詩集》所載，今本脫誤頗多。梁武帝〈上雲樂〉一套七曲，其中〈方丈曲〉、〈玉龜曲〉格律與〈桐柏曲〉全同；〈鳳臺曲〉缺第四句；〈方諸曲〉缺第四句，又第七句依陳友琴校改作「霞蓋容裔」；〈金丹曲〉缺第五句；如果補出空格，則三曲格律亦同。末首陳友琴〈金陵曲〉標點混亂，殆不可讀。現將首兩句列作和聲，並依〈桐柏曲〉調式及韻式重訂如下：

> 巡會跡，□六門。揖玉板，登金門。鳳泉迴肆□，鸞羽降尋雲。
> 鸞羽一流，芳芬鬱氛氳。　（和云：勾曲仙，長樂遊洞天）

　　重訂以後兩「門」字連協爲韻，這是歌詞的常見現象，不必以詩法論之，以爲失律。這樣看來則七曲調式、韻式相同，亦屬依調填詞之例。

---

❹　《樂府詩集·清商曲辭》，卷五十，頁 745-46。據中華書局的出版說明，從四十七卷到七十三卷是陳友琴點校的。詞中〈方諸曲〉第七句原作「霞蓋容長肅」，〈金陵曲〉全首原作「勾曲仙，長樂遊洞天。巡會跡，六門揖。玉板登金門。鳳泉迴肆，鸞羽降尋雲。鸞羽一流，芳芬鬱氛氳。」

　　陳後主亦善於作曲，《樂府詩集》錄存其歌詞三十五首，然而均屬詩作。《樂府詩集》引《唐書·樂志》曰：「〈春江花月夜〉、〈玉樹後庭花〉、〈堂堂〉並陳後主所作。後主常與宮中女學士及朝臣相和爲詩，太常令何胥又善於文詠，採其尤豔麗者，以爲此曲。」⑮這是陳後主選詞配樂的情況，詞就是詩，詞與音樂的曲度並未完整的結合起來。唐初一大段時間的文人製作還是沿用陳後主的塡詞模式，以詩爲詞，因襲成風，不但沒有隋煬帝流動活潑的長短句式，同時更比不上梁武帝依調塡詞的思維水平了。

四、詞律演進的歷程

　　唐代樂曲繁興，曲子詞的製作途徑很多，有時同一詞調，例如〈鳳歸雲〉、〈蘇幕遮〉之類，或以詩爲詞，或依調塡詞，字數句式完全不同，都能入樂。尤其是唐代燕樂的興起與七絕的流行幾乎同步發展，而大曲歌詞亦多采納名公的七絕入詞。所以詞律一方面深受詩律的影響，一方面則盡力擺脫詩律的支配，終唐之世發展成爲令詞一體。宋代慢曲流行，曲度又異，詞體完全擺脫詩律的束縛，是爲慢詞，另開新面。本文暫時只能對唐五代詞律的發展作簡單的描述，並藉此探尋詞律與聲韻的關係。此外，詞律的構成也不是直線發展的，特別是在新曲湧現的年代裏，各種聲律的試驗相互激蕩，取長補短，始克完成。爲描述方便，我們選取了幾個平面進行觀察。

　　張說（667-730）現存〈樂世詞〉、〈踏歌詞〉、〈蘇摩遮〉、〈破

---

⑮　《樂府詩集·清商曲辭》，卷四十七，頁 678。

陣樂詞〉、〈舞馬詞〉、〈舞馬千秋萬歲樂府詞〉等，共六調十九闋，多屬大曲樂調，而配以聲詩作品，不必講求詩句黏對的關係，可以代表早期歌詞的原始形態。⓰張說〈蘇摩遮〉五首，其一云：

> 摩遮本出海西湖。琉璃百服紫髯鬍。聞道皇恩遍宇宙，來將歌舞助歡娛。（臆歲樂）

李健正《最新發掘唐宋歌曲》以張說的〈蘇摩遮〉詞配長安古樂曲譜中羽調式的〈感皇恩〉。張說七絕六首，同配一曲一旋律，反覆再唱。每首都有和聲「億歲樂」及唱畢後的一段舞蹈音樂。⓱

詞又稱小令，這與源自酒筵歌舞的酒令著辭有密切的關係。著辭的特質有三：一、依樂作辭；二、依調唱詞；三、依酒令設辭。⓲後代很多流行的詞調，例如〈回波樂〉、〈傾杯樂〉、〈清平調〉、〈水調歌〉、〈三臺令〉、〈調笑令〉、〈漁父〉、〈謫仙怨〉、〈想夫憐〉、

⓰　參黃坤堯：〈張說詞史〉，載《中國文化復興月刊》，第十卷，第四期，臺北，1977年4月，頁97-102。

⓱　參《最新發掘唐宋歌曲》，頁64-68。西安古樂曲譜中又有宮調式的〈感皇恩〉者，則配周邦彥〈蘇幕遮〉，亦可配敦煌歌詞〈大唐五臺曲子〉五首。

⓲　參王昆吾：《唐代酒令藝術》，上海：東方出版中心，1996年2月，頁61。作者認為詞的歷史可按每一發展階段的主流描寫為：曲子辭（以《雲謠集》為代表）→飲妓歌舞辭（以《尊前集》為代表）→文人著辭（以《花間集》為代表）。（頁232）又云：「從酒令藝術的主導風格的角度看，我們可以把唐著辭在上述幾個時期的發展過程，看作民間辭→樂工辭→飲妓辭→文人辭次第演進的過程。文人在酒筵藝術中的作用，顯然是逐步增強的。」（頁241）

〈長相思〉、〈離別難〉、〈怨胡天〉、〈感恩多〉、〈楊柳枝〉、〈竹枝詞〉、〈醉妝詞〉等，或曾見於酒令著辭，或因酒令著辭而衍爲詞調。著辭除多以七絕聲詩爲唱辭外，〈回波樂〉、〈傾杯樂〉、〈三臺令〉、〈謫仙怨〉專用六言句，自是有意打破傳統五、七言詩律的束縛，創製新穎的音感。楊廷玉〈回波詞〉云：

> 回波爾時廷玉。打獠取錢未足。阿姑婆見作天子，傍人不得棖觸。

〈回波樂〉乃改令著辭，調式作 6666，韻式作 aa0a、xx0x，或協平韻，或協仄韻。楊廷玉乃武則天表姪，故其詞第三句稱「阿姑婆見作天子」，加襯字作七言句，並不影響唱腔。〈回波樂〉首句例作「回波爾時栲栳」（中宗時優人）、「回波爾時酒卮」（李景伯）、「回波爾時佺期」（沈佺期）等，句有定字定格，且須分別點出主題或報名，然後撰詞起舞，唱出心聲，表現動感。〈調笑令〉〈三臺令〉也是改令著辭，句式活潑，富於跳躍感覺，在酒筵中即席塡詞，難度更高。韋應物（737-786 後）〈調笑〉云：

> 胡馬。胡馬。遠放燕支山下。跑沙跑雪獨嘶。東望西望路迷。迷路。迷路。邊草無窮日暮。

調式作 22666226，韻式作 xxxaayyy，詞中二言句全用疊句，第六、七句由第五句末二字倒轉過來。又詞中的二言句可能是六言句的攤破句法，偷聲減字，即能表現出新的音感。現在試將韋應物〈調笑〉改寫成

齊言的形式看看：

> 胡馬胡馬胡馬。遠放燕支山下。跑沙跑雪獨嘶。東望西望路迷。
> 迷路迷路迷路。邊草無窮日暮。

　　如果這項假設成立，那麼此調原是六言句式，兩句一換韻，後來
演變成長短句的形式，則是因應曲度的旋律節拍而得以擺脫詩句的局
限。〈漁父〉亦為著詞，詞中第三句攤破成兩個三言句子，也是力圖打
破七絕的僵化形式。張志和〈漁父〉五首，其一云：

> 西塞山前白鷺飛。桃花流水鱖魚肥。青箬笠，綠簑衣。微風細
> 雨不須歸。

　　〈漁父〉的調式作 77337，全協平韻，詞句的平仄黏對並無嚴格規
限。此詞有大量和唱作品，例如張松齡一首、《金奩集》錄十五首（佚
名），以至域外日本嵯峨天皇五首、智子內親王二首、滋野貞主五首等，
都依張志和的定格。又釋德誠船子和尚有〈漁父撥棹子〉四十首，乃用
〈撥棹子〉的曲調唱出，其中依張志和〈漁父〉定格者三十六首，其餘
七絕四首，平仄黏對亦不嚴謹。[19]
　　白居易（772-846）、劉禹錫（772-842）都有〈憶江南〉依調填詞
的作品，劉禹錫序稱「和樂天春詞，依〈憶江南〉曲拍為句」。〈憶江

---

[19]　參施蟄存〈船子和尚撥棹歌〉，載《詞學》第二輯，上海：華東師範大學出版社，
　　　1983 年 10 月，頁 168-78。

南〉即〈望江南〉，以五、七言的律句爲主，白、劉固優爲之，因而成了文人詞的歷史坐標。但據《樂府詩集·近代曲辭》所見，劉、白又寫下大量的〈竹枝〉、〈楊柳枝〉、〈浪淘沙〉等歌詞，可惜還是沿用傳統的七絕形式入詞，顯得十分保守。他們雖然有意用拗句如「橋東橋西好楊柳」、「昭君坊中多女伴」等以表現民歌的原始氣質，以圖打破詩律的規限。不過這對詞律並沒有任何作用，大抵只是以詩爲詞的最後掙扎，一種歷史的積澱而已。

　　唐五代的詞人中以溫庭筠（812-866）、韋莊（836-910）、馮延巳（903-960）、李煜（937-978）爲四大家，他們都能因應曲度，衝破詩律的局限，創製一代的新聲，加上其他民間詞人和花間作家二百年來的經營和試驗，詞體漸趨成熟，而詞律也隨著音樂的節拍和律動，表現出流動的形態和新穎的音感，創造了新時代的音韻格局。其後更在宋詞中開花結果，建設新一代的體製。詩律相對來說也就顯得僵化和古雅了。其中溫庭筠精通樂理，創調之才尤在唐五代詞人之上。

　　溫庭筠存詞二十調、七十一首，詞律嚴謹整齊中而又錯綜變化，依調填詞，完全打破詩律的束縛。溫詞列名於《教坊記》者十四調，而創調首見者亦有〈河瀆神〉、〈玉蝴蝶〉、〈河傳〉、〈蕃女怨〉四調。溫詞平仄謹嚴，例如〈南歌子〉七首、〈定西番〉三首、〈荷葉盃〉兩首，平仄全同，用拗的位置也一一對應。此外溫詞亦精於用拗，在整齊中顯出變化。例如〈菩薩蠻〉十四首，下片第二句多用律句，但其中又用孤平句者五見，例如「釵上蝶雙舞」、「粧淺舊眉薄」、「家住越溪曲」、「往事那堪憶」、「眉黛遠山綠」等，溫庭筠在孤平的前後總會帶一個入聲字，可能平、入調值相近，韻尾不同，也就與上、去聲構成相對的高低差異了，不至於影響唱腔，而這也就詞律與詩律歧異所在。

他如〈酒泉子〉四首，下片首二句「近來音信兩疏索」、「宿妝惆悵倚高閣」，孤平的位置亦適與入聲連用，另兩首作「玉簪斜簃雲鬖髻」、「一雙嬌燕語雕梁」，用的還是律句，這裏或亦表現入可代平的音韻現象。至於〈荷葉杯〉第四句「綠莖紅豔兩相亂」、「小娘紅粉對寒浪」、「小船搖漾入花裏」，則是純粹的孤平句，三首全同，絕不與入聲連用，音韻獨特，也就表現唱詞中另一種不同的旋律類型了。至於〈清平樂〉上片第三句「新歲清平思同輦」、「終日行人爭攀折」，中間連用四平聲，用拗的位置相同，在律句中這會影響抑揚頓挫的語言節奏，嚴格來說是不可能的。其他拗句更富於自由變化的特點，例如〈遐方怨〉第四句「斷腸瀟湘春雁飛」、「夢殘惆悵聞曉鶯」；〈蕃女怨〉第一、二句「萬枝香雪開已遍」、「磧南沙上驚雁起」；〈河傳〉上片第四、五句「仙景箇女采蓮，請君莫向那岸邊」、「煙浦花橋路遙，謝娥翠娘愁不銷」、「夢裏每愁依違，仙客一去燕已飛」，下片首句「紅袖搖曳逐風軟」、「蕩子天涯歸棹遠」、「天際雲鳥引情遠」，平仄拗亂的位置不盡相同，亦足以表現詞體流動美的音韻特色。[20]溫詞或用傳統的詞調，例如〈菩薩蠻〉、〈夢江南〉、〈楊柳枝〉、〈玉樓春〉、〈南歌子〉等，以五、七言句式為主；但他更喜歡選用新調，構句奇偶相生，長短錯綜，在傳統詩律的五、七言句法以外，引進了大量二、四、六言的偶句，參差變化，自使詞律更添嫵媚之姿。茲將溫詞新聲的調式及韻式列下，（　）內列出作品數目，以供參考。

更漏子(6)　　336335　336335　　0xx0aa　yyy0bb

歸國遙(2)　　2765　6565　　　　xxxx　xxxx

---

[20]　參黃坤堯著：《溫庭筠》，臺北：國家出版社，1984年2月，頁228-31。

酒泉子(4)	46333	75333 又	ax0xa	yy0ya 又	ax0xa
	46333	76333	yybyb 又	ax0xa	xy0ya 又
			ax0xa	ay0ya	
定西番(3)	6333	6563	x0aa	xaxa 又	x0aa　xa0a
河瀆神(3)	5676	7666	aaaa	xxxx	
女冠子(2)	46355	5553	xxa0a	0a0a	
玉蝴蝶(1)	6555	5555	aaaa	0aaa	
清平樂(2)	4576	6666	xxxx	aa0a	
遐方怨(2)	3347753		0a0aa0a		
訴衷情(1)	22333235253		xxxayyaaaaa		
思帝鄉(1)	25636563		aa0a0a0a		
河傳(3)	2236725	7353325	xxaaaaa	yyybbbb	
蕃女怨(2)	7433473		xx0xxaa 又	xx0yyaa	
荷葉杯(3)	623723		xxayya		

溫詞新創了大量的二言短句，尤其是多出現在首句的位置，例如〈歸國謠〉、〈訴衷情〉、〈思帝鄉〉、〈河傳〉、〈荷葉杯〉等，頗有主題先行、先聲奪人之效。這在前代的詞作中並未發現。此外，溫詞更采用了大量二言、三言的短句，輕快活潑，旋律優美，例如《訴衷情》「鶯語。花舞。春晝午。」其實是從七言句「鶯語花舞春晝午」攤破來的，但加上短韻，即有急鼓繁弦之感；而韋莊所作兩首首句分別作「燭燼香殘簾未捲」、「碧沼紅芳煙雨靜」，又回復沿用標準的七言律句，微嫌保守了。溫、韋兩首同樣能夠入歌，可見五、七言的律句與詞律沒有必然的關係，用不用就要看詞人的創意了。胡國瑞〈論溫庭筠詞的藝術風格〉云：「其中如〈訴衷情〉、〈思帝鄉〉、〈河傳〉、〈蕃女怨〉、

〈荷葉杯〉諸調，句法參差，音節繁促，五、七言詩的形式距離較遠，頗能使人對這一新興詞體產生一種新穎之感。」**㉑**至於押韻方面，則以平仄換韻的作品佔多，此外〈酒泉子〉的韻式四首不同，〈定西番〉、〈蕃女怨〉兩式各異，更能表現詞律的流美感覺。可見押韻與詞律也沒有必然的關係，押韻純粹是語言的安排，方便朗讀而已，在樂曲中沒有太大的作用，要之也只是作家的慣性反應而已。溫詞破勝於立，尤能凸顯新興詞體的流動形態，創新音感。

韋莊存詞二十一調、五十四首。其中不見於《教坊記》者有〈應天長〉、〈江城子〉、〈河傳〉、〈喜遷鶯〉、〈小重山〉五調。其他不見於溫詞者有〈浣溪沙〉、〈望遠行〉、〈謁金門〉、〈天仙子〉、〈上行盃〉五調。韋詞與溫詞重見者十二調，其中格律有歧異者六調，例如：

歸國遙(3)	3765	6565		xxxx xxxx
荷葉杯(2)	62575	62575		xxaaa yybbb
河傳(3)	2244463	735463		xxxa0aa yyy0bb
定西番(2)	63336563			00aaxaxa 又 00aa0a0a
訴衷情(2)	733235253			0axxaaaaa
思帝鄉(2)	33636363 又 35636353			0a0a0a0a 又 aa0a0a0a

韋莊〈歸國謠〉將溫詞首句的二言句改爲三言句；〈荷葉杯〉單調演爲雙調，字句亦互有同異；〈河傳〉句法歧異較大；〈定西番〉韻疏，甚至刪去仄韻；〈訴衷情〉首句以七言句替代溫詞 223 的短句，同

㉑ 原刊《文學遺產增輯》六輯，今據中國語文學社編：《唐宋詞研究論文集》，1969年9月。

時亦減去一部仄韻；〈思帝鄉〉兩式，句法與溫詞亦互有同異。大抵韋詞減少短句和韻腳，節奏比較舒緩，沒有溫詞急鼓繁弦般的逼迫感覺。此外韋詞多用律句，〈菩薩蠻〉五首，下片第二句全不用孤平配入聲的句法；〈清平樂〉六首，上片第三句多用律句，其中兩首作「煙雨霏霏梨花白」、「花坼香枝黃鸝語」，亦如溫詞般出現連用四平的現象，可見這裏必爲歌詞音節獨特之處，也是填詞訂譜時可以注意的地方。

馮延巳詞共有三十五調，其中以〈鵲踏枝〉、〈采桑子〉最負盛名，句式多依律體，顯得凝鍊，而動感不足。其中〈憶秦娥〉一調比較獨特。詞云：「風淅淅。夜雨連雲黑。滴滴。窗外芭蕉燈下客。　除非夢魂到鄉國。免被吳山隔。憶憶。一句枕前爭忘得。」調式作 3527 7527，音節長短變化較大，或出馮延巳的創調，尚未定型。宋人張先作 3537　35537，毛滂作 2527　7527，蘇軾作 37344　77344，諸體互有不同。大抵要到蘇軾、向子諲、賀鑄諸作之後，〈憶秦娥〉的詞律始見定型。如果此說可以成立，則李白〈憶秦娥〉詞過於早熟，亦不攻自破了。❷❷

李煜詞共有二十七調，詞中多用三、五、七言的律句。尤值得注意的，是李煜詞用了大量的九言句，沈鬱頓挫，哀怨纏綿。例如敦煌曲子詞〈虞美人〉云：「東風吹綻海棠開。香麝滿樓臺。香和紅豔一堆堆。又被美人和枝折，墜金釵。　金釵釵上綴芳菲。海棠花一枝。剛被蝴蝶遶人飛。拂下深深紅蕊落，污奴衣。」早期的調式原是 75773 75773，花間作者一般都沿用此式。馮延巳〈虞美人〉詞四首，其中兩首用早期

---

❷❷　參施蟄存：〈說憶秦娥〉，載《詞學》第八輯，上海：華東師範大學出版社，1990年 10 月，頁 184-86。

調式,另兩首則改作 7579 7579 調式,上下片結云:「薄晚春寒無奈落花風」「誰佩同心雙結倚闌干」「誰信東風吹散綠霞飛」「塵染玉箏絃柱畫堂空」,可是或有湊合的感覺,稍欠自然。李煜〈虞美人〉兩首,全用後式,其一云:「春花秋月何時了。往事知多少。小樓昨夜又東風。故國不堪回首月明中。 雕闌玉砌依然在。只是朱顏改。問君能有許多愁。恰似一江春水向東流。」另一首上下片的末句作「依舊竹聲新月似當年」「滿鬢清霜殘雪思難任」,調式作 7579 7579,末句用九言句,與早期的七三句法相較,雖然只少一字,卻有一氣貫注的感覺,也比馮詞的九言句委婉動聽了。又李煜〈烏夜啼〉三首,共分兩式,一為 5675 6675,一為 639 3339,結云:「無奈朝來寒雨晚來風」「自是人生長恨水長東」「寂寞梧桐深院鎖清秋」「別是一般滋味在心頭」,皆成名句,其他詞人的九言句似乎並不多見。又〈謝新恩〉六首,調式不一,且多殘缺。其三上片結云:「遠似去年今日恨還同」,由於全首或欠完整,暫不詳論。

五、結論

詩律是語言的律動,乃是利用語音的高低長短來提煉語言的節奏,抑揚頓挫,高下有致。古詩以自然親切的口語為律;近體詩則創製了平仄相間的人工音律。我們只要透過朗讀熟習這種腔調和節奏,寫詩也就隨口吟成了,並不難學。不過律詩、絕詩在中唐以後已經定型了,只能守成,難以創新,杜甫寫了很多充滿試驗性質的吳體,甚至在律詩中故意用拗,也無法打破詩律成規。我們可以說:詩律已成了一種靜止的韻律、僵化的形態,難以改變。

　　詞律是因應樂曲的旋律節拍而調協出來的律動，理論上只受音樂的支配，不管語言的平仄用韻。換句話說，即使有不合平仄不協韻的語句，也一樣可以唱出來的。不過，由於詞人一般能詩，在傳統觀念中，詞又是詩的變體，所以漢語詩律平仄協韻的概念很自然的也帶入歌詞中去，否則無法顯出精緻和凝煉。而詞中也用了大量五、七言的律句，避無可避。所以詞律游離於音樂和詩律之間，相互牽制，彼此互動，有些詞人刻意衝破詩律平仄的局限，構成動態的韻律，按照千變萬化的調式，創製出各種不同的句法和韻法。後代以平仄、協韻專論詞律，捨本逐末，是因爲不了解詞曲的特性所致。當然，現在詞樂不傳，詞也就還原成一種流動的詩體。不過，我們如果能打破清代《詞律》《詞譜》字句平仄的規限，建立律句及自由句兩重標準，從而簡化詞律觀念，重新掌握詞律特有的音質和音感，必能豐富詞體的表現方式，甚至靈活多姿了。

《聲韻論叢·第九輯》
聲韻學學會主編　頁229～254
臺灣學生書局　　2000 年 8 月

論中國戲曲音韻學的學科體系
——音韻學與中國戲曲學 的整合研究

馮　蒸*

　　音韻學和許多人文科學都有或多或少的關係，但「戲曲音韻學」這門學科的建立可以說是音韻學與中國文學的分枝學科——中國傳統戲曲學——經過整合而成為一門獨具特色的新興學科的最佳範例。

　　中國戲曲學與音韻學二者之間存在著整合的可能性是不言而喻的。從戲曲學的角度看，戲曲的劇本和唱念都離不開音韻問題；從音韻學的角度看，從宋代至今的各種戲曲文獻不勝枚舉；而分布於各方言區的諸種當代的戲曲、曲藝更是種類繁多，特色各異，它們是漢語音韻學和漢語語音史研究中不可或缺的重要資料。因此，從元代的《中原音韻》以來，許多學者對各種戲曲音韻問題加以探討，不少論著中均有涉及這方面的內容；特別是近代以來，論著甚多，個別劇種的音韻問題甚至出現了專著（如京劇音韻、昆曲音韻等）。「戲曲音韻學」一詞早已在許多論著中出現。《中國大百科全書·戲曲曲藝卷》即設「戲曲音韻」為

***

*　　首都師範大學中文系教授

一個獨立的大型詞條（pp.491-492）。特別是王力先生 1980 年在中國
語言學會成立大會的發言中（王力 1981），明確提出要加強戲曲音韻
學的研究，更引起了音韻學界的高度重視。王先生身體力行，親自撰寫
了極有價值的戲曲音韻學論文（王力 1986）。但是由於這一學科的複
雜性與特殊性，音韻與戲曲學的整合研究多年來一直沒有太大的進展，
所以目前爲止還沒有一本以「戲曲音韻學」命名的專書出現。「戲曲音
韻學」能否成爲一門獨立的學科，這門學科應是怎樣的體系？目前學術
界還沒有達成共識。

　　1997 年，國家學位委員會正式批准首都師範大學設立「戲曲學」
學位授權點。下設三個研究方向：㈠中國戲曲史；㈡戲曲音韻學；㈢戲
曲文化與戲曲批評。由筆者承乏「戲曲音韻學」一門課的教學任務。這
說明在中國大陸「戲曲音韻學」作爲一門獨立的新興學科已經得到了正
式的承認和重視。

　　經過一年多的思考、準備，經過多次修改，筆者撰寫了《中國戲
曲音韻學》一稿作爲講義。此稿體現了筆者對「中國戲曲音韻學」這一
學科體系的理解和構想，是把音韻學與中國戲曲學進行整合研究的一次
系統嘗試。現在把全書的詳細章節目錄列爲附錄一附於文末，作爲本論
文討論的基點。

　　從筆者撰寫的《中國戲曲音韻學》的章節安排中不難看出，筆者
是認爲「戲曲音韻學」的學科體系主要由三大部分組成，即：「古典戲
曲音韻論」，「現代戲曲音韻論」和「戲曲音韻理論概說」。這三大部
分之間既有區別又有聯繫。每部分範圍內都有各自的一般性問題和特殊
性問題。此外，爲了接受這三部分內容，要求學習者不但對戲曲音韻學
的學習內容和目的先要有所了解，而且還應具備一定的基礎知識，爲

此，我分別設立了前二章。講完這三大部分內容後，又設立了戲曲音韻專論和應用兩章。總之，所有章節的闡述基本上都是圍繞這三大部分論述的。此稿可以看作是目前筆者所認定的「戲曲音韻學」學科體系的基本面貌。

下面對這三大部分分別做一簡單介紹與說明。

這裡所謂古典戲曲音韻是指產生在清代以前（含清代）的各種戲曲音韻資料中所涉及的諸多音韻問題。我們認為能夠反映當時的戲曲音韻的資料共有如下三類：㈠曲韻書；㈡曲論書；㈢戲曲曲藝劇本的用韻。這三類資料所反映的音韻價值是不等的，㈠、㈡兩種資料可以反映當時音韻特別是戲曲音韻中的聲母、韻母和聲調三方面的特點，而資料㈢的音韻貢獻因為只表現在用韻上，所以一般來說只能反映韻母方面的問題，當然，此中元曲的末句各曲煞尾二字還可以反映聲調方面的問題。這三項資料的音韻價值可以用下表來表示：

古典戲曲音韻資料價值分布表

音韻價值 資料類別	聲母	韻母	聲調
曲韻書	∨	∨	∨
曲論書	∨	∨	∨
戲曲劇本 用韻資料		∨	∨

這三類資料的代表性論著及主要研究的問題，我們在附錄一中已有詳列，茲不贅述，這裡僅對每一種資料的一些需要注意之處略加說明。

　　曲韻書的資料頗多，雖已有不少論著加以探討，但可以做的工作還很多，對某本曲韻書如何具體分析，聲母、韻母、聲調的音值如何構擬，音系基礎如何，凡此等等，牽涉到諸多複雜問題，即以著名的《中原音韻》一書爲例，沒有解決的問題還很不少，有待於我們深入探討，限於篇幅，這裡就不舉例說明了。

　　曲論書中的音韻資料比較零散，它與曲韻書雖然均涉及到聲、韻、調三方面的問題，但是一般來說價值不如前者。當然這也不可一概而論，如明代沈寵綏的《度曲須知》與《絃索辨訛》二書就有很多它書所不及的精闢論述。曲論書多是當時的戲曲藝術家對戲曲唱念中的具體音韻問題所作的論述，他們創造了許多術語，對後來的戲曲音韻很有影響，有的甚至沿用至今，如「務頭」、「陰出陽收」、「合口」（非指介音-u-）等等。不過，此中不少術語的眞正內涵是什麼，常言人人殊，令人莫衷一是，更有待於重新加以探討，這裡我們對「陰出陽收」一詞從現代音韻學角度做了與前人和時賢不同的解釋（見本文附錄三），或許可以探得這一術語的眞諦，由此可見一般。所以曲論書中需要深入研究的問題是很多的。

　　戲曲用韻研究是古典戲曲音韻研究的重點內容之一，我們認爲此部分體裁加以考察是很有必要的，如散曲用韻與劇曲用韻有何異同，學術界意見就很分歧，亟有必要加以深入研究。此外，戲曲用韻與曲韻書的關係如何也是此部分研究的重點。我們知道，實際的戲曲用韻和以《中原音韻》爲首的曲韻書的分部有很多不一致之處，如何認識這個問題？如何加以解釋？這些都是戲曲用韻研究應該關注的要點。

　　總之，我們認爲，全面、準確、深入地認識古典戲曲的用韻特點是中國戲曲音韻學研究的主要內容之一，因爲它是我們研究現代戲曲音

韻的基礎。

現代戲曲音韻所涉及的問題，從某種程度上來說，甚至比古典戲劇音韻更爲複雜。關於現代戲曲音韻的研究內容，我們認爲它應是全面探討現有的戲曲曲藝劇種在唱念過程中所涉及到的各種音韻問題，爲繼承和發揚中華固有的戲曲音韻唱念傳統和編寫新的劇作服務。而要想認清現代戲曲音韻的唱念音韻規律，又必須對古代戲曲音韻知識有全面的認識和瞭解，因爲現代的各戲曲曲藝劇種不是無源之水，無本之木，它們是從古代戲曲曲藝演化而來，二者之間有著一脈相承的關係。在此基礎上，應先搞清三個原則性的宏觀問題，然後才能進入微觀研究。這三個原則性的宏觀問題是：㈠各劇種唱腔與音韻的關係；㈡各劇種方言與音韻的關係；㈢各劇種體式（曲牌體、板腔體）與音韻的關係，在此基礎上才可分類論述各種問題。這部分內容如何具體安排，筆者曾頗費躊躇。目前我們還未見有人系統討論過這個問題，附錄一中的分類框架是筆者經過反覆修改以後提出來的，請各位專家學者指教。

現代戲曲的演唱，以前多是藝人口耳相傳，並無劇本，但目前多有劇本。編劇者一般是在體式（曲牌體，板腔體）確定的前提下，把唱詞或道白的字數、句數、曲字的平仄聲調、韻腳的轍口等等安排好，在此基礎上，全面考慮各字調與有關唱腔的配合關係，所謂「以字行腔」，不能出現「倒字」的現象。因爲戲曲這種文體，主要不是讓人看的，而是讓人唱的。但是僅此還不夠，還必須考慮各現代方言劇種語音的實際情況，「京」「昆」「越」「亂」等各劇種都按照實際的方言語音的唱念規律，安排好唱腔。

我們還專門設立了一章，叫作「戲曲音韻理論概述」，它的主要內容見本文附錄一。「戲曲音韻學」有無理論？如果有理論的話，應包

括哪些內容？前人甚少加以論及。

　　戲曲音韻學有無理論？我們的答案是肯定的。戲曲在中國有上千年的歷史，戲曲學作為一門獨立的學科，存在也有將近一個世紀了，是一門成功運作的學科，說這樣的學科沒有理論，是不可想像的。但是我們認為，這種理論不是天生的，是具有理論頭腦的研究者在大量的材料中爬梳、發掘和整理出來的。古人對戲曲音韻雖然有不少的論述，而且很多論述是十分精闢的，但和中國的其他傳統學科一樣，他們的成果多表現為重感性而輕理性，重實踐而輕思辨，不善於把已經普遍認同的觀點和普遍使用的科學方法上升到理論的高度，用認識論去闡釋和論證這些觀點和方法，這可以用時代的局限性來加以解釋，但戲曲音韻發展到今天，對前人和今人的已有成果不加以總結，提高到理論的高度，已不合時代要求。戲曲音韻理論包括哪些內容？筆者認為可以分為三個方面，即：㈠戲曲音韻分析理論；㈡戲曲音韻唱念理論；㈢戲曲音韻編劇理論。此中第㈠部分是第㈡㈢部分的基礎。這裡面有許多值得深入研究的內容，筆者對此曾有所探討（馮蒸　1990，1991），其詳情這裡就不再多述。

　　以上是筆者所擬訂的中國戲曲音韻學的學科體系的主要內容。

　　「戲曲音韻學」的學科體系到底應該包括哪些內容，目前尚處於開創和探索的階段。各家看法不盡相同。從音韻學的角度可以提出一個體系，從文學特別是戲曲學的角度也可以提出一個體系，甚至從中國古典音樂學的角度還可以提出一個體系。不同學科出身的研究人員思考的角度可能很不一樣，隔行如隔山，這是完全可以理解的，這正需要我們對它們進行整合研究。

　　基於這樣的考慮，筆者曾將所提出的這個中國戲曲音韻學學科體

系,寄請當代著名詞曲學和樂律學專家鄭孟津先生指正。鄭先生看了筆者所擬的這個學科體系後,幾次長函鼓勵賜教,明確指出當前開設「戲曲音韻學」課程實在是太有必要了,這也是他多年的願望,但鄭先生在與筆者的通信中卻始終認爲戲曲音韻學是中國傳統詞曲學的下屬分枝之一,並提出了他自己所認定的戲曲音韻學在中國詞曲學中的地位的看法,寄給我參考。我認爲鄭先生的看法很有代表性,反映的是現今許多詞曲學者對「戲曲音韻學」體系的共同理解,爲了使大家能夠對「戲曲音韻學」的學科體系取得共識,同時爲了便於討論,現在我把鄭先生所擬的體系作爲本文附錄二列出,以供參考。

看了鄭先生所擬的體系,特別是看了鄭先生的大作(鄭孟津、吳平山 1990)以後,我認爲鄭先生把戲曲音韻歸在詞曲部分裡是完全可以理解的,按照中國古籍的傳統四部分類法,「曲譜·曲韻」之類的著作從不放在「經部·小學類」內,而是放在「集部·詞曲類」中。鄭先生的這種歸類恐怕是導源於此。

不過,把「戲曲音韻學」放在「音韻學」內,更是完全可以理解的。雖然傳統的漢語音韻學向來分成古音學、今音學和等韻學三科,但近年來,隨著學術的發展,傳統的漢語音韻學科體系始又加入所謂「北音學」一部分,此部分主要研究的就是《中原音韻》一系韻書的音韻問題,使漢語音韻學的學科體系成爲一種四分法。在這種學術背景下,說「戲曲音韻學」從屬於漢語音韻學,也是順理成章之事。

需要說明的是,北音學納入漢語音韻學的學科體系後,但其研究的目的仍然是爲漢語語音史服務,至於有關戲曲唱念與編劇中所涉及的諸多音韻問題,一般的漢語音韻學並不涉及,而那部分內容正是傳統戲曲學關注的內容之一。但這部分內容與漢語音韻學中的「北音學」內容

是分不開的。所以我們認爲把音韻學與戲曲學的有關內容整合成爲一門
新的學科——戲曲音韻學，不但是必要的，也是可行的。

　　本文所提出的「戲曲音韻學」學科體系，只是筆者的一得之見，
加之事屬草創，不可能盡善盡美。別的研究者可能得出與此完全不同的
「戲曲音韻學」學科體系。本文的目的只是拋磚引玉，希望學者們加強
戲曲學與音韻學的整合性研究，使這一新興學科體系更加完善，使「戲
曲音韻學」在繼承傳統的戲曲音韻學遺產和指導當代的戲曲音韻實踐中
發揮出眞正的指導作用。

附錄一：

《中國戲曲音韻學》 *

馮蒸 著

目 錄

1. 元周德清《正語作詞起例》分析

2. 明王驥德《曲律》的音韻論

3. 明沈寵綏《度曲須知》的音韻論

(三)古典戲曲・曲藝用韻分析

　甲.古典戲曲用韻分析

　　1.宋元南戲的用韻

　　2.元雜劇的用韻

　　3.明清傳奇的用韻

　　附：元明清散曲的用韻

　乙.古典曲藝用韻分析

　　1.諸宮調的用韻

　　2.明清俗曲的用韻

　丙.用韻特點討論

　　1.陰聲韻

　　2.陽聲韻

　　3.入聲韻

　　4.兒化韻

(四)元曲末句煞尾二字所反映的元代聲調問題

四、現代戲曲音韻論

(一)概說

　　1.聲腔與音韻的關係

　　2.方言劇種與音韻的關係

　　3.體式（曲牌體、板腔體）與音韻的關係

(二)高腔腔系

　　　　1.官話戲曲曲藝

　　　　2.非官話戲曲曲藝

　　㈢昆腔腔系

　　　　1.官話戲曲曲藝

　　　　2.非官話戲曲曲藝

　　㈣梆子腔腔系

　　　　1.官話戲曲曲藝

　　　　2.非官話戲曲曲藝

　　㈤皮黃腔腔系

　　　　1.官話戲曲曲藝

　　㈥民間歌舞類型諸腔系

　　　　1.官話戲曲曲藝

　　　　2.非官話戲曲曲藝

　　㈦民間說唱類型諸腔系

　　　　1.官話戲曲曲藝

　　　　2.非官話戲曲曲藝

　　㈧多聲腔系

五、戲曲音韻理論概述

　　㈠戲曲音韻分析理論

　　㈡戲曲音韻唱念理論

　　㈢戲曲音韻編劇理論

六、戲曲音韻專論

　　㈠聲母部分

　　　　1.尖團字

　　　2.陰出陽收

㈡韻母部分

　　1、上口字

　　2、十三轍（含小轍）

　　3、閉口韻

㈢聲調在戲曲音樂旋律中的變化

㈣戲曲發聲問題

㈤戲曲音韻術語問題

㈥戲曲難字注音問題

七、戲曲音韻學的應用

㈠當代戲曲音韻的調查、記錄與分析

㈡指導戲曲創作

㈢指導演員的語音訓練

八、戲曲音韻研究小史

參考文獻

* 附注：此處所謂「中國戲曲音韻學」，暫時用其廣義，即還包括傳統
　「曲藝學」的音韻內容。

附錄二：

中國詞曲學科

鄭孟津　擬

以中國牌子類歌曲（唐宋詞牌、元明南北曲牌、明清板腔系曲牌）爲研究對象，包括四種課程：

第一　聲律學

　(一)研究對象

　　1.左右旋宮法與七聲十二律的產生

　　2.成均立調——十二均八十四調體系和七均三十五調（包括二十八調）體系的建立

　　3.宮調體系與曲式結構。依時代先後分三大類：

　　　(1)唐宋詞宮調體系與曲式結構

　　　(2)元明南北曲宮調體系與曲式結構

　　　(3)明清板腔系曲牌宮調體系與曲式結構

　　4.宮調體系與樂器形制間相互聯繫關係的研究

　　5.腔有定格和倚定腔度曲

　(二)主要研究資料

　　1.歷代樂志、樂書有關旋宮法與成均立調的論述

　　2.歷代樂志、樂書有關燕樂二十八調記述

　　3.中外學者論燕樂七均二十八調著作

　　4.中外學者論詞樂、曲樂著述

　　5.歷代曲譜：包括唐傳《風雅詩譜》，宋傳《越九歌》等律呂譜，
　　　屬管色譜的白石旁譜，《事林廣紀》轉載南宋唱賺譜，屬琵琶
　　　譜（仍以管色定調）的唐五代傳敦煌琵琶譜

　　6.沈括《夢溪筆談》煞聲住字；張炎《詞源》結聲正訛等譜字的
　　　特具性質

　　7.清初以來應用首調名記錄的各種流行工尺譜

第二　詞律學

　㈠研究對象

　　1.歌詞格律與漢語音韻學。依時代先後分三大類：

　　　⑴唐宋詞牌歌詞格律與漢語音韻

　　　⑵元明南北曲詞格律與漢語音韻

　　　⑶明清板腔系曲詞格律與漢語音韻

　　　注：前二者通過詞譜、詞圖進行探索

　　2.南北詞譜應用漢語單字聲、韻、調構成排列組合

　　3.牌子類歌曲（在戲曲音樂中包括曲牌腔系與板腔系）詞有定律
　　　和腔有定格的有機結合

　　4.韻書的權威性

　　5.韻書的形成與發展

　　6.倚定律填詞度曲

　㈡主要研究資料

　　1.詞譜、詞圖

　　2.詞韻、南北曲韻

　　3.詞牌作品諸宮調作品的用韻，及特具風格腔應律字，和詞中代
　　　用字等具有綜結性的著作

4.南戲、雜劇、傳奇的用韻，及特有風格腔的應律字，具綜結性
　的著述

5.明清曲家著作中有關音律與歌法的闡論

第三　詞曲史

　　（細目略）

第四　詞曲文學作品

　　（細目略）

附錄三：

「陰出陽收」新解

馮　蒸

　　戲曲音韻學中有「陰出陽收」一術語，此術語最早見於明代沈寵綏的《絃索辨訛》和《度曲須知》二書，至今仍爲戲曲界所沿用。但是這一術語的準確解釋，有待於我們進一步研討。

　　沈寵綏（?-1645）字君澂，明末江蘇吳江人，長期生活在蘇州。他在《絃索辨訛》中將《西廂記·殿遇》一折的一套曲詞逐字音注以後說：

> 近今唱家于平上去入四聲，亦既明曉，唯陰陽二音尚未全解，至陰出陽收，如本套曲詞中賢、迴、桃、庭、堂、房等字，愈難模擬。蓋賢字出口先帶三分純陰之軒音，轉聲仍收七分純陽之言音，故軒不成軒，言不成言，恰肖其爲賢字；迴字出口先帶三分純陰之灰音，轉聲仍收純陽之圍音，故灰不成灰，圍不成圍，適成其迴字。此等字旁，予一一記▲。今度曲名家，正從此處著精神，決不嫌煩碎。特曲理未深者，其純陰純陽，尚未細剖，若陰出陽收，愈難體會，故予又以撇嚛二字提醒之，蓋以撇嚛口氣模擬，庶自合法耳。

沈氏又在《度曲須知·陰出陽收考》中進一步說：

《中原》字面有雖列爲陽類，實陽中帶陰，如絃、迴、黄、胡等字，皆陰出陽收，非如言、圍、王、吳等字之爲純陽字面，而陽出陽收者也。蓋絃爲奚堅切，迴爲胡歸切。上面胡字吃口帶三分呼音，而轉聲仍收七分吳音，故呼不成呼，吳不成吳，適肖其爲胡字；奚字出口帶三分希音，轉聲仍收七分移音，故希不成希，移不成移，業與吳移之純陽者異其出口，則字音之絃迴，自與言圍之純陽者，殊其唱法矣。故反切之上邊一字，凡遇奚、扶以及唐、徒、桃、長等類，總皆字頭則陰，腹尾則陽，而口氣撇嗗者也。今除口生字眼，間有不錄外，餘並列左備稽覽焉。

此後沈氏共列出 632 個應「陰出陽收」的字。

沈氏所說的「陰出陽收」到底是甚麼意思？曾有不少學者加以解釋。

清代王德暉、徐元澂《顧誤錄·四聲紀略》中說：「陰平必須平唱、直唱，若字端低出而轉聲高唱，便肖陽平字面矣。陽平由低轉高，陰出陽收，字面方准。」王、徐是把陰、陽作爲聲調之高低理解的。

趙蔭棠在所著《中原音韻研究》一書中，將沈氏所列字的反切上字參照《五音集韻》加以考察後得出「沈氏所說的陰出陽收之字均與濁母有關」。但並未分析甚麼是「陰出陽收」。

1936 年，方階生在《陰出陽收略說》一文中說：「曩閱《度曲須知》於昆曲劇理闡發殆盡，極抽秘逞妍之能事。惟中有『陰出陽收』一說，頗貽笑後人口實……《絃索辨訛》原書，於陰出陽收之精微，未徹底引申，致令數百年之後學，對此猶起附會，徒增一番考磨，亦沈君之

不幸也。」方氏雖指出「陰出陽收」「實專爲蘇人習昆曲者而作」，並列出十字「麗之以羅馬字拼音」，並認爲「近世研討劇韻者……頗都注目於聲母上之作用，卒至踵舛承訛，莫可考究」，他自己只能以「呼之輕圓而囫圇者，即沈氏所指出之陰出陽收」、「扁音而近於重濁者即陰出陽收」這一含混的表述作結，讓人們去「悟之於口吻之間」。

徐慕雲、黃家衡《京劇字韻》「關于於陰出陽收」一節說：「在唱詞中遇著兩個以上陽平字連在一起……把前一個或後一個陽平字用『陰出陽收』的法子唱出來……出口時先帶三分陰平的意味，然後很快地就歸到陽平本聲方面來。」他們把兩字以上的連讀變調附會到單字的「陰出陽收」上，實際上視陰、陽爲聲調的陰陽平。

俞振飛在《振飛曲譜》「習曲要解」中雖指出了「昆曲中有所謂『陰出陽收』一說，實質與清濁有關」，但未能說清楚什麼是「陰出陽收」，並也把京劇的兩字連讀變調牽連進去。

楊振淇先生先在《京劇音韻知識》一書中談到「陰出陽收」時說陽平字「有輔音聲母字即爲『陰出陽收』，零聲母字即爲『純陽字面』」，後認爲此說失之籠統和不夠全面，宣布放棄此說。並另撰《「陰出陽收」解》一文，提出新的解釋，認爲「沈氏『陰出陽收』或『陽出陽收』中出字之『陰、陽』，實質是聲母之『清濁』；而收字之『陽』，指的是聲調之『陽平』。『陰出陽收』一語僅四字，而前後之陰、陽二字竟屬於不同範疇。」又說：「『陰出陽收』與『陽出陽收』的區別重點在出字之陰、陽，而出字之陰、陽，實質是聲母之清、濁。沈氏提出『陰出陽收』的目的，是讓人們唱念時用『清音』聲母『出字』，而勿以『濁音』聲母『出字』，以避免所謂『陽出』。這就是問題的實質。」

按：根據這種解釋，在沈氏所列的 632 字「陰出陽收」字表中，

陽平字（包括入聲作陽平）是 512 字，還有陽去聲 96 字，陽上聲 2 字，作者認爲這些都突破了「中原字面」，此外，作者還認爲原表中還有次濁聲母 3 字，清聲母 19 字，是「沈氏的失誤」。

此外，頗具權威性的《中國戲曲曲藝詞典》對「陰出陽收」一條的解釋如下：

〔陰出陽收〕　　戲劇名詞。明戲曲理論家沈寵綏認爲有一些陽平聲的字如弦、迴、黃、胡，其字音是陽中帶陰，因此這些字和言、圍、王、吳等純是陽平聲的字讀音不同，唱曲時的處理也應不同。他舉「弦」，「迴」兩字爲例，「弦」字的字頭是奚（陽平），奚字出口帶三分希（陰平）音，轉聲仍收七分移（陽平）音，「迴」字的字頭是胡（陽平），胡字出口帶三分呼（陰平）音，轉聲仍收七分吳（陽平）音，故稱這類字爲「陰出陽收」。

看了詞典的這種所謂解釋，的確令人「莫明其妙」。它實際上只是摘抄了沈氏在《度曲須知》的部分原文，並無解釋。

我們認爲，以上諸家的解說，或者無釋，或者誤釋，或解釋有欠缺，均有不妥。

結合現代吳語方言知識，仔細玩味沈氏的話，再全面考察一下沈氏所列舉的 632 個字，我們認爲這是三百餘年前的明代沈寵綏對當時吳語方言濁聲母（濁塞音、濁塞擦音和濁擦音）的全面準確描寫，而吳語濁聲母的這種發音特點與戲曲的唱念實有密切的關係。在當時沒有音標符號和現代的語音學理論指導的情況下，沈氏能做到如此地步實屬難能

可貴。

　　關於現代吳語全濁聲母的發音特點，趙元任先生在《現代吳語的研究》一書中早已作了非常準確的描述，現把趙先生的有關描寫引述如下：

　　　　吳語的濁類聲紐的發音最特別。在大多數地方這些字都用一個帶音的氣流就是 [彎頭 h] 音。假如是個破裂音，那音的本身並不帶音，換言之當它閉而未破的時候，聲帶並不顫動，等開的時候接著就是一個帶音的 h，就是 [彎頭 h]，因此聽起來覺得很「濁」似的。因爲這個緣故，劉半農先生主張用 [b̥ 加彎頭 h]，[d̥ 加彎頭 h] 等等標吳語並定等母的音值，或簡直就寫 [p 加彎頭 h]，[t 加彎頭 h] 等等更好。若是摩擦音呐，乃就起頭不帶音到後半再帶音，或又加一點帶音氣流，例如表中所列的些 [z] 音細說起來都是 [sz] 或是 [s 加彎頭 h]。不過遇到匣母喻母跟疑母不念鼻音的時候，就簡直全用 [彎頭 h]。還有丹、溫的「v」是用軟的眞 [v]，不用 [fv]。要是破裂摩擦音呐，那就在關閉的時候不帶音，到摩擦的時候恐怕起初也不帶音，到後半才帶音，而且總是帶一點 [彎頭 h]，如表中所列的 [dz‘]，細說起來是 [下圈 d 加 z 加彎頭 h]，或是 [tsz 加彎頭 h]。（趙元任 1956：27-28）

　　我們認爲，上引趙元任先生對現代吳語方言中全濁聲母讀成「清音濁流」的現象，就是沈氏所謂的「陰出陽收」。沈氏此處的「陰陽」，指的就是聲母的清濁。根據趙先生的描寫，這些全濁聲母（濁塞音、濁塞擦音、濁擦音）可以分成兩段，前一段即開頭是清的，後一段是濁的。

沈氏所謂的「陰出陽收」，用一個更確切的稱法可以叫作「清出濁收」。吳語方言全濁聲母的這一現象，語言學界公認爲是趙元任先生最早發現。這一現象當然不只是出現在平聲，平上去入四聲都有。上引楊振淇先生釋「陰出陽收」的「陽收」爲「陽平」，是不妥當的。

　　沈氏在《陰出陽收考》中對「陰出陽收」的解釋是與「陽出陽收」的情況對照而言的。「陰出陽收」所舉的四個例字是「絃、迴、黃、胡」，這四個字都是中古匣母字，屬全濁聲母，在今吳方言中讀成ɦ-或 ɦ̃-聲母；「陽出陽收」所舉的四個例字是「言疑、圍云、王云、吳疑」，中古聲母爲疑母或云母，屬次濁聲母，在今吳方言中是以元音或半元音開頭，可標爲 O-聲母。以元音或半元音開頭的字，因爲是零聲母，都是濁音開始，濁音結束，這就是「陽出陽收」；而中古的全濁聲母字，在沈氏的吳方言中實是清聲母開頭，濁流在韻母上，這就是「陰出陽收」。這種現象鄭張尚芳先生曾根據實驗語音學的結果從音理上做了進一步的解釋，他說：

> 根據現代聲學分析，吳語的清濁音實質不是帶音與否而是緊鬆對立；吳語的「濁流」也并非「帶音送氣」，不是聲母輔音本身或其所帶氣流的帶音與否，而是後接元音的發聲狀態類型不同。元音不是正常嗓音而發爲氣嗓音，即 a 讀 [ʰa]，tɕʰia 實爲 [t-ʰa]。這種元音也稱氣化元音（breathy vowel）以與清聲母後的正常元音（clear vowel）相對。據岩田禮等《蘇州方言濁音發聲的生理特徵》，發這類元音時「勺會厭肌收縮」，喉部向下運動，從而抑制聲帶肌，使聲帶鬆弛，正與清音音節聲帶緊張狀態相對。換句說，在元音起始位置上，清音節聲帶肌活躍，聲

帶緊張。「濁」音節聲帶肌受抑制，聲帶鬆弛，形成了喉部相
反的發聲狀態。（鄭張尙芳 1998：169）

這個說明可以加深我們對「陰出陽收」現象的理解。

　　今部分吳語「黃、王」不分，「胡、吳」不分，如上海話，但仍
有不少吳方言二者是分的，而從沈氏的舉例來看，當時的吳方言二者仍
分，即全濁聲母與次濁聲母讀音明顯不混，大概「絃、迴、黃、胡」與
「言、圍、王、吳」兩類字的聲母讀音就是像今天部分吳語那樣是ɦi-
（或 ɦfi-）與 O- 之別。至少吳語的官腔──即唱戲時的吳語──都是如
此。

　　吳語地區古全濁聲母今讀成清音濁流限於北部吳語和西部吳語，
沈寵綏是吳江人，即屬於清音濁流的吳語區，他長期居住的蘇州，也是
屬於清音濁流的吳語區。吳語區濁聲母的這種清音濁流現象，現代方言
學家在記音時通常用清濁兩個輔音來表示其聲母，除了趙先生外，六十
年代鄭張尙芳先生調查浙江的麗水方言時也是如此標寫（鄭張尙芳
1966），後來張惠英先生描寫崇明方言也都是用清濁兩個輔音音標來描
寫（張惠英 1979），這種標寫是很科學的，也是很有必要的。

　　沈氏在《陰出陽收考》中所列的 632 個例字，分別屬於中古音的
並、定、群、從、邪、澄、崇、船、禪、奉、匣十一個全濁聲母和一個
喻$_云$次濁聲母，如果用今天的蘇州方言加以對照的話，當屬七個濁聲
母，這七個濁聲母可用上述的雙輔音聲母加以標寫，它們與中古音有關
聲母的對應關係如下：

　　1. pɦi（<並）；　　　　　　　　2. tɦi（<定）

　　3. kɦi（<群）；　　　　　　　　4. tɕʐ或 tɕɦi（<群）

5. sz（<從、邪、澄、崇、船、禪）

6. fv（<奉、微）；　　　　　　　7. ɦɦ（<匣、喻云、喻以）

此中微母和喻以母字在沈氏的字表中沒有例字。根據葉祥苓（1988：106）對蘇州方言的描寫，其濁聲母雖然未如上述諸家用兩個輔音來標寫，但明確說：「b、d、g、dʑ、z、v 等聲母起頭不很濁。」上引趙先生書中所提到的 [dzʻ]（或標成 [tsɦ]），不見於今蘇州話；另外，趙先生認為匣母喻母跟疑母不念鼻音的時候，就標作 [ɦ]，不必為 [hɦ]；個別方言的 [v]，可不標作 [fv]。不過從沈氏的所舉例看，匣母的 [ɦ] 當時確有 [hɦ] 的讀法，奉母也確有 [fv] 的讀法。而蘇州方言的 [tɕʑ] 即 [dʑ]，趙先生書此處沒有提到。至於「從、邪、澄、崇、船、禪」六母在沈氏的方言中是否已混而為一，也尚需研討，不過全面考察沈氏所歸納的字類可知，把它們暫用今天的蘇州音來標寫，大致是不差的。

吳語方言濁聲母的這種「清出濁收」現象，其清段與濁段所佔的時間比例，趙先生沒有說，而根據我們的理解，沈氏所說的「三分」、「七分」之別，當指的是清段與濁段的時長比例，其中清段佔的時間短，沈氏認為是「三分」，濁段佔的時間長，沈氏認為是「七分」。不過，此處的濁段除了指聲母輔音的濁音部分外還包括韻母部分，如沈氏所謂「總皆字頭則陰，腹尾則陽」。由此看來，沈氏的描寫真可說是細致入微了。至於清段與濁段的時長比例是否真的是 3：7，是完全可以用語音實驗來驗證的。

具體到沈氏在《陰出陽收考》的說明中所舉的兩個字例，如用今天的蘇州音來標寫，我們認為可以用下式來解釋：

(1) 胡 ɦɦəu=h(əu) [呼] 三分　＋　ɦəu [吳] 七分

(2) 奚 hɦi= h(i) [希] 三分　＋　ɦi [移] 七分

上述公式與沈氏的說明可說是「若合符節」。

　　沈氏陰出陽收字表中的全部 632 字，這裡無須把它們分別一一按類繫於有關聲母之下。因爲本文的目的僅在於解釋沈氏所說的「陰出陽收」到底是一種甚麼語音現象，不是據以構擬明代吳語的濁聲母。沈氏當時的明代吳語與今天的蘇州方言可能會有所不同，故沈氏提供的這些材料對於研究明代的吳語是很有參考價值的，這個問題應該另文探討。

　　另外，沈氏對所舉的例字都加注了反切，大概是怕習曲者讀錯，從正音角度更強調一些。特別是有些字有清濁兩讀，如「向」字，還有清音一讀，加反切強調的是念濁音，所以沈氏此處所舉的 632 個例字，都是濁音字，非如楊振淇先生所說的還有 19 個清音字，楊氏對這 19 個字的音韻地位的認定有誤。至於楊氏所舉的「熊雄云」和「迤以」三個所謂次濁聲母字，實際上，「熊雄」今蘇州話讀ɦioŋ，後一個沈氏注音「唐羅切」，當是定母字，無煩贅論。

　　總之，認清沈寵綏「陰出陽收」字的語音本質，對於推進戲曲音韻的深入研究，甚至對於構擬明代吳語的濁聲母，無疑是有所裨益的。

主要參考文獻

馮　蒸

1990　〈明清曲韻家對於漢語韻尾分析的貢獻〉，載《語言文學論叢》（第三輯），北京師範學院出版社，168-179 頁。又見馮蒸 1997：375-386。

1991　〈周德清是「最小對立」理論的創始人〉，載《漢字文化》1991 年 2 期 50-55 頁轉 62 頁。又見馮蒸 1997：364-374。

1997　《漢語音韻學論文集》，首都師範大學出版社。

洛　地

〈入聲與開合：元曲唱念探討之一〉，載《藝術研究》第九輯（總第十八輯），浙江省藝術研究所，321-351 頁。（無出版年月）

上海藝術研究所、中國戲劇家協會上海分會編

1981　《中國戲曲曲藝詞典》，上海辭書出版社。

中國戲曲研究院

1959　《中國古典戲曲論著集成》（1-10），中國戲劇出版社。

沈寵綏

《絃索辨訛》，見中國戲曲研究院 1959：第五冊。

《度曲須知》，出處同上。

王　力

1981　〈我對語言科學研究工作的意見〉，載《中國語文》1981 年 1 期。

1986　〈京劇唱腔中的字調〉，載《王力文集》第 18 卷 420-459

頁，山東教育出版社。

楊振淇

　　1990　〈「陰出陽收」解〉，載《戲曲藝術》1990 年 4 期 88-92
　　　　　頁。

　　1991　《京劇音韻知識》，中國戲劇出版社。

葉祥苓

　　1988　《蘇州方言志》，江蘇教育出版社。

張惠英

　　1979　〈崇明方言的連讀變調〉，載《方言》1979 年 4 期。

趙蔭棠

　　1956　《中原音韻研究》，商務印書館。

趙元任

　　1956　《現代吳語的研究》，科學出版社。

鄭孟津、吳平山

　　1990　《詞源解箋》，浙江古籍出版社。

鄭張尚芳

　　1966　《麗水方言》，浙江省方言調查組油印。（原未署作者名。）

　　1998　〈「蒙古字韻」所代表的音系及八思巴字一些轉寫問題〉，
　　　　　載《李新魁教授紀念文集》，中華書局，164-181 頁。

《聲韻論叢・第九輯》
聲韻學學會主編　頁255～288
臺灣學生書局　　2000 年 8 月

明・沈寵綏在
戲曲音韻學上的貢獻

蔡孟珍*

　　傳統戲曲唱唸的鑑賞向以「字正腔圓」爲最高標準，其中「字正」尤較「腔圓」重要，誠如清代王德暉、徐沅澂之《顧誤錄》所云：「大都字爲主，腔爲賓；字宜重，腔宜輕；字宜剛，腔宜柔。反之，則喧賓奪主矣。」咬字清正既是戲曲唱唸之首務，惜目前學界鮮少措意於戲曲音韻之研究。

　　明末曲家沈寵綏精於釐音權調，嘗著《度曲須知》、《絃索辨訛》，瘁心闡示戲曲音韻之金針，曾爲劉復（半農）推爲戲曲派語音學「空前絕後的一個大功臣」。然一般研究音韻學史者大都未曾留心沈氏之學，更遑論給予他應有的地位，且劉文屬稿倉促，是篇演講，且爲未完稿，於沈氏著作與立論基礎均未遑細論。近有董忠司教授專就沈氏語音分析觀作數項考察，屬論較爲細密而科學，唯與曲學相去略遠❶。故本文嘗

---

*　　國立臺灣師範大學教授
❶　　劉復〈明沈寵綏在語音學上的貢獻〉一文，載《北京大學國學季刊》第二卷第三號；董忠司〈明代沈寵綏語音分析觀的幾項考察〉一文，載《孔孟學報》第六十一期。

試結合戲曲與語音學兩方面予以研究，冀得抉發沈氏撰作底蘊奧。全文蓋分五部分論述：一、沈寵綏其人其書，二、沈氏如何闡示戲曲音韻金針，三、南北曲字音之探研，四、四聲腔格之配搭（字調如何配合曲唱腔型），五、結論——論其貢獻與商榷處。

壹、沈寵綏其人其書

在有明一代紛然衍派的戲曲研究風潮中，沈寵綏雖以獨特高超的音韻造詣脫穎而出，惜其生平事蹟難考，僅《道光蘇州府志》得略窺鱗爪而已，曲壇名家何以著述斐然而竟生平不詳？其原因在於：研究語音，就我國而言，係屬經學中之小學，地位極爲崇高，而此經典派之語音學向被視爲中國語音學之正宗，可惜的是，沈寵綏所瘁心研究的語音學，卻在此正宗之外，是鮮受關注，甚且爲經典派所唾棄之「戲曲派」❷。事實上，由於戲曲藝術的特質在於能與觀眾作同步的互動反應，戲曲語言必須使觀眾耳聞即詳，也因此戲曲音韻保持該時期豐富的語音素材，一反《切韻》以來傳統韻書襲舊之窠臼，故每較一般傳統韻書切合實際語音，而藉曲韻以稽考當時語音系統之研究，即著眼於曲韻與時遷變之特質❸。

---

❷ 劉復〈明沈寵綏在語音學上的貢獻〉一文云：「研究語音，就中國說，是『經學』中的重要部分。所以這一種學問的地位是很高的。……我們可以稱這一派的語音學爲『經典派的語音學』。經典派的語音學是今日以前語音學的正宗。在此正宗之外，有一別宗，不爲世人所注意，甚至於被經典派唾棄的，就是『戲曲派』。」

❸ 王力《漢語史稿》頁 21 云：「《切韻》以後，雖然有了韻書，但是韻書由於拘守傳統，並不像韻文（特別是俗文學）那樣正確地反映當代的韻母系統。因此我們有

　　戲曲派語音學既具有語音活化石之價值，它之所以遭到漠視、卑視，當與傳統士大夫觀念有關。戲曲自萌發蔚興以來，每因託體卑近，而被鄙爲小道末技，後世儒碩薄而不爲，以致沈寵綏雖著述斐然，總結前賢曲學菁粹，闡示曲韻金針，爲南北曲字音、唱法樹立楷式，於曲壇厥功偉矣！然既非名儒顯宦，正史固不載其生平，又非科甲中人，即其里籍所隸《吳江縣志》亦不錄其事蹟，生卒年月尚且不詳，平生境遇復難考述，故僅能於其撰作、序文及相關方志中，鉤沈稽考而得其傳略如次：

　　沈寵綏，字君徵，別號適軒主人，江蘇松陵（今吳江）人。生年不詳，其卒年，據其子沈標（字廉夫）《絃索辨訛·續序》所云：「先君子……乙酉歲，手著《中原正韻》一書，未竣，會避兵搶攘，齎憤永背，於乎恨哉！」可推知約在明亡（崇禎十七年）之次年，即清順治二年（1645）。君徵遍覽前賢戲曲專著與古今韻書，斐然而有著述之意，曾欲編製〈北音韻圖〉與〈南音韻圖〉，並撰作《中原正韻》，惜未竣其稿，齎恨以歿；哲嗣沈標於兵燹之餘，董理先生僅存手澤，捃拾散亡，究心校理而得《絃索辨訛》與《度曲須知》。清代石韞玉等纂、宋如林等修之《道光蘇州府志》卷一二四即錄云：「《度曲須知》二卷、《絃索辨訛》二卷，吳江沈寵綏字君徵著。」礒知二書爲先生畢生研治曲學之代表作。該府志卷九二嘗略敘其生平，言其性情「倜儻任俠，所交皆

必要研究唐詩、宋詞、元曲的實際押韻，來補充和修正韻書脫離實際的地方。」又劉復前揭文亦云：「戲曲派……決不講什麼聖經賢傳，他們只根據著事實研究。他們決不受經典派的舊說的束縛，也決不想把所研究的結果貢獻於經典派而得其採納或贊許；他們的目的，只是要想把字音研究清楚，使唱戲時不唱錯。」

天下名士」，其友顏俊彥爲《度曲須知》作序時亦云：「乃時過江上君
徵氏，間出女童，清喉宛轉，絃索相應，絲竹肉繚繞無端，此時即飲光
不免按節，況在凡夫能無口耳奔逸乎？」則先生蓄家樂，廣交遊，倜儻
風流，醉心聲歌，俠骨柔情兼美之形象當不難想見。《蘇州府志》特別
表彰先生戲曲語音學之造詣與功績，並引當時聲韻學界享譽甚高之李光
地贊語，盛稱先生著作「不但有功於詞曲，且可爲學者讀書識字之助」；
顏俊彥之序更將先生度曲之音韻造詣推崇得近乎出神入化，其文云：

> 君徵淵靜靈慧，於書無所不窺；於象緯青烏諸學，無所不曉，
> 而尤醉心聲歌。昔同習靜，已嘗見其稽韻考譜，津津不置。遇
> 聲場勝會，必精神寂寞，領略入微，某音戾，某腔乖，某字吸
> 呼協律，即此中名宿，靡不心媿首肯。君徵此種學問，何所自
> 來，其殆有神授耶？從來通于音律者，必精述陰陽，曉明星緯，
> 至薰目爲瞽，絕塞眾慮，庶幾以無累之神，合有道之器，故聲
> 音之學，非輕易可言。

　　在光彩紛呈、門類紛繁的戲曲研究領域中，探觸唱唸咬字的戲曲
音韻學，常是較爲寂寞的一環。其主要原因在於聲韻音律之學向被視爲
僻奧深渺，古人爲了學得箇中奧窔，竟然得「精述陰陽，曉明星緯」，
甚至還「薰目爲瞽，絕塞眾慮，庶幾以無累之神，合有道之器。」足見
當時曲壇樂工歌客與文人墨士對音韻知識皆普遍缺乏。盱衡元明清三代
曲壇，不得不令人嘆服：沈寵綏洵是天賦異稟，他擁有令人難以企及、
驪驅獨步的音韻才學，卻無半點驕矜之態，誠願將此絕學明示金針，公
彼同好，其所撰述之《絃索辨訛》與《度曲須知》，即爲當時及後世曲

壇詞家、時師奉作金科玉律❹。

一、《絃索辨訛》

曲聖魏良輔嘗云：「南曲不可雜北腔，北曲不可雜南字」，沈寵
綏感於斯言，見南曲坊譜可資參酌者甚夥，而北曲絃索卻無譜可稽，遂
令作曲度曲者不明入派三聲等規律，因而貿然以南方鄉音替代中州雅
韻，如此以南音唱北曲，實與圓枘方鑿無異，然此訛唱取嗤現象，曲壇
竟無專譜予以救正，先生於是發心撰述北曲正確之口法字音譜式，以匡
時謬。《絃索辨訛·序》云：

> 南曲向多坊譜，已略發覆；其北詞之被絃索者，無譜可稽，惟
> 師牙後餘慧。且北無入聲，叶歸平、上、去三聲，尤難懸解。
> 以吳儂之方言，代中州之雅韻，字理乖張，音義迳庭，其爲周
> 郎賞者誰耶？不揣固陋，取《中原韻》爲楷，凡絃索諸曲，詳
> 加釐考，細辨音切，字必求其正聲，聲必求其本義，庶不失勝
> 國元音而止。

《絃索辨訛》全書凡三卷，《西廂》上卷自〈殿遇〉至〈傳情〉，共十
折；《西廂》下卷則自〈窺簡〉至〈錦還〉，亦十折。另有「時曲」別
爲一卷，博采當時傳唱不衰之北曲（間附南曲）十餘套，皆逐字音註，
以示軌範。又斯編既云「辨訛」，沈氏輒於曲文上端加註眉批，或於該

---

❹　有關《絃索辨訛》與《度曲須知》之成書先後、版本內容，詳參拙著《沈寵綏曲學
　　探微》頁 15-32。1999，五南圖書公司。

折末尾詳列大段按語，長短不一，不下四十則，其內容或釋曲文之形、音、義，或列諸本異文以備參覽，或考訂曲文格律以樹楷式。沈氏之所以如此不憚煩瑣地詳加批註按語，其目的即在：辨正俗本俗唱之訛誤。

二、《度曲須知》

南曲自魏良輔調用水磨、拍捱冷板以來，四聲婉協，運腔清峭柔遠，使崑曲藝術達到抽秘逞妍的境界。然而魏氏雖爲一代曲聖，功深而鏤琢，於南曲音理卻是「鴛鴦繡出」，而「金針未度」，致使「學者見爲然，不知其所以然；習舌擬聲，沿流忘初，或聲乖於字，或調乖於義，刻意求工者，以過泥失眞；師心作解者，以臆斷遺理。」沈寵綏對此無限感喟，於是發心撰述《度曲須知》，希望能使作曲度曲者藉其金針之度，而「一字有一字之安全，一聲有一聲之美好」，如此「頓挫起伏，俱軌自然」，則「天壤元音」，當可「一線未絕」！

秉持一份度人金針底神聖宗旨，沈氏在《度曲須知》的編排上顯得格外具有科學性與系統性，不僅編排有序，在行文措辭方面，也儘量避免摛文鋪藻，而力求淺明易懂，由於此書係作者繼《絃索辨訛》之後所撰系統性較強的理論專著，它累積了《辨訛》的研究成果，因而在論述內容上，既論北曲亦兼論南曲，沈氏甚至表示「南之謳理，比北較深，故是編論北兼論南，且釐權尤爲透闢，覽者以附列絃索譜之後，遂謂無關南曲，而草草閱過可乎？」足見《度曲須知》雖於合刊時附於《辨訛》之後，然其釐音闡理誠較《辨訛》鞭辟入裏！全書凡二卷二十六章，上卷一至十五章，下卷十六章至末。此廿六章或長或短，形式有如傳統曲話，然較曲話條理而深密，闡論有序，且淺深得宜。書中有沈氏獨創之見解，亦有承襲總結前賢之說者，揆其深意，總爲度曲而設。是書與《絃

索辨訛》所訂《西廂》樂字韻譜，彼此相互發明，「可使覽者，徐徐誦
演，久久滑熟，入門之後，涇渭了然。」（〈收音譜式〉），誠爲伶工
藝人審較唱唸曲音之最佳工具書。故顏俊彥於序文中云：「推敲久之，
成《度曲須知》、《絃索辨訛》兩書，採前輩諸論，補其未發，釐音榷
調，開卷了然，不須更覓導師，始明腔識譜也。」洵非虛言，而其子沈
標於〈續序〉中贊云：「（先君子）恆病摛詞者類不解律，而按曲者又
不識字，爰著《度曲須知》爲詞家秉金科，《絃索辨訛》爲時師懸玉律。
二書成，天下始知有聲音之正事，豈微妙哉！」亦非溢美之辭。

貳、沈氏如何闡示戲曲音韻金針

　　識字正音原是作曲度曲之首務，然知音審律本非易事，即晚明戲
曲正值隆盛之時，而當時聲韻學之薄弱，幾爲曲壇普遍現象，沈寵綏感
慨：「若度曲者流，不皆文墨，奚遑考韻，區區標目，未知餘字可該，
一字偶提，未解應歸何韻。」（〈收音譜式〉）如何能使舞臺唱唸達到
「字正腔圓」的標準，在理論闡述上的確需要一套既科學而又有系統的
簡明方法，於是他在《絃索辨訛》中採用圈點記號，有如童蒙識字般可
讓度曲者逐字記認；《度曲須知》則進一步科學而整飭地分析音韻，如
巧擬曲韻要訣問答，善構四聲經緯圖說，科學剖析聲韻要素，明列字音
正訛異同等，從淺及深，由源達委，採用通俗而訓詁式的闡述方式，冀
望架構出一套明晰而實用的戲曲音韻學理論，質言之，即在使「南北兩
曲，平仄四聲，韻各釐清，音皆收正」，他謙稱自己精心擘畫出來的這
套方法是「接引愚蒙良法」，而「非敢爲賢智作津梁」，由此更可看出
他的「金針之度」是如何地力求簡易、具體而實在。茲將其音韻金針略

述如次：

一、標註音韻特殊鈴記

　　釐正字音既爲度曲之首務，故曲壇名家編撰曲譜時，率於易訛之字標註特殊鈴記，吾人若究心審校歷代曲譜，當不難發現其符號雖或詳或略，或異或同，唯就中當以沈寵綏《絃索辨訛》之標註最爲詳盡，闡述最爲深入，誠如其〈凡例〉第一條所云「平常易曉字面，亦並註明，毋使覽者開卷茫然。」沈氏將易訛字音釐爲六種：閉口、撮口、鼻音三種於左旁記認；開口張唇、穿牙縮舌、陰出陽收三種於右旁記認。茲歸納沈氏韻譜、註語、例字等說明，將其六種鈴記簡述如下：

㈠閉口　鈴記符號作□，凡隸侵尋、監咸、廉纖三韻者皆屬之，質言之，即韻尾收 m 者，如：金、針、三、臉、點……。

㈡撮口　鈴記符號作〇，凡具 u 或 iu(y) 介音者皆屬之，如：雲、內、主、呂、絮、遂……。

㈢鼻音　鈴記符號作△，即庚青韻字，韻尾收 əŋ 者，如：兵、明、冷、青、映……。

㈣開口張唇　鈴記符號作■，係指主要元音爲 a 者（韻母爲複合元音如皆來、蕭豪等韻者除外），以家麻、江陽二韻居多，另有寒山韻及少數監咸韻者屬之。其中主要元音不可含唇滿呼，即不可唱成蘇州方音「o」，而應將舌位下降，唇形開張成「a」音。值得注意的是，沈氏所稱「開口」，與近世官話所謂「開、齊、合、撮」之開口呼有別。近世官話稱不含 i、u、y 介音者爲開口呼，而沈氏之開口張唇，則除不含介音者外，含 u 介音者亦頗多，甚且亦有含介音 i 如「蝦」、「亞」、「江」、

「講」、「絳」、「腔」……者，而此類含 i 介者率屬二等字，故沈氏之「開口張唇」，當指中古一、二等洪音（兼賅開口與合口）中主要元音爲 a 者，如：花、亡、乾、江、看、男……。

(五)穿牙縮舌　鈴記符號作●，「穿牙」一詞爲沈寵綏所創，蓋指「齒音」而言，齒音包括正齒音與半齒音。正齒音有近於舌上之照穿神審禪等照系字，與近於齒頭之莊初床疏等莊系字，即今之舌尖面混合或舌面之塞擦音與擦音，如：愁、初、綻、是、殺、蕊……。

(六)陰出陽收　鈴記符號作╲，沈氏在探討唱唸字音時，不論南北曲都極強調「陰出陽收」的特殊咬字法。一般研究聲韻學的人乍看「陰出陽收」，不免心生困惑，蓋一字不屬陽即屬陰，焉有所謂陰陽兼俱之字？其實，從沈氏〈陰陽交互切法〉所列陰陽字音之對照，可知他本人對聲母清濁影響字音陰陽之理念極爲清楚，他之所以提出「陰出陽收」之口法，乃在正吳音之訛。趙蔭棠對沈氏「陰出陽收」觀念雖未深入探討，但卻也指出沈氏此類字皆與濁母有關❺。觀沈氏所舉數百字例，以全濁音居多，既是陽聲字，爲何又言「陰出」？主要是因爲這類字在吳方言中聲母皆非送氣，而在北方話或中州話，甚至今之普通話系統則讀送氣音，沈氏爲強調曲唱不宜泥於鄉音，而應如中原雅音般讀作送氣（「ㄒ」、「ㄈ」等擦音字，則氣流宜較吳音強），故云「陰出」；然又不得唱成陰聲字，故云「陽收」以存其濁聲之特質。如：紅、同、陪、杏、會……。

---

❺　詳參趙蔭棠《中原音韻研究》頁 20-22。

　　《絃索辨訛》六種鈐記符號說明已如上述，歷來曲譜標註鈐記者，大抵一字而標一種符號，沈氏《辨訛》則另有一字而標兩種鈐記者，其「左旁記認」下有註云：「集中有一字兩記認者，如窗字、追字則穿牙兼撮口，生字、爭字則穿牙兼鼻音，男字、堪字則開口兼閉口，存字、唇字則撮口兼陰出陽收。須將兩旁六種圈點，熟辨胸中，庶披覽自然融貫。」由此益可見沈氏闡釋字音之不厭其詳。

二、巧擬曲韻要訣問答

　　在「度曲先須識字，識字先須反切」的理念下，沈寵綏爲闡示戲曲音韻金針，在《度曲須知》中努力擷取先賢智慧，倣童謠啓蒙方式，巧擬諸多口訣與問答，如〈辨聲捷訣〉、〈出字總訣〉、〈收音總訣〉、〈收音問答〉、〈入聲收訣〉、〈四聲宜忌總訣〉等，並配合若干條例說明，其目的在使人便於記誦而衷心領悟。

　　㈠〈辨聲捷訣〉

　　〈辨聲捷訣〉凡二十四句，重在音素之辨認，將聲韻母之發音部位與方式作一番剖切之分析，較前代析韻之論，如宋代官書《玉海》卷首所載〈辨字五音法〉、〈辨十四聲法〉、〈三十六字母五音五行清濁傍通撮要圖〉等深入許多，劉復認爲沈氏所論「雖然未能到十分圓滿的程度，卻已比前人精細得多，眞實得多，已能漸漸的從非科學的方法，折入科學的——至少也可以說是近乎科學的——方法上去。」配合〈辨聲捷訣〉，沈氏另附有「陰陽交互切法」與「三十六字母切韻法」兩張圖表，藉以闡釋反切原理，即被切字之陰陽，全由反切上字聲母之清濁來決定，而與反切下字無關，換言之，只要聲母清濁相同，則兩字之反切下字縱然陰陽相異，亦可交互相切。

(二)〈出字總訣〉、〈收音總訣〉、〈收音問答〉

　　為使作曲者譜釐平仄，調析宮商，無失律舛韻之虞，唱曲者吐字圓淨，歸音雅正，不致貽訛音倒字之譏，沈寵綏於《度曲須知》中特仿沈璟遺意錄〈出字總訣〉，並作〈收音總訣〉、〈收音問答〉詳明闡釋出字收音之理則。其〈出字總訣〉下有小註曰：「管上半字面」，而口訣中略不及聲母❻，大抵論其韻母而已，尤其專就主要元音而言；至於〈收音總訣〉與〈收音問答〉雖亦論韻母，然其重點尤在韻尾收束之是否準確。沈氏之論「上半字面」，旨在糾正作曲者平仄錯訛、韻部乖舛之失；其論「下半字面」，則在針砭唱曲者不收尾音、誤收別韻之病。〈出字總訣〉既為作曲者而設，而「極填詞家通用字眼，惟《中原》十九韻可該其概」，故沈氏此訣即在細辨《中原音韻》十九韻部之異，茲錄之如后：

一、東鐘，舌居中。	二、江陽，口開張。
三、支思，露齒兒。	四、齊微，嘻嘴皮。
五、魚模，撮口呼。	六、皆來，扯口開。
七、真文，鼻不吞。	八、寒山，喉沒攔。
九、桓歡，口吐丸。	十、先天，在舌端。
十一、蕭豪，音甚清高。	十二、歌戈，莫混魚模。
十三、家麻，啟口張牙。	十四、車遮，口略開些。
十五、庚青，鼻裡出聲。	十六、尤侯，音出在喉。

---

❻　沈氏有關聲母之論，詳參〈字母堪刪〉、〈字頭辨解〉、〈收音問答〉、〈翻切當看〉、〈同聲異字考〉諸章。

十七、尋侵，閉口眞文。　　　十八、監咸，閉口寒山。

十九、廉纖，閉口先天。

此訣之末，沈氏小註曰：「此訣，出詞隱《正吳編》中，今略參較一二字。」惜沈璟《遵制正吳編》今已遺佚，難以比勘沈氏所參較者究爲何字？沈氏既已參較又復徵引，當與己說無多異同。此訣特色在於每句最末一字皆採該韻之韻字，如「舌居中」之「中」字，即屬東鐘韻，「口開張」之「張」字，即屬江陽韻，「露齒兒」之「兒」字，即屬支思韻……，唯「十先天，在舌端」之「端」字隷桓歡韻，略有小疵而已。此外，十七、十八、十九即閉口三韻，作者若與前十六韻一樣，選用同韻字作爲口訣，在技巧上並無困難，但他採用對比法，將閉口三韻與眞文、寒山、先天相對照，如此描繪，使閉口韻形象更明顯，蓋因曲壇創作、唱唸常有開閉相混之病，作者如是提醒，頗可使作曲唱曲者對閉口韻有更顯豁之體悟。

在度曲規範中，沈寵綏對字尾收音問題，遠較字頭、字腹重視，主要因爲當時曲壇唱曲者率多「吐字極圓淨，度腔儘刓節，高高下下，恰中平上去入之竅要，閉口撮口，與庚青字眼之收鼻者，無不合呂，但細察字尾，殊欠收拾。」（〈中秋品曲〉）何以當時唱者能四聲穩協，平仄合律，但卻拙於收尾？沈氏細繹箇中原委，因而發現向來曲律專著多詳論四聲，而收音格範則鮮有論及者，於是他特別撰作〈收音總訣〉、〈收音譜式〉與〈收音問答〉予以救正，其目的在使唱曲者能「音音歸正，字字了結」，而彼尾音欠收者，亦能受其針砭。爲使論述較爲方便簡捷，茲參酌董忠司教授前揭文，將沈氏諸篇所論十九韻部之收音略加釐整而列表如后。

收　音	韻　目	擬　音
收鼻音	東鐘、江陽、庚青	-ŋ
收舐腭音	眞文、寒山、桓歡、先天	-n
收閉口音	尋侵、監咸、廉纖	-m
收「噫」音	齊微、皆來	-i
收「嗚」音	蕭豪、歌戈、尤侯、模（魚模之半）	-u
收「于」音	魚（魚模之半）	-y
開尾韻（不收音）	車遮、支思、家麻	e、ï、a

(三)〈入聲收訣〉、〈四聲宜忌總訣〉

沈寵綏〈入聲正訛考〉云：「嘗考平上去三聲，南北曲十同八九，其迥異者，入聲字面也。」蓋因北曲入聲派叶平、上、去三聲，故曲唱中南北曲字音之差異，主要在於入聲字之有無。沈氏特於此章目下註云：「宗《洪武韻》，正南曲字面。」〈入聲正訛考〉既在正南曲之訛字，則〈入聲收訣〉亦特爲南曲而撰。又《度曲須知・四聲批竅》章末，沈氏亦附有〈四聲宜忌總訣〉，訣云：「陰去忌冒，陽平忌拿，上宜頓腔，入宜頓字」。此二訣內容詳見下文。

三、善構四聲經緯圖說

「度曲先須識字，識字先須反切」，沈寵綏爲闡述反切之理，除於〈翻切當看〉一章中，撰「陰陽交互切法」與「三十六字母切韻法」略作條列式說明外，更進一步撰〈經緯圖說〉予以仔細剖析。他擔心一般度曲者不辨字母清濁，不諳唇舌之開閉合撮，但憑牙舌虛翻反切上下字，以爲可以調出正確字音，如此豈能無什一差訛！於是他發下苦心努

力鑽研韻圖之結構與箇中蘊奧，竟發現陳藎可所著《皇極圖韻》❼，中有四聲及轉音經緯之韻圖，凡有切腳轉音皆不需牙舌翻調，祇要按圖索驥，其字音即歷歷可稽，堪稱一簡徑捷法，他興奮地將此經緯圖之稽查方式以十字與曲尺之形作比喻，頗為貼切。

　　據其子沈標所言，君徵自得陳藎可《皇極圖韻》後，潛心苦思，反覆推勘，即便作者亦未能如先生般洞悉箇中奧窔，沈氏鑽研韻圖如是勤劬，卻不拘泥成文、墨守舊說，而每能與舞榭歌場之實際唱唸相互印證發明，如此理論與實際經驗相結合，終於發現他研讀多時的《皇極圖韻》，竟與實際的曲唱字音有著相當大的距離，韻書與實際語言產生隔閡，本是時空移易之常事，然製詞唱曲所用之字韻，最需與時代語言同步調，因為戲曲是一種重視觀眾共鳴的藝術，它的字音必須使觀聽者耳聞即詳，在古代無字幕設備的環境下，咬字必須與當時語言融通無礙，如此表演方可臻於圓滿境界。此外，就度曲矩矱而言，曲壇向以《中原音韻》、《洪武正韻》為準繩，而《皇極圖韻》與二韻書相稽，率多牽強未諧。原因在於《皇極圖韻》過於陳舊，非但沿襲唐韻，又雜涉六朝以來之東南土音，故其韻圖結構雖佳，卻不適用於製詞唱曲。

　　沈氏原本希望仿《皇極圖韻》之架構，融入度曲正音精神，製作〈北音韻圖〉與〈南音韻圖〉，無奈心有餘而力未逮，殊為可惜。唯其「經緯圖說」詳明闡述韻圖反切之理，於開齊合撮之呼與聲母清濁翻調之法則皆有明晰之解說，沈氏云「須將此篇說解，對閱後幅諸圖，圖所

---

❼　陳藎可（藎謨）《皇極圖韻》成書於崇禎五年（1632）。此書韻圖部分為其主要內容，「四聲經緯圖」，以聲調分圖，凡四圖，每圖橫列三十六字母，豎列三十六韻，圖末注「呼」；而「轉音經緯圖」則是「四聲經緯圖」之簡化。

難晰處，覽說自明；說猶有費解處，再循圖覆照，未有不燎如指掌矣。」
覽者若能將其「經緯圖說」與《皇極圖韻》相互參照，則於曲唱審音之
理，自可瞭然於胸中。

四、科學剖析聲韻要素

我國古代字學研究多精於訓詁而疏於聲韻，對於字音要素之分析
亦無甚貢獻。如在標註音讀方面，使用歷史最久的「直音法」與六朝盛
行至今之「反切法」雖稱便捷，但對某些音素較爲複雜之字音則欠縝密
詳備，如「簫」、「皆」等字，至少含有聲母、介音、主要元音、韻尾、
聲調等五個音素，單用反切上、下字兩個來拼註，顯得不夠細密，沈寵
綏於是發明了「字頭、字腹、字尾」的三部切音法。劉復表示「沈氏在
這一點上的見解，若用現代語音學上的眼光看去，當然還不十分圓滿；
同他以前的人比較起來，可進步得多了。」

沈氏將字音析爲三部之靈感來自度曲。他對反切之法既有正確的
理解，平居延聲曼引的拍唱，使他恍然悟知「切法即唱法」。《度曲須
知·字母堪刪》中沈氏曾詳明闡示音素結構，其文云：

> 蓋切法，即唱法也。曷言之？切者，以兩字貼切一字之音，而
> 此兩字中，上邊一字，即可以字頭爲之，下邊一字，即可以字
> 腹、字尾爲之。如東字之頭爲多音，腹爲翁音，而多翁兩字，
> 非即東字之切乎？簫字之頭爲西音，腹爲鏖音，而西鏖兩字，
> 非即簫字之切乎？翁本收鼻，鏖本收嗚，則舉一腹音，尾音自
> 寓，然恐淺人猶有未察，不若以頭、腹、尾三音共切一字，更
> 爲圓穩找捷……。

惟是腹尾之音，一韻之所同也，而字頭之音，則逐字之所換也。
如哉、腮等字，出皆來韻中，而其腹共一哀音，其尾共一噫音，
與皆來無異，至審其字頭，則哉字似茲，腮字似思，初不與皆
字之幾音同也。又如操、腰等字，出蕭豪韻中，而其腹共一麌
音，其尾共一嗚音，與蕭豪無異，至考其字頭，則操字似雌，
腰字似衣，初不與蕭字之西音同也……。

嘗思當年集韻者，誠能以頭腹尾之音，詳切各字，而造成一韻
書，則不煩字母，一誦了然，豈非直捷快事；特中多有音無字，
礙於落筆，則不能不追慨倉頡諸人之造字不備也已。

凡此皆可看出沈氏所創之字頭、字腹、字尾「三部切音法」之內
容。吾人若以現代擬音方式考察沈氏所列例字之頭腹尾三部分音素內
容，當可釐析作：

東＝多＋翁＋鼻音＝to+oŋ+ŋ　　　蕭＝西＋鏖＋嗚＝si+au+u
皆＝幾＋哀＋噫＝ki+ai+i　　　　哉＝茲＋哀＋噫＝tsĭ+ai+i
腮＝思＋哀＋噫＝sĭ+ai+i　　　　操＝雌＋鏖＋嗚＝ts'ĭ+au+u
腰＝衣＋鏖＋嗚＝i+au+u（以上諸字之擬音，參見董忠司教授前揭文。）

如此對照分析，可發現沈氏之「字頭」除聲母之外，又含介音或 i
（零聲母則以介音為字頭）；而「字腹」，包括主要元音和韻尾；唯有
「字尾」才是單音的音素，指韻尾而言。沈氏所稱「字頭」之所以不等
於聲母，蓋因單是聲母無法以漢字表示，眾所周知，借用一個字來解說
一個標音是極不方便的，因為漢字的構造原本相當複雜精緻，每一個個
別的「字」都兼含聲、韻、調等多重元素，因此採用一個複雜的、組合
式的字音，要說明一個單純的音素，自然有其莫大的侷限，即沈氏所言

「中多有音無字,礙於落筆」。其所處時代並無科學而精密的國際音標,面對標音符號缺乏的困境,他祇得竭盡所能地努力描繪分析,試圖讓習曲、唱曲的人能將字音唱正唸準。因而他的三部切音法,乍看之下似有疊床架屋之嫌,但吾人若細心研讀其行文旨趣,當不難體會箇中蘊奧,而不必拘泥於字頭必屬聲母或字腹必兼含韻尾等刻板之框架,尤其他深知「舉一腹音,而尾音自寓」,之所以特別強調字尾,主要在於「恐淺人猶有未察」,即在針砭「淺人」忽略收音口法之病。總之,沈氏雖非刻板地作「字頭—聲母」、「字腹—(介音)主要元音」、「字尾—韻尾」等對應關係,但從他的分析中,可知其已能確切掌握漢字字音具備聲母、介音、主要元音、韻尾與聲調等五個細部結構,與今人「頭、頸、腹、尾、神」之名稱實有異曲同工之妙。

綜上所論,沈氏拈示曲韻金針之道有四:一、標註音韻特殊鈐記,二、巧擬曲韻要訣問答,三、善構四聲經緯圖說,四、科學剖析聲韻要素,無一不析理透闢,闡釋詳明。另有一法最為簡易,有如童蒙識字正音般淺明易懂,即「明列字音正訛異同」。《度曲須知》下卷〈北曲正訛考〉、〈入聲正訛考〉、〈同聲異字考〉、〈異聲同字考〉、〈文同解異考〉、〈音同收異考〉、〈陰出陽收考〉、〈方音洗冤考〉諸章,皆按韻部之不同,舉什佰字例,逐字考辨其正訛異同,或正吳語、土音之訛,或考音近實異之字,或列一字而具多音現象之字,或明字形同而音義俱異者,或辨韻部近而收音異者,凡此皆在使作曲度曲者由淺入深,綜源達委,得窺戲曲音韻之堂奧,無論創作抑或表演,其用韻、咬字悉歸雅正。如此度人金針,導後學以先路,沈氏之功在曲壇自不待言。

參、南北曲字音之探研

晚明傳奇體製因兼融南北曲而得以壯盛完備，唯曲唱字音亦因南北曲交化而趨於淆溷，或以南作北而非眞北，或以北混南而非眞南。沈寵綏乃發心撰述，冀望爲南北曲字音作一番釐整，並爲曲壇樹立正音南針，其《絃索辨訛》專論北曲，《度曲須知》則論南曲亦兼論北曲，今歸納其論述旨趣釐析如次。

一、北曲宜宗《中原韻》

蒙元之世，北曲擅盛，曲壇自以北音爲天下之正音，迨入朱明，雜劇式微，傳奇以南曲爲基礎，兼又汲取北曲以爲滋養，隨崑山水磨調之風靡天下而雄峙曲壇，斯時曲作南北曲兼備，曲壇唱唸之咬字，亦因南北交化而造成莫大的激盪與沖擊。語言與聲腔兩要素原是構成我國古典戲曲藝術風格之重要特色，就實際唱演而言，語言代表戲曲之特色尤重於聲腔，故南北咬字異音，則戲曲聲情風格自能凸顯而不淆溷，清、徐大椿《樂府傳聲·北字》有云：「凡唱北曲者，其字皆從北聲，方爲合度。若唱南音，即爲別字矣。」唯北曲南漸之後，南人徒慕其雄勁悲激之聲情，然一啓口便成南腔，甚且雜涉土音，則曲雖名北而非眞北也❽。沈寵綏有鑑於此，深感歌北曲而操南音，終不免訛唱取嗤，於是

---

❽　沈德符《顧曲雜言》嘗云：「今南腔北曲，瓦缶亂鳴，此名『北南』，非北曲也。只如時所爭尚者『望蒲東』一套，其引子『望』字北音作『旺』，『葉』字北音作『夜』，『急』字北音作『紀』，『疊』字北音作『爹』，今之學者，頗能談之，但一啓口，便成南腔，正如鸚鵡效人言，非不近似，而禽吭終不脫盡，奈何強名曰北？」

乃力倡北曲用韻、咬字宜恪遵《中原音韻》，誠欲救正曲壇「以吳儂之方言，代中州之雅韻」底舊弊，如此字求正聲，腔歸本源，方不失勝國元音。故沈氏書中每每揭櫫「北曲宜宗《中原音韻》」之說，茲臚列如次：

《絃索辨訛·凡例》第一條：「顧北曲字音，必以周德清《中原韻》爲准。是集一照周韻詳註音切于曲文之下。」

《度曲須知·絃索題評》「……而釐聲析調，務本《中原》各韻……」前書〈中秋品曲〉：「……其理維何？在熟曉《中原》各韻之音，斯爲得之，蓋極填詞家通用字眼，唯《中原》十九韻可該其概。」

前書〈入聲收訣〉：「北叶《中原》，南遵《洪武》。」

前書〈收音譜式〉：「用簡《西廂》北曲，類派《中原》各韻，逐套韻腳，摘出詳列於後。」

前書〈宗韻商疑〉：「凡南北詞韻腳，當共押周韻，若句中字面，則南曲以《正韻》爲宗，……北曲以周韻爲宗。」

前書〈字釐南北〉：「北曲肇自金人，盛於勝國。當時所遵字音之典型，惟《中原韻》一書已爾，入明猶踵其舊。至北曲字面所爲，自勝國以來，久奉《中原韻》爲典型，一旦以南音攪入，此爲別字，可勝言哉！志釐別者，其留意焉。」

前書〈北曲正訛考〉下小註：「宗《中原韻》。」

沈氏何以力倡北曲必遵《中原音韻》？蓋承魏良輔「兩不雜——南曲不可雜北腔，北曲不可雜南字」之旨而立說。又北曲格律賴絃以定，

倚聲填詞之配樂方式，若將北字改作南音歌之，則音樂旋律無法與語言旋律相吻合，況南地鄉音甚夥，若不宗中原雅正之音，則流弊無窮。且德清《中原音韻》標榜「必宗中原之音」，即「韻共守自然之音，字能通天下之語」，非但「以中原爲則」，且「又取四海同音而編之」，故自成書以來，即被曲壇奉作北曲字音之正鵠，自元迄今享譽甚隆，誠如瑣非復初所稱：「德清之韻，不獨中原，乃天下之正音也。」明、王驥德《曲律》亦盛稱周韻「作北曲者守之，兢兢無敢出入。」是知北曲製作、敷唱之恪守周韻，已爲不刊之論。

　　沈寵綏倡論北曲宜宗周韻，唯周韻雖享譽甚隆，沈氏卻無緣得識眞本，只得將諸多修訂本參酌磨較，而他竟也能憑一己高超之音韻造詣，對王文璧《中州音韻》訛誤處提出質疑，並道出與周韻相吻合之正確讀音。此外，戲曲音韻原本就有與時俱變的特質，北曲流播至晚明，其語音產生若干遷變乃勢所必然之事，度曲者當凜遵周韻不違抑或盡變周韻以從俗，其間分際應如何拿捏？沈氏認爲宜以雅聽爲原則，當從則從，當變則變，既不膠瑟盲遵舊韻，亦不可隨俗而盡變程範。❾

二、南曲宜釐整雅聽

　　南曲從宋元之際的村坊小曲發展到有明一代體局大備，成爲長篇戲曲「傳奇」音樂的主體，在唱唸字音方面，自然不能如往昔里巷歌謠般採「隨心令」方式，以鄉音隨口取叶❿。然因我國語言之差異性南方

---

❾　詳參拙著《沈寵綏曲學探微》頁 102-108。

❿　徐渭《南詞敘錄》云：「永嘉雜劇興，則又即村坊小曲而爲之，本無宮調，亦罕節奏，徒取畸農市女順口可歌而已，諺所謂隨心令者，即其技與？」

遠較北方爲大⓫，而南地曲唱之聲腔又品類紛繁，南曲賴以孕育發展之
語言聲腔環境遠較北曲複雜。明中葉以降崑曲壓倒眾聲，獨步曲壇，蔚
爲全國性之戲曲藝術，而其音樂又兼融北曲以資壯大，因而在唱唸字音
方面，必然參酌許多中原雅音，方能使此藝術廣被四海，且舞臺歌場聲
口若拘守鄉音，總不免貽笑大方，故自魏良輔以降，曲家如徐渭、王驥
德、沈璟等皆有漸去方言土音之律。因爲在眾所矚目的崑曲發跡、盛行
地帶——吳方言區，即存在各種「聲各小變，腔調略同」的許多不同吐
字與唱法，以致產生何者爲「正宗」的爭議。其實，追本溯源，自然應
以人文薈萃的蘇州府及其起源地崑山、太倉爲正聲，當時曲家潘之恆於
《鸞嘯小品·敘曲》中即有一番詳明的辨析：

> 長洲、崑山、太倉，中原音也，名曰：「崑腔」，以長洲、太
> 倉皆崑所分而旁出者。無錫媚而繁，吳江柔而清，上海勁而疏，
> 三方者猶或鄙之，而毗陵以北達於江，嘉禾以南濱於浙，皆逾
> 淮之橘，入谷之鶯也，遠而夷之，無論矣！

⓫ 顏之推《顏氏家訓·音辭篇》云：「南方水土和柔，其音清舉而切詣，失在浮淺，
其辭多鄙俗。北方山川深厚，其音沈濁而鈋鈍，得其質直，其辭多古語」。周祖謨
《問學集·切韻的性質和它的音系基礎》一文曾分析道：「南人語音清切，北人語
音濁鈍，南人語多俚俗，北人語多典正。所謂『多鄙俗』者，指多方言俚語而言，
所謂『多古語』者，指多爲書記相承應用的語詞而言，這是就一般情況來說的。……
顏之推所以這樣說，當與言辭是否『清雅』、語音是否『切正』有關係。」指出南
方語言鄉音繁多，故較爲俚俗，北方語言差異性小而較典正。王驥德《曲律·雜論
上》亦云：「北語所被者廣，大略相通，而南則土音各省郡不同。」

　　潘氏表示，就行腔吐字而論，長洲（今蘇州）、崑山、太倉一帶最合雅音之格範，無錫過於媚繁，吳江顯得柔而湝，上海則又勁而疏，都不夠正宗，至於常州、武進以北及嘉興以南等地則屬吳語區邊緣地帶，所唱的崑曲已是「逾淮之橘，入谷之鶯」而逐漸走樣了！潘氏此評頗爲中肯，即以聲調而論，無錫有八個，上海五個，吳江有八到十一個之多；至於蘇州、崑山、太倉則有七個聲調⓬，不致過繁或過簡，且四聲皆備，清濁兼具，頗能體現南曲之特色。另外要強調的是，崑曲雖以長洲、崑山、太倉之音爲正，但並非以此三地之方音爲準，潘氏早已明白指出蘇州諸地因爲講究「中原音」，故被曲壇唱唸奉爲圭臬。

　　而此「中原音」究竟該如何掌握，才能合乎博雅大方？南曲畢竟與北曲不同，不能將周德清《中原音韻》囫圇接承，在語言腔調上自有其南方語言之特色，誠如王驥德所言「周之韻，故爲北詞設也，今爲南曲，則益有不可從者，蓋南曲自有南方之音，從其地也。」若步趨於北音，尤其四聲少卻入聲，則失其本色，使「聽者不啻群起而唾矣！」南曲的唱唸字音，既要取則中原之雅音以去鄉音，又得兼顧本身語言特色以展現南曲風味，無怪乎深諳曲理的沈寵綏要感嘆「南之謳理，比北較深」！

　　首先，入聲字調之凸顯允爲南曲唱唸特色之一。當時曲壇尚未出現一部專爲南曲而設之韻書，沈寵綏雖明言「北叶《中原》，南遵《洪武》」，然其〈入聲收訣〉末尾亦指出《洪武正韻》原不爲填詞度曲而設，且其中頗多音路未清之現象，故沈氏特撰〈入聲收訣〉作爲南曲入

⓬　詳參趙元任《現代吳語的研究》、詹伯慧《現代漢語方言》頁 109-122 及張拱貴〈關於吳江方言的聲調〉一文。

聲咬字之準則。茲將《洪武正韻》、清代沈乘麐《曲韻驪珠》（我國第
一部爲南北曲而設之韻書）與沈寵綏〈入聲收訣〉各韻部主要元音之擬
音及其派叶北曲之韻目臚列如次❸。

《洪武正韻》	《曲韻驪珠》	沈氏歸韻之擬音	沈氏入聲派叶之北曲韻目
屋	屋讀 oʔ.uoʔ.yoʔ	uʔ	魚模
質	質直 iʔ	iəʔ	齊微
緝			
藥	約略 ɔʔ.uɔʔ.iɔʔ	ɔʔ	蕭豪
陌	拍陌 æʔ	æʔ	皆來
屑	恤律 yeʔ	ɛʔ	連遮
葉	屑轍 iɛʔ.yɛʔ.ɛʔ		
曷	曷跋 əʔ.uəʔ	oʔ	歌戈
合			
轄	豁達 aʔ.uaʔ.iaʔ	aʔ	家麻

　　由此表可窺知《洪武正韻》之分韻與舊韻書較接近，稍嫌繁細且
脫離日常生活語言；《曲韻驪珠》雖略寬，然其「屑轍」韻特分出「恤
律」一韻，分韻誠然精細，唯曲壇實際唱曲經驗中，大抵未嘗如此細分。
足見沈氏〈入聲收訣〉洵與舞臺曲唱之實際情形較爲吻合。

　　其次，北曲僅平聲分出陰陽而已，南曲則更有陰去、陽去、陰入、

---

❸　《洪武正韻》入聲十部擬音可參董同龢《漢語音韻學》頁 73 與應裕康〈洪武正韻
　　韻母音值之擬訂〉；《曲韻驪珠》各韻部擬音可參拙著《曲韻與舞臺唱唸》頁 23-
　　-29；沈氏入聲之歸韻，則由筆者參酌其〈入聲收訣〉與〈入聲正訛考〉所論試擬
　　而成。

陽入之分，度曲者不僅須四聲分明，更得留心聲母之清濁異同。如「通」
不可唱成「同」，「丘」不可唱成「求」；「凍」不可訛作「洞」，「貝」
不可訛作「被」；「篤」應與「獨」異，「百」應與「白」異，凡此皆
清濁有別，作曲唱曲者宜審音辨字而不可相互訛混。此外，雅部崑曲之
咬字最忌攙入鄉音，魏良輔《南詞引正》第十七條、徐渭《南詞敘錄》、
王驥德《曲律・論閉口字》等皆嘗提及吳地鄉音之病，沈寵綏《度曲須
知・鼻音抉隱續篇》亦指出「書、住、朱、除」宜撮口，而蘇音不正；
「裙、許、淵、娟」四字亦讀撮口，而吳興土音誤讀齊齒；庚青韻宜收
舌根鼻音，唯蘇音每犯舐腭，即誤唱成舌尖鼻音而歸眞文韻；至於閉口
字，姑蘇全犯開口，……足見南地鄉音紛紜不類，曲唱雖以崑山爲正聲，
而蘇音中有乖中原雅音處，亦宜加以釐整、去其訛陋，方能臻於博雅大
方之境界。

肆、四聲腔格之配搭

　　在我國單音節的語言特質裡，每個字音本身就蘊含抑揚頓挫的自
然旋律，因而具有相當高的音樂性。如平上去入四聲若再各分清濁，則
有八調以上之多，而每個字調各有其腔格與口法，或飛沈低昂，或吞吐
收放，其音聲之迭代，若五色而相宣，使整個語言旋律變得鏗鏘有致、
繁複多姿。古典戲曲既擁有如是豐厚的語言基礎，在唱唸或譜腔上，自
然要求語言旋律與音樂旋律能密切配合，如此作曲者不舛律，唱者不拗
嗓，聽者當然也就能「耳聞即詳」，不至於會錯音義了。故自元代以來，
周德清即有「歌其字而音非其字」等鈕折嗓子之戒，宋沈義父（伯時）
《樂府指迷》、明王驥德《曲律》、沈璟《正吳編》等，亦嘗於四聲應

有之腔格與唱法作一番探研。沈寵綏踵繼前賢之說，特於《度曲須知・四聲批窾》一章中，詳明闡述平上去入四聲之不同配腔、唱法與禁忌，其所論四聲腔格，頗具承先導後之功，誠爲崑曲度曲理論之重要代表，茲將其說鳌述如次：

一、平聲腔格

平聲宜體現「平道莫低昂」之腔型，王驥德《曲律・論平仄》謂「平聲尚含蓄」意即在此，世又稱「平有提音」，皆指出平聲腔格舒緩和平之特色。周德清《中原音韻》將平聲分出陰陽，對明代曲家頗具啓發作用，沈寵綏即承繼前人之說，並積累豐富之度曲經驗，對陰陽平之腔格作深入而細密之剖析，其文云：

> 若夫平聲自應平唱，不忌連腔，但腔連而轉得重濁，且即隨腔音之高低，而肖上去二聲之字，故出字後，轉腔時，須要唱得純細，亦或唱斷而後起腔，斯得之矣。又陰平字面，必須直唱，若字端低出而轉聲唱高，便肖陽平字面。陽平出口，雖縣低轉高，字面乃肖，但輪著高徵揭調處，則其字頭低出之聲，簫管無此音響，合（原註：叶葛）和不著，俗謂之『拿』，亦謂之『賣』，
>
> （原註：若陽平遇唱平調，而其字頭低抑之音，原絲竹中所有，又不謂之拿矣。）
>
> 最爲時忌。然唱揭而更不『拿』不『賣』，則又與陰平字眼相像。此在陽喉聲闊者，摹肖猶不甚難，惟輕細陰喉，能揭唱，能直出不『拿』，仍合陽平音響，則口中剙節，誠非易易。其他陰出陽收字面，更能簡點一番，則平聲唱法，當無餘蘊矣。

　　說明平聲腔格舒緩和平，其旋律縱有低昂之致，但絕無上下抗墜、顛落分明等突兀之腔型，因而講究溫婉閒雅、流潤悠長的水磨曲唱，遇到平聲時，不管如何轉腔，都得唱得純細而不可重濁。陰平字必須直唱，不可隨便由低翻高，以免與陽平相混；而陽平字若遇到高腔，唱時既不能如陰平般直接唱高，須在出口唱字頭時先發低出之聲，才符陽平腔格，但又不能與簫管不合（搭不上笛子），露出「拿」、「賣」的歌唱破綻。沈氏認爲這種陽平唱法，對陽喉聲闊者處理起來還不算難，但對輕細陰喉者而言則不容易。其實唱者雖是細喉，但若能掌握陽平字出口即唱濁聲母之特點，則腔雖高，亦不難達到沈氏之要求，如《牡丹亭·遊園》一齣，即屬輕細陰喉之旦角唱口，其中〔步步嬌〕「裊晴絲吹來閒庭院，搖漾春如線」句之「晴、來、閒、庭、搖、如」等字皆屬陽平，出口時若能發濁聲母字音，則既合律而又不「拿」不「賣」，其中「晴、閒、庭」三字再強調送氣音，則可合陰出陽收之規範。後代曲家如清·徐大椿《樂府傳聲》、王德暉、徐沅澂《顧誤錄》與近代王季烈《螾廬曲談》之論平聲腔格，其承繼沈氏之遺意至爲明顯。

二、上聲腔格

　　古人謂「上有頓音」，王驥德稱上聲「促而未舒」，沈璟云「遇上聲當低唱」，對上聲腔格之描繪皆頗簡略，事實上，上聲是否都得低唱？而「頓音」又是怎樣的口法？前賢皆未嘗細論，沈寵綏爲度人金針而不厭其詳地作如下解析：

　　　　上聲固宜低出，第前文間遇揭字高腔及緊板時，曲情促急，勢
　　　　有拘礙，不能過低，則初出稍高，轉腔低唱，而平出上收，亦

肖上聲字面。古人謂去有送音,上有頓音。送音者,出口即高
唱,其音直送不返也;而頓音,則所落低腔,欲其短,不欲其
長,與丟腔相倣,一出即頓住。夫上聲不皆頓音,而音之頓者,
誠警俏也。

指出上聲字向來都譜成低腔,今考諸舞臺盛演不輟之《牡丹亭·遊園》
〔皂羅袍〕曲牌「原來奼紫嫣紅開遍,似這般都付與斷井頹垣。良辰美
景奈何天,賞心樂事誰家院。朝飛暮捲,雲霞翠軒,雨絲風片,煙波畫
船,錦屏人忒看的這韶光賤。」其中上聲字除「錦」、「美」二字略高
之外,其餘「紫、井、景、賞、捲、與、雨」等字皆譜低腔。但若遇到
揭字高腔及緊板曲,在情勢上不能過低時,則只好採初出稍高而轉腔即
又低唱的「平出上收」方式,如〈遊園〉中杜麗娘一出場所唱的〔遶池
遊〕「夢回鶯囀」之「囀」字,即採初出稍高,轉腔後乃歸低唱方式,
蓋因前一字「鶯」屬陰平,譜腔略高之故;又〈尋夢〉〔江兒水〕「便
酸酸楚楚無人怨」之「楚楚」二字,則因節拍較緊促,故亦採「平出上
收」之方式。

　　至於所謂「頓音」,即是一出腔即頓住,自清代以降,曲壇率以
「霍腔」名之,今多作「嚯腔」,嚯者,吞也,俗稱「落腮腔」。如〈遊
園〉〔皂羅袍〕「雨絲風片」之「雨」字,宮譜為「合工」,唱時作〔5̇30〕;
〔步步嬌〕「怎便把全身現」之「怎」字,宮譜為「六工六五」,唱時
作〔53056〕。此外,誠如沈寵綏所言「上聲不皆頓音」,除上述頓腔
之外,曲壇另有「啍腔」亦屬上聲之特殊口法,其他平、去、入三聲切
不可用。啍者,揭高也,即上聲在出口唱低腔時,先發出較第一個工尺
高出八度左右的音,再順勢滑下接唱本音,過腔時以轉無磊塊為上。如

〈遊園〉〔醉扶歸〕「艷晶晶花簪八寶瑱」句之「寶」字，「怎便把全身現」句之「把」字即是。

三、去聲腔格

去聲具有「清而遠」、「分明哀遠道」之特質，故曲壇向以「發調」稱之。古人謂「去有送音」，王驥德言「去聲往而不返」，沈璟云「遇去聲當高唱」，沈寵綏董理前賢之說，亦云「送音者，出口即高唱，其音直送不返也。」此外，當時范善溱（昆白）所著《中州全韻》（1631）將去聲分出陰陽，此一發現隨即反映於曲壇唱唸字音之講究，沈寵綏特於〈四聲批竅〉中詳細分辨陰去與陽去唱法之異，其文云：

> 昔詞隱先生曰：「凡曲去聲當高唱，上聲當低唱，平入聲又當酌其高低，不可令混。」其說良然。然去聲高唱，此在翠字、再字、世字等類，其聲屬陰者，則可耳；若去聲陽字，如被字、淚字、動字等類，初出不嫌稍平，轉腔乃始高唱，則平出去收，字方圓穩；不然，出口便高揭，將被涉貝音，動涉凍音，陽去幾訛陰去矣。

指出陰去字如翠、再、世、貝、凍等可直接高唱，陽去字如被、淚、動等字則不可馬上揭高而唱，須採「平出去收」方式，即平出之後，轉腔乃可高唱，方不致與陰去訛混。此外，沈氏〈四聲宜忌總訣〉另有「陰去忌冒」之禁格，蓋因曲壇能體現去聲口法的是「豁腔」；傳統唱譜用上滑音「ノ」表示，豁腔因非主腔，故宜虛唱，而在上滑與轉腔而下之間，唱者若把握不好，容易發出飄忽不定，不合簫管之怪音，故沈氏獨

揭「陰去忌冒」之說，以爲度曲者戒。

四、入聲腔格

南曲入聲唱法，每以戛然唱斷體現其「短促急收藏」之本色，故「斷腔」爲入聲之主要腔格。芝庵〈唱論〉所謂「停聲待拍」，當係斷腔口法，王驥德稱入聲「逼側而調不得自轉」，沈寵綏言「入宜頓字，一出字即停聲」，又云「凡遇入聲字面，毋長吟，毋連腔，出口即須唱斷。至唱緊板之曲，更如丟腔之一吐便放，略無絲毫粘帶，則婉肖入聲字眼，而愈顯過度顛落之妙；不然，入聲唱長，則似平矣，抑或唱高，則似去，唱低則似上矣。」斷腔在實際拍唱時講究前音實唱，一吐即放，後音則須虛唱，一帶而過，如〈琴挑〉〔懶畫眉〕「傷秋宋玉賦西風」之「玉」字，宮譜作「工合」，宜唱成〔3 0 5〕；而〈遊園〉〔醉扶歸〕「沈魚落雁」之「落」字，宮譜作「四 上尺」，宜唱成〔6 0 1 2〕。

綜上所述，沈寵綏之論四聲腔格，非但能踵繼前賢論述精華，亦能有新見發明，並作深入剖析，爲後來徐大椿、王德暉、徐沅澂、王季烈等曲壇諸名家奠下厚實之基礎，使清代以降之舞臺唱唸口法益發顯得繁複增彩、曼妙多姿❶。

伍、結論

沈寵綏秉絕高之音韻造詣，以豐贍之度曲經驗，遠承周德清戲曲

---

❶ 清代以降曲壇十餘種唱腔口法與平上去入四聲之配搭關係，詳參拙著《曲韻與舞臺唱唸》頁193-205。

派語音學之開拓遺緒，博采前賢論曲精粹，於戲曲聲韻、口法之闡發，誠足示曲苑以楷則，導後來之先路，在我國戲曲史上自有其不可磨滅之功績。唯學術之推進，每因前修未密、後出轉精而得以日新又新。沈氏所論，間有若干見解值得修訂與商榷處，本文亦嘗試予以辨析。

一、曲學之貢獻

沈寵綏心性靈慧，酷嗜音律，抱持一份發皇曲學曲理的使命感，他釐音榷調，詳辨腔譜，所著《絃索辨訛》、《度曲須知》允為曲壇正音南針。茲略論其曲學之貢獻厥有數端：

㈠明示曲韻金針

沈氏對戲曲音韻之發皇深具使命感，唯聲韻之學向被視為僻奧深渺，於是他發心架構一套既科學而又有系統的簡明方法，在《絃索辨訛》中，他以六種鈐記符號將易訛之字特加標註，有如童蒙識字般可讓度曲者逐字記認；《度曲須知》則進一步科學而整飭地分析音韻，如巧擬曲要訣問答，善構四聲經緯圖說，科學剖析聲韻要素，明列字音正訛異同等，從淺及深，由源達委，採用通俗而訓詁式的論述方式，將戲曲音韻學作明晰而實用之闡釋。

㈡樹南北字音楷式

傳奇於有明一代隨崑山水磨調之風靡天下而雄踞曲壇，斯時曲作南北兼備，曲壇唱唸之字音，因南北交化而造成莫大的激盪與沖擊，如此南北淆溷，貽笑方家，甚且攔入鄉音，殊乖大雅，種種訛唱取噬現象莫由救正。北曲固以遵周韻為原則，至於南曲自有其與生俱來之地域特色，四聲清濁分明，與北曲之入派三聲迥不相類，沈氏《度曲須知》曾有多章反覆推勘辨正。在兼論南北曲音時，〈字釐南北〉之析辨尤為透

關，如南北殊音、南北可同可異音以及當時曲壇「本音」與「俗唱」等情形，沈氏皆詳列數十字例予以紀實、辨明。

㈢發南北唱法精蘊

明傳奇聲腔之主流——崑曲，因其文學體製與音樂體製皆極謹嚴而精緻，唱法亦頗爲考究，須謹守魏良輔所揭櫫之「曲有三絕」——字清、腔純、板正，即咬字穩正，不悖四聲腔格；行腔規矩，不逞怪腔以譁眾取寵；節奏緩急得宜，不可師心紊亂尺寸。魏良輔《南詞引正》第十三條云：「過腔接字，乃關鎖之地，最要得體。有遲速不同，要穩重嚴肅，如見大賓之狀，不可扭捏弄巧。」而過腔接字該如何安排遲速不同的尺寸，才算得宜？怎樣的吐字做腔是犯了扭捏弄巧的毛病？魏氏皆僅揭示大原則而已，至其細部內容則未遑深論，其他曲家亦鮮論及。唯獨沈氏能別開堂奧，邁越前賢，作一番科學翔實之探討與說明。〈字頭辨解〉云：「予嘗刻算磨腔時候，尾音十居五六，腹音十有二三，若字頭之音，則十且不能及一。」一字之頭、腹、尾所占時間比率如是分派，則切出來的字音才自然、清楚而有餘味。又該章嘗提及中唱曲者有時爲了扭捏弄巧，著情賣弄，會把「字疣」誤作「字頭」。事實上，字頭爲時雖短，唱時最要謹慎，萬不可含糊混過，因爲它對字音具有重要的辨義作用；字疣則是唱者故意作態而附加在字頭之前的贅音，兩者差之毫釐，失之千里，一爲雅而正，一則俗而誤，故不可不辨。〈收音問答〉亦指出：

> 今人每唱離字、樓字、陵字等類，恆有一兒音冒於其前。又如唱一那字，則字先預贅一舐腭之音，俗云「裝柄」，又云「摘鉤頭」，極欠乾淨，此又可名曰「字疣」，不可誤認爲字頭也。

「離」字應唱「li」，「那」字應讀「na」；若「離」字唱成「əli」，「那」字唸作 [ŋa]，此乃唱曲者故作姿態，而在字頭前另外加上贅音，這種特別作態的咬字，在沈寵綏所處的明清時期有，劉復的民國初年也有，就是目前曲界亦不乏其例，演員爲招徠觀眾，過份譁眾取寵，終將失卻雅正風範。此問題雖小，但頗可爲梨園歌場深以爲戒。

綜上所述，沈氏由於深切體認音韻知識對度曲之重要性，而劻切道出「蓋切法，即唱法也。……精於切字，即妙於審音，勿謂曲理不與字學相關也。」（〈字母堪刪〉）其所論曲理乃能鞭辟入裡，非但能踵繼前賢論述精華，更能有新見發明，洵爲後世曲學之研究奠下厚實基礎，亦有裨於戲曲音韻學科之建立。

二、曲學商榷處

沈氏曲學可待商榷處，如論「元人以塡詞制科」、「詞曲先有北後有南」等，筆者已有專文評述，故不贅及❶，本文但就其論戲曲音韻而或可商榷者予以辨析如次。

㈠「凡南北詞韻腳當共押周韻」質疑

明代曲壇南北曲各因其與生俱來的地域、劇種特色，而在創作用韻與唱唸字音上，各有不同之準則。北曲自周德清撰曲韻嚆矢──《中原音韻》以來，已具型範，故北曲無論創作或唱唸之審音辨字，皆當凜遵周韻不違。至於南曲押南韻本屬理所當然之事，然而自沈璟倡押周韻以降，明清曲家雖撰南曲，亦取《中原音韻》以爲矩矱，其原因除了明清多數曲家誤以爲南曲係北曲之變，故以襲用北韻爲常等觀念影響之

---

❶　詳參拙著《沈寵綏曲學探微》頁 159-168。

外,有明一代迄清朝中葉,曲壇並未出現一部南曲專用之韻書當是最大原因。而《洪武正韻》除編輯體例非爲戲曲而設外,亦存在不少土音,音路未清,歸屬不明,不符合戲曲檢韻之要求,沈寵綏之所以提出「凡南北詞韻腳當共押周韻」,實乃不得已之折衷派觀點,而非不刊之論。但沈氏如此明言南曲韻腳當押周韻,誠有貽誤後學之虞,事實證明,倡導南北曲當共押周韻之「中原音韻派」,自明萬曆以後到清代傳奇鼎盛期始終佔上風,即如乾隆年間雖出現第一部南曲韻書——《曲韻驪珠》,將入聲韻部獨立,作者沈乘麐亦苦心孤詣地仔細釐析南北曲音之異,然而整個曲壇除了歌場清謳與舞臺唱演者取以爲正音南針之外,一般戲曲作家仍舊拿《中原音韻》來湊合使用。余恐爾後習曲者受沈寵綏折衷派說法影響,致習訛而傳訛,故特拈出予以辨明。

(二)閉口字音誤標

　　沈寵綏對開閉口字音之辨極爲審愼,但卻在《度曲須知·字母堪刪》後所附「尋侵」韻字偶有失誤,即此韻目下沈氏雖註明「俱收閉口音」,但卻以「恩」字作反切下字,致遭毛先舒所譏❶。當時曲壇若有將閉口字誤作開口者,曲家莫不斷斷然直指其誤,就連有「度曲申韓」之稱的沈璟,偶而失誤也不能例外,如沈寵綏〈宗韻商疑〉即指出「簪,本尋侵字眼,《正吳編》兼列眞文韻,與尊字同音,是閉口字混入開口韻矣。珊,本寒山字眼,《正吳編》謂闌珊之珊則叶三,是開口字反混

---

❶　毛先舒《聲韻叢說》云:「《度曲須知》一書,可謂精於音理,但〈字母堪刪〉論後,總括十九韻頭腹,凡例侵尋法當閉口,則侵宜作妻音切,鍼宜作知音切,深宜作施音切,欽宜作欺音切,金宜作饑音切,今凡宜用音字者,俱用恩字,是不閉口而抵齶矣,亦其漏也。」

入閉口韻矣。」然而君徵究竟秉性溫厚，下文隨即道出：「細查《正韻》，初無此等音切，而詞隱云爾，豈其有錯謬者乎？抑豈災木者之誤筆歟？予之集是編也，自揣頗覺精當，乃詞隱尚以正訛致訛，則予失簡處，或亦不少，惟後之君子正之。」沈璟當時自揣《正吳編》頗爲精當，故名「正吳」，意在正吳音之訛，殊料竟乃致訛，恐付梓時手民誤刻所致，君徵爲此悚然警焉，恐己作亦有失簡處。觀先生釐音權調之勤劬，考字辨腔之精詳，尙且兢兢若此，今余翕然披覽先生全書，其所論閉口字音，亦唯此處偶誤而已，抑豈災木者之誤筆歟？余不敏，失簡必多，思之得無懊乎！

《聲韻論叢・第九輯》
聲韻學學會主編　頁289～310
臺灣學生書局　　2000 年 8 月

歌仔戲與現代詩的音律問題

雲惟利*

壹、引子

　　去年十月，參加「臺灣新加坡歌仔戲的發展與交流研討會」，寫了一篇文章〈歌仔戲韻轍〉。因爲要給歌仔戲擬訂韻轍，便看了一些戲文，於是，對歌仔戲有了一些瞭解。

　　研討會的論文中，有王振義先生的〈樂合詩與詩合樂的交叉運用〉一篇。文中有一段話說：

> 歌仔戲的唱調籠統而駁雜，很多歌唱精神和美感價值觀念迥異、甚至互相衝突的唱調同時並存。例如有些唱調（如七字調）根本沒有一定的音樂曲調，它的美感價值建立在音樂與語言的諧合關係上；有些唱調（如所謂「變調仔」）則處於另一極端，以固定不變的曲調套唱不同的歌詞，它的美感觀念是音樂與語言各行其是，音樂美與詩詞美常常處於「打架」狀態中；……

*　　南洋理工大學

歌仔戲的發展恰恰與盲目西化的歷史相平行，既乏知識階層參
與，藝人在西化的狂流中，自是不免價值錯亂的漫隨西化去，
變調仔就是在這樣的背景下產生；而歌仔戲的核心唱調，演唱
技藝日漸衰落。❶

這段話提出了兩個重要的問題。一個是，歌仔戲的音樂和唱詞的配合問
題；一個是，歌仔戲的西化問題。這兩個問題，也正是現代詩歌所面對
的問題。

　　詩歌和音樂原本是二位一體的。音樂可以使詩情更加激越，感人
更深；詩歌因音樂而更易於流傳。戲曲也正是如此。所以第一個問題極
其重要。

　　歌仔戲起於山野歌謠，原本十分純樸。可是，在西化風氣日趨嚴
重時，也難免受感染而變樣了。自鴉片戰爭以來，中國文化的各個方面
都受到外來的衝擊，以至於日漸沒落。歌仔戲的命運也正如此。所以第
二個問題也很重要。

　　由歌仔戲聯想到現代詩歌。這兩個問題也緊繫著現代詩歌的命
運。現代詩的音律問題與西化問題是連在一起的。

貳、歌仔戲、現代詩與音樂

　　王振義先生回顧中國詩歌的歷史，把詩歌產生的方式分為「樂合
詩」與「詩合樂」兩種。他說：

---

❶　　見文中第 2 頁緒論。

歌謠產生的過程是先有「謠」（美化的語言，詩之屬），然後依語言聲調的高低長短抑昂頓挫，合以相對應的音樂曲調來唱。這種以「音樂」來應合「語言」的過程，我們稱為「樂合詩」。「樂合詩」過程相等於西洋的作曲觀念。

但是漢民族自古就時興「按樂填詞」的歌唱方式。「按樂填詞」就是依舊的樂調，填上新的歌詞來唱。各時代眾多的詩、詞、曲，都可說是「樂填詞」的產物。先有歌詞再有音樂產生過程的歌樂（歌謠），產量相對的顯得微乎其微。……

臺灣唸歌藝人創制的歌唱理念，正好與古來的歌唱理念相同，並不就意味歌仔藝人受古人或其他方言族群的理念影響有以致之，毋寧說，這是文化生發的普同現象：怎樣特性的語言，自然產生怎樣特性的詩詞，有怎樣特性的詩詞，自然產生怎樣的歌唱美感觀念和音樂風格。……

士大夫階層訂定詩律、詞律、曲律的目標是「詩合樂」，就是「按樂填詞」時，需要安排詩詞的語言聲調，以與音樂曲調諧合一致。「詩合樂」主張，正好與自古以來民間百姓「樂合詩」——安排（改變）音樂曲調以與語言聲調諧合一致——的理念反道而行。❷

---

❷　見文中第 4、5 及第 11 頁。王先生還有幾篇討論歌仔戲和詩與樂的文章，如〈語言聲調和音樂曲調的關係〉共四篇，刊於《臺灣風物》1983 年第 33 卷第 4 期，1984 年第 34 卷第 1 期及第 3 期，1998 年《民俗曲藝》第 51 期；〈從歌仔調的歌唱特色談樂合詩與詩合樂的歌唱傳統〉，刊於《復興劇藝學刊》1997 年第 20 期。

這番話很有見地。上古的詩歌,以《詩經》中所見的詩篇來說,國風便是歌謠,屬於以樂合詩的詩篇,雅頌是文士所作,屬於以詩合樂的詩篇。這是中國詩歌歷史上兩條並行的路子。從先秦到南北朝,流傳下來的詩篇中,以民間歌樂爲多,文士所作爲少。文士所作大抵以仿歌謠開始,而後漸遠離歌謠。

六朝是一個轉折的時期。在這以前,翻譯佛經的人發明了反切。到了六朝時候,文士把這種分析語音的技術用來建立詩歌的韻律體制。以詩合樂的辦法自此逐漸通行,而文士的詩篇從此漸多。文學史上所論及的六朝以後的詩歌,便幾乎全都是文士所作的了。並非六朝以後無歌謠,只是從這個時候起,文士掌握了詩歌發展的命脈,欣賞高格調的詩篇,而以民間歌謠爲卑下,不再重視。所以,依文獻中所見,六朝以前主要爲民間詩歌,六朝以後主要爲文士詩歌。

以樂合詩,樂可以自由變化以適合詩,詩可以不變;以詩合樂,則樂已定型,只能變化詩來適合樂。一般文士,長於文字而短於音樂,所以,把音樂曲調定型,按譜填詞,較便於遵循。雖然這定型未必就十全十美,然便於傳授運用,詩律因此形成,而文士詩歌,也因此發達。後來的詞曲也都因此而有定譜,而後世文士多按譜填詞,卻未必知道詞曲如何歌唱。所以,詩律定型之時,正是詩歌脫離音樂之始。詩律日漸變成以語言文字的音律來替代音樂的曲調和旋律。於是,詩變而只可以吟誦了。要歌唱,便得另外譜曲。

現代詩以打破詩律開始。連詩律都不要了,更無論音樂。

五四時期的新文學運動,對中國傳統文學的衝擊十分重大,把中國文學的傳統,幾乎連根拔起。在常見的四種文學體制中,詩歌、小說、戲劇幾乎都面目全非了。其體制與寫法均來自西洋。只有散文還可以看

到一點傳統的影子。周作人說：

> 現代的散文在新文學中受外國的影響最少，這與其說是文學革
> 命的，還不如說是文藝復興的產物，……我們讀明清有些名士
> 派的文章，覺得與現代文的情趣幾乎一致，但如明人所表示的
> 對於禮法的反動則又很有現代的氣息了。❸

散文的形式改變最少。大抵因為散文依說話來寫，而說話畢竟還有老規矩可以遵循。不過，這也不盡然。現代散文的語言還是受了外來的影響，而不同的作家，所受影響的大小也不一樣。受影響較大的人，說起話來，便難免帶著洋腔了。現代作家中，這一類人物似乎並非少數。

現代小說的體制和寫法，不同於傳統小說。不過，小說重在說故事，所以，古今小說還有相通的地方。戲劇重在表演，現代戲劇和傳統戲劇之間，便大異其趣了。至於詩歌，在四者之中，所受影響最大。現代詩與傳統詩之間，幾乎完全斷了關係。

本來，求新求變是事務發展常有的事。文學的體制也是如此。回頭看中國文學史，文學體制改變，也是常有的事。舊的體制改變後，新的體制隨即形成，而定型。這固定的形制，易為作者與讀者所接受，有助於文體之發達。

現代文學中，話劇的形制最顯而易見，較易把握。小說的形制雖不及戲劇明顯，變化也較多，但是，因為小說重在說故事，也有規矩可以遵循。加以這種文體自身有其吸引人的地方，所以，小說較其他文體

---

❸　見趙家璧《中國新文學大系》第六集序文第 7 頁。香港文學研究社版。

易於發達。白話詩的形制雖然也自西洋傳入，但是，提倡的人只注重自由體。所謂自由體，並無固定的形制，以無規矩爲規矩。這於作者，固然方便，然因無形制可以遵循，反而不易表現，讀者也就不易接受了。也因此，白話詩始終難於發達。

　　詩歌發達原本是中國文學的傳統，不止是唐詩發達，其他各個朝代的詩歌，也都很發達。可是，這個傳統在新文學運動之後斷絕了。在新文學的各種文體之中，詩歌最不發達。照理說，白話詩之於現代，應較古典詩之於古代更易於普及才是，而實際並不如此。

　　現代詩歌不發達的原因很多，其中，音律應很有關係。

　　歷代詩歌都重格律。其間或嚴或鬆，代有變化。詩藉格律而有形制可以遵循，更藉音樂而普及，並由此而發達起來。現代詩歌或無格律，或有格律而沒有定型，而與音樂的關係很遠。這或就是現代詩歌難於發達的原因了。

參、現代詩、歌謠與詩律

　　一九一七年一月，胡適在《新青年》雜誌第二卷第五期上發表他的文學改良主張《文學改良芻議》。文中提出改良文學的八件事：

　　　　一曰，須言之有物。

　　　　二曰，不摹倣古人。

　　　　三曰，須講求文法。

　　　　四曰，不作無病之呻吟。

　　　　五曰，務去爛調套語。

六曰，不用典。

七曰，不講對仗。

八曰，不避俗字俗語。❹

這八件事，主要針對古詩。其中，四、五、六、七這幾項主要就講詩歌改良。胡適當時的想法是：

> 我在幾年前曾做過許多白話的議論文，我深信白話文是不難成立的。現在我們的爭點，只在「白話是否可以作詩」的一個問題了。……待到白話征服這個詩國時，白話文學的勝利就可說是十足的了，所以我當時打定主意，要作先鋒去打這座未投降的壁壘：就是要用全力去試做白話詩。❺

所以，胡適當時所要改良的主要是詩歌。而詩歌改良，首在格律。他主張打破傳統詩的格律，解放詩體，以西洋的無韻體自由詩來代替。平仄和押韻都不重要，只須語氣的自然節奏與字音和諧便可。他說：

> 詩的音節全靠兩個重要分子：一是語氣的自然節奏，二是每句內部用字的自然和諧。至於句末的韻腳，句中的平仄，都是不重要的事。❻

---

❹ 見《中國新文學大系》第一冊，第 62 頁。香港文學研究社版。

❺ 見同上，〈逼上梁山〉一文，第 49 頁。

❻ 見《中國新文學大系》第一冊，〈談新詩〉，329 頁。

胡適也嘗試寫他心目中的新體詩，並結爲一集名《嘗試集》。雖然胡適主張打破傳統詩的格律，可是他自己試作的詩，還是用傳統詩的格律，有些還是按照詞牌來填寫的，只是詩的語言依據口語。詩語淺白是他的詩新的地方。不過，傳統詩的語言往往也近於口語。並不是到了胡適的時候才這個樣子的。胡適所提倡的自由詩，破壞了詩與音樂的傳統關係。詩的語言又完全依據口語。這樣一來，除非內容意境特別高，否則便淡而無味，一無是處了。自由詩往往因此而爲人詬病。胡適的嘗試，無論贊成還是反對新文學的人，都沒有什麼好評。反對的人如胡先驌說：

> 嘗試集之價值與效用，爲負性的。❼

贊成的人如成仿吾說：

> 嘗試集裏本來沒有一首是詩。❽

就詩論詩，胡適的《嘗試集》不算很成功，而且，也沒有完全實踐他自己的主張。不過，胡適提倡的自由詩，對當時詩壇的影響倒是很大的。而對於初學寫詩的人的影響，似乎壞處遠遠大過好處。因爲寫詩可以跟說話一樣，不必格律，變成輕而易舉的事。這樣子寫出來的詩，往往不像詩，全無詩意。這於作者固然易作，而讀者卻不易接受。新詩也就走

---

❼　見《中國新文學大系》第二冊，〈評嘗試集〉，305 頁。。
❽　見同❷，〈詩之防禦戰〉，329 頁。

向末路了。

　　胡適的主張，當時新詩界，也有人很不以爲然。例如朱湘就說：

> 　　自從新文化運動發生以來，只有些對於西方文學一知半解的人
> 憑借著先鋒的幌子在那裡提倡自由詩，說是用韻猶如裹腳，西
> 方的詩如今都解放成自由詩了，我們也該趕緊效法，殊不知音
> 韻是組成詩之節奏的最重要的分子，不說西方的詩，如今並未
> 承認自由體爲最高的短詩體裁，就說是承認了，我們也不可一
> 味盲從，不運用自己獨立的判斷。我國的詩所以退化到這種地
> 步，並不是爲了韻的束縛，而是爲了缺乏新的感興，新的節
> 奏。❾

朱湘和徐志摩及聞一多都提倡格律詩。不過，彼此的見解並不相同。現
代文學史上稱他們爲格律詩派，而以聞一多的主張最爲分明。聞一多
說：

> 　　詩的實力不獨包括音樂的美（音節），繪畫的美（詞藻），並
> 且還有建築的美（節的勻稱和句的均齊）。❿

聞一多所說的音樂的美、繪畫的美、建築的美，用來衡量傳統詩，也相

---

❾　見蒲花塘、曉非編《朱湘散文》上集《說譯詩》212 頁。北京中國廣播電視出版社
　　1994 年版。

❿　見朱自清等編《聞一多全集》第三冊丁集〈詩的格律〉247 頁。上海開明書局 1948
　　年版。

吻合，只是他的見解實來自西洋詩。其中音樂美的音節便是依據西洋詩的音律。

　　聞一多所說的三種美之中，只有音節一項屬於詩歌的音律。詞藻一項，屬於意義。節的勻稱與句的均齊，屬於詩行排列的外形。所以，三者正好是詩的形音義三個要素了。

　　聞一多和徐志摩都極力在自己的詩中實驗西洋詩的韻律。其中，有些詩作，看起來和傳統詩的形式很相像。例如聞一多的〈死水〉第一節：

　　　　這是一溝絕望的死水，　　　　　　　　a
　　　　清風吹不起半點漪淪。　　　　　　　　b
　　　　不如多扔些破銅爛鐵，　　　　　　　　c
　　　　爽性潑你的賸菜殘羹。　　　　　　　　b ⓫

這首詩一共五節，每節四行。詩行整齊，這是建築的美；辭藻華麗，這是繪畫的美；音頓整齊，也有押韻，這是音樂的美。韻腳都在雙數行，這正是和古詩一致的。

　　另外一些詩的韻律，則是襲用西洋詩的。例如聞一多的〈忘掉她〉第一節：

　　　　忘掉她，像一朵忘掉的花，——　　　　a
　　　　　那朝霞在花瓣上，　　　　　　　　　b

⓫　　見同❷，丁集第 16 頁。拉丁字母表示韻腳。

那花心的一縷香——　　　　　　　　b

忘掉她，像一朵忘掉的花！⓬　　　　a

這首詩一共七節，每節格式都一樣。一四行押一個韻，二三行押一個韻。其特點是一四行的韻包著二三行的韻，有緊抱之感。詩行的長短不一樣，但是，仍然於不整齊中求整齊。這是建築的美。這詩的韻律與傳統詩不一樣。

聞一多〈我要回來〉第一節：

　　　　　我要回來，　　　　　　　a

乘你的拳頭像蘭花未放，　　　　　b

乘你的柔髮和柔絲一樣，　　　　　b

乘你的眼睛裏燃著靈光，　　　　　b

　　　　　我要回來。⓭　　　　　　a

這首詩一共四節，每節格式都一樣。一五行押一個韻，二三四行押一個韻。詩行排列與韻腳安排相呼應。

聞一多〈夜歌〉第一節：

癩蛤蟆抽了一個寒噤，　　　　　　a

黃土堆裏攢出個婦人，　　　　　　a

⓬　　見《聞一多全集》第三冊丁集第 13 頁。

⓭　　見同❶，第 18 頁。

　　　　婦人身旁找不出陰影，　　　　　　　　b

　　　　月色卻是如此的分明。❹　　　　　　　b

這首詩一共四節，每節格式也都相同。詩行整齊，韻腳兩兩相隨。

　　徐志摩〈月下雷峰影片〉第一節：

　　　　我送你一個雷峰塔影，　　　　　　　　a

　　　　　滿天稠密的黑雲與白雲；　　　　　　b

　　　　我送你一個雷峰塔頂，　　　　　　　　a

　　　　　明月瀉影在眠熟的波心。❺　　　　　b

這首詩只有兩節，韻腳安排相同。單數行押一個韻，雙數行押一個韻。
詩行排列與韻腳相呼應。

　　以上各例爲格律詩中常見的格式。音律可隨詩人自由變化，並無
定式。所以，聞一多說：

　　　　新詩的格式是層出不窮的。……新詩的格式是相體裁衣。❻

這樣的詩律，好處是變化多端，壞處是難於把握，不易普及。這當然會
影響到現代詩的發展。

---

❹　　見《聞一多全集》第三冊丁集第 19 頁。

❺　　見《徐志摩全集》第一卷 31 頁。廣西民族出版社 1991 年版。

❻　　見《聞一多全集》第三冊丁集 250 頁。

　　古代詩歌中，古體與近體都有固定的格式。樂府詩和詞的格律變化雖然較多，也還是有定式可以遵循。古代詩詞十分普及，這是個重要原因。

　　大抵一個民族的詩歌格律和該民族的語言有密切的關係。其詩歌格律乃是因其語言習慣逐漸演變而來。聞一多、徐志摩等人所提倡的格律詩，乃是用中文來寫的西洋格律詩，不易成為中文詩的習慣。韻律雖然很講究，效果卻未必佳，所以，始終沒有普及。

　　朱湘當時也致力於格律詩。他主修英國文學，對西洋詩尤其用心。朱湘極力主張現代詩要講究韻律，但他對詩律的主張，和聞一多、徐志摩兩人並不相同。他雖也主張現代詩要採用西洋詩律，但他心目中的現代詩卻是可與傳統詩相銜接的。他說：

　　　　我們中國的舊詩，現在的命運正同英國「浪漫復活時代」的「古
　　　　典主義」的命運一般，就是他已經變成了一個寶藏悉盡的礦山，
　　　　它無論再掘上多少年，也是要徒勞無功的了；為今之計，只有
　　　　將我們的精力移去別處新的多藏的礦山，這一種礦山，就我所
　　　　知道的，共有三處，第一處的礦苗是「親面自然（人情包括在
　　　　內）」，第二處的礦苗是「研究英詩」，第三處的礦苗便是「攻
　　　　古民歌」。古民歌除了《樂府詩集》之外，是更無他處可以找
　　　　到了；我國的詩歌如果能夠遵了我所預言的三條大道進行，則
　　　　英國「浪漫復活時代」的詩人也不能專美於前了。❶

---

❶　見蒲花塘與曉非編《朱湘散文》上集 103-104 頁。北京中國廣播電視出版社 1994
　　年版。

他非常重視民謠的韻律。他自己的詩，便主要受民謠韻律的影響。民謠的語言也來自口語，但有韻律，而與自由詩不同。民謠的韻律，隨意自然，悅耳和諧，較適合於現代詩。朱湘詩的特點便是韻律和諧，近於民謠，但又不隨俗。例如他的《采蓮曲》第一節：

小船呀輕飄，	a
楊柳呀風裏顛搖；	a
荷葉呀翠蓋，	b
荷花呀人樣嬌嬈。	a
日落	c
微波，	c
金絲閃動過小河。	c
左行，	d
右撐，	d
蓮舟上揚起歌聲。❶⑧	d

這首詩一共五節，各節格式相同。每節十行，押三個韻，韻腳相連。只有第三行是不押韻的。詩的音律和諧，詩風柔婉，可以和樂府民謠相銜接。這正是朱湘所追求的目標。詩行於不整齊中求整齊。這又是西洋詩的習慣。

朱湘〈葬我〉第一節：

---

⑱　見吳方與趙寧編《朱湘詩全編》第 80 頁。浙江文藝出版社 1994 年版。

葬我在荷花池內，	a
耳邊有水蚓拖聲。	b
在綠荷葉的燈上，	c
螢火蟲時暗時明。⑲	b

這首詩一共三節，各節格式相同。韻腳安排與古詩一致。詩行整整齊齊，跟聞一多的〈死水〉和〈夜歌〉一樣，但是，這首詩的韻律更加和諧。這正是朱湘與別的格律詩人不一樣的地方。

除了民謠，朱湘也十分重視通俗韻文，如大鼓詞。他說：

> 大鼓詞實在得到了白話的自然音調。我希望將來能產生出新大鼓師來，唱較舊大鼓師更為繁複更為高雅的新詩。取法於民歌與大鼓詞而創作的新詩，可以承繼傳統詩，而開出一個新的局面。⑳

這番話正可以看出朱湘獨特的想法和眼光。他所說的「自然音調」，和胡適所說的語氣節奏自然，用字和諧，大抵是同一個意思。

朱湘更細心研究詞的韻律，以為自己寫詩的借鑒。他說：

> 兩年來作了許多詩，特別注重的是音節；因為在舊詩中，詞是最講究音節的，所以我對於詞，頗下了一番體悟功夫。詞的外

---

⑲　見同❶，48頁。

⑳　見蒲花塘與曉非編《朱湘散文》下集〈寄趙景深〉第五信208頁。

形，據我看來，是有一種節律的圖案的：每篇詞的上闋確定了本詞的圖案之方式，下闋中仍然復用這方式（參差的細微處只是例外），這種複雜的圖案在詞中（一氣呵成的小令除外）可以說是發展到了一種極高的地位。**㉑**

古典韻文與通俗韻文的韻律，都融入朱湘的詩中。正因此，朱湘的詩韻律和諧，而可以和傳統詩歌相銜接。

朱湘也採用西洋詩體。他的《石門集》收錄所試寫的各種西洋體詩。其中，以十四行詩最多，一共七十三首。十四行詩起源於意大利，為西洋詩中格律最嚴的詩體，相當於中國的律詩。其格律有多種變化，隨詩人而異。中國現代詩人中，試作十四行詩的以朱湘和馮至為最多。聞一多、徐志摩、卞之琳等，也偶有所作。十四行詩律，則多採自英國和意大利詩人所變化者。朱湘前此所作的詩，詩律和諧，十分可取，然而他所作的十四行詩，便不算成功了。像意大利體第二六首：

如其有一天我不再作小鳥，	a
迴旋在溷濁的最下層空氣。	b
只聽到人類惹是非，話柴米，	b
只看見人頭上茂生有煩惱！	a
如其有一天我能化作鷹，高	a
飛入清冷的天，在雲內滌翼；	b
追隕星，對太陽把眼睛瞪起，	b

㉑　見蒲花塘與曉非編《朱湘散文》上集附錄〈詩的產生〉292 頁。

要那無上的光明向裏面跳……　　　　　　　a

下邊，我看見有海洋在呼吸；　　　　　　　b

大江、小河一起蜿蜒去心臟；　　　　　　　c

山峰挺著她的奶，孳育群生——　　　　　　d

也偶爾自人境飛上有風箏，　　　　　　　　d

向著天與日發出嗡聲嘹亮，　　　　　　　　c

在生機蓬勃的時候，春天裏。㉒　　　　　　b

雖然韻腳悉心安排，可是音韻的效果並不佳。末六行中，九和十四行押一個韻，十和十三行押一個韻，十一和十二行押一個韻。單就韻式看來，有層層環抱的作用，但是，因為韻腳距離太遠，押韻的效果不佳。這樣子安排韻腳，只宜於看，不宜於聽。第五行，單獨一個「高」字在行末，是為了與第八行押韻，但這樣的韻腳安排，也太牽強了。詩的韻律不自然，詩的語言也不自然。

　　朱湘所試寫的十四行詩，不算成功。其他詩人中，以馮至所試寫的十四行詩較多，僅次於朱湘。一九四一年間，馮至作十四行詩二十七首，結為一集，名《十四行集》。詩語和意境均佳。然而，試寫十四行詩的人畢竟很少，大抵因為這種詩的格律過於繁瑣，運用起來，往往顧此失彼，所以始終不通行。

　　聞一多所主張的格律，雖強調音樂、繪畫、建築三者，實則他最注重的是詩的情感節奏。他說：

㉒　見《朱湘詩集全編》，364 頁。

　　偶然在言語裏發現一點類似詩的節奏，便說言語就是詩，便要
　　打破詩的音節，要它變得和言語一樣——這眞是詩的自殺政策
　　了。……詩的所以能激發情感，完全在它的節奏；節奏便是格
　　律。……對於不會作詩的，格律是表現的障礙物；對於一個作
　　家，格律便成了表現的利器。㉓

這話的前半段顯然是針對胡適的主張來說的。至於節奏，與格律的關係
又如何呢？依聞一多的說法，詩的音樂美在於音節；依胡適的說法，詩
的音節包涵語氣的自然節奏和用字的自然和諧。所以，節奏即在音節之
中。

　　胡適不重視韻腳和平仄。實則古詩之重視韻腳與平仄，用意也在
於求取音律的和諧。只是胡適強調語言的自然罷了。韻腳與平仄跟節奏
之間有何關係呢？韻腳與平仄是詩歌的表層音律，節奏則是詩歌的底層
音律。節奏是詩歌音律的靈魂，韻腳與平仄有助於求取節奏的自然和
諧。

　　在聞一多的詩歌美學觀念中，建築美、音樂美、繪畫美三者分別
屬於詩歌的形音義三個因素。建築美與繪畫美屬於形與義，雖然在聞一
多的詩歌格律系統中也很重要，但眞正涉及詩歌音律的只有音樂美一
項。而音樂美的具體表現在於音尺的整齊。聞一多說：

　　整齊的字句是調和的音節必然產生出來的現象。絕對的調和音
　　節，字句必定整齊。（但是反過來講，字數整齊了，音節不一

㉓　見《聞一多全集》第三冊丁集〈詩的格律〉，246-247 頁。

定就會調和，那是因爲只有字數的整齊，沒有顧到音尺的整齊——這種的整齊是死氣板臉的硬嵌上去的一個整齊的框子，不是充實的內容產生出來的天然的整齊的輪廓。）**㉔**

這裡所說的音尺，即英詩格律中的 foot，也譯做音步。原意是指由一個重音與非重音組成的音節。一行詩便由若干個此種音節組成。所以，也叫音組或音頓。卞之琳說：

> 我們說詩要寫得大體整齊（包括勻稱），也就可以說一首詩唸起來能顯出內在的像音樂一樣的節拍和節奏。……所以用漢語白話寫詩，基本格律因素，像我國舊體詩或民歌一樣，和多數外國語格律詩類似，主要不在於韻腳的安排，而在於這個「頓」或稱「音組」的處理。**㉕**

卞之琳所說的音頓或音組，實就是聞一多所說的音尺。音尺這個說法，後來就不怎麼用了。音頓或音尺求其整齊，便是爲了得到詩的內在節奏的調和。

詩的內在節奏固然是詩歌韻律最重要的因素，但不容易把握，不像韻腳和平仄那樣，可以形成公式，易於遵循。音尺或音頓，跟韻腳和平仄一樣，均屬於詩歌的表層音律。

胡適主張白話詩的音節要自然。他所說的音節，實也就是節奏。

㉔ 見《聞一多全集》第三冊丁集〈詩的格律〉，252 頁。

㉕ 見《雕蟲紀歷》的序文。香港三聯書店 1983 年版。

只不過他主張順其自然，而聞一多和卞之琳則主張得安排整齊。節奏整齊，可以通過音尺或音頓去表現，有形可見，較易爲功，而順其自然看來容易，實際更難於把握。

現代詩由破壞舊格律開始，先輸入西洋自由詩，繼而輸入西洋詩的格律，又借鑒傳統詩律，可是，始終沒有形成固定的格式，讓作者與讀者都易於遵循。正因此，現代詩雖用白話來抒寫，卻始終無法普及，無從發達。

肆、餘論

聞一多和徐志摩取法西洋詩律，努力實驗，雖然詩作出色，可是詩律並無定型，難於讓人仿傚，於後來白話詩的發展，幫助不大。

朱湘也取法於西洋詩律，努力實驗，可是作品並不出色，也不算成功。然而他借鑒民謠的韻律寫成的詩篇，十分出色，可以上接樂府民歌，下啓白話詩的發展之道。只是詩律也沒有定型，於後來白話詩的發展，幫助也不大。不過，借鑒民謠，以建立現代詩律，應是可取的辦法。

古代韻文，由民間詩而文士詩，而詞而曲，一脈相承。曲和民謠的關係，尤其密切；民謠即戲曲的前身。各地方戲曲興起之初，都與山野歌謠離不開關係。現代詩以效法西洋詩相號召，而終至於委靡不振。現在，或當走回古詩的老路，重建詩和音樂的關係。

古代韻文的韻律，以押韻和平仄最顯而易見。押韻一項，由詩韻而詞韻而曲韻，越變越寬。其中情形，可由下表看出：

	平聲韻	上聲韻	去聲韻	入聲韻	說　　明
廣　韻	57	55	60	34	韻分四聲合計 206 韻
平水韻	30	29	30	17	韻分四聲合計 106 韻
詞　韻	14	(14)	(14)	5	平上去聲合 14 部，入聲韻 5 部，合計 19 部
中原音韻	19	(19)	(19)	(22)	每韻分陰平、陽平、去聲列字，而合爲一韻。入聲字則與各韻中 22 處其他聲調字合併，故合計爲 19 韻。
十三轍❷	13	(13)	(13)	(0)	不分四聲合計 13 韻

　　詞韻和曲韻都較詩韻爲寬，其主要原因有兩個。一個是，語言本身的轉變，各時期不一樣。語音系統內部自然調整，韻母減少了，韻轍也自然減少。一個是，詩歌與音樂的關係日益密切。詩通常只吟誦，不必配樂歌唱，詞則是配樂歌唱的，與音樂的關係自然比詩密切。曲和音樂的關係大致與詞相同，或更密切些。單純閱讀或吟誦一首詩時，韻與調都很重要；歌唱時，調便不那麼重要了。這樣一來，韻可以不必因調而分，而可以通押。於是，韻目也就大大減少了。

　　歌仔戲用閩南音來說唱，曲詞用韻自然根據閩南音，而基本的用

---

❷　表中《詞韻》，爲清人仲恆所編。見於《詞學全書》第六冊，木石居版。十三轍爲現代北方官話的韻轍，可參看陳瀫編〈普通話唱詞韻轍〉，收在《唱詞韻轍》書中。上海文藝出版社 1981 年版。

韻方式，和北方官話戲曲並無不同。

現代詩歌的韻律，正可以參考現代戲曲的韻律。

七十年代，臺灣的校園民謠十分盛行。當時，有人把胡適的〈蘭花草〉（收在《嘗試集》中）譜成小調，風行一時。在這以前，趙元任把劉半農的詩〈教我如何不想她〉譜成歌，通行的範圍主要在唱西洋藝術歌曲的人圈中，遠不及〈蘭花草〉那麼大。胡適的〈蘭花草〉詩有詞曲的韻味，而曲調也類於民間小調；劉半農的〈教我如何不想她〉寫法摹仿西洋詩，曲調則是摹仿西洋的藝術歌曲。兩者通行的範圍相差很遠，原因大概就在這裡了。這不止牽連到詩歌的韻律，也牽連到歌唱的美感觀念與音樂風格的問題。王振義先生說：「怎樣特性的語言，自然產生怎樣特性的詩詞，有怎樣特性的詩詞，自然產生怎樣特性的歌唱美感觀念和音樂風格。」這話十分有見地。詩歌的韻律，乃至於音樂，都不應脫離語言的特性。現代格律詩的成效不大，其根本原因或就在於未能配合中國語言所致。

〈蘭花草〉與〈教我如何不想她〉都不是上乘的詩篇，但譜上曲之後，卻能在不同的範圍內風行。這正可見音樂對詩歌的促進作用。現代詩的讀者很少，而喜歡聽歌的人卻有增無減。作詩的人或都應該也用心於音樂了。這是一個老問題。

《聲韻論叢・第九輯》
聲韻學學會主編　頁311～322
臺灣學生書局　　2000 年 8 月

江永的音韻學與歷史語言學

唐作藩[*]

　　歷史語言學是現代研究語言歷史發展的學科，它研究語言發展的理論、方法，探討語言發展的規律，屬現代普通語言學範疇。而歷史語言學的一般理論原則、方法、又是在研究個別具體語言的歷史（如英語史、漢語史、法語史、俄語史等等）的基礎之上建立起來的。新的具體語言歷史的研究成果，可以不斷充實改進歷史語言學；反過來，歷史語言學對具體語言歷史研究也起著指導和促進作用。

　　歷史語言學，主要是或首先是歷史比較語言學，始建于 19 世紀前期。歐洲語言學家（代表人物如拉斯克 P. Rask、格里木 J. Grimm 和施萊赫爾 A. Schleicher 以及後來的梅耶 A. Meillet 等）運用歷史比較方法，探討語音的變化規律和對應關係，確定語言親屬關係，構擬或重建原始印歐共同語。後來，高本漢、趙元任、李方桂、羅常培、白保羅、王力、陸志韋、董同龢等中外學者又將歷史比較語言學方法運用到古漢語音韻學和漢藏語系的研究上，也取得許多成果（雖然意見仍很分歧），並使漢語音韻學發展爲語音史的研究，成爲歷史語言學關注的內容。

---

[*]　北京大學中文系

　　20 世紀初，中外學者又根據語言系統學說和新的結構主義理論，運用結構分析方法去研究語言的歷史，即從語言共時的分析中去探求歷時的變化，重建遠古的或原始的語言結構（如上古漢語音韻系統），這就是內部擬測法。這是歷史比較語言學的新發展。

　　到了 20 世紀 60 年代，美籍華裔語言學家王士元等針對歷史比較法的局限性（把語言的變化看得比較簡單，只注意它的分化，忽略了語言發展的複雜性和不平衡性，無視語言或方言之間的影響），根據正在興起的社會語言學和方言地理學，提出了「詞匯擴散理論」。與傳統歷史比較語言學者關于「詞匯發展是突變的、語音變化是漸變的」看法相反，認爲「語音變化是突變的、而這種音變在詞匯中的擴散是漸變的」。因此詞匯擴散的音變又稱爲離散式音變。這個理論越來越得到檢驗，也越來越受到重視和確認。比如說，它對研究漢語語音發展史和漢語方言的語音演變就很有作用。

　　八十年代初以來，北京大學中文系徐通鏘教授通過對漢語方言中的文白異讀現象的分析研究，又提出一種「疊置式音變」的理論，作爲歷史比較法和詞匯擴散理論的補充與發展，也開始爲歷史語言學者所關注。

　　從以上的簡單回顧可以看出，歷史語言學最初是由歐洲的語言學家建立，是以十八九世紀的印歐語系語言的研究爲基礎的；而在二十世紀，漢語研究在這門學科的發展中起了重要作用。可以預期，隨著信息時代的到來，隨著中國語言學與國際語言學的全面接軌，漢語研究在普通語言學中的重要性將更加凸顯。

　　我們認爲，要充分發揮漢語研究的獨特長處，使之對普通語言學的發展起重要推動作用，除了當代學者自身努力，還應該從中國的傳統

語言學中尋找源泉。中國的語言學有二千多年歷史，源遠流長，積累了豐富的經驗，留下了大量著作。雖然一般人認爲傳統語文學的長處在于實證性的考據，缺少思辯性的理論昇華，但若眞正進入這座學術寶庫，會發現古人的學問決不限于單純的具體考據，他們有許多規律性或理論性的總結概括，其中有極具科學價值的光輝思想。只不過由于傳統治學方法的局限，他們提出的規律、理論，都分散在大量的材料實證之間。我們如果把這些理論內容加以搜抉發掘，其學術意義將是十分可觀的。

本文試以清代著名學者江永的音韻學說爲對象，揭示評析其中有關歷史語音學的內容。讀者可以看到，江永的許多學說與現代歷史語言學的理論非常吻合，甚至可以說盡占先機。

江永（1681-1762）是繼顧炎武之後清代一位傑出的大學問家。他精通天文、數學、樂律和經學，尤長「三禮」。在音韻學方面著有《四聲切韻表》、《古韻標準》和《音學辨微》，對傳統音韻學中的今音學、古音學和等韻學有全面、深入的研究，提出許多創見，獲得不少成績。例如他分古韻舒聲（平、上、去）13 部和入聲 8 部；列了第一份「切字母位用字」（即《廣韻》）反切上字表），在陳澧（1810-1882）一個多世紀之前就指出「照穿床審四位之二等三等不相假也」、「喻母三等四等亦必有別」（《四聲切韻表凡例》末條及書末所附之表）；在錢大昕（1728-1804）半個世紀之前就指出「重唇三、四等不可混」（同上），「福服，今音輕唇，古音重唇，如職韻之愎逼也」（同上，「凡例」34 條）。

又如江永關于「等呼」的解釋，既簡明，又科學。他說：「音呼有開口、合口，合口者吻聚，開口者吻不聚也。」（《音學辨微》「七辨開口合口」）此從發音時唇吻聚合與否，即圓唇不圓唇來辨明開、合，

抓住了關鍵，審音精到。

關于「四等」，江永說：「音韻有四等，一等洪大，二等次大，三四皆細，而四尤細。」以「洪細」（即發音時開口度的大小）來區別四等、這是我國音韻學史上首次對等韻學中的「等」這一核心概念做出科學的解釋，至今還常爲講傳統等韻學的論著或音韻學教材所徵引。丁邦新先生亦據此認爲江永是清代音韻學中審音派的始祖（丁1994）。

不僅如此，江永在其音韻學研究中還經常提出一些理論原則問題，以揭示古漢語音韻的結構系統和古今音韻的演變規律。

比如他提出「侈弇（斂）」的理論以辨析古韻部的異同。在《古韻標準》卷一平聲第四部「總論」云：「自十七眞至下平二仙凡十四韻，說者皆云相通。愚獨以爲不然。眞諄臻文殷與魂痕爲一類，口斂而聲細；元寒桓刪山與仙爲一類，口侈而聲大。而先韻者界乎兩類之間，一半從眞諄，一半從元寒者也。詩中用韻本截然不紊。」（27頁）何謂「侈弇（斂）」？江永講得很清楚，即發音時口腔侈大，聲音則洪大；口腔收斂，聲音就細小。這與韻母分等的原則是一致的。此論第四部（眞文）與第五部（元）的區別。《切韻》先韻在上古一分爲二，從《詩經》用韻與諧聲系統可以看出，也是由于兩類字歸屬于發音有侈斂洪細不同的兩個韻部。

又第六部（宵）與第十一部（幽侯）區分的原則亦如此，江永在平聲第六部「總論」中指出：「按此部爲蕭肴豪之正音，古今皆同。又有別出一支與十八尤、二十幽韻者，乃古音之異于今音，宜入第十一部，本不與此部通，後世音變始合爲一。顧氏總爲一部，愚謂不然。此部之音口開聲大，十一部之音口弇而聲細。詩所用畫然。」（31頁）

還有，第十二部（侵）與第十三部（談）的區別。江永在平聲第

十二部「總論」中說：「二十一侵至二十九凡九韻，詞家謂之閉口音，顧氏合爲一部。愚謂此九韻與眞至仙十四韻相似，當以音之侈弇分爲兩部。神珙等韻分深攝爲內轉，咸攝爲外轉是也。南男參三等字古音口弇呼之；若岩詹餤談甘監等字，詩中固不與心林欽音等字爲韻也。」（46-47頁）

　　這裡不僅論及收閉口韻（即收-m尾）的談、侵二部的區分在音之侈弇，而且指出等韻圖將《切韻》音系16攝區分爲內、外轉也是由于侈弇的不同，即內轉如深攝元音發音時口弇而聲細；外轉如咸攝元音發音時口侈而聲大。16攝內轉8攝（通、止、遇、果、宕、流、深、曾）和外轉8攝（江、蟹、臻、山、效、假、咸、梗）的基本區別亦如此。只是內轉中的果、宕二攝和外轉中的臻攝不完全符合這一這區別原則。這可能是古今語音演變的結果。也就是說，古音侈大今音可能變爲弇細，或者古音弇小，今音可能變爲侈大。江永在《古韻標準》已看到這一點，他稱之爲「音轉」。比如第四部中的「分一先韻」（即先韻中一部分字）在上古，「先爲蘇鄰切，千爲倉新切，天爲鐵因切，堅爲居因切，賢爲下珍切，田闐爲徒鄰切，年爲泥因切，顚巓爲典因切，淵爲一均切，玄爲胡云切，證諸秦漢以前之書皆同，至漢時此音猶不改，後來音轉始通仙耳。」（27頁）（按仙韻本屬第五部）。又第十一部中的「分三蕭、分四宵、分五肴、分六豪」四韻部分字，如「條、聊、陶、翛、膠、茅、包、滔、道、好、禱」等字（43頁、58頁），今韻轉入效攝，也是由音弇轉爲音侈。第十二部中的「分二十二覃」之「南男參三等字古音口弇呼之」（43頁），今韻亦演變爲音侈聲大。用現代古音學構擬來說，就是 əm 演變爲 am。李方桂先生的《切韻â的來源》則是對這一音變做了系統的、深入的研究。李先生認爲，《切韻》的 â

元音在上古有兩個來源，一個是 â，另一個是 ə。而在兩個多世紀之前，江永就有如此卓識，實屬難得。

江永在《四聲切韻表》中還提出「數韻共一入」的觀點，這對揭示古漢語語音的系統性及其發展規律也是很重要的理論。他說：《切韻》（實爲《廣韻》）得入聲三十四部，「除緝合以下九部爲侵覃九韻所專，……其餘二十五部諸韻或合二三韻而共一入，無入者間有之，有入者爲多。」（《凡例》30 條，20 頁）但是「數韻同一入，非強不類者而混合之也。必審其音呼，別其等第，察其字音之轉，偏旁之聲，古音之通而後定其爲此韻之入，即同用一入，而表中（按，指《四聲切韻表》）所列之字，亦有不同，蓋各有脈絡不容混紊。」（同上，31 條）所謂「脈絡」就是指系統性和對應關係。例如（僅擇其數例較典型的）：

「竦從束聲，家從豕聲，叢從取聚，簇從聚，皆與屋韻近，故東董送轉而爲屋，而侯尤亦共之。讀讀、復復、覆覆、宿宿、祝祝、肉肉，一字兩音者；畜畜、奏族，音亦相轉；軸蹴之類，偏旁多通；故侯厚候得其一等字，尤有宥得其二三四等字。」（同上，33 條，22 頁）

「覺韻二等江肴所共者也。角從江，岳握等字類于屋燭者從之；覺從肴，樂學等字類于肴效者從之。今音合爲一，古音分爲二。」（同上，36 條，23 頁）

「諄術同爲合口呼，四等兼三等，故轉爲入；而脂旨至分出合口呼之字，亦以之爲入也。帥率皆去入兩音，醉翠等字皆從卒，是其脈絡之通。」（同上，38 條，24 頁）

可見「數韻共一入」，實際上是以入聲韻爲樞紐，分析了古漢語陰、入、陽三種韻類之間的對應關係。根據是等呼一致（介音與主元音相同），韻尾發音部位相應，即「脈絡相通」。正因爲如此，在語音歷史發展中可以互相轉化。江永舉例說：「曷一等開口呼爲寒旱翰之入，末一等合口呼爲桓緩換之入，而曷又爲歌哿箇之入，末又爲戈果過之入，曷末又同爲泰韻之入，皆音呼等列同，得以相轉也。寒桓與歌戈音每相轉，如難字得通儺，竿字得音秆，若干即若個，鼉、驒、彈皆從單，憚、癉有丁佐切之音。字從番轉重唇者，桓韻爲潘蟠，而番有波音，蟠鄱有婆音。至入聲則怛與笪從旦，頞從安，斡從乾省聲。何曷亦一聲之轉，故寒桓歌戈同用曷末爲入聲，泰韻亦一等兼有開口、合口者也。曷從匃聲，在泰韻，而愒從曷、賴從剌。奪從大，捺從奈，脫從兌，害亦通曷，檜亦作栝，蔡亦有桑葛切之音，故泰之入亦爲曷末。」（同上，45 條，27 頁、29 頁）

《四聲切韻表》本來基本上是研究今韻學的，而其利用文字諧聲考求通轉現象，又在窺探古今音的演變規律。其「數韻共一入」的學說就建立在陰陽入三種韻類脈絡相通並可轉化的基礎之上。

江永在《古韻標準》中也多次論及這種轉化。例如第四部（眞部）[別收八微]「輝」字下云：「本證《（詩經）庭燎》『言觀其旂』韻『晨輝』。……案旂從斤聲，故音芹；又案輝旂之偏旁較然也。而今音轉入第二部（支脂之微），猶翬亦從軍，而褌衣取義于翬，遂與褌同音也。然祈頎圻蘄沂亦從斤，而古今音皆入第二部，『近』字古亦入第二部，則諧聲有旁紐有轉音故也。」（26 頁）又如第五部（元部）「補考」[七歌]「鼉」字條下云：「此部之字往往轉入第七部（歌部）。如難、儺音那，鄱番音婆，若干之干通于個，涴音烏臥切，宛亦烏臥切。而入聲

則怛笪妲皆從旦，頠從安、幹從軒，鬜從閒，擭從匵，蠥從獻，皆諧聲之旁紐。而箭筍之筍從可，乃音古旱切，則亦互相轉，是以鼂、番等字古今方言有流變也。」

江永利用《詩經》用韻、諧聲和古讀反覆論證語音可以「互相轉」。這種所謂「互相轉」就是陰聲韻和陽聲韻可以互相轉化，入聲韻也可以和陽聲韻互相轉化，這是漢語語音發展變化的一條基本規律，古今方音都如此。後來江永的學生戴震（1727-1777）和戴震的學生孔廣森（1752-1786）進一步發展這種韻部互相轉化的學說，概括爲「陰陽對轉」。

以上所述是江永對漢語歷史語言學所做的貢獻。更難能可貴的是，早在西方語言學家之前，江永還從漢語音韻及其歷史的研究中總結出一般歷史語言學的理論原則和方法。

江永在《古韻標準》平聲第八部（陽部）「總論」中分析了十二庚當分爲二，即一半屬第八部，一半屬第九部（耕部）之後指出：「凡一韻之音變，則同類之音皆隨之變」（38 頁）這是歷史比較語言學的一條基本原則：語音發展變化有其很強的規律性，都是成系統的。即在相同時間、空間的條件下都遵循同一方向，有規律、有次序的變化。一般來說，音變無例外。江氏書中舉了許多這種有規律的音變例證。比如在平聲第二部「總論」中引述顧炎武《唐韻正》五支「衰」「蘨」二字的注中以諧聲「離析唐韻」後，加按語說：「顧氏此說甚善，以字偏旁別聲音尤得要領。九麻、十二唐、十八尤皆用此例析一韻爲二，以辨古音之通否。愚謂十虞、一先、三蕭、五肴、六豪皆當用此例。虞韻一支通魚模，一支通尤侯；先韻一支通眞文魂，一支通元寒仙；蕭肴豪一支通宵，一支通尤侯；不猶支韻一支通脂之，一支通歌戈乎？……特錄此

注，以爲辨韻法。」（同上，20 頁）正因爲語音的分化是成系統，有規律的，所以辨析起來比較科學簡捷；掌握了規律就可以類推。江永說：「大抵古音今音之異由唇吻有侈弇，聲音有轉紐，其所以異者水土風氣爲之，習俗漸染爲之。人能通古今之音，則亦可以辯方音。入其地，聽其一兩字之不同，則其它字可類推也」。（同上，平聲第八部「總論」，38 頁）

古今音變發生轉化，或方音有歧異，也都是有條件的，比如江永指出：「此部（東部）東冬鍾三韻本分明，而方音唇吻稍轉則音隨而變。試以今證古、以近證遠，如吾徽郡六邑有呼東韻似陽唐者，有呼東鍾似眞蒸侵者，皆水土風氣使然。《詩》韻固已有之。……蒸侵之音相似。《詩》中亦有從方音借韻者。東冬鍾既借侵，亦可借蒸，皆轉東冬鍾以就侵蒸，非轉侵蒸以就東冬鍾也。……因此部方音似侵，侵又似凡，故風楓芃諸字後世音轉而入東。方音又似蒸，蒸通登，故弓雄熊薨馮諸字後世音轉亦入東。轉之中又有辨焉。弓，牙音轉也；雄熊，喉音轉也；薨馮風芃，唇音轉也。唯舌齒不轉。亦似出于天然，非人之所能爲。」（平聲第一部「總論」，15 頁）這就是說，古代同韻部的字到後代有不同變化，都是有條件的轉化。這裡以東韻字爲例，牙喉唇音字發生變化，而舌齒音不轉化，說明了韻的轉化是以聲母的發音部位或發音方法爲其條件的。

又如江永討論到此部中江韻時說：「江韻古皆通東冬鍾甚明也。然使合而爲一，併江于公，併腔于空，併尨于蒙，併降于紅則又不可。蓋此韻之字偏旁雖多從東冬鍾得聲，而音微轉。以等韻言之，通韻皆二等音；又合開口合口呼爲一韻，牙音重唇喉音爲開口，舌上正齒半舌爲合口。與東冬鍾三韻皆爲合口者不同；又與他韻開口合口可劃開者不

同。是以東多鍾之後別出此韻,其音呼特異,粗讀之古音公江、空腔、蒙尨、紅降似一也;細審之,彼爲合口,此爲開口,彼爲一等,此爲二等。此非等韻不能辨也。嗚呼微矣!古人口斂呼之近東多鍾,後人口張呼之似陽唐,然必不可通陽唐。故編韻書者不置此部於下平從陽唐,而必從東多鍾。其審音精矣,位置當矣!」(同上,17 頁)江永在這裡不僅分析了東部中江韻字的特點和演變條件,而且論述了《廣韻》系韻書中江韻置于上平東多鍾之後而不置于下平陽唐間的道理。

不過,語音「雖變而古音未嘗不存,各處方音往往有古音存焉。」(平聲第八部「總論」,38 頁)。因此,從語言的空間差異去探索語言的時間變化,這是歷史比較語言學的又一條重要原則方法。歷史語言學的建立與許多成就也主要是運用這一理論方法而獲得的。

江永在其音韻學著述中特別注意利用方言以研究古音,他把《詩經》等先秦韻文中的特殊韻例看作是「方音偶借」,甚至認爲「韻即其時之方音」(《古韻標準例言》第 1 條,3 頁),而且他還深刻認識到古音研究與辨析方音二者之間的辯證關係。他說:「審定正音(按指古音)乃能辨別方音,別出方音更能審定正音。諸部皆當如此。」(平聲第一部「總論」15 頁)。又如七音三十六字母的古讀,各地方音皆不能具,「饒于此者乏于彼」,「必合五方之正音呼之,始爲正音」「亦可借嬰童之音以辨字母」。(《音學辨微》「十一辨嬰童之音」,57 頁)。可見江永已覺悟到從各地方言所保存的古音中去綜合出古代 36 字母和古韻部的讀音,這是很了不起的。當然,江永還不是根據語音的演變規律和方音的對應規律重建古音系統,但我們也不能否認江永已具有歷史比較語言學的思想,而且比西方歷史比較語言學家早了一個多世紀。

不僅如此,我們發現江永還有了關于詞匯擴散的概念。他說:「聲

音之理，異中有同，同中有異；不變中有變，變中有不變。」（《古韻標準》平聲第三部「總論」，23 頁）。語音演變的不平衡性與複雜性是詞匯擴散理論的基礎。江永已明確認識到「音之變每有其端」（同上，第四部「總論」，27 頁），他在討論古韻平聲第一部東韻中「弓風」諸字的演變（由蒸、侵部轉入東部，上文有引述）時指出：「其始也，一二處之方音，後則呼之者多；其始也一二人之偶用，後則用之者眾。于是周顒、沈約、陸法言諸人欲定四聲韻書為當世詞人之用，不得不收諸字入一東。」（同上，15-16 頁），江永用實例說明了語音開始時的變化是突然的，離散的，而這種變化到最後形成則是漸變的、連續的。這正是王士元先生等的詞匯擴散理論的基本觀點。在中國音韻學史上，在二百多年前，王士元先生就有了江永這樣一位傑出的同道者，一定是感到高興的。

正好是 20 年前，王士元教授應邀到北大講學。他在做關於「語言的演變」的學術報告中曾談到：「人們對語言演變的研究是從什麼時候開始的？這是一個屬於學術史的範圍的問題。1968 年 U. Weinreich，W. Labov 和 M. Herzog 合寫了一篇文章，叫做《語言演變原理的經驗基礎》。這篇文章對語言演變做出了基本的貢獻，研究歷史語言的人不可不讀。當然，他們的意見也並不是完全可以接受的。例如，他們認為這種研究開始於拉丁語的歷史範圍內，這就把語言學和歷史語言學研究的開端推到十六世紀初的意大利。這種說法顯然太片面了，因為早在中國漢代，許慎在《說文解字·序》裡就已經有很多地方提到語言演變的問題了。中國語言學在思想史上是有很大貢獻的，不幸往往被人忽略。希望國內有人在這方面多下功夫，把前人的貢獻介紹出來。」（1983）本文算是響應王士元先生的號召，把江永的貢獻初步介紹出來，只是功

夫下的不多，可能還有問題，望方家批評指正。

主要參考文獻

江　永　《古韻標準》　中華書局音韻學叢書本　1982

《四聲切韻表》　商務印書館叢書集成初編本 1249 冊

《音學辨微》　商務印書館叢書集成初編本 1250 冊

岑麒祥　《語言學史概要》　科學出版社　1958

徐通鏘　《歷史語言學》　商務印書館　1991

《美國語言學家談歷史語言學》　《語言學論叢》第 13 輯，
商務印書館　1984

王士元　學術報告　《語言學論叢》第 11 輯，商務印書館　1983

王　力　《漢語史稿》（合訂本）　中華書局　1997

《漢語語音史》　中國社會科學版社　1985

李方桂　《切韻â的來源》　史語所集刊 3 本 1 分　1931

丁邦新　《以音求義，不限形體》　臺北第一屆國際清代學術研討會
論文　1993

董忠司　《江永聲韻學述評》　臺北文史哲出版社　1988

唐作藩　《江永的方言觀》　語言研究 1991 年增刊

《江永評傳》　山東教育出版社「中國古代語言學家評傳」
1992

《論江永古韻入聲分部》　上海教育出版社《張世祿先生紀
念文集》　1994

《論清代古音學的審音派》　語言研究 1994 年增刊

《聲韻論叢‧第九輯》
聲韻學學會主編　頁323～352
臺灣學生書局　　2000 年 8 月

從漢藏語的比較
看上古漢語的詞頭問題

龔煌城*

一、引言

　　研究上古漢語的詞頭與研究上古音的複聲母，兩者之間有密切的關係，從音節結構的觀點來看，詞頭與聲母結合，即成爲複聲母。兩者的不同在於：複聲母所構成的詞，只包含一個語位；而詞頭與聲母所構成的詞，卻包含兩個語位。

　　上古漢語的複聲母，本來應該涵蓋上古漢語所有的詞頭與聲母的結合，研究上古漢語的複聲母，也理當涵蓋上古漢語詞頭的研究，然而上古漢語中所存在的一些詞頭，卻往往在研究複聲母時，遭到忽略，其主要原因是：一、研究上古漢語的複聲母，通常是根據諧聲字，而上古漢語的詞彙中，加詞頭與未加詞頭的同源詞，卻未必一定使用同一個諧聲偏傍，因而不容易引起注意；二、加詞頭與未加詞頭的同源詞，即使使用同一個諧聲偏傍書寫，在研究複聲母時，我們也往往只注意其諧聲

＊　中研院語言所籌備處

行爲，而不大留意詞彙的同源關係，詞頭與詞根的結合，也仍然只被當作一般的複聲母看待；三、先入爲主的一些觀念，蒙蔽觀察的眼光，以致對同源詞的語音關係作出錯誤的判斷。

　　從漢藏語比較研究的觀點探討上古漢語的詞頭問題，可以避免上面所提的缺點：一、因爲研究的重點是詞彙的同源關係，可以擺脫諧聲字的限制，它可以包含諧聲字，也可以超越諧聲字，它的材料範圍擴大了；二、在研究諧聲字時，因爲焦點放在構詞法上，所以會經常留意詞頭與詞根聲母的互動關係；三、有漢藏語其它語言的同源詞作指引，較易掌握正確的研究方向，因爲在這些語言中，有的仍然保存複聲母，甚至還有保存詞頭的，對漢語同源詞的語音以及語音演變提供重要的訊息。

　　本文根據漢語內部語詞之間的同源關係，以及漢語與藏緬語同源詞的比較，討論上古漢語*s-，*r-，以及*N-三種詞頭。

二、上古漢語的*s-詞頭

　　上古漢語*s-詞頭的提出，歷史最久。高本漢在著手研究上古音時，就曾注意到「使」與「吏」的諧聲關係，而推測前者有複聲母*sl-（Karlgren1923:173）。最初他還在*ṣl-與*sl-之間舉棋不定，在擬音之後加了問號，但到了出版《漢文典》（Karlgren 1940:384）時，便取*sl-而棄*ṣl-，把「史」與「使」字擬作*sli̯əg 了。

　　在研究的初期，上古帶*-l-複聲母的構擬，一般都是根據諧聲字作個別的構擬，直到一九六〇年，雅洪托夫（Yakhontov 1960）才根據來母字與其它聲母的二等字在諧聲系統中的接觸，認爲「所有的中古二等字在上古都有帶 l 的複輔音聲母」。根據雅洪托夫的構擬，審母二等字

的上古來源爲*sl-，不管該審母二等字與來母字有沒有諧聲關係。這是漢語聲韻學史上一項重大的突破，因爲它打開了一條不靠個別的、零星的諧聲關係，而能有系統的構擬帶*-l-的複聲母的路，而且更重要的是：由於他的發現而使上古音元音系統大大的簡化。

雅洪托夫所構擬的帶*-l-的複聲母，李方桂先生（1971:11）構擬爲帶*-r-的複聲母。他的這一構擬，並不是如表面上所呈現的，只是簡單的把雅洪托夫的*-l-改爲*-r-的修正，因爲李先生仍然把來母字的上古音構擬作*l-，如果他是像雅洪托夫一樣，著眼於來母字與其它聲母二等字的諧聲關係，他把二等介音由*-l-改爲*-r-，來母字與其它聲母二等字的諧聲關係就反而無法彰顯出來。

李方桂先生（李方桂等 1987:7）說，他構擬*-r-不是從諧聲而來，他認爲「一等韻和二等韻的主要分別是一等韻沒有捲舌成分，二等韻有捲舌成分」。他說「捲舌聲母一定有個來源，有個原因使它捲舌，這個原因一定是在它和元音之間有個東西，使它變成捲舌音」。對他來說，擬測*-r-純粹是一個假設，這一個假設，「可以使聲母變得很簡單，也使韻母變得很簡單」。*-r-音的假設在聲母方面可以解釋中古「知、徹、澄」與「照、穿、牀」二等字如何從「端、透、定」與「精、清、從」演變出來，同時也可以解釋中古二等韻如何由一等韻演變而成。中古的一等韻與二等韻在上古都可以押韻，原來韻母應該相同，它們在中古音的不同是受*-r-影響的結果。

漢藏語的比較研究顯示，來母字與藏緬語的 r-相對應，而喻（四）則與藏緬語的 l-相對應，李先生的*r-與*l-應該倒過來。但這麼一來，李先生上古*-r-介音的構擬，反而更能解釋來母字（*r-）與其它聲母二等字（上古有*-r-介音）的諧聲關係，同時也能解釋聲母的捲舌化與*-r-

介音對元音的影響。*-r-介音具有使聲母捲舌化，元音央化的功用，而
*-l-介音似乎並不具有這樣的功能。李方桂先生的研究是從語音的分布
著眼，假定有*-r-介音的存在以解釋音韻的變化。他的*-r-介音說後來由
漢藏語的比較研究證實，我們不能不佩服他的眞知灼見。

就審母二等字而言，漢藏語的比較提供了下面幾個同源詞：

*sr- 1. 漢語：蝨　　　*srjik > *srjit > ʂjɛt

　　　藏語：　shig　　　　　蝨子

　　　西夏語：蟲　*śjiw² ❶　　　蝨子

　　　原始藏緬語：*s-rik ❷　　　蝨子

　　2. 漢語：甥　　　*srjing > ʂɐng

　　　藏語：　sring-mo　　　妹妹

　　3. 漢語：產　　　*srianx > ʂǎn

　　　藏語：　srel　　　增長、加多 (參看 Coblin 1986:40)

「蝨」、「甥」、「產」三字，在各自的諧聲系列中，都沒有與
來母諧聲的痕跡，但是它們都是審母二等字，從漢語內部不借助於諧聲
關係，就可以構擬複聲母*sr-，漢藏語的比較確認了這些字確都有*sr-
的複聲母。只不過在這些字中，*sr-似乎也只是複聲母，其中的*s-並不
是詞頭。如果把*s-除去，剩下的部分與原來的字詞義有關聯，才能把
*s-視爲詞頭。例如：

*s-r 4. 　　　吏　　　*rjəgs > lï

---

❶ 西夏語的語音構擬，右上角的數字，1 表示平聲，2 表示上聲。

❷ 白保羅（Benedict 1972:#439）在其著作本文中所構擬的原始藏緬語爲*s-rik，但在
　附注中說明「這個詞根現在構擬爲*śrik」。但從本文的觀點來看，前者優於後者。

　　使　　　*s-rjəgx > ʂï

5.　　林　　　*rjəm > ljəm

　　森　　　*s-rjəm > ʂjəm ❸

6.　　淋　　　*rjəm > ljəm

　　滲　　　*s-rjəms > ʂjəm

　　另外像「黑」與「墨」的諧聲與同源關係，高本漢（Karlgren 1923:54）曾一度以爲「墨」mək 是由「黑」χək 加詞頭*m-所構成❹，依此則「墨」應構擬作*m-χək。他最初大概是受文字的影響，因爲漢字確是由「黑」字造「墨」字，但語言的衍生方向與文字的衍生方向畢竟是兩回事。馬伯樂（Maspero 1930:320）在〈上古漢語的詞頭與衍生〉一文中，便把*m-與*χ-倒過來，以*χ-爲詞頭（黑*χ-mâk），而以 mâk 爲字根（墨 *mâk）。高本漢自己後來在〈漢語詞族〉（Word Families in Chinese）一文中，也改擬爲「黑」帶有複聲母*χmək，而「墨」則只作*mək（Karlgren 1934:77）。

　　把鼻音與清擦音❺的交替，作整體考量而構擬上古音的，是上文所提到的雅洪托夫（Yakhontov 1960）的論文，該文認爲詞頭*s-和鼻音的組合，從上古到中古的演變情況如下：

a.　　*sm- > xwm > x(w)曉母合口

---

❸ 以上二例請參看雅洪托夫（Yakhontov 1960 漢譯本 p.50）論文，他認爲「s音來自複輔音 sl。就是說『使 ʂi²(*s-li̯ə²)』和『森 ʂjəm(*s-li̯um)』有前綴 s-。」

❹ 原文把「詞頭」（prefix）寫成「詞尾」（suffix），明顯是排版的錯誤。

❺ 雅洪托夫在〈上古漢語的複輔音聲母〉一文中，把審母二等字與來母字的交替也一起放進去討論，故以「清擦音和響輔音的交替」爲次標題（參看雅洪托夫 1960，漢譯本 pp.47-51）。

b. ＊sng- > xng- > x 曉母

c. ＊sn- > thn- > th- , t'h-透母、徹母

d. ＊sń- > śń- > ś-審母三等

雅洪托夫把「黑」的上古音構擬作＊s-mək，而與藏文的 smag（黑暗）作比較，把「火」構擬作＊s-mɑr，與藏文的 me（火）作比較，他的構擬具有相當的說服力。從漢語與藏、緬語的比較看來，藏語沒有保存 mag 的詞根，而緬語雖然保存兩種詞形，它們卻成為同義詞，只有漢語保存最古老的語音、詞義、以及構詞法。

＊s-m- 7. 漢語：　黑　　＊s-mək > xək

墨　　＊mək > mək

藏語：　　　smag　　　黑暗

緬語：　　　mang　　　墨

hmang　　　墨

另外一組在漢語內部以及漢藏語都有同源詞的詞族是「昏」字，《廣韻》有「惛」χuən（不明）與「悗」muən（不明）二字，可認為與「昏」字同源，其漢藏語的比較如下：

8. 漢語：　昏　　＊s-mən > xuən (cf. Chang and Chang 1976b:596)

悗　　＊mən > muən

惛　　＊s-mən > xuən

藏語：　　　mun　　　　　暗、黑暗

d-mun , s-mun　　愚人、不明事理者

緬語：　　　hmun　　　　　天氣陰暗、模糊不清

西夏語：𗣼　mur¹　　　　　昏、闇、愚昧

𗣫　mur¹　　　　　黑暗

這一組漢藏同源詞，從漢藏語的比較看來，其原義似乎是「黑暗」，引申爲「模糊不清」，再引申爲「愚昧」。就詞頭的有無而論，漢語保存較完整；但就詞義而言，西夏語保存較完整。

關於雅洪托夫上面 b（*sng->xng->x 曉母）的構擬，雖然他沒有指出漢藏語的比較證據，但下面的比較可支持他的構擬：

*sng- 9. 漢語： 獻 *sngjans > xjɐn 賢也，如：「獻臣，獻民」从「鬳」

　　　　　　　　　　*ngjans 得聲

　　　藏語： sngar 聰明、敏悟

《書經》「獻臣，獻民」，「獻」字作「賢」解，一般認爲是假借，但上古「獻」屬元部，「賢」屬眞部，元音相差很大，不可能通假。從漢藏語比較語言學的觀點來看，「獻」字作「賢」解，《書經》保存了古義。至於「獻」字兼有「貢獻」與「賢」二義，二者是同音異義詞（homophone），偶以同一個漢字書寫；而「獻」字作「賢」解，「獻」與「賢」語音不同，二者只是同義詞（synonym）而已。

關於 c（*sn->thn->th-, tʰ-透母、徹母）的演變規律似乎應該分得更細一點，或許我們可以假設下列的演變律：

e. 上古　　*sn-（一等字）> 中古透母 th-

　　　　　例如：難*nan：攤*snan > thân

f. 上古　　*sn-（三、四等字）> 中古心母 s-

　　　　　例如：禳*njang：襄*s-njang > sjang

　　　　　人*njin：信*snjins ❻ > sjěn

❻ 「信」字，《說文》「从人言」，認爲是會意字。唐蘭（1949:71）認爲「信」字「只能是從言人聲的一個形聲字。」

g.　上古　　　*snr-（三等字）> 中古徹母 th-

例如：紐*nrjəgwx：丑*snrjəgwx > ṭhjǒu

其中 f 甚至可能還有因方言的分岐，變爲清母 tsh-的，因爲在漢語諧聲字中有清母 tsh-與鼻音聲母泥母 n-、日母 nj-的接觸，《說文》「千，十百也。从十，人聲」；「年，穀熟也。从禾，千聲」；「次，不前不精也。从欠，二聲」。爲了解釋這些字的諧聲關係，必須假設下面的演變律。

f1.　上古　　　*sn-（三、四等字）> 中古清母 tsh-

例如：人*njin：千*snin > tshien

年*nin：千*snin > tshien

二*njids：次*snjids > tshi

其中「二」與「次」還有同源關係：

*s-n-　10.　二　　　*njids > ńźi

次　　　*s-njids > tshi ❼

漢藏語的比較提供下面一組漢藏同源詞：

*s-n-　11.　漢語：　七　　　*s-njit > *tshjit > tshjĕt

緬語：　　　khu'-hnac < *khu'-hnit　七

加羅語：　　　sni　七

---

❼　蒲立本（Pulleyblank 1962:133）曾注意到「千」、「人」、「年」三字的諧聲關係，以及「二」與「次」的同源關係，可是他把「千」的聲母構擬作*sth- > tsh-，而與藏文的 stong（千）字作比較，至於「次」的送氣清擦音聲母（*tsh-），他則疑爲來自送氣鼻音（aspirated nasal）。白一平（Baxter 1983:23）對*sn-演變成 tsh-的過程有十分中肯的解釋。

原始藏緬語： *s-nis（Benedict 1972:16）

發生*sn->tsh-變化的時代應該很早，因爲「七、次、千」等以*sn-爲聲母的字，未見用以諧*n-音字，這是因爲*sn-音一旦變成 tsh-音便不可能再回來諧 n-音，而只能用以諧*ts-, *tsh-, *dz-等塞擦音。

最後根據漢藏語的比較研究，本文在此提出如下的新的演變律：

　h.　上古　　　*sk- > 中古曉母 χ-

　i.　上古　　　*skh- > 中古曉母 χ-

例子如下：

*sk-　12. 漢語：嚇　　*skrak > *xrak > xɐk

　　　　　藏語：　　　skrag　　　　　　恐懼、怖畏、驚駭

　　　13. 漢語：訓　　*skwjəns > *xwjəns > xjuən

　　　　　藏語：　　　skul　　　　　　　訓誡

*skh-　14. 漢語：赫　　*skhrak > *xrak > xɐk　赤也

　　　　　藏語：　　　khrag　　　　　　血

　　　　　緬語：　　　hrak　　　　　　　慚愧、害羞

　　　15. 漢語：煇輝　*skhwrjəl > *xwrjəl > xjwěi

　　　　　藏語：　　　khrol-khrol　　　光輝

　　　16.　　　怯　　*khrjap > khjɐp　　　畏也

　　　　　　　脅　　*s-khrjap > *xrjap > χjɐp 使畏、

　　　　　　　　　　　　　　　　　　　　「以威力相恐也」

　　　17.　　　肊　　*khrjags > khjwo　　　脅也

　　　　　　　虩　　*skhrjak > *xrjak > xjɐk　懼也

上面例 14 的漢藏語比較顯示：「赫」字漢語「赤也」保存原始義，藏語「血」與緬語「慚愧、害羞」語義則是由「赤」義演變而來。

三、上古漢語的*r-詞頭

　　本文提出上古漢語有*r-詞頭的假設，是由於李方桂先生（1971:11）
把知、照系聲母的上古音構擬爲*tr-, *tsr-而引發。知系字的中古音，高
本漢（Karlgren 1915-26）（參看漢譯本 1948:305）構擬爲舌面前音，
後來他（Karlgren 1923:24）由中古音上推上古音，認爲中古知系字聲
母來自上古*t-（至於照二他認爲是來自上古舌面前音 tʼ）。羅常培（1931）
從梵文字母的譯音，佛典譯名的華梵對音，藏譯梵音，現代方言及韻圖
的排列等考證，認爲知系字中古音應讀舌尖後音（supradentals）。至於
照系二等字的中古音，高本漢一開頭便認爲是舌尖後音，他根據精系字
聲母（韻圖只出現在一、四等位置）與照二系聲母（有二、三等之分，
但固定的放在韻圖二等位置）的互補關係，認爲二者同出一源，都是來
自於舌尖塞擦音*ts-（Karlgren 1923:25）。照他的說法，舌尖擦音*ts-,
*tsh-, *dz-, *s-❽等在某些元音前變成舌尖後音 tṣ-, tṣh-, dẓ-, ṣ-。

　　前文已提到，雅洪托夫（Yakhontov 1960）曾根據來母字與其它聲
母的二等字在諧聲系統中的接觸，認爲「所有的中古二等字在上古都有
帶l的複輔音聲母」。根據雅洪托夫的構擬知、徹、澄、娘與照、穿、
牀、審二等字的上古來源如下：

　　上古*tl-, *thl-, *dl-, *nl- > 中古知 t-，徹 th-，澄 d-，娘 n-

　　上古*tsl-, *tshl-, *dzl-, *sl- > 中古照 (二) tṣ-，穿 (二) tṣh-，牀 (二) dẓ-，

---

❽　爲了敘述的方便，這裡稍爲改動了高本漢的符號。高本漢認爲濁音是送氣的，而送
　　氣音則在音標右上角用鉤號標示。本文認爲濁音送氣與否沒有辨義作用，故不加以
　　標示，另外本文以-h 代表送氣音。

審 (二) ṣ-

這些知、照系聲母的上古音，李方桂先生（1971:11）構擬為帶介音*-r-的複聲母。他說：「中古的知，徹，澄，娘，照，穿，牀、審等捲舌聲母在二等韻母的前面一般人都以為是受二等韻母的元音的影響，從舌尖音變來的。但是這些聲母也在三等韻母前出現。三等韻母是有介音 j 的，他只應當顎化前面的聲母，不應當捲舌化。」他由此而推論「這些聲母後面一定另有一套介音可以使他捲舌化，前面我們已經擬一個*r-聲母，這個正可以當作這些聲母後的介音」。他接著構擬了如下的變化：

上古*tr-, *thr-, *dr-, *nr- > 中古知 t-, 徹 th-, 澄 d-, 娘 ṇ-

上古*tsr-, *tshr-, *dzr-, *sr- > 中古照 (二) tṣ-, 穿 (二) tṣh-, 牀 (二) dẓ-, 審 (二) ṣ-

以李先生的上古音構擬為基礎，進行漢藏語的比較研究，可以確認二等介音*-r-在唇、牙、喉音聲母之後正是對應於藏、緬語的-r-。❾ 然而在舌音與齒音聲母後面，情形並不完全一樣。在藏語中 r 並非出現在 t-, th-, d-, ts-, tsh-, dz-等音之後，而是出現在它們之前。例子如下：❿

18. 漢語：撞　*rdung(s) > ḍång

藏語：　　　rdung, pf. brdungs, fut. brdung, imp. (b)rdung(s)

打、捶、敲

19. 漢語：塵　*rdjən > djĕn

---

❾ 例字請參看拙著（龔 1994:83 及 1997:203）。

❿ 請參看拙著（龔 1995 例 262、158、276、148、264、329 等）。在該文中我未加任何說明便把 r 與 t、d 以及 dz 的位置倒過來。

| | | 藏語： | rdul | 塵土 |

| 20. | 漢語：椓 | *rtuk > ṭåk |
| | 藏語： | rdug | "to strike against" |

21. 漢語：展　　*rtjanx > tjän

　　藏語：　　rdal　　分布、分散

22. 漢語：冢　　*rtjungx > tjwong

　　藏語：　　rdung　　"a small mound, hillock"

　　緬語：　　taung < *tung　　山

23. 漢語：事　　*rdzjəgs > dẓi

　　藏語：　　rdzas　　物質、實事

　　緬語：　　ca　　"a thing".

　　上面的例子，依照李先生的構擬*r 音都應該在舌、齒音之後，但我們已看到相對應的藏文同源詞，r 音都出現在舌、齒音之前。

　　蒲立本（Pulleyblank 1962:110）支持雅洪托夫（Yakhontov 1960）二等字帶有-l-介音的說法。他並進一步指出（上引文 p.125）介音-l-具有構詞法上中綴（morphological infix）的作用，他說「在若干例子中，這一個中綴由自動詞造他動詞，或由他動詞造使動式」。在他所舉的例子中有下列兩對同源詞與目前我們所討論的問題有關。⓫

24. 至　　c_ii` < *tīts　"arrive"　：　致　$t_i$i` < *tlīts "bring"

25. 出　　$c_i$wit　　"go out"　：　黜　$t_i$wit "expel"

　　依照他的說法，「致」是由「至」加中綴-l-所造成，而「黜」則是由「出」加中綴-l-所造成。他由此推論中綴-l-可由自動詞造他動詞或動

⓫　下面的例子均依照蒲立本原來的擬音引用。

詞的使動式。但是蒲立本在後來「關於漢語詞族的若干新假設」
（Pulleyblank 1973:118）一文中，經與藏文的比較而提出中綴-r-「可能
反映原先的詞頭 r 使後面的舌頭音捲舌化而留下了痕跡」的說法。他的
後一個說法無疑是正確的，這是漢藏語的比較研究促進了漢語上古音研
究的一個好例子。從本文的角度，蒲立本所舉的例子可改寫成下面的對
比：

26. 至　　*tjits　：　致　　*r-tjits　（使動式）

27. 出　　*thjət　：　黜　　*r-thjət　（使動式）

這樣的構擬，表示「致」*r-tjits 與「黜」*r-thjət 乃分別由「至」
*tjits 與「出」*thjət 加詞頭（前綴）*r-所構成。在藏文中使動式通常
由詞根加詞頭*s-構成，而詞頭*s-偶而也有方言變體*r-，例如：

28. 藏語　　thung-ba　　短

　　　　　rtung-ba, pf. brtungs, fut. brtung, 縮短、減短

　　　　　亦作 stung-ba, 縮短、減短

　　　　　stung-ba, pf. bstungs, fut. bstung, imp. stungs

在藏文中 r-與 s-常有交替的現象，例如 rtab-pa'to be in a hurry, to be
confused, frightened'又作 stab-pa，了解同一語言中的這種語音交替的現
象，下面一組同源詞的對應關係便較容易掌握。這樣的對應關係至少告
訴我們，在這些語詞中知系字的上古音是 r 在 d 之前，而不是在 d 之後。

*rd-　29. 漢語：纏　　*rdjan > djän

　　　　藏語：　　　star　　　　　綑、結牢

　　　　緬語：　　　ta　　　　　　"to cling to".

在漢藏語的同源詞中有一組漢語的知母字與藏文的 rt-相對應的例

子，⓬

*r-t-　30. 漢語：綴　　*rtjuat > tjwät,

　　　　　　　　　　*rtjuats > tjwäi

　　　　　贅　　*tjuats > tśjwäi

　　　藏語：　　　rtod, gtod, btod　　　用繩子栓起來

　　　在這個例子中，藏文的 rtod 與 gtod 似乎是同一個語詞的變體，而這種 r-與 g-的交替，在書面藏語中並不乏其例，使我們推測下面一組漢藏同源詞中，漢語與藏語的語音對應關係，正是如此。

*r-s-　31. 漢語：殺　　*r-siat > ṣăt

　　　藏語：　　　gsod, pf. bsad, fut. bsad, imp. sod　　殺

　　　緬語：　　　sat　　　　　　　　　　　　殺、煞

　　　這一組語詞的漢藏同源關係無可置疑，但我們一直苦於無法解釋語音的對應關係。現在看來，漢語「殺」的上古音，r 音是前綴，而不是介音，它與藏文的對應關係，也顯現於下面一組漢藏同源詞：

*rt-　32. 漢語：晝　　*rtjuks > tjə̆u

　　　藏語：　　　gdugs　　　中午

　　　根據以上漢藏語比較的證據，我們看到知系與照系二等字，李方桂先生構擬作*tr-、*tsr-等的音，藏文都作*rt-、*rts-。從諧聲的觀點來看，像*rtan 與*tan、*rtsan 與*tsan 的諧聲，遠較*tran 與*tan、或*tsran 與*tsan 的諧聲接近；而*rtan 與*tan、*rtsan 與*tsan 的諧聲也遠較*rtan 與*ran、或*rtsan 與*ran 的諧聲令人滿意：所以知系（*rt-）與照系二等字（*rts-），多與端系（*t-）與精系（*ts-）字諧聲，而不大與來母（*r-）

⓬　請參看拙著（龔 1995 例 215）。

字諧聲。來母字與二等字的諧聲，多見於脣、牙、喉音，而不大見於舌、齒音。在雅洪托夫所舉的例子中（p.44），來母字與照系二等字的諧聲，也僅限於審母二等（*sr-）。至於蒲立本（Pulleyblank 1962:110）則舉了下面幾個來母字與知系字的諧聲或一字兩讀，這究竟是少數的例外情形，還是顯示上古音除了*rt-、*rth-、*rd-以外，還有*tr-、*thr-、*dr-，有待進一步研究。

33. 勞　　lɑu　　：嘮　ṭhau ❸

　　獠❹　lɑu, ṭau

　　駗　lịin　　：珍　ṭịin　　：診　ḍịin`

至於來母字與照二的接觸，下面兩組同源詞，必須假定*dzr-與*tshr-的複輔音才容易解釋。

34. 勮❺　*rjag　　：助　*dz-rjag

　　摻　rəm　　：孋❻　*tsh-rəm

審母二等字在漢藏語比較中顯現同時與藏文的 sr-與 rs-對應，在漢字諧聲字中審母二等也同時與來母與心母諧聲，諧聲字所呈現的現象與漢、藏語的對應關係所顯示的現象若合符節，漢字所呈現的現象，由於與藏文比較而得到合理的解釋，這是漢藏語的歷史比較語言學對漢語聲韻學與文字學的貢獻。

---

❸　原文作 ṭau。《廣韻》「嘮」、「敕交切」，聲母屬徹母，故據以改爲 ṭhau。

❹　原文作「撩」，疑爲排版之誤，因《廣韻》「獠」字有他所指的兩種讀法，故據以改正。

❺　《說文》「勮，助也，从力非，慮聲」。

❻　《說文》「孋，摻也，从女參聲」。

四、上古漢語的*N-詞頭

上古漢語的*N-詞頭，乃是爲了要解釋漢語內部詞彙之間的同源關係、諧聲現象、語音變化、以及漢語與藏緬語之間若干不規則的對應關係，參酌與漢語同源的藏語詞頭及語音變化而提出的假設。

蒲立本（Pulleyblank 1962:115）曾注意到，在高本漢構擬爲不送氣濁塞音*d-（喻四）的諧聲系列裡，通常沒有以 t-開頭的字。❶他說：「如果我們只是跟著高本漢爲 y-（喻四中古音）構擬不送氣的 d-，而不作其他更動，則很不容易理解爲什麼會有這樣的分布。爲什麼送氣的 th-會比不送氣的 t-更接近不送氣的 d-呢？」

他隨後作了漢、藏語以及漢、泰語的比較，其中有如下的例子：❶

35. 漢語：脫　　thwɑt, duɑt, thwɑi`

藏語：　　lhod-pa　　　　釋放、鬆開、放鬆、鬆弛

緬語：　　hlwat　　　　　放、釋放

36. 漢語：鐵　　thet < *θet < *θek

原始泰語：　l'ĕk

從上面的比較我們可以看到漢語的 th-對應於藏語、泰語的清邊音 lh-。李方桂先生（1971:15）說「藏語的清邊音，普通寫作 lh-的，唐代譯音多用透母來譯，如 lha-mthong 譯作貪通 thậm-thung，lha-[bo]-brtsan 譯作他〔譜〕贊 thâ-puo-tsân，lho-gong 譯作土公 thuo-kung 等」，據此他擬出下列演變律：

---

❶　關於這一問題請參看雅洪托夫（1986:158）。

❶　參看 Pulleyblank 1962:116-7, 1973:117。

j.　上古　　*hl-（一、二、四等字）> 中古透母 th-。

　　根據這條演變律，漢語的 th-來自上古的 hl-，漢、藏、泰語之間語音的對應關係非常嚴整。然而漢語「脫」字中古音有 th-、d-兩讀，詞義完全一樣，如果 th-來自*hl-，那麼同一詞根，一讀 hluat，一讀 duat，要如何解釋呢？（案：同一個詞而有 hl-與 d-二讀，而詞義無殊，顯見是同一個詞根或詞素的兩個變體），這種情形顯示 d-與 l-有密切的關係，針對這一類的問題，雅洪托夫（Yakhontov 1986:160）曾提出 d-來自上古*l-的說法。但是中古的零聲母（喻四）來自上古的*l-，已是研究上古音的學者之間的共識，所以他設定不同的語音環境來因應。他認爲：

37.　*l- > d-

　　　*li- > ź-, i-

同時作了如下的構擬：

38. 奪 lot > duat[8]　　　　　脫 s-lot > thuat[7]

　　逾 lio > io[2]　　　　　　輸 s-lio > śio[1]

　　潭 lum > dəm[2]　　　　　深 s-lium > śiəm[1]

「奪」與「脫」（兩讀中的一讀）同音，甚至可能即是同一語詞，完全可以用來說明「脫」字兩讀的情形。

　　包擬古（Bodman 1985:160）[19]也認爲「脫」字的又音 duat 來自*lot，喻四（如「悅」字）他也認爲來自*lòt，只不過他假定上古的*l-在他的 A 型音節（沒有三等介音的音節）中演變爲中古的定母（*l- > d-），而在 B 型音節（有三等介音的音節）中演變爲中古的喻四（*l- > j-），他

---

[19]　參看漢譯本 p.266。

所設定的條件與雅洪托夫不同而已。

　　我在這裡要提出與他們都不同的看法，我認爲*l-是喻四的惟一來源（例子請看下面例 39、40、41、42、43），也是三等介音的來源之一（例子請看下面例 44、45，又此外還另有三等介音*-j-）。*l-在三等介音之前發展爲中古的邪母 zj-（例子請看下面例 46、47）❷，並不是發展爲喻四，因此不能設想*l-在一等韻中直接演變爲中古的定母（d-）。

39. 漢語：揚　　　*lang > jang ❷

藏語：　　　　lang　　　　　起、起來

緬語：　　　　lang'　　　　　高處搭的棚子

40. 漢語：陽　　　*lang > jang

緬語：　　　　lâng　　　　　明亮

41. 漢語：翼　　　*lək > jək

藏語：　　　　lag　　　　　手、動物的前肢或前腿

緬語：　　　　lak　　　　　手、牲畜的前肢

西夏語：𗇂　*laʔ¹　　　手、臂

42. 漢語：謠　　　*lagw > jäu

藏語：　　　　lo　　　　　談、傳聞、謠言、諺語

43. 漢語：詍　　　*laps > jäi　　　《說文》「多言也」

---

❷　我接受李方桂先生（1971:11）的說法，認爲喻四與邪母來源的不同在於三等介音的有無。

❷　從語音演變的角度看，李方桂先生（1971:5）中古聲母喻三 j-與喻四 ji-的擬音似乎應該倒過來；喻四似應作 j-，它是上古*l-的反映，喻三似應作*rj-（*r-代表舌尖前半元音）。

藏語： lab 說話

44. 漢語：羊 *lang > jang

姜 *klang > kjang

羌 *khlang > khjang

45. 漢語：與 *lagx > jwo

舉 *klagx > kjwo

46. 漢語：俗 *ljuk > zjwok

藏語： lugs 制度、規則、風尚

47. 漢語：尋 *ljəm > zjəm

藏語： lam 尋（一尋＝四腕尺），以尋量長度

ə-lam 尋

從上面的例子，我們看到*l-演變爲中古的喻四，*lj-演變爲中古的邪母，如果*l-也演變爲中古的定母，一定是在上古某種詞頭的影響下所發生。從同源而仍保存詞頭的古藏文來看，這個詞頭應該是 a-chung。

藏文 a-chung 的對音自來有 ḥ, ạ, 及'等各種不同的寫法，關於它的音值也有不同的主張，張謝蓓蒂與張琨（Chang and Chang 1976a）認爲它是一個鼻音，而用大寫的 N-來表示，本文加以沿用。

首先要說明的是：藏文的 a-chung(N-)在藏文的動詞變化上扮演很重要的角色，很多動詞加 N-詞頭造現在式⓽，例如：

48. 漢語：荷 *galx > γâ

藏語： Ngel（現在式）、bkal（完成式）

dgal（未來式）、khol（命令式）

⓽ 關於藏文動詞構詞法的研究，請參看 Coblin 1976。

　　　　　　　　　　　　　裝載、馱

　　　　　　　sgal　　　　所背的東西、獸馱的東西

49. 漢語：蓋　　*gap > ɣâp

　　　　　　　*kaps > kâi

　　　闔　　　*gap > ɣâp

　　藏語：　　Ngebs（現在式）、bkab（完成式）

　　　　　　　dgab（未來式）、khob（命令式）

　　　　　　　　　　　　覆蔽

　　另外自動詞與他動詞或動詞使動式的區別，前者加詞頭 N-表示，後者則加詞頭 s-表示，例如：

50. 漢語：焚　　*bjən > bjuən

　　藏語：　　N-bar　　　燒、燃

　　　　　　　s-bar　　　點火、燃火

　　緬語：　　pa'　　　　發光、發亮

51. 漢語：援　　*gwrjans > jwän

　　藏語：　　Ngrol（現在式）、grol（完成式）解開、釋放

　　　　　　　sgrol（現在式）、bsgral（完成式及未來式）

　　　　　　　　　　　　救度、拯救

　　現在我們回頭看看漢語「脫」字兩讀的情形，就會發現其情形與此類似。

52. 漢語：脫　　*s-luat > *hluat > thuât

　　　　　　　*N-luat > duât（參考：悅*luat）

　　藏語：　　lhod, lod, glod　釋放、鬆開、放鬆、鬆弛

　　緬語：　　lwat　　　　能擺脫、逃脫

hlwat　　　　　放、釋放

至於*N-l-是否可能演變爲 d-，李先生（Li 1933）曾提出底下的藏文的演變律：

k.　　*N-l-(?) > d-l- > ld-

他審愼的加了問號表示存疑。張謝蓓蒂與張琨（Chang and Chang 1977:238）不但接受這一構擬，還更進一步與漢語的*dj-（牀母或禪母）聯繫，他們所提出的演變律如下：

　　　　　　　　　　　　　　　↗　Chinese　　*dj-[dy]

l.　　*N-l- > *N-d-l- > *dl-

　　　　　　　　　　　　　　　↘　Tibetan　　ld-

因爲原始漢藏語的*N-l-不但是中古漢語部分牀母與禪母的來源，而且也是部分定母的來源，故本文提出如下的修正：

m.　　原始漢藏語、上古漢語*N-l- > 中古漢語定母 d-

n.　　原始漢藏語、上古漢語*N-lj- > *dj- > 中古漢語牀母 dź-或禪母 ź-

至於原始漢藏語至古藏語的演變，則因介音*-j-的脫落而造成*N-l-與*N-lj-合流，共同演變爲 ld-。

上面 m 與 n 的演變律可以解釋下面幾組漢、藏同源詞。其中對應的藏語爲何不是 ld-，而是 l-，可能的解釋是：在這兩個詞彙中詞頭*N-是漢語內部後來的發展，原始漢藏語並沒有詞頭，或原始漢藏語雖有詞頭*N-，但在古藏語尚未發展出插音-d-（epenthetic stop）以前因某種原因而消失。

53. 漢語：蝶　　*N-liap > *diap > diep

　　藏語：　　phye-ma-<u>leb</u>　蝴蝶

54. 漢語：牒　　　*N-liap > *diap > diep

　　藏語：　　　　leb-mo　　　　　扁平、平板狀

55. 漢語：食　　　*N-ljək > *djək > dźjək

　　　　　　　　（比較：「食」字另讀*ləks > i，可見有 l-音來

　　　　　　　　源）

　　　　飼　　　*s-ljəks

上面的構擬顯示「飼」（*s-ljəks）是「食」（*N-ljək）的使動式。

　　最後還必須一提的是，在藏文裡鼻音詞頭*N-或 m-也會引起插音
-t-的產生，而使後面的 s 變成 tsh，例如：

*N-s　56. 藏語：　　　N-chi < *N-syi （現在式）　死

　　　　　　　　　　shi < *syi（完成式）

　　　　漢語：死　　　*sjidx > si

　　　　緬語：　　　　se < siy

　　　　西夏語：糦　　*sji¹

　　　　　　　徉　　*sji²

*m-s　57. 藏語：　　　m-tshan < *m-san　　外甥"nephew".

　　　　漢語：孫　　　*sən > suən

*m-sj 58. 藏語：　　　mchin < *m-syin　　肝

　　　　漢語：辛　　　*sjin > sjen

　　　　緬語：　　　　sâñ < *sîn　　肝

　　　　西夏語：薙　*sji²　　肝

　　有跡象顯示同樣的變化也曾發生在上古漢語，例如：

*s-　59. 漢語：三　　　*səm > sâm

　　　藏語：　　　　gsum

緬語：　　　　sûm̊

西夏語：**穀** *sǫ¹ (*ǫ < *ų)

*N-s　　　　**參** *N-səm > *tshəm > tshâm

　　　　　　驂 *N-səm > *tshəm > tshâm

漢語「三」、「參」、「驂」三字有語源關係，應該是由同一語根演變出來的，如下的假設可以解釋它們之間的關係。

o.　上古　　*N-s- > 中古清母 tsh-

五、結語

關於漢藏語的比較研究對漢語音韻史研究的重要性，很多漢語音韻學家都有共同的認識，董同龢（1954:6；1970:8）在他的《中國語音史》一書中提到「關於古代中國語，我們可以用的材料以及他的價值」時說：「凡同族系的語言，語音系統有類似的情形，語音的變化也往往有平行的進展。就各種有關係的語言，推求他們的母語，以昧於此者驗之於知於彼者，正是所謂比較研究的課題。漢藏族語言的比較研究已經到了基礎粗立的階段，不久可以在古代漢語方面大放異彩」。王力（1957:31）在他所著《漢語史稿》第一章緒論「漢語的親屬」一節最後一段也說：「漢語的親屬的研究，和漢語史的研究有密切的關係。將來東方的歷史比較語言學有了偉大的成就的時候，漢語史上的許多難題都可以迎刃而解了。」兩位學者對漢藏語的比較研究都曾寄以厚望，可惜這方面的研究進展非常緩慢。到了一九七一年李方桂先生（1971:3）還說：「漢語與別的漢藏語系的語言的比較研究，這是將來發展漢語上古音系的一條大路，也有不少人嘗試……。可是這種工作一直到現在還

只是初步的，還沒有十分肯定的結論。」

　　一九八三年李方桂先生訪問北京大學做學術演講，會後開了一個座談會「上古音學術討論會」，會中當時的中國社會科學院語言研究所的所長李榮（李方桂等 1987:5）曾說：「至於漢藏語的比較，現在還處在『貌合神離』的階段，看著藏文有點兒像，就湊上了。目前，漢藏語的研究還在起步時期，我們不能過分苛求。要依據漢藏語的比較來研究上古音，現在恐怕爲時尚早。」

　　這是中國大陸學者對當時研究水平的評估。其中癥結所在羅杰瑞（Norman 1988:13，漢譯本 12-13）在他的《漢語概說》一書中有一針見血的看法。他說：「漢語、藏語、緬語的親屬關係是無容置疑的，但漢藏語的比較研究還很差。漢語和藏緬語的語音對應還沒有搞得很詳細，只有完成了這項工作，漢藏語的比較研究才能眞正起步。這並不是說這項比較研究就沒法做，實際上，要確立漢藏語之間更明確的親屬關係，唯一的路徑，是辨認出更多的同源詞。這好像是雙向並行的街道：語音對應規律基於同源詞的分析，而同源詞反過來又主要是在語音對應規則的基礎上，加以辨別和判斷，究竟是或不是同源詞。漢藏語的比較研究相對來說還屬初級階段，兩組語言的語音對應規則，由於缺乏足夠數量的確實可靠的同源詞，還不能加以總的、全面的敘述。現在的任務，必須發現更多的有聯繫的詞匯，而這個工作無論漢語還是藏緬語，兩方面都存在一定困難，要深入進行比較研究，這些困難必須要加以克服。」

　　漢藏語的歷史比較研究仍然有待今後繼續不斷的努力。我們努力的目標是把漢藏語的比較研究與漢語上古音的研究聯貫起來，使漢語音韻史可以往上延伸，與原始漢藏語連接。

參考書目

Baxter, W.H. III. （白一平），1983〈上古漢語*sr-的發展〉，《語言研究》一九八三年第一期 22-26。

Benedict, Paul K. （白保羅），1972 *Sino-Tibetan: A Conspectus*. Contributing editor: James A. Matisoff. Cambridge: Cambridge University Press. 本尼迪克特著、馬提索夫編，樂賽月、羅美珍譯，瞿靄堂、吳妙發校《漢藏語言概論》1984，中國社會科學院民族研究所語言室。

Bodman, N. C. （包擬古），1973 "Some Chinese reflexes of Sino-Tibetan s-clusters" Journal of Chinese Linguistics, 1.3:383-396. 包擬古著，潘悟雲、馮蒸譯，〈漢藏語中帶 s-的複輔音聲母在漢語中的某些反映形式〉，《原始漢語與漢藏語》25-45，1995 北京：中華書局。

------, 1980 "Proto-Chinese and Sino-Tibetan: Data towards establishing the nature of the relationship," In *Contributions to Historical Linguistics: Issues and Materials*. 34-199. Frans Van Coetsem and Linda Waugh, eds. Leiden: E. J. Brill. 包擬古著，潘悟雲、馮蒸譯，〈原始漢語與漢藏語——建立兩者之間關係的若干證據〉，《原始漢語與漢藏語》46-241，1995 北京：中華書局。

------, 1985 "Evidence for l and r medials in Old Chinese and associated problems," In *Linguistics of the Sino-Tibetan Area: The State of the Art*. 146-167. Graham Thurgood, James A. Matisoff, and David Bradley eds. Canberra: The Australian National University. 包擬古著，潘悟雲、馮蒸譯，〈上古漢語中具有 l 和 r 介音的證據及相關

諸問題〉,《原始漢語與漢藏語》242-280,1995 北京：中華書局。

Chang, Betty Shefts and Kun Chang（張謝蓓蒂、張琨）, 1976a "The prenasalized stop initials of Miao-Yao, Tibeto-Burman, and Chinese: a result of diffusion or evidence of a genetic relationship?" *BIHP* 47:467-502.

------, 1976 b "Chinese *s-nasal initials," *BIHP* 47:587-609.

------, 1977 "Tibetan prenasalized initials," *BIHP* 48:229-43.

Coblin, W. South（柯蔚南）, 1976 "Notes on Tibetan verbal morphology," *TP* 62:45-70.

------, 1986 *A Sinologist's Handlist of Sino-Tibetan Lexical Comparisons*. Monumenta Serica Monograph Series XVIII. Nettetal: Steyler Verlag.

Gong, Hwang-cherng（龔煌城）, 1994 "The fisrt palatalization of velars in Late Old Chinese," In Matthew Y. Chen and Ovid J. L. Tzeng eds., In Honor of William S-Y. Wang. *Interdisciplinary Studies on Language and Language Change*. 131-142. Taipei: Pyramid Press.

------, 1995 "The system of finals in Proto-Sino-Tibetan," In William S-Y. Wang ed., *The Ancestry of the Chinese Language*. 41-92. Journal of Chinese Linguistics. Monograph Series Number 8.

------, 1997〈從漢藏語的比較看重紐問題（兼論上古*-rj-介音對中古韻母演變的影響）〉,《聲韻論叢》6:195-243,臺北：臺灣學生書局。

Karlgren, Bernhard（高本漢）, 1915-26 *Études sur la phonologie chinoise, 4 fasc*. Archives d'études orientales, vol.15 (in 4 parts). Leiden: E.J. Brill; Uppsala: K.W. Appelberg.〔瑞典〕高本漢著,趙元任、羅常培、李方桂合譯：《中國音韻學研究》,1948 臺北：商務印書館。

------, 1923 *Analytic Dictionary of Chinese and Sino-Japanese*. Paris: Librairie Orientaliste Paul Geuthner. Orienta.

------, 1934 "Word families in Chinese," *BMFEA* 5:9-120. 高本漢原著，張世祿譯述：《漢語詞類》，1976 臺北：聯貫出版社。

------, 1940 "Grammata Serica: script and phonetics in Chinese and Sino-Japanese," *BMFEA* 12:1-471.

------, 1953 "Compendium of phonetics in Ancient and Archaic Chinese," *BMFEA* 26:211-367.

------, 1956 "Cognate words in the Chinese phonetic series," *BMFEA* 28:1-18.

------, 1957 "Grammata Serica Recensa," *BMFEA* 29:1-332.

Li, Fang-kuei（李方桂），1933 "Certain phonetic influences of the Tibetan prefixes upon the root initials," *BIHP* 4:135-157. 馮蒸譯，〈藏文前綴音對於聲母的影響〉，馮蒸，《漢語音韻學論文集》639-670，1997，北京：首都師範大學出版社。

------, 1959 "Tibetan glo-ba-'dring," *Studia Serica Bernhard Karlgren Dedicata* 55-59. Egerod, S. and Glahn. E. (eds.), Copenhagen: Munksgard. 馮蒸譯，〈藏文的 Glo-ba-'dring〉，《民族語文論叢》1:375-384，中央民族學院少數民族語言研究所編，1984，北京。又收於馮蒸，《漢語音韻學論文集》671-678，1997，北京：首都師範大學出版社。

------, 1971〈上古音研究〉，《清華學報》新九卷，第一、二期合刊 1-61。

Li Fang-kuei et al.（李方桂、李榮、俞敏、王力、周祖謨、季羨林、朱德熙），1987〈上古音學術討論會上的發言〉，《語言學論叢》，

第十四輯 3-20，北京：商務印書館。

Lo, Ch'ang-p'ei（羅常培），1931〈知徹澄娘音值考〉，《史語所集刊》3.1:121-157。又收入《羅常培語言學論文選集》22-53（1963）。

Maspero, H.（馬伯樂），1930 "Préfixes et dérivation en chinois archaïque," *Mem. Soc. Ling. de Paris* 23:313-327.

Norman, Jerry（羅杰瑞），1988 *Chinese*. Cambridge: University Press. 羅杰瑞著、張惠英譯，《漢語概說》，1995，北京：語文出版社。

Pulleyblank, Edwin G.（蒲立本），1962 "The consonantal system of Old Chinese（中國古代的輔音系統）", *Asia Major* 9:58-144, 206-265.

------, 1973 "Some new hypotheses concerning word families in Chinese," *JCL* 1:111-125.

Tung, T'ung-ho（董同龢），1954，《中國語音史》，臺北：中華文化出版事業委員會。

------, 1970《漢語音韻學》，臺北：臺灣學生書局。

Tang, Lan（唐蘭），1949《中國文字學》，上海：開明書店。

Wang, Li（王力），1957《漢語史稿》，北京：科學出版社。

Yakhontov, S. E.（雅洪托夫），Яхонтов, С. Е. 1960 "Сочетания согласных в древнекитайском языке", Труды двадцать пятого международного конгресса востоковедов, 葉蜚聲、陳重業、楊劍橋譯，伍鐵平校：〈上古漢語的複輔音聲母〉，謝·葉·雅洪托夫著，唐作藩、胡雙寶選編，《漢語史論集》頁 42-52，1986，北京：北京大學出版社。

------, 1986 "начальные ɪ и г в древнекитайском языке" *Востоковедение*, 2, Издательство Ленинградского Университета,

張雙棣譯，顧越校，〈上古漢語的開頭輔音 L 和 R〉，謝·葉·雅洪托夫著，唐作藩、胡雙寶選編，《漢語史論集》頁 156-165，1986，北京：北京大學出版社。

《聲韻論叢・第九輯》
聲韻學學會主編　頁353～376
臺灣學生書局　　2000 年 8 月

韻書中方音混合的兩種類型：
音類聯合型和單字雜合型

陳貴麟*

壹、研究範圍與緣起

　　本文所謂的韻書以《王仁昫刊謬補缺切韻》(以下簡稱王韻)為主，其它中古韻書為輔。因為牽涉到前代的韻書及後來的傳本，所以在題目上沒有特別限定是哪一本韻書。音類聯合與單字雜合是韻書增錄切語的兩個模式，其來源包括經傳典籍、前代韻書、抄編者的方言等等。筆者特別凸顯這兩個模式，以便探求《切韻》傳本裡面關於方音混合的類型。

　　目前聲韻學界普遍認為《切韻》的性質是個綜合音系，然而對「綜合」一詞僅僅停留在初步理解的層次。筆者曾經整理過各家對《切韻》性質的說法，分成「長安西北方音說、古今南北綜合說、洛陽基礎方言說、六朝讀書音說、洛陽金陵混合之讀書音說」五類。❶從韻書反切及

---

*　　中國技術學院副教授

❶　　陳貴麟《切韻系韻書傳本及其重紐之研究》(臺灣大學中文研究所博士論文，1997)
　　　頁 111-120。
　　　按：博士論文中所引專書及期刊文章甚夥，此處不一一列舉。

相關研究來看，第一類單一音系的說法是錯誤的。其它四類可通過時空等因素加以調合或是互相補充發明。其中最重要的關鍵就是方音混合的概念和類型。

《切韻》有「從分不從合」的原則，這個原則在王韻韻目小注中可以得到證實。基本上《切韻》是以韻目爲單位，以隋唐時代的雅言通語爲基礎，聯合各韻書的韻目成爲 193 韻。❷坂井健一推算山東呂靜 148 韻，安徽夏侯該 173 韻，河北陽休之、李季節、杜臺卿分別是 172、163、169 韻。❸《切韻》兼包前述諸人的韻目卻只有 193 韻，可見南北朝時至少有一百多個韻目在音類上是一對一的關係，可視爲共同性的韻母。《切韻》跟前代韻書的落差在 20 和 45 之間。這些韻目在音類上不是一對一的關係，可視爲差別性的韻母。差別性韻母經由「音類聯合型的方音混合」模式綜合在《切韻》裡面。

《切韻·序》「捃選精切，除削疏緩」這句話意味著蕭該等八人看到許多韻書的切語差異相當大，因此才有「蕭顏多所決定」的必要。我們比較有興趣的是多音字的成因。從文字學的觀點分析字形跟音義的錯綜關係，有「一形多音義」和「一詞多形」的現象。「一形多音義」的原因有很多種，包括：語義引申、假借、同義換讀、異字同

---

❷　魏晉以後產生大量的流民，東晉、南朝時針對當時僑人和僑州郡實施土斷（戶口清查），居民按實際居住地編定戶籍。當時方言混合的情形非常普遍，但僑人在初期仍屬白籍（臨時戶口）而非黃籍（永久戶口），一部分的人可能還是使用鄉音交談。參閱《中國大百科全書·中國歷史II》（北京：中國大百科全書，1992）頁 1161陳仲安撰寫「土斷」條。

❸　坂井健一《魏晉南北朝字音研究——經典釋文所引音義攷》（日本汲古書院，1975）頁 7。

形、文白異讀、讀音訛變等。「一詞多形」如飛、蜚兩個字其實是同一個詞。❹

　　《切韻》或其後的傳本綜合了古今南北的方音，有時韻字下的注文可幫助我們判斷方言借詞。如桴字有溥謀、芳無兩個反切，前者奉母尤韻、後者敷母虞韻，前者訓解「齊人也，屋棟曰桴」，後者訓解「屋棟」。桴字具有同義多音的特點，其中尤韻的讀音來自齊人的方言。

　　有時幾種原因可能糾結在一個例字當中，我們分析時得格外小心。譬如切二、王二的「硈（戶多）、硈（戶多）」，從版本學來看它們是異文；但王二硈有苦紅、戶多兩讀，從語言學的觀點來看，東韻苦紅反這個讀音是另外一個詞。為了便於說明這種複雜的情況，本文採用裘錫圭先生的辦法，詞的指稱用花括號，字的指稱用單引號。例如：{硈}（落石聲）跟{硈}（青色）是兩個詞，但字形上都寫成「硈」字。切二「硈」（戶多）和王二「硈」（戶多）是《切韻》版本上的異文，都指涉{硈}這個詞。

　　跟方言借詞相關的術語是同源異形詞（doublet）。「同源異形詞」意指祖語同源的詞經過時空改變之後音義有了不同的面貌。例如甲方言「x1」跟乙方言「x2」都來自{x}，「x1」跟「x2」字形上的異同並無影響力，但{x1}跟{x2}兩者必須音同義近或音近義同。在中古韻書中往往收錄不少同義多音字，同義多音字相當於語言學上所謂的同源異形詞。如果能找出成系統的對應關係，對於中古或上古的方言研究必然有很大的助益。例如金慶淑從《廣韻》又音字看上古方音，基本上是觸及

---

❹　參閱裘錫圭《文字學概要》（臺北：萬卷樓，1995）頁 287-288。

到中古韻書裡面單字雜合的方音混合類型。❺有些以單字方式雜合在韻書中的方音不能同級涵括在中古音系裡面，否則在重建上古音或連接近代音時就有許多的困難和例外。有些學者企圖證明唐五代的《切韻》傳本各有不同的音系。❻平心而論，他們的用功程度值得敬佩，但在觀念上是有待修正的。儘管《切韻》各個傳本的版本系統相當複雜，然而其反映的音韻系統是一致的。傳抄者或編修者雜合進去的字音必須在具體研究之後才能看出學術上的價值。本文拋磚引玉，指出具體研究的方法，同時舉例加以說明。

貳、音類聯合型的方音混合

「音類聯合」意指在《切韻》中以韻目為單位，根據五家韻書或當時的雅言通語進行比對的工作，只要音類上有分別的韻目便聯合在《切韻》裡面。❼王國維和周祖謨兩位先生指出這些小注不僅可以幫助我們了解《切韻》跟以前諸家韻書的關係，同時可以使我們略知晉以後齊梁時代南北語音的情況。❽

---

❺　金慶淑《廣韻又音字與上古方音之研究》，臺灣大學中文研究所博士論文，1993。

❻　如古德夫《漢語中古音新探》，江蘇教育，1993。

❼　雖然韻目不等於中古音的韻類，但韻目仍能顯示相對的韻母類別。譬如東韻是一個韻目，但系聯後有一類、二類，用四聲相承來看韻目韻類的關係，韻類有別而韻目未必有別，韻目有別則韻類必有別。韻目小注有依照今音而別的條例，今音的標準可能是韻目或韻類，因此本文使用「音類聯合」這樣的名稱。

❽　王國維〈六朝人韻書分部說〉（《定本觀堂集林》，1923 密韻樓原本，臺北世界 1983 定本）頁 349-351。

　　筆者依照等韻重新加以整理。表格中第一欄的一、二列是韻目及
其注文中提到的韻目，三到七列是五家韻書作者的名字，第八列是隋唐
時代的雅言通語或是顏之推、蕭該等人討論後的反切讀音。例如：「冬，
陽與鍾江同韻，呂夏侯別，今依呂夏侯。」其中「冬」是小注韻，「鍾、
江」是相關韻，「陽與鍾江同韻」是說陽休之的冬、鍾、江三韻相同，
「呂夏侯別」是說呂靜、夏侯該兩人的冬韻跟鍾、江兩韻有別，「今依
呂夏侯」是說依照呂靜、夏侯該韻書中的韻目分別冬、鍾、江三韻。再
如「盍」下有括號，是根據王一（二玄社 P2011）增補的注文。又如魂
韻小注「呂陽夏侯與痕同，今別」，呂靜、陽休之、夏侯該三家韻書的
魂、痕同韻，「今別」是指五家以外的標準。周祖謨先生考證的結果，
認為是陸法言根據顏之推、蕭該等人共同討論所決定的結果寫出來
的。❾

　　部分「小注韻」分成(1)(2)或(1)(2)(3)，是牽就原文的結果。譬如敬
韻韻目小注「呂與靜勁徑同，夏侯與勁同，與靜徑別，今並別。」呂靜
敬靜勁徑同韻，但夏侯該敬勁同而靜徑異。「今並別」表示不管呂、夏
或同或異，都根據今音加以分別。本表分成敬(1)敬(2)兩欄之後，比較

　　周祖謨〈切韻的性質和它的音系基礎〉（《問學集》，北京中華 1966，臺北知仁
　　1976）頁 434-473。

　　按：王先生以古文行筆，僅點出觀念。周先生從第 447 頁到 459 頁專門探析唐本王
　　仁昫切韻韻目下的小注，較為詳細。周先生所謂的裴本即王二，敦煌本即王一，宋
　　跋本即全王。

❾　周祖謨《唐五代韻書集存》（臺灣學生，1994）頁 883。周先生主要的論據是全王
　　上聲腫韻「湩」字下所說「此是冬字之上聲，陸云多無上聲，何失甚？」對照王二
　　跟全王平聲冬韻韻目小注，確有「無上聲」三字。可見韻目小注出於陸法言之手。

能夠顯示原文的意思。至於昔韻下有一個問號，那是因爲王一有殘缺漫漶的注文，在無法辨識的情況下只好闕而不論。

一等韻

小注韻	冬	宋	沃	灰	賄	隊	魂	恩	簡
相關韻	鍾江	用絳	燭	咍	海	代	痕	恨	禡
呂　靜	別	--	別	別	別	別	同	同	同
夏侯該	別	別	別	同	疑	疑	同	--	別
陽休之	同	--	同	同	--	--	同	--	--
李季節	--	--	--	--	同	--	--	同	--
杜臺卿	--	--	--	同	--	--	--	--	--
其　他	--	--	--	--	--	--	別	別	--

小注韻	談	敢	盍
相關韻	銜	檻	(狎)
呂　靜	同	同	(同)
夏侯該	別	別	(別)
陽休之	別	--	--
李季節	--	--	--
杜臺卿	--	--	--
其　他	--	--	--

二等韻

小注韻	蟹	皆	怪	夬	刪	產	諫	山	澘
相關韻	駭	齊	泰	怪	山	旱	襉	先仙	銑獮
呂　靜	--	同	--	別	別	同	--	--	--
夏侯該	別	別	同	別	別	別	別	別	別
陽休之	--	同	--	--	別	--	--	同	同
李季節	同	--	--	同	同	--	同	--	--
杜臺卿	--	別	別	--	--	--	--	別	--
其　他	--	--	--	--	--	--	--	--	--

小注韻	肴	巧(1)	巧(2)	效	梗	敬(1)	敬(2)	耿(1)	耿(2)
相關韻	蕭宵	皓	篠小	嘯笑	靖(=靜)	勁	靜徑	迥	梗
呂　靜	--	同	--	--	別	同	同	同	--
夏侯該	別	別	別	別	同	同	別	別	別
陽休之	同	--	同	同	--	--	--	--	--
李季節	--	--	--	--	--	--	--	同	同
杜臺卿	別	--	--	別	--	--	--	同	同
其　他	--	--	--	--	--	別	別	--	--

小注韻	耿(3)	咸	賺	陷	洽
相關韻	靖	銜	檻	鑑	狎
呂　靜	同	--	--	--	別
夏侯該	別	別	別	別	別
陽休之	--	--	--	--	--
李季節	--	同	同	同	--
杜臺卿	--	--	--	--	--
其　他	--	--	--	--	--

三等韻

小注韻	董	脂	旨	至	語	眞	臻	櫛	殷(1)
相關韻	腫	之微	止	志	霽	文	眞	質	文
呂　靜	--	大亂雜	別	--	--	--	同	同	--
夏侯該	別	大亂雜	疑	--	別	別	別	同	--
陽休之	--	別	別	別	別	別	同	--	同
李季節	--	別	別	別	別	--	--	--	--
杜臺卿	--	別	別	別	別	別	同	--	同
其　他	--	--	--	--	--	--	--	別	別

小注韻	殷(2)	隱	迄	元	阮	願(1)	願(2)	月	陽
相關韻	臻	吻	質	魂	混很	慁	恨	沒	唐
呂　靜	--	同	別	別	別	--	--	別	同
夏侯該	同	別	同	同	同	別	同	同	別
陽休之	--	--	--	同	同	--	--	--	--
李季節	--	--	--	--	--	--	--	--	--
杜臺卿	--	--	--	同	同	--	--	--	同
其　他	別	--	--	--	--	別	別	--	--

小注韻	養	漾	藥	靜	昔	尤	有	宥	幼
相關韻	蕩	宕	鐸	迥	?	侯	厚	候	宥
呂　靜	同	同	同	同	--	別	別	同	別
夏侯該	疑	疑	別	別	--	同	疑	疑	別
陽休之	--	--	--	--	--	--	--	--	--
李季節	--	--	--	--	--	--	同	同	--
杜臺卿	--	--	同	--	--	同	--	--	同
其　他	別	別	--	--	--	--	--	別	--

小注韻	琰(1)	琰(2)	豔(1)	豔(2)	葉	乏(1)	乏(2)
相關韻	范賺	忝	梵	栝	怗洽	業	合
呂　靜	同	同	同	--	同	同	--
夏侯該	別	同	--	同	--	--	同
陽休之	--	--	--	--	--	--	--
李季節	--	--	--	--	--	--	--
杜臺卿	--	--	--	--	--	--	--
其　他	別	別	別	別	別	別	別

四等韻

小注韻	霽	先	銑	霰	屑	篠	嘯	錫(1)	錫(2)
相關韻	祭	仙	獮	線	薛	小	笑	昔	陌
呂　靜	別	別	別	別	別	別	別	別	--
夏侯該	--	同	同	同	同	同	同	--	同
陽休之	--	同	同	同	--	--	同	--	--
李季節	同	--	--	--	同	同	同	同	--
杜臺卿	同	同	同	同	--	別	別	--	--
其　他	--	--	--	--	--	--	--	別	別

小注韻	錫(3)
相關韻	麥
呂　靜	同
夏侯該	--
陽休之	--
李季節	--
杜臺卿	--
其　他	別

筆者根據上表做成下面的統計表：

等韻	小注韻	小注韻（含相關韻）
一	12	12
二	19	23
三	29	34
四	8	10

除了三等昔韻無法辨識殘文之外，所有的韻目小注至少都有一個「別」字。這個「別」字的意思是某某韻書的韻目有分別或是今音有分別。《切韻》有 193 個韻目，便是聯合五家韻書的韻目以及今音的韻母類別。王仁昫本增為 195 韻，這是因為當時有人覺得「广（儼）、嚴（釅）」應該分開，於是在韻目小注中寫道「陸無此韻目，失」。[10]

周祖謨先生指出：宋跋本王韻渾字注文「此是冬字之上聲，陸云冬無上聲，何失甚？」跟王韻韻目冬韻小注「無上聲」完全相應。王韻韻目小注所說「今依某家」、「今並別」等，正是陸法言根據顏之推、蕭該等人共同討論所決定的結果寫出來的，絕非後人所增。[11]

我們經由韻目小注獲知《切韻》「從分不從合」的原則。五家韻書反映的方言基礎有山東、安徽、河北等，這些方言是從音類觀點將韻

---

[10] 韻目小注的作者可能不止陸法言一人，「陸無此韻目，失」表示不可能是陸法言自己寫的。凡是批評「陸失」的注文應該是出於王仁昫之手。筆者實際研究韻字之後，發現儼韻字自琰韻分出，釅韻字自梵韻分出，這個現象是值得深入探究的。

[11] 周祖謨《唐五代韻書集成》（臺灣學生，1994）頁 883。

目系統性地聯合在韻書當中。由此證明《切韻》有一種音類聯合型的方音混合類型。

參、單字雜合型的方音混合

「單字雜合」意指在《切韻》中以韻字為單位進行切語的改動增補的活動。切語的來源有兩個：一個是雜湊自不同經傳典籍注疏或前代韻書的反切，另一個是傳抄者或編修者根據某個方言所作的更動或增補。⓬

舉例來說，《切韻》紙韻有「倚、輢」，都作於綺反，王仁昫有「失何傷甚」的評語，《廣韻》合為一個小韻。筆者翻檢《經典釋文》，發現「輢（於綺反）」出現三次，「倚（於綺反）」出現 54 次。這一對重紐字因雜湊切語而產生，屬於單字雜合型反切。我們在擬構重紐音值時應該加以剔除。

金慶淑從《廣韻》又音字看上古方音，其基本觀點正是認為《切韻》系韻書的同義多音字反映方言借詞的現象，其作法是選取《說文解字》之中的又音字，經過整理分析之後擬構這些方言借詞的上古來源。舉例來說，如「濼」有盧毒切（沃）、膚各切（鐸）、盧谷切（屋）三音，字義訓解都是濟南的水名。聲符「樂」中古音字義不同之三讀「五教切、五角切、盧各切」，上古均屬於宵部。「濼」原屬於幽部，而方

⓬ 陳貴麟《切韻系韻書傳本及其重紐之研究》（臺灣大學中文研究所博士論文，1997）頁 102-108。3.4.4 新增小韻和韻字的來歷，3.4.5「豈辰蟣」在王二跟衢州方言同屬止韻字。

音中變爲宵部。「濼」造字的地區在發生-əkw > -akw 變化的方音地區，所以用宵部作爲聲符。⑬

　　本文聚焦在同義多音字上，雖然基本觀點跟金慶淑一樣，但重點放在「單字雜合」的方音混合現象。「單字雜合」的韻字未必都是方言借詞。因此本文具體地提出一套檢驗程序，觀察主諧偏旁相同的韻字演變的歷史。這套程序有三個步驟：

　　第一步，確認主諧某個偏旁之字是否多音。

　　第二步，比對這個多音字是否同義。

　　第三步，如果這個同義多音字有異常演變的現象，則從上古來源
　　　　　　考查其原因。

　　筆者從主諧字「公」蒐尋《切韻》系韻書的多音字，包括：蚣訟頌鉁凇鬆㟅蓊篗（詳表參見附錄）。如果多音字的訓解完全不相干，那麼就跟本文主題無關，例如「頌、鉁、㟅」這三個字。其它六個同義多音字以下分別討論，通過對比說明何者是方音混合型態的同義多音字。⑭

　　依照正常演變的條例，上古東部字應該分布在中古韻書東、江、鍾三組大韻。「公」屬於東部字，所以從「公」諧聲之字也應該在東、江、鍾三組大韻之內。如果韻母演變正常而聲母怪異，可能存在著某種原因。這需要經過具體研究之後才能下判斷。括號內所列的讀音都是現存韻書中較早的切語和訓解。S2055 是切二，S2071 是切三，W2 是王

---

⑬　金慶淑《廣韻又音字與上古方音之研究》（臺灣大學中文研究所博士論文，1993）
　　頁 42-43。

⑭　有些注文表面看起來不一樣，實際上指涉同一個事物，仍可視爲同義。

二，W3 是全王，P2015 是五代刊本，GY 是廣韻。

1.「蚣」

(1a) *kung > ₒkung　　　　　蚣（古紅反，蜈蚣虫 S2055）

(1b) *krjung > ₒtɕjuong　　　蚣（職容反，虫名 S2055）

鍾韻職容反的{蚣}來自上古東部三等。三等「蚣」有 j 介音，k 在 r 和 j 的夾擊下顎化成舌面塞擦音。李方桂先生提出三個理由證明照系 三等是由上古舌根音加 rj 介音變來的。其中第三個理由是用排除法， 以 s 詞頭來解釋《切韻》心母字跟各種聲母諧聲的字。例字裡面有個 「蚣」，演變規律是「*skjung > sjwong」。❶❺可是「蚣」的聲符是邪母 字松，依規律應是：*sgj- > zj-，爲何在中古的反切上字是心母呢？一 般認爲{蚣（蚣）蝑}或{蜈蚣}是單純詞而非合成詞，「蚣」這個字其實 只是單純詞語素的一個音節，《廣韻》作息恭切，訓解爲「蟲名」，可 能指蚱蜢或是蜈蚣。筆者懷疑以「公」爲主諧偏旁的「蚣」字收進心母 讀法，不是跟 s 詞頭有關，而是受到單純詞第二個音節「蝑（相居切）」 的影響，發生「遠接逆向同化」的現象。如果字音受連語影響的這個看 法爲眞，那麼「蚣」這個字的規律可以改寫爲

*kung·sjiag {蚣蝑} > *sung·sjiag {蚣蝑} > ₒsjuong「蚣」 （息恭切 GY）

跟舌根音諧聲的心母有雙音節詞*{k-‧‧sj-}和複聲母*skj-兩個可能

---

❶❺　李方桂〈幾個上古聲母問題〉（《上古音研究》，北京商務，1980）頁 90。
　　按：李先生根據語言分布修正舊說，指出跟舌根音諧聲的照系三等（照穿床審禪日） 是從上古的*krj-, *khrj-, *grj-, *hrj-, *ngrj- 來的。

的來源。本例「蝬（息恭切）」屬於前者，因此筆者擬構的規律能夠跟
(1a)或(1b)相容。

2.「訟」
(2a) *sgjungh > zjuong°　　　訟（似用反，諍訟 W3、爭訟 W2）
(2b) *sgjung > ₒzjuong　　　訟（詳容反，爭獄 W3、諍訟 W2）

詳觀(2a)跟(2b)，其差別只在聲調。它們恰好是去聲和平聲的對比，
不禁使人想起《切韻序》「梁益則平聲似去」。但個別字的對比不宜視
爲調類的對比，故李方桂先生將{訟}（似用反）這個詞擬成(2a)，-h 表
示形成中古去聲的成分或記號。❶ (2b)是不帶-h 的複聲母演變成中古
平聲的讀音。

筆者認爲-h 這個標記用來區辨平聲和去聲的演變條件雖然很方
便，可是我們從《切韻》系韻書諸多傳本中發現無論是平上去入的韻目、
韻序或韻字仍有許多的變動。由此可以判斷隋唐時代的聲韻學家審音能
力固然很強，但尚未全盤掌握調類跟方言調值之間的對應關係。這是《切
韻》有單字雜合型的方音的成因之一，有時候可能會干擾到古音的重建
工作。打個比方來講，國語{訟}讀去聲是 51 調，而揚州話讀去聲是 55
調。❷有人根據揚州話去聲調值收字，卻選用國語的兩個字音造反切並
歸入平聲，那麼國語{訟}這個詞在平聲調類就憑空增加了一個讀音。這
樣的情形是一種「單字雜合」的方音混合類型，它並非由上古音或某個

---

❶　李方桂《上古音研究》（北京商務，1980）頁 72。

❷　北京大學中文系語言學教研室《漢語方音字匯》（北京：文字改革，1989）頁 17。

方音演變而來。因此單字雜合型的字音必須個別研究之後，才能決定其規律的套用與價值的大小。就「訟」字而言，如果是人為增音的紙上作業，就可以取消(2b)的規律。故此說並不影響或否定李方桂先生「*sgj->zj-」的說法，只是減少一個例字而已。

3.「凇」

(3a) *skungh(?) > sung° 　　凇（蘇弄切，凍凇冰也 GY）

(3b) *skjung > ₒsjuong 　　凇（先恭反，凍落，W3 及 W2
　　　　　　　　　　　　　置於冬韻）

(3c) *sgjung > ₒzjuong 　　凇（詳容反，凍落 W3、W2）

　　假設{凇}這個詞有三個上古來源，那麼(3a)(3b)(3c)應該是很好的擬音。然而合觀(1b)與(3b)時，我們發現了歷史規律的障礙。在(1b)中擬成 *krj-變成中古章母（即照紐三等），卻在(3b)中擬成 *skj-變成中古心母。我們認為在「蚣」受雙音節詞{蚣蝑}的影響改讀心母之後，文字上也改為「蜙」。筆者翻查韻書之後，發現「蜙、凇」在同一個小韻裡面，並且它們的二級偏旁都是「松」。「凇」跟著「蜙」讀成心母，這是一種類比變化的結果。至於(3a)見於時代較晚的《廣韻》，可能是某個方言把 j 介音丟失後所造成的反切。筆者嘗試把(3a)的規律改寫如下：

　　sjung° > sung° 　　　　凇（蘇弄切）

　　筆者從文獻中看到「先恭反」游移在一等冬韻和三等鍾韻之間，如 P3798「恭、蜙、樅」三紐在冬韻而非鍾韻。P3798 是 S2055 的底本，

並且流傳的時代很早。[18]實際看它們的反切分別是「駒冬、（先恭?）、七恭」。我們拿王韻和《廣韻》作對照，列表如下：

	P3798	全王	王二	廣韻
恭	冬（駒冬）	冬（駒冬）	冬（駒冬）	鍾（九容）
蚣	冬（????）	冬（先恭）	冬（先恭）	鍾（息恭）
樅	冬（七恭）	冬（七容）	冬（七恭）	鍾（七恭）

　　從「恭」的反切下字「冬」來看，「恭」字本來就在一等。《廣韻》認爲「陸以恭蚣樅等字入冬韻，非也。」意思是陸法言擺錯位置了，於是《廣韻》將其改放到鍾韻裡面。這三紐在全王屬冬韻，但「樅」字作「七容反」，下字「容」屬於鍾韻。原來整個關鍵就在「駒冬反」，它是個例外反切。[19]上字駒屬三等虞韻，兼含聲母 k 及韻頭 ju；下字冬只含韻腹 o 及韻尾 ng。「恭」字被放入冬韻，以它爲下字的「蚣、樅」也跟著誤歸到冬韻。全王改動反切不夠徹底。「駒冬反（恭）」應改而未改，「七恭反（樅）」不必改而改爲「七容反」。下字容屬鍾韻，但被切字樅仍置於冬韻，更顯其歸字不一致的錯誤。[20]至於全王「蚣（先恭反）」上字屬四等，可能上字經過傳抄者的改動，或僅是隨下字「恭」

---

[18]　周祖謨《唐五代韻書集存》（臺灣學生，1994）頁 807。

[19]　龍宇純〈例外反切的研究〉（《中央研究院歷史語言研究所集刊》BIHP36 上，1965）頁 331-373。

　　按：龍先生該文針對例外反切舉例甚多，足證《切韻》系韻書兼收不同結構的切語。

[20]　筆者在博士論文第二章（2.1.1 陸法言切韻的傳寫本）中特別指出 P3798 和全王的例外反切「駒冬反」，對比《廣韻》「九容切」之後，突顯出它的價值所在：冬、鍾兩韻是一、三等的關係，猶如東一等、東三等兩韻的關係。

纂入冬韻，沒有發揮四等介音的效力。

從以上的分析當中，我們知道(3b)「先恭反」是隨著下字恭（駒冬反）誤置於冬韻的。因此這個放到冬韻的{凇}（先恭反）跟歷史音變和詞彙擴散的理論都不相干，它是編修者或傳抄者因例外反切產生一連串的錯誤。

4.「鬆」

(4a) *skungh > sung°   鬆（蘇弄反，鬢鬆髮 GY）

(4b) *skjung·ts'jung{鬆鬆}>* ts'jung·ts'jung{鬆鬆} > ₒts'juong「鬆」

          （七容反，W3、P2015 置於冬韻）

(4c) *skjung > ₒsjuong   鬆（先恭反，鬆鬆髮亂，W2、P2015

          置於冬韻）

(4d) *sgjung > ₒzjuong   鬆（松宗反，鬢鬆髮亂，S2055 置

          於冬韻）

「鬆」這個字有四個讀音。(4b)的意思是說編修韻書者收錄「鬆」字，但語音卻取自{鬆鬆}這個詞的變體的第一音節。變體的成因跟{蚣蝑}一樣，是遠接逆向同化的結果。此說可以從 P2015 鬆（七恭反）得到證實。

從諧聲偏旁松、公來看，(4a)(4c)(4d)有複聲母的傾向。從中古反切上字重建上古聲母，則有*sk-, *sg-兩種。傳統認為複聲母因方言分讀而形成某些個「異形詞」，寫成相同或相異的文字之後被韻書收在不同的紐字裡面。這種說法遇到諧聲字群的分化條件不明確或是互相衝突的情況就失去效力了，譬如(4b)全王七容反的「鬆」就不符合*sk-或*sg-的演變規律。筆者認為這是把雙音節詞第二音節的聲母誤植到第一音節所

造成的結果，語音學上可以用「遠接逆向同化」來解釋。

　　我們從文獻解讀當中發現「鬆」字同時出現在四個雙音節詞裡面（即{鬆鬆}、{鬆縱}、{鬆鬠}、{鬆鬈}）。筆者認爲「鬆」原先並非獨立的語素，但是在大量疊韻聯綿詞的建構模式中，它都出現在第一個音節。在文字化的書寫系統當中，中國文字單音節獨體的特性推動聯綿詞質變爲派生詞或複合詞。因而音讀系統當中的「鬆」開始轉化爲詞頭，帶有「使…鬆」的詞彙意義；或是「鬆」轉化爲詞根語素，可以很自由地跟其它語素結合成詞。因爲質變的時代不易確定，所以本文使用「雙音節詞」來指稱它們。

　　這四個雙音節詞在上古同屬於東部，因此韻母部分進行合併，形成複聲母的二次複化現象。本文從根本處修正舊說：凡屬疊韻聯綿詞者可能發展爲複聲母或聲母介音交互影響之後簡化爲單音節詞，也可能由雙音節寫成兩個字之後被韻書收在不同的紐字裡面。這個新說法不僅無礙於複聲母的主張，又可以解釋上古諧聲字群複聲母複雜紛亂的原因。筆者用語音符號改寫如下。C 是輔音（Consonant）或複聲母（Cluster），F 是韻母（Final）。改寫的語音至少在某些音素上有所分別，並且大致合於一般語言演變的方向。因爲「鬆」的聲符是松，松（祥容切）屬邪母，所以上古聲母都擬構成*sgj-。

{C1F·C2F}　　　　　　> 　{C1-C2F}　　　　　　　　> 　{C3F}

*sgjung·tungh{鬆鬠} > *sg-tjungh 　　　　　　　　　> sung° 　　鬆(蘇弄反)

*sgjung·ts'jung{鬆縱} > *sg-ts'jung > *ts'-ts'jung > ₒts'juong 鬆(七容反)

*sgjung·mrung{鬆鬈} > *sg-mrjung 　　　　　　　> ₒsjuong 鬆(先恭反)

*sgjung·bjung{鬆鬈} > *sg-bjung > *sgjung 　　　> ₒzjuong 鬆(松宗反)

「鬆」字因爲複聲母再複化，遠遠超過漢語音節負荷的能力，所以聲母音素開始簡化或遠接同化是必然的結果。蘇弄反、先恭反、松宗反三者因簡化而成單聲母，七容反的「鬆」因遠接逆向同化而突變成清母。就反切結構來看，(4c)先恭反是例外反切，上文已討論過。(4d)「松宗反」也是個例外反切，上字松是邪母三等（祥容反，鍾韻），兼含聲母和韻頭。反切本身沒有錯，只是出切模式不同罷了。雖然「髳（莫江切）」的切語見於《集韻》，但聲母爲 m-、引《類篇》訓爲髮亂是可以確定的。「鬆（多貢）、縱（七恭）、鬆（薄紅）」也都是髮亂的意思。「鬆」跟它們各自結合成四個雙音節詞，而後發展出四個讀音。這四個讀音跟方言的分化並沒有明顯的關聯。

5.「蓊」

(5a) *ʔungx > °ʔung　　　　蓊（烏孔反，蓊鬱 S2071）

(5b) *ʔung > ₒʔung　　　　蓊（烏紅反，蓊鬱草木盛 S2055）

本例跟「訟」字有幾點不一樣。(5a)中的-x 表示形成中古上聲的成分或記號。雖然蓊字在《廣韻》裡同時有烏紅切和烏孔切兩讀，但是追溯其來源卻不屬於同一個《切韻》傳本。平聲讀法來自切二（S2055），上聲讀法來自切三（S2071）。雖然切三的時代早於切二，但兩者都是早期傳本。如果學者從這裡提出切三和切二有不同的音系，那麼就可能犯了以偏蓋全或不當推論的謬誤。正確的說法應該是{蓊}分讀成兩個方言，它們以「單字雜合」的模式收納在中古的韻書傳本中。(5a) S2071收進烏孔反的{蓊}，而(5b) S2055 收進烏紅反的{蓊}。

「蓊」屬中古影母字，其主諧偏旁是「公」，用複聲母來解釋演變規律似乎不大妥當。若單擬成 k，則沒有條件之下舌根塞音也不能無

緣無故地消失。筆者看到早期《切韻》傳本的訓解均爲「蓊鬱」，檢查「鬱」的切語作紆物切，上字紆正是影母字。因此筆者改寫規律如下：

$$\{C1F \cdot C2F\} \quad > \quad \{C1F \cdot C2F\} \quad > \quad \{C3F\}$$

$$*kungx \cdot ?j\partial t\{蓊鬱\} > *?ungx \cdot ?j \cdot t\{蓊鬱\} > {}^\circ?ung \quad 蓊（烏孔反）$$

$$> {}_\circ?ung \quad 蓊（烏紅反）$$

由於遠接逆向同化的作用，{蓊鬱}第一音節的聲母由舌根音 k-變爲喉塞音?-。後來分讀成平、上兩個方言，各自收納在不同的《切韻》傳本當中。

6.「翁」

(6a) $*?ungx > {}^\circ?ung$　　　　翁（烏孔反，竹盛 W3）

(6b) $*?ung > {}_\circ?ung$　　　　翁（烏紅反，竹盛 GY）

翁跟蓊的情況類似，在《廣韻》裡有烏紅、烏孔兩切語。仔細比較之後，筆者發現切三和切二都未收此字。(6a)可溯至王韻，(6b)只見於《廣韻》。{翁}分讀成兩個方言，它們以「單字雜合」的模式收納在中古的韻書中。(6a)的烏孔反收錄較早，(6b)的烏紅反收錄較晚。「翁」本身並沒有連語的現象，但是它有影母的多音字。從「翁」屬於蓊小韻來看，這可能是韻字隨紐字變讀的緣故。

經過具體的研究之後，我們發現在六個同義多音字裡面，「鬆」屬於雙音節詞的成分，第一音節的聲母受到第二音節聲母的影響，不能算是方言的演變。「蚣（職容反）」跟「蚣（息恭切）」若訓爲蚱蜢則不跟{蜈蚣}同義，連帶也得取消這個字同義多音的資格。「訟」有平、去兩讀，其中一個是方言字。「淞」有三讀，其中兩個是例外反切產生

的差異，實際上沒有分別；第三讀「淞（蘇弄）」應該是某個方言把 j 介音丟失後所造成的反切。「螉」屬於{螉鬸}這個連語，所以有影母的切語；由於韻書有單字雜合方音的現象，因此我們看到平、上兩個「螉」字。「螉」是螉小韻的韻字，可能因聲符相同或部首形近而隨著紐字「螉」發音。「螉」沒有連語而同義多音，顯示韻書中的確有單字雜合的方音混合現象。

肆、結語

筆者針對《切韻》系韻書的方音混合現象進行研究，發現有兩種類型：音類聯合型和單字雜合型。音類聯合型的主要論據是王韻韻目小注中「從分不從合」的作法，將五家韻書的差別性韻母系統地聯合在《切韻》裡面。《切韻》雖然是綜合音系，但是跟上古音的音類關係和演變條件非常清楚。音類聯合型的反切是擬構古音的主幹。

單字雜合型有許多的例證，有些可以幫助我們解決上古來源錯亂的問題。本文的貢獻在於具體地提出一套檢驗的程序，以主諧偏旁爲單位進行觀察韻字的工作。根據主諧偏旁探討某一群韻字發展的歷史，有助於連續式、離散式或疊置式音變的判斷。筆者實際用「公」爲主諧偏旁進行同義多音字的研究，發現即使排除例外反切、雙音節詞等情況，也能確定韻書中具有「單字雜合」的方音混合模式。

附　錄

廣韻	切韻	聲	介	韻	調	類別	韻書代稱	小韻	字序	上	下	韻目	等	注文
蚣	蚣	k		ung	1	02.2	S2055	10122	05	古	紅	東	1	蜈蚣虫
蚣	蚣	k		ung	1	04.3	W3	10122	05	古	紅	東	1	蜈蚣虫
蚣	蚣	k		ung	1	05.1	W2	10123	06	古	紅	東	1	蜈
蚣	蚣	k		ung	1	07.3	P2014	101??	??	古	紅	東	1	蜈虫
蚣	蚣	k		ung	1	08.1	GY	10122	05	古	紅	東	1	蜈蚣蟲
蚣	蚣	tɕ	j	uong	1	02.2	S2055	10301	03	職	容	鍾	3	虫名
蚣	蚣	tɕ	j	uong	1	04.3	W3	10301	03	職	容	鍾	3	虫動
蚣	蚣	tɕ	j	uong	1	05.1	W2	10301	03	職	容	鍾	3	蟲按即蚣蜎也又古紅反
蚣	蚣	tɕ	j	uong	1	07.3	P2015	10301	06	職	容	鍾	3	虫似蛤
蚣	蚣	tɕ	j	uong	1	08.1	GY	10301	03	職	容	鍾	3	皇蠡蟲
訟	訟	z	j	uong	3	04.3	W3	40303	03	似	用	用	3	諍〃
訟	訟	z	j	uong	3	05.1	W2	40303	03	似	用	種	3	爭〃
訟	訟	z	j	uong	3	08.1	GY	40302	03	似	用	用	3	爭罪曰獄爭財曰訟
訟	訟	z	j	uong	1	04.3	W3	10304	02	詳	容	鍾	3	爭獄又徐用反
訟	訟	z	j	uong	1	05.1	W2	10304	03	詳	容	鍾	3	諍訟又徐用反
訟	訟	z	j	uong	1	08.1	GY	10304	04	祥	容	鍾	3	爭獄又徐用切
頌	頌	0	ji	uong	1	04.3	W3	10306	17	餘	封	鍾	3	形容又似用反讚
頌	頌	0	ji	uong	1	05.1	W2	10306	22	餘	封	鍾	3	刑又似用反
頌	頌	0	ji	uong	1	08.1	GY	10306	27	餘	封	鍾	3	形頌又似用切
頌	頌	z	j	uong	3	04.3	W3	40302	01	似	用	用	3	似用反歌三
頌	頌	z	j	uong	3	05.1	W2	40303	01	似	用	種	3	似用反盛德三
頌	頌	z	j	uong	3	08.1	GY	40302	01	似	用	用	3	歌也…又姓出何氏姓苑似用切
鉛	鉛	0	ji	ɛn	1	02.1	S2071	10304	02	與	專	仙	3	錫或作鉛
鉛	鉛	0	ji	ɛn	1	04.2	W1=P2011	20226	02	與	專	仙	3	錫通俗作鉛
鉛	鉛	0	ji	ɛn	1	07.3	P2014	13117	06	以	□	仙	3	〃錫
鉛	鉛	0	ji	ɛn	1	08.1	GY	20226	04	與	專	仙	3	上同（即"鉛"，青金或錫之類）
鈆	鈆	tɕ	j	uong	1	07.3	P2015	10301	16	職	容	鍾	3	鐵〃公
鈆	鈆	tɕ	j	uong	1	08.1	GY	10301	18	職	容	鍾	3	鐵鈆

淞	淞	s		ung	3	08.1	GY	40101	03	蘇	弄	送	1	凍淞冰也
淞	淞	s		ong	1	04.3	W3	10206	03	先	恭?	冬?	1	凍淞又詳容反
淞	淞	s		óng	1	05.1	W2	10206	03	先	恭?	冬?	1	凍淞又詳容反
淞	淞	s	j	uong	1	08.1	GY	10322	03	先	恭	鍾	3	凍落之貌
淞	淞	z	j	uong	1	04.3	W3	10304	03	詳	容	鍾	3	凍落又先容反
淞	淞	z	j	uong	1	05.1	W2	10304	02	詳	容	鍾	3	凍落又先恭反
淞	淞	z	j	uong	1	08.1	GY	10304	03	祥	容	鍾	3	凍落貌又先恭切
鬆	鬆	s		ung	3	08.1	GY	40101	02	蘇	弄	送	1	鬖鬆髮貌
鬆	鬆	ts'		ong	1	04.3	W3	10207	04	七	容?	冬?	1	亂髮
鬆	鬉	ts'		ong	1	07.3	P2015	10210	10	七	恭?	冬?	1	髮亂
鬆	鬆	ts'	j	uong	1	08.1	GY	10303	11	七	恭	鍾	3	髮亂又息恭切
鬆	鬆	s		ong	1	05.1	W2	10206	05	先	恭?	冬?	1	〃鬚髮亂貌
鬆	髟	s		ong	1	07.3	P2015	10209	07	先	恭?	冬?	1	髮亂
鬆	鬆	s	j	uong	1	08.1	GY	10322	04	息	恭	鍾	3	髮亂貌亦作髿
鬆	鬐	s		ong	1	02.2	S2055	10213	01	松	宗?	冬?	1	鬖鬆亂貌私宗反一
鬆	鬆	s		ong	1	08.1	GY	10209	01	私	宗?	冬?	1	鬖鬆髮亂貌私宗切二
㣚	㣚	ts'	j	uong	2	05.1	W2	30218	01	且	勇	腫	3	且勇反禪亦憁惢一
㣚	㣚	tɕ	j	uong	2	08.1	GY	30221	02	職	勇	腫	3	上同（即"憁"，輝又且勇切
蓊	蓊	ʔ		ung	2	02.1	S2071	30108	01	烏	孔	董	1	〃鬱烏孔反四
蓊	蓊	ʔ		ung	2	04.2	W1=P2011	301??	01	阿	孔	董	1	蓊鬱
蓊	蓊	ʔ		ung	2	04.3	W3	30108	01	阿	孔	董	1	阿孔反〃鬱六
蓊	蓊	ʔ		ung	2	05.1	W2	30108	01	阿	孔	董	1	阿孔反鬱五
蓊	蓊	ʔ		ung	2	08.1	GY	30108	01	烏	孔	董	1	蓊鬱烏孔切九
蓊	蓊	ʔ		ung	1	02.2	S2055	10127	04	烏	紅	東	1	〃鬱艸木盛貌
蓊	蓊	ʔ		ung	1	04.3	W3	10127	04	烏	紅	東	1	〃鬱又烏孔反多
蓊	蓊	ʔ		ung	1	05.1	W2	10128	04	烏	紅	東	1	鬱草木盛又烏孔反
蓊	蓊	ʔ		ung	1	07.3	P2014	101??	02	烏	紅	東	1	〃鬱草木盛
蓊	蓊	ʔ		ung	1	08.1	GY	10127	04	烏	紅	東	1	蓊鬱草木盛貌又烏桶切
篛	篛	ʔ		ung	2	04.3	W3	30108	06	阿	孔	董	1	竹盛
篛	篛	ʔ		ung	2	05.1	W2	30108	04	阿	孔	董	1	竹盛
篛	篛	ʔ		ung	2	08.1	GY	30108	06	烏	孔	董	1	竹盛又音翁
篛	篛	ʔ		ung	1	08.1	GY	10127	05	烏	紅	東	1	竹盛貌

說明：

1. 第一、二欄分別是《廣韻》和《切韻》系韻書的被切字。

2. 本文依照《切韻》傳本的時代排序。在「韻書代稱」這一欄中，S2055 是切二，S2071 是切三，W1 是王一（即敦煌本 P2011），W2 是王二，W3 是全王，P2014、P2015 是五代刊本，GY 是《廣韻》。

3. 第七欄是各韻書傳本所屬的類別，劃分類別的標準及編號的方式詳見於筆者的博士論文《切韻系韻書傳本及其重紐之研究》（臺大中文所，1997.12）第二章。

4. 某個小韻在不同傳本的編號可能並不相同，小韻中的韻字順序也可能有別，因此在第九欄後面分出第十欄。若傳本殘缺漫漶以致無法辨識，則打上問號表示闕如。

5. 第十一、十二欄的反切上字和下字以及第十三欄的韻目，都依照第八欄的韻書加以登錄。反切下字與韻目歸類異常者打上問號，以便學者觀察研究。

《聲韻論叢‧第九輯》
聲韻學學會主編　頁377～394
臺灣學生書局　　2000 年 8 月

漢語語音史上詞彙擴散現象一例
——捲舌噝音使 i/j 消變的過程

麥　耘*

壹

　　自來研究語音史，都要講語音演變的規律；要講音變規律，便不能不提「新語法學派」。這個學派有一條著名的定律是：音變有規則，而且音變規則無例外。前一句是說，一個特定的音變總是在特定語言的特定發展階段上，在特定的條件下發生的❶；第二句是說，如果一個音變在某一特定條件下發生，那麼所有符合這條件的詞就都會參加這一音變。這種觀念的確立，是 19 世紀西方語言學、特別是歷史語音學獲得巨大發展的基礎。中國的音韻學界從 20 世紀初接受西方的語言學理論以來，也一直奉之為圭臬。

　　不過語音演變中常能看到一些參差不齊的現象，並不都能用上述定律去說明。20 世紀 60 年代，出現了一種對語音演變的新解釋，這就

---

*　　廣州中山大學中文系

❶　　有時候也有無條件的音變。無條件也是一種特殊的條件，即全條件。

是「詞彙擴散」（lexical diffusion）的理論（參看王士元 1979，沈鍾偉 1995）。這種理論認為，音變是在被這個音變所涉及的詞彙（在漢語中就是「字」）當中逐步擴散的。如下圖所示：

	u	v	c
W_1			$\overline{W}_1$
W_2			$\overline{W}_2$
W_3		$W_3 \sim \overline{W}_3$	
W_4		$W_4 \sim \overline{W}_4$	
W_5	W_5		
W_6	W_6		

圖例：
u＝未變狀態
v＝變異狀態
c＝已變狀態
W＝詞的未變形式
$\overline{W}$＝詞的已變形式
～＝一詞兩讀

在某一個共時階段中，一個音變所涉及的詞可能表現為三種不同的狀態：有的詞已變（c 狀態，如 W_1 W_2），有的詞還未變（u 狀態，如 W_5 W_6），有的詞正處在變化之中（v 狀態，如 W_3 W_4）。所謂在變化之中，體現為一詞有兩種讀法，即既可讀未變時的音，又可讀已變後的音，舊音與新音共存。變異狀態（即兩讀狀態）是未變和已變之間的橋樑：一個詞除了原有的讀法外，又有了新的讀法，那就是開始變化了；當它兩讀之中的舊音消失，只讀新音時，變化就完成了。

詞彙擴散論與新語法學派的觀點其實也並不是完全對立的。新語法學派講究音變的條件，詞彙擴散論也是把一個音變在詞彙中的擴散限制在音變規則所指定的範圍內。從詞彙擴散的角度說，如果一個音變能貫徹到底，那麼逐步擴散的最後結果，也會是沒有例外的。但是，如果取音變的歷時過程正在進行的一個共時截面來看，就會看到有的詞（字）

已變、有的詞（字）未變、有的詞（字）兩讀的情況；又如果一個音變的歷時過程因種種原因尚未完成就中斷了，或者變到半途時有別一個音變插了進來，那麼在原本同樣條件下的詞（字）就可能呈現出不同的演變結果。這與新語法學派就不同，照後者的觀念，同樣條件下的詞（字）要變就同時一起變，所以不可能有例外。❷

　　兩種理論之間還有另一個區別。新語法學派認爲音變在語音上是漸變的，譬如某種語言中的 a 變成 o，就得 a → ɑ → ɒ → ɔ → o 這樣一點點地變，在說這種語言的人們（或者說是說這種語言的社會）感覺不到的情況下慢慢變過來的。這跟前面說的觀點是互相聯繫的，因爲既然是有關的所有詞一起變，語音上變得太大就會影響交際。詞彙擴散論則認爲語音是突變的，是從一個音位變到另一個音位。由于是一部分詞、一部分詞地變，而且有兩讀的階段，所以音位上的突變對交際的影響就能夠被限制在可接受的程度內。

　　筆者傾向於贊同詞彙擴散理論。不過筆者有一個不成熟的想法：儘管語音演變未必是漸變的，但也不會一下變得相去甚遠；在一個音變中，起點的音和終點的音在音質上或聽感上應有某些相似性。譬如一個語音系統中有 a,o,u 這三個音位，這個音系中的一些字從 a 變 o 的可能性就比變 u 的可能性大，或者是先從 a 變 o，再從 o 變 u。不過這仍是從音位到音位的變化，而不是人們感覺不到的變化。

---

❷　對不規則的變化，新語法學派用「類推」和「借用」來解釋。從詞彙擴散的觀點看，類推和借用往往也是在詞彙層次擴散的。參看沈鍾偉1995。又，朱曉農認爲，詞彙擴散不是一種音變原因，而是一種音變過程（他是在1995年11月間與筆者的幾次私人談話中提到的）。這種看法也有助於理解詞彙擴散理論與新語法學派理論的關係。

貳

　　本文準備討論的是在漢語語音史上，捲舌噝音（帶擦音成分的捲舌音）聲母影響其後面的硬腭－舌面元音或半元音（i 或 j，以及較後出現的 y 或 ɥ），使之發生消變。這裡說的捲舌噝音，首先是指《切韻》的莊組聲母，其次是指在《切韻》之後與莊組合流的章組（加上日母）和知組聲母。

　　在討論本題之前，先要討論下面這個問題：《切韻》的莊組聲母是否捲舌音？莊、章組合流後的照組及《中原音韻》中照、知組合流後的這組聲母是否捲舌音？不少學者反對把這些聲母擬爲捲舌音，主要理由是：它們出現在 i 元音或 j 介音前面，而捲舌聲母加 i 或 j 是一種拼不出來的「怪音」（參看陸志韋 1947a）。這樣看問題的學者一般把莊組擬爲舌尖面混合音 tʃ 等，《切韻》後的照組擬爲 tɕ 等，對《中原音韻》的聲母也作相近的處理，目的是讓它們跟 i/j 拼合得順口些。

　　現在從兩個方面來討論：一是發音方面，二是語音發展方面。

　　從發音上說。發漢語（北京話）的捲舌音時，舌尖向上翹至齒齦與硬腭的接合部，而舌面並不眞正捲起，僅是向下降；而 i/j 則是跟 ɕ（硬腭－舌面中音）相對應的半元音和元音（王福堂 1994）❸，發音時把舌面中部向上貼近硬腭的後部。這兩種發音動作是可以同時進行的，即在舌尖翹起時，舌面不下降，而是同時向上貼近硬腭。按筆者自己的感覺，發這樣的音時某些肌肉會特別緊張一些。可以說這種音不順

---

❸　或以爲 i/j 是與 ɕ（齦腭－舌面前音）相對應的元音和半元音，這是一種誤解，而這種誤解也會加深它們與捲舌音不相容的觀念。

口，卻不能說這種音不會有。❹

　　事實上，現代漢語中確有這一類音存在。客家方言有一部分次方言有捲舌聲母，一部分沒有，凡有的，其捲舌聲母都可與 i/j 相拼（袁家驊等 1983 中所記大埔話是一例）。據劉冬冰（1996），開封話有「遮者折 tʂiɛ，車撤 tʂ'iɛ，舍社射蛇ʂiɛ，惹熱 ʐiɛ」等音節，捲舌聲母也跟 i（＝j）介音相拼合❺。京劇的「上口字」如「知喫失日」等也是捲舌聲母拼 i 韻母❻。王力（1985：174）說：「依漢語的習慣，捲舌音是不能和韻頭 i 相拼的。」這話起碼是不符合現代漢語的事實。

　　至於從語音發展的角度來考慮漢語史上捲舌音問題的觀點，吾師星橋（新魁）先生早已經提出，他在討論《中原音韻》莊、章、知組及日母音值的時候說：「王力先生認為近代齊齒呼韻母和撮口呼韻母[i]音的消失是受[tʂ]等的影響的。既然[i]在[tʂ]的影響下歸於消失，[tʂ]應有與[i]拼合的機會繼能施加這種影響。」（李 1983：64）這裡說的雖然是近代，對《切韻》實在也適用。

　　前面說過，捲舌聲母拼 i/j 時，某些肌肉會特別緊張，或者說不大順口，所以一些學者認為這種拼合有矛盾是有道理的。筆者認為，正因

---

❹　近年廖榮蓉（1994）有新的發現，發捲舌音最關鍵的動作是舌身抬高，舌頭的下表面不跟下齒齦接觸，存在一個「舌下腔」；只要發音時出現舌下腔，並且發音部位在舌根以前，發出的就是聽覺感知上屬於「捲舌音」的那一類音，而舌尖動作的重要性反倒是次一等的了。如此說成立，捲舌音與 i/j 的拼合就更不是問題。

❺　劉文係中國音韻學研究會第九次學術討論會（1996.8.福州）論文。劉氏本人是開封人，會上筆者曾祈請當場發音，與會者多人確認所發音節為捲舌聲母後帶 i 介音。

❻　有人認為這些字的聲母是 tʃ 等，跟不與 i 相拼的 tʂ 等不同。這種說法不合於京劇界人士的語感（可參看稻葉志郎 1988）。

爲如此，出於「經濟原則」（principle of economy），捲舌聲母從《切韻》以前開始，中經《中原音韻》，直到清代的漫長時間裡，一步步把漢語中的一大批 i/j 及 y/ɥ 消磨掉了。可以把這一音變表示爲如下公式（PV 指硬腭－舌面元音或半元音，Sr 指捲舌噝音）：

$$+PV \rightarrow -PV / Sr \underline{\quad\quad} \quad\quad （規則 1）$$

捲舌的噝音聲母不僅僅是這一音變的條件，還應該說，這種聲母與硬腭－舌面元音或半元音（以下用 i/j 代表）的矛盾是這一音變的動力，而這一音變過程就是矛盾的解決過程。如果因爲捲舌聲母與 i/j 相拼有困難就否認這種音在漢語史上曾經存在，那麼這一類聲母（開始是莊組聲母，後來加上章、知組和日母）後面的 i/j 消變的原因何在，就將會成爲一個不解之謎了。

把《切韻》的莊組聲母擬爲 tʃ 等（以及把《中原音韻》的莊、章、知組及日母擬爲 tʃ 等或 tɕ 等），是從共時音系的角度，爲使擬出的音更爲順口而作的選擇；而擬爲捲舌噝音 tʂ 等，則是從語音歷時發展的角度，爲使語音的變化（i/j 先是在莊組聲母後面、後來在章知組聲母後面消變）獲得合理的解釋而作的選擇。筆者認爲後一選擇比前一選擇更明智一些。

參

《切韻》有一個臻韻系，只有莊組聲母字；《切韻》又有眞韻系，則基本上沒有莊組聲母字。筆者認爲，臻韻系是受了聲母的影響從眞韻系中脫離出來的一部分字，也就是說，它們是規則 1 所表示的音變的先

驅者。❼

　　這是《切韻》音系中一個饒有趣味的問題。這兩個韻系是互補的(以「王三」為準)：臻韻系有平聲臻韻和入聲櫛韻(沒有上、去聲)，都只有莊組聲母字；真韻系的平聲真韻沒有莊組聲母字，去聲震韻有，入聲質韻也有，但跟櫛韻又沒形成對立❽。因此有許多研究者把這兩個韻系構擬為同一個韻母。不過，揆之情理，它們的讀音應該有比較明顯的差別，陸法言纔會分為兩個韻系。還有一件：這事不僅與這兩個韻系有關，且牽涉到殷韻系。按殷韻系的聲韻配合結構本無舌齒音聲母，但殷韻系的上聲隱韻卻有一個莊組小韻，而真韻系的上聲軫韻又正好沒有莊組字，也是互補的❾。音韻學界公認隱韻莊組字就是臻韻相對的上聲。

　　下面是「王三」的有關小韻(實際上就是臻攝的全部莊組聲母小韻)的音韻地位及其反切，並附注筆者的擬音❿：

		莊母	初母	崇母	生母
平聲	臻韻	臻 側詵反 tʂin		榛 仕臻反 dzin	莘 疎臻反 ʂin
上聲	隱韻		齓 初謹反 tʂhjin		

---

❼　董同龢 (1948) 對此持有完全相反的觀點，他認為莊組本只有二等韻字，《切韻》的莊組三等韻字是在《切韻》前不久纔從二等韻變去的，則臻韻是變而未盡的部分。此問題當另文討論。

❽　《廣韻》入聲有對立，見後。

❾　這是按「王三」的情況說。《廣韻》隱韻有兩個莊組小韻，另準韻(在「王三」中準韻與軫韻合為一韻)有一莊組小韻，也都互補。

❿　真韻系的 in/it 等於是 jin/jit，介音 j 與韻腹 i 融合在一起。

去聲	震韻		櫬 初遴反		
			tʂhin		
	櫛韻	櫛 阻瑟反		瑟 所櫛反	
入聲		tʂit		ʂit	
	質韻		剎 初栗反	齜 仕乙反 ❶	
			tʂhit	dʐit	

這是整部《切韻》中莊組三等韻表現不整齊的唯一一處。這正是規則 1 的突破口，就是說，捲舌嗦音使 i/j 消變的過程，首先從 in/it 韻母開始。這也是條件音變的一種：在大條件之下再以次一級的條件來確定演變的次序。可以說有一個被規則 1 所包含的小規則：

$$i \rightarrow ɨ / Sr \underline{\qquad} n, t \qquad \text{（規則 1′）}$$

同是規則 1′，在這個特定的發展階段內，又以聲調的不同分 3 種不同的狀況：去聲震韻未變，仍爲 in 韻母，上聲隱韻 jin 是 i 元音已變、j 介音還在，平聲臻韻則已經變爲 in。這也是條件音變。從這裡還可以看得到語音漸變的鏈條：

$$(j)in \rightarrow jin \rightarrow in$$

當然，這是讀音接近的韻母之間音位性的變換，而不是人們感覺不到的、純發音上的漸變。

---

❶ 「切一」、「切三」無此字，「王一」、「王三」有，似乎爲《切韻》原本所無，而王仁昫補入者。不過此字《說文》已有之，《切韻》失收，王氏補其缺，仍應視爲合於《切韻》音系。

入聲的情況比較參差：兩個小韻仍讀 it，兩個小韻已讀 it。要說演變先後的條件是不同的聲母，就比較牽強，因為從語音上很難說明為什麼不送氣的清塞擦音和擦音聲母會比送氣的清塞擦音和濁音聲母先變。筆者寧肯相信這是 it→it 的音變擴散到一半時呈現的狀況。

在隋、唐間的一些語音資料中，臻、眞韻系的分合情況與《切韻》並不相同。據謝紀鋒（1992），唐初顏師古（581-645）的《漢書》注中臻韻字用眞韻字作切下字（入聲櫛韻字不出現，情況不清楚）。這表明在顏氏口中，臻韻與眞韻的韻母相同，是 in，變化沒有發生。

《切韻》（601）是當時通語的正音字典。在《切韻》寫定前十多年，為此書制定綱紀時，「蕭（該）、顏（之推）多所決定。」（《切韻·序》）所以《切韻》應該基本上反映作為當時最負盛名的學者之一的顏之推（531-約590）對正統語音的看法。不過《切韻》又是由陸法言（562-？）實際編撰的，它首先是陸氏對正音系統進行分析的結果。這是一方面。另一方面，顏師古是顏之推的孫子。顏之推說：「吾家兒女，雖在孩稚，便漸督正之。一言訛替，以為己罪矣。」（《顏氏家訓·音辭》）儘管這還不足以說明這祖孫倆的語音完全一致，但顏師古所用以為古籍注音的是一種正音，是沒問題的。

由此推出的結論是：臻韻在當時的通語中有兩讀，一讀 in，與眞韻一樣，一讀 in，已經發生變化。

《切韻》各韻排序的原則，是按讀音的遠近以類相從。在平聲中，臻韻緊跟眞韻，後面是文韻和殷韻。照筆者的擬音，臻韻應該與殷韻相次纔是。筆者的解釋是：臻韻有兩讀，一讀作 in，陸氏據此使之獨立成韻，另一讀與眞韻一樣為 in，是未變化時的讀法，比較正統（舊時文人的傳統，總是把較守舊的讀音視為正統的讀音），陸氏據此把臻韻

次於眞韻之後。入聲的排序則是：「質、物、櫛、迄」❷（「物迄」是「文殷」的入聲），與平聲不侔。這似乎暗示陸氏認爲櫛韻只有已變化的、與迄韻（jit 韻母）接近的 it 一讀，而沒有與質韻（it 韻母）相同的一讀，或者雖有也是不必加以重視的。不知是不是巧合，顏師古的注音提供了臻韻讀爲眞韻的證據，但沒提供有關櫛韻的信息。❸

根據以上分析，可以認爲臻韻在與眞韻分離的過程中，經歷了舊音與新音共存的兩讀階段。

《廣韻》的櫛韻與「王三」不完全相同：多了一個小韻「齜，鉏瑟切」，而質韻仍有「齜，仕叱切」。這就是說，《廣韻》的質、櫛兩韻有對立。宋初重修《廣韻》時所據的祖本是無名氏《原本廣韻》，可能是晚唐的作品。《原本廣韻》今見收於《四庫全書·經部》，其質、櫛兩韻也有此對立。這顯示「齜」字在從 dʒit 到 dʐit 的演變過程中，曾有過兩讀的階段。這時質、櫛兩韻莊組字就呈現出第壹節圖示的詞彙擴散現象：「剎」處於未變狀態 u，「齜」則處於變異狀態 v，而「櫛、瑟」處於已變狀態 c。

肆

從元代韻書《蒙古字韻》（1269 以後）和《中原音韻》（1341）可看到，中古三等韻的莊組字已經全部失去了 i/j，就是說，當 Sr＝莊

---

❷　《廣韻》櫛韻在物韻之前，非《切韻》原貌。

❸　在同時期其他反切注音（如陸德明《經典釋文》音、玄應《一切經音義》音等）中則有櫛韻字用質韻切下字之例。

組聲母時，規則 1 在元代以前的某個時候已經實現了。

到這時，規則 1 又有了新的對象。至少從北宋開始，章組和日母由舌面前音變爲捲舌噝音❶，在此之後，知組也由捲舌塞音變爲捲舌噝音，即（Sj 指舌面前音，Tr 指捲舌塞音）：

Sj→Sr （規則 2）

Tr→Sr （規則 3）

這兩項演變到《蒙古字韻》和《中原音韻》時已完成，兩書中的捲舌噝音不僅包括《切韻》莊組，還包括章組、日母和知組。這些新出現的捲舌噝音使規則 1 繼續運行。

規則 1 中還包含一個較小的規則，即 i 韻母在捲舌噝音聲母後變爲 ï 韻母❶（#表示音節界限，在這裡表示無韻尾）：

i → ï / Sr ___ # （規則 1″）

在《蒙古字韻》的八思巴字標音中，「džhi 菑，tšʻhi 差，tšhi 縒，šhi 釃」（用照那斯圖、楊耐思 1987 的轉寫）等中的 hi 就是 ï。下面把這類音節寫作 Srï。《蒙古字韻》這類音節只涉及中古的莊組聲母。

在新出現的 Sr 中首先進行的音變是規則 1″。在《中原音韻》「支思韻」裡，Srï 類音節比《蒙古字韻》要多，所多的是中古章組聲母大部分字、日母字，以及 3 個知組字「胝秖徵」。與之相對立，在「齊微韻」裡有 Sri 類音節，包括中古知組聲母絕大部分字和 7 個章組字「侈

---

❶ 日母在北宋讀捲舌鼻擦音*nʐ，元代以後爲捲舌濁擦音*ʐ，都屬捲舌噝音。

❶ 此處 ï 可指 ɿ，也可指與之相近而不是 i 的某個音，如 i。

製制世勢逝誓」❻。日母字全都變了，章組字變得多，知組字變得少，說明規則 1″是在規則 2 和規則 3 之間啓動的。

現在的問題是：變與不變的界限並不完全劃在章組、日母與知組之間。有少數知組字已變，又有少數章組字未變，其中還有較早時同音而在《中原音韻》出現對立的情況（如知母「胝 tʂï：知 tʂi」，昌母「齒 tʂhï：侈 tʂhi」，禪母「是 ʂï：逝 ʂi」等）。有一些可以作另外的解釋❼，有一些就只能看作是不整齊的發展。從詞彙擴散的角度來看，可以作這樣的理解：當規則 1″在章組字中的擴散尙未最後完成峙，規則 3 發生了，於是規則 1″又開始在某些知組字中起作用。

明末清初方以智（1611-1671）《通雅·切韻聲原》的韻圖也有 Srï 和 Sri 的對立，並且入聲字也加入了規則 1″的行列。有兩點値得注意：(1)中古澄母字「持」列于 tʂhï 陽平，同是澄母字的「遲」則列於 tʂhi 陽平，是發展有先後；(2)「質」字既列於 tʂï 入聲又列於 tʂi 入聲，「日」字既列於 ʐï 入聲又列於 ʐi 入聲，是有兩讀。

李漁（1611-1680）《笠翁詞韻》有「支紙寘」韻（ï 韻母）和「奇起氣」韻（i 韻母），後者平聲已無 Sr 聲母字，上聲有 2 個，去聲則比較多，而這些字絕大多數都重見於「支紙寘」韻的上、去聲中（看麥耘

---

❻　這裡只指非入聲。元代入聲讀音短促，可能帶有喉塞韻尾。嚴格地說，規則 1′內還以長短音分次序：長音（非入聲）先變，短音（入聲）後變。《蒙古字韻》中莊組聲母不論長短都已變，《中原音韻》裡章組和日母長音多已變，短音尙未動。資料可參看寧繼福 1985. p.26-29, 32-33。不過其中有點小錯：把徹母字「笞癡」誤標爲初母字（p32）。

❼　多數：韻母字源於中古止攝，而「製制世勢逝誓」6 字在中古屬蟹攝三等韻，其韻母更早前是 jei，或許可以認爲它們是在章組字開始進行規則 1″之後纔變爲 i 的。

1987）**⑱**。從中可看到平聲字的全部和上聲字的多數已完成變化（達到了 c 狀態），去聲字的多數和上聲字的少數有兩讀（v 狀態），只有個別字沒發生變化（u 狀態）。聲調作為一個語音條件與變化的先後次序有關，但落實到具體的字仍是詞彙擴散式的。

方、李兩人同時，而他們書中所反映的規則 1″演變的現象卻不完全相同，哪些字已變、哪些字未變，略有出入。這固然可以考慮是否與方音影響有關（方安徽人，李浙江人而長於江蘇），但從另一角度說，字音的不確定又可能是表現了有關的字正處於變異狀態之中。**⑲**

繼規則 1″啓動之後（不是完成之後），規則 1 全面展開。除規則 1″所涉及的 i 韻母外，哪些韻母先變，哪些後變，筆者所見的資料尚不足，本文暫不作討論。唯從徐孝《重訂司馬溫公等韻圖經》（1606）中可知，在明代後期的順天（今北京）方音中**⑳**，規則 1 已基本完成，剩下 y 韻母還同捲舌聲母相拼，成為這一演變的殿後軍（參看陸志韋 1947b）。現代漢語方言（包括一些北方方言）中，捲舌聲母與 i/j 和 y/ɥ 結合的情況還時能見到，不過以現代北京音為標準的共同語音已經沒有這種音節。在共同語的範圍內，規則 1 已經在近代時期的某一個時候走完了它在語音史上的全部里程。

---

⑱　《笠翁詞韻》的入聲部分是未定稿，編排較亂，無法作細緻分析。

⑲　規則 1″的實現過程中有一些很複雜的問題，擬另文探討。

⑳　依星橋師的觀點，直至清代中葉以後，北京音纔成為共同語的標準音（李 1980），故視明代順天音為方音。

伍

　　現在對本文的研究作一個小結。規則 1 在漢語語音史上的實現分爲兩個大階段：

　　第一階段是中古階段，對象是莊組聲母字。這一階段以規則 1′爲起始點，即最先在眞韻系進行，後普及於所有莊組三等韻字。在進入近代之前，莊組聲母後的 i/j 已全部消變，無一例外。

　　第二階段是近代階段，對象是新變爲 Sr 的章組、日母和知組字。首先進行的是規則 1″，就是先從 i 韻母變起，接下來在所有這類字中鋪開。到現代漢語共同語中，捲舌聲母後就完全沒有了 i/j 和 y/ɥ，也是無一例外。

　　從這一演變的結果來看，可以說是證明了新語法學派「音變有規則」理論的正確性。但是，對其具體過程所作的探討卻又使人相信，這一演變的過程是按詞彙擴散的方式進行的。

　　世界上任何事物的發展都會有平衡和不平衡這樣兩個方面。打個比方說，一個人站立著的時候是平衡的，當他一邁開步子，平衡就被打破了；而當邁出的腿踏穩了，他也就獲得了新的平衡。再次邁腿，平衡又再次打破。他總是在平衡與不平衡的交替中向前走，而且也只有這樣纔能夠走得動。平衡是事物發展的本質特徵，不平衡同樣也是事物發展的本質特徵，事物就是在兩者的交相作用中發展的，而且每一次新的平衡都是通過不平衡的過程獲得的。語音演變也是如此，整齊和無例外是平衡，而詞彙擴散的過程則是不平衡的。新語法學派正確地指出了語音發展的平衡性，但不願意看到其不平衡的一面，或者總要把不平衡現象歸因於特殊的、外部的因素。對「無例外」的過分強調使之陷入了片面

性。事實上，「無例外」只是音變規則徹底完成的結果（或者說是對這種結果所作的事後的——不是發生音變當時的——描述），而不是音變規則的實現過程和方式的特點。

不過，與其說詞彙擴散理論是對新語法學派的否定，毋寧說前者是對後者的重大修正。筆者認爲可以這樣說：語音演變是有規則的，而規則實現的過程以及方式是——至少應該說「常常是」——在詞彙（字）的層面逐步擴散的。本文的研究從一個側面表明了，只有運用了詞彙擴散理論，「音變有規則」這一定律纔能得到更爲正確、更爲準確以及更有普遍意義的說明。

參考文獻

稻葉志郎

    1988   《京劇音韻探究》，學林出版社，上海

董同龢

    1948   《上古音韻表稿》，《歷史語言研究所集刊》18 本，上海

李星橋（新魁）

    1980   〈論近代漢語共同語的標準音〉，《語文研究》1，太原

    1983   《〈中原音韻〉音系研究》，中州書畫社，鄭州

廖榮蓉

    1994   〈國外的漢語語音研究〉，《海外中國語言學研究》，語文出版社，北京

劉冬冰

　　1996　〈汴梁方音與《中原音韻》音系〉，《語言研究》增刊，
　　　　　武漢

陸志韋

　　1947a　《古音說略》，《燕京學報》專號 20，北平

　　1947b　〈記徐孝《重訂司馬溫公等韻圖經》〉，《燕京學報》32，
　　　　　北平

麥　耘

　　1987　〈《笠翁詞韻》音系研究〉，《中山大學學報》1987：1，廣州

寧繼福

　　1985　《中原音韻表稿》，吉林文史出版社，長春

沈鍾偉

　　1995　〈詞彙擴散理論〉，《漢語研究在海外》，北京語言學院
　　　　　出版社

王福堂

　　1994　〈舌面中音應該具有什麼樣的音值〉，《語言研究》27，
　　　　　武漢

王士元　William S-Y. Wang

　　1979　"Language change: a lexical perspective", *Annual Review of
　　　　　Anthropology* 8. 中譯本：〈語言變化的詞彙透視〉，《語
　　　　　言研究》3，武漢

謝紀鋒

　　1992　〈《漢書》顏氏音切韻母系統的特點〉，《語言研究》23，
　　　　　武漢

袁家驊等

　　1983　《漢語方言概要（第二版）》，文字改革出版社，北京

照那斯圖　楊耐思

　　1987　《蒙古字韻校本》，民族出版社，北京

《聲韻論叢‧第九輯》
聲韻學學會主編　頁395～422
臺灣學生書局　　2000 年 8 月

科際整合與近代音研究
論爭三題

黎新第*

　　在科學研究中，相關學科的知識從來就是相互滲透，相互支持的。聲韻學的成果，不僅要受到聲韻學自身的檢驗，也要經得起相關學科的審視。而相關學科知識的運用，又有一個是否恰當的問題。下邊述及的論爭，就是筆者在漢語近代音探討中，站到相關學科立場上，針對研究的幾個熱點而提出的不同認識。

壹、訓詁學與近代音研究論爭

　　近代音研究通常離不開歷史資料，而歷史資料在實際運用之前必須正確解讀，避免歧義或誤會，亦即在訓詁上充分可靠，否則就會在不同程度上影響到結論。

　　下面是可以從訓詁的角度提出商榷意見的兩例。

---

*　　重慶師範學院

一、從訓詁看朱熹反切音系「全濁聲母全部消失」例證

　　王力 1982 及 1985 兩次論定，朱熹反切音系中的「全濁聲母全部消失」，爲此總共列舉了二十七個清與全濁互叶的例證。筆者重新研討了有關現象，認爲正如許世瑛 1973 即已揭示的那樣，朱熹反切音系中的全濁聲母確有清化表現，但如王力先生「全部消失」的結論，就不僅與朱熹反切音系中全濁上變去尙未完成有矛盾❶，而且首先就得不到訓詁學成果的充分支持。其具體表現如下：

　　在王力先生所舉二十七例中，清與全濁的不同有三例是在全濁清化之前就已經產生的不區別意義或意義相近的又讀：

　　觀，市由反，叶齒九反（《詩集傳·遵大路 2》：無我觀兮。朱熹注：觀與醜同。按：《經典釋文》：「觀，市由反。或云：鄭音爲醜。」）

　　紓，音舒，叶上與反（《詩集傳·采菽 3》：彼交匪紓。朱熹注：紓，緩也。按：《廣韻》傷魚切、又神與切：「紓，緩也。」）

　　盡，叶子忍反（《詩集傳·楚茨 12》：維其盡之。朱熹傳：無所不盡。按：《廣韻》慈忍切：「盡，竭也，終也。」《集韻》子忍切：「極也，任也。」）

　　有四例可能來自作爲被叶字聲符的字或同聲符字：

　　臧，叶才浪反（《詩集傳·頍弁 2》：庶幾有臧。朱熹注：臧，善也。按：《廣韻》則郎切：「臧，善也。」《廣韻》徂浪切無「臧」有「藏」。）

　　施，叶時遮反（《詩集傳·丘中有麻 1》：其來施施。朱熹注：施

---

❶　參看黎新第 1999a。

施，喜悅之意。按：「施」，《廣韻》式支切，又施智、以智二切。《廣韻》《集韻》時遮切均無「施」字，但均有「蛇」的俗字「虵」。）

濁，叶竹六反（《楚辭集注·漁父》：滄浪之水濁兮。按：《廣韻》直角切：「濁，不清也。」《廣韻》之欲切無「濁」有「燭」。）

神，叶式云反（《楚辭集注·大招》：聽類神只。朱熹注：聽類神者，言其聽察精審，如神明也。按：「神」字《廣韻》食鄰切，與式云切清濁不同，但「申」字《廣韻》失人切。「失」與「式」同屬書紐，而「人」與「云」同屬眞群韻（見王力 1982），是式云反即「申」字在朱熹反切中的讀音。）

仍是王力 1982 已經指出：「關於朱熹反切的聲母系統，研究起來比較困難，因爲某些字的叶音似乎是讀成另一個字的音，例如『福』叶筆力反，是讀『福』如『逼』。」它如筆者注意到的「國」叶於逼反，是讀「國」如「域」，「蛇」叶唐何反，是讀「蛇」如「駝」，「位」叶力入反，是讀「位」如「立」等，都是被叶字讀同作爲該字聲符的字或同聲符字，與全濁清化了無關係。前引四例既然與這裡說到的四例有相同特點，我們也就沒有理由可以認定它們一定是全濁清化的表現。

有五例可能源於濁上變去後上聲中不再容留全濁聲母字：

蒲，叶滂古反（《詩集傳·王風·揚之水 3》：不流束蒲。朱熹注：蒲，蒲柳。按：「蒲」字《廣韻》薄胡切、《集韻》蓬逋切，不讀上聲。但「浦」字《廣韻》正作滂古切，吳棫《韻補》「蒲」亦讀頗五切。）

皁，叶子苟反（《詩集傳·大田 2》：既方既皁。朱熹注：實未堅者曰皁。按：《經典釋文》：「皁，才老反。」）

圖，叶丁五反（《詩集傳·烝民 6》：我儀圖之。朱熹注：圖，謀也。按：《廣韻》同都切：「圖，《爾雅》曰：謀也。」）

士，叶音所（《詩集傳·常武1》：王命卿士。按：《廣韻》鉏里切：「士，《說文》曰：事也。」）

動，叶德總反（《詩集傳，常發5》：不震不動。按：《廣韻》徒總切：「動，搖也。」）

五例叶音的共同特點是，所叶各韻一律是上聲韻。王力先生以此作爲全濁清化的例證，但作爲例證的資格實在難於肯定，因爲，既然這五例均叶上聲，就可以作如下解釋：由於全濁上變去，五例被叶字都不再能夠叶上聲。朱熹爲了讓他判定的各個韻腳的聲調繼續保持一致，就不得不改用與五例被叶字的全濁聲紐對應的清紐字作叶音反切上字或逕作叶音。可是，全濁上變去並不意味著在變去的同時即已變清。如何九盈1988便觀察到[明]王文璧《中州音韻》中，「大部分濁上字都先經歷了變濁去這個階段，然後再跟同濁去字一起清化」。何氏還明確指出，「全濁清化的一般規律」是：「濁上首先發生演變，其次是濁去，最後才是平聲。」因此，沒有理由可以肯定，上述五例（無論其被叶字是原讀濁平或是濁上）一定意味著全濁清化。除此而外，「蒲，叶滂古反」亦可視爲讀同作爲「蒲」字聲符的「浦」字。詳前。

有一例應是通行本《詩集傳》書寫或刻印錯誤：

薄，徒端反，叶土㢍反（《詩集傳·野有蔓草1》：零露薄兮。朱熹注：薄，露多貌。王力1982注：宋本作上㢍反，誤，今依通行本。按：《集韻》豎㢍切下有「薄，露貌」，而「豎」「上」同屬禪紐，援前述朱熹慣用不區別意義或意義相近的又讀作叶音之例，則是「上」字未必誤而「土」字未必不誤。）

還有一例清與全濁之間沒有可以對應的發音部位和方法，清濁的差異應當也是在全濁清化之前就已經產生的不區別意義的又讀：

蛇，市奢反，叶土何反（《詩集傳·斯干6》：維虺維蛇。按：「市」，

禪紐，「土」，透紐。《說文解字》：「它，虫也……上古草居患它，

故相問無它乎；蛇，它或從虫。」《廣韻》託何切：「它，《說文》曰：

虫也……；蛇，《說文》同上，今市遮切。」）

這樣，在王力先生舉出的「全濁聲母全部消失」的二十七例中，

可以從訓詁的角度提出商榷意見的已達十四例。這不能不使人對由此得

出的結論產生出一定程度的懷疑。

二、從訓詁看孫奕俗讀「清入作去」例證

李無未 1998 認為，「從孫奕音注『俗讀』中可以看到，漢語時音

在南宋就形成了『清入作去』態勢」，並由此推斷：「清入聲字歸調很

可能經歷了這樣一個發展次序，即：『清入→清入作去→清入作去為主

→清入作平上去多元化』過程。」

但這一成果同樣得不到訓詁學的充分支持。

在李先生所舉二十二例中，有四例的去入兩讀一為本字音，一為

通假字音：

舍，釋（《禮記·祭統》。李文例(8)。按：〈祭統〉「舍奠于其

廟」鄭玄注：「舍，依注音釋。」又，《集韻》始隻切：「舍，與釋同。」）

渥，烏豆反（《周禮·慌氏》。李文例(13)。按：〈慌氏〉「渥

淳其帛」鄭玄注：「渥讀如繪人渥管之渥。」《經典釋文》：「渥，烏

豆反，與漚同。」）

辟，音變（《示兒編》卷六。李文例(16)。按：音見卷六〈友便辟〉，

原文如下：「《前漢·佞幸傳》贊曰：『咎在親便嬖，所任非仁賢。故

仲尼著損者三友。』正引此語。『嬖』字從女，與《孟子》『便嬖不足

使令于前』同。則『辟』讀爲『寵嬖』之『嬖』亦通。舊音婢亦切。」)

結，音髻（《示兒編》卷二十。李文例(21)。按：音見卷二十〈字同而音異〉。原文爲：「〈陸賈傳〉：尉佗結箕踞。音髻。」《漢書·陸賈傳》：「尉佗魋結箕踞見賈。」顏師古注：「結，讀曰髻。」)

有四例在孫奕之前就有不區別意義或意義相近的去入兩讀：

炤，灼（《毛詩·正月》。李文例(1)。按：〈正月〉「亦孔之炤」陸德明釋文：「炤，音灼，之若反。」《廣韻》之少切：「照，明也；炤，上同。」《集韻》職略切：「炤，明也。《詩》『亦孔之炤』。通作灼。」)

告，谷（《周易·蒙》。李文例(4)。按：《易·蒙》「瀆則不告」陸德明釋文：「告，古毒反，示也，語也。」《廣韻》古到切：「告，報也。」又古沃切：「告上曰告，發下曰誥。」古沃切即古毒反，孫奕當時應已『谷』、『沃』同部。)

積，瀆《禮記·儒行》。李文例(10)。按：李文作《禮記·大學》，誤。〈儒行〉「不祈多積」陸德明釋文：「積，子賜反，又如字。」故宮本王仁煦《刊謬補缺切韻》紫智反：「積，委積。」又資昔反：「積，聚。」)

作，音佐（《示兒編》卷九。李文例(17)。按：音見卷九〈韓詩轉字音〉。原文爲：「〈方橋〉云：『方橋如此作。』音佐。」《廣韻》則落切：「作，爲也，起也，行也……」又則箇切：「作，造也。」「佐」字《廣韻》正讀則箇切。)

有兩例被音字在孫奕之前就有去入兩讀，而且去聲一讀不能與文意一致：

吊，的（《尚書·康誥》。李文例(3)。按：李文作《尚書·微子之命》，誤。〈康誥〉「惟吊茲」孔氏傳：「惟人至此不孝不慈不友不恭」。

陸德明釋文：「吊，音的。」《廣韻》都歷切：「吊，至也。」又多嘯切：「吊，吊生曰唁，吊死曰吊。」「的」字《廣韻》正讀都歷切。）

邲，匹，又弼（《左傳・成公十六年》。李文例(12)。按：〈成公十六年〉：「邲之師，荀伯不復從。」「邲」字無音釋。但〈宣公十二年〉「戰于邲」杜預注：「邲，鄭地。」陸德明釋文，「邲，扶必反，一音弼。」《廣韻》毗必切：「邲，地名。」又兵媚切：「邲，好也。」）

有一例直音字在孫奕之前就有去入兩讀，無從判定在例中必讀爲去：

廓，擴（《禮記・檀弓上》。李文例(5)。按：〈檀弓〉上「祥而廓然」陸德明釋文：「廓，苦郭反。何云：開也。」《廣韻》乎曠切：「撗，《博雅》云：槌打也。擴，上同。」又《集韻》闊鑊切：「擴，張大也。」兩相比較，倒是「擴」字的入聲一讀較能與文意一致。）

有兩例是誤讀原文造成假象：

扑，鋪，入，讀朴者非（《尚書・舜典》。李文例(2)。按：李先生在他自己所加的按中說：「在《廣韻》中，『鋪』沒有對應入聲。這裡的『入』已失去標注聲調的作用。」在《廣韻》、《集韻》中，「鋪」字確實沒有入聲，但這是在《九經直音》裡，陰聲字已經可以有入聲相配。如竺家寧1980便已舉到「《論語・八佾》：『鬱，於入』」、「《孟子・滕文公上》：『匿，尼入』」等10餘例，而且本條亦在所舉之列：「《尚書・舜典》：『扑，鋪入。』」因此將本條中「鋪」、「入」二字斷開並斷定祇有「鋪」字才是「扑」的直音是不恰當的。作爲旁證，成書亦在南宋的《切韻指掌圖》第三圖，「扑」字正是「鋪」字的入聲。）

折，去（《周禮・天官下・瘍醫》。李文例(11)。按：〈瘍醫〉「折瘍之祝藥」陸德明釋文：「折，時設反。」複核臺灣商務印書館影

印文淵閣本《四庫全書》一八四冊，其 202 頁上第 5 行「去」字作「舌」，與《釋文》「折，時設反」正合，「去」字固當爲「舌」字之誤，與「清入作去」無關。）

　　如果除去以上十三例，二十二例也就祇剩下九例。而且這九例中還有兩例（《示兒編》卷十八〈聲訛〉：以屬腳爲轎。李文例(20)。又，《示兒編》卷二十一：遑，讀爲棹。李文例(22)）可能源於形聲字讀音類化，一例（《示兒編》卷十八〈聲訛〉：以渝制爲浙。李文例(19)）可能源於形近而誤。據此，最多也祇能說孫奕「俗讀」有「清入作去」的跡象，宣稱其已成「態勢」未免言過其實。

貳、統計學與近代音研究論爭

　　質變始於量變，定性需要定量支持。單有例證、沒有定量的近代音研究具有或然性。雖有定量，也還有一個計算方法是否得當的問題。

　　下面是可以從統計及其方法的角度提出商榷意見的兩例。

一、從統計方法看《中原音韻》清入聲作上聲是否符合語言實際

　　從廖珣英 1963 開始，楊耐思 1981、李新魁 1983（又 1991）、忌浮 1988、魯國堯 1996 都相繼對《中原音韻》清入聲作上聲是否符合語言實際表示懷疑。

　　廖珣英 1963 統計了現存關漢卿十八個雜劇的用韻，得出了關曲「清入聲字有百分之七十不派入上聲」的結論。楊耐思 1981 說：「可以推想，在《中原音韻》時期，中古的全濁入聲字實在有點近乎陽平聲字；

次濁入聲字有點近乎去聲字；而清入聲字並不怎麼近乎上聲字。所謂『近乎』，可以是調型的相近。」李新魁 1983 認爲，「周氏的分派（特別是派入上聲的字）實在是可以懷疑的，它能否代表實際語言的眞實情況是不很可靠的。」李新魁 1991 又說：「其實周氏並沒有說他對入聲字的歸派是依照某一種活的語言，而祇是說參考『前輩佳作』，而『前輩佳作』也沒有定準，周氏就祇好作權宜的處置（因爲全濁、次濁入聲字有實際語言中近平聲、又近去聲作依據，而清音字並沒有這種依據，所以周氏採用一刀切的辦法，都歸之於上聲；……）」還說：「大概當時的入聲分爲兩種，一是全濁音的入聲字讀近陽平，次濁及清音字讀近去聲」。忌浮 1988 則統計現存元人六十九支曲牌全部作品煞尾二字上的古入聲字聲調，發現「『入聲作上聲』字在元曲裡讀上聲的祇有39%」。而魯國堯 1996 進而明確主張「從沈義父、張炎至陶宗儀，再至申叔舟、崔世珍，約二百餘年，漢語中州之音一直是入聲似平聲，又可作去聲」。因而也認爲《中原音韻》「是否完全符合『中州之音』的實際，不是不可懷疑」。

懷疑自身也要經得起懷疑。雖然也有先生提到別的理由，但對《中原音韻》清入聲作上聲的懷疑又無不以廖、寧二氏的統計爲重要依據。恰恰正是這一依據，首先就值得懷疑。

廖珣英 1983 關曲清入聲字 70% 不派入上聲的結論是這樣得出的：

> 48(現存關漢卿雜劇清入韻腳字不作上聲次數) ÷ [48(同前) + 21(現存關漢卿雜劇清入韻腳字作上聲次數)] ≈ 70%。

忌浮 1988「入聲作上聲」字在元曲裡讀上聲的祇有 39% 的結論也

是這樣得出的：

> 171(所舉7224首曲子煞尾二字位置上「入聲作上聲」字讀上聲次數) ÷ [171(同
> 前) + 196(同前位置上「入聲作上聲」字讀平聲次數) + 70(同前位置上「入聲
> 作上聲」字讀去聲次數)] ≈ 39%。

　　但這樣求出的比例應當衹是在特定位置上出現的清入聲字在這一位置上不讀上聲或讀上聲的比例，卻並非元代清入聲字在全部關曲乃至全部元曲中不讀上聲或讀上聲的概率。我們現在需要明確的不是前者而是後者。而要求得後者，卻使用計算前者的方法，顯然是不適當的。

　　那麼，又該用什麼樣的方法來計算後者呢？首先需要有如下認識：對於元代中原之音中的全部清入字來說，無論是在關漢卿雜劇用韻中見到的，還是在現存元曲煞尾二字位置上出現的，都具有隨機事件的性質。換句話說，衹是兩次抽樣所得到的樣品。要求得元代清入字在全部關曲乃至全部元曲中不讀上聲或讀上聲的概率，就必須遵循概率論的基本原理，在計算中不僅要考慮到受特定位置限制而產生的抽樣次數的嚴重不等，而且要考慮到整個元曲中讀平聲的均爲讀上聲或去聲的二倍的事實。

　　筆者 1990 曾經借用忌浮 1988 提供的材料和數據就此打過一個比方：

> 設有食鹽一袋，已分成三個不等份，全部溶入甲、乙、丙三桶
> 水中。現在我們想用抽樣調查的辦法知道這袋食鹽投入三個桶
> 的比例，即哪桶水投鹽最多。爲此，需要先了解三桶水的多少
> 是否相當。如果相當，那就衹消在三個桶中分別取得等量的鹽

水，加以蒸餾，看看分別得鹽多少，就可以知道三個桶投鹽的比例。這也就是說，得鹽多少可以直接反映投鹽多少。但這顯然是有兩個前提的。一個是必須在三個桶中分別取等量的鹽水。如果取的數量不等，例如從甲桶取鹽水 1000 克得鹽 20 克，從乙桶取鹽水 200 克得鹽 15 克，從丙桶取鹽水 300 克得鹽 5 克，那就斷不可因爲 15 克雖多於 5 克但少於 20 克，就說乙桶投鹽的比例不大，不可能投鹽最多。另一個前提是三桶水的多少也必須相當。如果甲桶是乙桶或丙桶的 2 倍，那自然也就需要從甲桶中取相當於取自乙桶或丙桶的 2 倍的鹽水，得到的鹽的數量才能正確顯示在甲桶中投鹽的比例。

元曲中出現的全部「入聲作上聲」字就好比一袋鹽，元曲中出現的全部讀平、上、去三聲的次數就好比三桶水。「入聲作上聲」字讀平、上、去三聲就好比將一袋鹽分別投入並全部溶解於三桶水中，通過曲尾驗證「入聲作上聲」字讀三聲的比例，也就好比抽取鹽水調查一袋鹽在三個桶中分投的比例。但這裡的「三桶水」的多少是不相當的。忌浮同志文章雖然沒有提及元曲中讀平、上、去三聲的次數之比，我們卻可以根據曲子裡的字（除襯字）大體上總是平仄相間的特點和俞敏先生的調查❷，推斷元曲中上、去聲出現的次數比較接近，平聲則約爲上聲或

---

❷ 參看俞敏 1987。文中用《與山巨源絕交書》統計平、上、去、入四聲字在文章裡面出現的頻率：

	平	上	去	入		平	上	去	入
字數	663	331	297	233	百分比	43.5	21.6	19.5	15.33

去聲的 2 倍。在「三個桶」中取「鹽水」的數量更不相等。由於受句末單字調模式的限制，曲尾應讀平聲的多，應讀去聲的少，應讀上聲的尤少。從忌浮同志文章提供的數據中可以算出，在所取 7224 首曲子煞尾二字位置上，應讀平聲的爲 9175 次，應讀上聲的爲 1615 次，應讀去聲的爲 3658 次。而這也就意味著文章所得的周德清「入聲作上聲」字讀平聲的 196 次是抽取平聲 9175 次得到的結果，讀上聲的 171 次是抽取上聲 1615 次的結果，讀去聲的 70 次是抽取去聲 3658 次的結果。

根據以上認識和數據，筆者 1990 計算周德清「入聲作上聲」字在全部元曲中讀上聲概率的步驟和結果是：

先求出周德清「入聲作上聲」字讀平、上、去三聲的千分比：

平聲：$196 \div 9175 \approx 21‰$。

上聲：$171 \div 1615 \approx 106‰$。

去聲：$70 \div 3658 \approx 19‰$。

設元曲中讀平上去三聲的總次數爲 X 千次。則：

「入聲作上聲」字讀上聲或去聲的總次數分別爲 106X 和 19X；元曲中讀平聲的次數大約是讀上聲或去聲次數的二倍，故「入聲作上聲」字讀平聲的總次數應爲 $2 \times 21X$。

據此，「入聲作上聲」字在全部元曲中讀平、上、去三聲的概率即爲：

$42X : 106X : 19X = 42 : 106 : 19$

$106 \div (106 + 42 + 19) \approx 63.5\%$

筆者 1990 還指出元雜劇煞尾二字位置上的「入聲作上聲」字中「一」「不」二字表現特殊，如果減去這兩個字重新計算，上述概率即可上升到大約 75%。

廖珣英1963沒有統計關漢卿雜劇韻腳位置上讀平、上、去三聲的次數，也沒有顯示不讀上聲的清入字多少讀平、多少讀去，不便按前述概率論原則計算。筆者1990另取關漢卿雜劇十八種中屬《中原音韻》「定格」各曲入韻字的情況作依據，得出關曲清入聲作上聲的概率是大約70%。有意思的是，如果仍舊按照廖、寧兩位先生的方法計算，這一比例祇有42%，上聲字不作上聲的更高達70%（見筆者1991）。而在元代中原的實際語言中，上聲字（不包括已經變讀去聲的全濁上聲字）讀上聲是無可懷疑的。由此更可以反證兩位先生的計算方法的確值得斟酌。

二、從統計結果看朱熹反切音系全濁聲母是否全部消失

在王力 1982 和 1985 中，雖有朱熹反切清濁互叶的若干例證，但並沒有引入定量分析。因此，無從知曉這些例證在涉及全濁字的全部朱熹叶音中究竟佔有怎樣的比例。而這對於判定朱熹反切音系的全濁清化是否完成，也是至關重要的。

筆者另有 1999b，文中以窮盡的方式統計出朱熹反切入韻字中與全濁清化有關的清濁互叶二十八例（《詩集傳》、《楚辭集注》——以下簡稱《傳》、《注》——各 14 例），清濁互注五例（《傳》4 例，《注》1 例）。這二十八例和五例中已經包含了許世瑛 1973 和王力 1982、1985 舉到而又經筆者釐別還不能作其他解釋的全部例證。另有全濁自叶一百八十三例（《傳》126 例、《注》57 例），全濁自注二百三十五例（《傳》201 例，《注》34 例）。文中又計算出，如果朱熹反切音系中的全濁音

聲母已經完全清化,其清濁互叶或互注的概率應約爲全部叶音或注音的 34%,全濁自叶或自注的概率應約爲全部叶音的 13%。而依據上述統計結果計算出的朱熹反切中清濁互叶的實際比例僅約爲 6%(《傳》約爲 5%,《注》約爲 9%),清濁互注的實際比例僅約爲 1%(《傳》、《注》均僅約爲 1%)。且不說 1%,就是 6% 的實際比例,也遠遠低於 34% 的概率。

筆者在文中還按照同樣的計算方法並參酌音系和標音方式的差異,統計出《中原雅音》中清濁互注的概率約爲 32%,實際比例約爲 36%;《蜀語》音注中清濁互注的概率約爲 17%,實際比例約爲 13%。其概率和實際比例都分別相去不遠。

再拿前述朱熹反切的情形與之對比,就更加凸現出如果朱熹反切音系「全濁聲母全部消失」,其清濁互叶或互注的概率和實際比例之間,就不應當出現有如前述的巨大差距。

參、方言學與近代音研究論爭

有豐富的近、現代方音資料可資利用是漢語近代音研究的一大優勢,也是現階段近代音研究的一大特色。恰當運用方音資料有助於研究的深入,但如何正確解讀方音資料也尚可討論。

下邊就是可以討論的最新一例:從方音資料看《中原音韻》是否「站在北方官話的立場上寫成的」。

劉勛寧 1998 清晰地描述了《中原音韻》中歌戈、蕭豪兩收的入聲字,「歌戈韻的讀法覆蓋了整個中原官話地區」,而這些字「從東北一直到河北省的口語音都是讀蕭豪韻的」。這可以說是繼承和發展了雅洪

托夫 1980 的觀點。論文又力陳不能同意《中原音韻》的清入聲作上聲沒有實際語言依據的見解，筆者亦深表贊成。但論文最終認定《中原音韻》「是站在北方官話的立場上寫成的」，就很值得進一步研究。

劉先生得出這一揭示《中原音韻》立場的結論的主要依據有二：一是「周德清的發音人是以蕭豪韻的讀法為宕江攝入聲字的規則讀法的，而歌戈韻的讀法是散入的」，二是「中原官話的特點是入聲一分為二，北方官話的特點是入聲一分為三。這等於已經判定《中原音韻》是北方官話」。從歷史方音學的角度看，後一依據似不能成立，前一依據也並不足以得出上述結論。

先討論後一依據。劉先生言下之意，是《中原音韻》時期的中原官話的入聲也應該一分為二。可是，現代中原官話入聲一分為二，絕不等同於歷史上的中原官話入聲也同樣祇能一分為二。我們至少可以舉出以下五條證據表明歷史上的中原官話入聲可能也曾一分為三。

1.[明]郎瑛《七修類稿》卷二十六「杭音」：

> 城中語音好于他郡。蓋初皆汴人，扈宋南渡，遂家焉，故至今與汴音頗相似。如呼「玉」為「玉」（音御），呼「一撒」為「一（音倚）撒」，呼「百零香」為「百（音擺）零香」，茲皆汴音也。唯江干人言語躁動，為杭人之舊音。教諭張傑嘗戲曰：「高宗南渡，止帶得一百（音擺）字過來。」亦是謂也。審方音不可不知。

引文中所謂「汴音」，無疑應屬當時中原官話。在所舉入聲例字中，雖然沒有全濁字，但僅憑其清入聲字「一」「百」讀同上聲，次濁

入聲字「玉」讀同去聲，就已經可以見出是入聲一分爲三，而不是入聲一分爲二。因爲，在現代漢語官話方言中，凡是古入聲清濁歸調不同的，全濁入聲都是另歸陽平。

2.[元]陶宗儀所謂「今中州之韻，入聲似平聲，又可作去聲」（見《南村輟耕錄》卷四），表面看是入聲一分爲二，實際上仍舊可能是入聲一分爲三。因爲其時中原之音早已平分陰陽，「入聲似平聲」就理應析爲似陰平和似陽平兩類。如此再加上入聲「又可作去聲」，正是三類。會不會似平的入聲全都似陰平或者全都似陽平呢？不會。從中原官話後來的發展看，如果「入聲似平聲」曾經祇似其中一類，後來又是憑什麼分化爲一似陰平、一似陽平兩類的呢？

陶氏既稱「中州之韻」，所述當然也應屬於當時中原官話。

3.[明]張位《問奇集·各地鄉音》「梁宋」下有「席爲西」「墨爲眛」「識爲時」。「席」爲全濁入字而「西」爲陰平字，「墨」爲次濁入字而「眛」爲去聲字，「識」爲清入字而「時」爲陽平字。衡以現代中原地區官話，是當時仍有入聲讀去。雖然無從肯定這三個入聲字的歸調在當時全都具有代表性，但當時梁宋入聲可以一分爲三則是完全可能的。

丁邦新 1978 以爲「梁宋」「約指河南」。河南正是中原官話腹地。

4.大名縣雖地處河北，但方言至今仍屬中原官話。而據序於乾隆五十五年的《大名縣志·方音》所載，有「物讀作務」、「役讀作異」、「佛讀作扶」、「十實石拾俱讀作時」、「北筆讀作碑」、「宿肅粟俱讀作須」、「叔讀作暑」等，也顯見得入聲不是一分爲二而是一分爲三，甚至可以說是一分爲四。

5.山東東平，當地方言也至今仍屬中原官話❸。但在光緒四年重修的《東平州志·方音》中有如下記載：

> 虹曰醬、霮曰拔、港曰蔣、日曰義、血曰歇、肉曰幼、渴曰磕、
> 飲曰哈、額曰葉、尾曰乙……
> 以上變音，以下訛音：
> ……戚訛妻、揖訛衣、翕訛熙、匿訛泥、服訛符、俗訛徐、局
> 訛拘、逸佚皆訛夷、給訛今
> 以上本皆入聲。

這段記載分明顯示出兩個層次：

變音：次濁入讀去（如日曰義、肉曰幼），清入讀上（如尾曰乙），也是入聲一分爲三。

訛音：全濁入多數讀陽平（如服訛符、俗訛徐），少數讀陰平（如局訛拘），次濁入亦讀陽平（如匿訛泥、逸佚皆訛夷），清入讀陰平（如戚訛妻、揖訛衣）。應是入聲一分爲二。

無論從排列次序看還是從同現代中原官話音接近的程度看，變音都早於訛音。而一曰「變」，一曰「訛」，也包含看一是自身發展變化，一是受外來影響的意思。

有鑒於此，我們雖然還不能就此肯定《中原音韻》的入派三聲依據的一定是當時中原官話，但至少沒有理由因爲現代中原官話是入聲一分爲二而不是一分爲三，就倉促「判定《中原音韻》是北方官話」。

---

❸　大名、東平均屬現代中原官話鄭曹片。見賀巍 1985。

　　至於中原官話怎樣從入聲一分爲三演變爲入聲一分爲二,可參看筆者 1987。

　　借助前述舉證,還可以商榷論文中的另一處論斷:

> 至於今天的北京話裡陰平爲什麼會特別多,這祇要看一看北方官話的南鄰——中原官話區的情況就知道。中原官話區從東到西的廣大地區除了環繞著蘭州、銀川的兩小塊之外,清入都是派入陰平。

　　意思很明白:北京話裡的清入本來不讀陰平,讀陰平是受了中原官話的影響。本文以爲這一點也難於定論。因爲也有可能是,清入讀陰平不是北方官話受了中原官話影響,而是中原官話受了北方官話影響。理由如次:

　　要確認清入讀陰平是中原官話影響了北方官話,就必須認定中原官話清入本讀陰平而北方官話清入本來不讀陰平,或者至少認定清入讀陰平現象北方官話一定發生在中原官話之後。

　　但這兩點都難於認定。

　　第一點。前引[明]郎瑛所稱「汴音」是清入聲讀上聲,清代《東平州志·方音》中的「變音」也是清入聲讀上聲。又如金代諸宮調,據廖珣英 1964,古清母入聲字押上聲韻的,爲數大約一半(有理由認爲應屬低估,參看貳、一)。而根據諸宮調宋金兩代風行汴京,「士大夫皆傳之」❹的盛況,再與前引郎瑛所述「汴音」相印證,其清入聲字押上

---

❹　見王灼《碧鷄漫志》卷二。

聲也應是當時中原官話清入聲讀上聲的反映。再如張位《問奇集·各地鄉音》尚有「齊魯：北爲彼、狄爲低、國爲詭、麥爲賣、不爲補」。內中「北、國、不」爲清入字並讀同上聲字。丁邦新 1978 以爲「齊魯」「約指山東」。而現代山東既有劉先生所稱的北方官話，又有中原官話。因此，張位所說的未必一定就是當時北方官話的特徵而一定不是中原官話的特徵。俞敏先生發表在 1987 年的一篇論文，題目就叫作〈中州音韻保存在山東海邊兒上〉。以上即可表明中原官話清入很可能原本並不讀陰平。與此相反，《問奇集·各地鄉音》又有「燕趙：北爲卑、綠爲慮、六爲溜、色爲篩、飯爲放、粥爲周、霍爲火、銀爲音、谷爲孤」。內中「北、色、粥、霍、谷」爲清入字，除「霍」讀同上聲字外，餘皆讀同陰平字。丁邦新 1978 以爲「燕趙」「約指河北及山西西（東？）部」，正是劉先生所稱北方官話的分佈地區。又如比張位還早約一個世紀的陸容，在他的《菽園雜記》卷四中也說：

> 北直隸、山東人以屋爲烏，以陸爲路，以閣爲果；無入聲韻，
> 入聲內以緝爲妻，以葉爲夜，以甲爲賈。

由此可見明初的北直隸、山東就已經有清入多讀陰平的現象，而且這一特點還一直保持到現代。如俞敏 1984 便說：「古北京話比較像大河北方言。說細緻點兒，就是從（山東）德縣望北的滄縣、天津、武清、延慶這條線——津浦線，或者說老運河跟它的延伸線上的話。」而在這種方言裡，「不是用全濁聲母開頭的古入聲字」，「好變陰平」。這又表明北方官話的古清入字，未必本來不讀陰平。

第二點。中原官話和北方官話的分佈範圍，古代同現代不盡一致。

如[元]孔齊《至正直記》卷一說：「北方聲音端正，謂之中原雅音，今
汴、洛、中山等處是也。」這表明現代屬於劉先生所稱北方官話分佈範
圍的古中山地區（河北中西部），當時仍與汴、洛等處同屬中原官話。
這一狀況還至少延續到明初。因爲朱權在他的《瓊林雅韻·序》中說：

> 中州者，中山趙地。北音惟中山爲正，南不過定遠，北不過彭
> 城，東不過江浦，西不過睢陽，四境千里，過其境則土音生矣。

　　據邵榮芬 1981，見於明初章黼《韻學集成》的《中原雅音》的基
礎方言很可能正在這一地區。劉淑學 1996 又爲邵說補充了有力證據。
而《中原雅音》清入聲讀上聲。這也就是說，中原官話的主流至少直到
明初仍是清入聲讀上聲。但如前所述，此時的北方官話已經是清入多讀
陰平。因此，我們也無從認定清入讀陰平的現象北方官話一定發生在中
原官話之後。

　　當然，也可以說中原官話清入讀陰平在一定程度上是其自身發展
演變的結果。筆者 1993 曾經統計分析金諸宮調曲句的平仄，觀察到其
清入字至少已有 19% 用作平聲，而在元刊雜劇二十三種中，這一比例
約爲21%。我們完全可以假定這一趨勢在其後的發展中仍舊得到保持。
但從金代到元代早中期清入作平的比例並無顯著變化，單憑這一趨勢顯
然不足以在明初以後的中原官話中迅速形成清入讀陰平或以讀陰平爲
主的局面（如前引明初陸容《菽園雜記》卷四就明確說到「河南人以河
南爲喝難，以妻弟爲七帝」）。如果認爲這是中原官話在元明兩代又受
到清入讀陰平的北方官話強烈影響的結果，倒完全可以順理成章。

　　再討論前一依據。不錯，《中原音韻》「以蕭豪韻的讀法爲宕江

攝入聲字的規則讀法」，「而歌戈韻的讀法是散入的」。由此推論《中原音韻》「是站在北方官話的立場上描寫」，從表面看很合乎邏輯，實際上卻未必如此。問題在於《中原音韻》音系的特點不僅僅是一個宕江攝入聲字讀音問題，還包含了聲韻調和聲韻配合關係等多方面的其他特徵。要是我們能夠從其他方面證實《中原音韻》的某些語音特點不是同現代北方官話一致而是同現代中原官話一致，那是不是又可以說它是站在中原官話的立場上描寫呢？

例如，李新魁 1962 即已將《中原音韻》音系同現代北京音、洛陽音以及周祖謨 1942 擬測的宋代洛陽音作過系統比較，「發現洛陽音系比北京音系與《中原音韻》恰合之處更多」。劉多冰 1996 又以今天開封話的聲韻系統與《中原音韻》相比較，認爲「仍能見其二者內部高度的統一性，尤其是開封話的聲韻組合格局及大量的字的讀音，表現出比北京話更強的與《中原音韻》的統一關係」。

劉多冰 1996 所舉表現在聲韻配合關係上的今開封話「與今北京話相悖而與《中原音韻》音系相諧」的例證共有以下七項：(1) [ts tsʻ s]（古精組字）與 [i] [y] 相組合，(2) [f] 與 [i] 組合，(3) [tʂ tʂʻ ʂ z] 與 [i] 組合，(4) [l] 與 [yŋ] 組合，(5) [l] 與 [ui] 組合，(6) [l] 與 [yan] 組合，(7) [l] 與 [yn] 組合（例字皆已略去）。

應當說，這七項還不是《中原音韻》聲韻配合與中原官話一致而相悖於北方官話的全部。如比較賀巍 1984 所記今洛陽話和錢曾怡等 1988 所述今濟南話，還會發現兩者的一個重要差別：古知莊章組字的今聲母濟南話全讀舌尖後音，而洛陽話則是開口韻母一般是知二組和莊組併爲一類，知三組和章組併爲一類，而古章組止攝字則同莊組併爲一類，合口韻則知莊章三組全部併爲一類。根據蔣希文 1982 對《中原音

韻》知莊章組聲母分合的研究，可以說《中原音韻》與今洛陽話若合符契。而洛陽話正可以代表中原官話，濟南話正可以代表北方官話。又如果攝一等見系字開合口韻母不同，也是《中原音韻》同於今洛陽話而不同於今北京話的特點。

雖然有如上的多項例證，但本文並不認爲借此就足以表明《中原音韻》是站在中原官話立場描寫的。理由是，儘管現代北方官話有好些語音特點與《中原音韻》不合，但我們無從推斷在《中原音韻》產生的歷史時期就已經如此。正如劉勛寧先生反復稱說的，「中原官話是老官話，北方官話是新官話」。從語音的歷史發展看，我們反倒有理由認爲，現代北方官話在總體上也曾經歷如同現代中原官話的階段，有可能正是在《中原音韻》時期，具有如同現代中原官話的上述特徵。這樣，豈不就又回到了劉勛寧1998的論點上？

祇是，劉先生的論據也應當經得起同樣的質疑。有沒有可能在《中原音韻》時期的中原官話中，也是宕江攝入聲字多讀蕭豪韻呢？論文說：

> 我們並不排除中原地區也許有過入聲與蕭豪對應的情況。可是，我們不可忘記，《中原音韻》是兩讀這件事。比如我們設想，中原地區讀蕭豪，那麼，歌戈的讀法往哪裡放呢？我們當然不能倒過來，認爲中原官話讀蕭豪，北方官話反而讀歌戈。所以這種關係祇能讓我們選擇這樣的結論，讀蕭豪的是北方官話……

本文以爲「不排除中原地區也許有過入聲與蕭豪對應的情況」的

說法是客觀而符合實際的，筆者 1991 曾就此作過較爲詳細的討論。但要說在一定時期的中原地區入聲既與蕭豪對應就不能同歌戈對應，入聲與蕭豪、歌戈的對應祇能分屬兩個不同的次方言，這就未免有違語言事實和歷史原則了。語音發展是漸變的，又往往是通過詞彙擴散而逐步實現的。在現代漢語普通話和許多方言裡，我們都可以看到舊讀與新讀或者文讀與白讀並存的現象。爲什麼入聲既與蕭豪對應，又與歌戈對應就不可以在一定的時期內作爲舊讀與新讀或者文讀與白讀在中原官話中同時並存呢？《七音略》始以鐸、藥兼承陽、唐與豪、肴，可以認爲是反映了當時廣大北方地區宕、江攝入聲字已經開始與蕭豪對應。其後的《蒙古字韻》中《廣韻》藥、鐸、覺韻字全歸蕭豪而金諸宮調既歸蕭豪，又歸歌戈，則可以認爲在當時中原官話中，這些入聲字又已經出現了與歌戈對應的讀法。由於讀歌戈是新發生的現象，數量上一時間當然就還不及對應蕭豪的多。而在其後的發展中，入聲對應蕭豪在中原官話中逐漸爲對應歌戈所完全取代。與此平行發展的是，中原官話古效攝字韻母亦多改讀 [o、io]。可是，在北方官話中則繼續基本保持入聲與蕭豪的對應，沒有向歌戈轉化。古效攝字韻母也仍舊多讀作 [au、iau]。至於今北京話中的宕、江攝入聲對應歌戈，則應是從中原官話中移植過去的。

那麼，是否本文歸根結底還是主張《中原音韻》是站在中原官話立場上描寫的呢？仍舊不是。筆者以爲，既然至少在目前還無從認定《中原音韻》中的哪些帶有決定性的語音特點是當時中原官話或北方官話特有的，那就至少在目前還不適宜判定何者爲《中原音韻》的立場所在。而且與其勉強在二者間選擇立場，倒不如暫且認爲從《中原音韻》見到的語音特徵，應當基本上就是綜合了二者共有的特點。

　　將中原官話排除在《中原音韻》立場之外還有三點障礙：一是與元人所謂「中原雅音」的觀念不符。這一點不僅前引[元]孔齊《至正直記》說得明白，而且可以從[宋]陸游《老學庵筆記》和[明]呂坤《交泰韻》得到印證❺。二是元代的北曲與宋、金諸宮謂有著淵源關係並在語音上接近一致，而諸宮調的創始與繁榮，都植根於中原官話地區（詳前），憑此也很難推論爲指導北曲創作而作的《中原音韻》，其立場不包括中原官話。三是周德清並無現代官話方言分區的觀念，對所稱「中原之音」沒有作出任何的界定。但既稱「中原」，應當沒有排除流行於中原腹地的中原官話的意思。如果有這個意思，從《中原音韻》於字音錙銖必較的情形看，周德清是不會不予說明的。

　　至於說《中原音韻》就是大都話，倒並非全無可能。大都是當時政治、文化中心，大都話有可能較早地而且也是較多地植入中原官話成分。不過，單憑論文說到的入聲既對應蕭豪，又對應歌戈和入聲一分爲三，並不足以得出一結論。因爲，如前所述，當時的中原官話也完全可能具備這兩項特徵。

　　綜合以上三題的討論，可見漢語近代音研究的確不能沒有相關學科的支持。許多論爭都由是否利用或是否恰當運用相關學科的知識或成果而起。而論爭的最終解決，也有待於對相關學科的知識、成果及其恰當運用取得共識。

---

❺　《老學庵筆記》卷六說：「中原唯洛陽得天地之中，語音最正。」《交泰韻》說：「中原當南北之間，際清濁之會，故宋製中原雅音，謂河洛不南不北，當天地之中，爲聲氣之萃。」

參考書目

丁邦新

　1978　〈問奇集所記之明代方音〉，《中央研究院成立五十週年
　　　　紀念論文集》：577-592

賀　巍

　1984　〈洛陽方言記略〉，《方言》4：278-299

　1985　〈河南山東皖北蘇北的官話（稿）〉，《方言》3：163-170

忌　浮

　1988　〈曲尾及曲尾上的古入聲字〉，《中國語文》4：292-301

蔣希文

　1982　〈從現代方言論中古知莊章三組聲母在《中原音韻》裡的
　　　　讀音〉，《中國語言學報》1：139-159

黎新第

　1987　〈官話方言促變舒聲的層次和相互關係試析〉，《語言研
　　　　究》1：60-69

　1990　〈《中原音韻》清入聲作上聲沒有失誤〉，《中國語文》4：
　　　　284-292

　1991　〈早中期元雜劇與《中原音韻》「入派三聲」〉，《中原
　　　　音韻新論》：44-62，北京大學出版社

　1993　〈金諸宮調曲句的平仄與入聲分派〉，《語言研究》2：49-75

　1999a　〈從量變看朱熹反切中的全濁上變去〉，《重慶師院學報
　　　　（哲社版）》1

　1999b　〈從量變看朱熹反切中的全濁清化〉，《語言研究》1

李無未
　　1998　〈南宋孫奕俗讀「清入作去」考〉，《中國語文》4：294-298
李新魁
　　1962　〈論《中原音韻》的性質及它所代表的音系〉，《李新魁
　　　　　自選集》：99-133，河南教育出版社
　　1983　《〈中原音韻〉音系研究》：106-125，中州書畫社
　　1991　〈再論《中原音韻》的「入派三聲」〉，《中原音韻新論》：
　　　　　63-84，北京大學出版社
廖珣英
　　1963　〈關漢卿戲曲的用韻〉，《中國語文》4：267-274
　　1964　〈諸宮調的用韻〉，《中國語文》1：19-27
劉冬冰
　　1996　〈汴梁方音與《中原音韻》音系〉，《語言研究》增刊：
　　　　　371-375
劉淑學
　　1996　〈井陘方音是《中原雅音》音系的基礎〉，《語言研究》
　　　　　增刊：376-383
劉勛寧
　　1995　〈再論漢語北方話的分區〉，《中國語文》6：447-454
　　1998　〈中原官話與北方官話的區別及《中原音韻》的語言基礎〉，
　　　　　《中國語文》6：463-469
魯國堯
　　1996　〈陶宗儀《南村輟耕錄》等著作與元代語言〉，《南京大
　　　　　學學報（哲學・人文・社會科學）》4：147-162

錢曾怡　曹志耘　羅福騰　武傳濤

　　1988　《山東人學習普通話指南》：21-23，山東大學出版社

王　力

　　1982　〈朱熹反切考〉，《龍蟲並雕齋文集》3：257-338，中華書局

　　1985　《漢語語音史》：260-307，中國社會科學出版社

許世瑛

　　1973　〈從《詩集傳》音注及叶音中考中古聲母合併情況〉，《淡
　　　　　江學報》11

雅洪托夫

　　1980　〈十一世紀的北京語音〉，《漢語史論集》（唐作藩、胡
　　　　　雙寶編選）：187-196，北京大學出版社

楊耐思

　　1981　《中原音韻音系》：46-65，中國社會科學出版社

俞　敏

　　1984　〈北京音系和它受的周圍影響〉，《方言》4：272-277

　　1987　〈中州音韻保存在山東海邊兒上〉，《河北師院學報（哲
　　　　　社版）》3：66-69, 86

周祖謨

　　1942　〈宋代汴洛語音考〉，《問學集》：581-654，中華書局 1966

竺家寧

　　1980　〈九經直音聲調研究〉，《淡江學報》17：1-19

《聲韻論叢·第九輯》
聲韻學學會主編　頁423～456
臺灣學生書局　　2000 年 8 月

平安時代假名文學所反映的
日本漢字音[*]

吳聖雄[**]

目　的

　　西元九世紀到十二世紀的四百年間，是日本的平安時代。這個時代，日本語文發展出了一套五個元音的音韻系統，也由前代的萬葉假名轉化出更適於記錄日語的平假名文字系統。當代的文人，利用平假名創作了非常豐富的文學作品。這些作品不但是研究當時日語最寶貴的記錄，由於它們使用了相當數量的漢語借詞，對漢語音韻史的研究也有一定的價值。本文希望經由觀察這些漢語借詞，研究漢字音與日語音韻系統互動的關係，對日本漢字音形成的歷史作一個斷代的描述，爲漢語音韻史的研究者提供具體的現象作參考。

*　　本文得到國科會 87 年度專題研究計畫補助。計畫編號爲：NSC87-2411-H-003-006。

**　　國立臺灣師範大學副教授

根 據

　　本文所根據的材料主要是柏谷嘉弘與宮島達夫所作的詞彙表。柏谷嘉弘（1957-1987）根據前人對假名文學作品的解讀，摘錄其中的漢語借詞，排成詞彙表。因爲他比較遵重平假名文原始的表記方式，只將異體假名統一，沒有另外加上濁點，本文以他所作的詞彙表選取：《竹取物語》（859）、《伊勢物語》（900）、《土左日記》（935）、《蜻蛉日記》（974）、《源氏物語》（1008）、《更級日記》（1060）等六部作品的漢語借詞作爲基本材料。由於他的材料限於與漢語有關的部份，要與日語比較，則需另外取材。在現有詞彙表中，宮島達夫（1971）的《古典對照語彙表》收錄了十四部日本古典文學的詞彙，不但註明每個詞語在各書中出現的次數，而且根據來源註明它是「和語」、「漢語」還是「混種語」。這個詞彙表近年已有電子檔出版，有檢索上的便利。但是他所收錄的詞語，許多地方都用後代規範過的表記方式重新整理，又加上假名文獻中原來沒有的濁點，在描述性方面比較欠缺。本文僅用它作爲比較的材料。

方 法

1.根據柏谷嘉弘的詞彙表整理出一份漢字音單字表。

　　柏谷嘉弘的詞彙表收錄的是與漢語有關的詞語。這些詞語有直接用漢字表記的，如：「更衣」；有用平假名表記的，如：「かうい kau-i（更衣）」；也有用漢字來表音的，如：「上え（淨衣）」，用「上」

記「淨」的音❶。有些詞語不完全來自漢語，如：「はなてふ pana-tepu
（花蝶）」的「花」是日語❷。由於本文的著眼點是音韻系統的觀察，
觀察的單位是漢字音的音節，因此必需對這些材料作一些處理。選材的
原則是：選取來自漢語、用表音方式表記的漢字音。對同一個漢字音，
只要表記方式不同，都加以收錄❸。在這樣的原則下，共收錄 701 個漢
字、925 組表音的資料，包括用平假名表記的 894 組、用漢字表音的 30
組❹、以及用漢字與假名混合表音的 1 組❺。

2. 整理出一份假名組合表，與宮島達夫的詞彙表比較，標示日語所
   沒有的組合。

為了觀察這些漢字音在當時日語的音韻系統中扮演何種角色，有
必要了解這些漢語借詞與日語的詞彙在音韻結構與音韻分布上有哪些
異同。由於一種假名組合所標的音可能對當若干個漢字，本文先以相同
的表記為準，將上述 894 組用平假名表記的漢字音加以歸納，得出 248
種不同的組合，在每一種組合之後用下標註明對當的字數。其次由宮島
達夫的詞彙表中摘取標明「和語」、並見於本文所選六部書的詞語。再
將漢字音與和語的表記作全面的比較。本文的假設是：如果一種表記漢
字音的組合相同於某個「和語」表記的一部份或全部，那就表示這種組
合是當時日語音韻系統所容許的組合。反之，如果一種組合不見於記錄
日語的表記，那就表示這種組合是日語音韻系統原來所沒有的組合。這

---

❶　日本學者稱這種方式叫「類音字表記」。
❷　日本學者稱這種詞語叫「混種語」。
❸　如「身」有しみsimi、しむsimu、しんsin三種表記方式，本研究便收錄為三組資料。
❹　包括用日語訓讀「木 ki」來表記「几」的一組。
❺　例子是：「冠」，用火ん kwan 來表記。

些日語所不用的組合，應該可以反映當時日本漢字音的音韻特徵。比較結果，共篩選出 119 種不見於日語的組合，用星號標示於該表記的左上角。本文將這份漢字音表記總表列於附錄一。

3.查出每個漢字的中古音類，歸納它們與漢語中古音的對當關係。

爲了觀察這些漢字音與漢語中古音的對當關係，本文將上述 925 組表音的資料一一查出它們漢語中古音的聲、韻、調類，然後歸納兩者的音韻對當關係。由於總表的篇幅太大，本文不錄。只將聲母統計表、介音主要元音統計表、與韻尾統計表列於附錄二、三、四。

現　象

經過以上的整理，本文認爲有若干現象值得注意：

一、比率

根據宮島達夫的統計，以及本文的整理，將這六部文學作品中與漢語借詞的有關的統計數字列表如下：

書名	詞語總數	漢語借詞數	漢語借詞百分比	漢字音假名表記數	漢字音假名組合數
竹取物語	1312	109	8.3	83	65
伊勢物語	1692	106	6.3	80	51
土左日記	984	58	5.9	25	21
蜻蛉日記	3698	319	8.8	264	127
源氏物語	11421	1470	13.0	821	223
更級日記	1950	181	9.3	143	80

在這六部書中，《源氏物語》的篇幅明顯地超過其他各書甚多，詞彙量也最豐富；再加上它的漢語借詞比率最高，因此在本文的取材中，大部份的資料都是來自《源氏物語》的。其他各書沒有這麼大的篇幅，詞語的量都比較少，尤其是《土左日記》用假名表記的漢字音只有25個，反映的現象比較有限。

由漢語借詞的百分比來看，這個時代的比率雖然可觀，但是與現代日語比較起來卻明顯地偏低。除了《源氏物語》的漢語借詞佔了百分之十三，其他幾部書的比率都不到百分之十。如果將前三部書與後三部書分成兩期來看，則可以看出漢語借詞在前期作品裡的比率較低，在後期的作品裡，比率有增加的趨勢。

二、日本漢字音的特徵

觀察附錄一的漢字音表記總表，一個漢字音可用一至三個假名來表記。用一個假名表記漢字音的數目並不多，大部份的漢字音要用兩個以上的假名來表記。這是由於許多漢字音的音節結構比較複雜，用簡單的 CV 結構很難容納。面對結構複雜的漢字音，一種辦法是將它的結構加以簡化，用一個假名來表記。另一種辦法則是利用幾個假名分別表記漢字音的一部份。

表中只用一個假名表記的漢字音，雖然只有 43 種，但是卻包含了283 個漢字的讀音。這些漢字音的表記都沒有標示星號，表示它們是日語音韻系統原來就容許的組合。由於是最簡單的 CV 結構，和日語的音節結構沒有牴觸，可說是受日語同化最深的部份。

用兩個以上的假名所表記的漢字音有兩種情況：第一種情況是在第一、二個假名連接時採用 Ci+jV 或 Cu+wV 的形式，如：

　　しよ si-jo(sjo)、ちやう ti-ja-u(tjau)、くわむ ku-wa-mu(kwamu)

也就是利用第一個音節的元音和第二個音節開首的半元音，兩者舌位相同的關係，用連讀的方式來表現漢字音的介音成份。這種形式的組合數量很少，而且大部份都被標記了星號，顯示它們是表記日語所不常用，而主要用於日本漢字音的表記。這種組合所代表的音韻結構可以視爲日本漢字音的一種特徵，而這種特徵可能是日語原來所沒有的。

　　第二種情況則是用最後一個假名表現漢語的韻尾。這種情況佔了表記方式的大部份，顯示漢語的韻尾是 CV 結構無法容納的主因。表記韻尾的假名有兩種形式：一種是 CV 結構，也就是在對當漢語輔音韻尾的成份之後，再添加一個元音，與包含主要元音的假名形成一種 CVCV 的連續。如：

　　たむ ta-mu(tamu)、はち pa-ti(pati)、しやく si-ja-ku(sjaku)

使用這種結構來表記韻尾的組合，被標記星號的情況比較少❻。也就是說，這種形式的表記方式比較接近日語。另一種形式則是以一個可以成音節的音素 i、u、n，接在包含主要元音的假名之後，形成一種近似漢語韻尾結構的組合。如：

　　かう ka-u(kau)、さい sa-i(sai)、へん pe-n(pen)

---

❻　雖然使用舌尖音-ni、-ti、-tu 的組合，有較多被標記星號的情形。造成這種現象主要的原因有兩個：一是許多組合的主要元音是 e，而日語用包含 e 元音的音節作前一個成份的情況比較少見。二是若干例子剛巧是日語詞彙的空缺。並不是日語不容許這種結構所造成的。

這類組合在附錄一中大部份都標記了星號,可以推測這些組合是日語原來所沒有,爲了表記漢字音而產生的❼。因此這類表記的方式,也可以視爲日本漢字音的一種特徵。

　　由專用一個假名表記漢字音韻尾的方式,可以看出:漢語將韻尾作爲一個音節最後一個成份的結構方式,是日語所不習慣的。日語在語音實現的層次習慣使用 CV 結構,經常將語位結尾的輔音劃歸下一音節。因此用 CV 結構表記漢字音的韻尾,是遵從日語音韻系統的一種反應。而使用 i、u、n 來表記韻尾,則是局部突破了日語音韻系統的限制,發展出新的組合。

　　假名文用多音節的方式表記漢字音,主要就是爲了表記介音與韻尾。因此日本漢字音的介音與韻尾,應該是特別值得注意的部份。

三、與漢語中古音的對當關係

(一) 聲母

　　由假名的表記系統來看,日語只有十種開首輔音的區別。其中的 j-、w-由漢語音韻學的角度來看,可以視爲零聲母。因此平假名文所記錄的漢字音實際上只有八種聲母的對立。由附錄二的統計表來看,與漢語中古音的對當關係可以說相當整齊,那就是:幫、非兩系字非鼻音聲母都混同爲 p-,明、微兩母字大部份讀 m-,少部份也讀 p-。端、知❽

---

❼　不過,使用-u 的組合,也有四分之一沒有標記星號,表示當時已有若干日語採用了這種組合。奈良時代的日語是不容許元音相連的。到了平安時代,這個元音不相連的限制已經被打破。若干日本原有的詞語經過語音變化,也混同於這種新生的組合。打破這種限制的,可能就是因爲要容納漢字音,造成日語音韻系統的改變。

❽　材料中剛好沒有徹母字。

兩系非鼻音聲母都混同爲 t-，泥、娘、日三母則混同爲 n-，另外還有一個日母字「軟せ ₄ se、せん sen」❾聲母讀爲 s-。精、莊、照三系字的聲母都混同爲 s-。來母字一律讀 r-。影、喻、爲及部份的匣母字表記爲零聲母，但是它們在介音的分配方面還略有區別，依表記爲 0-、j-、w- 的順序，出現次數依次爲：影 33/1/7、喻 10/16/0、爲 4/0/11、匣 1/0/6，影母字多用 0-、喻母字多用 j-，爲母字與匣母讀零聲母的字多用 w-。

例外的情況有：

四個脣音字讀零聲母：わ wa〔並〕琶 ₀₆、う u〔非〕府、わう wau〔非〕枋〔敷〕芳，一個爲母字讀 p-：はう pau〔爲〕王。這可能是因爲在表記的時代，日語 p->h->w- 的音韻變化已經發生，因而將原來的脣音與 w-、u 混淆。前四例反映脣音字混讀爲 w-、u，而後一例反映當時矯枉過正，誤以爲 wau 的音來源於 p-。

一個疏母字的聲母不讀 s- 而讀 t-：ち ti〔疏〕使 ₄。可能由於它出現在「按察使あせち aseti」一詞中，受到前接「察」字入聲韻尾的影響，an-set-si>a-se-ti，而改變了讀法。

還有一詞「新發意しほち sipoti」，如果用一個假名對當一個漢字，將 ti 劃分歸「意」則是不合理的。這個 t 應該是上一個字的入聲韻尾，因此這一詞應劃分成 si-pot-i。依照這樣的劃分，「意」字讀零聲母就不是例外了。

---

❾　爲了避免繁瑣，本文用下標的方式註明材料出處。依序爲 1《竹取物語》、2《伊勢物語》、3《土左日記》、4《蜻蛉日記》、6《更級日記》。《源氏物語》的材料佔大部份，所以省去下標，不見於《源氏物語》的則加 0。因此如果不加下標就表示材料只見於《源氏物語》，下標爲 4，就表示來自《蜻蛉日記》與《源氏物語》，下標爲 04，就表示只見於《蜻蛉日記》而不見於《源氏物語》。

　　另外，最值得注意的事就是：全濁聲母與清音聲母沒有清濁的對立。平假名文原來沒有濁點，因此許多字不論清濁都表記得一樣。如：

　　　し si：〔審〕詩試 $_4$〔禪〕時 $_4$ 侍 $_{46}$〔床〕士 $_6$ 仕事 $_4$〔疏〕使〔精〕
　　　　子 $_{1246}$〔從〕字 $_{234}$〔心〕司 $_{24}$〔邪〕辭 $_6$ 寺
　　　たい tai：〔端〕帝 $_4$〔透〕體 $_4$〔定〕題 $_{24}$ 醍提 $_4$ 第 $_6$

對於這個現象，個人認爲是：當時日語音韻系統沒有清濁的對立，因而無法區別漢語的清濁❿。

　　但是由於日本學者大多相信日語原來就有清濁對立，因此在面對這個現象的時候，就把它理解爲當時的表記方式不夠成熟。許多論文在引用這類材料的時候，也直接加上濁點。

　　對於這個爭論，平假名文中利用漢字表音的材料可以提供一些線索。現在將所收集到的材料列成對照表，由上而下依序列出被注字聲類、注字聲類、被注字與注字：

曉見‥‥‥群疑透定‥‥‥‥知‥澄來照‥‥‥‥禪床精清從心‥‥‥‥邪並
匣曉匣見疑疑端定‥‥‥禪端澄定來照禪‥‥清禪照穿穿禪照穿禪精禪並
香冠敬梗碁牛町臺堂笛錠帳帳杖領政正政梢嘗床爵戚淨性錫性相祥步
行火行經五五丁大道定上丁長定兩正上上千上正尺尺上正尺上將上部
ん

---

❿　　平假名是爲了記錄日語所發展出來的表記系統，如果當時的日語需要區別清濁，那麼沒有理由在發展表記系統時不區別清濁。日文中用以區別清濁的「濁點」出現的時代不但比假名晚了幾百年，而且是由漢籍與佛經的訓點資料中產生的。這顯示日語中清濁的對立是受漢字音的影響，在後代逐漸形成的。

　　觀察這些材料，無論是清音字或濁音字都可以用清音或濁音字來注音。尤其是同一個清聲母字：「正〔照〕」既可以注清聲母的「政〔照〕、性〔心〕」，也可以注濁聲母的「床〔床〕」；同一個濁聲母的「上〔禪〕」既可以注濁聲母的「甞〔禪〕、淨〔從〕、祥〔邪〕」，也可以注清聲母的「正政〔照〕、性〔心〕」，這顯示平假名文的作者在使用漢字時，並沒有區分清濁的意識。

　㈡ 介音

　　反映漢語細音的有兩種情況：一種是利用 i、e 元音，如：身〔眞開三〕しん $_{246}$ sin しむ $_4$ simu、前〔先開四〕せん $_4$ sen せむ semu，這種情況實際上是將介音與主要元音融合，並沒有在結構上用一種成份來反映漢語的介音。另一種則是利用-j-的表記方式。j 只可以出現在 a、u、o 三個元音之前，主要用以表記三等韻，少數也用於二、四等韻。它使用的情況非常受限制，原則上漢語中古音收雙脣、舌尖音韻尾的字都不出現。出現-j-表記的，以和 a 元音組合的情況最多，尤其是-jau 的組合，可以配 k-、s-、t-、n-、p-、m-、r-等各種聲母，用以表記中古收舌根鼻音韻尾的宕、梗兩攝字。-j-的其他組合限制較大，除了配零聲母外，大致上搭配以 s-為主的舌尖音聲母，用以表記通攝及止、遇、假、流各攝的少許例子。

　　雖然可以用-j-來表記細音字的介音，但是更多的情況顯示表記的人會忽視介音。實際上，在 603 組漢語細音字的表記中，利用-j-表記的只有 67 組。因此細音字與洪音字的表記經常相同：

　　　かう kau：〔江二〕講 $_2$〔豪一〕豪高 $_{46}$〔陽三〕香 $_{46}$ 向〔唐一〕
　　　　　　剛廣〔庚二〕庚更〔庚三〕警〔耕二〕幸 $_4$

さう sau：〔豪一〕曹$_{24}$騷草造$_{06}$〔陽三〕章莒$_4$常粧$_{12}$裝$_{246}$莊$_6$薔想$_{26}$障$_4$唱相〔唐一〕葬〔耕二〕箏$_4$〔清三〕聲精$_{34}$請正聖淨$_{04}$性姓$_{06}$〔青四〕青$_{04}$

らう rau：〔豪一〕勞$_4$牢老〔陽三〕涼〔唐一〕郎$_{26}$廊$_{46}$榔$_4$〔清三〕領$_4$〔青四〕靈

有些字會出現有、無-j-介音的兩讀現象⓫：

警 かう kau きやう kjau、邪 さ sa しや sja、裝 さう$_{246}$ sau しやう$_4$ sjau、崔 さく saku しやく sjaku、朱 しゆ sju す su、所 しよ sjo そ$_1$ so、病拍 はう pau ひやう pjau、領 らう$_4$ rau りやう$_4$ rjau

　　忽視漢語的介音，是日本漢字音常有的情況。但是這些材料中忽視介音的情況比後世還要多。許多後世有介音的字，在這些材料中卻沒有介音。現在選取永和四年（1378）本《法華經音義》中的例子來比較，如：

本文取材	法華經音義	例字
su	sju:	誦
so	sjo	初
su	sju	珠數須
sun	sjumu	順
sa	sja	娑

⓫　kau:kjau、sau:sjau 兩讀的情況最多，這裡只各舉一例。

sa	sja	遮者舍闍
sau	sjau	章莊正聖姓
rau	rjau	涼
mau	mjau	猛
so	sjou	勝承
sou	sjou	證乘承
su	sju	咒手受修
suku	sjuku	熟
kaku	kjaku	腳
saku	sjaku	尺

　　根據以上的觀察，-j-介音出現的環境不但非常受限制，即使有合於 -j-介音搭配的環境，它也經常被忽視。如果結合上文的討論：介音結構是日語原來所沒有的。那麼這些現象反映的就是：一方面要努力模仿漢字音的特徵，在局部的環境突破音韻系統的限制，產生-j-的結構；而另外一方面又很難抗拒日語的同化力量，在使用-j-的時候出現搖擺不定的情況。而後代-j-介音出現的情況增多，則反映了日語的抗拒力減輕，-j-介音結構逐漸穩定的過程。平安時代的現象，正反映了日語音韻系統受漢語的影響逐漸產生-j-介音的中間過程。

　　反映漢語開合對立的也有兩種情況：一種是利用主要元音 u 與 i 對立，如：

　　支開三：し si〔照〕支$_{01}$祇$_{02}$紙$_{14}$〔禪〕氏$_4$〔精〕紫$_6$
　　支合三：すい sui〔心〕髓〔邪〕隨$_{246}$
　　眞開三：しん sin〔照〕眞$_2$〔審〕中身$_{246}$〔精〕進〔清〕親〔心〕
　　　　　　信

諄合三：すん sun〔神〕順

另一種則是利用-w-的表記方式，如：

麻開二：け ke〔匣〕下 46〔見〕家 1 架 46
麻合二：くゑ kwe〔曉〕花化〔匣〕華 01

但是這些情況通常很少見，更常見的情況是開合混同。如：

かう kau：〔唐開一〕剛〔唐合一〕廣
せん sen：〔仙開三〕禪 02 善膳〔仙合三〕泉宣軟
たい tai：〔咍開一〕臺 4 怠 4 代 46〔灰合一〕對 1246 退
らん ran：〔寒開一〕欄 46〔桓合一〕亂

-w-出現的比率比-j-還要低，總共只有 41 例。依攝別而言，-w-出現的
次數分別是：山 19、宕 5、假 5、蟹 4、梗 2、止 2、臻 2、果 1、深 1。
除了山攝用得較多，其他各攝都很零星，而入聲字則沒有一個採用-w-
表記的。

　　至於它出現的位置則更受限制。只能與零聲母與 k-搭配。w 與零
聲母搭配時，可以出現在 a、i、e、o 之前。與 a、e 相配的組合可以出
現在一、二、三等韻，與 i、o 相配的則只出現在三等韻，都不出現在
四等韻。與 k-搭配時限制更大，只出現於 kwa(n)、kwe 等少數的組合。
材料中也出現一字有、無介音的兩讀現象：

化 くゑ kwe け 12 ke、華 くゑ 01 kwe け ke

　　與《法華經音義》比較也出現後代反而有介音的情況：

本文取材	法華經音義	例字
ke	kwe	外
kau	kwau	廣
ke	kwemu	懸

這些現象所反映的是：日語原來也沒有-w-介音的結構，因此漢字音中，許多開合的對立都被混同了。但是模仿的力量卻局部突破了日語音韻系統的限制，在少數的漢字音產生了-w-介音。然而同化的力量仍然很大，這些少數新生的結構仍然呈現搖擺不定的情況。

(三) **主要元音**

主要元音與各韻攝詳細的對當關係請參閱附錄三的統計表。這裡只將主要元音與等、攝的關係說個大概。

先看主要元音與四等的關係：

	a	i	u	e	o	計
一	144	0	19	8	82	253
二	36	0	1	27	0	64
三	106	146	75	100	75	502
四	21	1	0	53	0	75
計	307	147	95	188	157	894

一等韻多以 a、o、u 爲主要元音，少數用 e，完全不用 i。二、四等韻則多用 a、e。三等韻則五個元音都可用。i 元音主要用於三等韻。

再看主要元音與各攝的關係：

	a	i	u	e	o	計
通		14	27	1	38	80
江	6		1			7
止		66	8	6	2	82
遇		3	26	2	27	58
蟹	47			21		68
臻		37	14		29	80
山	57	5	1	82	9	154
效	14			21	3	38
果	20					20
假	17			10		27
宕	65				1	66
梗	56			18	1	75
曾		3		5	26	34
流		4	18		5	27
深		14			7	21
咸	25	1		22	9	57
計	307	147	95	188	157	894

　　根據這個統計表可以依有沒有 a 將十六攝分爲兩大類。沒有 a 的一類，包括通止遇臻曾流深七攝。它們分別與 i 和 u、o 的關係密切，通遇流三攝與 u、o，止攝與 i，臻攝與 i、u、o，曾攝與 o，深攝與 i、o 關係密切⓬。它們與 e 的關係比較不密切。

⓬　各韻還有些值得注意的現象如：魚 o：虞 u 有別、眞 i：欣 o 有別、這裡不詳細討論。

有 a 的一類又可以根據有沒有 e 細分爲兩類,沒有 e 的江果宕三攝,主要元音大致都是 a ⓭。各等間的區別大致混同,只有宕攝三等韻有部份的字與一等字以有無-j-介音保持對立。有 e 的六攝中,假梗蟹三攝,同等既有 a、又有 e,顯示有讀音層次的不同。山咸效三攝則主要以a與e反映一等與二三四等的對立。由此可見e與a的關係非常密切,e 除了擔負主要元音區分韻部的功能以外,還經常擔負介音與主要元音相加的功能,在同一攝中與 a 元音形成對立。但是由另一個觀點來看,e 一方面可與 a 形成對立,另一方面則是將同攝中等第間的區別大量混同了。

由於 e 在日本漢字音中經常擔任介音與主要元音融合後的角色,與 a 元音形成對立。因此在五個主要元音中,e 元音的地位是值得注意的。統計表中,e 作主要元音的數目僅次於 a,正可以反映它在漢字音中活躍的地位。

但是如果我們觀察這六部書所收日語詞彙各元音的比率:

a　29.5%　i　22.8%　u　22.5%　e　6.5%　o　18.5%

元音 e 的比率卻是五個元音中最低的一個。由此可見日本漢字音中 e 的音韻負擔比日語重。在日語中,e 最常出現在語位連接的位置;但是在漢字音中,它則擔任主要元音的任務,經常出現在假名表記的第一個音節。由於 e 在漢字音的角色吃重,隨著漢字音在日語中的增加,e 在日語音韻系統中的地位也隨之改變。我們翻閱日文辭典,在え段音的部

⓭　例外是江攝的「雙」用於「雙六 suku-roku」一詞、宕攝的「方」用於「四方 jo-pou」、「黑方 kuro-pou」等詞。

份出現的詞語多數與漢語有關,正是反映 e 元音在日本漢字音中顯著的
音韻負擔。

㈣ 韻尾

表記韻尾的方式,通常是在具有主要元音的假名之後,另加一個
假名來表現。由於每個假名都自成音節,因此輔音韻尾的表記,經常反
映的是在輔音之後添加一個元音。漢語中古音韻尾與假名表記大致的對
當關係如下:

	-i:	い i		-u:	う u
-m:	ん n、む mu	-n:	に ni、ん n、む mu	-ŋ:	う u、い i
-p:	ふ pu	-t:	ち ti		-k:	く ku

原則上以-pu、-ti(u)、-ku 對當漢語的-p、-t、-k 韻尾。以-i、-u 對當漢
語的元音韻尾與-ŋ韻尾(-i 用於某些梗攝字)。以-mu、-n 混用對當漢
語的-m、-n 韻尾,又以-ni 專門表記-n 韻尾。

中古舌根鼻音韻尾-ŋ和元音韻尾-i 或-u 在表記上是相混的,-ŋ和-u
相混的例子在討論介音時引用了許多,讀者請參看。另外《蜻蛉日記》
用「道」來註「堂」的音,也可以證明當時的日本人已將-ŋ與-u 的區別
混同。-ŋ和-i 相混的例子如:

けい kei:〔齊〕啓禊4〔麻〕家〔庚〕景敬4

せい sei:〔齊〕妻〔祭〕制1〔仙〕泉〔清〕成4聖〔青〕青

這些現象顯示:日本人在語感上沒有辦法辨認舌根鼻音,對他們來說
-ŋ韻尾可能只是一種類似高元音的成份。

有少數的例子顯示：漢語-ŋ韻尾的字，也用-mu 或-n 表記：

ふむ pumu〔鍾〕封

ふん pun〔東〕豐〔鍾〕封 04、すん sun〔鍾〕誦 46、りん rin：
〔鍾〕龍⑭

這些例子反映表記的人意識到了它鼻音的性質，而忽視了韻尾的發音部位。

材料中有還幾個-ŋ尾字用-kV 的形式來表記：

とき toki〔東〕動、しき siki〔鍾〕鍾、すく suku〔江〕雙 4、
さか saka〔清〕性 2

這反映了日本人對舌根鼻音的另一種理解，那就是意識到了它的發音部位，但是忽略了它鼻音的性質。

-m 與-n 在表記上也相混⑮。實際上「ん-n」這個符號的字源就是「無」的俗體字，原來與「む-mu」（字源「武」）的讀音相同，這反映了假名創製之初就是-m、-n 相混的情況。以下舉一些-m 與-n 混用的例子：

こむ komu：〔欣〕近〔元〕言〔侵〕金琴〔覃〕紺 6

---

⑭ 這個例子見於りんたう rin-tau（龍膽），也有可能是「龍」與「膽」的韻尾發生換位所致。

⑮ 《伊勢物語》與《更級日記》似乎是反映-m：-n 有別。《伊勢物語》-m 用む 2 例、う 3 例、ふ 1 例，-n 用ん 5 例、に 1 例；《更級日記》-m 用む 2 例、-n 用ん 13 例、う 1 例；都沒有混用的情況。

こん kon：〔眞〕巾〔欣〕近〔元〕言〔仙〕權〔侵〕金錦〔覃〕
紺 14

しむ simu：〔眞〕眞身 4 信〔侵〕心寢

しん sin：〔眞〕眞 2 申身 246 親進信〔侵〕心

たむ tamu：〔寒〕檀壇〔桓〕斷〔覃〕探〔談〕綖

たん tan：〔寒〕丹 04 壇檀嘆〔桓〕斷 6 段〔談〕綖

由於混用的情況非常普遍，可以推測漢語的-m、-n 韻尾，對日本人來
說是很難分別的。

　舌尖鼻音韻尾還有些其他的表記方式。有用「に ni」的例子，如：

らに rani〔寒〕蘭、えに eni〔仙〕緣 2、せに seni〔仙〕錢 13、
ゑに weni〔元〕怨 04、とに toni〔魂〕頓 03、ほに poni〔魂〕盆 04

也有用「い i」的，如：

てい tei〔先〕天 03、めい mei〔仙〕面、せい sei〔仙〕泉

還有一個字用「る ru」：

さる saru：〔寒〕散 4

表記方式多樣，顯示日本人在舌尖鼻音的表記上作了許多嘗試。

　漢語-n、-m、-k、-p 韻尾的字，也有用-u 表記的。-n 用-u 的如：

こう kou〔魂〕困 46、らう rau〔桓〕亂 4、わう wau〔桓〕碗

-m 用-u 的如：

かう kau〔覃〕勘$_4$〔談〕柑$_2$、さう sau〔咸〕讒〔銜〕衫$_{02}$、
たう tau〔談〕膽、ねう neu〔添〕念$_{02}$

-k 用-u 的如：

そう sou〔屋〕族$_4$、ろう rou〔燭〕綠$_{02}$、かう kau〔覺〕樂$_4$
〔鐸〕格$_{14}$、さう sau〔麥〕冊$_6$、はう pau〔陌〕拍、ひやう pjau
〔陌〕拍

-p 用-u 的如：

さう sau〔合〕雜$_4$、たう tau〔合〕答踏、なう nau〔合〕納、
らう rau〔盍〕臘$_2$、きう kiu〔緝〕急及、しう siu〔緝〕集、
にう niu〔緝〕入、えう eu〔葉〕葉、けう keu〔業〕脅、せう
seu〔葉〕葉、てう teu〔怗〕帖蝶、こう kou〔業〕劫業、ほう
pou〔乏〕法$_4$

　　根據上文的討論，使用-u 作韻尾，是具有漢語特徵的表記方式。
由這些例子來看：漢語的韻尾，除了-i 與-t，都有混同於-u 的例子。這
顯示當時的日本人可能意識到韻尾的存在，但是又不太能分清是何種韻
尾，因此使用了一個帶有漢語特徵，又常被使用的-u 來充當韻尾的成
份。

　　漢語-p 尾字用-u 表記的例子比用-pu 的例子還要多，這可能因為 p
的弱化(p>h>w>0)使得-pu 比其他的音更易與-u 混淆。

還有若干舒聲字用-pi、-pu 的表記方式，如：

さひ sapi〔齊〕細、すひ supi〔脂〕水、えひ epi〔清〕纓$_{04}$、

あふ apu〔豪〕奧、さふ sapu〔陽〕相〔談〕三 $_{02}$、そふ sopu
〔魚〕處、てふ tepu〔蕭〕調

在本文所收集的資料中，用ひ pi 爲韻尾的，沒有一個是入聲字，用ふ
pu 爲韻尾的 12 例中，也只有 7 個是入聲字。這些例子也顯示由於 p 的
弱化，使得-pi、-pu 與-i、-u 混淆。表記的人矯枉過正，將原來應該用-i、
-u 表記的字用-pi、-pu 來表記。

除了韻尾的混用，材料中還有許多韻尾脫落的例子❶。

-ŋ尾脫落：

か ka 降、く ku 功 $_{16}$ 工公 $_{04}$ 孔宮供 $_4$、す su 眾 $_{46}$ 從誦 $_{24}$、ふ pu
風 $_{46}$ 豐奉封、け ke 景 $_{06}$、れ re 冷、こ ko 弘、そ so 勝承、ろ ro
籠

-n 尾脫落：

あ a 按 $_4$ 案 $_4$、さ sa 棧 $_{06}$、た ta 彈、は pa 飯 $_{04}$ 半、ま ma 曼、ら
ra 亂、し si 進 $_{34}$ 親 $_{246}$ 新、ひ pi 檳 $_4$ 贇便 $_4$、ふ pu 粉、え e 緣、
け ke 顯 $_1$ 現 $_{02}$ 見懸 $_{26}$、せ se 前 $_{024}$ 禪 $_{04}$ 軟 $_4$、て te 天 $_{03}$、へ pe 反
$_{01}$、め me 面 $_4$、ほ po 反 $_6$ 本 $_{126}$、も mo 文 $_{234}$、ろ ro 論 $_4$、くわ
kwa 冠、くゑ kwe 眷、ゑ we 怨 $_3$ 垣

-m 尾脫落：

---

❶ u 後的-u 消失與 e 後的-i 消失，也可以視爲韻尾與主要元音融合，這裡主要是著眼
於-u 與-uu、-e 與-ei 在表記上的不同而言。

け ke 檢 $_{04}$、ね ne 念 $_4$

-k 尾脫落：

さ sa 作 $_4$ 釋、は pa 藐、し si 淑、こ ko 國、そ so 束 $_{06}$、と to
讀 $_{46}$ 獨、も mo 木

-t 尾脫落：

あ a 關、い i 一、き ki 桔、し si 實、ち ti 帙、に ni 日、り ri 律、
く ku 屈 $_4$、す su 出、せ se 察 $_4$ 節 $_{04}$、へ pe 別 $_4$

發生韻尾脫落的字音，經常位於詞的前字。如：

降魔かま ka-ma、弘徽殿こきてん ko-ki-ten、冷泉院れせいゐん
re-sei-win、文字もし mo-si、冠者くわさ kwa-sa、懸想けさう
ke-sau、淑景舍しけいさ si-kei-sa、國忌こき ko-ki、一向いかう
i-kau、實法しほう si-pou、律師りし ri-si

這是由於當時的日語不容許輔音相連，在前字的韻尾緊鄰後字的聲母
時，經常會將前字的韻尾排除。

　　另外還有少數的例子，可與這個現象互相參考，如：

新發意しほち si-po-ti(si-pot-i)

「新」字的鼻音韻尾，因爲隨後接著「發」字的輔音聲母而脫落。而「發」
字的輔音韻尾，因爲隨後接著零聲母的 i 元音，於是將兩者合爲一個音
節。又如：

博士はかせ pa-ka-se(pak-a-se)

爲了避免「博」的韻尾與「士」的聲母形成輔音相連，在中間插入了一個元音 a，以保持 CVCV 的連續。

由以上的現象顯示：漢語中古音韻尾的對立，反映在假名文中的界限並不是很分明。如果結合上文所討論日本漢字音的特徵來看，韻尾原來也是日語所不熟悉的結構。日語原來不容許在語音實現的層面出現韻尾，也不容許輔音相連。因此遇到漢語韻尾的時候，如果後字以元音開頭，就將兩者合爲一個音節；如果後字也以輔音開頭，則或在中間插入一個元音、或是將前字的韻尾刪除，以保持 CVCV 的連續。這原是日語最自然的反應。

但是爲了更正確地保持漢語的韻尾結構，日本人在表記上作了許多努力。一則是把韻尾表記爲接近日語的結構，在輔音韻尾之後添上一個元音，另一則是突破音韻系統的限制，產生新的結構，我們可以看見 Vi、Vu、Vn 大致上就是在漢字音的影響下產生的新結構。

但是在實際上，對原來不習慣這種結構的日本人來說，這種結構是不容易把握的。因此在韻尾的表記上經常出現相互混淆，或是對同一種韻尾有多種表記方式。這些不一致的反應，正反映了對韻尾由陌生到逐漸把握的中間過程。

(五) **聲調**

平假名不區別漢語的聲調。本文根據利用漢字表音的資料，將被注字與注字所屬的調類加以統計，得到以下的數據：

注字＼被注字	平	上	去	入
平	3	1	3	
上	5	2	7	
去	2	1	3	1
入				3

這些例子顯示不同調類的字可以自由地用來互注，顯示當時的作者在使用漢字時，並沒有意識去區別漢語的聲調。

討　論

　　現代日語中，漢語借詞約佔詞彙量一半的情況❼，並不是自古而然。平安時代早期，漢語借詞的比例還不到十分之一，隨著時代的發展，有逐漸增長的趨勢。為了對漢語借詞在日語中傳承的情況作一個概略的了解，本文曾將這六部書中出現的 1714 個漢語借詞，與日本文化廳出版的《漢字音讀語の日中對應》所收的六百詞比較，發現兩者相同的詞語只有以下 23 個：

　　　案內、一生、學生、學問、最初、修理、世界、是非、大學、
　　　大事、大臣、調子、天氣、日記、入學、非常、不幸、不便、
　　　表紙、變化、文章、用意、來年

---

❼　根據日本國立國語研究所對現代九十種雜誌使用詞語所作的統計，日語中各類來源
　　的詞依數量的比例如下：日語 36.7%、漢語 47.5%、外來語 9.8%、混種語 6.0%。
　　（但就使用頻率而言，仍是日語高）

而現代日語中使用漢字音的常用詞（如：國民、政府、都市、文化、野球）大部份都不見於這些古典文學作品。這也就是說：現代日語中許多所謂的漢語借詞，其實是後代產生的新詞。

更值得注意的是，在古今相同的 23 個詞語中，即使扣除清濁不同的例子，仍然有若干詞的古今讀音很難用語音正常的演變來解釋：

詞語	古典表記	現代表記
最初	さいそ sai-<u>so</u> ⓲	さいしょ sai-<u>sjo</u> ⓳
修理	すり <u>su</u>-ri	しゅうり <u>sjuu</u>-ri
天氣	てけ <u>te-ke</u>	てんき <u>ten</u>-ki
日記	にき <u>ni</u>-ki	にっき <u>nik</u>-ki
不便	ふひん pu-<u>pin</u>	ふべん pu-<u>ben</u>
變化	へんくゑ pen-<u>kwe</u>	へんか pen-<u>ka</u>
文章	もんさう <u>mon-sau</u>	ぶんしょう <u>bun-sjou</u>

這些例子主要有兩種情況：(1)是後代用其他層次的讀音，取代了原來的讀音，如：化 kwe(吳音) > ka(漢音)。(2)是後代的音比前代的音複雜，如：初 so > sjo(多出了-j-介音)。這兩種情況顯示：即使詞語有古今傳承的關係，在讀音上也不完全是經由口耳相傳。影響讀音傳承的，可能還有其他非語言的因素。

經由觀察平安時代平假名文學中的漢語借詞，本文了解到：並不

⓲　不能用語音正常演變解釋的地方，用加底線標明。

⓳　這裡用的只是對音，並沒有註出現代具體的音值。

是早期的材料就能反映更多漢語音韻的區別。實際上，前代借入日語的漢字音，反而比後代簡單，表記的方式也更混亂。現代日語中所謂的「濁音」、「促音」等表記方式，在平假名文獻中都還沒有發展出來。而「拗音」、「撥音」等表記方式則剛由漢字音的表記中開始成形。材料中所反映的漢字音是還沒有清濁的對立，介音、韻尾結構正在生成，但還不十分隱定的狀態。雖然受到日語音韻系統的影響，許多區別被大量混同，漢字音仍然在結構與若干成份的比率上顯現出有別於日語的特徵，這些特徵逐漸突破了日語音韻系統的限制，造成了日語音韻系統的轉變。平安時代正是這種結構性轉變的一個中間階段。

　　面對這些現象，另一個值得思考的問題就是：如果今日的日本漢字音是經由口耳相傳的途徑，由一千多年前演變而來的，那麼為什麼在平安時代的日本漢字音那麼不規則，到了後代反而愈來愈整齊？前代混同的區別，到了後代反而清楚有別，這種現象很難理解為語言正常的演變。在來源語早就因演變而消失的情況之下，日本人運用書面材料類推讀音的作法，可能是造成這種情況的主因。因此在採用日本漢字音作漢語音韻史研究的時候，不能無視於日本漢字音特殊的發展軌跡。尤其需要留意的是：現代日語中許多漢字音的來源，未必都能上推至中古，而是後代規範化的結果。

參考書目

小林芳規

　　〈平安時代の平假名文の表記樣式〔Ｉ〕〔ⅠⅠ〕〉，《國語學》　44
　　　52-68、45 60-73。

山田孝雄

　　《國語の中に於ける漢語の研究》，寶文館。

日本文化廳

　　1983　《漢字音讀語の日中對應》，大藏省印刷局。

安田章

　　1994　〈平假名文透視〉，《國語國文》　63.9 1-19。

沼本克明

　　1982　《平安鎌倉時代に於る日本漢字音に就ての研究》，武藏
　　　　　野書院。

　　1986　《日本漢字音の歷史》，東京堂。

吳聖雄

　　1991　《日本吳音研究》，國立臺灣師範大學國文研究所博士論
　　　　　文。

　　1992　〈日本漢字音材料對中國聲韻學研究的價值〉，《第二屆
　　　　　國際暨第十屆全國聲韻學研討會論文集》　669-681。

　　1995　〈日本漢字音能爲重紐的解釋提供什麼線索〉，《第四屆
　　　　　國際暨第十三屆全國聲韻學研討會論文集》　(A9)1-28。

　　1997　〈由長承本《蒙求》看日本漢字音的傳承〉，《第十五屆
　　　　　全國聲韻學研討會論文集》　廿七/1-16。

柏谷嘉弘

　　1957　〈源氏物語に於ける漢語〉，《國語と國文學》　403 35-42。

　　1965　〈かげろふ日記の漢語〉，《山口大學教育學部研究論叢》
　　　　　14.1 1-15。

　　1966　〈更級日記の漢語〉，《山口大學文學會志》　17.1 19-29。

1966　〈竹取物語の漢語〉,《山口大學教育學部研究論叢》 15.1
　　　19-30。

1987　《日本漢語の系譜》,東宛社。

宮島達夫

1971　《古典對照語い表》,笠間書院。

築島裕

1969　《平安時代語新論》,東京大學出版會。

1987　《平安時代の國語》,東京堂。

1995　《日本漢字音史論輯》,汲古書院。

附録

附録一、漢字音表記總表

あ4	か9	さ14	た3	な2	は6	ま4	や2	ら3	わ2
い4	き13	し29	ち9	に4	ひ14	み1		り4	ゐ2
う4	く12	す16	つ3		ふ16	む1	ゆ2	る3	
え4	け19	せ9	て3	ね1	へ2	め2		れ1	ゑ6
	こ16	そ7	と5		ほ4	も2	よ2	ろ3	
*あい1	かい7	さい11	*たい14	*ない1	*はい3	*まい2		*らい4	
		*すい4	つい1				*ゆい1	*るい1	
*えい2	*けい5	*せい6	*てい1		*へい4	*めい4		*れい3	*ゑい2
*あう1	かう15	さう30	*たう6	*なう3	*はう8	*まう1	やう4	*らう11	*わう6
*いう3	きう2	しう5	ちう4	*にう1				りう1	
	*くう1	すう2			*ふう4				
*えう4	*けう6	せう7	てう6	ねう2	*へう1	*めう1		*れう5	
	*こう7	*そう10	*とう10		*ほう7	*もう1	*よう3	ろう3	
		*さえ1							
		さか1			はか1				
		しき5						りき1	
		*そき1	とき1						
あく1	かく3	さく4	たく1		はく1	まく1	やく3	らく2	
	きく1		ちく4						
		すく3	つく1		ふく2				
おく1	こく4	そく12	とく1		ほく1	もく2		ろく3	
		そこ1	とこ1						
					はち3			*らち1	
いち1	*きち1	*しち2			*ひち1			*りち1	
	*けち3	*せち4		*ねち1	*へち1				
	こち2	*そち1				もち1			
		*さつ1			はつ1				
	くつ1				*ふつ1				
								らに1	
*えに1		*せに1							*ゑに1
			とに1		*ほに1				

	*くの$_1$								
	この$_1$								
		さひ$_1$							
		*すひ$_1$							
*えひ$_1$									
あふ$_1$		さふ$_3$							
		しふ$_2$							
	けふ$_1$	*せふ$_1$	てふ$_2$						
	こふ$_1$	そふ$_1$							
		しみ$_1$							
あむ$_1$	かむ$_2$	さむ$_2$	たむ$_5$	なむ$_1$	はむ$_6$			らむ$_1$	
	*きむ$_1$	しむ$_5$	*ちむ$_1$	*にむ$_2$	ひむ$_1$			*りむ$_2$	*ゐむ$_2$
	くむ$_1$				ふむ$_2$				
*えむ$_4$	*けむ$_6$	せむ$_5$	*てむ$_1$	ねむ$_2$	*へむ$_3$	*めむ$_1$		*れむ$_1$	
*おむ$_1$	こむ$_5$	そむ$_3$	とむ$_2$		ほむ$_2$	もむ$_2$		ろむ$_1$	
		しや$_1$		*にや$_1$					
		*しゆ$_1$							
		*しよ$_1$						*りよ$_1$	
		さる$_1$							
	*くわ$_2$								
	くゑ$_4$								
*あん$_2$	かん$_5$	*さん$_1$	たん$_7$	*なん$_1$	*はん$_4$	*まん$_1$		*らん$_3$	
*いん$_1$		*しん$_7$	*ちん$_1$		*ひん$_4$			*りん$_2$	*ゐん$_2$
	*くん$_2$	*すん$_3$			ふん$_4$				
*えん$_4$	*けん$_9$	*せん$_9$	*てん$_5$	*ねん$_2$	*へん$_4$	めん$_1$		*れん$_2$	*ゑん$_2$
*おん$_3$	*こん$_7$	そん$_1$	*とん$_1$		*ほん$_2$	*もん$_4$		*ろん$_1$	*をん$_2$
	*きやう$_{10}$	*しやう$_{19}$	*ちやう$_3$		*ひやう$_4$	*みやう$_1$		*りやう$_4$	*ゐやう$_1$
		*しやく$_2$							
	*くわむ$_2$								
	*くはん								
	*くわん$_6$								

附錄二、聲母統計表

0	影 41	喻 26	爲 15	匣 8	
	並 1	非 2	敷 1		
k	曉 20	匣 29			
	見 91	溪 16	群 14	疑 24	
s	照 32	穿 9	神 7	審 27	禪 22
	莊 5	初 6	床 6	疏 12	
	精 24	清 16	從 29	心 51	邪 10
	日 2				
t	端 18	透 17	定 45		
	知 10		澄 12		
	疏 1				
n	泥 13	娘 2	日 9		
p	幫 30	滂 7	並 30	明 5	
	非 24	敷 3	奉 14	微 4	
	爲 1				
m	明 22	微 11			
r	來 69				

附錄三、介音主要元音統計表

				a	i	u	e	o	ja	ju	jo	wa	wi	we	wo	合計
通	一	東	開			5		22								27
	三	東	開		10	13		3								26
		鍾	開		5	10	1	11			2					29
江	二	江	開	6		1										7
止	三	支	開		16		2									18
			合		2											2
		脂	開		19											19
			合		1	5			1				1			8
		之	開		23		1	2					1			27
		微	開		1		3									4
			合			4										4

攝	等	韻	開合												計
遇	一	模	開			10	1	17							28
	三	魚	開		1		1	6			4				12
		虞	開		2	15			1						18
蟹	一	泰	開	6											6
			合	2			2						2		6
		咍	開	13			1								14
		灰	合	8			1						1		10
	二	佳	開	1			2								3
			合				1								1
		皆	開	3			1								4
			合	1			1								2
	三	祭	開				3								3
			合	1									1		2
	四	齊	開	12			5								17
臻	一	痕	開					1							1
		魂	合			1		16							17
	三	眞	開		32			1							33
		諄	合		3	2		1							6
		欣	開					3							3
		文	合			11		7				2			20
山	一	寒	開	21											21
		桓	合	14				1			5				20
	二	刪	開	2			1								3
			合	1											1
		山	開				3								3
	三	元	開				3	2							5
			合	8		1	5	4			4		5	1	28
		仙	開		2		22								24
			合	1			13	1			1	2	1		19
	四	先	開		1		28								29
			合				1								1
效	一	豪	開	14				2							16
	二	肴	開				4								4
	三	宵	開				11			1					12
	四	蕭	開				6								6

攝	等	韻	開合									計
果	一	歌	開	10								10
		戈	合	7					1			8
	三	戈	開	2								2
假	二	麻	開	6		5			1			12
			合				2		1	3		6
	三	麻	開	5				4				9
宕	一	唐	開	16				1				17
			合	1					2			3
	三	陽	開	22			1	19	2			44
			合	1					1			2
梗	二	庚	開	4		2		3				9
			合					1				1
		耕	開	4								4
	三	庚	開	2		6		7				15
			合								2	2
		清	開	13		5	1	12				31
			合					1				1
	四	青	開	2		3		7				12
曾	一	登	開				11					11
			合				3					3
	三	蒸	開		3		5	12				20
流	一	侯	開			3		5				8
	三	尤	開		3	12			2			17
深	三	侵	合		14			6			1	21
咸	一	覃	開	12				4				16
		談	合	11								11
	二	咸	開	1								1
		銜	合	1		2						3
	三	鹽	開		1	8						9
		嚴	合			2	3					5
		凡	合				2					2
	四	添	開				10					10

附錄四、韻尾統計表

韻尾	舒																入									合計
	通	江	止	遇	蟹	臻	山	效	果	假	宕	梗	曾	流	深	咸	通	江	臻	山	宕	梗	曾	深	咸	合計
0	14	1	74	51	16	9	25		20	26		2	3	18		2	5	1	7	6	1	1	1			283
e			1																							1
i				7	50	3	1			1		15														77
ka											1									1						2
ki	2																1		1				3		1	8
ko																							2			2
ku		1															24	2			10	6	11			54
mi							1																			1
mu	1					17	35								9	13			1							76
n	4					27	62								6	16										115
ni						2	4																			6
no							2																			2
pi			1			1						1														3
pu							1	2				1				1								2	5	12
ru							1																			1
ti																			9	14						23
tu																			2	2						4
u	27	1	6	1	2			35			52	46	14	9		6		1	2		1	3		4	13	223
計	48	3	82	58	68	59	133	38	20	27	53	65	17	27	15	38	32	4	21	22	13	10	17	6	19	894

《聲韻論叢・第九輯》
聲韻學學會主編　頁457～476
臺灣學生書局　　2000 年 8 月

試論上古漢語和古代韓語

金慶淑*

1. 引言

　　中、韓兩國在地理上鄰比連接，在文化上交流很早就發生，所以兩國的語言接觸極可能在使用文字時期以前已經開始。但我們研究古代語言時，不得不依據文獻資料，而韓國文字「訓民正音」則 1443 年才創造❶。韓人制定韓國文字以前，只能借用漢字來記載韓國語言，因此研究古代韓語的主要資料也是大部分依靠韓人所用的漢字來判斷。

　　關於韓人借用漢字的確實年代是很難決定。不過，現存最古的韓國史書《三國史記》（1145）曰：

　　〈高句麗・嬰陽王十一年〉國初始用文字，時有人記事一百卷，
　　名曰留記，至是刪修。
　　〈百濟・近肖古王三十年〉至是得博士高興，始有書記。

＊　韓國天安大學中國語學科
❶　「訓民正音」制定年代是 1443 年，但頒布年代則 1446 年。

〈新羅·眞興王六年〉居柒夫等國史修撰。

可知高句麗（37B.C.-668A.D.）則國初已有《留記》；百濟（18B.C.-660A.D.）則375年編《書記》；新羅（57B.C.-668A.D.）則545年編《國史》，他們編纂國史的事實則可說明韓人已經借用漢字來進行標記自己的固有詞彙。尤其，西秦的和尚順道把佛教傳入高句麗(372A.D.)；百濟人王仁把《論語》《千字文》等中國典籍傳到了日本（364-405A.D.）等等的事實可證明漢字傳到韓國的時期相當早。據中國文獻，歷史上中、韓兩國之間政治交往已經開始於衛滿朝鮮時期（194-180B.C.），後來，漢武帝打敗衛滿朝鮮（108-107B.C.），在衛滿朝鮮地區設立了四個都督府。因此，我認爲當時的一些韓人一定接觸了漢字，所以韓人開始使用漢字的時期最晚可以推斷到紀元前一世紀。

韓人最初接觸漢字的時期與傳統韓國漢字音（東音）的形成時期是兩回事。關於傳統韓國漢字音的形成時期，Maspero（1920）最初提出爲五世紀吳音說。此後，Karlgren（1940）主張六、七世紀中國北方音說；河野六郎（1964）則認爲唐慧琳（737-820）所編的《一切經音義》代表的八世紀中葉的長安音。這些問題以後我們還需要深入地討論。只不過，本論文所要提倡的是：我們不該由此而誤解韓人最初借用漢字的時期爲中國的中古音時期。再說，漢字在中國上古音時期已借用於古代韓語中。因此本文抽出從古代韓語中確實與上古漢語有關的資料來討論上古音。同時，希望這樣的研究將會有助於解決一些難以解釋的上古漢語和古代韓語。

本論文的主要內容是：首先說明古代韓語的系統及研究方法之後，古代韓語不經過文字而直接借用的漢語詞彙；古代韓語中上古漢語

的痕跡；上古漢語與阿爾泰語的接觸等等語料分析。

　　本文所用上古漢語與中古漢語音標則基本上李方桂先生（1971；1976）系統，但需要時參照各家之說。至於聲調，因不在本文探討範圍，故一律省略。古代韓語的時代性與音標則李基文（1972）先生之說❷。

2. 古代韓語的系統及研究方法

2.1. 韓語的親族樹，則據李基文（1972：41）如下：

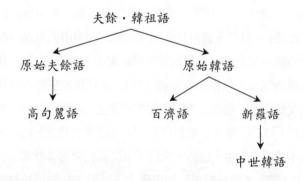

　　李先生以新羅語系統爲「古代韓語」；以高麗王朝成立（918）而首都移於開城之後所發生變化的語言系統稱爲「中世韓語」。目前文獻資料來源可追溯的最早韓國語言系統是「古代韓語」，而且該語言系統

---

❷　目前爲止，古代韓語的擬音還不夠成熟，還沒定論。李基文先生也沒擬個別語詞的音值。本文所用的擬音是本人按照李基文先生的基本理論之下擬的。

大致上與阿爾泰語可對應，因此本文所謂「古代韓語」指稱該系統。

　　阿爾泰語的輔音不分送氣與不送氣音。古代韓語則不分送氣與不送氣音之外，又不分清濁音。再說，古代韓語裡中國的送氣與濁音並不是音位。古代韓語的語言系統爲：

　　　輔音：p, m, t, n, l, r ❸, č, s, k, ng
　　　元音：i, ü, u, ǒ, ɔ, ä, a

2.2. 韓國語言屬於阿爾泰語系，而造「訓民正音」之前借用漢字來記載韓國語言，其方法有兩種：一取「表音功能」的「音讀」；一取「表意功能」的「訓讀」❹。

　　韓語與漢語則完全不同的語系，所以韓人爲了表現自己的語言早就發明「吏讀」。就是，實辭則取漢字的意思，虛辭則取漢字的音韻而按照韓語的詞序來寫成。在韓國瑞鳳塚的銀合銘（4C 中葉）裡已用過韓語的處格語尾；慶州南山新城碑（591）則使用較完整的吏讀。最有名的新羅文學作品「鄉歌」25 首則把吏讀擴大發展而作的「鄉札」來寫成。還有，13C 中葉大藏都監所利行的《鄉藥救急方》也繼承韓國傳統漢字借用法來表現❺。此外，宋代「奉使高麗國信書狀官」孫穆編纂（1103-1104）的《雞林類事》則用漢字來標記 350 餘項韓語詞彙，該書則推測高麗音的重要資料。我們參考造「訓民正音」之後出現的大量

---

❸　阿爾泰語系有「*r₁, *r₂, *l₁, *l₂」等四種。但古代韓語則有「*r, *l」兩種，而且「*r」則只用於音節末。

❹　在後文所謂「音讀」與「訓讀」則指稱該漢字的韓國漢字音兩種讀法。

❺　《鄉藥救急方》是一本使用於藥材的 180 餘種植物、動物、礦物等的說明書。其中有很多借用漢字來標記韓國固有名詞。

韓文文獻裡的韓語詞彙來推測古代韓語的具體音值。

本文要討論的古代韓語資料中最可用的是《三國史記》。因爲新羅人在 668 年統一三國之後，與唐朝進行廣泛的政治文化交流過程中，在 757 年模倣中國地名來重新命名全國的地名。所以《三國史記·地理志》❻裡特別收錄很多異文。其中不少部分是仍然採用舊新羅、舊高句麗和舊百濟的原來地名的讀法，而且我們從異文中可推斷當時的漢字音值。如，《三國史記》卷 37：

舊百濟的地名「多只縣」改爲「多岐縣」

從上面的例句來看，「多只縣」就是「多岐縣」，其中「多、縣」是一樣的，因此我們可推測到中間的「只」與「岐」兩字的漢字音是同音。按「只、岐」的上古漢語（OC）與中古漢語（MC）❼：

	OC	MC
只	kljig	tśjě
岐	gjig	gjě

如果古代韓語從中古漢語音讀則「只」與「岐」不會爲同音，因此我認爲該兩字的當時韓語則當從上古漢語的音讀❽。

---

❻ 《三國史記·地理志》共有四卷：卷 34 即舊新羅地區的地名；卷 35 即舊高句麗地區的地名；卷 36 即舊百濟地區的地名；卷 37 即新羅把舊新羅、舊高句麗和舊百濟的地區的地名改爲新地名。

❼ 在下文一律以古代韓語的擬音稱爲「OK」；以中世韓語的擬音稱爲「MK」。

❽ 至於 *kljig 的 *-l 則上古漢語方言中已消失。

3. 古代韓語不經過文字而直接借用的漢語詞彙

1. 筆

「筆」是上古時代中國人所製造的文化用品。該字的漢語與韓語音值即：

	OC	MC
筆	*prjət ❾	pjĕt
	OK	MK
訓讀	*püt	put
音讀	*pir	phir

古代韓語音讀*pir 則反映著中國中古音，而古代韓語訓讀*püt 的來源，極可能反映韓人從中國最初接觸毛筆時的讀音❿。按*prjət 與*püt 之間語音有別，據《說文解字》解釋：

> 筆：秦謂之筆，從聿竹。
>
> 聿：所以書也，楚謂之聿，吳謂之不律，燕謂之弗。

可見秦方言爲*prjət；楚方言爲*rjət；吳方言爲*brjət；燕方言爲*pjət。該四種方言中，與古代韓語訓讀最接近的是燕方言。大概燕與韓國在地

---

❾　「筆」的上古音，李方桂先生擬爲*prljiət；龔煌城先生擬爲（1995）*prjət，本文從龔先生之說。

❿　據《考古學志》（1989），在韓國義昌茶戶里遺跡地（B.C.1C）出土了毛筆。

理上連接，所以所用的詞彙中共通部分較多⓫。

　　本文認爲韓人借毛筆之詞彙則首先從燕地區接觸，而訓讀*püt 爲反映著燕方言。不過，*püt 與*pjət 之間元音不同。如果韓人所聽中國的「弗」音爲*pjət，古代韓語的譯音當爲*pöt ⓬，因而我推測韓人借詞當時的上古漢語音值爲*pjut，由於介音-j-的影響，其譯音爲*püt。關於「弗」音值*pjut 的來源，筆者（1993：17-21）曾提出上古漢語方言裡*-u>*-ə 的音變情況，因此也可能在燕地區的方音不會辨別*-u 與*-ə 兩讀而混用，傳入了韓國。

　　2. 邨

　　《說文解字》收「邨」字而沒收「村」字，「邨」字下段玉裁注曰：「變字爲村」。《集韻》「村」字下曰：「通作邨」，韓國古書裡不見「邨」字而見「村」字。《朝鮮館譯語》曰：「村，呑」，而且，在《三國史記》卷37，以「且、呑、頓」爲「谷」，如：

　　　　「水谷」又名爲「買旦」；「十谷」又名爲「德頓」；「五谷」
　　　　又名爲「于次呑」。

「買」爲古代韓語「水」的訓讀；「德」爲古代韓語「十」的訓讀；「于次」爲古代韓語「五」的訓讀。一般韓國學者都認爲「且、頓、呑」是「谷」的固有韓語詞彙，但從字義上考慮，這些字極可能代表「邨」的上古漢語。古代日語的「谷」是*tani，考「邨」與「且、頓、呑」諸字

⓫　揚雄《方言》也以燕之外鄙與朝鮮洌水之間爲同一方言地區。

⓬　按古代韓語的元音系統，沒有*ə 元音。李基文（1972）認爲該元音是 10 世紀以後才產生，而且其來源爲古代韓語*ɔ。

的漢語音值即：

	OC	MC
邨	*dən	duən
且	*tan	tan
頓	*tən	tuən
吞	*thən	thən

因此我認爲古代韓人不經過「邨」字的字形傳入而直接借「邨」的音義來使用。他們還不知「邨」字形之故，先借用「谷」來表達該詞彙。後來傳入「村」字之後，在韓國文獻才使用「村」字了。

4. 古代韓語中上古漢語的痕跡

4.1. 上古漢語的聲母

1. 尸

新羅的吏讀常用「尸」爲動名詞語尾「*-r」。又出現於「鄉歌」，如：

> 普皆迴向歌：日尸
> 慕竹旨郎歌：道尸

按「日」的古代韓語訓讀爲「*nar」；「道」的古代韓語訓讀爲「*kir」。據阿爾泰語同源詞，蒙古語「太陽」爲「*naran」；滿州語「線、條」爲「*girin」。按「尸」的漢語音值：

	OC	MC
尸	hljid	śi

上古漢語的「*hl-」正對應古代韓語的「*l-」。據新羅人的用法,「尸」代表語尾「*-r」。

2. 只、支

《三國史記》卷37:舊百濟的地名「多只縣」改爲「多岐縣」

可知當時「只」與「岐」的韓國漢字音是同音。

《三國史記》卷37:舊百濟的地名「悅己縣」改爲「悅城縣」;
　　　　　　　　　舊百濟的地名「悅己縣」改爲「潔城縣」;
　　　　　　　　　舊百濟的地名「奴斯只縣」改爲「儒城縣」。

按「城」的百濟固有詞彙是極可能爲「己、只」的漢字讀音。古代日語的「城」讀爲「*kǐ」,又在韓國傳統吏讀與《鄉藥救急方》的「只」讀爲「*ki」。

《三國史記》卷37:「於支谷」又名爲「翼谷」。

可知當時「於支」與「翼」通用。據新羅人的用法,「支」聲母代表「翼」的*-k 韻尾。

總之,當時「只、岐、己、支」的韓國漢字音是同爲「*ki」。按這些字的漢語音值:

	OC	MC
只	kljig	tśjě
岐	gjig	gjě
己	kjəg	kji
支	kljig	tśjě

可知這些字的古代韓語正反應著上古漢語。

3. 實

《三國史記》卷 37：舊百濟的地名「實于」改爲「鐵治」

	OC	MC
實	djit	dźjět
鐵	thit	thiet

可知古代韓語「實」音，從上古漢語的聲母。

4.2. 上古漢語的複聲母

1. 乙

　　新羅的吏讀常用「乙」爲「對格語尾*-r」。「乙」又出現於《三國史記》卷 37：

　　　「泉井群」又名爲「於乙買」

按「於乙」爲「泉」的訓讀。《日本書記》卷 24，以「泉蓋蘇文」爲「伊梨柯須彌」（irikasumi），可知「泉」讀爲「iri」。按「乙」的漢

語音值：

	OC	MC
乙	李方桂*·jət；龔煌城(1995)*·rjit	·jĕt

據古代韓國漢字音，「乙」的上古漢語可支持龔煌城先生之說。

2. 買

《三國史記》卷 37：「水入縣 一云買伊縣」；「水谷 一云買旦」

按「水」的古代韓語訓讀是「*mör」；蒙古語的「水」讀為「*mören」。由此可知「買」字的音讀與「*mör」有關。按「買」的漢語音值：

	OC	MC
買	*mrig	maï

可推「買」的古代韓語，極可能反應著上古漢語「*mr-」。

3. 勿

《三國史記》卷 37，又以「勿」來描寫「水」，如：

德勿縣 一云德水縣；史勿縣 一云泗水縣

可謂「勿」為「水」的訓讀；由此可推「勿」字的音讀與「*mör」有關。按「勿」的漢語音值：

	OC	MC
勿	*mjət	mjuət

按上古漢語「勿」，沒有*mr-音。但高句麗「鉛」爲「乃勿」；《鄉藥救急方》亦曰：「鉛　俗云那勿」；古代日語「鉛」讀爲「*namari」。因此雖中國學者都以「勿」的上古漢語爲*mjət，但我認爲極可能爲*mrjət。

4. 推

《三國史記》卷 34：「密城群　本推火群」。

按「城」的新羅固有詞彙是「火」的漢字讀音。「推」的古代韓語訓讀爲「*mir」，由此可知「密」字的音讀與「*mir」有關。關於「密」的上古漢語，各家意見紛紛。

	OC	MC
密	王力*mǐĕt；董同龢*mi̯wət；	mjĕt
	李方桂*mjit(?)；龔煌城(1995)*mrjit	

據古代韓語，「密」的上古漢語乃支持龔煌城先生之說。

4.3. 上古漢語的韻尾*-r

1. 那

《三國史記》卷 47：素那　或云金川；深那　或云煌川。

「川」的古代韓語訓讀爲*nai，可謂「那」爲「川」的訓讀。而又出現於「鄉歌」：

贊耆婆郎歌：川理

據「川」的訓讀與「鄉歌」的用法，「川」的古代韓國也可擬爲*nari。
按「那」的漢語音值：

	OC	MC
那	*nar	na

可知「那」的古代韓語，正反應著上古漢語*-r 韻尾。

5. 上古漢語與阿爾泰語的接觸

1. 熊

「熊」是韓人建國神話裡出現的動物，所以韓人對「熊」的命名
時期是上古時期[13]。「熊」字的漢語與韓語音值即：

	OC	MC
熊	*gwrjəm	jung
	OK	MK
訓讀	*kum	kom
音讀	*üng	ung

通古斯語的「熊」讀作*kuma；日語的「熊」也讀作*kuma。

古代韓語的音讀*üng 則反映著中國中古音，而古代韓語的訓讀
*kum 與上古漢語之*gwrjəm 間，語音上非常密切。這是極可能兩國之

---

[13] 本文所稱上古時期是夫餘、韓祖語時期。

間語言接觸的結果。

在此，要考*kum 與*gwrjəm 兩讀中哪一讀為原先讀音，還要究明韓人借漢語詞還是漢人借韓語詞的問題。龔煌城先生認為（1980）原始漢藏語的**-um，在藏語保存，而上古漢語則變為*-əm。如遠古漢語**gum 為原先讀音，按理，上古漢語當為*gəm；如上古漢語*gwrjəm 為原先讀音，古代韓語當為*kɔm，可見二者都不妥。如古代韓語*kum 為原先讀音，可解釋為上古漢語借該詞時，由於他們已經消失**-u 元音，而古代韓語的*-u 元音影響上古漢語的輔音，促使了非圓唇聲母（*g-）變為圓唇聲母（*gw-）而產生*gwrjəm。我想這樣解釋較合理。就是，「熊」是古代北方民族的崇拜動物，且為北方地區的常見動物，因此該詞語極有可能最先出現在北方阿爾泰語中，而後借入上古漢語。

2. 馬

「馬」字的漢語與韓語音值即：

	OC	MC
馬	*mrag	ma
	OK	MK
訓讀	*mɔr	mʌr
音讀	*ma	ma

阿爾泰語系的「馬」：Turkish　*mor；蒙古語*morin；

　　　　　　　　　　Goldi、漢州語*morin；通古斯語*murin

漢藏語系的「馬」：WT　*rmang　　　WB　*mrang

古代韓語的音讀*ma 則反映著中國中古音，而古代韓語的訓讀*mɔr 與上古漢語相近。這是很可能兩國之間語言接觸的結果，但很難確定借

詞的方向。因此，對借詞的方向只存疑，有待進一步的研究。

3. 風

「風」字的漢語與韓語音值即：

	OC	MC
風	*pjəm	pjung
	OK	MK
訓讀	*pɔrəm	pʌrʌm
音讀	*pung	phung

《雞林類事》記載：「風曰勃纜」

　　古代韓語的音讀*pung 則反映著中國中古音，而古代韓語的訓讀
*pɔrəm 與上古漢語*pjəm 相近。尤其，「風」的諧聲字「葻」的中古
漢語爲 lâm；上古漢語爲*brəm 之故，可推測「風」的上古漢語也可能
爲*prjəm。因此我認爲上古時代中、韓兩國極可能接觸過「風」之語音。

　　按甲骨文的「風」，常用假借字「鳳」形，而或於象形「鳳」旁
加「兄、凡」爲聲符。董作賓先生曾指出甲骨文第一、二兩期完全借象
形鳳鳥爲之；三期乃附兄爲聲符；到了四、五期又改爲附了凡聲的新字。

　　按「鳳」之上古音，王力擬爲*bĭwəm；董同龢與李方桂則沒擬音。
「鳳」之《廣韻》反切爲「馮貢切」，《說文解字》以「朋、鵬」（*bəng）
爲「鳳」之古文，所以我認爲「鳳」之上古音爲*bjəng。同時，遠古漢
語的「風」音也可能**bjəng。不過，中國某方言地區接觸了北方阿爾
泰語*pɔrəm 之後，造「凡」聲符的「風」字，讀爲*pjəng。而且，該
方言地區也造「葻」字。

6. 結語

我們研究上古音時，常常受到材料的限制，因此更需要利用鄰國的資料，可以解決一些難以解釋的問題。例如，從古代韓語方面來看，既然很多著名學者花了很大的工夫去解釋「鄉歌」，但仍然還沒有得到圓滿解釋的部分太多。關於這一點，我認爲最大的原因在於他們幾乎完全依賴於中國中古音知識來分析之故。我想他們應該多利用中國上古音來解決這個問題。從上古漢語方面來看，最近，原始漢藏語的研究日益發展，且上古漢語的複聲母面貌日益呈現，據本文所討論的語料也可證明上古漢語複聲母的存在。另外，這樣的研究也可涉及到上古漢語的方言和阿爾泰語的借詞問題。

總之，語言的歷史比文字的歷史遙遠，而且，語言是不斷地接觸、互相影響。我們藉著歷史語言學的方法，可以分析中、韓兩國接觸語言的現實。研究語言學，應當尊重整個語言體系，但要把握體系，首先要探索個別語詞的歷史。個別語詞是獨立性的，但它在整個體系中占的位置是非獨立性的。因此，雖然語料並不多，但正確地探索其歷史，將有助於系統研究語詞的語音演變規律，對上古音的研究也可以提供不少線索。

參考書目

王　力

　　1957　《漢語史稿》，修訂本，1980，中華書局，北京。

　　1983　《同源字典》，文史哲出版社，臺北。

李方桂

　1971　《上古音研究》，清華學報新 9：1.2 合刊：1-61，臺北。

　1976　〈幾個上古複聲母問題〉，《總統蔣公逝世周年紀念論文
　　　　集》1143-1150，臺北。

李孝定

　1965　《甲骨文集釋》，中央研究院歷史語言研究所專刊之五十，
　　　　臺北。

李基文

　1972　《國語史概說》，改訂版，民眾書館，漢城。

　1991　《國語語彙史研究》，東亞出版社，漢城。

李基白

　1994　《國語史新論》，一潮閣，漢城。

朴炳采

　1990　《古代國語學研究》，高大民族文化研究所，漢城。

沈兼士

　1944　《廣韻聲系》，北京，見於井建一校訂本，1984，大化書
　　　　局，臺北。

河野六郎

　1964　〈朝鮮漢字音の研究〉，《朝鮮學報》31-35，東京。

金富軾

　1145　《三國史記》，李丙燾校訂本，1977，乙酉文化社，漢城。

金慶淑

　1993　《廣韻又音字與上古方音之研究》，臺灣大學中文研究所
　　　　博士論文，臺北。

　　1996　〈談上古借詞筆・熊〉，《首屆晉方言國際學術研討會論
　　　　　　文集》348-354，山西。

南廣祐
　　1971　《古語辭典》，一潮閣，漢城。

俞昌均
　　1991　《三國의漢字音》，民音社，漢城。

姜信沆
　　1980　《雞林類事高麗方言研究》，成均館大學出版部，漢城。

段玉裁
　　清　　《說文解字注》，漢京文化事業有限公司影印，1980，臺
　　　　　　北。

陳泰夏
　　1974　《雞林類事研究》，三版，1987，明知大學出版部，漢城。

陳彭年
　　宋　　《廣韻》，聯貫出版社影印，1974，臺北。

郭錫良
　　1986　《漢字古音手冊》，北京大學出版社，北京。

董同龢
　　1944　《上古音韻表稿》，中央研究院歷史語言研究所單刊甲種
　　　　　　之二十一，三板，1975，臺北。

　　1954　《中國語音史》，中華文化出版事業委員會，臺北。

董作賓
　　1934　〈安陽侯家在出土之甲骨文字〉，《董作賓先生全集》
　　　　　　2:687-756，藝文印書館，臺北。

藤堂明保

1990 《上古漢語の方言》,汲古書院,東京。

龔煌城 Gong, Hwang-cherng

1990 A Comparative Study of the Chinese, Tibetan and Burmese Vowel, Systems, BIHP 51.3:455-499, Taipei.

1990 〈從漢藏語的比較看上古漢語若干聲母的擬測〉,《西藏研究論文集》3:1-18,臺北。

1997 〈從漢藏語的比較看重紐問題〉,《聲韻論叢》6:195-243,臺北。

Karlgren, B.

1923 Analytic dictionary of Chinese and Sino-Japanese, Paris.

1940 Grammata Serica, BMFEA 12, Stockholm.

Maspero, H.

1920 Les Dialecte de Tch'ang-ngan sous les T'ang, Bulletin de l'Ecole Francaise d'Extreme-Orient, 20:1-124.

Ramstedt, G.J.

1949 Studies in Korean Etymology, Helsinki.

Mei, Tsu-Lin
1980 ...

Pulleyblank, Edwin G.
1962 A Comparative Study of the Chinese Initials and Finals.
Newsletter BIHP 51:205-409 Taipei.
1991 ...

Karlgren, B.
1923 Analytic Dictionary of Chinese and Sino-Japanese. Paris.
1940 Grammata Serica. BMFEA 12, Stockholm.

Mantaro, J.
1971 Les Dialectes Chinois en Sino Son Ts'ing Kuoyin Tsu...
1980 ...

Ramstedt, G.J.
1949 Studies in Korean Etymology. Helsinki.

《聲韻論叢·第九輯》
聲韻學學會主編　頁477～486
臺灣學生書局　　2000 年 8 月

音系學的幾個基本觀點
與漢語音韻史

薛鳳生[*]

壹、前言

　　過去幾年，我曾在不同的場合裡，及在不同的程度上，談到我對漢語音韻史的一些看法，特別是 92 年在高雄及 95 年在臺北的那兩次報告，但是仍有幾個理論原則未曾說到，現在想借此機會再多說幾句。這篇短文也許該題爲「漫談」，因爲我要談的都是些最基本的原則問題，因此也就懶得去注明原始出處了，亦所謂「得魚忘筌」也。

　　所謂「理論」，我覺得只是些原則性的「假說」（hypothesis），讓我們可以根據這類理論解說宇宙或人世的某些現象。當然在解說時，必須採用某些方法或手段，諸如邏輯公式等。但那只是技術性的問題，而非理論性的原則。在聲韻學這個領域裡，近代學者也提出過一些原則性的假說，其中一些容或尚有爭議。我覺得應該把漢語聲韻學的研究，跟某些原則性的假說，結合起來，看能否給漢語史提供更精確的解釋，

[*]　美國俄亥俄州立大學

或者借漢語研究之助，證明某個假說是錯誤的，從而讓我們有機會提出新的假說或「理論」，使我們的研究與我們認爲正確的理論保持一致，而不是故作視而不見，或避而不談，因爲那樣只會讓我們繼續做已經習慣了的工作，各說各話，也就無從「交流」了。在下文中，我想列舉幾條這類基本觀點，讓我們看看，是否應該把它們與漢語聲韻學的研究結合起來。

貳、音系學的幾個原則性的「假說」

一、音系是以「音位對比」（phonemic contrast）爲基礎的

　　生理上，人類的發音器官可以發出極多不同的聲音，窮「萬國音標」之數也不能完全記錄下來，但不同的語言都以不同的組合方式，確立數目有限的「音位」(phoneme)排列成特定的「音系」(sound system)。這已是「老生常談」了。假如我們認可這一「理論」，在研究某一歷史階段的漢語時，首先就得確定我們的研究目標：是要作「音值的描述」呢？還是要作「音系的詮釋」呢？如果成功的話，前者可以使我們重聞古人的「談吐音聲」，後者可以使我們認識當時的「音系及其流變」，兩者都是很有意義的。在選定了目標以後，我們也得問自己：所用的方法可以達到那個目標嗎？有比這個更好的方法嗎？不確定研究的目標，或不採用妥善的方法，將使我們游離於二者之間，無法達成任一目標。

二、嚴格的音系只能存在於特定的「語言」（或「方言」）中

這是「音位學說」（phonemics）衍生出來的另一觀念，所以在作「田野調查」（fieldwork）時，往往要找一個特定的「發音人」（informant），先分析他的「獨言」（idiolect），然後擴及其「方言」或其「語言」。這個做法的理據是：真正精確的「音系」，只能存在於特定的語言或方言中；把不同的語言或方言雜揉在一起，就無所謂「音系」了。許多學者在作方言調查時，都採用這一做法，但在研究漢語音韻史時，尚未見有人遵循這個道理。其實在研究一部完整可靠的韻書時，例如《切韻》或《中原音韻》，我們也應該把它當作最權威的「發音人」，先假定該書是依據某一個特定的方言而作的，即把該書所記錄的現象作為最優先的證據，以推論其背後的音系。試以《切韻》為例，「真、臻」分韻和「重紐」等現象，就必須在《切韻》本身的音系基礎上，提出解釋，不能因為類似慧琳《一切經音義》或顏師古《漢書音義》等有或沒有這類現象，便懷疑《切韻》記錄的可靠性，或是僅僅指出梵漢對音或外語借字是否區分或如何區分這類現象就算了。那些韻書當然是有參考價值的，但不是主要資料，因為我們尚未證明它們所依據的是否為同一方言。至於域外借字，情況就更複雜了：是什麼時候借的？從哪一個方言區借的？借入的語言當時的音系是什麼樣子的？都得先確定。所以這類材料，只能是補充性的，以及幫助我們猜測音位的發音近似值（phonetic approximation）。

三、在音系的結構層次裡，每個音節都有一個也只有一個元音

漢語是典型的所謂單音節語（monosyllabic language），每個字都代表一個單音節，因此在研討漢語音系時，如何界定「音節」就特別重

要了。音節所指的，是語流中每個包含一個「音峰」(peak)的單位，而音峰是由元音擔任的，所以在音系的結構層次(structural tier)上說，每一個音節都只有一個元音，其他的都是邊際成分(marginal elements)；當然在發音層次（phonetic tier）上，這些成分可能有相應的變化。這是較晚出的「CV Phonology」所特別堅持的一條原則。如果我們的目標是論證音系，這條原則就極為重要。在近代學者的研究中，就我所知，沒有人把古代漢語的某一韻或某一字「構擬」為沒有元音的音節；這是與本條原則相符的，但是有些研究當代方言的人，卻常在他們的「音系」中包括一些「輔音音節」。這當然是由於他們「聽不出來有元音」；但就音系結構說，此誠為前所未有，需要我們說明它們是由哪些音變衍生出來的，並且給它們在整體音系中找到適當的地位。另一方面，我們也得堅持說，一個音節只有一個元音，雖然在發音層次上說，某些音節聽起來似乎有兩個元音（diphthong）或三個元音（triphthong）；這就牽涉到「元音、半元音」的定義了。它們的區別究竟是絕對的音值呢？還是相對的地位呢？多年來研究漢語的學者似乎都傾向前者，堅持把作為介音或韻尾的「元音性成分」寫作[i]與[u]。但也有些學者，例如 George Trager，則認為所謂「半元音」，不是音值的問題，而是與其相鄰的「主元音」對比的問題。例如「毛」字可拼寫為[mao]或[mau]或[maw]，主元音[a]之後的[o, u, w]不能構成音位對比，所以相對於[a]來說，都算「半元音」；趙元任先生也曾經指出，主元音前後的元音符號，只代表舌位移動的方向（direction of the tongue movement），不代表音值；這就與本條假設原則相符了。當然，用什麼符號代表次要的「元音性成分」並不重要，關鍵性的問題是：這類「元音性成分」是否能跟與其相對應的「非元音性」的半元音，構成音位對比。高本漢在其中古擬音中，認為

四等韻有「元音性的」[i]，與三等韻的「半元音性的」[i̯]構成對比，即：同有區別字讀的功能。根據此處所提出的原則，我們認爲這是不可能的，也就迫使我們作一選擇：另提新的音節定義，或改擬四等韻的介音。

四、特定的語言具有特定的「音節分段」（syllable segmentation）模式

這也是現代音韻理論的一條發現，因此音段模式的認定，就成爲討論某一音系的必要條件了。古代中國學者雖未明確地提出這個說法，但其做法卻與此若合符契，即將漢語的所有音節都界定爲「聲母＋韻母」，再將韻母分爲「韻頭、韻腹、韻尾」三段。（我用(C)(M)V(E)表達這一概念，而不用「CCVC」，因爲前者更便於說明漢語音節的性質及其轉變。）分段的依據是個別語言的特性，與音值無直接關係；所以同一語音成分，在不同的語言中，可能須作不同的分段。（例如[ts]，在英語中分爲兩段，在漢語中則爲單一的音段，即「精母」。）音段模式確定了以後，就可以在這個基礎上，明確地界定每個音節的屬性，音段之間的搭配關係，以及音變的性質與條件等等。這當然要求嚴格分析，不許例外。研究漢語的西方學者也都知道中國的這個分段法；雖然有些人故作神秘地說，不一定要用這個老法子，結果還是沿用此法，未見提出新法，卻在少數個別地方，不遵守此法。我覺得如果眞要「提高理論水平」，恐怕還得回到老路上去，嚴格遵循，這樣既反映了漢語的特性，也符合了音系分析的原則。

五、可以互押的音節都含有相同的「韻基」（元音與後綴）

這條原則是一般語言都適用的，自然早已是盡人皆知了，問題是：

在「構擬」古音時，能否遵守？在討論《切韻》的「重紐」問題時，許多學者都特別強調同韻字必須擬爲含有相同的元音，認爲這條原則是不能放棄的。這是極有見地的看法，但是許多人在「構擬」《中原音韻》以下的近代音，甚至分析當代北京音時，卻把同韻互押的字，標作含有不同的元音，這不成了「嚴格要求古人，寬鬆對待自己」了嗎？還是說「古人守規矩，後人不守規矩」呢？我也認爲這條原則是不能放棄的，否則就無「理論」可言了，當然，即使是最完整可靠的古代文獻，例如《切韻》，也可能摻雜少數例外現象，例如「重紐」，因此迫使我們在特殊情況下，把同韻的字擬爲含有不同的韻基，或把不同的韻擬爲含有相同的韻基。但對這類違反原則的做法，我們必須提出充分合理的解釋，以說明爲什麼這樣做其實並不違反本條原則。

六、音段是音節分類的依據，其搭配受一定的制約

確定了音段模式以後，首段之間的搭配關係及音節的類別，就可以清楚地解說了。在漢語聲韻學的發展過程中，《切韻》的分韻及區別字讀，是建立在直覺認知上的，其法至簡，其理甚明。到《等韻》時代，才有較抽象的理論分析，因爲韻圖的設計是建立在音段搭配和音節分類上的。這就不是一般人僅憑直覺可以了解的了，所以歷來誤解極多。王力先生曾說，等韻學就是中國的音韻理論學，這是極有見地的看法。韻圖設計中的許多做法，諸如五音與四等的搭配、開合分圖、圖分內外、三等獨列顎化韻、合數韻以爲一攝等等，都必須也只能在首段的基礎上得到合理的解釋。明清時代的等韻學家，在音節分類方面，又提出了「開、齊、合、撮」等四呼分類，以及「直音（直喉）、收噫（展輔）、收嗚（斂脣）、抵顎、穿鼻、閉口」等韻類的區分，這些也都得嚴守音

段的分際，才能解釋清楚。能在音系分析的基礎上，為這些等韻學的做法和術語提出邏輯性的解說，就是相對地「提高理論水平」了，否則就只能列舉式地說，哪些字屬哪一類，而不能明言其理。

七、音變是有規律的

這更是已經「老掉牙」的說法了，問題是：在漢語史的研究中，你是如何表達這類規律的？當然，語音演變常有多方面的原因，任何規律都有例外，但從全面考量，規律性的音變無疑仍為常態。可是規律的認定與表達，卻並不那麼容易，用今天的眼光看，早期學者的做法也不夠嚴密。這有兩層原因：其一，例外過多時，規律可能不明顯且令人懷疑；其二，音變的規律性最突出地表現在音系層面上；如果音系的分析不夠嚴密，「規律」也就顯得不那麼規律了。舉例來說，「知」字在《中原音韻》裡屬「齊微」韻，即與「微」[wei]類字押韻；許多人都把「知」的韻母訂為[i]；這就跟押韻原則不合了。所以我根據它們的來源（「收噫」的內轉「止攝」），把它們的韻母分別訂為/wiy/和/yiy/，即同以/-iy/為韻基，就合理地說明了為什麼它們在《中原音韻》時代互押。到《十三轍》時代（徐孝《等韻圖經》同），「知」字改入「一七」轍，與「支、魚、齊」等互押，其後更變為「支」的同音字。這個演變過程是規律的嗎？在未作嚴格音位分析之前，恐怕不易看出。有人把這個過程叫做韻母[i]在捲舌聲母之後的「舌尖元音化」，表面看來也不算錯，但卻未能顯示出音變的規律性。我們都知道，《中原音韻》時代以後，發生過兩個普遍性的音變，其一為「齊微」韻的分裂，即「齊」類字不再跟「微」類字（仍為「收噫」）互押，而改與「支、思、魚」等（無韻尾音節）互押；這個音變與聲母無關，而是韻母/yiy/去掉了韻尾（異化作用

dissimilation），變成了/yi/。另一音變是，原能洪細兩配的「照」系聲母，不再跟細音韻母相配了，也就是說，捲舌聲母之後的顎化介音/y/消失了。這個音變遍及各韻，不限於任一特定韻母。這兩個音變影響到整個音系，非專爲「知」類字而設，但卻使「知」字無可避免地變得與「支」同音了，也讓我們看出其演變的絕對規律性。在做漢語史研究時，我們當然要爲個別的歷史階段做細密的「共時分析」（synchronic analysis），同時也要推論不同階段之間的「歷時演變」（diachronic changes），如何推證出規律的音變及其先後發生的時代，似乎是一個猶待加強的任務。

參、中國聲韻學的特點

　　中國的傳統聲韻學有下列特點，由此可以看出其與現代音系學的共通性。

　　一、研究的目的：聲韻之學起自魏晉，盛於南北朝，是爲「今韻」之濫觴，其目的皆爲「正語作詞」（借用周德清語）。「正語」者，規範推廣「標準語」也；「作詞」者，爲詩文格律及押韻訂立共守之準則也。「古韻」之興晚在明清，其目的則爲「訓詁解經」。

　　二、研究的對象：由於其特定之目的，「古韻」研究自然以先秦文獻爲課題，而「今韻」則以各該時代的標準語（或「官話」）爲其研究之對象。元明以降，亦偶見方言韻書，如《泉州十五音》之類，然其目的亦爲釐定某一方言區共守之標準。

　　三、研究的重點：指明字讀（音節）之差別與相互間之關係，諸如「雙聲、疊韻」等。

四、表達的方式：以韻書之分聲分韻與反切，或以韻圖之分等分攝與排列，表達音韻之區別。由於此種較抽象之表達方式，遂使漢語音韻資料成為「完全音位性的」。

五、資料的連貫性：歷代之標準語（朝廷用語）具有高度的傳承關係。「今韻」既以各該時代之標準語為其研究對象，故比對不同時代的韻書，可以推論出標準漢語的音韻史。

肆、音系學與漢語音韻史研究的結合

綜合上兩節的說明，可以看出傳統聲韻學與現代音系學有甚多共通之處：對以漢語歷代音系及其流變為研究目標的人來說，上述的幾條基本觀點可以說是理論性分析的起點，應使自己的研究符合這些原則，或者批判某些原則而另提新的理論代替。也許有人會說這好像是「無限上綱」。的確是，但學術研究的「無限上綱」，不是強迫別人接受某種理論，而是要以此為手段，迫使自己檢驗某種理論的真偽或是否需要修正。這種態度跟 Chomsky 的想法是一致的；他曾一再說，認真的研究是：先提出某種「假說」，儘力推衍下去，看能把我們帶到何方，以證明其真偽或需作何種修正。近些年來流行的「孳生音韻學」（generative phonology），主張以「區別性特徵」（distinctive feature）為手段，直接表達音系的模式及其轉變，因此撇開「音位」這個層次，也不多計較「互補分佈」（complementary distribution）現象，從而更抽象地表現出音系的特性。但是「音位對比」這個概念是少不得的，而且傳統聲韻學特別重視「雙聲、疊韻」等現象，為了解說這類現象，也不得不承認，有某種「潛在形式」（underlying form）的存在。我覺得所謂「潛在形

式」，其實就是「音位」，在解說古代韻書的聲韻區別時，是需要明白標出的。

上文所列舉的基本觀點，雖是近代學者提出的，但是可以說中國古代的音韻學家早就遵循應用了，只是沒有明白地說出來而已。大半個世紀以前，高本漢先生用當時北歐流行的歷史比較研究法，構擬（reconstruct，原意爲「重建」）《切韻》音，開風氣之先，影響至鉅，迄今仍爲許多學者所沿用，可見中國學者是很能接受「外來思想」的；但這種方法的原有功用是「無中生有」，即用後代有記錄的語言，重建古代未曾記錄下來的祖語。用這種方法構擬想像中的漢台語，或漢藏語，當然可以，也只能用這種方法。但在研究有記錄的漢語音韻時，有必要用這種方法嗎？「重建」出來的某一時代的語音，能比當時的人（如陸法言或周德清）所記錄的更可靠嗎？如果回答是否定的，那麼我們的研究任務就該是：發掘論證某本可靠的韻書（例如《切韻》或《中原音韻》）所依據的音系；這就要採用音位學說了，因爲那些韻書的分聲分韻及反切，都是以音位對比爲依據的。音位學的最大特點是：音系是以個別民族語言的特性爲基礎的，而不是以「萬國音標」式的音值標音爲依據的。所以在觀念上，這一學說跟中國傳統聲韻學的做法是不謀而合的，是相當「中國式」的。我們也許可以把這幾個基本觀點，看作暫定的「理論標尺」，先檢驗它們是否正確，然後用那幾條我們認爲是正確的作準則，檢驗一下我們研究漢語時所作的結論，看看是否合乎這些標準。

《聲韻論叢‧第九輯》
聲韻學學會主編　頁487～504
臺灣學生書局　　2000 年 8 月

高本漢《GSR》諧聲說商榷

吳世畯*

一、前言

諧聲無疑是研究上古聲母的主要材料。在多種諧聲材料中，高本漢（以下簡稱為「高氏」）的《Grammata Serica Recensa》（以下簡稱為《GSR》）向來頗受學界的重視。然此書卻存在著很多諧聲歸類上的問題，利用時需慎重。該書的諧聲問題主要有兩點：

第一，收字有誤。比如《GSR》收頗多的《說文》不收的後起字。如，「交聲」系收《說文》沒有的「佼、較、咬、挍」等後起字。這點表示《GSR》根據後代材料收字，卻不根據《說文》。我們認為這是根本性的問題，因為我們總不能用中古以後的後起字研究上古音。在上古聲母研究上，《說文》可說是有系統的最佳諧聲材料，當然不能忽視《說文》聲系。

第二，忽略部分諧聲關鍵字問題。高氏有時拘泥於自己的上古音系統而忽視重要的例外諧聲字。構擬上古複聲母體系時，聲系中的例外

---

*　韓國韓瑞大學校中文系助教授

諧聲字往往發揮很重要的作用，因此不可輕易忽視它們的存在。比如，「多聲」系除了「多（得何切）」「移（弋支切）」「侈（侈氏切）」「誃（直離、尺氏切）」等的舌尖塞音字之外，《說文》上又有「移（康禮切）」「姼（是支切）」等舌根音以及疑、禪、審三等母字。高氏忽略而不收這些舌根音字，就無法進一步討論複聲母問題。

　　本文將討論這種諧聲歸類問題以及相關複聲母問題。

　　《GSR》所提諧聲種類繁多，要仔細討論則需頗大論文篇幅。因此本文則將全書的例外諧聲歸納爲幾個「類型」後，只討論具有代表性的例外諧聲。這樣亦可從小篇幅論文窺見《GSR》諧聲體系的全貌。

二、《GSR》承認的例外諧聲例❶

　　《GSR》似乎並沒有嚴格的遵守諧聲原則處理好《說文》中的眾多例外諧聲例。如，《GSR》的諧聲歸類和《說文》有很大的出入。這個原因可能有二：

　　第一，選字問題。研究上古聲母應以《說文》以上材料爲主。但是我們在《GSR》時常可以發現聲系裡存在的《說文》不收的後起字。相反的也經常漏掉《說文》中有的關鍵字。在這種條件下作出來的上古聲母系統難免有可疑之處。

　　第二，系統上的問題。高氏拘泥於自己的上古聲母系統，有時忽略自認爲不重要的例外諧聲字。

　　首先簡單的整理以下較有代表性的《GSR》所承認的例外諧聲例：

---

❶　所謂「例外諧聲」指的是發音部位相差甚遠的兩個字之間的諧聲。

(A) 慾[*g->O-]：谷[*k->k-]

(B) 聿[*b-(?)>O-]：筆[*pl->p-]：律[*bl->l-]

(C) 支[*ȶ->tś-]：翅[*ś->ś-]：跂[*kʻ->kʻ-]

(D) 恕[*śń->ś-]：女[*n->ń-]

(E) 燒[*śń->ś-]：澆[*k->k-]：僥[*ng->ng-]：繞[*ń->ńź-]

(F) 示[*ḍʻ->dź-]：祁[*gʻ->gʻ-]

(G) 嘆[*tʻ->tʻ-]：難[*n->n-]

(H) 唯[*d->O-]：堆[*t->t-]：催[*tsʻ->tsʻ-]

(I) 攸[*d->O-]：修[*s->s-]：條[*dʻ->dʻ-]

(J) 桓[*gʻ->ɣ-]：垣[*g->j-]：宣[*s->s-]

(K) 深[*ś->ś-]：探[*tʻ->tʻ-]

(L) 歲[*s->s-]：劌[*ks-(?)>k-]

(M) 惠[*gʻ->ɣ-]：穗[*dz->z-]：總[*s->s-]

(N) 夾[*k->k-]：浹[*ʔ>ts-]

(O) 出[*ȶʻ->tśʻ-]：咄[*t->t-]：屈[*kʻ>kʻ-]

(P) 麻[*m->m-]：麼[*xm->x-]

(Q) 無[*m->m-]：憮[*xm->x-]：撫[*pʻ->pʻ-]

(R) 慮[*l->l-]：膚[*pl->p-]：攄[tʻl->ȶʻ-]

(S) 樓[*gl->l-]：數[*sl->ṣ-]：屢[*kl->k-]

(T) 鸞[*bl->l-]：變[*pl->p-]：蠻[*ml->m-]：孿[*sl->ṣ-]

從這 20 個例外諧聲，我們可以知道高氏音能夠解釋的諧聲例只有「A,B,D,L,P,R,S,T」8 例而已。不管這 20 例的解釋對不對，我們可以說《GSR》至少承認了這 20 種例外諧聲現象。

　　關於高氏的諧聲處理，以下兩個問題值得討論：

　　第一，高氏雖然承認了這 20 種例外諧聲，但討論個別聲系時又時常加以否認。這原因大部分與誤解個別聲系字有關。比如，先不管它們的音韻關係如何，我們從第(O)例「咄[*t->t-]：屈[*k'>k'-]」可以知道他至少承認了舌尖塞音與舌根音來往的事實。但在「合聲[*g'-]」與「答聲[*t-]」（頁 180）的問題上，他卻否認了二者的諧聲關係。

　　第二，以《說文》爲例，全體例外諧聲種類遠超過高氏所舉這 20種，這表示高氏的研究不夠全面。比如《說文》「難聲」是「[n-]（難）：[t'-]（灘）：[x-]（漢、灘）」接觸的聲系，而《GSR》沒有收這類諧聲。

三、《GSR》誤解的例外諧聲例

　　在本章，我們試舉較有代表性的《GSR》誤解的諧聲例。必要時我們附帶討論相關複聲母問題。

[凡例]

(1)　不加註明的高氏書指《GSR》，「某聲」或「某字」後的數字指《GSR》的頁碼。如：「牙聲」（29）指《GSR》第 29 頁的「牙聲」系。

(2)　本論文主要採用龔煌城（1990,93,95）先生的上古音系統以及本人擬音（1995）。

(3)　簡稱示例：

　　龔音 -------------- 龔煌城（1990,93,95）先生的上古音系統。

　　龔氏 -------------- 龔煌城先生

　　高氏（29）----- 高本漢《GSR》第 29 頁。

沈兼士（25）--沈兼士《廣韻聲系》第 25 頁。

權少文（10）--權少文《說文古均二十八部聲系》第 10 頁。

1. 喻四、審三、舌尖塞音、舌根音互諧

(1)多聲：《GSR》收《說文》裡沒有的「恀」、「挅」等後起字。本聲系的第一個問題是「宜」字的歸屬問題。雖然高氏（21,26）將「宜」和「多」看成不同聲系字，但大、小徐本均說「宜，多省聲」，且《說文》中的古文將「宜」寫成「爹」，表示「宜」和「多」是同諧聲字。陳新雄師（1972：947）、何九盈（1987：67）、沈兼士（1945、265）、權少文（1987：26）等學者均認為此二字為同聲系字。

高氏（21）把「多聲」系看成單純的「舌尖塞音」聲系。如，他的「多聲」系只有端、透、知、徹、照、澄、喻四等母字。然《說文》「多聲」系除此之外又有舌根音、審三、禪等母字。將本聲系的主要諧聲關係用高氏音及「龔音」標記則如下（前者為高氏音）：

多 [*t->t-]　→　[*tar>tâ]

移 [*d->O-]　→　[*lar>jiě]

宜 [*ŋj->ŋj-]　→　[*ŋrjar>ŋjě]❷

哆 [*t-(?)>t-]　→　[*tar>tâ]語聲

　　[*t-(?)>t-]　→　[*tars>tâ]語助聲

　　[*t-(?)>t̂-]　→　[*trars>ta]大口

　　[*t'-(?)>t̂'-]　→　[*thrar>tha]張口也

---

❷　「宜」字在韻圖上雖然沒有相應的重紐四等字，然依「龔音」（1995），這個字可算為重紐三等字。

[*t͡ɕ'->tɕ'-] → [*khljar(?)>tɕhjě]❸張口

[*t͡ɕ'->tɕ'-] → [*khljar(?)>tɕhja]脣下垂皃

較 [*kh-(?)>kh-] → [*khlig(?)>khiei]

眵 [*t'j-(?)>tɕj-] → [*kljar(?)>tɕjě]

刳 [*t͡ɕ'j-(?)>tɕ'j-] → [*khljars(?)>tɕhjě]有大慶也

[*ɕj->ɕj-] → [*hljars>ɕjě]有大慶也

黟 [*ʔj-(?)>ʔ-] → [*ʔjid>ʔi]❹（重紐四等）

[*ʔ-(?)>ʔ-] → [*ʔig>ʔiei]

栘 [*d-(?)>O-] → [*lar>jiě]

[*dʝ->ʑj-] → [*gljiad>ʑjäi]❺

　　《GSR》與上面的諧聲關係比較，我們可以知道高氏在「收字」、
「擬音」二問題上都沒有合理的處理。不收《說文》中的「黟（於脂切）」
等字是它的第一個缺陷，而收「㢟」「栘」等《說文》不收的後起字是
其缺點之二，「多[*t-]：栘[*d-]：黟[*ʔ-]：較[*kh-]」之間不能互諧
是另一個擬音上缺點。

　　「龔音」基本上可以圓滿解釋本聲系的音韻關係。只是「黟」的
兩個擬音在聲系裡造成不和諧局面。如「黟[*ʔjid]&[*ʔig]」跟「多[*tar]」
「栘[*lar]」之間的音距未免太遠。我們認為「黟」的兩個音可以改為
如下：

---

❸　我們認為本聲系有舌根音字。這樣可以將照系「眵（尺氏切）」等的「龔音」擬為
　　[*khljar] 等。

❹　董同龢（1944：173）等人將「於脂切（黟）」看成「支韻」的「佳部（支部）」
　　字。然事實上這個字是「脂韻」的「脂部」字。與此同音的有「伊」「黝」等字。

❺　「成欈切（栘）」不屬齊韻字音，是屬祭韻的平聲字音。

[*ʔljid>ʔi]（重紐四等）

[*ʔlig>ʔiei]

龔氏本來（1993）為重紐四等擬了[*kl->kji-]，後來（1995）改擬為[*kji->kji-]。我們認為前者的構擬方式更適合於本聲系。因為[*ʔl-]（黟）可以跟聲系裡的其他字諧聲。

「龔音」的四等韻讀[*ʔi->ʔi-]（黟）也不能跟[*tar]（多）諧聲。在這問題上，我們可以採用 Schuessler（1974）跟本人（1995）的主張「上古漢語四等帶流音-l-說」。這樣，[*ʔli->ʔi-]（黟）可以跟其他聲系字諧聲。

2. 喻四（邪）與舌根二等諧聲

(1)牙聲：高氏(29)認為，「牙聲」系是疑母字[*ŋ-]（牙）與影母字[*ʔ-]（鴉）主要來往的聲系。他將「牙」字(29)與「邪」字(32)分成兩個不同聲系。然大、小徐本均認為「邪，從邑牙聲」，王力（1963：162）、權少文（1987：652）等人都認為「邪」是從牙得聲的字。因此根據《說文》，該聲系的主要諧聲關係有「牙：邪：釾：鴉」。就是說這聲系除了疑母和影母字以外又有喻四、邪母字。高氏如此處理，可能因為他考慮到擬音問題。因為他的系統不能解釋這四個字的諧聲關係，只好將它們分成兩個聲系。現在用高氏音及「龔音」構擬這四個字的音韻關係則如下：

牙	[*ng->ng-]	→	[*ŋrag>ŋa]
釾、邪（以遮切）	[*z->0-]	→	[*liag(ʔ)>jia]
邪（似嗟切）	[*dzj->zj-]	→	[*ljiag>zja]
鴉	[*ʔ->ʔ-]	→	[*ʔrag>ʔa]

可見「龔音」可以解決這四個字的諧聲關係。

3. 舌根音與舌尖塞音諧聲

(1)告聲：高氏（271,273）將「告」與「造」看成兩個不同聲系字。因此在他的「告聲」裡只有「誥、浩」等的舌根音字，而在相對的「造聲」裡也只有舌尖塞擦音。

但是大、小徐本均作「造，從辵告聲」。李方桂(1971：26)也承認過「造」字在聲系裡跟舌根音字諧聲的現象。所以他把「造」字擬為[*skh->tsh-]等。而且也有很多能夠證明「告」與「造」為同聲系的古通假例證。如：第一，「造」字在上古經常通假為從告得聲的舌根音字「祰」。例如，陳初生(1985：166)說：「(造)通「祰」，祭也。申鼎：「鄦安之孫㠱大史申乍(作)其造(祰)鼎十」」。第二，馬天祥(1991：980)舉「造」「告」的通假例云：「《詩、大雅、公劉》：既登乃依，乃造其曹。[造，《眾經音義》引作告]」。馬氏在同頁又舉「造」「窖」通假例云：「《禮記、喪大記》：君設大盤造冰焉，大夫設夷盤造冰焉，是併瓦盤無冰。」如此可見「告」「造」音韻關係的密切性。

若依高氏音，「告（古到切）[*ts'->ts'-]」與「造（七到切）[*ts'->ts'-]」是不能諧聲的。但李方桂音及「龔音」則可以圓滿解釋，如（前者為高氏音，後者為「龔音」）：

告（古到切）　[*k->k-]　→　[*kəgws>kâu]

造（七到切）　[*ts'->ts'-]　→　[*skhəgws(?)>tshâu]

(2)見聲：高氏（78）認為「見聲」是單純的舌根音聲系。因此他將「見聲」與「䤵聲」分開。依高氏音，「䤵（他典切）」為透母字[*t'->t'-]，不好跟「見[*k->k-]」等舌根音字諧聲。大、小徐本皆云：「從面見，見亦聲」。朱駿聲（1833：631）、沈兼士（1945：129）、權少文（1987：

160）等人都把「覎」看成「見聲」系字。在《說文》，「覎」或從且爲「䢂」。從字形看，「䢂」是從且得聲的字。可見「覎」音確實跟舌尖塞音有關。

另外《GSR》又沒收匣、泥二讀的「睍（胡典、奴甸切）」字。我認爲這個字是同源異型詞。

既然「見聲」系包含「覎」字，那它們的實際音韻關係如何呢？以下是「高氏音」及「龔音」的擬音：

見　[*k->k-]　 →　[kians>kien]

睍　[*g'-(?)>ɣ-]　 →　[*gian>ɣien] 日出好皃

　　[*n->n-]　 →　[*nians>nien] 日光

莧　[*g'->ɣ-]　 →　[*grians>ɣǎn]

覎　[*t'->t'-]　 →　[*thian(?)>thien]

硯　[*ŋj-(?)>ŋj-]　 →　[*ŋlans>ŋien]

蜆　[*k'-(?)>k'-]　 →　[*khians>khien]

　　[*x-(?)>x-]　 →　[*hian>xien]

「龔音」有兩個問題。第一，不能說明「睍」的同源異型詞[*gian>ɣien]與[*nians>nien]的來源。第二，「見[kians>kien]」等舌根音字不能跟「睍[*nians>nien]」「覎[*thian(?)>thien]」諧聲。我認爲「上古四等韻帶流音 l 說」可以解決這問題。比如：

見　[kians>kien]　 →　[klans>kien]

睍　[**?>*gian>ɣien]　 →　[**gnlan(?)>*glan>ɣien]

　　　 >*nians>nien]　 →　　　 >*nlans>nien]

莧　[*grians>ɣǎn]　 →　[*grians>ɣǎn]

眖　[*thian(?)>thien]　　→　　[*kh-lan>thien]❻

硯　[*ngians>ngien]　　→　　[*ŋlans>ŋien]

蜆　[*khians>khien]　　→　　[*khlans>khien]

　　[*hian>xien]　　→　　[*skhlan>xien]

4. 舌根音與邪母諧聲

　　(1)公聲：《說文》「公聲」系主要有公、松、訟、翁、頌等字。然高氏（303,307）將「公聲」與「松、頌、訟」分成兩個不同聲系。大、小徐本均作「松，從木公聲」，「頌，從頁公聲」，沈兼士（2）、權少文（874）、龔煌城（1990：92）也將「公」「松」歸于同聲系裡。又陳初生（1985：840）也從古文字學立場解釋「頌，從言公聲」。高氏系統不能解釋本聲系的諧聲關係，但「龔音」可以解釋，如：

　　　　公[*k-]：松[*dz-]：翁[*ʔ-(?)]（高氏音）

　　　　公[*klung>kung]：松[*ljung>zjwong]：翁[*ʔlung(?)>ʔung]（龔音）

　　(2)羊聲：《說文》「羊聲」系除了喻四（羊）、邪母字（祥）以外又有舌根音字（姜、羌）。關於「姜」字，龔氏（1990：91）、大、小徐本《說文》及《說文句讀》《說文義證》《說文通訓定聲》都認為「從羊得聲」。但是高氏（186,194）不承認而將「羊」與「姜」分為兩個不同聲系。

　　「龔音（1990：91）」可以圓滿解釋「羊聲」系的音韻關係：

---

❻　有關[*kh-l->th-]的音變律，詳見吳世畯（1995：85-151）。

羊 [*z->O-]　→　[*lang>jiang]

祥 [*dzj->zj-]　→　[*ljang>zjang]

姜 [*kj->kj-]　→　[*klang>kjang]

5. 舌根音與唇音諧聲

(1)交聲：高氏（300）認爲「交聲」系是單純的舌根、喉塞音聲系。如：

交[*k-]：烄[*k-]：絞[*k-]：恔[*gʻ-]：效[*gʻ-]：骹[*kʻ-]：窔[*ʔ-]

但實際上在《說文》中除了這些字以外又有唇音字「駮(北角切)」「鮟(蒲角切)」等。當然高氏音不能解釋這些字裏面的「交聲」系。如：

交[*k-]：絞[*k-]：恔[*gʻ-]：效[*gʻ-]：骹[*kʻ-]：窔[*ʔ-]

駮[*p-]：鮟[*b-(?)]

有關本聲系的擬音，「龔音」也似乎不能解釋這二類字的諧聲關係，如：

交[*kragw>kau]

絞[*kragw>kau]

恔[*kiagw>kieu]

效[*gragws>ɣau]

骹[*khragw>khau]

窔[*ʔiagws>ʔieu]

駮[*prakw>pâk]

鮟[*brakw>bâk]

「龔音」的問題是「佼[*kiagw>kieu]」「窔[*ʔiagws>ʔieu]」不能跟「駮[*prakw>påk]」「庨[*brakw>båk]」諧聲。在「龔音」，只有[*kl->kj-]而沒有[*kl->ki-]。所以不能將「佼」擬爲[*kli->ki-]。本人（1995）認爲上古漢語四等很可能都帶過流音-l-。這假設正可以解釋本聲系的諧聲關係。另外也有聲訓例證：「佼，憭也。」假使「佼」爲[*ki-]（龔音），那它怎能跟「憭[*r->l-]」構成聲訓？根據這假設修改「龔音」如下：

交　[*kragw>kau]　→　[*kragw>kau]

絞　[*kragw>kau]　→　[*kragw>kau]

佼　[*kiagw>kieu]　→　[*klagw>kieu]

效　[*gragws>ɤau]　→　[*gragws>ɤau]

骹　[*khragw>khau]　→　[*khragw>khau]

窔　[*ʔiagws>ʔieu]　→　[*ʔlagws>ʔieu]

駮　[*prakw>påk]　→　[*prakw>påk]

庨　[*brakw>båk]　→　[*brakw>båk]

高氏對本聲系又犯了一個錯誤，收入了「傚、較、咬、按」等《說文》裡沒有的字。這些字很可能是後起字，不適合拿來研究上古音。

6. 舌根音、舌尖音（塞音、鼻音）互諧

(1)今聲：高氏（172,173,178）將「今、貪、念」三字看成不同聲系字。但大、小徐本都說「貪，從貝今聲」「念，從心今聲」。朱駿聲（1833：60）、沈兼士（1945：76）、權少文（1987：1205）等人均認爲這三字是同一聲系字。若說這三字爲同聲系字，「高氏音」則無法解釋它們的諧聲關係，如：

今 [*k-]：貪[*t'-]：念[*n-]

當初高氏將它們各歸于不同聲系裡，很可能是因爲它們之間的中古音距太大的關係。

「龔音」也無法解釋本聲系的諧聲關係。我認爲這三字可以改擬爲如下。下面是「高氏音」、「龔音」及本人的修改音。

今 [*kj-] → [*krjəm>kjəm]❼ → [*krjəm>kjəm]

貪 [*t'-] → [*thəm>thậm] → [*kh-ləm>thậm]❽

念 [*n-] → [*niəms>niem] → [*nləms>niem]❾

本聲系的諧聲樞紐是流音-l-及-r-，詳細諧聲關係見本人論文（1995：93-96）。

7. 舌根音與疏母二等字諧聲

戶聲：《說文》「戶聲」系除了「戶(侯古切)」、「顧(古暮切)」等的舌根音字以外，又有「所(疏舉切)」字。大、小徐本《說文》均作「所，從今戶聲」，李方桂(1971：25)也認爲「所」是「從戶得聲」。但高氏(35,43)誤解本聲系而將「戶」與「所」分爲兩個聲系。

「戶聲」系的諧聲關係如下：

戶 [*g'->ɣ-] → [*gag>ɣuo]

顧 [*k->k-] → [*kags>kuo]

---

❼ 依「龔音」（1995），「今」字可算爲重紐三等字。

❽ 詳見本人論文（1995：191）。

❾ 本人認爲每個上古4等字都帶流音-l-。

所　[*sj->sj̣-]　→　[*skrjag(?)>sjwo]

8. 唇音、舌根音、舌尖塞音字互諧

(1)乏聲：《GSR》(170)的「乏聲」系只收「乏」「貶」「泛」等的唇音字。然《說文》又有「妼(房法、孚梵、起法)」「魠(徒盍切)」「尿(直立切)」等字，而大、小徐本認爲這些字都是「從乏得聲」的字。

本聲系主要字的音韻關係如下（高氏音及「龔音」）：

乏（房法切）[*bʻj-(?)>bʻj-]　→　[*bjap>bjwɐp]

泛（房法切）[*bʻj-(?)>bʻj-]　→　[*bjap>bjwɐp]水聲

　　（孚梵切）[*bʻj-(?)>bʻj-]　→　[*bjams>bjwɐm]浮皃（同汎）

妼（房法切）[*bʻj-(?)>bʻj-]　→　[**ʔ>*bjap>bjwɐp]❿好皃

　　（孚梵切）[*bʻj-(?)>bʻj-]　→　　　>*bjams>bjwɐm]好皃

　　（起法切）[*kʻj-(?)>kjʻ-]　→　　　>*khjap>khjwɐp]好皃

魠（徒盍切）[*dʻ-(?)>dʻ-]　→　[*dap>dâp]

尿（直立切）[*dʻj-(?)>dʻj-]　→　[*drjəp>djəp]

鴔（皮及切）[*bʻj-(?)>bʻj-]　→　[**ʔ>*brjəp>bjəp]❿鴔鶝

　　（居立切）[*kj-(?)>kj-]　→　　　>*krjəp>kjəp]鴔鶝

　　（其輒切）[*gʻj-(?)>gʻj-]　→　　　>*grjap>gjäp]鴔鶝

據此我們可以知道高氏音及「龔音」都不能解釋本聲系的音韻關係。「龔音」有兩個問題。第一，「乏[*b-]」不能跟「妼[*kh-]（起法切）」「魠

---

❿　「妼」字三個反切的訓釋同爲「好皃」，可說這些都是同源異型詞。

❶　根據「龔音」，三個「鴔」音皆可算爲重紐三等字。

[*d-]」「䈅[*krj-]（居立切）」等諧聲。第二，不能解釋「妥」的三個
同源異型詞的來源。

我們認爲本聲系的諧聲關係應爲如下：

乏　[*bjap>bjwɐp]　→　[*brjap>bjwɐp]

泛　[*bjap>bjwɐp]　→　[*brjap>bjwɐp]水聲
　　[*bjams>bjwɐm]　→　[*brjams>bjwɐm]浮兒（同汎）

妥　[**ʔ>*bjap>bjwɐp]　→　[**ʔ>*brjap>bjwɐp]好兒
　　　　>*bjams>bjwɐm]　→　　>*brjams>bjwɐm]好兒
　　　　>*khjap>khjwɐp]　→　　>*khrjap>khjwɐp]好兒

䈷　[*dap>dâp]　→　[*dap(?)>dâp]

㞒　[*drjəp>ḏjəp]　→　[*drjəp>ḏjəp]

鴔　[**ʔ>*brjəp>bjəp]　→　[**ʔ>*brjəp>bjəp]鴔鵖
　　　　>*krjəp>kjəp]　→　　>*krjəp>kjəp]鴔鵖
　　　　>*grjap>gjäp]　→　　>*grjap>gjäp]鴔鵖

就是說本聲系的諧聲樞紐是流音-r-。如此構擬有幾點理由。第一，本聲
系是中古唇音、舌根音、舌尖塞音字互諧的聲系。除非[*PTK-]類的複
聲母，沒有一個複聲母能夠完善的解釋如此複雜的諧聲關係。但據我所
知，[*PTK-]類的複聲母是很難存在的。據此我們可以設想出「諧聲樞
紐爲-r-」的假設。第二，種種資料在上古「泛（孚梵切）」很可能念帶
-r-的[*brjams]。根據王力（1982：621），「泛」「汎」「氾」本是同
一個詞。而《說文》有「氾，濫也」、「濫，氾也」等的聲訓。這個「氾」
跟來母構成聲訓，上古很可能帶流音-r-。第三，「鴔」的三個同源異型
詞都是重紐三等字，上古都帶介音-r-。

四、結論

《GSR》是一本具有影響力的諧聲著作。然而其中存在頗多的問題。認爲《GSR》有以下幾點值得商榷：

第一，收字有誤。《GSR》看來不根據《說文》收字，因而其中有中古以後的後起字，相反的有時卻漏掉《說文》所收的重要的諧聲關鍵字。這樣的材料勢必導致錯誤的結果。

第二，高氏所能解決的例外諧聲例少。根據我們的調查，《GSR》所承認的例外諧聲例大約有 20 種。其中「高氏音」能夠解釋的只有 8 種，而其他 12 種則被置之不理。

第三，沒有嚴格處理例外諧聲例。雖然他承認了 20 種例外諧聲例，但處理個別聲系時又往往不遵守自己的原則。這是「收字有誤」所導致的結果。

第四，事實上例外諧聲的種類遠超過這 20 種。這點也跟「收字有誤」有關。

關於《GSR》誤解的例外諧聲例，本文共舉 7 大類具有代表性的例外諧聲例，以此探討其得失及相關複聲母問題，詳細內容不復贅言：

　　1.舌根 2 等與喻四（邪）諧聲

　　2.舌根音與舌尖塞音諧聲

　　3.舌根音與邪母諧聲

　　4.舌根音與唇音諧聲

　　5.舌根音、舌尖音（塞音、鼻音）互諧

　　6.舌根音與疏母 2 等字諧聲

　　7.唇音、舌根音、舌尖塞音字互諧

主要參考資料

王　力

　　1963　　《漢語音韻》（1991 北京：中華書局 1 版）。

　　1982　　《同源字典》（1983 臺北：文史哲）。

朱駿聲

　　1833　　《說文通訓定聲》（1970 臺北：京華書局）。

吳世畯

　　1995　　《說文聲訓所見的複聲母》，東吳大學中研所博士論文。

李方桂

　　1971　　《上古音研究》（1980 北京：商務印書館）。

沈兼士

　　1945　　《廣韻聲系》（1985 北京：中華書局 1 版）。

周法高

　　1974　　《漢字古今音彙》，香港中文大學出版社。

馬天祥

　　1991　　《古漢語通假字字典》（陝西人民出版社）。

陳新雄師

　　1972　　《古音學發微》，文史哲（1983，3 版）。

陳初生

　　1985　　《金文常用字典》（1992 臺北：復文圖書出版社）。

許　慎

　　東漢　　《說文解字》（1992 北京：中華書局 12 版）。

許慎撰　　段玉裁注

《說文解字注》（1992 臺北：天工書局再版）。

權少文

　1987　《說文古均二十八部聲系》，甘肅人民出版社。

龔煌城

　1990　〈從漢藏語的比較看上古漢語若干聲母的擬測〉（1994《聲韻論叢》1 輯，臺北：學生書局）。

　1995　〈從漢藏語的比較看重紐問題〉，第四屆國際暨第十三屆全國聲韻學學術研討會宣讀論文（臺北：國立臺灣師大）。

B. KARLGREN

　1957　《GRAMMTA SERICA RECENSA》, THE MUSEUM OF FAR EASTERN ANTIQUITIES, BULLETIN 29, STOCKHOLM.

GONG, HWANG-CHERNG

　1993　〈THE PRIMARY PALATALIZATION OF VELAR IN LATE OLD CHINESE 〉, THE SECOND INTERNATIONAL CONFERENCE ON CHINESE LINGUISTICS, PARIS.

《聲韻論叢・第九輯》
聲韻學學會主編　頁505～526
臺灣學生書局　　2000 年 8 月

試論《切韻》音系中的
「抵顎」韻及其演變[*]

趙芳藝[**]

1、前言

　　「抵顎」韻（以 n 或 t 爲韻尾者）在《切韻》中數目特多，也最能突顯出《切韻》一書分韻的情況。因此，高本漢在爲《切韻》「擬音」時，首先由山攝入手，並認爲只要弄清楚山攝的元音，其他韻攝就可以迎刃而解[❶]。然而，由韻類分佈的情況來看，等韻中同韻尾之不同韻攝，在《切韻》的音系中實在有密不可分的關係。[❷]要想完整的呈現《切韻》

---

*　本文寫作期間，曾經薛師鳳生指導及審閱，謹此致謝。於 1999 年 5 月 15 日在臺北
　　舉行的第六屆國際暨第十七屆全國聲韻學學術研討會宣讀時曾得到許多與會朋友
　　的批評與指正，特別是馮蒸教授、李添富教授、麥耘教授、吳疊彬先生，在此亦表
　　示謝意。

**　美國俄亥俄州立大學

❶　高本漢《中國音韻學研究》455 頁。

❷　見薛（1996）一文。

的「音系」，藉以合理的解說《切韻》中的「抵顎」韻，有必要將等韻
臻、山兩攝合併討論。本文因此以臻、山兩攝中各韻爲主要的研究對象，
試從嚴格的音位學觀點集中討論「抵顎」韻，據以對《切韻》該韻類所
呈現的問題，例如：(1)眞、臻兩韻類的關係，(2)痕、魂、欣、文四韻列
的關係，(3)元韻與痕、魂的關係，(4)眞、仙兩韻類的「重紐」問題，(5)
「寒、桓」，「眞、諄」原不分韻的道理等，提出合理的解釋，並進一
步系統性地列舉出該韻類從《切韻》到等韻的音變關係。此外，本文亦
從方言學的角度推證出「綜合進《切韻》的外來成分」，試圖釐清《切
韻》音系的原貌。

2、方法與原則

　　《切韻》音系上承秦漢古音，下接等韻音系，因此在漢語語音史
的研究，《切韻》一直是一個不容忽視的焦點。自從高本漢爲《切韻》
「構擬」以來，許多學者致力於對高本漢「擬音」的修訂，在音標符號
上錙銖必較，以期表現確切的「音值」（phonetic value）。但是，從韻
書本身的性質來看，《切韻》所表現的是「音位對比」（phonemic
contrast），孜孜追求「音值」的「構擬」，無法明確解釋《切韻》所
提供的訊息；唯有採用音位學的觀點，才能具體表現出《切韻》的「音
系」，也才能準確地說明音韻的規律。薛（1996）一文採取嚴格的音位
學觀點，推測《切韻》音系中的元音音位，並合理的解說「收噫」韻中
的「重紐」與「重韻」等現象。我們認爲薛（1996）一文對於解釋《切
韻》及其所代表的音系，以及《切韻》分韻的本質，極具啓發深意，有
必要全面地、有系統地進一步測試該文所得之結論。因此我們將薛

（1996）一文的三點結論，即(1)《切韻》音系含七個元音音位，(2)「重紐」爲《切韻》以前遺留下來的音變結果，(3)「重韻」爲《切韻》到等韻之間的音變所造成的現象，實際應用於解釋《切韻》中的「抵顎」韻。本文將遵守音系學的諸多基本原則（參見薛 1999），特別是音節分段及押韻標準兩條原則，以期分析時能合情合理。對於元音在個別「抵顎」韻中的分佈，我們將盡可能參考前人的「擬音」，希冀在前人的共識上，具體呈現《切韻》的「音系」。爲了下文討論的方便，我們先在此列出薛先生推論出的兩個元音表。

表 1 《切韻》音系元音表 (薛 1996)

	前	央	後
高		i	
中	e	ə	o
低	ɛ	a	ɔ

表 2 等韻音系元音表 (薛 1985)

	前	央	後
高		i	
低	ɛ	a	ɔ

3、前《切韻》時期（Pre-Qieyun）的元音分佈

語音史研究建立在一個最基本的假設上，那就是音變的規律性。理論上我們必須假定大部分的語音演變是有規律的，所有的推論才會有意義。由於語音演變是有規律的，有跡可尋的，因此透過邏輯性的推論，

我們可以推衍出音變的規則，進而探測音變前後的語音系統。換言之，面對一個語音系統，如果我們能夠確定某些語音現象是前期音變的結果，排除變化的部分，音變前後期應該是直接承繼所有音韻結構的。基於上述的理由，我們相信《切韻》一書不僅表現某一特定方言的語音系統，而且還透露著前期的音變結果。因此，本文分稍前於《切韻》時期、《切韻》時期、《切韻》到等韻三個階段來說明《切韻》音系以及其變化的規律。

《切韻》系中的「抵顎」韻分見於等韻時期臻、山兩攝。臻攝各韻在等韻時期皆以高元音爲其韻腹，而山攝各韻韻腹皆爲低元音（薛1985）。我們推測臻、山兩攝各韻原來在元音分佈上即呈現互補狀況，後來因爲元音重組，造成了臻、山兩攝以元音高低一分爲二。對於稍前於《切韻》時期的「抵顎」韻，我們做了如下的推論。

3.1、臻攝各韻在前《切韻》時期的元音分佈

《切韻》系中的「臻、眞、痕、魂、欣、文」六韻列，在等韻時期同屬「抵顎」韻，也同以高元音 /i/ 爲韻腹。顯然這六個韻列的元音本來近似，都非低元音。自從高本漢以來，學者們多同意「痕、魂」和「欣、文」在《切韻》中是兩組開合對立的韻列，而「欣、文」是「痕、魂」對應的三等韻列，因此這四韻列的主元音應該相同，然而卻無人解釋何以分爲四韻。從《切韻》的分韻情況來看，同時以開合與洪細分韻的僅此一例，這樣的例外措施，明顯的違反《切韻》分韻的原則。我們推測，稍前於《切韻》時期，「痕、魂、欣、文」四韻列的關係如前所述，也就是說它們都有一個共同的元音。到了《切韻》時期，在《切韻》方言裡三等韻的元音由於顎化介音 /y/ 與抵顎韻尾 /n/ 的雙重影響，

起了變化，促使「欣、文」和「痕、魂」分韻（別的方言可能不同，見下文第 6 節討論）。「痕、魂」屬於一等韻，而一等韻的元音比較偏後，這是大家都同意的❸。因此，我們推測「痕、魂、欣、文」的韻腹原為後中元音。

「臻、櫛」兩韻在韻圖中列於二等，但在《切韻》裡這兩韻與同轉的三等「眞、質」兩韻各有互補的關係，因此許多學者在為《切韻》構擬時都將「臻、眞」二韻列合而為一。❹從「臻、眞」分韻的事實來看，「臻、眞」二韻列在稍早於《切韻》時期應該是兩個獨立的三等韻列，也就是說，它們原來都有顎化介音 /y/，也都以 /n/ 為韻尾，但韻腹不同。後來在顎化介音與抵顎韻尾的影響，它們的元音升高而變為/i/，唯獨「臻」韻列中莊系聲母字的元音沒有受到這個變化的影響而仍保持與「眞」韻列對立。學者們多把「眞、臻」類的元音定為 [ə, e]，在此我們也從眾。我們推測臻攝各類的韻母型態原來應如下：

表 3　稍前於《切韻》音系的臻攝各韻列

	前	央	後
高			
中	臻/y(w)en/	眞/y(w)ən/	痕/on/ 魂/won/ 欣/yon/ 文/ywon/
低			

❸　先師周法高（1984:3-4）的「諸家《切韻》擬音對照表」，極為方便於比對學者們對《切韻》的看法。

❹　例如：李榮（1956），和邵榮芬（1982）。

3.2、山攝各韻在前《切韻》時期的元音分佈

　　「山攝」各韻同爲「抵顎」韻，學者們都沒有異議。所有「山攝」韻在等韻時期都以低元音爲其韻腹，因此我們相信它們的韻腹在《切韻》時期應該是中或低元音。對於「山攝」各韻的韻腹，我們做了如下的考慮：

(1)一等「寒」類韻的韻腹，學者們都認爲是後低元音，因此我們也定爲 /ɔ/。

(2)二等「刪、山」二韻列，因「刪」在排列時與「寒」近，而「山、仙」與「先」在南北朝的詩韻裡有通押的情況❺，所以我們把「刪、山」二韻列的韻腹分別定爲 /a/ 和 /ɛ/，這也是從眾的處置。

(3)三等的「元」類韻，在《切韻》的排列上置於「文、欣」之後與「魂、痕」之前，這表示「元」類韻與「痕、魂、欣、文」在《切韻》時期關係密切，因此我們把「元」類韻的韻腹定爲後低元音。至於「元」類韻與「山、仙」的關係，那是後來音變的結果，容後再說（見第 5 節公式 9）。

(4)四等「先」類韻的韻腹，學者們一致認爲是 /e/，我們也無異議。但是這樣的處置，把「先」、「臻」兩類的韻腹訂爲相同，明顯違反押韻原則，我們會在下文詳做解釋。

(5)考慮到「仙」韻的重紐問題，我們認爲這兩類字原來含有不同的元音，分別與「山」與「刪」相配。因此，我們以 /yan/ 配「刪」類韻。

---

❺　參看王力（1936）。

山攝各類的韻母原來的分佈型態應可表列如下：

表 4　稍前於《切韻》音系的山攝各韻列

	前	央	後
高			
中	先/(w)en/		
低	仙₁/y(w)ɛn/	仙₂/y(w)an/	元/y(w)ɔn/
	山/(w)ɛn/	刪/(w)an/	寒/(w)ɔn/

以上可以說是稍前於《切韻》時代的各韻型態，即「重紐」尚存在，而「痕、欣」等尚未分開的情況。

4、《切韻》音系與「重紐」問題

4.1、《切韻》音系的形成

　　《切韻》音系中最顯著的音韻變化在於「重紐」現象的出現以及「痕、魂」與「欣、文」的分韻。從元音分佈的關係來看，我們推測在《切韻》音系形成之前，發生了以下幾個公式所代表的變化。

$$\mathrm{\partial} \rightarrow \mathrm{i/y(w)} \rule{1cm}{0.4pt}\ \mathrm{n, t} \tag{1}$$

這個公式的意思是，首先「眞」類韻的韻腹 /ə/ 受到顎化介音以及「抵顎」韻尾的同化，升高變為高元音 /i/。經過這個變化以後，元音音位

上央元音的位置 /ə/ 空了出來，因此後來「欣、文」的韻腹前移。事實上，中元音變成高元音是《切韻》到等韻的元音重組中的主要變化之一❻，而「眞」類韻元音的上升顯示出這個變化的初期情況。

$$e \rightarrow i/Cy(w) \underline{\quad\quad} n, t \tag{2}$$
$$C \neq [C, +r]$$

公式(2)的意思是，在央元音 /ə/ 升高後，前中元音 /e/ 也受到顎化介音以及「抵顎」韻尾的影響，升高變爲高元音，但莊系聲母字除外。因此，在《切韻》中的「臻」類韻，我們只見到少數的莊系聲母字。

$$a \rightarrow \varepsilon/y(w) \underline{\quad\quad} n, t \tag{3}$$

公式(3)的意思是，央低元音 /a/ 在顎化介音以及「抵顎」韻尾的雙重影響之下，前移變成前低元音。這個變化使得稍前於《切韻》時期的兩類三等韻母合併爲「仙」類，造成了仙韻裡後人所謂的「重紐」。這與「祭」韻的「重紐」性質完全相同。

$$o \rightarrow ə/y(w) \underline{\quad\quad} n, t \tag{4}$$

公式(4)的意思是，中低元音 /o/ 在顎化介音以及「抵顎」韻尾的同化下，前移變爲央中元音。經由這個音變，《切韻》系中「欣、文」與「痕、

---

❻　請參考薛（1985）。

魂」的韻腹產生實際語音的差別，因此，在《切韻》中分屬兩類。以上
幾個音變，使得《切韻》的元音在抵顎韻中的分佈如同下表所列。

表 5　抵顎韻在《切韻》音系的元音分佈

	前	央	後
高		眞/y(w)in/	
中	臻/y(w)en/	欣/yən/	痕/on/
	先/(w)en/	文/wən/	魂/won/
低	仙/y(w)ɛn/	刪/(w)an/	寒/(w)ɔn/
	山/(w)ɛn/		

4.2、《切韻》中的「重紐」問題

所謂「重紐」現象，指《切韻》中「脂、支、祭、眞、先、宵、
侵、鹽」等韻類出現兩組重出對立的唇牙喉音字。由於在等韻圖裡這兩
類字分別列於三、四等，學者們在解釋「重紐」兩類的不同時，提出許
多不同的看法。從語言材料本身來看，「重紐」既然出現在同一個《切
韻》韻中，自然表示它們可以互押，也就表示它們在《切韻》音系中含
有相同的韻基，似乎它們的差異就在聲紐上。可是就《切韻》音系來看，
《切韻》的聲母或介音都是系統分明，很難任意增添，最有可能的差異
還是在元音上。從個別判斷代的音系來解釋這個問題，恐怕很難合理的
說明這兩類元音不同的字出現在同一韻裡，但是從歷史音變與方言差異
的角度來看這個現象，就很容易解析清楚。

4.2.1、「真韻」的「重紐」問題

我們先討論「眞韻」的「重紐」問題。上文（第 4.1 小節）我們推

測在《切韻》的音系裡，真韻以高元音 /ɨ/ 爲其韻腹，後來在《切韻》之前，臻類韻除了莊系聲母字以外，其元音也受到顎化介音與抵顎韻尾的影響而升高變爲高元音 /ɨ/（公式 2）。因此，《切韻》音系的真韻字來源有兩個：一類是原來的真韻字，即以 /*y(w)in/ 或 /*y(w)it/ 爲韻母，另一類是從臻韻變來的，即原來以 /*y(w)en/ 或 /*y(w)et/ 爲韻母。這兩類韻母在《切韻》音系中合而爲一，所以相對立的「重紐」字也就變爲同音了。但是，可能在陸法言時代的某一方言，這兩類的對立仍然存在，爲了對「南北是非古今同塞」的妥協，《切韻》不得不在同韻中保留兩類對立的「重紐」字。至於這兩類「重紐」字，哪一類列在韻圖的三等，哪一類列在四等？由於臻韻字在未變之前是以前中元音爲韻腹的，與四等「先」韻字相同，因此在那些「重紐」對立仍然存在的方言裡，原來以 /*y(w)en/ 或 /*y(w)et/ 爲韻母的字，自然以列入四等爲宜。因此我們猜測列於三等的是原本屬於真韻的字，而列於四等的則來自臻韻。至於其他方言（例如慧琳《音義》），列在三等的真韻「重紐」字有混同於「欣、文」的情形，而列在四等的則否。❼這種情況，可能是不同的音變造成的結果，但也間接地證明了公式(4)所代表的音變，即「欣、文」的元音變得與「真」近似。我們推測真韻列中十三組對立的重紐字的來源如下：

切韻時期	三等來源		vs.四等來源	
/.pyin/	斌：府巾	*/.pyin/	賓：必鄰	*/.pyen/
/.pɦyin/	貧：符巾	*/.pɦyin/	頻：府鄰	*/.pɦyen/

---

❼　參考鄭張（1995）。

/.myin/	珉：武巾	*/.myin/	民：彌鄰	*/.myen/
/.qyin/	䚩：於巾	*/.qyin/	因：於鄰	*/.qyen/
/.kywin/	䕏：居筠	*/.kywin/	均：居春	*/.kywen/
/ˈmyin/	愍：眉殞	*/ˈmyin/	泯：武盡	*/ˈmyen/
/kywinˈ/	攟：居韻	*/kywinˈ/	呁：九峻	*/kywenˈ/
/pyit/	筆：鄙密	*/pyit/	必：比蜜	*/pyet/
/pɦyit/	弼：房筆	*/pɦyit/	邲：毗必	*/pɦyet/
/myit/	密：美筆	*/myit/	蜜：無比	*/myet/
/xyit/	肸：羲乙	*/xyit/	欯：許吉	*/xyet/
/qyit/	乙：於筆	*/qyit/	一：於逸	*/qyet/
/kywit/	䫻：几律	*/kywit/	橘：居密	*/kywet/

4.2.2、「仙韻」的「重紐」問題

　　仙韻的兩類「重紐」，應該也是元音的不同。從韻類分配的角度來看，山攝中的三等韻似乎分配得不平均：仙韻中存在兩組對立的「重紐」字，而刪韻卻沒有相配的三等韻。因此前文推測山攝中原本應該有兩類三等韻，一類配二等刪韻，一類配山韻。後來由於公式(3)的影響，兩類三等韻合為《切韻》的仙韻。換言之，《切韻》中仙韻的「重紐」字應該是原以 /*y(w)an/ 或 /*y(w)at/ 為韻母的字為一類，而另一類是以 /*y(w)ɛn/ 或 /*y(w)ɛt/ 為韻母的字。《切韻》呈現出來 的是受公式(3)的影響之後的情況；但是與《切韻》同時的某些方言，可能還沒有受到這個音變的影響，因此在《切韻》中以「重紐」方式顯示這兩類字在其他方言的不同。在韻圖的排列上，我們認為原以 /*y(w)ɛn/ 或 /*y(w)ɛt/ 為韻母的字列在四等，而原以 /*y(w)an/ 或 /*y(w)at/ 為韻母

的字列在三等。因為在其他方言（如慧琳《音義》）列在四等的字多有與先韻互通的情況，而列在三等的則混同於與元韻。如此證明列在三等的元音較後，而在四等的則元音較前。我們推測仙韻中十一組對立的重紐字的來源如下：

切韻時期	三等來源		四等來源	vs.
/.qywɛn/	嬽：於權	*/.qywan/	娟：於緣	*/.qywɛn/
/ˊpywɛn/	辡：方免	*/ˊpywan/	褊：方緬	*/ˊpywɛn/
/ˊpɦiyɛn/	辯：符蹇	*/ˊpɦiyan/	楩：符善	*/ˊpɦiyɛn/
/ˊkyɛn/	免：亡辯	*/ˊmyan/	緬：無兗	*/ˊmyɛn/
/ˊkyɛn/	蹇：居輦	*/ˊkyan/	撱：基善	*/ˊkyɛn/
/ˊkɦiywɛn/	圈：渠篆	*/ˊkɦiywan/	蜎：狂兗	*/ˊkɦiywɛn/
/pɦiyɛnˋ/	卞：皮變	*/pɦiyanˋ/	便：婢面	*/pɦiyɛnˋ/
/kywɛnˋ/	眷：居捲	*/kywanˋ/	絹：吉掾	*/kywɛnˋ/
/pyɛt/	箹：兵列	*/pyat/	鷩：并列	*/pyɛt/
/pɦiyɛt/	別：皮列	*/pɦiyat/	嫳：扶別	*/pɦiyɛt/
/qywɛt/	威：乙劣	*/qywat/	妜：於悅	*/qywɛt/

5、「重韻」問題與等韻音系

所謂的「重韻」現象，表現在等韻的韻類組織上，實際上是《切韻》以後的音變結果。詳細比對《切韻》和等韻兩個前後的音系，我們可以具體地推證從《切韻》到等韻的音變以及其發生的相對時序。為了比對方便，在此表列等韻音系的「抵顎」韻。

表 6　抵顎韻在等韻音系的元音分佈 (薛 1985)

	前	央	後
高		痕魂/(w)in/ 臻/(w)in/ 眞欣文/y(w)in/	
低	先/(w)en/	刪山/(w)an/ 元仙/y(w)an/	寒/(w)ɔn/

我們可以從下面幾個公式，瞭解產生等韻音系的音變及其發生的前後次序（參見上文 4.1 節表 5）。

$$[V, -hi, -lo] \rightarrow [+hi]/y(w) \underline{\quad} n, t \qquad (5)$$

公式(5)表示，中元音 /e, ə, o/ 由於受到顎化介音 /y/ 和抵顎韻尾 /n/ 或 /t/ 的雙重影響，全部都升高變成高元音 /i/。這解釋了何以「臻、眞、欣、文」四個韻列在等韻時期全部通押。詳細區分的話，應該是 /e/ 先與 /i/ 合併，然後 /ə/ 才加入，因爲早在唐初「臻、眞」已經同用了，而「欣、文」還只是互爲同用。如果沒有進一步的音變影響這四個韻列，「臻、眞、欣、文」應該全部變成「臻攝」三等韻。

$$o \rightarrow i / \underline{\quad} n, t \qquad (6)$$

公式(6)表示，在非顎化的音節裡，出現於抵顎韻尾 /n/ 或 /t/ 之前的後中元音 /o/，也升高變成高元音 /i/。這說明「痕、魂」後來在等韻時

期也與「眞」等同以高元音爲其韻腹。（這一音變方式較特殊，與「該死的十三元」有關，詳見下文第 6 節說明。）

$$\varepsilon \rightarrow a /\underline{\quad} n, t \qquad\qquad (7)$$

公式(7)表示，「抵顎」韻母的前低元音變成央低元音。從語音變化的角度來看，眞正的變化是央低元音 /a/ 受到韻尾 /n/ 或 /t/ 的影響，前移變成低元音 /ɛ/。由於 /a/ 與 /ɛ/ 的對比性不再存在，使用其中任何一個符號都可以。這個情形與「佳、皆」合韻相同。❽經由 /a/ 與 /ɛ/ 的合併，「刪、山」兩類的區別就消失了，因此也就變成了「重韻」，而「仙」類韻也就能與「刪」類韻同押了。

$$y \rightarrow \phi / r \underline{\quad} \qquad\qquad (8)$$

公式(8)表示，介音 /y/ 在莊系聲母字之後消失，換言之，莊系聲母字不再配細音韻母，故此《切韻》的莊、章兩系聲母，合併爲等韻照系聲母，與本文有關的是：「臻」類韻必須列於二等。

$$\jmath \rightarrow a/y(w) \underline{\quad} n, t \qquad\qquad (9)$$

公式(9)表示，「抵顎」韻中的後低元音在顎化音節裡，受介音 /y/ 和抵顎韻尾 /n/ 或 /t/ 的同化，前移變爲央低元音。經過這變化，「元」

---

❽　見薛（1996）。

類韻的韻腹變得與「山、刪、仙」相同。

$$[V, -lo, -hi] \rightarrow [+lo] / \underline{\hspace{2em}} n, t \qquad (10)$$

公式(10)是為了「先」類韻而設的。由於原來的前低元音 /ɛ/ 與央低元音合併，而變為 /a/，前中元音 /e/ 失去了相對立的低元音，而其他原含有中元音的音節，韻腹都已上升為高元音，經由「音位重組」，前中元音就變成了前低元音。這情形與「收噫」韻的「齊」類韻同。

經由以上的音變，「抵顎」韻各類的關係，從表 5《切韻》型態變成表 6 的等韻型態。而「重紐」現象也就在等韻音系中自然形成。

6、《切韻》的「從分不從合」原則

前文（第 4.1 小節）在討論《切韻》時期「抵顎」各類韻的元音分佈時，我們給「痕/魂、欣/文、臻/先、仙₂/刪、元/寒」等兩兩相對的韻類擬定出相同的韻基，表面上它們是以「開、合」或「洪、細」來分韻的，可是細究之下，就有問題了：為什麼韻頭會造成分韻呢？又為什麼有些韻以「開、合」分韻，而有些卻以「洪、細」分韻呢？究竟《切韻》的分韻原則是什麼？而這個分韻的原則是如何適用在「抵顎」各類韻呢？學者們在談論《切韻》的韻類區分時，總會提到「從分不從合」。所謂的「從分不從合」的分韻原則，我們認為事實上是《切韻》為了照顧「南北是非古今通塞」的產物，也就是陸法言等人合議之後的妥協結果。從音變的角度來看，「從分不從合」的分韻方式記錄了同一音變在不同方言中先後不同的影響，或不同的音變在不同方言中的反映。舉例

來說，我們在 4.2.2 討論「仙」類韻的「重紐」時提到，「仙」類韻原分屬兩類，分別與「山」及「刪」以洪細相配，後來在《切韻》所依據的方言中，受到公式(3)所代表的音變影響，這兩類三等韻母合併之後只能配「山」；但是在某些方言，這兩類三等韻的差異還沒有消失，因此「仙」含有「重紐」字，只好別立為一韻。這種情況與「祭」不與「皆」合韻同理。

至於「痕、魂、欣、文」四類分韻的道理在於：這四類韻母的韻腹原皆含後中元音，但在某些方言中可能以洪、細分，即「欣、文」以細音前移為 /ə/（如《切韻》所依據的方言），因而與「痕、魂」（仍為後中元音）分韻。在另一些方言中，可能以開合分，即「魂、文」以合口保留住後中元音，而「痕、欣」以開口而前移為 /ə/。陸法言等人爭論的結果，乾脆分為四「韻」。❾

另外，「寒、元」分韻應該是為了遷就某一方言（即《平水韻》「十三元」所屬之方言）的措施。《切韻》後的元音音變，有一個普遍性的趨勢，即顎化音節裡的中元音上升變為高元音（薛 1996，公式 3），而非顎化音節的中元音則下降，分別合併於相對應的低元音（薛 1996，公式 6）。從這個觀點看，本文公式(6)所代表的音變，與公式(10)所代表的音變恰恰相反，是比較特殊的；但這個音變曾在《切韻》所據的那個方言中發生，卻是無可置疑的，而其結果保持了「元」與「痕/魂」的分韻。但在別的方言中（例如後來的《平水韻》所依據的某個方言），

---

❾ 陸志偉（1947）也認為「痕、魂、欣、文」的分韻是為了照顧方言差異的結果。陸氏假定這四韻在《切韻》中都同以/ə/與開口介音/w/合併而變為/u/，而造成開合分韻。為了照顧方言的不同，陸志偉只好分列四韻。

「痕/魂」的演變倒可能是合乎一般趨勢的,即下降而合併於「元」(因此造成了《平水韻》中「該死的十三元」)。「痕/魂」的這兩種演變方式,可能同時存在於《切韻》時期的不同方言中,因此迫使陸法言既不能讓「元」與「寒」合韻,也不能讓「元」與「痕/魂」合韻。

至於「臻、先」之分,應該是某方言中「臻」類已全變入「眞」類,雖然在《切韻》方言中「臻、先」同以 /e/ 為韻腹,為了妥協於「南北是非」,也就將這兩類分開。這種情況與「支、齊」分韻同。

瞭解《切韻》「從分不從合」的分韻原則,我們就很容易看出為什麼不能用「開、合」或者「洪、細」作為解釋分韻的標準,也就明白了為什麼表面上有些韻以「開、合」分韻,而有些卻以「洪、細」分韻。

7、《切韻》原不分而《廣韻》卻分的韻類

在《切韻》系中「抵顎」韻只有「痕/魂、欣/文」兩對被視為是因「開、合」對立而分的韻類。⑩可是到了《唐韻》和《廣韻》,卻多出了「眞/諄、寒/桓」兩對「開、合」對立的韻類。前文(第 6 節)已提到,「痕/魂、欣/文」之分,表面上是以「開、合」為顧慮,事實上是為了包容方言中各種不同的分韻情況而做的措施,「開、合」並不是《切韻》分韻的基本原則。在《唐韻》和《廣韻》中「眞/諄、寒/桓」兩對雖以「開、合」而分,但其反切下字卻仍混用,顯然它們不應分韻的。原來不分,但後來卻分韻,而且以「開、合」對立,其中的道理何在?

---

⑩ 馮(1992)試圖以漢越語證明《切韻》「痕/魂、欣/文、灰/咍」非開、合對立,而是主元音不同。

比較合理的解釋是：《唐韻》和《廣韻》的編者見到《切韻》中「痕/魂、欣/文、咍/灰」等兩兩對立，認爲《切韻》以「開、合」爲分韻的原則，所以就另立「諄、桓」於「眞、寒」之外，以配合「痕/魂、欣/文」。事實上這在音系的表現上，是沒有意義的。

8、結語

本文以嚴格的音位學觀點解釋《切韻》中「抵顎」韻的音位關係與音變原理。對「抵顎」韻分析的結果，符合薛（1996）一文所提的論點：「《切韻》音系含有七個元音音位，『重紐』爲《切韻》以前遺留下來的現象。『重韻』則爲《切韻》與等韻之間的音變所造成的。」對於《切韻》的分韻原則，我們也從方言學的角度來解說所謂的「從分不從合」的道理。這些解釋都是建立在一個音系學的基本論點上的，即：嚴格的音系只能存在於一個特定的語言（或方言）裡。我們認爲，像《切韻》這樣一本極有價值且廣爲其時人以及後世所稱道的韻書，不可能是雜湊的（參看邵1982；3-5），而是依據某一特定方言編定的，這才有可能（也才有意義）。讓我們根據該書所提供的資料，推證出該特定方言的特定音系。所以本文以《切韻》爲第一手資料，其他都是旁證，沒有絕對的邏輯必然性，因爲我們尚未能證明，旁證所表達的是否爲與《切韻》相同的方言。由於《切韻》的編者有意照顧某些「南北是非古今通塞」的問題，因而收入了一些與該特定音系不合的「外來因素」，但這只能是少數，不構成所謂「雜湊」。收入「外來因素」的方式只能表現在三個方面：(1)把《切韻》音中應屬一韻的字分爲兩韻，造成所謂「從分不從合」；(2)把一韻之中的某些同音字細分爲兩組，造成所謂「重紐」；

⑶給原來只有一讀的字加上「又讀」。這三種方式中，第三項是個別單字的問題，與音系的論證無直接關係，而且到底有沒有這種做法，我們也不敢說，故本文存而不論。前兩項則是明顯存在的，而且與音系的論證直接有關，故本文詳細申論。我們的申論都是建立在音系本身的性質、音變的一般趨勢、以及相關方言的互動三個考慮上的。有的結論有旁證，且與前人的「構擬」相同或相似，有的則尚無旁證，例如我們認爲「寒/元」的韻腹同爲後低元音，這就等於說該兩韻的字可以戶押，但在南北朝的詩歌中，卻看不出其間的明顯關係。但是這一結論符合元音在《切韻》音系中的合理分佈，標示出「寒/元/痕/魂」四韻的關係及演變，而且幫助我們解釋「該死的十三元」是如何形成的。對無法解釋的問題或現象，前人的態度多爲「暫付闕如，以俟後賢」，我們的態度則爲：先根據第一手資料推證出一個結論（或假設），再看能不能找到旁證。

參考書目

張　琨 Chang, Kun

    1974　Ancient Chinese Phonology and the Ch'ieh Yun, *The Tsing Hua Journal of Chinese Studies*, New Series X, No. 2: 61-82.

    1979　The Composite Nature of the Ch'ieh Yun, *Bulletin of the Institute of History and Philology (BIHP)* Vol. 50.2: 241-255.

趙元任 Chao, Yuen Ren

    1941　Distinctions within Ancient Chinese, *Harvard Journal of Asiatic Studies* 5: 203-233.

鄭錦全、王士元 Cheng, C-C. and Wang, W. S-Y

　　1971　Phonological Change of Middle Chinese initials, *The Tsing Hua Journal of Chinese Studies*, New series IX, No. 10: 216-270.

陳新雄 Chen, Xin-xiong

　　1994　〈《廣韻》二百零六韻擬音之我見〉，《語言研究》2: 94-111。

周法高 Chou, Fa-kao

　　1954　〈論古代漢語的音位〉，《歷史語言研究所集刊》25: 1-19。

　　1984　〈論《切韻》音〉，《中國音韻學論文集》，香港中文大學出版社：1-24。

董同龢 Dong, Tong-he

　　1948　〈廣韻重紐試釋〉，《歷史語言研究所集刊》13: 1-20。

　　1968　《漢語音韻學》，臺北學生書局。

馮　蒸 Feng, Zheng

　　1992　〈《切韻》「痕魂」、「欣文」、「灰咍」非開合對立韻說〉，《隋唐五代漢語研究》：472-509。

薛鳳生 Hsueh, Feng-Sheng

　　1975　*Phonology of Old Mandarin*, The Hague.

　　　　　中譯：《中原音韻音位系統》（魯國堯、侍建國譯），北京語言學院出版社，1990。

　　1980　〈論支思韻的形成與演進〉，《書目季刊》12.2: 53-75。

　　1982　〈論音變與音位結構的關係〉，《語言研究》2: 11-17。

　　1985　〈試論等韻學之原理與內外轉之含義〉，《語言研究》1:

838-56。

1987   Historical Phonology and Dialect Study: Some Examples from the Pingdu Dialect, *Wang Li Memorial Volumes*, The Chinese Language Society of Hong Kong, 221-243.

1992   On Dialectal Overlapping as a Cause for the Literary vs. Colloquial Contrast in Standard Chinese, *Chinese Languages and Dialects I: Chinese Dialects, Series of the Institute of History and Philology, Academia Sinica* 2: 379-405.

1996   〈試論《切韻》音系的元音音位與「重紐、重韻」等現象〉，《語言研究》1: 46-56。

1999   〈音系學的幾個基本觀點與漢語音韻史〉，（第六屆國際暨第十七屆全國聲韻學學術研討會論文）。

高本漢 Karlgren, Bernhard

1954   Compendium of Phonetics in Ancient and Archaic Chinese, *Bulletin of the Museum of Far Eastern Antiquities* 22: 211-367.

1962   《中國音韻學研究》（趙元任、李方桂譯），臺北商務重印。

李　榮 Li, Rong

1955   《切韻音系》，北京，科學出版社。

李新魁 Li, Xinkui

1984   〈重紐研究〉，《語言研究》，2: 73-104。

陸志韋 Lu, Zhiwei

1947   《古音說略》，北京，中華書局。

馬　丁 Martin, Samuel E.

1953　The Phonemes of Ancient Chinese, *Supplement to the Journal of the American Oriental Socity 16.*

蒲立本 Pulleyblank, E. G.

1984　*Middle Chinese: A Study in Historical Phonology*, University of British Columbia Press, Vancouver.

邵榮芬 Shao, Rongfen

1982　《切韻研究》，北京，中國社會科學出版社。

丁邦新 Ting, Pang-hsin

1975　*Chinese Phonology of the Wei-Chin Period: Reconstruction of the Finals as Reflected in Poetry, Institute of History and Philology, Special Publications No. 65*, Academia Sinica.

王　力 Wang, Li

1957　《漢語史稿》（上冊），北京。

周祖謨 Zhou, Zumou

1963　〈切韻的性質和它的音系基礎〉，《語言學論叢》5: 39-70。

鄭張尙芳 Zhengzhang, Shangfang

1995　〈重紐的來源及其反映〉，《第四屆國際暨第十三屆全國聲韻學學術研討會論文集》。

《聲韻論叢・第九輯》
聲韻學學會主編　頁527～566
臺灣學生書局　　2000 年 8 月

《中州音韻輯要》的聲母

林慶勳*

摘　要

　　清代王鵕編撰《中州音韻輯要》（1781）一書，其音韻內容從全書精密的反切可以探知，而其反切主要模仿自樸隱子爲《詩詞通韻》設計改良的反切。本文主要從全書反切統計歸納，運用陳澧反切上字系聯等方法分析討論，得到 30 個聲類，這個結果與南曲韻書《洪武正韻》、《中州音韻》、《詩詞通韻》等書聲類差異不大。其中全濁聲母保留；非、敷合併；泥、娘混同；知系、照系、莊系混同；疑、喻、爲三母零聲母化；以及沒有顎化音出現等，也與三部南曲派韻書大同小異，只是內容分合稍有不同而已。

壹、《中州音韻輯要》三十聲類

　　《中州音韻輯要》（1781）一書的聲類共有三十個，本文以出現

---

*　　國立中山大學中文系

在書中最早的反切上字來代表：

　　　　1 逋[p]、2 鋪[p']、3 蒲[b]、4 模[m]；5 孚[f]、6 扶[v]、7 無[m]；

　　　　8 都[t]、9 土[t']、10 徒[d]、11 奴[n]、12 盧[l]；

　　　　13 租[ts]、14 粗[ts']、15 徂[dz]、16 蘇[s]、17 隨[z]；

　　　　18 阻[tʃ]、19 初[tʃ']、20 雛[dʒ]、21 疏[ʃ]、22 誰[ʒ]、23 饒❶[z]；

　　　　24 孤[k]、25 枯[k']、26 渠[g]、27 呼[x]、28 胡[ɣ]；

　　　　29 烏[ʔ]；30 余[ø]。

明清的南北曲韻韻部，多數在 20 個韻部上下，出入不會太大。然而聲
類卻可以分成兩個系統，以周德清《中原音韻》（1324）為代表的北曲
派韻書，因為濁音清化等因素，所以聲母只剩 20 左右；另外以《洪武
正韻》（1375）為代表的南曲派韻書，仍然保留全濁音的關係，因此聲
母數總在 30 上下。

　　試比較其他南曲韻書，樂韶鳳等《洪武正韻》有 31 個聲類、王文
璧《中州音韻》（1503-1508）有 30 個聲類、樸隱子《詩詞通韻》（1685）
有 32 類❷。由此可見《中州音韻輯要》的聲母，與這類曲韻韻書出入
不大。

　　至於其他南曲韻書，如朱權《瓊林雅韻》（1398）、陳鐸《菉斐
軒詞林要韻》（1483）、周昂《增訂中州全韻》（1791）、沈乘麐《曲

---

❶　首見的反切上字是一個非常用字「狌」，以下改用次見「饒」字標目。

❷　見趙蔭棠（1936：34-53）、應裕康（1970：1-36）、李新魁（1986：73）、丁玟聲
　　（1989：24-58）、林慶勳（1998：15-34）。

韻驪珠》（1792）、范善溱《中州全韻》等，因後人研究只重視韻部而
忽視聲類，以至於各書聲類情況未明。若以系統性來看，或許也離不開
30 類上下。

貳、《中州音韻輯要》的反切上字

一、反切用字的選擇

　　《中州音韻輯要》的作者崑山人王鵕重視反切，認爲它是字音的
依據：

> 數載以來，稿凡五易，音、義、體三者，庶鮮疑似，而反切一
> 道愈探愈微，轉覺其理難窮。（《中州音韻輯要·自序》）
> 字音全在反切，反爲出音，切爲收音。反切準則陰陽、四聲自
> 無不當。周（德清）本未盡探求，范（善溱）本尚屬疑似。茲
> 悉考證《通韻》〈反切定譜〉，辨晰毫芒，歸清切準。（《中州
> 音韻輯要·凡例》）

　　《中州音韻輯要》全書的反切，主要依據康熙年間樸隱子《詩詞
通韻》（1685）第五卷之後所附的〈反切定譜〉而來，對於反切用字有
極嚴格的訂定，受此影響，《中州音韻輯要》的音韻系統自然較爲周密
完整而且符合實際可想而知（林慶勳 1993：745-749）。王氏選用反切
切語尤其費心，共同原則是：

1.反切上、下字與被切字同介音。

2.反切上字與被切字的韻尾，選用陰陽相對的韻尾。即用陰聲韻尾切陽聲韻尾，用陽聲韻尾切陰聲韻尾。入聲被切字，則絕大多數用陽聲韻尾來切。

3.反切下字與被切字同發音部位。

4.反切上字選字以平聲字爲原則。

第一點與第三點，同樣是爲切音順口諧和而考慮。第一點全書例外不多，第三點則例外不少，主要是要在「同發音部位」中找到條件完全適合的用字，有時不太容易，不得已只好借用相近的喉、牙字來代替。第二點有模仿明代《交泰韻》切音方法的痕跡❸，偶然也見到一些例外，當然也是適合條件的用字太少所致。第四點則例外不多。

　　王氏對反切刻意安排，正好印證「字音全在反切」的最佳說明。十八世紀末期泰西標音方法尚未影響中國音韻學時，想要把字音分析得清楚明白，使人易懂並且樂意接受，可能較好的方法還是「反切」一途而已。王氏費心安排反切用字，除了反映他著作的音韻系統外，更想藉助反切記音，達到「反切準則陰陽、四聲自無不當」的理想，以便詞家臨文有所依據。王氏感嘆《中原音韻》「註切未明，陰陽互混」；《中州全韻》「纂集過煩，重複舛誤」❹，前書的缺點都經王氏努力一一修正。能夠表現王氏辨正增改精審之處，正是《中州音韻輯要》的反切系統。

---

❸　參見楊秀芳（1987）。

❹　見《中州音韻輯要·自序》葉 1a.b。

《中州音韻輯要》的反切雖然依據樸隱子的《詩詞通韻》而來，但它的音系並非照抄而成，兩者稍有差異是極自然的事，它們之間的同異，會在下文隨時討論。總的來看，《中州音韻輯要》聲母的特點，主要是「全濁聲母」的保存；非、敷合併；泥、娘混同；知系、照系、莊系混同；疑、喻、爲三母零聲母化，以及未有顎化音聲母等，與其他南曲派韻書其實也是大同而小異，本文也會在相關地方做說明。

二、反切上字的系聯方法

在王駿嚴格選用《中州音韻輯要》的反切用字之下❺，要求反切上、下字必須與被切字同介音，如此一來，使得同聲類不同介音的開、齊、合、撮各組無法系聯；就是同介音的各組，也因爲嚴格講究切語用字，常常出現「互用」的現象，以至於形成實同聲類卻無法系聯的遺憾。

本文處理反切上字是否同類，所援引的方法是：

A、 以陳澧反切系聯基本條例，凡上字同用、互用、遞用者，得系聯爲同一類。

B、 在《廣韻》屬於同聲紐的字，而《中州音韻輯要》的反切無法系聯時，根據「聲母在相同條件下，應有同樣的發展情況」的理論，若能證明不能系聯的字在《中州音韻輯要》『四聲相承』關係下得以系聯，則可視爲同聲類。

C、 在《廣韻》屬於同聲紐的字，因切語兩兩互用而不系聯時，根據陳澧分析條例『上字同類者，下字必不同類』的廣義活用處理。也就是先證明不能系聯的字，它們的反切下字在《中州音

---

❺ 更適切的說法，應該是王氏遵守樸隱子《詩詞通韻·反切定譜》的反切用字規則。

韻輯要》不同音，即可認定反切上字屬於同聲類。

D、 在《廣韻》屬於同聲紐的字，因開、齊、合、撮不同造成不能系聯時，因爲無法在《中州音韻輯要》中找到系聯爲同類證據，得運用「形式邏輯的簡單枚舉歸納法」❻，視爲同聲類。

下列將依雙唇音、唇齒音、舌尖中音、舌尖前音、舌葉音、舌尖後音、舌根音、喉音、零聲母的順序，討論《中州音韻輯要》30 類的聲母。每類各呼之後列反切上字及其切語，切語之前數字，代表在全書出現的次數。凡能以前舉「A 條」系聯爲同一類者，不再說明。

參、唇音的聲類

一、雙唇音

1 逋[p]類

開口呼：班6巴蠻、巴4班麻、邦4包忙、包2邦毛

齊齒呼：賓7箋民、兵6賓明、箋5賓迷、邊1箋綿

合口呼：逋6崩模、崩6逋蒙、奔3逋門、波2般摩、般3搬1波瞞

本類14字都屬於《廣韻》幫母字。

1開，「班、巴」與「邦、包」兩兩互用不能系聯，不過依據前舉

---

❻ 蔣希文（1984：217）說：「『積_{茲睗}』、『訾_{音紫}』、『左_{音佐}』、『哉_{音栽}』、『菁_{音精}』等字。這五個字無論被音的或注音的字都不能和別的字系聯。我們管這些字叫孤例。但這些孤例無論被音的字，或注音的字，也都同屬《廣韻》精紐字。因此我們有理由把這些字和已經系聯起來的（精紐字）視爲同類。……是形式邏輯的簡單枚舉歸納法。」

「B 條」系聯方法,「邦,包忙切」相承陰去係「謗,巴放切」,則「包、巴」同類。

1 合,「逋、崩」與「波、般」兩兩互用不能系聯,惟本組反切下字都是不同音:模(蘇模韻)、蒙(東同韻)、門(眞文韻)、摩(歌羅韻)、瞞(歡桓韻)。依據前舉「C 條」系聯方法,可以合爲一類。

因受王氏介音不同即選用不同反切所限,逋類三組無法系聯。惟本類 14 字同屬於《廣韻》幫母字,依據前舉「D 條」系聯方法,三組可以視爲同一類。

逋類與《洪武正韻》博類、《中州音韻》邦類、《詩詞通韻》賓類相當❼,今依據以上三書「博、邦、賓」三類讀音,擬訂逋類讀[p]。

2 鋪[p’]類

開口呼:攀 3 葩蠻、滂 3 鋪忙、葩 2 攀麻、拋 1 滂毛

齊齒呼:批 5 迷品、品 4 批敏、姘 3 批明、偏 1 批綿

合口呼:鋪 6 烹模、烹 6 鋪蒙、潘 4 坡瞞、坡 2 潘摩、噴 1 歕 1 鋪門

本類 14 字都屬於《廣韻》滂母字。

2 開,「滂,鋪忙切」借合口呼鋪字爲切。「拋、滂」遞用與「攀、葩」互用不能系聯,惟本組反切下字都是不同音:蠻(干寒韻)、忙(江陽韻)、麻(家麻韻)、毛(蕭豪韻)。依據「C 條」系聯方法,可以合爲一類。

2 合,「鋪、烹」與「潘、坡」兩兩互用不能系聯,惟本組反切下字「模、蒙、瞞、摩、門」都是不同音,已在 1 合證明。依據「C 條」

---

❼ 《洪武正韻》見應裕康(1970:7-31)、《中州音韻》見丁玟聲(1989:24-58)、《詩詞通韻》見林慶勳(1998:15-34),下同。

系聯方法，可以合爲一類。

因 2 開「滂，鋪忙切」與 2 合「鋪，烹模切」，有遞用關係得以系聯。2 齊 4 字雖然無法與 2 開、2 合 10 字系聯，但此 14 字同屬於《廣韻》滂母字，依據「D 條」系聯方法，三組可以視爲同一類。

鋪類與《洪武正韻》普類、《中州音韻》滂類、《詩詞通韻》批類相當，今依據以上三書「普、滂、批」三類讀音，擬訂鋪類讀[p']。

3 蒲[b]類

開口呼：旁 8 袍忙、袍 2 旁毛、琶 1 旁麻

齊齒呼：疲 6 頻迷、頻 3 疲民、平 2 疲明、梗 1 疲綿

合口呼：蒲 5 蓬模、盆 4 蒲門、朋 3 蓬 3 蒲蒙、婆 2 盤摩、盤 2 婆瞞

本類 13 字都屬於《廣韻》並母字。

3 合，「蒲、蓬」與「婆、盤」兩兩互用不能系聯，惟本組反切下字「模、蒙、瞞、摩、門」都是不同音，已在 1 合證明。依據「C 條」系聯方法，可以合爲一類。

受王氏介音不同即選用不同反切所限，蒲類三組無法系聯。但此 13 字同屬於《廣韻》並母字，依據「D 條」系聯方法，三組可以視爲同一類。

蒲類與《洪武正韻》蒲類、《中州音韻》旁類、《詩詞通韻》旁類相當，今依據以上三書「蒲、旁、旁」三類讀音，擬訂蒲類讀[b]。

4 模[m]類

開口呼：蠻 4 麻班、忙 4 毛邦、麻 3 蠻巴、毛 2 忙包、彎 2 麻板

齊齒呼：迷 8 民箋、明 6 迷兵、民 4 迷賓、勉 1 迷區、綿 1 迷邊

合口呼：蒙 9 模翁、模 6 蒙迪、門 4 模奔、瞞 4 摩班、摩 3 瞞波

本類 15 字都屬於《廣韻》明母字。

4開，「蠻、麻」與「忙、毛」兩兩互用不能系聯，惟本組反切下字都是不同音：班（干寒韻陰平聲）、邦（江陽韻）、巴（家麻韻）、包（蕭豪韻）、板（干寒韻上聲）。依據「C 條」系聯方法，可以合爲一類。

4合，「蒙、模」與「瞞、摩」兩兩互用不能系聯，惟本組反切下字都是不同音：翁（東同韻）、逋（蘇模韻）、奔（眞文韻）、班（干寒韻）、波（歌羅韻）。依據前舉「C 條」系聯方法，可以合爲一類。

同樣受王氏介音不同即選用不同反切所限，模類三組無法系聯。但此 15 字同屬於《廣韻》明母字，依據「D 條」系聯方法，三組可以視爲同一類。

模類與《洪武正韻》莫類、《中州音韻》忙類、《詩詞通韻》迷類相當，今依據以上三書「莫、忙、迷」三類讀音，擬訂模類讀[m]。

二、唇齒音

5 孚[f]類

合口呼：風 7 孚崩、敷 5 孚 2 風扶、方 3 翻忘、翻 3 方煩、芬 3 分 1 敷焚

本類只有合口呼，其中「風、方、分」屬於《廣韻》非母字，「敷、孚、翻、芬」屬於《廣韻》敷母字。

本類「風、孚」與「方、翻」兩兩互用不能系聯，不過依據「B 條」系聯方法，方字相承陰去是「放，敷妄切」，則「孚（與敷同音）、方」同類。

孚類與《洪武正韻》方類、《中州音韻》方類、《詩詞通韻》風類相當，今依據以上三書「方、方、風」三類讀音，擬訂孚類讀[f]。

6 扶[v]類

合口呼：馮6扶崩、扶5馮敷、焚3扶芬、煩2房翻、房2煩方

　　本類5字都屬《廣韻》奉母。

　　其中「馮、扶」與「煩、房」兩兩互用，因此不能系聯。惟本組反切下字都是不同音：崩（東同韻）、敷（蘇模韻）、芬（眞文韻）、翻（干寒韻）、方（江陽韻）。依據前舉「C條」系聯方法，可以合爲一類。

　　扶類與《洪武正韻》符類、《中州音韻》房類、《詩詞通韻》房類相當，今依據以上三書「符、房、房」三類讀音，擬訂扶類讀[v]。

7 無[m]類

合口呼：文7無芬、無4文敷、晚3忘返、忘2無方

　　本類4字都屬《廣韻》微母。

　　本類反切上字可以系聯爲一類。與《洪武正韻》武類、《中州音韻》無類、《詩詞通韻》文類相當，今依據以上三書「武、無、文」三類讀音，擬訂無類讀[m]。

肆、舌齒音的聲類

一、舌尖中音

8 都[t]類

開口呼：當9刀郎、登4兜楞、刀3當牢、兜3登樓、丹3鄲1當闌

齊齒呼：丁7低零、爹5顚爺、低4丁离、顚2爹連

合口呼：都6東盧、東4都瓏、端4多鸞、多3端羅、敦2墩1都倫

　　本類16字除「爹」字外，都屬《廣韻》端母字。《廣韻》「爹，

陟邪切」，反切上字知母屬舌音類隔切，在此應可視同端母字。《中州音韻輯要》「爹，顚爺切」，反切下字不是舌音字，用了一個例外的零聲母爺字。

8 開，「當、刀」與「登、兜」兩兩互用不能系聯。惟本組反切下字都是不同音：郎（江陽韻）、楞（庚亭韻）、牢（蕭豪韻）、樓（鳩由韻）、闌（干寒韻）。依據前舉「C 條」系聯方法，可以合爲一類。

8 齊，「丁、低」與「爹、顚」兩兩互用不能系聯，不過依據「B 條」系聯方法，在纖廉韻有陰平聲「战，低廉切」，其相承的上聲是「點，爹鎌切」，則「低、爹」同類。

8 合，「都、東」與「端、多」兩兩互用不能系聯，惟本組反切下字都是不同音：盧（蘇模韻）、瓏（東同韻）、鸞（歡桓韻）、羅（歌羅韻）、倫（眞文韻）。依據「C 條」系聯方法，可以合爲一類。

受王氏介音不同即選用不同反切所限，都類三組無法系聯。但此 16 字同屬於《廣韻》端母字，依據「D 條」系聯方法，三組可以視爲同一類。

都類與《洪武正韻》都類、《中州音韻》當類、《詩詞通韻》當類相當，今依據以上三書「都、當、當」三類讀音，擬訂都類讀[t]。

9 土[tʼ]類

開口呼：湯 9 滔郎、他 7 湯挱、灘 4 他闌、滔 3 湯牢
齊齒呼：梯 9 汀离、汀 6 梯零、天 1 梯連
合口呼：土 4 通魯、拖 4 湍羅、湍 4 拖鸞、吞 3 拖崙、通 3 土瓏

本類 12 字都屬《廣韻》透母。

9 合，「土、通」與「拖、湍」兩兩互用不能系聯。依據「B 條」系聯方法，眞文韻「吞，拖倫切」相承陰去聲是「褪，土論切」，則「拖、

土」聲同類。

受王氏介音不同即選用不同反切所限，土類三組無法系聯。但 12 字同屬於《廣韻》透母字，依據「D 條」系聯方法，三組可以視爲同一類。

土類與《洪武正韻》佗類、《中州音韻》他類、《詩詞通韻》梯類相當，今依據以上三書「佗、他、梯」三類讀音，擬訂土類讀[t']。

10 徒[d]類

開口呼：唐 8 餳 1 桃郎、壇 4 唐闌、騰 3 頭棱、桃 2 唐勞、頭 2 騰樓

齊齒呼：亭 6 題苓、題 6 亭离、田 1 題連

合口呼：徒 6 同盧、豚 3 徒崙、同 3 徒瓏、團 3 駝鸞、駝 2 團羅

本類 14 字都屬《廣韻》定母。

10 開，「唐、桃」與「騰、頭」兩兩互用不能系聯。惟本組反切下字都是不同音，已在 8 開證明❽，依據「C 條」系聯方法，可以合爲一類。

10 合，「徒、同」與「團、駝」兩兩互用不能系聯。惟本組反切下字都是不同音，已在 8 合證明❾，依據「C 條」系聯方法，可以合爲一類。

受王氏介音不同即選用不同反切所限，徒類三組無法系聯。但 14 字同屬於《廣韻》定母字，依據「D 條」系聯方法，三組可以視爲同一類。

徒類與《洪武正韻》徒類、《中州音韻》徒類、《詩詞通韻》唐

---

❽　其中「勞」與「牢」《中州音韻輯要》同音。

❾　其中「崙」與「倫」《中州音韻輯要》同音。

類相當，今依據以上三書「徒、徒、唐」三類讀音，擬訂徒類讀[d]。

11 奴[n]類

開口呼：難 5 拏闌、拏 5 難家、囊 5 鐃郎、耨 1 能漏、能 1 難來、鐃 1 囊牢、
　　　　曩 1 鐃朗

齊齒呼：尼 9 寧伊、寧 7 尼英、泥 2 寧伊、娘 2 寧央、年 1 尼煙、紉 1 尼因

合口呼：農 6 奴瓏、奴 5 農盧、挪 2 農羅、嫩 1 奴論

撮口呼：濃 2 泥容

　　本類 18 字，除「拏、鐃、尼、娘、紉、濃」屬《廣韻》娘母外，其餘都屬泥母字。可見《中州音韻輯要》泥母與娘母已經混合。

　　11 開，「難、拏」與「囊、鐃」兩兩互用不能系聯。依據「B 條」系聯方法，家麻韻陽平有「拏，難家切」，其相承的陽去聲是「那，囊大切」，則「難、囊」聲同類。

　　11 撮，只有「濃」一字，爲避免與合口「農」字誤合❿，因此借齊齒呼「泥」字來切。

　　以上奴類 11 撮與 11 齊可以系聯外，其餘皆因王氏介音不同即選用不同反切，以致無法系聯。不過本類 18 字同屬於《廣韻》泥母與娘母字，《中州音韻輯要》的反切泥與娘又無區別，因此依據「D 條」系聯方法，四組可以視爲同一類。

　　奴類與《洪武正韻》奴類、《中州音韻》囊類、《詩詞通韻》難

---

❿　《廣韻》「農，奴多切」（多韻），「濃，女容切」（鍾韻），聲母與介音都有不同。《中州音韻輯要》東同韻陽平聲，把「農，奴瓏切」與「濃，泥容切」列爲兩個相對的音節，表示介音有異，聲母則沒有不同，這個現象《詩詞通韻》平聲冬韻即已如此安排。

類相當，今依據以上三書「奴、囊、難」三類讀音，擬訂奴類讀[n]。

12 盧[l]類

開口呼：郎 11 牢當、楞 4 樓登、蘭 4 郎丹、牢 3 郎刀、樓 3 楞兜

齊齒呼：离 14 鄰低、鄰 4 離因、良 4 聊陽、聊 3 良刀、零 3 苓 1 离丁、柳
　　　　 1 零有、連 1 离顛

合口呼：瓏 6 盧東、盧 5 瓏都、崙 3 盧墩、羅 3 鸞多、鸞 3 孿 1 羅端

撮口呼：閭 4 綸余、綸 4 倫 1 閭雲、孿 1 閭圓

　　本類 23 字都屬《廣韻》來母。

　　12 開，「郎、牢」與「楞、樓」兩兩互用不能系聯。本組反切下
字都是不同音：當（江陽韻）、登（庚亭韻）、丹（干寒韻）、刀（蕭
豪韻）、兜（鳩由韻）。依據「C 條」系聯方法，可以合爲一類。

　　12 齊，「离、鄰」與「良、聊」兩兩互用不能系聯。本組反切下
字都是不同音：低（機微韻）、因（眞文韻）、陽（江陽韻）、刀（蕭
豪韻）、丁（庚亭韻）、有（鳩由韻）、顛（天田韻）。依據「C 條」
系聯方法，可以合爲一類。

　　12 合，「瓏、盧」與「羅、鸞」兩兩互用不能系聯。本組反切下
字都是不同音：東（東同韻）、都（蘇模韻）、墩（眞文韻）、多（歌
羅韻）、端（歡桓韻）。依據「C 條」系聯方法，可以合爲一類。

　　受王氏介音不同即選用不同反切所限，盧類四組無法系聯。但本
類 23 字同屬於《廣韻》來母字。依據「D 條」系聯方法，四組可以視
爲同一類。

　　盧類與《洪武正韻》盧類、《中州音韻》郎類、《詩詞通韻》離
類相當，今依據以上三書「盧、郎、離」三類讀音，擬訂盧類讀[l]。

二、舌尖前音

13 租[ts]類

開口呼：臧 9 遭桑、增 6 咨僧、咱 4 臧鴉、咨 4 增思、遭 2 臧騷、則 1 增塞

齊齒呼：嗟 8 箋些、躋 5 津西、津 4 躋新、精 4 躋星、箋 4 嗟先、漿 3 將 1 嗟襄

合口呼：租 6 宗蘇、宗 4 租松、左 3 鑽瑣、尊 3 租孫、鑽 2 左酸

撮口呼：鐫 4 疽宣、疽 2 鐫須

　　本類 20 字，除 13 開「咱」《廣韻》未收，13 撮「疽，七余切」《廣韻》屬清母外❶，其餘 18 字都屬《廣韻》精母。

　　13 開，「臧、遭」與「增、咨」兩兩互用不能系聯。本組反切下字都是不同音：桑（江陽韻）、僧（庚亭韻）、鴉（家麻韻）、思（支時韻）、騷（蕭豪韻）、塞（支時韻入作上聲）。依據「C 條」系聯方法，可以合為一類。

　　13 齊，「嗟、箋」與「躋、津」兩兩互用不能系聯。本組反切下字都是不同音：些（車蛇韻）、西（機微韻）、新（眞文韻）、星（庚亭韻）、先（天田韻）、襄（江陽韻）。依據「C 條」系聯方法，可以合為一類。

　　13 合，「租、宗」與「左、鑽」兩兩互用不能系聯。本組反切下字都是不同音：蘇（蘇模韻）、松（東同韻）、瑣（歌羅韻）、孫（眞

❶　「疽」字《中原音韻》在魚模韻，與「蛆」音節對立；《中州音韻》也是「疽，茲須切」、「蛆，倉須切」相對立；《詩詞通韻》同樣是「疽，鐫須切」、「蛆，逡須切」相對立；《洪武正韻》則「疽」與「蛆」同音「子余切」。可見從近代音以來，「疽」字已經讀不送氣精母字。

文韻）、酸（歡桓韻）。依據「C條」系聯方法，可以合爲一類。

　　受王氏介音不同即選用不同反切所限，租類四組無法系聯。但 18 字同屬於《廣韻》精母字；另外《中州音韻輯要》「咱」、「疽」兩字分別與 13 開、13 撮同聲母。依據「D條」系聯方法，四組可以視爲同一類。

　　租類與《洪武正韻》子類、《中州音韻》茲類、《詩詞通韻》臧類相當，今依據以上三類「子、茲、臧」三類讀音，擬訂租類讀[ts]。

14 粗[ts']類

開口呼：倉 12 操桑、餐 3 倉跚、嘇 3 倉鴉、操 2 倉騷、雌 1 倉私

齊齒呼：妻 10 親西、且 5 千寫、槍 4 鍬襄、親 3 妻新、千 3 且仙、青 2 妻星、鍬 1 槍消

合口呼：攛 5 瑳酸、邨 4 粗孫、刍 4 粗松、粗 3 刍蘇、瑳 2 攛梭

撮口呼：痊 2 蛆宣、蛆 2 痊須

　　本類 19 字，除 14 開「嘇」《廣韻》未收外，其餘 18 字都屬《廣韻》、《集韻》清母⑫。

　　14 齊，「妻、親」、「且、千」與「槍、鍬」兩兩互用不能系聯。依據「B條」系聯方法，江陽韻陰平有「鏘，鍬襄切」，相承的上聲是「搶，妻想切」，則「鍬、妻」聲同類。此外本組反切下字都不同音：西（機微韻）、寫（車蛇韻）、襄（江陽韻）、新（眞文韻）、仙（天田韻）、星（庚亭韻）、消（蕭豪韻），依據「C條」系聯方法，可以合爲一類。

　　14 合，「攛、瑳」與「刍、粗」兩兩互用不能系聯。本組反切下

---

⑫　14 合「攛，七丸切」見於《集韻》。

字都不同音：酸（歡桓韻）、孫（眞文韻）、松（東同韻）、蘇（蘇模韻）、梭（歌羅韻），依據「C條」系聯方法，可以合爲一類。

受王氏介音不同即選用不同反切所限，粗類四組無法系聯。但 18 字同屬於《廣韻》、《集韻》清母字；另外《中州音韻輯要》「嗦」與 14 開各字同聲母。依據「D條」系聯方法，四組可以視爲同一類。

粗類與《洪武正韻》七類、《中州音韻》倉類、《詩詞通韻》倉類相當，今依據以上三書「七、倉、倉」三類讀音，擬訂粗類讀[ts']。

15 徂[dz]類

開口呼：藏 7 曹臧、曹 3 慒 1 藏遭、層 3 慈增、殘 3 藏餐、慈 2 層咨

齊齒呼：齊 9 情躋、情 4 齊精、秦 3 齊津、牆 3 樵漿、樵 1 牆焦、前 1 錢 1 齊箋

合口呼：叢 3 從 1 徂松、徂 2 叢租、存 2 徂尊、酇 1 攢瑳、攢 1 欑 1 酇鑽

撮口呼：絕 1 全蕝、全 1 絕鐫

本類 22 字，除 15 開「慒」、15 合「攢」之外❸，其餘 20 字都屬《廣韻》從母。

15 開，「藏、曹」與「層、慈」兩兩互用不能系聯。本組反切下字都不同音：臧（江陽韻）、遭（蕭豪韻）、增（庚亭韻）、餐（干寒韻）、咨（支時韻），依據「C條」系聯方法，可以合爲一類。

15 齊，「齊、情」與「牆、樵」兩兩互用不能系聯。本組反切下字都不同音：躋（機微韻）、精（庚亭韻）、津（眞文韻）、漿（江陽

---

❸ 「慒」在《廣韻》二見，一在冬韻「藏宗切」，一在尤韻「似由切」，音韻地位皆與 15 開所列不合。《中州音韻輯要》蕭豪韻將「慒」與「曹」列爲同音。「攢」《廣韻》未收，《中州音韻輯要》將它與「欑」字列爲同音，置於歡桓韻中。

韻）、焦（蕭豪韻）、箋（天田韻），依據「C條」系聯方法，可以合爲一類。

15 合，「叢、徂」與「醋、攢」兩兩互用不能系聯。本組反切下字都不同音：松（東同韻）、租（蘇模韻）、尊（眞文韻）、瑳（歌羅韻）、鑽（歡桓韻），依據「C條」系聯方法，可以合爲一類。

受王氏介音不同即選用不同反切所限，徂類四組無法系聯。但 20 字同屬於《廣韻》從母字❶。依據「D條」系聯方法，四組可以視爲同一類。

徂類與《洪武正韻》昨類、《中州音韻》慈類、《詩詞通韻》齊類相當，今依據以上三類「昨、慈、齊」三類讀音，擬訂徂類讀[dz]。

16 蘇[s]類

開口呼：桑 12 騷臧、僧 6 私增、騷 3 桑遭、私 1 僧詞

齊齒呼：些 7 仙嗟、西 6 新躋、新 4 西津、星 4 西錫、襄 4 些祥、仙 4 些涎

合口呼：蘇 6 松租、孫 4 蘇尊、松 4 蘇宗、酸 3 娑鑽、娑 2 酸搓、宋 1 蘇粽

撮口呼：須 6 荀徐、荀 4 須旬、宣 1 須旋

本類 19 字，都屬《廣韻》心母。

16 開，「桑、騷」與「僧、私」兩兩互用不能系聯。本組反切下字都不同音，除詞（支時韻）之外，已見 15 開證明，依據「C條」系聯方法，可以合爲一類。

16 齊，「些、仙」與「西、新」兩兩互用不能系聯。本組反切下字都不同音，除嗟（車蛇韻）、錫（庚亭韻）、祥（江陽韻）、涎（天田韻）之外，已見 15 齊證明，依據「C條」系聯方法，可以合爲一類。

---

❶ 其餘「慒」、「攢」二字已分別與 15 開、15 合同聲類，詳見❸說明。

16 合，「蘇、松」與「酸、娑」兩兩互用不能系聯。本組反切下字都不同音，除宗（東同韻）、搓（歌羅韻）、粽（東同韻陰去聲）之外，已見 15 合證明，依據「C 條」系聯方法，可以合為一類。

受王氏介音不同即選用不同反切所限，蘇類四組無法系聯。但 19 字同屬於《廣韻》心母字。依據「D 條」系聯方法，四組可以視為同一類。

蘇類與《洪武正韻》蘇類、《中州音韻》思類、《詩詞通韻》桑類相當，今依據以上三類「蘇、思、桑」三類讀音，擬訂蘇類讀[s]。

17 隨[z]類

齊齒呼：斜 5 涎嗟、餳 4 祥星、祥 3 斜襄、涎 3 斜仙

合口呼：誦 2 隨送、隨 1 誦雖

撮口呼：徐 5 旬須、旬 2 須荀、旋 1 徐宣

本類 9 字，都屬《廣韻》邪母。

隨類三組皆可用「A 條」系聯為同一類。不過仍受王氏介音不同即選用不同反切所限，因此本類三組無法系聯。但 9 字同屬於《廣韻》邪母字。依據「D 條」系聯方法，三組可以視為同一類。

隨類與《洪武正韻》徐類、《中州音韻》詞類、《詩詞通韻》斜類相當，今依據「徐、詞、斜」三類讀音，擬訂隨類讀[z]。

三、舌葉音及舌尖後音

18 阻[tʃ]類

開口呼：爭 9 支生、支 6 爭詩、盞 5 渣產、楂 3 渣 1 支紗

齊齒呼：知 9 眞伊、遮 9 氈奢、張 4 遮穰、征 4 知仍、氈 4 遮然、眞 3 知人

合口呼：阻 6 忠所、撾 2 莊洼、忠 2 阻戎、莊 2 撾霜

撮口呼：朱 4 諄如、諄 3 朱淳、專 1 朱暌

　　本類 18 字，「支、遮、眞、征、氈、諄、朱、專」屬《廣韻》照（章）母；「楂、渣、爭、盞、阻、莊」屬《廣韻》莊母；「張、知、撾、忠」屬《廣韻》知母。可見照、莊、知三母在《中州音韻輯要》一書已混同。

　　18 齊，「知、眞」與「遮、氈」兩兩互用不能系聯。本組反切下字都不同音：伊（機微韻）、奢（車蛇韻）、穰（江陽韻）、仍（庚亭韻）、然（天田韻）、人（眞文韻），依據「C 條」系聯方法，可以合爲一類。

　　18 合，「阻、忠」與「撾、莊」兩兩互用不能系聯。本組反切下字都不同音：所（蘇模韻）、洼（家麻韻）、戎（東同韻）、霜（江陽韻），依據「C 條」系聯方法，可以合爲一類。

　　受王氏介音不同即選用不同反切所限，阻類四組無法系聯。但 18 字同屬於《廣韻》照、莊、知母字，而且《中州音韻輯要》已彼此互切。依據「D 條」系聯方法，四組可以視爲同一類。

　　阻類與《洪武正韻》陟類、《中州音韻》之類、《詩詞通韻》爭類相當，今依據以上三書「陟、之、爭」讀音，擬訂阻類讀[tʃ]。

19 初[tʃ']類

開口呼：撑 9 眵生、產 5 叉盞、眵 3 撑詩、又 3 產沙

齊齒呼：癡 8 瞋知、硨 8 闡奢、瞋 4 癡人、闡 4 硨展、稱 2 侪 2 癡仍、昌 2
　　　　硨穰

合口呼：初 8 充疏、充 4 初戎、窗 2 初莊

撮口呼：樞 5 春如、春 4 樞淳、川 1 樞瞁

　　本類 17 字，「眵、硨、瞋、稱、侪、昌、闡、充、春、樞、川」屬《廣韻》穿（昌）母；「叉、初、窗」屬《廣韻》初母；「撑、癡」

屬《廣韻》徹母。可見穿、初、徹三母在《中州音韻輯要》一書已混同。此外《廣韻》：「產，所簡切」疏母，與「鏟，初限切」初母分立爲兩個音節。《中原音韻》、《洪武正韻》（楚簡切）、《中州音韻》（瘡簡切）、《詩詞通韻》（叉瑓切）等書都已合併，讀音相同。

19 開，「撐、眵」與「產、叉」兩兩互用不能系聯。本組反切下字都不同音：生（庚亭韻）、盞（千寒韻）、詩（支時韻）、沙（家麻韻），依據「C 條」系聯方法，可以合爲一類。

19 齊，「癡、瞋」與「硨、闡」兩兩互用不能系聯。本組反切下字都不同音，除知（機微韻）、展（天田韻）兩字外，都在 18 齊已經舉證，依據「C 條」系聯方法，可以合爲一類。

受王氏介音不同即選用不同反切所限，初類四組無法系聯。但 16 字同屬於《廣韻》穿、初、徹母字，而且《中州音韻輯要》已彼此互切。依據「D 條」系聯方法，四組可以視爲同一類。

初類與《洪武正韻》丑類、《中州音韻》昌類、《詩詞通韻》撐類相當，今依據以上三類「丑、昌、撐」讀音，擬訂初類讀[tʃ']。

20 雛[dʒ]類

開口呼：橙 6 愁爭、棧 4 茶汕、茶 3 錢楂❶❺、愁 2 橙鄒

齊齒呼：持 7 馳 1 臣知、長 3 潮穰、潮 2 長饒、臣 2 陳 1 馳人、呈 2 澄 1
　　　　持仍、廛 1 持然

合口呼：雛 8 蟲初、蟲 3 雛戎、孱 2 雛灣、床 1 雛莊

---

❶❺　「茶，錢楂切」上字「錢」疑爲「棧」字之誤，理由有以下幾點：1.中古音錢屬從母切音不符，棧屬床母切音較符合；2.家麻韻茶字相承陽去有「乍，棧詐切」上字作棧；3.《詩詞通韻》「茶，棧查切」上字也作棧。

撮口呼：船 3 除暷、除 2 船如

　　本類 19 字，「橙、茶、潮、長、陳、澄、呈、持、馳、塵、蟲、除」屬《廣韻》澄母；「愁、棧、雛、床、孱」屬《廣韻》床（崇）母；「船」、「臣」分別屬《廣韻》神（船）、禪母。可見澄、床二母及個別神、禪字在《中州音韻輯要》一書已混同。

　　20 開，「橙、愁」與「棧、茶」兩兩互用不能系聯。本組反切下字都不同音：爭（庚亭韻）、汕（干寒韻）、楂（家麻韻）、鄒（鳩由韻），依據「C 條」系聯方法，可以合爲一類。

　　20 齊，「持馳、陳臣」與「長、潮」兩兩互用不能系聯。本組反切下字都不同音，除饒（蕭豪韻）外，都在 18 齊、19 齊已經舉證，依據「C 條」系聯方法，可以合爲一類。

　　受王氏介音不同即選用不同反切所限，雛類四組無法系聯。但 19 字同屬於《廣韻》澄、床、神、禪母字，而且《中州音韻輯要》已彼此互切。依據「D 條」系聯方法，四組可以視爲同一類。

　　雛類與《洪武正韻》直類、《中州音韻》池類、《詩詞通韻》雛類相當，今依據以上三類「直、池、雛」讀音，擬訂雛類讀[dʒ]。

21 疏[ʃ]類

開口呼：生10 詩爭、山 9 沙安、詩 6 生時、沙 4 山楂、詵 1 詩臻、搜 1 生鄒
齊齒呼：奢 9 𣬈蛇、聲 8 申仍、𣬈 4 奢然、申 4 奢人、商 3 傷 1 奢穰
合口呼：疏 7 霜初、霜 5 疏莊、拴 1 疏彎
撮口呼：舜 3 書閏、書 2 舜如

　　本類 17 字，「生、詵、沙、山、搜、梳、霜、拴」屬《廣韻》疏（生）母；「詩、奢、申、聲、商、傷、𣬈、舜、書」屬《廣韻》審（書）母。可見疏、審二母在《中州音韻輯要》一書已混同。

21 開，「生、詩」與「山、沙」兩兩互用不能系聯。本組反切下字都不同音：爭（庚亭韻）、安（干寒韻）、時（支時韻）、楂（家麻韻）、臻（眞文韻）、鄒（鳩由韻），依據「C 條」系聯方法，可以合爲一類。

受王氏介音不同即選用不同反切所限，疏類四組無法系聯。但 17 字同屬於《廣韻》疏、審二母字，而且《中州音韻輯要》已彼此互切。依據「D 條」系聯方法，四組可以視爲同一類。

疏類與《洪武正韻》所類、《中州音韻》尸類、《詩詞通韻》生類相當，今依據以上三書「所、尸、生」讀音，擬訂疏類讀[ʃ]。

22 誰[ʒ]類

齊齒呼：繩 11 神聲、神 4 繩申、蛇 4 善奢、善 3 蛇扇

合口呼：誰 2 繩榱

本類 5 字，「繩、神、蛇」屬《廣韻》神（船）母；「善、誰」屬《廣韻》禪母。可見神、禪二母在《中州音韻輯要》一書已混同。

22 齊，「繩、神」與「蛇、善」兩兩互用不能系聯，本組反切下字都不同音：聲（庚亭韻）、申（眞文韻）、奢（車蛇韻）、扇（天田韻），依據「C 條」系聯方法，可以合爲一類。

誰類 5 字都屬神、禪二母，合口呼誰字借用齊齒呼「繩」字爲切，因此齊齒、合口兩類可以系聯。

誰類與《洪武正韻》時類、《中州音韻》繩類、《詩詞通韻》繩類相當，今依據以上三書「時、繩、繩」讀音，擬訂誰類讀[ʒ]。

23 饒[z]類

齊齒呼：仍 11 人征、人 5 仍眞、穰 5 饒張、饒 4 穰招、然 2 人氈

合口呼：戎 2 狨忠、狨 2 戎追

撮口呼：錞 3 殊匀、如 3 錞朱、順 3 如運、殊 2 順書、瞓 1 如專

　　本類 12 字，「順、殊」分別屬《廣韻》神（船）、禪兩母外，其餘 10 字都屬《廣韻》日母。可見日母與部份神、禪在《中州音韻輯要》一書已混同。

　　23 齊，「仍、人」與「穰、饒」兩兩互用不能系聯，本組反切下字都不同音：征（庚亭韻）、眞（眞文韻）、張（江陽韻）、招（蕭豪韻）、氈（天田韻），依據「C 條」系聯方法，可以合爲一類。

　　受王氏介音不同即選用不同反切所限，饒類三組無法系聯。但 12字同屬於《廣韻》日母與部份神、禪，而且《中州音韻輯要》已彼此互切。依據「D 條」系聯方法，三組可以視爲同一類。

　　饒類與《洪武正韻》而類、《中州音韻》如類、《詩詞通韻》仍類相當，今以其收字除中古日母外，也有部份神、禪二母，與 22 誰類相當接近，誰類既然擬爲舌葉濁擦音[ʒ]，則饒類宜擬訂與其相近的舌尖後濁擦音[ʐ]。現代吳方言像蘇州、溫州，本類收字都讀舌尖前濁擦音[z]，大約足以證明饒類 12 字有同一讀音。

伍、牙喉音的聲類

一、舌根音

24 孤[k]類

開口呼：哥11 干阿、干 7 哥安、岡 4 高映、鉤 2 哥謳、高 2 岡鑒、緱 1 鉤亨

齊齒呼：基14 巾伊、家 9 艱鴉、艱 7 家醫、巾 4 基因、京 4 基英、姜 4 家央、

　　　　堅 1 基煙

合口呼：關 7 瓜彎、孤 6 公烏、官 6 戈剜、瓜 5 關洼、公 4 觥 2 宮 1 孤翁、
　　　　戈 3 宮窩、昆 1 孤溫、光 1 瓜汪

撮口呼：居 7 君紆、君 4 居蒕、涓 1 居淵、扃 1 居邕

　本類 27 字都屬《廣韻》見母。

　24 開，「哥、干」與「岡、高」兩兩互用不能系聯，本組反切下
字都不同音：阿（歌羅韻）、安（干寒韻）、映（江陽韻）、謳（鳩由
韻）、鏖（蕭豪韻）、亨（庚亭韻），依據「C 條」系聯方法，可以合
為一類。

　24 齊，「基、巾」與「家、艱」兩兩互用不能系聯，本組反切下
字都不同音：伊（機微韻）、鴉（家麻韻）、蔫（干寒韻）、因（真文
韻）、英（庚亭韻）、央（江陽韻）、煙（天田韻），依據「C 條」系
聯方法，可以合為一類。

　24 合，「關、瓜」、「孤、公」與「官、戈」兩兩互用不能系聯，
不過依據「B 條」系聯方法，歸回韻陰平「歸，昆威切」相承上聲作「鬼，
官委切」，則「孤、公」與「官、戈」可以系聯為同類。此外本組反切
下字都不同音：彎（干寒韻）、烏（蘇模韻）、剜（歡桓韻）、洼（家
麻韻）、翁（東同韻）、窩（歌羅韻）、溫（真文韻）、汪、（江陽韻），
依據「C 條」系聯方法，可以合為一類。

　受王氏介音不同即選用不同反切所限，孤類四組無法系聯。但 27
字同屬於《廣韻》見母字。依據「D 條」系聯方法，四組可以視為同一
類。

　孤類與《洪武正韻》古類、《中州音韻》居類、《詩詞通韻》基
類相當，今依據以上三書「古、居、基」讀音，擬訂孤類讀[k]。

25 枯[k']類

開口呼：珂 8 看阿、看 6 珂安、考 3 康襖、摳 3 珂謳、阬 2 摳亨、康 2 考映

齊齒呼：欺 12 輕伊、腔 10 恰央、輕 5 欺英、慳 3 腔嬲、洽 1 慳鴨、欽 1 欺陰、
　　　　牽 1 欺煙

合口呼：枯 6 空烏、匡 5 誇汪、坤 4 枯溫、科 4 寬阿、寬 4 科剜、空 4 枯公、
　　　　誇 2 匡洼

撮口呼：區 5 菌紆、菌 4 困 1 區允、穹 1 區邕、棬 1 區淵

　　　本類 25 字都屬《廣韻》溪母。

　　　25 開，「珂、看」與「考、康」兩兩互用不能系聯，本組反切下
字除襖（蕭豪韻）之外，已在 24 開證明它們都不同音，依據「C 條」
系聯方法，可以合爲一類。

　　　25 齊，「欺、輕」與「腔、恰」兩兩互用不能系聯，江陽韻陰平
有「腔，恰央切」相承上聲作「嗧，欺養切」，依據「B 條」系聯方法，
可以系聯爲同類。

　　　25 合，「枯、空」、「匡、誇」與「科、寬」兩兩互用不能系聯，
本組反切下字除阿（歌羅韻開口）、公（東同韻）之外，已在 24 合證
明它們都不同音，依據「C 條」系聯方法，可以合爲一類。

　　　受王氏介音不同即選用不同反切所限，枯類四組無法系聯。但 25
字同屬於《廣韻》溪母字。依據「D 條」系聯方法，四組可以視爲同一
類。

　　　枯類與《洪武正韻》苦類、《中州音韻》丘類、《詩詞通韻》欺
類相當，今依據以上三書「苦、丘、欺」讀音，擬訂枯類讀[k']。

26 渠[g]類

齊齒呼：岐 8 其 1 勤伊、強 4 喬央、勤 3 岐因、擎 3 岐英、喬 2 強么、虔 1
　　　　岐煙

合口呼：狂 3 葵王、葵 2 狂威

撮口呼：渠 3 群紆、群 3 渠齏、癯 2 權靴、權 2 癯淵、窮 1 渠兄

渠類 14 字都屬《廣韻》群母。

26 齊，「岐、勤」與「強、喬」兩兩互用不能系聯，本組反切下字除么（蕭豪韻）之外，已在 24 齊證明它們都不同音，依據「C 條」系聯方法，可以合爲一類。

26 撮，「渠、群」與「癯、權」兩兩互用不能系聯，本組反切下字都不同音：

紆（居魚韻）、齏（眞文韻）、靴（車蛇韻）、淵（天田韻）、兄（東同韻），依據「C 條」系聯方法，可以合爲一類。

受王氏介音不同即選用不同反切所限，渠類三組無法系聯。但 14 字同屬於《廣韻》群母字。依據「D 條」系聯方法，四組可以視爲同一類。

渠類與《洪武正韻》渠類、《中州音韻》渠類、《詩詞通韻》岐類相當，今依據以上三書「渠、渠、岐」讀音，擬訂渠類讀[g]。

27 呼[x]類

開口呼：呵 9 罕哥、罕 7 呵起、亨 1 呵緪、軒 1 呵安、呴 1 呵謳

齊齒呼：希 11 興基、香 8 蝦江、興 5 希京、欣 3 希巾、蝦 3 鰕 2 香家、軒 1 希堅

合口呼：呼 4 颫孤、昏 4 呼昆、花 3 荒瓜、颫 3 呼工、荒 3 花光、歡 2 火官、火 2 歡果⓰

⓰　「火」是一個常用字，《中州音韻輯要》可能漏收，此處暫以《詩詞通韻》上聲智韻「火，歡果切」代替。

撮口呼：虛 7 熏居、熏 4 虛居、凶 1 虛邕、靴 1 喧耶、喧 1 萱 1 靴涓

　　本類 25 字除「颶呼工」❼外，都屬《廣韻》曉母。

　　27 齊，「希、興」與「香、蝦」兩兩互用不能系聯，纖廉韻陰平有「枚，希廉切」相承的陰去作「勢，蝦劍切」，依據「B 條」系聯方法，則「希、蝦」可以系聯爲同類。

　　27 合，「呼、颶」、「花、荒」與「歡、火」兩兩互用不能系聯，本組反切下字都不同音：孤（蘇模韻）、昆（眞文韻）、瓜（家麻韻）、工（東同韻）、光（江陽韻）、官（歡桓韻）、果（歌羅韻），依據「C條」系聯方法，可以合爲一類。

　　27 撮，「虛、熏」與「靴、喧」兩兩互用不能系聯，眞文韻陰平有「喧，靴涓切」相承的上聲作「諠，虛遠切」，依據「B 條」系聯方法，則「靴、虛」可以系聯爲同類。

　　受王氏介音不同即選用不同反切所限，呼類四組無法系聯。但 24 字同屬於《廣韻》曉母字。依據「D 條」系聯方法，四組可以視爲同一類。

　　呼類與《洪武正韻》呼類、《中州音韻》希類、《詩詞通韻》希類相當，今依據以上三書「呼、希、希」讀音，擬訂呼類讀[x]。

28 胡[ɣ]類

開口呼：何 7 寒哥、寒 5 何干、豪 3 杭高、杭 3 豪岡、恆 1 侯絙、侯 1 何鉤

齊齒呼：霞 7 閑家、閑 5 霞艱、兮 5 形基、形 3 兮京、巷 1 霞絳、賢 1 兮堅

合口呼：洪 5 胡工、還 5 驊關、驊 4 華 2 還瓜、胡 4 湖 1 洪孤、魂 3 胡昆、

---

❼　本字《廣韻》見於東韻，與「洪，戶公切」同音屬匣母字。此字《洪武正韻》、《中州音韻》、《詩詞通韻》皆未收。

和 3 桓戈、桓 3 和官、黃 1 華光

撮口呼：懸 2 雄涓、雄 2 懸凶

　　本類 24 字除「雄」字屬爲（云）母外，其餘都屬《廣韻》匣母。

　　28 開，「何、寒」與「豪、杭」兩兩互用不能系聯，本組反切下字都不同音：哥（歌羅韻）、干（干寒韻）、高（蕭豪韻）、岡（江陽韻）、緪（庚亭韻）、鉤（鳩由韻），依據「C 條」系聯方法，可以合爲一類。

　　28 齊，「霞、閑」與「兮、形」兩兩互用不能系聯，本組反切下字都不同音：家（家麻韻）、艱（干寒韻）、基（機微韻）、京（庚亭韻）、絳（江陽韻）、堅（天田韻），依據「C 條」系聯方法，可以合爲一類。

　　28 合，「洪、胡」、「還、驊」與「和、桓」兩兩互用不能系聯，本組反切下字都不同音：工（東同韻）、關（干寒韻）、瓜（家麻韻）、孤（蘇模韻）、昆（眞文韻）、戈（歌羅韻）、官（歡桓韻）、光（江陽韻），依據「C 條」系聯方法，可以合爲一類。

　　受王氏介音不同即選用不同反切所限，胡類四組無法系聯。但 23 字同屬於《廣韻》匣母字，《中州音韻輯要》雄字又與匣母字互用。依據「D 條」系聯方法，四組可以視爲同一類。

　　胡類與《洪武正韻》胡類、《中州音韻》奚類、《詩詞通韻》何類相當，今依據以上三書「胡、奚、何」讀音，擬訂胡類讀[ɣ]。

二、喉音

29 烏[ʔ]類

開口呼：阿 8 安哥、安 6 阿干、映 4 鏖岡、鏖 3 映高、恩 1 阿根

齊齒呼：伊14 因基、央10 鴉江、鴉6 央家、因4 伊巾、英4 伊京、醫1 鴉奸、
　　　　煙1 伊堅

合口呼：烏7 翁孤、洼5 彎瓜、翁5 烏工、溫3 烏昆、彎3 洼關、剜3 窩官、
　　　　汪3 洼光、窩2 剜戈

撮口呼：紆7 於1 盫居、盫4 於君、邕1 紆凶、淵1 紆涓

　　本類25字都屬《廣韻》影母。

　　29 開，「阿、安」與「映、鑒」兩兩互用不能系聯，本組反切下
字都不同音，除根（眞文韻）外已在28開證明，依據「C條」系聯方
法，可以合爲一類。

　　29 齊，「伊、因」與「央、鴉」兩兩互用不能系聯，本組反切下
字都不同音，除江（江陽韻）、巾（眞文韻）、奸（干寒韻）外已在
28齊證明，依據「C條」系聯方法，可以合爲一類。

　　29 合，「烏、翁」、「洼、彎」與「剜、窩」兩兩互用不能系聯，
本組反切下字都不同音，已在28合證明，依據「C條」系聯方法，可
以合爲一類。

　　受王氏介音不同即選用不同反切所限，烏類四組無法系聯。但25
字同屬於《廣韻》影母字。依據「D條」系聯方法，四組可以視爲同一
類。

　　烏類與《洪武正韻》烏類、《中州音韻》衣類、《詩詞通韻》伊
類相當，今依據以上三書「烏、衣、伊」讀音，擬訂烏類讀[ʔ]。

三、零聲母

30 余[ø]類

開口呼：昂7 敖央、莪2 昂阿、岸2 莪案、敖1 昂高

齊齒呼：牙 7 陽家、移 7 寅基、陽 7 牙江、爺 6 延斜、寅 4 移巾、延 4 爺堅、

　　　　盈 4 移京、顏 2 牙艱、野 1 延惹

合口呼：王 5 吳光、完 5 吳官、吳 5 王姑

撮口呼：余 8 雲居、雲 4 余君、容 1 余凶、圓 1 余涓

　　本類 20 字「昂、莪、岸、敖、牙、顏、吳」屬《廣韻》疑母；「移、陽、爺、寅、延、盈、野、余、容」屬喻母（以母）；「王、雲、圓」屬爲母（云母）；「完」屬匣母。證明疑、喻、爲三母及匣母完字已經合併爲一種讀音。

　　30 齊，「牙、陽」、「移、寅」與「爺、延」兩兩互用不能系聯，本組反切下字都不同音，除斜（車蛇韻陽平聲）、惹（車蛇韻上聲）外已在 28 齊、29 齊證明，依據「C 條」系聯方法，可以合爲一類。

　　受王氏介音不同即選用不同反切所限，余類四組無法系聯。但 20 字同屬於《廣韻》疑、喻、爲母字，而且《中州音韻輯要》已彼此能系聯爲同類。依據「D 條」系聯方法，四組可以視爲同一類。

　　余類與《洪武正韻》五、以類、《中州音韻》移類、《詩詞通韻》陽、昂類相當，今參考以上三書「五、以、移、陽、昂」讀音，擬訂余類讀[ø]。

陸、聲母討論

一、保存全濁聲母

　　《中州音韻輯要》屬於南曲派韻書，它與北曲派韻書如《中原音韻》最大的不同，就是全濁聲母的保存。這個現象，時代比《中州音韻

輯要》還早的三部南曲派韻書：樂韶鳳等《洪武正韻》、王文璧《中州音韻》、樸隱子《詩詞通韻》，就已經如此安排。以下列《中州音韻輯要》9個全濁聲母與三書的比較如下：

《中州音韻輯要》	《洪武正韻》	《中州音韻》	《詩詞通韻》
蒲[b]	蒲類[b']	旁類[b']	旁類[b]
扶[v]	符類[v]	房類[v]	房類[v]
徂[dz]	昨類[dz']	慈類[dz']	齊類[dz]
隨[z]	徐類[z]	詞類[z]	斜類[z]
徒[d]	徒類[d']	徒類[d']	唐類[d]
雛[dʒ]	直類[dʒ']	池類[dẓ']	雛類[dʒ]
誰[ʒ]	時類[ʒ]	繩類[z]	繩類[ʒ]
渠[g]	渠類[g']	渠類[g']	岐類[g]
胡[ɣ]	胡類[ɣ]	奚類[ɣ]	何類[ɦ]

　　由此可見，《中州音韻輯要》保存全濁聲母，與前面三書做法一致。這個現象證明作者王駿繼承前面三書的用心；同時更可明白，從《洪武正韻》到此時四百多年，南曲韻書押韻沒有太大變化，或許與崑山方言一直保存濁音有關吧！

二、泥娘合併

　　《中州音韻輯要》的奴類[n]，包括《廣韻》泥、娘二母，反切上字共18字，分佈在開、齊、合、撮四呼都有，這一點與樂韶鳳等《洪武正韻》及王文璧《中州音韻》比較相似；反而與樸隱子《詩詞通韻》的作法有些不同：

《中州音韻輯要》	《詩詞通韻》
奴類[n]	寧類[ȵ]（角四）
	難類[n]（微四）

《詩詞通韻》寧類只有齊、撮二呼，收《廣韻》泥、娘二母；難類則與寧類形成互補，只收開、合二呼，全部是《廣韻》泥母字。

　　仔細檢視《中州音韻輯要》奴類開、齊、合、撮四呼收字，除合口呼清一色是泥母字外，其餘三呼都可以看到泥母與娘母互切的痕跡。因此《中州音韻輯要》泥、娘二母混同，的確與《詩詞通韻》有不同的安排。

三、知、照、莊系合併

　　《廣韻》知系、照系（章系）、莊系三系的字，在《中州音韻輯要》中已互相切音，這個現象曲韻韻書《中原音韻》、《洪武正韻》、《中州音韻》、《詩詞通韻》都如此安排，可見這是近代音以來的一項合併現象❸，不因南北差異而有不同。

　　這三系合併情況，大致如下所示：

　　阻類：知母、照母（章母）、莊母。
　　初類：徹母、穿母（昌母）、初母。
　　雛類：澄母、床母（崇母）；神母（船母）、禪母❾。

---

❸　應裕康（1970：25）認為知、照、莊三系相混，早到《切韻指掌圖》已有此現象，而且比非、敷相混還早。

❾　其中神母、禪母收字比較少。

疏類：審類（書類）、疏類（生類）。

誰類：神母（船母）、禪母。

其中神、禪兩母，主要出現在「誰類」，少數則在「雛類」，甚至也摻入以下將討論的「饒類」中。若與南曲派三部韻書相當的各類做比較，其中個別收字都有少數差異，那是極其自然的現象，在此就不再細說。

四、誰類與饒類的界限

《中州音韻輯要》的「饒類[z]」，沒有開口呼的收字，其中齊齒呼和合口呼都是《廣韻》日母字相切，撮口呼的收字則出現「日、神（船）、禪」三母混切的現象：

　　犉，殊勻切　　如，犉朱切　　順，如運切　　殊，順書切

　　暔，如專切

其中「順」屬神母、「殊」屬禪母，順字與日母字相切，而且能讓上列五字系聯爲一類，可見它們之間已經混同。《中州音韻輯要》「眞文韻」撮口呼有：

　　脣，殊勻切　　盾，殊允切　　順，如運切

是相承的陽平、上聲、陽去關係，「順，如運切」在眞文韻收有「閏、潤、瑂」三個同音字，這一點與《詩詞通韻》「順，殊舜切」、「閏，

如運切」不同音節，做法有所不同。從現代蘇州方言「順、潤」都讀[zən²]，
「如、殊、脣」等字也讀相同聲母[z-]（北京大學中文系 1989：120、
122、294）證明順字歸入饒類是有根據的。

至於「誰類[ʒ]」，只有齊齒呼、合口呼兩類字，反切上字 5 字，
「繩、神、蛇」屬《廣韻》神母；「善、誰」屬禪母。與「饒類[z]」
區隔得很清楚。《詩詞通韻》的「繩類[ʒ]」與《中州音韻輯要》的「誰
類」相當，但卻把「順、殊」兩字收入，這一點與《中州音韻輯要》的
做法，是不同讀音考量所致。

五、疑、喻、爲合併已無舌根鼻音聲母

《中州音韻輯要》的「余類[ø]」，由《廣韻》疑母、喻母（以母）、
爲母（云母）組成，除撮口呼外都有「疑母」出現。其中開口呼一類全
部都是疑母字；齊齒呼「牙，陽家切」，以喻母切疑母；合口呼「吳，
王姑切」，以爲母切疑母。甚至它們相承關係的音節都是如此：

家麻韻：牙，陽家切（陽平）　　迓，陽駕切（陽去）
蘇模韻：吳，王姑切（陽平）　　五，王古切（上聲）
　　　　誤，王故切（陽去）

由此可見「疑母」與「喻、爲」混同，舌根鼻音聲母已然消失，這是一
項不爭的事實。《洪武正韻》仍有「五類[ŋ]」，《詩詞通韻》也有「昂
類[ŋ]」；《中州音韻》則與《中州音韻輯要》相同，將「疑、喻、爲」
合併爲合爲「移類」，都讀零聲母[ø]。

六、尚未顎化

　　清代的《圓音正考》（1830），書中將尖音（舌尖音）、團音（舌根音）分列清楚，當時因為聲母「顎化」的關係，舌尖音細音與舌根音細音混同無別，同樣讀成舌面前音[tɕ-、tɕ'-、ɕ-]，編書的目的是讓度曲者知所區別⑳。時代接近而稍早的《中州音韻輯要》（1781），舌尖音與舌根音的細音是否已經顎化讀成舌面前音？從南曲派三部韻書來觀察，都無此前例，或許與它們所據的南方吳方言尚未「顎化」有關係。《中州音韻輯要》也是如此，先看以下證據：

　　　　江陽韻、陰平、齊齒呼
　　　　舌根音：江，家央切（見母）；腔，恰央切（溪母）；香，蝦
　　　　　　　　江切（曉母）
　　　　舌尖音：將，嗟襄切（精母）；鏘，鍬襄切（清母）；相，些
　　　　　　　　祥切（心母）
　　　　居魚韻、陰平、撮口呼
　　　　舌根音：居，君紆切（見母）；區，菌紆切（溪母）；虛，熏
　　　　　　　　居切（曉母）
　　　　舌尖音：疽，鑴須切（精母）；蛆，痊須切（清母）；須，荀
　　　　　　　　徐切（心母）

從舌根音與舌尖音相對的音節都對立來看，當然《中州音韻輯要》也並未顎化讀成舌面前音，與其他三本南曲派韻書是一致的。

---

⑳　參見林慶勳（1990：21-22）。

柒、結語

　　由以上各節的討論來看，我們利用《中州音韻輯要》所載的反切考察，得到其書聲類共有 30 類。這 30 聲類的主要特點是：「全濁聲母」的保存；非、敷合併；泥、娘混同；知系、照系、莊系混同；疑、喻、為三母零聲母化，以及沒有顎化音出現等，與其他南曲派韻書可以說是大同而小異。

　　從反切用字來說，《中州音韻輯要》謹守樸隱子的《詩詞通韻》用字規則，但在表現自己音韻系統時，也能稍做修正，總以配合本身音系為考慮，因此聲類數目以及各類分合自然有其差異。總體上，《中州音韻輯要》的確是繼承《洪武正韻》、《中州音韻》、《詩詞通韻》等三部南曲派韻書的特點，但是個別處，也反映了自己的音韻結構。

　　我們若從《中州音韻輯要》本身音系來看，比較《洪武正韻》、《中州音韻》、《詩詞通韻》等三部南曲派韻書的內容，將會發現四百多年以來，這類韻書除少數地方之外並沒有太大變化。究竟是作者作風保守呢？還是各書所依據的吳語基礎方言沒有太大改變所致？從《中州音韻輯要》採行精密反切系統的安排，以及前面各節的討論結果，我們相信編者的作風並不保守，或許受到實際讀音的影響，因此編排 30 聲類的面貌呈現出來。

本文係國科會專題研究計畫（編號：NSC 87-2411-H-110-003）補助撰述，謹此致謝。

引用書目

丁玟聲

　　1989　《王文璧中州音韻研究》（國立高雄師大國文研究所碩士
　　　　　論文）。

丁　度

　　1039　《集韻》，臺北：新興書局（影印）。

王文璧

　　1503-1508　《中州音韻》，臺北：廣文書局（影印「曲韻五書」）。

王　駿

　　1781　《中州音韻輯要》，崑山：咸德堂藏版。

北京大學中文系

　　1989　《漢語方音字彙》，北京：文字改革出版社。

李新魁

　　1986　《漢語音韻學》，北京：北京出版社。

周德清

　　1324　《中原音韻》，臺北：學海出版社（影印）。

林慶勳

　　1990　〈刻本《圓音正考》所反映的音韻現象〉，《漢學研究》
　　　　　8.2：21-55。

　　1993　〈《中州音韻輯要》的反切〉，《第一屆國際清代學術研
　　　　　討會論文集》741-765，高雄：國立中山大學中文系。

　　1995　〈《中州音韻輯要》入聲字的音讀〉，《中山人文學報》3：
　　　　　21-36，高雄：國立中山大學文學院。

1997 〈《中州音韻輯要》收-ŋ音節表〉，《中山人文學報》5：
65-80，高雄：國立中山大學文學院。

1998 《詩詞通韻及其音系》，高雄：國立中山大學中文系。

陳彭年等

1008 《廣韻》，臺北：黎明文化事業公司（影印）。

楊秀芳

1987 〈論交泰韻所反映的一種明代方音〉，《漢學研究》5.2：
329-374。

樸隱子

1685 《詩詞通韻》，北京：北京圖書館藏版（花登正宏教授抄
本）。

樂韶鳳等

1376 《洪武正韻》，臺北：臺灣商務印書館（四庫全書文淵閣
影本）。

蔣希文

1984 〈徐邈反切聲類〉，《中國語文》1984.3：216-221。

趙　誠

1979 《中國古代韻書》，北京：中華書局。

趙蔭棠

1936 《中原音韻研究》，臺北：新文豐出版社（影本）。

應裕康

1970 〈洪武正韻聲母音值之擬訂〉，《中華學苑》6：1-36，臺
北：國立政治大學中文研究所。

羅常培
　　1935　〈京劇中的幾個音韻問題〉，《羅常培語言學論文選集》
　　　　　157-176，北京：中華書局（1963）。

《聲韻論叢‧第九輯》
聲韻學學會主編　頁567～590
臺灣學生書局　　2000 年 8 月

潘耒《類音》反切的變例及影響

向惠芳*

壹、前言

反切可以說是近現代注音和拼音法的先河,是用兩個漢字拼出另一個漢字的讀音。歷來音韻學家費盡心思的希望解決反切拼合上的不便,不斷的對反切進行改良。在潘耒《類音》之前,從《集韻》、《洪武正韻》、《青郊雜著》、《交泰韻》至《度曲須知》、《諧聲韻學》等書,除了盡量避開反切上下字的干擾音素外,還想出了二字切音以外的三字切法,但受限於漢字拼音,終究無法得到一個令人滿意的成果。儘管如此,他們對於漢字注音從反切演進至音素拼音的歷程,仍有不可抹煞的貢獻。

同樣的,一談到《類音》,在許多相關的介紹文字裡,「改良反切」總是一再被提及,潘耒自己也在《類音‧音論‧反切音論》中說:

> 舊切二字生出一音,新切二字合成一音。舊切如射者不能中的,

---

*　金華國小教師

而在的之上下左右；新切則直中鵠心，不可移易，至當歸一，精義無二。

可見潘耒對自己新訂的反切頗為自豪，想修正前人反切上的缺失：「門法繚繞」❶、「出切多不用本呼」和「取韻無定準」❷，亦即潘耒在前人改良反切的基礎上，以其審音獨到的功力，重新為韻字設定反切。本文擬先介紹潘耒反切原則裡專用術語的含義，再說明反切的正例，最主要是著眼於反切規律的例外情形，從而探討反切的正變例到底可以提供我們哪些音韻訊息？且對後世韻書產生什麼影響？

貳、專用術語釋義

談到反切之前，這裡必須先弄清楚潘耒書中的「全分音」、「陰陽」和「轉」的意義，因為它們關係著切語用字的選擇，且與當時一般

---

❶　《類音》卷一〈音論·反切音論〉頁 15：「故有未盡善者，以等韻所立門法紛糾繚繞，窒塞迂迴，作切韻者蓋亦知其非而不盡從。然其切皮為符羈，切卑為府移，切綿為武延，切篇為芳連，切椿為都江，切爹為陟耶之類，則猶仍類隔交互之失，致使字音不得其真。」

❷　《類音》卷一〈音論·反切音論〉頁 15-16：「即非類隔交互，而出切多不用本呼之字，如以息茲切思，許歸切揮，都奚切低，古諧切皆，將倫切遵，他前切天，或以齊齒而切開口，或以撮口而切合口，或以合口而切齊齒，或以齊齒而切合口，如此者，一韻中居其大半。而其取韻則唇舌牙齒喉五部之字交參雜用，初無定準。夫所憑以切音者，惟上下二字耳，而二字俱不甚的當，則所得之音容有模糊，是未盡用切之道也。」

的概念不盡相同。

一、全分音

潘耒在《類音》卷一〈音論・全分音論〉裡，對「全分音」的解釋是：

> 何謂全？凡出於口而渾然靈然，含蓄有餘者是爲全音。何謂分？凡出於口而發越嘹亮，若剖若裂者是爲分音。二者猶一幹也，枝則岐而爲二，既已爲二，不可得合矣。而世人或讀其全則不知有分，或讀其分則不知有全。此亦方隅習俗使然，莫能自覺者也❸。

從他的描述，我們可以知道他談的正是韻母結構中的「韻腹」，也就是主要元音的部份。明清等韻學裡，對於分析主要元音，比較科學的辦法就是依主要元音的開口度分爲「弇」「侈」，開口度大的爲「侈音」，開口度小的爲「弇音」，如趙紹箕在《拙庵韻悟》將韻分奇偶韻，李光地在《榕樹別集・字音圖說》將每一韻部中列弇侈兩行，勞乃宣《等韻一得》中的「陽聲」（侈類）「陰聲」（弇音）等，都將韻腹歸納成兩個元音音位❹，相當有見地。

至於潘耒所分的兩類元音，經前人的研究，認爲是「唇化元音」與「非唇化元音」的分別，應無疑義。若分析王力爲觀察全分音而將潘

---

❸ 本節引文未標示出處者，皆引自《類音》卷一〈全分音論〉。

❹ 耿振生：《明清等韻學通論》（北京：語文出版社，1992 年 9 月），頁 70-72。

耒舉的例子所擬的音歸納分析一下❺，將更清楚：

全　　音	分　　音
〔ɒ〕舌面後、圓唇、低元音	〔a〕舌面前、不圓唇、低元音
〔o〕舌面後、圓唇、次高元音	〔ə〕舌面中、舒唇元音
〔ɔ〕舌面後、圓唇、次低元音	〔ɛ〕舌面前、不圓唇、次低元音

　　了解全分音的特性後，對於韻部主要元音的擬音便有了依據，〔ɒ〕〔o〕〔ɔ〕都是唇化元音、後元音；〔a〕〔ə〕〔ɛ〕都是非唇化元音、前元音，就聽覺而言，唇化元音較非唇化元音含蓄，前元音較後元音響，使得元音最容易被注意的部份，有了可以區別的特徵，這與後代語音學對元音的分析是不謀而合的。

　　潘耒依全分音的特性，將平聲（賅上去）韻類二十四與入聲十類相配，列表展示其組合如下：

平　　　　聲			入　聲	全分音
1 支微	2 規闚	15 眞文	1 質物	無
3 遮車	5 灰回	16 元先	2 月屑	全音
4 遮車分音	6 皆咍	17 刪山	3 黠鎋	分音
7 敷模	9 尤侯	18 東冬	4 屋燭	全音
8 敷模分音	10 尤侯分音	19 庚青	5 陌職	分音
11 歌戈	13 肴蕭	20 江唐	6 覺鐸	全音
12 家麻	14 豪宵	21 陽姜	7 藥灼	分音
		22 侵尋	8 緝習	無
		23 覃鹽	9 合葉	全音
		24 咸凡	10 洽乏	分音

---

❺　王力：〈類音研究〉，《王力文集》第十八卷，頁366。

二、論「陰」「陽」

潘耒對「陰陽」的解釋，簡單的說，就是他所謂的「重」與「輕」，這是屬於字母的區別特徵，也是五十母設立的指導原則，嘗言：

> 《類音》之書未出，先以圖目示人，有素諳反切，熟習舊譜者，雜然送難曰：三十六字母本於梵音，其來尚矣，昔人持論間有異同，子乃毅然刪改，頓增之爲五十，且創立字母，何其勇於自信乎？曰：非敢師心自用也。以聲之陰陽辨之也。……人知清濁之爲陰陽，而不知清聲濁聲又各自有陰陽。影、喻、曉、匣，清也。羣、疑，濁也。見、溪，清濁半者也。影、曉爲清之陰，喻、匣爲清之陽，等韻既分四母矣。見、溪半清半濁，再剖之不成聲，不可分也。羣、疑則確有陰陽，何可不分？故增舅、語爲陰，以羣、疑爲陽，而後濁音四母具焉。始者爲圖，亦嘗虛此二母，而作二〇矣，然立母而無字，使人何從啓口？不得已而以舅、語二字標之，欲其便於讀也。

所以，我們可以知道，清聲有陰陽之分，濁聲也分陰陽，這與當時一般所謂的「陰陽」「清濁」概念不同。據王力[6]與葉祥苓[7]的研究，

---

[6] 王力在〈《類音》研究〉（《王力文集》第十八卷，濟南山東教育出版社，1991年，頁 347-350）一文中，認爲「陰陽」是指吐氣不吐氣而言，又發現此說法有局限之處，再以軟硬音之分補充說明之。

[7] 葉祥苓在〈《類音》五十母考釋（下）〉（《南京師院學報》，1979 年第 2 期，頁 80-83）一文中，認爲「陰陽」應指調值的高低而言。

「輕重」的相應區別特徵時爲「送氣／送氣」，時爲「上／、去、入」，時爲「清音／濁音」，使得「陰陽」的本質成爲一種相對的關係，而不是絕對的，這也都是因爲潘耒想成就其「一陰一陽，常相對偶」的整齊排列所形成的，即使是有音無字的音類，亦陰陽相對，充份展現其「音有定位、音有定數」的觀念。

　　若審核五十字母中陰陽相對的情形，可將五十字母的陰陽標示出來以表格呈現：（有網底者，爲三十二字母外的新增字母）

發音部位	喉								音	
五十字母	影	喻	曉	匣	見	溪	舅	羣	語	疑
陰　陽	陰	陽	陰	陽	陰	陽	陰	陽	陰	陽
發音部位	舌								音	
五十字母	老	來	耳	而	端	透	杜	定	乃	泥
陰　陽	陰	陽	陰	陽	陰	陽	陰	陽	陰	陽
發音部位	齶								音	
五十字母	審	禪	繞	日	照	穿	朕	牀	○	○
陰　陽	陰	陽	陰	陽	陰	陽	陰	陽	陰	陽
發音部位	齒								音	
五十字母	心	些	巳	邪	精	清	在	從	○	○
陰　陽	陰	陽	陰	陽	陰	陽	陰	陽	陰	陽
發音部位	唇								音	
五十字母	非	奉	武	微	邦	滂	菶	並	美	明
陰　陽	陰	陽	陰	陽	陰	陽	陰	陽	陰	陽
清　濁	清		音		半清半濁		濁		音	

三、説「轉」

所謂「轉」，是潘耒用來平入相轉的，由於平上去皆二十四類，而入聲僅十類，平聲依轉入的方式不同而有「正轉」、「從轉」、「旁轉」、「別轉」的不同，至於能互轉的原則是：主要元音相同。我們可以從《類音》卷二〈平聲轉入圖〉的排列來觀察❽：

正　　轉	從　　轉	旁　　轉		
○衣○於	○○威○	恩因溫氳	○一搵鬱	全音
◎◎○肥	○○隁○	安煙蜿鴛	遏謁斡嶭	全音
◎◎◎◎	哀挨娃○	○殷彎○	閼軋苶○	分音
○○烏紆	漚憂○○	○邕翁碿	沃○屋郁	全音
◎◎◎◎	○幽○○	嬰英泓縈	戹益攫○	分音
阿○倭○	坳幺○○	佚映汪○	惡握臒○	全音
阿鴉窪○	釁要○○	○央○○	○約○○	分音
		從　　轉		
		○音○○	○邑○○	全音
		諳淹○○	姶裛○○	全音
		谙○○○	盦押○○	分音
（單元音韻）	（複合元音韻）	（鼻尾韻）	（塞尾韻）	

從上表的排列，我們可以發現，就「列」而言，是全分音相對的，同列三類平聲字與入聲相轉的基本原則是「全轉全」、「分轉分」，然而就直行來看：第一行爲「單元音韻」，第二行爲「複合元音韻」，第

---

❽　◎表潘耒注有入推平的音，如「遏平」「謁平」「斡平」等。

三行為「鼻尾韻」，第四行為「塞尾韻」，第一行轉入聲為「正轉」，第二行轉入聲為「從轉」，第三行轉入聲為「旁轉」，而閉口三韻與入聲則是一轉一，無所謂正旁轉，故另名為「別轉」。

　　雖然潘耒並未指出韻母韻尾的分類，但可以從上圖中窺知各轉名的不同，實與韻尾相涉，這的確是潘耒審音過人的地方，在當時來說，已經做到一定的水準了。

參、《類音》的反切原則

　　《類音》卷三的〈切音〉等於是這本韻書的音節表，尤其是許多無字之音也注上了反切。從這筆系統性的資料中，透過分析研究，可以印證切語用字是否符合潘耒自訂的反切原則，且從一些例外的反切中，探尋反切規律的局限。

一、《類音》的反切正例

　　對於反切上下字的斟酌，潘耒在前輩學者的基礎上，又仔細的考量拿捏，以「二字疾言之即成一字，一字長言之即成二字。❾」為前提，為反切上下字訂定規則：

◎切上字──必用本呼，以開切開，以齊切齊，以合切合，以撮切撮。

　　　　　必用同轉，全音切全，分音切分，仄音切平，平音切仄。

　　　　　平聲皆以入聲字出切上去聲皆以正轉從轉與旁轉之字交

------

❾　見《類音》卷一〈聲音元本論上〉，頁3。

互相切⑩；入聲則悉用正轉字出切，不足則用從轉，又不
足乃用旁轉。

◎切下字——必用影喻二母之元音，影以切陰，喻以切陽，影喻無字則
用曉匣之字，又無字然後用見溪羣疑之字。

上字必須與被切字的介音一致，主要元音也要盡量吻合，但是聲
調上則平仄互切，之所以仄切平、平切仄的用意，照潘耒的說法是「取
其音之穩順而明顯也」。另外，對於切上字韻尾的類型，平聲主要是以
塞尾韻字出切；上去聲則是以單元音韻或複合元音韻字出切鼻尾韻字，
以鼻尾韻字出切單元音韻或複合元音韻字；入聲以單元音韻出切，若不
足則用鼻尾韻，再不足用複合元音韻。

至於下字選用影喻二母字，是有其考量的，至少在連讀上能除去
下字聲母的干擾，且從人類的發聲習慣來看，也支持這種論點：

> 切字何以必用影喻？曰：此元音也。人生而墮地，則有哇哇之
> 聲，欲言未言，則有噫嗚阿呀之聲。既長而唯諾呻吟驚訝嗟歎，
> 凡音在言前者，皆影喻之聲也。至於度曲，則有字頭、字腹、
> 字尾者，引伸其音而收之者也，非影喻不能長也，故謂之元音
> 用以切字最爲端的。

---

⑩ 上去聲切上字的選用原則，依潘耒在《類音》卷三〈切音·上聲第二類切音〉（頁
34）的說法是：「其出切也，正轉、從轉者用旁轉之字，旁轉者用正轉從轉類之字。
故紙語尾軌類用眞文類字出切，軫吻類用支微規闚類字出切，既欲其音之明顯，兼
使人知此三類者一氣貫通，同聲相應。」

引言中所謂的「元音」，應是指「原始之音」，即聲音的根本，與現代
語音學的「元音」並不等同，以輔音「影喻」爲切上字，使得聲母與韻
母的連接更緊密。

在了解《類音》的切音原則之後，筆者且以平聲十五類切音爲例，
看看潘耒如何落實它的反切：

(開口\喉音)　1 恩(陰)　穩根切　【上字】開口.上⁺⁵.全　【下字】見.開口

　　　　　　2 痕(陽)　紇銀切　【上字】開口.入.全　　【下字】溪.開口

　　　　　　3 根(陰)　頣恩切　【上字】開口.上⁺⁵.全　【下字】影.開口

　　　　　　4 䫙(陽)　墾痕切　【上字】開口.上⁺⁵.全　【下字】匣.開口

　　　　　　5 垠(陽)　艭痕切　【上字】開口.去⁺⁵.全　【下字】匣.開口

(開口\舌音)　6 吞(陽)　忒痕切　【上字】開口.入⁵.全　【下字】匣.開口

(開口\齶音)　7 莘(陰)　瑟恩切　【上字】開口.入.全　　【下字】影.開口

　　　　　　8 臻(陰)　櫛恩切　【上字】開口.入.全　　【下字】影.開口

　　　　　　9 蓁(陽)　齜痕切　【上字】開口.入.全　　【下字】匣.開口

＊＊＊＊＊＊＊＊＊＊＊＊＊＊＊＊＊＊＊＊＊＊＊＊＊＊＊＊＊

(齊齒\喉音)　10 因(陰)　一欣切　【上字】齊齒.入.全　【下字】曉.齊齒

　　　　　　11 寅(陽)　逸礥切　【上字】齊齒.入.全　【下字】匣.齊齒

　　　　　　12 欣(陰)　肸因切　【上字】齊齒.入.全　【下字】影.齊齒

　　　　　　13 礥(陽)　俣寅切　【上字】齊齒.上⁺⁵.全　【下字】喻.齊齒

　　　　　　14 巾(陰)　吉因切　【上字】齊齒.入.全　【下字】影.齊齒

　　　　　　15 欽(陽)　乞寅切　【上字】齊齒.入.全　【下字】喻.齊齒

　　　　　　16 芹(陽)　姞寅切　【上字】齊齒.入.全　【下字】喻.齊齒

　　　　　　17 銀(陽)　屹寅切　【上字】齊齒.入.全　【下字】喻.齊齒

(齊齒\舌音)　18 鄰(陽)　栗寅切　【上字】齊齒.入.全　【下字】喻.齊齒

	19 紉(陽)	暄寅切	【上字】齊齒.入.全	【下字】喻.齊齒
（齊齒\顎音）	20 申(陰)	矧因切	【上字】齊齒.上^{十五}.全	【下字】影.齊齒
	21 神(陽)	賢寅切	【上字】齊齒.入.全	【下字】喻.齊齒
	22 人(陽)	刃寅切	【上字】齊齒.去^{十五}.全	【下字】喻.齊齒
	23 眞(陰)	窒因切	【上字】齊齒.入.全	【下字】影.齊齒
	24 瞋(陽)	抶寅切	【上字】齊齒.入.全	【下字】喻.齊齒
	25 陳(陽)	秩寅切	【上字】齊齒.入.全	【下字】喻.齊齒
（齊齒\齒音）	26 辛(陰)	悉因切	【上字】齊齒.入.全	【下字】影.齊齒
	27 津(陰)	聖因切	【上字】齊齒.入.全	【下字】影.齊齒
	28 親(陽)	七寅切	【上字】齊齒.入.全	【下字】喻.齊齒
	29 秦(陽)	疾寅切	【上字】齊齒.入.全	【下字】喻.齊齒
（齊齒\脣音）	30 賓(陰)	必因切	【上字】齊齒.入.全	【下字】影.齊齒
	31 繽(陽)	匹寅切	【上字】齊齒.入.全	【下字】喻.齊齒
	32 頻(陽)	弼寅切	【上字】齊齒.入.全	【下字】喻.齊齒
	33 民(陽)	密寅切	【上字】齊齒.入.全	【下字】喻.齊齒

＊＊＊＊＊＊＊＊＊＊＊＊＊＊＊＊＊＊＊＊＊＊＊＊＊＊＊＊＊＊＊＊＊＊＊

（合口\喉音）	34 溫(陰)	搵昏切	【上字】合口.入.全	【下字】曉.合口
	35 昏(陰)	忽溫切	【上字】合口.入.全	【下字】影.合口
	36 魂(陽)	鶻坤切	【上字】合口.入.全	【下字】溪.合口
	37 昆(陰)	骨溫切	【上字】合口.入.全	【下字】影.合口
	38 坤(陽)	窟魂切	【上字】合口.入.全	【下字】匣.合口
	39 倱(陽)	兀魂切	【上字】合口.入.全	【下字】匣.合口
（合口\舌音）	40 論(陽)	捽魂切	【上字】合口.入.全	【下字】匣.合口
	41 敦(陰)	咄溫切	【上字】合口.入.全	【下字】影.合口

42 暾(陽)　猛魂切　【上字】合口.入.全　【下字】匣.合口

43 屯(陽)　突魂切　【上字】合口.入.全　【下字】匣.合口

44 麞(陽)　訥魂切　【上字】合口.入.全　【下字】匣.合口

(合口\齒音) 45 孫(陰)　窣溫切　【上字】合口.入.全　【下字】影.合口

46 尊(陰)　卒溫切　【上字】合口.入.全　【下字】影.合口

47 村(陽)　猝魂切　【上字】合口.入.全　【下字】匣.合口

48 存(陽)　捽魂切　【上字】合口.入.全　【下字】匣.合口

(合口\唇音) 49 分(陰)　弗溫切　【上字】合口.入.全　【下字】影.合口

50 汾(陽)　狒魂切　【上字】合口.入.全　【下字】匣.合口

51 文(陽)　物魂切　【上字】合口.入.全　【下字】匣.合口

52 奔(陰)　彼溫切　【上字】合口.上十五.全　【下字】影.合口

53 濆(陽)　撑魂切　【上字】合口.入.全　【下字】匣.合口

54 盆(陽)　勃魂切　【上字】合口.入.全　【下字】匣.合口

55 門(陽)　沒魂切　【上字】合口.入.全　【下字】匣.合口

＊＊＊＊＊＊＊＊＊＊＊＊＊＊＊＊＊＊＊＊＊＊＊＊＊＊＊

(撮口\喉音) 56 氲(陰)　鬱薰切　【上字】撮口.入.全　【下字】曉.撮口

57 云(陽)　聿困切　【上字】撮口.入.全　【下字】溪.撮口

58 薰(陰)　獝氲切　【上字】撮口.入.全　【下字】影.撮口

59 君(陰)　橘氲切　【上字】撮口.入.全　【下字】影.撮口

60 困(陽)　屈云切　【上字】撮口.入.全　【下字】喻.撮口

61 羣(陽)　倔云切　【上字】撮口.入.全　【下字】喻.口

62 輑(陽)　崛云切　【上字】撮口.入.全　【下字】喻.撮口

(撮口\舌音) 63 淪(陽)　律云切　【上字】撮口.入.全　【下字】喻.撮口

(撮口\顎音) 64 純(陽)　蕫云切　【上字】撮口.上十五.全　【下字】喻.撮口

	65 犉(陽)	薽云切	【上字】撮口.入二.全	【下字】喻.撮口
	66 諄(陰)	怵氲切	【上字】撮口.入.全	【下字】影.撮口
	67 春(陽)	黜云切	【上字】撮口.入.全	【下字】喻.撮口
	68 酏(陽)	尤云切	【上字】撮口.入.全	【下字】喻.撮口
(撮口\齒音)	69 苟(陰)	卹氲切	【上字】撮口.入.全	【下字】影.撮口
	70 旬(陽)	屪云切	【上字】撮口.入.全	【下字】喻.撮口
	71 遵(陰)	崒氲切	【上字】撮口.入.全	【下字】影.撮口
	72 逡(陽)	焌云切	【上字】撮口.入.全	【下字】喻.撮口
	73 鶉(陽)	崒云切	【上字】撮口.入.全	【下字】喻.撮口

從上面的七十三個例字來看，切上字皆符合潘耒所要求的「用本呼」、「全切全，分切分」，至於「仄切平」的部份，大多是以同轉的入聲第一類字出切，遇到入聲字不夠用時，如：1、3、4、6、13、20、52、64 等韻字則以上聲字出切，上聲再沒字時，如：5、22 等韻字，便以去聲字出切，都符合了以同轉仄聲出切的原則。但我們也發現6、65二字是以異轉入聲出切，這是因爲在同轉的上去入聲字都無字可用的情況下的變通方式。切下字亦用本呼，且同一呼同屬陰聲的韻字援例應以影母字爲切，陽聲的韻字應以喻母字爲切，用字上大多一致，如：開口呼陰聲用「恩」（影母），陽聲喻母缺字，便用匣母「痕」字出切，又「恩」「痕」爲切上字，只得用見、溪母字爲切；齊齒呼陰聲用「因」（影母），陽聲用「寅」（喻母），「因」「寅」二字便用曉、匣母字爲切；合口呼陰聲用「溫」（影母），陽聲喻母缺字，便用匣母「魂」字爲切，又「溫」「魂」爲切上字，只得用曉、溪母爲切；撮口呼陰聲用「氲」（影母），陽聲用「云」（喻母），「氲」「云」二字則用曉、溪母爲切。由此可見，除了缺字、或本身爲切上字的，大致上看來，潘

耒還能遵守自己訂定的反切原則,但是遇上了一些開齊合撮並非全都有字的韻部,設立反切就會產生問題了。

二、《類音》反切的變例

由於潘耒對反切上下字的要求頗爲繁複,自然會發生不合原設規律的情形,產生所謂的變例,帶來一些反切上的困擾與限制,可以從反切上下字的使用看出來:

㈠切語上字

1.異轉相切:潘耒要求切上字須與被切字同轉,但也會遇到同轉的韻類裡沒有可用之字,產生下面幾種情形:

⑴以分音切分音——上聲第十二類應以同轉的平聲陽姜類(分音)出切,而陽姜類只有齊齒呼有字,故開口以皆哈類(分音)出切,合口以刪山類(分音)出切,撮口以元先類字出切。

▲(開口)灑-崽【皆哈類】蠢切;鮓-齋【皆哈類】蠢切

▲(合口)寡-關【刪山類】瓦切;把-班【刪山類】寡切

⑵以分音切全音——平聲第一類(全音)開口呼因同轉仄聲字少,故借用陌職類(分音)字。

▲(開口)思-塞【陌職類】絞切;○⓫-伯【陌職類】絞切

⑶以全音切分音——平聲第十類應以入聲陌職類(分音)字出切,遇缺字則以屋燭類(全音)字補充;平聲第六類撮口呼應以入聲點鎋類(分音)字出切,但因點鎋類撮口呼無字,

---

⓫ 「○」表無字之音。

便以月屑類（全音）字爲切。

　　▲平聲第十

　　　（合口）○－速【屋燭類】慘切

　　　（撮口）○－叔【屋燭類】幽切

　　▲平聲第六

　　　（撮口）○－悅【月屑類】諧切；○－血【月屑類】挨切

2.切上字空缺：當行韻字已爲借用時，切上字的四呼便不能混用，

　　若再遇上四呼不全，則切上字寧可空缺，則此字之音無法呈現。

　⑴借齊齒切撮口－如平聲第四類，全類無字，但同轉入聲可轉

　　　平聲行韻，仍缺撮口呼字，只好借齊齒切撮口，故須以撮口

　　　字出切方得撮口之音，又舌音唇音諸母無撮口字，切上字便

　　　成空缺。

　　▲（撮口）（舌音）○－○點切；（唇音）○－○軋切

　⑵借合口切開口、齊齒、撮口－上聲第五類只有合口呼有字，

　　　又入聲不能行韻，只以合口字行韻，則切上字必須各用本呼，

　　　又元先類字開口、撮口唇音皆無字，不能向開口、齊齒相借，

　　　只好留下空缺。

　　▲（開口）（唇音）○－○猥切

　　▲（撮口）（唇音）○－○侑切

3.以本母字出切：耳、而、繞、些、巳、在諸母下遇字缺的，就

　　以本母字出切。

　　▲平聲第一類

　　　（開口）○－<u>耳</u>紇切；○－<u>而</u>紇切；○－<u>些</u>紇切；○－<u>巳</u>

　　　紇切

（齊齒）〇－<u>繞</u>衣切

4.切上字用本聲：切上字的聲調要求是以仄切平，以平切仄。然而上聲新增的字母（舅語老杜乃繞朕巳在武莕美）平上入皆無字，故不得不用本聲相切。另外，同轉平聲若無字切上聲者，也可用入聲爲切。

(1)上聲切上聲──

▲上聲第七類

（合口）簿－莕陽切

▲上聲第十四類

（開口）腦－乃襖切

▲上聲第十八類

（合口）動－杜蓊切

▲上聲第十四類

（開口）皁－在襖切

▲上聲第十八類

（齊齒）槩－舅擁切

▲上聲第十五類

（合口）蘰－美穩切

(2)入聲切上聲──

▲上聲第十六類

（開口）俺－遏【入聲】罕切；侃－渴【入聲】旱切

㈡**切語下字**

1.四呼相互借用：四呼之間借字行韻本有原則，即開合相通，齊撮相應，但是也有例外，像平聲第五類只有合口呼有字，便不得已都借用合口字行韻。

(1)借撮口切齊齒－平聲第二類

▲（撮口）〇－必追【齊齒】切；〇－夕椎【齊齒】切

(2)借合口切開口－平聲第二類

▲（開口）〇－日爲【合口】切；〇－弗威【合口】切

(3)借合口切開口、齊齒、撮口－平聲第五類

▲（開口）○－拉回【合口】切

▲（齊齒）○－設隈【合口】切

▲（撮口）○－劣回【合口】切

2.影喻母外的用字：潘耒對下字的要求是「陰聲用影」「陽聲用喻」，但多少會遇到缺影喻母字的時候，原則上是以同為喉音的曉匣見溪羣疑母等字遞補。但也有喉音缺字，用顎音字母為韻的。

▲平聲第二類

（撮口）追－怵椎【照母】切；椎－尣追【牀母】切

▲平聲第二十二類

（開口）森－澀簪【穿母】切；簪－戩森【審母】切

凡此種種，使得潘耒對於改良反切的美意，在嚴格的條件下，產生了許多變例，讓人實在難以拿捏，也許是潘耒精於審音，對於音的些微之差皆能辨明，對於音之互通也能靈活運用，但是如果站在便於使用的觀點來看，的確是有缺憾的。

肆、《類音》反切變例反映的音韻理論與現象

從上面的各種正變例的模式來看，隱約的透露了一些語音訊息，即使變例也是有原則的，並不是隨意為之。筆者認為可以從三面來說明：

一、入聲用正轉之字出切，不足則用從轉，又不足乃用旁轉 ——陰聲轉入聲而非陽聲轉入聲

　　潘耒在說明他的反切原則時，特別提到為入聲字作切語時，應先考慮使用正轉類字，如：支微、家麻、歌戈、敷模、遮車等類，屬於單元音韻，待此類字不夠用時才用鼻尾韻類字，如：元先、刪山、東多、庚青、江唐、陽姜眞文等類字。由此可見，陰聲韻字比陽聲韻字的音韻性質更接近入聲，這是不是正暗示著入聲的閉塞音已趨向喉塞？一旦喉塞音失落，再加上吳語元音的單音化，無怪乎潘耒會認為：

> 質物本支微之轉，世人誤認為眞文之轉，反謂支微無入聲；屋
> 燭本敷模所轉，世人誤認為東冬之轉，反謂敷模無入聲。若仍
> 用上去例，以眞文切質物，以東冬切屋燭，則益堅世人之執。
> 故不得不主正轉而參從旁也，其閉口三類即用平聲閉口字出
> 切，其無字者乃以眞文元寒刪山三類字補之。

二、全分音互切──表示音近互通

　　前面曾談到切上字有全音分音互切的情形，如「月屑」可支援「點鍺」當切語，「屋燭」可支援「陌職」當切語，全音和分音之間是可以互通的，通用後又可將韻二十四類併為十四類，如下：

全分音	平	聲		入 聲	合併組數
無	1 支微	2 規闚	15 眞文	1 質物	
全	⎡3 遮車	⎡5 灰回	⎡16 元先	⎡2 月屑	共四組
分	⎣4 遮車分	⎣6 皆咍	⎣17 刪山	⎣3 點鍺	
全	7 敷模	9 尤侯	18 東冬	4 屋燭	共四組
分	8 敷模分	10 尤侯分	19 庚青	5 陌職	

全	┌ 11 歌戈	┌ 13 肴蕭	┌ 20 江唐	┌ 6 覺鐸	共四組
分	└ 12 家麻	└ 14 豪宵	└ 21 陽姜	└ 7 藥灼	
無			22 侵尋	8 緝習	
全			┌ 23 覃鹽	┌ 9 合葉	共兩組
分			└ 24 咸凡	└ 10 洽乏	

三、異轉互切——呈現南北音

　　上一項提到全分音互切表音近，也就是說我們可以從異轉互切的用字裡，佐以現代方音❷來觀察，是否呈現一些語音現象？由於《類音》一書是本融合古今南北的韻書，筆者認為可以藉此印證一下，反切所反映的南北方音。

　　㈠借「陌職」切「質物」

1.	（陌職）	（質物）	2.	（陌職）	（質物）
例　字	色	瑟	例　字	寔	實
北京話	sɤ④	sɤ④	北京話	ʂl②	ʂl②

3.	（陌職）	（質物）	4.	（陌職）	（質物）
例　字	劾	紇	例　字	易	逸
北京話	hɤ②	hɤ②	北京話	i④	i④

---

❷　此處以李珍華、周長楫編之《漢字古今音表》（北京：中華書局出版，1993 年 11 月）為方音對照標準。

就北京話來看，「色」「瑟」同音，「實」「寔」同音，「劾」「紇」同音，「益」「一」同音，「易」「逸」同音，難怪潘耒之子注中說：「意以厄赫等字（陌職）雖屬分音，然今人讀之與第一類入聲（質物）之音頗相似。」

㈣借「屋燭」切「陌職」

1.	（屋燭）	（陌職）	2.	（屋燭）	（陌職）
例　字	蜀	石	例　字	穀	國
閩東話	suɔk⑦B	suɔk⑦B	閩南話	kɔk⑥	kɔk⑥W

3.	（屋燭）	（陌職）	4.	（屋燭）	（陌職）
例　字	燭	隻	例　字	促	戚
閩南話	tsik⑥B	tsik⑥W	閩南話	tshik⑥	tshik⑥B

就閩南話來看，「燭」的說話音與「隻」的讀書音同，「促」與「戚」的說話音同。

㈢借「月屑」切「點鎋」

1.	（月屑）	（點鎋）	2.	（月屑）	（點鎋）
例　字	結	戞	例　字	撒	殺
閩南話	kat⑥	kat⑥	閩南話	sat⑥	sat⑥

3.	（月屑）	（點鎋）
例　字	撥	八
吳方言	poh⑥W	poh⑥B

　　就閩南話來看，「結」「戞」同音，「撥」「殺」同音；而吳方言「撥」字的讀書音與「八」字的說話音同。從上面各例字在不同的方言上同音的呈現可知，潘耒用異轉字爲切上字仍是有其音近的考量，且展現不同方言的音韻情形。

伍、《類音》反切變例對後代韻書的影響

　　潘耒對於反切的改良，有其優缺點，對於後世學者設立反切，有了可以依循與改善的空間，此處就以《類音》之後的《音韻闡微》在反切上的改進，看看《類音》對它的影響。

　　《音韻闡微》的作者是李光地，他繼承了《類音》反切的優點，改善了缺點，將它的反切原則表現在下面列五方面：

1. 盡可能做到用元音開頭的字爲反切下字，但不絕對化，不勉強使用生僻的字。在個別的地方可以靈活些，借用舌根擦音或鄰韻字做切語。

2. 盡可能用沒有韻尾的字作爲切上字，也不絕對化。

3. 盡可能做到反切上下字都有固定的字。一般而言，同聲母同聲調的字所使用的反切上字一定相同；同韻母同聲調的字所用的反切下字一定相同。只有在反切上下字或同音字被切時才變通。

4.切上字與被切字同呼。

5.切下字要分陰陽（指平聲）。

　　如此一來，依照二字成一音的原則看，《音韻闡微》的反切方法已有了相當大的改善，試舉幾例來看看：

　　　　看，《類音》渴寒切，《闡微》渴安切。

　　　　團，《類音》奪桓切，《闡微》徒丸切。

　　　　許，《類音》薰椔切，《闡微》虛語切。

　　　　空，《類音》哭洪切，《闡微》枯翁切。

　　就切上字而言，《闡微》盡可能用沒有陽聲的韻尾如：「支微魚虞歌戈麻」數韻中字⓭，改善了《類音》有些使用陽聲韻尾爲切上字的情形，如「許」字便是，如此一來，使得切音連讀較不受干擾。又《闡微》以平切平、以仄切仄，不同於《類音》的以平切仄、以仄切平，使上字與被切字的聲調一致，如「徒」「枯」皆與被切字同平仄。

　　再看切下字，《闡微》的切字原則是清聲取影紐字，濁聲取喻紐字⓮，「看」「空」字對潘耒而言是陽聲類字，原應以喻母切，然而「喻母無字」，便用匣母字爲切，不如《闡微》以影母爲切，使聲韻連結密合。

　　《音韻闡微》承接《類音》在反切上的改良成果，符合緩讀爲二

⓭　林慶勳：《音韻闡微研究》（臺北：學生書局，1988 年 4 月），頁 55：「《闡微·凡例》第二條說：『由此以推，凡翻切之上一字，皆取支微魚虞歌麻數韻中字，辨其等母、呼法，其音自合。』」

⓮　同上注，頁 56：「《闡微·凡例》第三條說：『由此以推，凡各韻清聲之字，皆收聲於本韻之影母；各韻濁聲之字，皆收聲於本韻之喻母。』」

字，急讀成一音的要求，設立了所謂的「合聲系反切」，然而「合聲」無法多造，於是有了變通的「今從舊切」「今用」，輔助的「協用」「借用」等反切，使得漢字標音的效能達到了極致。

陸、結語

綜上所述，《類音》反切在有字之音的部份，大多還是依循著他自訂的反切原則在設定切語，只是對於許多的無字之音仍要標示切語的部份，遇到了切語用字匱乏的瓶頸，變成四呼可混切，異轉可借用，甚至也可空下切語。對於反切上字，潘耒要求本呼、全分音、同轉、平仄互切，且發音部位也要相同，又下字講究陰陽，以陰切陰，以陽切陽。為了盡量符合這些條件，所尋得的切上下字也就以倍數的方式增加❺，而且產生了許多生僻難辨的字，這對於靠切語讀音的普通人而言，無疑是種沉重的負擔。例如：呂，「輪」「梀」切。扮，「豽」拐切。佝，硐「詡」切。蔟，「櫷」寡切。店，「聏」厭切。覤，「淑」豔切。梢，朔「坳」切。中，竹「硐」切。當然，潘耒如此做的用意主要是審音，所以對於能為無字之音設切語感到自豪，保留了些失傳的音，更待後學者能有新的發現。雖說這是過於理想化的做法，但也與現代語音學有些共通之處。

不可否認的，潘耒對語音的分析亦相當的精當，如「全分音」指「韻腹」，「正轉、從轉、旁轉、別轉」指「韻尾」，在反切上的條件

---

❺　據羅燦裕的統計，潘耒設立了約一千八百多個切上字，八百多個切下字，總合約二千六百多個反切上下字，較《廣韻》多出了一千多個字。

要求雖多，也引領後學者向音素分析的方向前進，他的貢獻還是值得肯定的。

參考書目

潘　耒
　　康熙年類音　遂初堂刊本
林慶勳
　　1988　《音韻闡微》研究　臺北：臺灣學生書局
王　力
　　1991　《類音》研究　王力文集——第十八卷　濟南：山東教育
　　　　　出版社
耿振生
　　1992　明清等韻學　北京：語文出版社
李珍華、周長楫編
　　1993　漢字古今音表　北京：中華書局
陳志明
　　1993　反切指要　北京：北京師範大學出版社
羅燦裕
　　1997　《類音》研究　臺北：師大國文研究所碩士論文
向惠芳
　　1998　潘耒《類音》研究　臺北：東吳大學中國文學研究所碩士
　　　　　論文

《聲韻論叢‧第九輯》
聲韻學學會主編　頁591～614
臺灣學生書局　　2000 年 8 月

現代北京話的輕音和兒化音溯源
——傳統音韻學和現代漢語語音研究結合舉隅

李思敬*

壹、語料和方法簡述

輕音和兒化音都是北京話中重要的語音現象。現代漢語偏重其共時的研究。本文試為溯源，以求現狀與歷史的溝通。

本文使用的語料為《紅樓夢》的早期抄本。因為這些抄本反映著十八世紀也就是清代前期的北京口語。時代、地區和性質都具有無可懷疑的確定性。主要用了以下七種本子：

一、1975 年上海人民出版社影印甲戌本《脂硯齋重評石頭記》（乾隆 19 年 1754）。

二、1981 年上海古籍出版社影印己卯本《脂硯齋重評石頭記》（乾隆 24 年 1759）。

---

*　　商務印書館編審

三、1975 年人民文學出版社影印庚辰本《脂硯齋重評石頭記》（乾隆 25 年 1760）。

四、1986 年周汝昌序書目文獻出版社影印王府本即《蒙古王府本石頭記》（所據可能是「丙子三閱本」，乾隆 21 年 1756）。❶

五、1984 年上海古籍出版社影印夢稿本即《乾隆抄本百廿回紅樓夢稿》（乾隆 49 年甲辰 1784 以前）。❷

六、1986 年中華書局影印列藏本即《列寧格勒藏抄本石頭記》（不能早於乾隆末年 1785-1795，也可能抄成於嘉慶年間 1796-1820）。❸

七、1988 年重印 1975 年文學古籍刊行社影印戚序本即《戚蓼生序本石頭記》（乾隆間舊抄）。❹

以上這些早期抄本中，甲戌、己卯、庚辰三種，都在乾隆 27 年壬午（1762）之前，那時曹雪芹還在世。即使較晚的列寧格勒藏本，其底本來源亦甚早，尚保存著許多《紅樓夢》稿本的原始面貌。❺作為十八世紀北京話的口語語料應該說是十分可靠的。

本文的考證方法主要是比較各抄本自身以及諸抄本之間的異文。通過漢文典籍的異文來探求隱藏在字形背後的語音，是傳統音韻學的一個重要研究方法。憑藉這個方法，清儒取得很大的成績；本文繼踵前修，或亦可有一得。比如在現代北京話裡，「馬虎」這個詞因為第二個音節

---

❶ 《蒙古王府本石頭記》序。

❷ 《乾隆抄本百廿回紅樓夢稿》跋。

❸ 《列寧格勒藏抄本石頭記》序。

❹ 影印戚序本出版說明。

❺ 李思敬《列寧格勒藏抄本石頭記某些章回「只」改「這」現象的啓示》（載《紅樓夢學刊》1998 年第 2 輯）。

是個輕音，所以也有人寫成「馬糊」。根據這個道理我們就可以反過來推求：《紅樓夢》早期抄本中大量存在的同類型的異文也是輕音音節的反映。再比如，在《金瓶梅》裡把「挂枝兒」寫作「挂眞兒」，筆者曾根據這樣一對異文推斷在當時的口語中，這支曲名一定是發成兒化音 [kuatʂəɹ] 的。❻如果在《紅樓夢》抄本中也有此種類型的異文，那麼我們就可以推斷：北京話裡至少在十八世紀已經有兒化音的存在。

貳、《紅樓夢》中的「輕音」例證

首先排比幾組典型的反映輕音音節的詞彙材料如下，請觀察、比較（本文例句盡量要求完整，以便體會其語氣）：

一、「編排」「編派」

　　㈠（探春）說道：寶姐姐，你還不擰他的嘴！你問問他編排你的話！寶釵笑道：不用問，狗嘴裡還有象牙不成！（第42回）

例㈠庚辰本（978頁）和夢稿本（499頁）均作「編排」，列藏本（1798頁）作「編派」。

又，庚辰、夢稿兩本自身也不一致：

---

❻　李思敬《從金瓶梅的字裡行間考察 16 世紀漢語北方話中兒詞尾的兒化現象》（載 1982 年日本《中國語研究》第 21 號，1984 年北京大學《語言學論叢》第 12 輯摘要）。

㈡（襲人）見寶玉進來，連忙站起來笑道：晴雯這東西編派我什麼呢……我要在這裡靜坐一坐，養一養神，他就編派了我這些混話。（第64回）

例㈡這兩處，庚辰本（1528頁）和夢稿本（752頁）又與列藏本（2781頁）同作「編派」而不作「編排」，本身也是時此時彼。

「排」和「派」兩個字聲調不同而可以通用，這就表明：後一個語素的實際發音必定不是個四聲明確的重音節，而是不在四聲之屬的輕音節。因爲不在四聲之屬，所以寫什麼字好，就會隨著書寫者各自的理解而出現差異。即使是同一個人，也往往會一時如此寫，一時又如彼寫，直到今天也還有這種現象。「排」：安排，「派」：分派，兩者都在某種程度上有施之於人，甚至強加於人的意思。因此，這兩個字是出於對「本字」的不同認識而出現的一對異文。換言之，在這種場合，此種性質的異文除表示它們是同一個輕音音節的不同書寫形式之外，別無他解。基於此，我們就可以根據這種異文斷定：在十八世紀時，這個詞的後一個語素必定是個輕音音節。下述語料均同此理，不贅。

二、「便宜」「便易」「便益」「便意」

這一組語料，從《紅樓夢》的用例看，有兩個含義：一個是「得到好處」的意思。比如「湘雲道：必定是外頭去丟了。被人揀了去，到便宜他！」（第21回）另一個是「方便」的意思。比如「他兩家的房舍極是便宜的，咱們先能著住下，再慢慢地著人去收拾，豈不消停些！」（第4回）這個句子中「便宜」二字，甲戌本（4卷10頁）逕改爲「方便」，其義可知。這正好跟今天的冀東話相合。在冀東話裡，前一個意

思說[pˊian·i]，後一個意思說[pian·i]，而且輕音[i]往往帶有輕微的圓唇性，近乎[y]。在《紅樓夢》裡，不論哪一個意思，都可以在上列這組語料中找到異文。下面先比較「得到好處」義的異文：

㈢原來這賈瑞最是個圖便易沒行止的人，每在學中以公報私，以勒索子弟們請他，後又助著薛蟠，圖些銀子酒肉。（第9回）

例㈢諸本並作「便宜」，列藏本（303頁）作「便易」。

㈣鳳姐忙向賈薔道：既這樣，我有兩個在行妥當的人，你就帶了他們辦這個——便益了你呢！（第16回）

例㈣諸本並作「便宜」，列藏本（569頁）作「便益」。而且，列藏本也有作「便宜」的地方，並不一致。如：

㈤賈母道：今兒原是我特帶著你們取樂，咱們只管咱們的，別理他們。我巴巴的唱戲擺酒為他們不成！在這裡白聽白吃已經便宜了，還讓他們點呢！（第22回）

例㈤列藏本（834頁）和其他諸本一樣都作「便宜」，可見此本自身在「得到好處」這個義項上，至少有「便宜」、「便易」、「便益」三個異文。下面再比較一下「方便」義的異文：

㈥茗烟道：這可罷了！荒郊野外那裡有！既用這些何不早說？

帶了來豈不便意！（第43回）

例㈥諸本作「便宜」，列藏本（1823頁）作「便意」。

    ㈦昨日那把扇子，原是我愛那幾首白海棠詩，所以我自己用小楷寫了，不過是為的是拿在手中看著便益，我豈不知閨中詩詞字迹是輕易往外傳送不得的！（第64回）

例㈦列藏本（2794頁）作「便益」。己卯本（849頁）、庚辰本（1539頁）、夢稿本（754頁）、王府本（2481頁）均作「便易」。戚序本（2465頁）作「便宜」。

    ㈧鳳姐兒立起身來望樓下一看說：爺們都往那裡去了？旁邊一個婆子道：爺們才到凝曦軒，帶了打十番的那裡吃酒去了。鳳姐又說道：在這兒不便易，背地裡又不知幹什麼去了！（第11回）

例㈧列藏本（386頁）、己卯本（219頁）、庚辰本（249頁）、夢稿本（138頁）並作「便易」。王府本（413頁）、戚序本（399頁）並作「便宜」。也有諸本均未見異文的句子，比如：

    ㈨你這空兒閑著，把送姥姥的東西打點了，他明兒一早好走的便宜了。（第42回）

例㈨諸本並作「便宜」。在「方便」這個義項上，獨列藏本自身就有「便

宜」、「便意」、「便益」、「便易」四種異文。

從以上例㈢至例㈨這七個句子看，無論各本自身還是諸本之間，「便宜」、「便易」、「便意」、「便益」可以通用，可知「宜」、「易」、「益」、「意」這四個字所反映的這個詞的第二個語素必定也是一個輕音音節。十八世紀時的北京口語中，入聲已經消失，所以「益」字可用；「難易」的「易」字本爲去聲，所以也可以用。

三、「差事」「差使」

㈩（尤氏道）我常說給管事的，不要派他差事，全當一個死的就完了。今兒又派了他！（第7回）

例㈩己卯本（149頁）、列藏本（234頁）、夢稿本（96頁）並作「差事」。庚辰本（169頁）原抄「差事」，後又改作「差使」。

(十一)（焦大）先罵大總管賴大，說他不公道，欺軟怕硬，有了好差使就派別人，像這樣深更半夜送人的事就派著我了！沒良心的王八羔子！瞎充總管！（第7回）

例(十一)列藏本（236頁）作「差使」。庚辰本（169頁）原抄「差事」，後又改作「差使」。甲戌（7卷14頁）、己卯（149頁）、夢稿（96頁）、王府（285頁）、戚序（275頁）諸本並作「差事」。

(十二)麝月忙道……嫂子原也不得在老太太、太太跟前當些體統差

事，成年家只在三門外頭混，怪不得不知道我們裡頭的規矩！（第
52回）

例㈩庚辰本（1223頁）作「差事」，列藏本（2216頁）、夢稿本（622
頁）、王府本（2019頁）、戚序本（1957頁）並作「差使」。也有諸
本間未見異文的例句，如：

　　㈢他女兒笑道……媽還有不了的什麼差事？手裡是什麼東西？
　　（第7回）

例㈢各本並作「差事」。

　　㈣春燕笑道……我媽和我姨媽他老姐妹兩個如今越老了越把錢
　　看的真了。先時老姐兒兩個在家抱怨沒個差使，沒個進益，虧
　　有了這個園子，把他挑進來……（第59回）

例㈣各本並作「差使」。但是這種情況只能說字面上沒有出現異文，並
不反映「差事」和「差使」在詞義和發音上有什麼差異。尤其值得注意
的是例㈩和例㈢兩句同在第 7 回而又相隔不遠，列藏本的抄手此處寫
「差事」，彼處寫「差使」，說明這兩者的口語音實無區別。至於庚辰
本兩處都先抄成「差事」而後又都改為「差使」的現象，也說明抄者的
語音並無差異才隨手這麼寫，而後為了和底本一致才又改「事」為「使」
的。如果不是這樣理解，就無法解釋前引諸例中兩者通用的現象。

四、「搭赸」「搭訕」「搭搨」「搭閃」

㈬我過去哄老太太發笑，等太太過去了，我搭赸著走開，把屋
子裡的人我也帶開，太太好和老太太説。（第46回）

例㈬庚辰本（1056頁）、列藏本（1915頁）、夢稿本（534頁）並作
「搭赸」，王府本（1757頁）作「搭訕」。

㈭寶玉一面拭淚笑道：誰敢慪妹妹了？一面搭訕著起來閑步。（第
64回）

例㈯庚辰本（1537頁）、列藏本（2792頁）、夢稿本（754頁）、王
府本（2479頁）、戚序本（2463頁）並作「搭訕」。

㈮寶玉聽説，自己由不的臉上不好意思，只得又搭搨笑道：怪
不得他們拿姐姐比楊貴妃，原也體豐怯熱。（第30回）

例㈮列藏本（1237頁）作「搭搨」，庚辰本（692頁）、夢稿本（359
頁）作「搭赸」，戚序本（1118頁）作「搭閃」，王府本（1158頁）
作「搭閑」（看筆跡是把「閃」改為「閑」，誤。）

㈯寶玉自知又把話説造次了，當著許多人，更比方才林黛玉跟
前更不好意思，便急回身又同別人搭閃去了。（第30回）

例㈥王府本（1159頁）、戚序本（1119頁）作「搭閃」，列藏本（1239頁）作「搭搧」，庚辰本（693頁）、夢稿本（360頁）作「搭赸」。

從以上四例看，「赸」、「訕」、「搧」、「閃」這四個異文，也是同一個輕音音節語素的書面表現。

五、「懶得」「懶怠」「懶待」

㈨次日起來，晴雯果覺有些鼻息聲重，懶得動彈。寶玉道：快不要聲張，太太知道又叫你搬了家去將息。（第51回）

例㈨列藏本（2160頁）作「懶得」，庚辰本（1195頁）作「懶怠」，夢稿本（609頁）作「懶待」。

㈩叫大夫瞧了，又說並不是喜。那兩日到了下半天就懶怠動，話也懶待說，眼神也發眩。（第10回）

例㈩兩處，列藏本（330頁）一作「懶怠」，一作「懶待」。己卯本（194頁）、庚辰本（220頁）、夢稿本（123頁）並只作「懶待」。王府本（368頁）、戚序本（356頁）並只作「懶怠」。

㈡寶玉道：你也不用剪，我知道你是懶待給我東西。我連這荷包奉還如何？說著擲在他懷中。（第18回）

例㈢己卯（341頁）、庚辰（734頁）、列藏（637頁）、夢稿（206

頁）、王府（636頁）、戚序（612頁）諸本並作「懶待」。由此可見，「得」、「怠」、「待」三個字都是書寫輕音音節語素而出現的異文。例㈣列藏本「怠」和「待」並用，尤其能說明問題。

六、「委屈」「委曲」

㈢此時賈瑞也怕鬧大了自己也不乾淨，只得委屈著來央告秦鐘，又央告寶玉。（第9回）

例㈢己卯本（188頁）、夢稿本（120頁）、王府本（357頁）、戚序本（345頁）作「委屈」，庚辰本（221頁）、列藏本（320頁）作「委曲」。

㈢先時還有人解勸，怕他思父母，想家鄉，受了委屈，只得用話寬慰解勸。（第27回）

例㈢甲戌本（27卷1頁）、列藏本（1062頁）作「委屈」，庚辰本（607頁）、夢稿本（317頁）、王府本（1020頁）、戚序本（982頁）作「委曲」。

㈢如今說不得先時例了。少不得大家委曲些，該使八個使六個，該使六個使四個。（第72回）

例㈢列藏本（3148頁）、夢稿本（840頁）作「委曲」，庚辰本（1766

頁）、王府本（2810 頁）、戚序本（2808 頁）作「委屈」。

　　㊝別說這麼一點子小事，就是你受了一萬分的委曲，也不該向
　　他說才是。（第 10 回）

例㊞己卯本（195 頁）、庚辰本（221 頁）、列藏本（332 頁）、夢稿
本（123 頁）並作「委曲」，王府本（369 頁）、戚序本（357 頁）作
「委屈」。

　　諸本自身以及各本之間均有不同寫法，可知「屈」、「曲」二字
在這裡也是一對表現輕音音節的異文。

　　此外還有許多同類性質的異文，都反映出在十八世紀的北京話裡
已經存在著輕音。下面每組語料，只各舉一個對比例句，說明含義全同，
完全是一個詞。比如：

　　「打點」和「打疊」：「早已打點下行裝細軟以及餽送親友各色
土物人情等類」。（第 4 回）「紫鵑聽說，方打疊鋪蓋妝奩之類」。（第
57 回）

　　「打諒」和「打量」：「這熙鳳攜著黛玉的手，上下細細打諒了
一回。」（第 3 回）「眾人打量了他一會，便問：那裡來的？」（第 6
回）

　　「端詳」和「端相」：「織補兩針，又看看；織補兩針，又端詳
端詳」。（第 52 回）「整理已畢，端相了端相，說道：好了！披上斗
蓬吧！」（第 8 回）

　　「端底」和「端的」：「悄命他妹妹小霞進二門來找趙姨娘問個
端底」。（第 72 回）「那天約二更時分，只見封肅方回來，歡天喜地。

眾人忙問端的。」（第2回）

「敢自」和「敢仔」：「賈璉笑道：敢自好呢！只是怕你嬸子不依，再也怕你老娘不願意。」（第64回）「鳳姐聽說笑道：老祖宗也去敢仔好，可就是我又不得受用了。」（夢稿本第29回）

「估量」、「估諒」和「估料」：「這會子估量著不中用了，翻過來拿我作法子。」（第50回）「估諒著寶玉這會子再不回來的。」（第30回）「估料著賈母是愛聽的三五齣戲的彩衣抱來了。」（第54回）

「摸娑」和「摸索」：「王夫人摸娑著寶玉的脖項說道：前兒的丸藥都吃完了？」（第23回）此句夢稿本（272頁）初抄作「摸娑」，後改為「摸索」。

「姨夫」和「姨父」：「要不說姨夫叫你，你那裡出來的這麼快！」（第26回）「只是薛蟠起初之心原不欲賈宅居住者，但恐姨父管的緊。」（第4回）

「已經」和「已竟」：「大老爺原是好養靜的，已經煉成仙了，也算得是神仙了。」（第11回）「襲人昨夜不過是些頑話，已竟忘了，不想寶玉今又提起來。」（第26回）

「嚴緊」和「嚴禁」：「又命香菱將他屋裡也收拾嚴緊，將門鎖了，晚間和我去睡！」（第48回）「明日有人帶花兒匠來種樹，叫你們嚴禁些，衣服裙子別混曬晾的！」（第24回）

「遭遢」和「蹧蹋」：「促狹小蹄子！遭遢了花兒，雷也是要打的！」（第59回）「可巧近海一帶海嘯，又蹧蹋了幾處生民。」（第67回）

似此之類，均屬輕音音節的異文表記。可見在《紅樓夢》的時代，

輕音在北京話裡已經是個很普遍的語音現象了。

參、《紅樓夢》中的「兒化音」例證

前些年筆者研究兒音史，曾經有這樣一個認識：漢語北方話的兒化音，是明代中期產生，到明代後期的隆慶、萬曆時代，也就是十六世紀成熟的。這個認識至今未變。但是這個結論是通過對北方的俗曲押韻和小說《金瓶梅》中的異文研究得出來的，是泛指漢語的「北方話」，而沒有特別討論「北京話」。所用的材料雖然也有清代北京流行的俗曲，而且特別指出附有乾隆六十年（1796 年）序的《霓裳續譜》中已經出現了兒化音，但俗曲流行的地區很廣，所以仍未敢遽稱北京音。❼後來聽張清常先生說《紅樓夢》裡確有兒化音。他說《紅樓夢》有「忒兒一聲飛了」這樣的話。「忒兒」是個象聲詞，形容鳥振翅起飛而且飛得很迅疾，所以其發音只能是「忒」的兒化音[tʼəɹ]而不可能是分成兩個音節的[tʼeiəɹ]。這句話出在第 28 回上，讓我們先完整地讀一下這段文字：

> （寶玉見寶釵）唇不點而紅，眉不畫而翠，比林黛玉另具一種嫵媚風流，不覺就獃了。寶釵退下串子來遞與他，他也忘了接。寶釵見他怔了，自己到不好意思起來，丟下串子回身才要走，只見林黛玉蹬著門檻子嘴裡咬著手帕子笑呢。寶釵道：你又禁不得風吹，怎麼又站在那風口裡！林黛玉笑道：何曾不是在屋裡來著，只因天上一聲叫，出來瞧了一瞧，原來是個獃雁。薛

---

❼　李思敬《漢語兒[ə]音史研究》（商務印書館 1986 年初版，1994 年增補版）。

寶釵道：獃雁在那裡呢？我也瞧瞧！林黛玉道：我才來，他就
忒兒一聲飛了！口裡說著，將手裡的帕子一甩，向寶玉臉上甩
來。

讀了這段原文，不由得深深地佩服張先生對「忒兒」這個兒化音節的敏
感。同時啓發了筆者給曾經在《漢語兒[ɚ]音史研究》中引述過的《霓
裳續譜》裡的兒化音確定地區：那確實是乾隆年間的北京音。此外，還
使我想到有必要再到《紅樓夢》中去擴大尋覓兒化音的蹤跡，以便進一
步對具體的北京話兒化音的源頭試作探討。

通過對《紅樓夢》幾種抄本的觀察、比較發現，至少有以下三對
具有兒尾的詞很有意思：

一、「念心兒」「念想兒（念想）」

㊱（賈璉）又將一條裙子遞與平兒道：這是他家常穿的，你好
生替我收著，作個念心兒。

「念心兒」是紀念物的意思，但不是普通的紀念品，而是特指可以「睹
物思人」這層含義上的紀念物品，多用在生離死別的場合。這個詞至今
在北方話裡（包括北京話）依然使用。在《紅樓夢》裡，己卯本（977
頁）、庚辰本（1697頁）、列藏本（3032頁）、夢稿本（810頁）均
作「念心兒」，王府本（2693頁）、戚序本（2693）作「念想兒」。
「心」和「想」兩個字，只有在發成兒化音的時候，才能合流爲一個音，
成爲表記同一個音節的異文。據此可以判斷，這對異文後邊隱藏的必定

是個兒化音。

　　㈦只見繡橘趕來，一面也擦著淚，一面遞與司棋一個絹包兒說：
　　這是姑娘給你的。主僕一場，如今一旦分離，這個與你作個念
　　想兒罷。（第77回）

例㈦庚辰本（1899頁）、列藏本（3349頁）作「想念」，王府本（3016
頁）作「念想」，戚序本（3009頁）作「念想兒」，夢稿本（891頁）
原抄「念想」，後改爲「念心兒」。在現代漢語的文章、作品裡，兒化
音節的書面標識「兒」字，有時可以不寫出來。老舍的作品往往可見。
例㈦這個例句裡出現了「念心兒」、「念想兒」和「念想」三種異文，
更使人聯想到這是同一個兒化音的三株不同形態的「隱身草」。（「想
念」應是「念想」的誤改）。

二、「替生兒」「替身兒（替身）」

　　㈥因生了這位姑娘，自小多病。曾許過出家，因大了就買了許
　　多替生兒，皆不中用，須得他親自入了空門才好了。（第18回）

例㈥己卯本（343頁）、庚辰本（376頁）、王府本（639頁）、戚序
本（615頁）均作「替生兒」，列藏本（641頁）、夢稿本（207頁）
作「替身兒」。「生」和「身」兩個字，也只有在它們發成兒化音的時
候，才能隨著韻母的趨同而合流爲一個音，成爲表記同一個音節的異
文。因此，這對異文的背後也必定隱藏著一個兒化音。

㈤賈珍知道這張道士雖然是當日榮國公的替身兒，後又作了道
錄司正堂，曾經先皇御口親封爲大幻仙人……所以不敢輕慢。(第
29回)

例㈤庚辰本（666頁）作「替身」，列藏本（1185頁）、王府本（1116
頁）、戚序本（1076頁）均作「替身兒」，夢稿本（346頁）先寫「替
身兒」，後又把「兒」字連同下句一起抹掉。例㈤雖各本均作「替身兒」，
但對比例㈥可見：在同一個本子裡，庚辰本、王府本、戚序本都是此句
寫「身」，彼句寫「生」。這種同一抄本中的不同用字，仍可供我們從
中撲捉兒化音的信息。此外，庚辰本寫作「替身」，和例㈥的「念想」
同理，都是省去「兒」字的同一個兒化音節的痕跡。

三、「倒扁兒」「倒辨兒」

㈦況且如今這個貨也短，你就拿現銀子到我們這種不三不四的
小舖子裡來買，也還沒有這些，只好倒扁兒去。(第24回)

「倒扁兒」是臨時拆借的意思。今天的京東話尙存此說法。例㈦中，列
藏本（920頁）、夢稿本（282頁）作「倒扁兒」，庚辰本（537頁）
作「倒辨兒」，王府本（897頁）、戚序本（865頁）作「倒包兒」。
「扁兒」和「辨兒」是同一個兒化音節的異文。「包兒」是王府、戚序
二本的誤改。

以上這三對兒化音節書面上都有明確的「兒」字標識。此外還有
許多詞，或者寫著「兒」字，或者沒寫「兒」字，但它們所指是同一個

事物，所以是同一個詞。比如：

「花」和「花兒」：「明兒就叫四兒！不必什麼蕙香蘭香的，那一個配比這些花！沒的玷辱了好名好姓！」（第 21 回）「我摘些下來，帶著這葉子編一個花籃，採了各色花兒放在裡頭才好頑呢！」（第 59 回）

「信」和「信兒」：「來至自家門前，先到隔壁，將倪二的信捎與他娘子方回家來。」（第 24 回）「你竟請回去罷！我還求你帶個信兒與舍下，叫他們早些關門睡吧，我不回去了。」（第 24 回）

「閑」和「閑兒」：「後日起更以後你來討信，來早了我不得閑，說著便回後換衣服去了。」（第 24 回）「這會子我不得閑兒，明兒你在書房裡來，和你說天話兒，我帶你園子裡去玩。」（第 24 回）

類如這樣的文字，在《紅樓夢》裡屢見不鮮。說明這些詞在當時的口語中都是一個單音節的兒化音詞，「兒」字寫不寫，書寫者並不大理會，而且也並不妨礙讀者的認同，所以才會出現這種現象。如果聯繫上文例㈦的「念想」和「念想兒」，例㈨的「替身」和「替身兒」這種不同寫法看，這裡舉的這些例子都具有單音詞的兒化音的屬性，更是不言而喻的了。

總結本節所論，可以肯定北京話裡的兒化音，至少在二百多年以前的《紅樓夢》時代即十八世紀已經確確實實地存在著了。從確定性的歷史資料來說，這是迄今為止，我們可以認證的北京話發展史上最具確定性的兒化音的源頭。雖然《漢語兒[ə]音史研究》曾經提到康熙十三年（1674）成書的《拙菴韻悟》中已經記錄著兒化音，時代比《紅樓夢》早得多，但作者趙紹箕是易州人，所以仍暫時放在「北方話」的大範圍之內，暫不闖入「北京音」。

肆、輕音和兒化音研究方法的討論

撰文、抄書，出現個把異文、別字，本屬偶然現象。但是，偶然現象一多，就誘發人們不能不思考其中是否隱藏著什麼必然的東西。一定的「量」中一定會找到某種特定的「質」，即所謂偶然中蘊藏著必然。

我們仔細觀察、比較前文所舉的輕音異文例，可以發現一個很有趣的現象：那些表記同一個輕音音節的每一組異文，聲母必定相同；韻母有同有異（如「排」與「派」同；「諒」和「料」異）；而聲調則沒有一組不出現差異。這種「聲同調異」的現象，正是人們在記寫輕音音節語素時產生的尋求「本字」的心理狀態的如實反映。

因為輕音的音質模糊而不確定，所以對於「本字」難免出現仁智之見。由於對「本字」的認識不同，人們主要注意的是語義上的關聯，而在語音上並不苛求（也無法苛求），只要聲母相同，韻母就可以放寬尺度作曖昧處理，不再拘泥，而聲調的異同就完全不予計較了。所以每一種異文中總會有不同聲調的字出現。異文所反映的這種「聲同調異」的規律性，正好跟王力先生論述輕音的觀點暗合。

王先生四十多年前曾經說過：「輕音對元音的音色發生很大影響。它能使元音模糊化」。「輕音是語法現象，同時是詞彙現象。它和元音的關係較深，和聲調的關係較淺。」❽先生這樣認識輕音音節的音質變化，是非常合乎實際的，所以他的論斷與本文倒過來從異文出發去探討表記輕音音節的文字符號時所觀察到的，人們在「本字」的推定中所產生的處理聲韻調的心理狀態完全吻合。換句話說，上文指出的對韻母「作

---

❽　王力《漢語史稿》上冊 195 頁。

曖昧處理」，正是輕音「使元音模糊化」的結果；對聲調「完全不予計較」的現象，正是「和聲調的關係較淺」的反映。這些暗合，對於王先生的立論正好是一個很切實的實踐的驗證。因此我們不妨把異文上「聲同調異」的這種具有條例性的特徵作爲探尋漢語史上輕音音節的一個線索，或者說路標。這就接觸到研究輕音史和兒音史的方法論問題了。

　　對於北京話的輕音史，本文把《紅樓夢》作爲切入點，進行了初步的探討。以《紅樓夢》爲切入點是因爲知今乃能知古。《紅樓夢》的語言，也就是十八世紀的北京話，正處在近代和現代的臨界點上，距現代漢語最近，最便於考察。從前文所舉的例證可知，對於研究輕音史來說，《紅樓夢》確實是一座可以讓我們上推古、下觀今的堅固的橋梁。

　　從《紅樓夢》向下看，直到今天，這些異文所反映的語音，在北京話中都是輕音。這就表明：現代漢語的輕音現象不自今日始，至少在《紅樓夢》的時代，也就是早在十八世紀已經在北京話裡確確實實地存在著了。這個結論是靠得住的。

　　那麼，再從《紅樓夢》上溯，只要我們有時代、地區、性質這三個要素都符合要求的語料，並且從中發現了「聲同調異」的異文群，那裡就有隱藏著輕音音節的極大的可能性，值得深入地開掘。如法步步上溯，一直到再難找到這種異文群的時代，那裡大概就是輕音現象始生的源頭。前些年筆者研究兒音史，也是這樣一個步步上溯的思路。

　　但是兒音至少還有「兒」這樣一個專有標識，而輕音則任何專有標識都沒有，很難捉捕。所以輕音的研究比兒化音更多一層難度。本文所闡述的從「聲同調異」的異文這株「隱身草」中去探訪它的踪跡，或者可以算一個沒有辦法的辦法。

　　當然，問題並不如此單純。從當代北京話來看，輕音音節的異文

並不全是「聲同調異」的，有一部分是完全同音，也就是聲韻調並同的。如「花消」也寫作「花銷」，「身分」也寫作「身份」等等，「消」和「銷」、「分」和「份」都是聲韻調全同的字。《紅樓夢》中也有這種完全同音的異文。如：

　　幫趁（第 6 回）：幫襯（第 60 回）

　　忖度（第 3 回）：忖奪（第 44 回）

　　過餘（第 8 回）：過逾（第 62 回）

　　老成（第 11 回）：老誠（第 33 回）

　　轄治（第 20 回）：轄制（第 73 回）

　　小器（第 51 回）：小氣（第 71 回）

　　作賤（第 20 回）：作踐（第 27 回）

　　墜角（第 3 回）：墜腳（第 21 回）

等等。這些詞的後一個音節在當代北京口語中都發成輕音。但是在《紅樓夢》的時代是不是也發成輕音呢？我們不能以今律古，說它們一定也發成輕音。但是在前文已經認知《紅樓夢》時代北京口語詞中確實存在著大量輕音音節語素的前提之下，這些聲韻調並同的異文在當時也有可能是輕音的反映。不過從它們本身看，還找不出確定性的認證條件來，所以還不能下肯定是輕音的結論。考據學只能「有一分材料說一分話」，只有等我們找到「聲同調異」的異文材料之後才能給它們定性。在尚未找到可以確實認證的材料之前，只能存而不論。

　　或者會這樣推論：人們在表記輕音音節的時候，首先使用的應該是聲韻調並同的字，只有在語義關聯上找不到適當的同音字以後，才會用「聲同調異」的字來牽就。所以，記寫輕音節的異文，反倒應該是聲韻調並同的字出現在前，而「聲同調異」的字出現在後。也就是說，那

些完全同音的異文反倒是表記輕音音節的「老字號」。這是一種合乎邏輯的理想的推論，但這種「理想狀態」未必合乎實際。因為從當代北京話的口語看，並不是聲韻調皆同的異文全都反映輕音。比如「人才」和「人材」，「下手」和「下首」「心靜」和「心淨」等等，這些詞的後一個音節，北京話並不是輕音。《紅樓夢》中正好也有這三對異文：

人材：（寶玉）一面走一面早瞥見那水溶坐在轎內，好個儀表人材！（第 14 回）

人才：今年方二十來往年紀，生得有幾分人才。（第 21 回）

下首：王夫人卻在西邊下首，亦是半舊青緞靠背。（第 3 回）

下手：一時鴛鴦來了便坐在賈母下手。（第 47 回）

心淨：我知道你的心裡多嫌我們娘兒兩個，是要變著法兒叫我們離了你你就心淨了。（第 35 回）

心靜：也只好強扎掙著罷了，總不得心靜一會。（第 64 回）

如果這些完全同音的異文在《紅樓夢》時代的發音已經是輕音，怎麼會到了現代反而退回去又不發輕音了呢？是什麼條件促使這些詞語失去了輕音呢？得不到合理的解釋。所以我們不能設想《紅樓夢》裡那些完全同音的異文一定是更早的記寫輕音的「老字號」。它們有可能本來就不是具有輕音音節的雙音詞，故完全同音的異文可暫不考慮。對於證明十八世紀的北京話裡存在著輕音這樣一個判斷來說，《紅樓夢》裡「聲同調異」的異文已經提供了充分的論據，所以用「聲同調異」的比較方法通過異文探求歷史上輕音現象的存在，無論從邏輯上還是從語言實際上考慮，都是可行的。

兒化音也是一樣。它和輕音有個共同點，那就是：它們都把不同的異文作為自己的「隱身草」。所以發現它們的方法都是辨析那些出于

追求「本字」而出現的各種異文。所不同的是：兒化音有一個書面標識——「兒」。從這一點上看，它比輕音還算好捉捕一些。但是化不化，只憑這個標識也是看不出來的，還要看其他的條件。從前邊討論兒化音所舉例證看，「聲同韻異」最適於兒化音棲止，「韻同調異」也有兒化音隱居的可能。《紅樓夢》中存在著兒化音的事實，對我們尋求現代漢語兒化音的源頭，無疑也是一塊可靠的階石，所以和前述研究北京話的輕音史道理一樣，對於研究北京話的兒音史來說，《紅樓夢》也是一座可以上推古、下觀今的穩固的橋梁。

方法是從實際研究對象的特殊性中總結出來的，特定的研究方法只能解決特定的問題。從這個意義上說，任何方法都有它的實用性，也都有它的局限性。而且，實用性的另一面就是它的局限性。本文所用的方法也不例外。本文所用方法的實用性和局限性在於：它能，而且只能給輕音或兒化音定性，而不能定量。也就是說，這種方法只能告訴我們什麼時代有什麼語音現象存在，而不能告訴我們某種語音現象在那個時代存在的全貌。研究某種語音現象的全貌，不但需要有反映各該語音現象各個側面的歷史材料，而且要有與這種研究目的相適應的不同的方法。本文所討論的方法對於輕音和兒化音的定性來說已經夠用了，至於解決有關全貌的定量問題，則尚期之於將來。

1999.3.1 於北京

《聲韻論叢・第九輯》
聲韻學學會主編　頁615～636
臺灣學生書局　　2000 年 8 月

從傳統聲韻學開拓
漢語方言計量研究

鄭錦全*

一、《切韻・序》的啓示

　　陸法言《切韻》以下韻書和韻圖，把漢語音節劃分出聲、韻、調，爲漢語音韻分析打下基礎，一千多年來，音韻研究大多以這樣的分析來進行。我自己就在這個傳統下學習成長，先由許世瑛先生啓蒙，再經董同龢先生（1954, 1968）指導，又爲晚一班的同學寫鋼版，抄錄了龍宇純先生（1960）的整本《韻鏡校注》。多年來師長的教誨不敢或忘，時常重溫學習歷程。看到陸法言《切韻・序》下面這幾句話總覺得可以有多種不同的思考方向：

> 吳楚則時傷輕淺，燕趙則多傷重濁，秦隴則去聲爲入，梁益則平聲似去。

前人大都以這幾句話配合序中其他文字來證明《切韻》綜合各地方音成

＊　　美國伊利諾大學語言學系講座教授

書，因而不代表一個特定地點的語言。我所鑽研的是「時傷」、「多傷」、「去聲爲入」、「平聲似去」這幾個字的含義。首先是這個「傷」字，我一直以「傷害」的意思來解讀，覺得這種感性的敘述，語言學還沒有很好的理論來分析人對自己的和對別人的語言的印象。最近查了《漢語大詞典》（羅竹風主編 1997）才知道「傷」字有「失之於」的意思，又念了楊秀芳教授（1999）的閩南語以「傷」爲「過多」這個語意的本字的論文，才不再爲「時傷輕淺」、「多傷重濁」耿耿於懷。可是，「多」和「時」卻把我帶到計量的領域。「多」和「時」說的都是數目，什麼多？什麼少？方言在哪些方面的多少顯示差異？爲了追尋這類問題的答案，我以傳統的聲、韻、調爲檢查單位，計算了現代方言的相似性。「去聲爲入」、「平聲似去」說的顯然是方言音韻對應的現象，這樣的對應規律不正是我們理解別的方言的依據嗎？對當如果不規則，我們如何衡量方言之間是否能溝通？這類相關的問題促使我開始研究方言溝通度的計算。

　　方言音韻的相似性研究主要是計算各方言聲、韻、調出現的情形，溝通度的計算則提出加權指數，所牽涉的問題比較多，本文著重在計量研究所導引出來的問題，因此主要是有關溝通度的討論。

二、方言的音韻相似性

　　六〇和七〇年代我們在王士元先生的主導下設立漢語方言音韻電腦檔案，當時是爲了幫助建立詞匯擴散理論。檔案包括近 3,000 字在北京、濟南、西安、太原、漢口、成都、揚州、蘇州、溫州、長沙、雙峰、南昌、梅縣、廣州、廈門、潮州、福州、上海等方言點的讀音、高麗譯

音、日文漢音和吳音以及《中原音韻》的擬音，前 17 個方言的材料取自《漢語方音字匯》（北京大學中文系 1962），其他語料由我們自己收集（鄭錦全 1994a）。八〇年代初，我爲了要瞭解「時傷輕淺」和「多傷重濁」，把聲紐、韻類和四聲在現代方言中出現的情形從這電腦檔案查點出來，下面列出中古幫、滂、並三聲紐在現代 17 個方言點的發音和字數：

		北京	濟南	西安	太原	漢口	成都	揚州	蘇州	溫州	長沙	雙峰	南昌	梅縣	廣州	廈門	潮州	福州
幫	p	88	89	88	89	88	87	89	90	89	88	85	86	85	87	85	86	85
	ph	3	2	3	2	3	5	3	0	0	4	6	6	7	5	7	6	7
	b	0	0	0	0	0	0	0	2	1	0	1	0	0	0	0	0	0
	m	1	1	1	1	1	0	0	0	0	0	0	0	0	0	0	0	0
滂	ph	40	40	38	40	39	39	40	39	38	38	38	40	38	39	37	36	40
	p	1	1	1	1	1	1	1	2	3	2	1	2	2	4	5	1
	f	0	0	0	0	1	1	0	0	0	0	0	0	0	0	0	0	0
	x	0	0	0	0	0	0	0	0	0	0	0	0	0	0	0	0	0
並	p	38	36	32	38	37	37	38	0	0	72	4	5	10	33	57	39	64
	ph	39	41	44	38	40	39	38	0	0	5	9	72	67	43	20	37	13
	b	0	0	0	0	0	0	0	77	77	0	64	0	0	0	0	0	0
	f	0	0	1	1	0	1	1	0	0	0	0	0	0	1	0	0

從上面數目字的多寡和出現情形，可以大致看出方言的系屬關係，例如，蘇州、溫州和雙峰有濁聲母，其他方言沒有。這樣的檢驗也就是傳統的方言區分的過程。丁邦新先生（1982）羅列出幾條方言區分的條件，總結方言的異同。我的目的是把這些差異用數值的尺度表現出

來，尤其是因爲區分所根據的條件一增加，不用定量的分析就很難做綜合的宏觀結論，而上面幫、滂、並聲母數字的安排正好可以做統計的計算，我們可以從每個項目出現的多寡來比較這些方言，也可以用出現的數目來計算方言的相關程度。如果把中古音韻所有的聲類、韻類和聲調在現代方言中出現的情形像上面聲母那樣算出來，我們就有全盤的歷史音變的數據。我根據這樣的聲、韻、調的歷史演變數據算出每對方言的相關系數，把這系數當做方言的相似程度指數（鄭錦全 1982, 1988, 1991）。本文所提到的計算都是我自己編寫電腦程式完成的。十七個方言的相似指數列於表 1。指數可以用來分類，指數最高的方言歸屬一類，就和其他的方言分開，方言在歸類後，和別的類的方言的相關也要系聯起來，這就建立類別的遠近關係，這是聚類分析。我們用相似指數做了聚類分析，畫出圖 1 的方言系屬樹形圖（細節參看鄭錦全 1988）。這個樹形圖把太原晉語單獨畫出來，主要是因爲太原平聲不分陰陽的原故。

相似性的計算還是不能解釋「輕淺」和「重濁」，但是卻能把方言的遠近用數值表現出來。圖 1 不但顯示方言的分類，而且還表現方言的遠近距離。這是傳統的方言區分無法做到的。

三、方言的音韻溝通度

《切韻·序》說的「去聲爲入」、「平聲似去」是從一個方言看另外的方言所得到的規律，別人的方言的某一類聲音聽起來像自己的某一類聲音。認識這樣的對應關係，聽其他方言或帶有口音的語言就容易得多。因此我們覺得兩個方言能否溝通，主要關鍵是對應是否有像「去

聲爲入」、「平聲似去」的規則可尋。我們用上面所說的漢語方音檔案來統計各對方言的語音對應，對應的根據是同源詞的聲母、介音、元音、韻尾和聲調在所檢查的兩個方言中出現的類型和頻率。下面所列的是方音檔案裡北京話所有舌尖鼻音聲母的字在濟南的發音，一共有五類對當（鄭錦全 1994a, 1994b, 1996）：

虐	n	零	3	10.6	雜訊	異	零聲母出現於北京非同源詞
嫩	n	l	1	10.6	雜訊	異	l 出現於北京非同源詞
納	n	n	27	10.6	信息	同	
泥	n	ȵ	21	10.6	信息	異	ȵ 不出現於北京
尿	n	s	1	10.6	雜訊	異	s 出現於北京非同源詞

　　方音檔案中北京讀舌尖鼻音的字一共 53 個，例字列於第一欄，和濟南的對應一共有 5 種類型，每種類型平均 10.6 個字，對當於濟南的舌尖鼻音和舌面鼻音的類型的字比較多，超過平均值，其他的類型是少數例外字。字數超過平均值的類型是規則性的，不必各別記憶，因此是促進理解的信息，字數少的類型需要各別記憶，造成干擾性的雜訊。舌尖鼻音對應舌尖鼻音，語音完全相同，理解應該不會有困難。北京話沒有舌面鼻音，濟南話的舌面鼻音跟北京的舌尖鼻音雖然不一樣，但是可以和舌尖鼻音認同。濟南的零聲母、舌尖邊音和擦音在北京都有可能被誤解爲非鼻音字。因此我們需要從信息與雜訊和對當的語音在同源字和非同源字裡出現的情形決定如何設計加權指數來計算溝通度。

　　在討論加權指數之前，我們需要建立單向溝通度的觀念。上面所列的是以北京看濟南，如果以濟南看北京，濟南的舌尖鼻音和北京的對

當如下：

　　　　n　　n　　27　27.0　信息　　同

　　從甲方言理解乙方言和從乙方言理解甲方言，程度不一定會完全
一樣，因此計算相互溝通度先要算出單向溝通度。從甲方言來理解乙方
言，我們稱甲方言為主位方言乙方言為客位方言。我們給主位方言和客
位方言的對當類型的信息和雜訊以及語音的異同定出如下的加權指數
（鄭錦全 1994b, 1996）：

		信息	雜訊
每一對應類型其客位方言的			
a.	語音和主位方言的語音相同	1.00	-0.25
b.	語音和主位方言的語音相異		
	i.　但不出現於主位方言	0.50	-0.50
	ii.　而且出現在主位方言的非同源詞中	0.25	-1.00

　　加權方法是給信息性的對當類型設定正值，給雜訊性的設定負
值，這是因為大量同源字所組成的對應規律能夠促進方言溝通，而例外
字會干擾語言交際。我們暫時把對應的語音完全相同的信息類型算成 1
分，就是滿分；對應的語音不同但是不會引起誤會的算成半分，對應的
語音不同而且會被誤會為非同源字的類型給予四分之一分。雜訊類型
中，如果客位方言的語音和主位方言的語音不同而且出現在主位方言的
非同源詞中，干擾特別嚴重，權重是負的滿分；其他兩個負值權重也是
以干擾的程度設定。

　　單向溝通度的計算是先從方音檔案建立聲母、介音、元音、韻尾和聲調的對當類型，一個音節分為 5 個音韻成分，上面所列的指數需要用五分之一的值乘上字數，把所得的所有數值累積起來，除以總字數，就得出單向溝通度的值。然後主客方言易位，算出另外一個單向溝通度。兩個單向溝通度的平均就算是相互溝通度。

　　表 2 列出漢語 17 個方言點兩兩之間的相互溝通度，圖 2 是以溝通度的數值做聚類分析所得出的分類圖，有數值尺度表示方言的遠近距離。

　　溝通度的計算除了表達方言的遠近距離之外，還可以幫助解決各別地區的方言分合問題，例如福建省有閩、客、贛等大方言，閩語又有地區的差別，有些地方過去是「鄉隔一叢草，講話不知道」。陳章太、李如龍（1983）以及李如龍、陳章太（1985）選取數百個單字、詞語和詞組來排比，區分福州、古田、寧德、周寧、福鼎、蒲田、廈門、泉州、永春、漳州、龍岩、大田、尤溪、永安、沙縣、建甌、建陽、松溪等18 個地點，建立閩東、蒲仙、閩南、閩中以及閩北五類方言片。方言片建立起來了，可是，其間的距離卻沒法表達，最多只能重復分類的基準來說明其分合。不能表達相關方言之間的關係程度是傳統的語言分類法的缺點。我們計算這 18 個方言點兩兩之間的溝通度，再從這數字畫出方言聚類圖（鄭錦全 1999），就可以看出閩方言的分類和距離，如圖 3 所示。

　　方言不同，要計算溝通度。語言會改變，在不同的歷史階段語言的差別多大？如果用溝通度來衡量，不同時代的人的溝通度有多少？以《廣韻》和《中原音韻》計算出來的溝通度是什麼樣的數值？這樣的溝通度如何印證鄭再發先生（1966）的歷史分期？這些都是我們想要探討

的問題。此外，溝通度計算本身也需要充實，下面是幾個新課題。

四、新研究課題

　　一個領域建立起來會連帶提出一系列相關問題，不然這個所謂領域，也就沒什麼深遠的意義和影響。到目前為止我們所提出的溝通度只是音韻方面的計量，比較完整的算法至少要考慮下列因素，包括我們剛剛討論的對應類型：

　　　　語音的對應類型

　　　　系統整體的溝通度與個人的語言能力和經驗

　　　　對應的語音的相似性和感知距離

　　　　共用詞語的多寡

　　　　語法結構的差異

　　　　上下文語境的作用

　　表 2 的溝通度是根據我所設的音韻對當的信息與干擾的加權指數計算出來的，可以做為方言比較的數值尺度，可是我們還不能肯定這就是溝通的比率。例如，濟南和廣州的相互溝通度是 0.454。張樹錚（1998）以為這個指數表示濟南人能夠聽懂廣東話百分之五十，他認為實際經驗並非如此，因而對我們的計算提出質疑。陳海倫（1996）也提出相似的問題。一個人能瞭解方言的百分之多少，決定於許多因素。我們說過，有人少小離家老大回，鄉音依舊；有人南腔北調，左右逢源。方言的理解，各人有許多差別。因此，研究溝通度需要分兩個層次，一是從方言的系統出發來看整體性的溝通度。各人有智愚賢不肖的差別，但在語言社區裡都有共同的語言，因此，個人的溝通度計算需要以語言整體性的

溝通度做基礎來調適個人的溝通度（鄭錦全 1994b）。到目前爲止我們所研究的是音韻系統整體的溝通度，至於如何在系統整體的溝通度之上考慮方言交際參與者的能力和語言經驗來算出參與者的溝通度卻還有待思考。

計算溝通度的關鍵問題是加權指數的設定。上面說過，現在的加權方法是給成素多的對當類型設定正值，給成素少的設定負值，這是因爲我們認爲大量同源字所組成的對應規律能夠促進方言溝通而例外字會干擾語言交際，這樣的加權應該是合理的。現在的加權有其一致性，但是我們期望加權能夠合乎人對語音的感知。現在暫時把對應的語音完全相同的類型算成滿分，對應的語音不同但是不會引起誤會的算成半分，對應的語音不同而且會被誤會爲非同源字的類型給予四分之一分。我們還沒有好好考慮到各別語音的性質，因此下面所列的以北京爲主位方言以西安爲客位方言的兩組對當情形就等同對待，各對當記錄是北京音、西安音、字數、組總字數、平均和所用加權指數：

北京	西安	字數	總字數	平均	加權
n	n	27	52	17.33	0.20
n	l	1	52	17.33	-0.20
n	ȵ	24	52	17.33	0.10
tʂ	pf	58	183	36.60	0.10
tʂ	pfʰ	1	183	36.60	-0.10
tʂ	ts	48	183	36.60	0.05
tʂ	tɕ	1	183	36.60	-0.20
tʂ	tʂ	75	183	36.60	0.20

這裡 /n/ 對 /ɳ/ 和 /tʂ/ 對 /pf/ 都一樣用 0.10 的加權指數（一個是促進性的正值，另外一個是干擾性的負值），但是這兩個對當類型的語音很不一樣。/ɳ/ 和 /pf/ 一樣容易或困難嗎？聲母、韻母、以及聲調都一樣容易聽懂嗎？如何設定更精密的加權指數，是急需研究的工作。我們的目標是儘快研究方言間語音的感知距離。這方面的文獻很少，王士元先生（Mohr And Wang 1968）很早就做過英語感知的試驗，但是漢語方言間的感知距離一向闕如。張家騄等曾做過北京語音感知的研究，不過不是方言之間的語音感知（張家騄等 1981, 1982）。現在我們提出計算溝通度的課題，感知距離的研究應該更有意義。

關於詞匯，我們以《漢語方言詞匯》（北京大學中文系 1964）計算過 18 個方言點詞匯上的相關系數，這 18 個方言點是北京、濟南、瀋陽、西安、成都、昆明、合肥、揚州、蘇州、溫州、長沙、南昌、梅縣、廣州、陽江、廈門、潮州、福州。方言共有的詞語的多寡，是方言區分的主要考慮。以『太陽』和『月亮』爲例，這兩個詞語在這些方言的說法如下，欄內的數字 1 代表出現，空白表示不出現：

	北京	濟南	瀋陽	西安	成都	昆明	合肥	揚州	蘇州	溫州	長沙	南昌	梅縣	廣州	陽江	廈門	潮州	福州
太陽	1	1			1	1	1	1	1	1								
日頭			1	1				1		1	1					1	1	1
爺				1														
熱頭						1					1	1	1					
太陽佛									1									
日																1		
日頭公																	1	

月亮	1	1	1	1	1	1	1	1	1		1			1
亮月子						1								
月光								1		1	1	1		
月													1	1 1
月娘													1	1

　　從數字 1 的分布可以大致看出方言的關係，但是 905 個詞目六千多個方言詞條的出現情形就無法一覽無遺，要得出方言的關係，只能把空白欄改爲 0 來計算方言的相關系數。以詞匯相關系數畫出來的樹形圖列於圖 4（鄭錦全 1982）。

　　以詞匯計算出來的方言關係和距離如何融入溝通度的計算也是需要研究的新課題。至於語法結構的差異和上下文語境對方言理解的促進作用都是值得探討的。

五、計量研究的實用

　　溝通度也可以表示方言之間互通語言信息的難易程度。如果我們把研究的著重點從互相理解轉爲方言學習，那麼，溝通度的計算就導引出方言學習難易度的研究。過去我們大力推廣國語，有關方言學習的論著，大都集中討論說方言的人如何學好標準語，方言學習沒有得到重視。語言習得的研究，多數也只是討論母語和外語的學習。以方言作爲對象，學習就有幾個特性：方言音韻相似，共有的詞語多，語法大同小異，語意觀念近似等等，這些因素如何促進和干擾語言習得，都不是外語學習的研究所觸及的。因此，方言學習的研究會創立新的領域。

　　我們現在以方言音韻的相似性和計算溝通度的原則來探討方言學習難易度的計量。方言音韻的對比，以同源詞爲根據，就要看語音的近似和差異、語音對當的類型、以及語音在音節中出現情形的異同。例如以廣東話和北京話來比較，有許多對當類型，其中兩類如下（鄭錦全1998）：

粵語	北京	次數	組總數	百分比	例字
p	p	64,682	66,083	97.88%	不
p	pʰ	1,128	66,083	1.71%	品
p	m	273	66,083	0.41%	秘
tʃʰ	tʂ	30,048	72,640	41.37%	稱
tʃʰ	tɕ	18,951	72,640	26.09%	前
tʃʰ	tʂʰ	16,968	72,640	23.36%	次
tʃʰ	ʂ	3,366	72,640	4.63%	始
tʃʰ	s	1,611	72,640	2.22%	隨
tʃʰ	tʂ	732	72,640	1.01%	重
tʃʰ	ɕ	717	72,640	0.99%	斜
tʃʰ	ts	223	72,640	0.31%	坐
tʃʰ	tɕ	24	72,640	0.03%	踐

　　這裡所用的語言材料是香港《明報》1995-96 年新聞報導的最高5,000 詞的頻次。這兩組各有多數的對當和少數的對當，可以說各自有容易學的規則，有需要各別學的例外字。但是第一組粵語的雙唇清塞音對當於北京只有三類，而第二組裡粵語的塞擦音對當於北京卻有九類，

第二組既沒有超過總出現次數半數的對當，例外也多，因此我們覺得第二組比第一組難學。

因此，決定學習的難易度，除了各組對當的規則和例外之外，還需要比較各組對當的種類的多寡和性質來決定難易。這一點又引起我們的反思，在計算溝通度的時候，也應該考慮對當類型各組之間的異同，如何決定各對當類型的紛亂和整齊程度的加權指數，又是一個新的研究課題。

六、結語

從溝通度的計算導引出一系列課題，這些課題是眞正有關語言的研究還是自己的理論所設計的框架？如果是框架的細節，就沒有語言學的意義。方言能否溝通，決定方言區分；方言分類表示方言的異同，異同不是有無，而是程度，程度需要計量來表達。溝通度的計算是以人對方言音韻對當的認識爲基礎，因此是人的語言認知的研究。

語音感知距離的度量，自然是要瞭解人的語音能力。現在爲了計算方言溝通度，感知距離的研究更具一層方言認知的意義。

古人對方言的印象，有「南蠻鴃舌」、「齊東野語」的成語。現代也有「天不怕，地不怕，最怕廣東人說官話」的說法。方言學習難易度的計算正是要以計量來分析人對方言的印象，也可以用來幫助設計方言教學的課程。

我時時提醒自己，從傳統聲韻學演繹出來的方言計量領域，不能以追求數學模式爲最終目的，而是要探討人的語言認知。

表 1 漢語 17 方言音韻相似指數

	北京	濟南	西安	太原	漢口	成都	揚州	蘇州	溫州	長沙	雙峰	南昌	梅縣	廣州	廈門	潮州
濟南	.966															
西安	.960	.971														
太原	.451	.438	.447													
漢口	.917	.876	.899	.426												
成都	.910	.870	.891	.425	.986											
揚州	.888	.888	.884	.441	.862	.861										
蘇州	.665	.654	.669	.266	.650	.650	.663									
溫州	.567	.561	.571	.175	.544	.545	.565	.834								
長沙	.697	.669	.683	.220	.715	.711	.715	.792	.686							
雙峰	.683	.667	.673	.182	.737	.733	.649	.832	.725	.837						
南昌	.657	.637	.649	.272	.637	.640	.714	.762	.653	.804	.745					
梅縣	.840	.818	.832	.452	.818	.818	.827	.722	.633	.644	.628	.689				
廣州	.548	.543	.545	.130	.515	.506	.533	.738	.830	.662	.683	.647	.635			
廈門	.663	.645	.658	.260	.646	.644	.654	.900	.795	.809	.818	.780	.759	.780		
潮州	.591	.578	.596	.203	.580	.577	.585	.789	.871	.703	.696	.673	.702	.846	.843	
福州	.682	.676	.681	.296	.664	.658	.683	.886	.786	.815	.811	.778	.751	.769	.936	.827

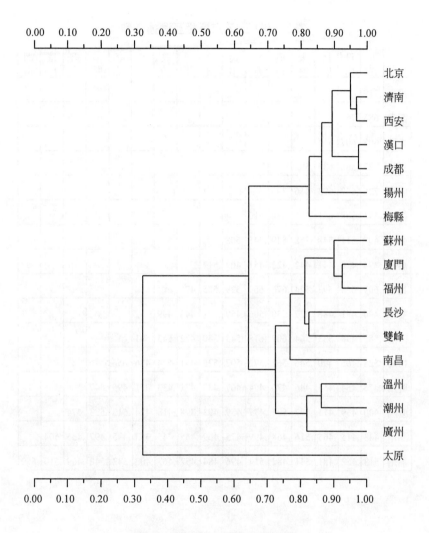

圖1 漢語 17 方言音韻系屬

表 2　漢語 17 方言相互溝通指數

	北京	濟南	西安	太原	漢口	成都	揚州	蘇州	溫州	長沙	雙峰	南昌	梅縣	廣州	廈門	潮州
濟南	.719															
西安	.685	.768														
太原	.608	.607	.614													
漢口	.727	.588	.635	.582												
成都	.726	.657	.693	.616	.795											
揚州	.541	.568	.641	.631	.578	.610										
蘇州	.499	.511	.548	.558	.549	.545	.608									
溫州	.394	.428	.441	.442	.422	.441	.407	.512								
長沙	.609	.556	.593	.524	.676	.660	.529	.525	.476							
雙峰	.490	.481	.488	.427	.530	.506	.459	.501	.448	.499						
南昌	.582	.498	.533	.564	.602	.618	.543	.540	.422	.543	.501					
梅縣	.528	.465	.490	.546	.562	.572	.502	.526	.451	.524	.436	.656				
廣州	.475	.454	.455	.446	.470	.454	.467	.483	.471	.433	.371	.495	.547			
廈門	.480	.439	.471	.472	.507	.477	.459	.493	.398	.418	.424	.513	.523	.474		
潮州	.443	.415	.465	.516	.468	.499	.475	.469	.445	.445	.353	.495	.497	.435	.504	
福州	.513	.462	.481	.541	.482	.514	.496	.484	.452	.467	.402	.542	.548	.469	.516	.550

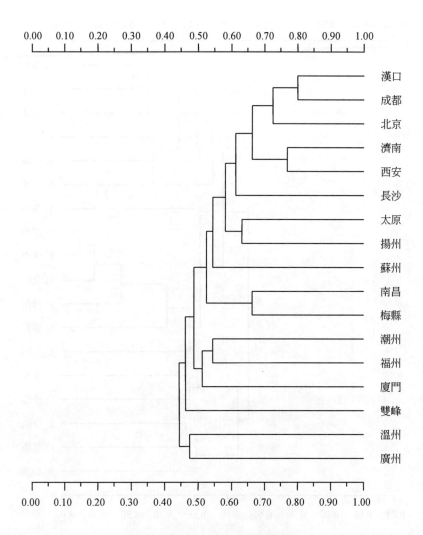

圖 2　漢語 17 方言溝通度聚類

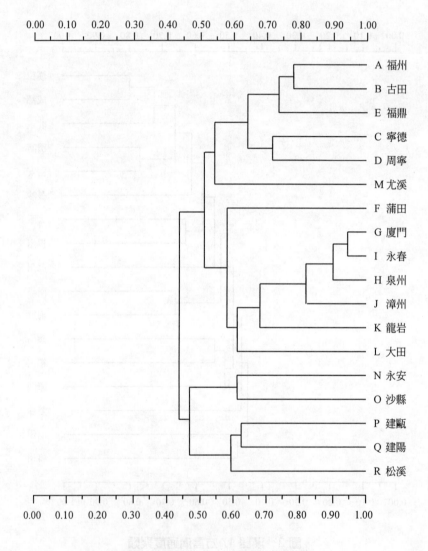

圖 3　閩方言 18 方言點音韻系屬

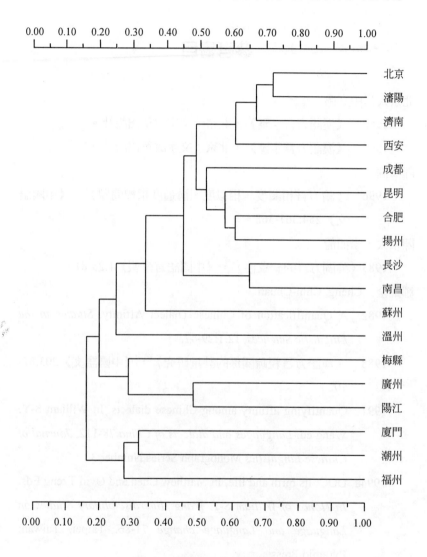

圖 4　漢語 18 方言詞匯系屬

參考書目

北京大學中文系

1962　《漢語方音字匯》，北京：文字改革出版社。

1964　《漢語方言字匯》，北京：文字改革出版社。

陳海倫

1996　〈論方言相關度、相似度、溝通度指標問題〉，《中國語文》254:361-368。

陳章太、李如龍

1983〈論閩方言的一致性〉，《中國語言學報》1:25-81。

鄭錦全　Cheng, Chin-Chuan

1982　A Quantification of Chinese Dialect Affinity, *Studies in the Linguistic Sciences*, 12.1:29-47.

1988　〈漢語方言親疏關係的計量研究〉，《中國語文》203:87-102。

1991　Quantifying affinity among Chinese dialects, In William S-Y. Wang ed. *Languages and dialects of China* 78-112, *Journal of Chinese Linguistics* Monograph Series Number 3.

1994a　DOC: Its birth and life, In Matthew Chen and Ovid Tzeng Eds. *In Honor of William S-Y. Wang: Interdisciplinary Studies on Language and Language change* 71-86. Taipei, Taiwan: Pyramid Press.

1994b　〈漢語方言溝通度的計算〉，《中國語文》238:35-43。

1996 Quantifying dialect mutual intelligibility, In Huang and Li Eds. *New Horizons in Chinese Linguistics* 269-292. Boston: Kluwer Academic Publishers.

1998 Determining difficulty level of words in dialect learning, *Proceedings of the Second International Conference on Multimedia Language Education* 1-16. 臺北：文鶴出版社。

1999 Quantitative studies in Min dialects, In Pang-Hsin Ting Ed. *Contemporary Studies on the Min Dialects* 229-246. *Journal of Chinese Linguistics* Monograph Series Number 14.

鄭再發

1966 〈漢語音韻史的分期問題〉，《中央研究院歷史語言研究所季刊》，36:635-648。

丁邦新

1982 〈漢語方言區分的條件〉，《清華學報》14.1/2:257-273。

董同龢

1954 《中國語音史》，臺北：中華文化出版事業委員會。

1968 《漢語音韻學》，臺北：廣文書局。

李如龍、陳章太

1985 〈論閩方言內部的主要差異〉，《中國語言學報》2:93-173。

龍宇純

1960 《韻鏡校注》，臺北：藝文印書館。

羅竹風主編

1997 《漢語大詞典》，上海：漢語大詞典出版社。

Mohr, Burkhard. And William. S-Y. Wang

1968　Perceptual distance and the specification of phonological features, *Phonetica* 18:31-45.

楊秀芳

1999　〈方言本字研究的探義法〉，In Alain Peyraube and Chaofen Sun Eds. *In Honor of Mei Tsu-lin: Studies on Chinese Historical Syntax and Morphology* 299-326. Paris: Ecole des Hautes Edudes en Sciences Sociales.

張家騄、齊士黔、呂士楠

1981　〈漢語輔音知覺結構初探〉，《心理學報》1.76-85。

1982　A cluster analysis of Chinese. *Journal of Chinese Linguistics* 10:190-206.

張樹錚

1998　〈關於方言溝通度和方音理解的幾個問題〉，《中國語文》264:201-207。

《聲韻論叢‧第九輯》
聲韻學學會主編　頁637～654
臺灣學生書局　　2000 年 8 月

略論粵、閩、贛客語韻尾的反向發展
——論 [-ʔ早於-p -t -k] 和 [-~早於-m -n -ng]

羅肇錦*

一、前言

　　對漢語史的研究，《切韻》是最重要的根據，因此歷代學者所研究推擬的結果，都認為中古音有陰聲韻、陽聲韻、入聲韻三類：其中陰聲韻就是沒有韻尾的開尾韻（止、遇、蟹、果、假等攝字）和以-i -u收尾的元音韻尾（止、蟹、效、流等攝字）；陽聲韻是指韻尾收-m -n -ng的鼻音韻尾（包括通、江、臻、山、宕、梗、曾、深、咸等攝字）；入聲韻是指韻尾收-p -t -k的塞音韻尾（與陽聲韻攝通、江、臻、山、宕、梗、曾、深、咸相對應）。

　　有了這種認定基礎，才能上推上古音的韻尾，下推中古到現代標

---

*　　臺灣彰化師範大學國文系

準音的演變規則。一般聲韻學及專書的論點，都這樣認爲❶：

　　「陽聲韻」是先有-m -n -ng，然後由-m -n -ng 簡化成-n -ng，再簡化爲一個-ng，最後變成鼻化音~，甚至鼻化音也消失無形變成無韻尾，它的規律是：

```
-m
-n      -n
-ng     -ng     -ng     ~       -0
```

　　「入聲韻」是先有-p -t -k，然後由-p -t -k 簡化成-t -k，再簡化爲一個-k，最後變成喉塞音-ʔ，甚至喉塞音也消失變成無尾韻，它的規律是：

```
-p
-t      -t
-k      -k      -k      -ʔ      -0
```

　　但是這幾年客家話的研究越來越受重視，各地客家話的調查成果陸續披露以後，發現較早期客家話（如贛南與閩西）的韻尾現象，比較後期客家話（如粵北與臺灣），在陽聲尾與入聲尾的表現上，正好與傳統的規律相反。也就是說從客家話的韻尾發展，先有鼻化音 ~和喉塞音-ʔ，然後產生-m -n -ng 和-p -t -k，它的演化情況如下：

　　「陽聲韻」是先有鼻化音~，然後由鼻化音~分化出~和-ng，接著再產生-n -m，最後變成-m -n -ng，它的規律是：

```
~       ~       ~       ~
```

---

❶　漢語鼻音尾、塞音尾的討論。向來都以中古音有-m -n -ng -p -t -k 等六個語尾爲標準，向上古推論也不離這六個韻尾，至於中古到現代的推論，則以這六個韻尾的各類同化合併而已。這類說法根深蒂固，本文在此不特別指出哪些專家的學說。

```
-ng        -ng        -ng
-n         -n
-m
```

「入聲韻」是先有喉塞音-ʔ，然後由喉塞音-ʔ分化出-ʔ和-k，再產生-p -t，最後變成-p -t -k -ʔ，它的規律是：

```
-ʔ         -ʔ         -ʔ          -ʔ
-k         -k         -k
-t         -t
-p
```

這種以傳統來看是逆向的演變，但是從客家人的遷徙歷史，以及語音演變的合理性看，這樣的演變才是漢語韻尾演變的正確規律。也就是說韻尾的產生是先有陰聲韻，當陰聲韻尾不足辨義時，再產生鼻化音-~和喉塞音-ʔ，以增加辨義的音位，後來社會進步，需要的詞彙越多，就需要更複雜的音位，才能滿足語言社會的名號需求。因此又陸續產生-m -n -ng 和-p -t -k。如果以 A 表示漢語的單元音（陰聲韻），那麼陽聲韻及入聲韻的演變規律應該改寫如下：

陽聲韻尾　　　　　　　　　入聲韻尾

```
A  ---A  ---A  ---A  ---A      A  ---A  ---A  ---A  ---A
A~  --A~  --A~  --A~          Aʔ  --Aʔ  --Aʔ  --Aʔ
    Ang -- Ang -- Ang              Ak  --Ak  --Ak
         An  -- An                      At  -- At
              Am                             Ap
```

二、客語的韻尾資料比對

　　客語方言點的調查研究，正在蓬勃發展，由於客家人散居四處，受周圍語言影響之下，各縣市的調查結果差異很大。例如：同一個南雄縣，珠璣巷的有喉塞音-ʔ❷，百順只有入聲調但沒有入聲韻母❸（劉綸鑫），烏逕則入聲韻母入聲調都沒有，變成純粹的陰聲韻❹。或同一個武平縣，有的調查只有一個喉塞陰-ʔ❺（武平縣志），但岩前卻有-ʔ與-k 兩個塞音❻，城關則有-ʔ、-t、-k 三個塞音，從這麼複雜的語音狀況，一個縣不能以一種方言去代表它，必須用多種次方言共同呈現它的眞實語言現象，因此以後的調查可能要以鄉鎭爲單位，才能眞正把語言面貌呈現出來。下面的討論以縣爲單位，遇有資料不同的，則以括弧（　）表示其不穩定性及差異性。

　　本文以贛南、閩西、粵東爲主軸，由於粵的部份比較複雜，因此又分粵東、粵北、粵中，以及臺灣、香港，另外各找出一兩個湖南、廣西、四川的方言點，來比較它們之間的差異，並說明它們的地域與遷徙之間的關係。又臺灣部份選用苗栗、新竹、美濃、崙背，分別代表從粵東（苗栗、美濃的四縣腔）、粵中（新竹海陸的海陸腔）、閩西（雲林崙背的詔安腔）遷徙來臺。在本文贛南採取了南康、上猶、安遠、崇義、

---

❷　資料同❶，百順只有入聲調無入聲韻母，見劉綸鑫《客方言的入聲》，第二屆客方研討論會論文。

❸　見張雙慶、萬波《南雄烏逕方言音系及特點》第二屆客方研討論會論文。

❹　《武平縣志方言志》所記只有-ng 和-ʔ兩種韻尾。

❺　見李如龍、張雙慶《贛客方言調查報告》。

❻　見鄧曉華《閩西客話韻母的音韻特點及其演變》。

定南、井岡山、贛縣、瑞金八個方言點，閩西採取了上杭、武平、寧化、連成、長汀、永定、九峰、清流、秀篆九個方言點，粵北採用了南雄、翁源、曲江三個方言點，粵東採用了蕉嶺、大埔、五華、興寧、梅縣、平遠、揭西七個方言點，臺灣採用了苗栗、新竹、美濃、崙背四個方言點，鄂東酃縣可以歸入贛南成為九個點，新豐、增城與粵東相類也可歸為一類成為九個點。加上香港和崇謙堂兩個點，廣西的陸川、蒙山兩個點和四川一個點❼。總共以贛南、閩西、粵東三區各九個點就可以看出客語韻尾的發展順序：

韻尾輔音	陽聲韻				入聲韻			
客語方言點	-~	-ng	-n	-m	-ʔ	-k	-t	-p
南康－贛南	+	－	－	－	(－)	－	－	－
上猶－贛南	+	(+)	－	－	(－)	－	－	－
安遠－贛南	+	(+)	－	－	(－)	－	－	－
崇義－贛南	+	+	－	－	－	－	－	－
定南－贛南	－	+	+	－	－	+	+	－
井岡山贛南	－	+	+	－	－	+	+	－
酃縣－鄂東	－	+	+	－	－	+	+	－
贛縣－贛南	+	+	－	－	+	－	－	－
瑞金－贛南	(+)	+	+	－	(－)	(+)	(+)	－
上杭－閩西	+	－	－	－	+	－	－	－
武平－閩西	－	+	(+)	－	+	(+)	－	－
寧化－閩西	－	+	－	－	(+)	(+)	－	－

❼ 四川客家人以方言島形式聚居，如川西的成都市郊、川北的廣安、巴中、三臺、樂至、儀隴、通江、達川等地。現有資料都是董同龢《四川涼水井客話記音》。

連城－閩西	－	＋	－	－	－	－	－	－
長汀－閩西	(＋)	＋	－	－	－	－	－	－
秀篆－閩西	－	＋	＋	－	－	－	＋	＋
永定－閩西	(－)	(＋)	(＋)	－	＋	－	(＋)	－
九峰－閩西	＋	＋	＋	＋	＋	＋	＋	＋
清流－閩西	－	＋	－	－	＋	－	－	－
南雄－粵北	＋	＋	－	－	－	－	－	－
翁源－粵北	－	＋	＋	－	－	＋	＋	－
曲江－粵北	－	＋	＋	－	－	＋	＋	－
蕉嶺－粵東	－	＋	＋	＋	－	＋	＋	＋
大埔－粵東	－	＋	＋	＋	－	＋	＋	＋
五華－粵東	－	＋	＋	＋	－	＋	＋	＋
興寧－粵東	－	＋	＋	－	－	＋	＋	＋
梅縣－粵東	－	＋	＋	＋	－	＋	＋	＋
平遠－粵東	－	＋	＋	＋	－	＋	＋	＋
揭西－粵東	－	＋	＋	＋	－	＋	＋	＋
新豐－粵中	－	＋	＋	＋	－	＋	＋	＋
增城－粵中	－	＋	＋	＋	－	＋	＋	＋
苗栗－臺灣	－	＋	＋	＋	－	＋	＋	＋
新竹－臺灣	－	＋	＋	＋	－	＋	＋	＋
美濃－臺灣	－	＋	＋	＋	－	＋	＋	＋
崙背－臺灣	－	＋	＋	＋	－	＋	＋	＋
香港－香港	－	＋	＋	＋	－	＋	＋	＋
崇謙堂香港	－	＋	＋	＋	－	＋	＋	＋
陸川－廣西	－	＋	＋	＋	－	＋	＋	＋
蒙山－廣西	－	＋	＋	＋	－	＋	＋	＋
涼水井四川	－	＋	＋	－	－	－	－	－

　　從上面贛南、閩西、粵北、臺灣到香港、廣西、湖南、四川等地，客家話的陽聲韻和入聲韻的發展，與客家人播遷的時空非常吻合，從前人研究的成果看，贛南是中原南下的第一站❽，其次遷往閩西及粵北，閩西的石壁村（寧化）及粵北的珠璣巷（南雄）就是兩個轉徙重站，有人稱其為客家的麥迦（回教基督的聖地）。至於客家名號得形成及所謂的客家話的底定，則在元明之後，從閩西、粵北遷往粵東後才正式稱為客家。清初三蕃之亂到太平天國及湖廣塡川，才又迫遷四川、廣西、雷州、海南，更有一大批遷往臺灣及海外各地，以康熙、乾隆年間最盛❾。這種遷徙的時空關係，可以大致如下加以表明：

　　　　贛南---閩西---粵北---粵東---臺灣、湘、川、桂

　　　　東晉---隋唐---唐宋---元明---清初以後

如果以韻尾前後發展的次序做大概的分類，也很清楚可以看出它們發展的先後順序，差不多是先產生喉塞音-ʔ，次產生舌根塞音-k，在產生舌尖塞音-t，最後產生雙唇塞音-p，陽聲韻尾的產生，正好與入聲相對稱，鼻化音-~對喉塞音-ʔ，鼻音-ng -n -m 對塞音-k -t -p，兩兩相對若合符節。這種語音發展才是自然的語音規律，比列如下：

　　　【入聲韻】：-0 --- -ʔ --- -k --- -t --- -p

　　　【陽聲韻】：-0 --- -~ --- -ng --- -n --- -m

---

❽　今山西省許多地方【水】唸 fe，與閩西許多地方唸 fi 同一個系統，客家的老祖籍地在山西一帶應毋庸置疑。參見張光宇《閩客方言史稿》及山西方言調查集。

❾　臺灣客家遷臺康熙年間以閩西及潮州為主，乾隆年間則以梅縣、蕉嶺、五華、平遠一帶為主。閩西則以永定上杭、南靖、平和、詔安為主，潮州則以饒平為最多，移至今彰化埔心、永靖、田尾、社頭、員林等地，都是康熙年間來臺。

下面就以入聲韻、陽聲韻的次序，分別加以說明。

三、入聲韻的發展

(1)首先我們看贛南區：九個縣之中，有四個縣（南康、上猶、安遠、崇義）幾乎完全沒有入聲，定南、井岡山、鄺縣有-k -t 兩個塞音尾，有可能是回流客家話的影響所造成的。贛縣、瑞金只有一個喉塞音 [-ʔ]⑩，而-p 塞音在贛南清一色不存在，這並不是-p 在贛南失落了，而是贛南的客家話比較古老，還沒有產生-p。

(2)閩西區：喉塞音-ʔ在九縣之中有六個縣（上杭、武平、寧化、永定、九峰、清流）都保有這個韻尾，真正保留舌根塞音-k 的有九峰一處⑪（武平、寧化有的城鎮有，有的沒有），而保留舌尖塞音-t 的有秀篆和九峰，這表示-k -t 的產生以-k 為先，但不是絕對（有例外以-t 為先）。而雙唇塞音-p 的現象就非常明顯，在贛南區完全沒有-p，閩西地區以部份產生-p，而粵東地區則統統有-p（興寧除外），甚至其後的臺、港、川、桂也都有-p 韻尾。這種現象決不是偶然可以說明的，我們很清楚的可以看出。

(3)粵東區：粵東客家話是後期的客家話，就像北京話是最後期的北方官話，後期當然是強勢的，因此梅縣客家話幾乎成了客家話的標準

---

⑩　羅肇錦《瑞金方言》有-ng -n -k -t 四個入聲，與劉綸鑫《客方言的入聲》所記不同，只有一個喉塞音-ʔ。

⑪　九峰地屬漳州市平和縣，參見曾少聰《閩西客話與閩南客話比較研究——以長汀刻話和九峰客話為例》。

語，與北京話是普通話的代表一樣的無法抗拒。然而後期的語言也是產生變化最大的語言，因此，客家話從贛南幾乎沒有入聲，到閩西產生許多喉塞音-ʔ及少許-k -t -p，到粵東則喉塞音-ʔ摒棄不用，產生完整的-k -t -p 與-ng -n -m 對稱使用。所以我們從粵東地區的蕉嶺、大埔、五華、興寧、梅縣、平遠、揭西的入聲尾可以看到，完全沒有喉塞音-ʔ，卻有完全的-k -t -p，這種現象很明顯的是先有喉塞音-ʔ，再有-k -t -p。也就是說塞音尾產生的順序是由【-0----ʔ----k----t----p】，不是研究中國歷史音韻的學者向來所認定的由【-p----t----k----ʔ----0】。

(4)粵北區、港臺區：粵北地方因爲接近贛南，所以南雄、翁源、曲江的入聲尾，也都是贛南的特色沒有喉塞音-ʔ也沒有雙唇塞音-p，臺灣區大都粵東遷來，所以一樣是沒有喉塞音-ʔ，卻有完整的-k -t -p。崙背客家話是從閩西搬遷過去的，加上受臺灣漳泉閩語的影響，而保留-t -k 兩個入聲。

如果統計贛南、閩西、粵北各九個縣代表點，分-ʔ -k -t -p 加以合算，可以很清楚的看出他們的比數和差異：

	-ʔ	-k	-t	-p	共計
贛南（9縣）	1	3	3	0	7
閩西（9縣）	5	1	2	2	10
粵東（9縣）	0	9	9	9	27
共計	6	13	14	11	

上表的統計，除了顯示贛南、閩西、粵東的入聲差別而外，從橫的共計，可以看出目前客家話的入聲以收-k -t 尾爲主，-p 尾的使用也

在日漸增多之中，唯喉塞尾-ʔ漸漸被淘汰。從縱的共計，可以看出贛南客家話的入聲字很少，仍停留在很古老不必入聲的階段，閩西客家話使用入聲的也只是少數，但粵東客家話的數量幾乎是贛南的四倍，閩西的三倍，是發展轉變非常快速的方言。

四、陽聲韻的發展

陽聲韻尾的發展與入聲韻非常相似，基本上與入聲韻尾成對稱的方式出現，鼻化韻尾-~在贛南和閩西都很豐富，閩西比贛南用得多，表示贛南客家話比閩西較早，粵東則全面沒有鼻化韻-~。粵東鼻化韻-~消失，但卻全面採用雙唇鼻音-m，與贛南沒有半個雙唇鼻音-m 正好成了互補。閩西則有部份的鼻化韻-~，也有少數的雙唇鼻音-m，舌根鼻音-ng 由於音質接近鼻化韻-~，又可以和-m -n 同步出現，所以不管在贛南、閩西、粵東都使用量比率很高，所有客語方言點中，除了南康、上杭以外都有舌根鼻音-ng。

總之從陽聲韻尾的現況，依然可以很清楚的看出，客家話的鼻音韻尾是先有鼻化音-~，再發展出舌根、舌尖鼻音-ng -n，最後再產生-m，這與傳統鼻音的演化的說法完全相反。這也就是本文要提出的重要的逆向思考。下面再把本文結論與傳統的不同比列如下：

【傳統鼻音尾演變】-m----n---ng----~----0

【本文鼻音尾演變】-0----~---ng----n----m

五、其他方言的韻尾輔證

⑴閩南話的鼻音尾和塞音尾：閩南話的陽聲韻與入聲韻大都 [-~ -ng -n -m] 與 [-ʔ -k -t -p] 俱全，但是閩南話的文白異讀兩個系統非常清楚，而且大都是白話層唸鼻化音-~和喉塞音-ʔ，文讀層都唸-ng -n -m 和-k -t -p，學術界都公認閩南話的白話層比文讀層早，而且大多是吳楚遺音，如：

陽	聲	韻	入	聲	韻
例字	三	天	青	合	八	學
白話	sã	t'ĩ	ts'ĩ	haʔ	pueʔ	oʔ
文讀	sam	t'ien	ts'ing	hap	pat	hak

⑵吳語的鼻音尾和塞音尾：談到漢語中古音，任何一本聲韻學，都會提到吳語的並、定、群、澄、從、床、船、匣等全濁聲母，今天仍保持濁聲母，唸-b -d -g -dz -ɤ等，是漢語七大方言中最古老的一支。但是對吳語的入聲韻則不敢論斷，或依然認為吳語的入聲尾已由 -p -t -k 簡化成只剩一個喉塞音-ʔ。這樣解釋不是很矛盾嗎？怎麼一個語言中，聲母非常古老(保持全濁音)，韻尾卻非常進步，變得只剩一個喉塞音，簡直與北方官話相同了。

這樣的解釋完全沒有從語言的另個事實入手，才會解釋不通。如果照本文的論點，『喉塞音-ʔ是比-k -t -k 還要古老的語言成份』來解釋吳語，問題就可迎刃而解，吳語保留喉塞音沒有其他塞音，是停留在尚未發展出-k -t -p 的古語階段，與客家話的贛南區、閩西區一樣（沒有

入聲或者只有喉塞音-ʔ而已），都是比已經產生-k -t -p 的方言（如粵東）還要古老。

　　另外，吳語只有喉塞音-ʔ一個入聲尾，陽聲韻尾也只有鼻化韻-~和-ng 而已，以這麼簡單的韻尾結構，如何負荷像上海（吳語區）那麼現代的都會語言，依本文的看法，這與吳語聲母沒有清化有關，上海話比其他方言多出了濁聲母的音位八個，所以韻尾只要喉塞音-ʔ一個和陽聲韻尾-~和-ng 兩個就有足夠音位運用在社會語言的表達。

　　從吳語的韻尾結構，及聲母保持全濁現象，更可以清楚的證明，入聲韻的發展是先由喉塞音-ʔ再產生-k -t -p。同理可證，陽聲韻尾發展的次序，也是先有鼻化音-~，再發展出舌根、舌尖鼻音-ng -n，最後再產生-m。不管吳語、閩語或客家話，都是漢語的一支，它們的發展當然也是一樣的。

六、結論

　　客家歷史的研究，公認是從山西一帶的中原往南遷，先到江西、安徽一帶，然後轉遷到閩西和粵北，再從閩西、粵北移民到粵東。而從語言的現象看，正是先有喉塞音-ʔ，再有-k -t -p，鼻音韻尾則先有鼻化音，再發展出舌根、舌尖鼻音-ng -n，最後再產生-m。也就是從贛南的語言現象發展到閩西韻尾現象，最後才形成今天的粵東客家話。這樣的韻尾發展與閩南話的白話層（有-~ -ʔ）比文讀層（有-k -t -p -ng -n -m）還要早是一樣的，也與吳語古語成份很多，卻只有喉塞音-ʔ及鼻化音-~一樣，都是古語多喉塞音-ʔ、鼻化音-~，後期才有-k -t -p -ng -n -m。

　　因此從客家話的韻尾發展順序，可以推斷漢語史中韻尾的變化應

改成：-ʔ早於-p -t –k，而且-~早於-m -n -ng。

陽聲韻尾　　　　　　　　入聲韻尾

A　---A　---A　---A　---A　　　　A　---A　---A　---A　---A

　　A~　--A~　--A~　--A~　　　　　　A? --A? --A? --A?

　　　　Ang -- Ang -- Ang　　　　　　　Ak -- Ak -- Ak

　　　　　　An　-- An　　　　　　　　　　At　-- At

　　　　　　　　Am　　　　　　　　　　　　Ap

參考資料

李如龍、張雙慶　1992　客贛方言調查報告　廈門大學出版社

劉綸鑫　1996　客方言的入聲　第二屆客家方言研討會論文

吉川雅之　1996　大埔縣客家話語音特點簡介　第二屆客家方言研討會
　　　　　　論文

劉金榮　1996　大余客家話分析　第二屆客家方言研討會論文

王李英、羅兆榮　1996　增城客家話語音的內部差異　第二屆客家方言
　　　　　　研討會論文

羅美珍　1996　福建長汀客家話的連續變調
　　　　　　談談客家方言的形成
　　　　　　談談客贛語分立方言的問題

周日健　1987　廣東省惠陽客家話音系　方言第三期　頁 232-237

　　　　　　　新豐客家話　新豐縣治方言志

羅香林　1933　客家研究導論　南天書局

董同龢　1948　華陽涼水井客家話記音　史語所集刊十九本

周法高　1955　桃園縣志語言篇

楊時逢　1957　桃園客家方言　史語所集刊二十二本

袁家驊　1960　漢語方言概要　文字改革社

楊時逢　1971　美濃客家方言　史語所集刊四十二本三分

羅肇錦　1977　瑞金方言　學生書局

詹伯慧　1981　現代漢語方言　湖北人民出版社

曾少聰　1996　閩西客話與閩南客話比較研究——以長汀刻話和九峰
　　　　　　　客話爲例　中研院民族研究所　臺灣與福建社會文化
　　　　　　　研究論文集（三）

鄧曉華　1996　論客方音史研究中的幾個問題

藍小玲　1996　閩西客話語音系統　第二屆客家方言研討會論文

李惠昌　1996　五華話古次濁聲母字聲調演變考察

池田巧　1996　廣西客家陸川方言的合口音

周日健、馮國強　1996　曲江縣馬壩鎮葉屋客家話語音特點

莊初升　1996　閩南話和客家話共同的方言詞補證

張衛東　1996　論客方言與客家民係同步形成

張雙慶、萬波　1996　南雄烏逕方言音系及特點

陳其光　1984　畬語和客話　語言論文集　商務

林嘉書　1990　從文化角度談談客家方言研究　客家學研究第二集
　　　　　　　上海人民出版社

S ren EGEROD　1983　THE NAN-XIONG DIALECT　方言第二期　頁

123-142　北京出版
馮愛珍　1987　福建省順昌縣境內方言的分布　方言第三期　頁 205-214
張光宇　1991　漢語方言發展的不平衡性　中國語文第六期
林立芳　1996　梅縣方言的處置詞
鄧曉華　1988　閩西客話韻母的音韻特點及其演變
黃雪貞　1987　客家話的分布與內部異同　方言第二期　頁 81-96
　　　　1986　成都市郊龍潭寺的客家話　方言第二期　頁 116-122
羅杰瑞　1987　邵武方言的歸屬　方言第二期　頁 97-112
丁邦新　　　　上古漢語的音節結構　史語所集刊五十本
LAURENT SAGART　1993　LES DIALECTES GAN, LANGAGES CROISES（語匯叢刊）
呂嵩雁　1992　臺灣饒平客方言　東吳大學碩士論文
　　　　　　　臺灣詔安客方言　未刊
王　力　1985　漢語語音史　中國社會科學
詹伯慧　1985　客家話的形成和分佈　廣東語文報　1985：10.30.
鄧曉華　1988　閩西客話韻母的音韻特點及其演變　語言研究 1988:1
周定一　1989　酃縣客家話的語法特點　中國語言學報　第三期　頁 217-229
羅肇錦　1990　臺灣的客家話　臺原出版社
劉佐泉　1991　客家歷史與傳統文化　河南大學出版社
詹伯慧　1991　漢語方言及方言調查　湖北教育出版社
張　琨　1992　漢語方言的分類　中研院史語所會議論文集之二　第一輯漢語方言　頁 1-21

丁邦新　1992　漢語方言史和方言區域史的研究　中研院史語所會議論文集之二　第一輯漢語方言　頁 23-39

詹伯慧　1992　饒平上饒客家話語言特點說略　中國語文研究　第十期　頁 153-158.

馬重奇　1994　漳州方言研究　縱橫出版社

郭啓熹　1996　龍岩方言研究　縱橫出版社

張振興　1992　漳平方言研究　中國社會科學出版社

羅美珍、鄧曉華　1995　客家方言　福建教育出版社

周長楫　1996　閩南話的形成發展及在臺灣的傳播　臺笠語文叢書（一）

溫仲和　1898　光緒嘉應州志　卷七方言

陳曉錦　1993　東莞方言說略　廣東人民出版社

S.H. Schaank　1897　LOEH FOENG Dialect, Leiden.

Henne, Henery　1964　Sathewkok Hakka Phonology, Oslo.

Kevin A. o'connor　1976　Proto - Hakka,　Journal of Asian and African Studies 11:1-62.

Laurent SAGART　1982　Phonologie du dialecte Hakka du Sung Him Tong,　Langages Croises.

Jerry Noman　1987　CHINESE , Cambridge University.

連城縣志編輯委員會　1993　連城縣志卷三十三方言　頁 851-892　群眾出版社

龍岩市志編輯委員會　1993　龍岩市志卷三十六方言　頁 801-836　中國科技出版社

武平縣志編輯委員會　1993　武平縣志卷三十三方言　頁 753-798　中

國大百科全書出版

永定縣志編輯委員會　1994　永定縣志卷三十七方言　頁 934-978　中
　　國科技出版社

信豐縣志編輯委員會　1990　信豐縣志第六篇社會方言　頁 709-725　江
　　西人民出版社

上杭縣志編輯委員會　1993　上杭縣志卷三十三方言　頁 844-885　福
　　建人民出版社

漳平縣志編輯委員會　1995　漳平縣志卷三十方言　頁 791-835　三聯
　　書店

長汀縣志編輯委員會　1993　長汀縣志卷三十七方言　頁 867-955　三
　　聯書店

崇義縣志編輯委員會　1989　崇義縣志五章方言俗語　頁 868-602　海
　　南人民出版社

上猶縣志編輯委員會　1992　上猶縣志卷三十二方言　頁 807-862　地
　　方志叢書

興國縣志編輯委員會　1988　興國縣志卷三十二方言　頁 708-733　編
　　輯委員會

贛州地區志編委會　1994　贛州地區志第四冊二十六篇方言　頁
　　2719-2850　新華出版社

清流縣志編輯委員會　1992　清流縣志卷二十九方言　頁 699-733

寧化縣志編輯委員會　1992　寧化縣志卷三十三方言　頁 809-845

南靖縣志編輯委員會　1997　南靖縣志卷四十二方言　頁 1166-1194

平和縣志編輯委員會　1994　平和縣志卷三十四方言　頁 847-875　群
　　眾出版社

蕉嶺縣志編輯委員會　1992 蕉嶺縣志社會風俗篇方言　頁 642-662 廣東人民出版社

大埔縣志編輯委員會　1992 大埔縣志風俗方言宗教篇　頁 599-614 廣東人民出版社

饒平縣志編輯委員會　1994　饒平縣志方言篇　頁 1004-1024　廣東人民出版社

梅縣志編輯委員會　1994　梅縣志社會篇方言　頁 1053-1076　廣東人民出版社

興寧縣志編輯委員會　1992　興寧縣志社會方言篇　頁 821-830　廣東人民出版社

五華縣志編輯委員會　1991　五華縣志方言諺語篇　頁 623-631　廣東人民出版社

揭陽縣志編輯委員會　1993　揭陽縣志語言篇　頁 746-748　廣東人民出版社

《聲韻論叢‧第九輯》
聲韻學學會主編　頁655～666
臺灣學生書局　　2000 年 8 月

《廈門音新字典》中一字四音之多音字多音來源之探討

游子宜*

壹、緒論

　　多音字又叫異讀字。即一個字有兩個或兩個以上的音讀。漢字發明至今，已超過三千年歷史。漢字造字之始應是一個形體只有一個音讀。隨著語言和社會的發展，慢慢形成一個字兼有多音多義的現象。例如：國語分字有ㄈㄣ、ㄈㄣˋ兩讀，單字有ㄉㄢ、ㄕㄢˋ、ㄔㄢˊ三讀，拗字有ㄠˇ、ㄠˋ、一ㄠˋ、ㄋㄧㄡˋ、ㄩˋ五讀。在漢字學習及應用上，「一字多音」是一個不易掌握且又是重要的問題。

　　漢語方言幾乎都有一字多音的現象，閩南語尤其顯著。從閩南語多音現象中可以發現許多值得探討的問題。例如：

　　下：文讀 ha3、ha7，白讀 e7、ke7 四讀，白讀 ke7，聲母反映了上古音群母與匣母密切的關係，文讀 ha3、ha7、白讀 e7，則是中古音匣母清化後的產物。石有文讀 sik8，白讀 cioh8、siah8、sip8 四讀，西有

＊　花蓮師院語教系

文讀 se1、白讀 sai1、si1 三讀，則反映了時代與地域的不同層次。❶

　　因此，閩南語多音字的研究不僅複雜且饒富趣味。本文選取《廈門音新字典》中一字四音的多音字作為研討的對象，探討其多音的來源。筆者渴望能潛入閩南語廣闊的海洋，做一個勇於探索的採珠人，或許能捧起成串的珍珠，向熱愛漢語方言的學者，獻上可挹的芳馨。

貳、多音字的類型

　　《廈門音新字典》中一字四音的多音字，若從文白讀組合的角度，以及從語音差異的角度來分析，可歸納為下列幾種類型：

甲、從文白讀組合的情形分

1.一文三白型

方　hong¹(w)：四面八方
　　hng¹(p)：藥方
　　pang¹(p)：面四方
　　png¹(p)：方先生

穿　chuan¹(w)：滴水穿石
　　ching⁷(p)：穿衫（訓用字）
　　chng¹(p)：穿針
　　chng³(p)：穿空（鑽孔）

成　sing⁵(w)：成功
　　ciann⁵(p)：成儂、不成儂
　　chiann⁵(p)：成互大漢
　　siann⁵(p)：一成

石　sik⁸(w)：石破天驚
　　cioh⁸(p)：石頭
　　siah⁸(p)：石硯
　　sip⁸(p)：siu1-sip8-tan1

想　siong²(w)：空思夢想

牙　ga⁵(w)：牙牙學語

---

❶　詳見張光宇先生《切韻與方言》一書，頁 146-174。

siunn¹(p)：通相字

siunn²(p)：思想

siunn⁷(p)：亂想、憨想

平　ping⁵(w)：公平

bin⁵(p)：地平平、山平平

pinn⁵(p)：平地、繪平

phinn⁵(p)：平涂

ge⁵(p)：咬牙切齒

ging⁵(p)：牙蕉（水果名

ha⁵(p)：牙 lan1=gia5lan1

2.二文二白型

散　san²(w)：藥散

san³(w)：四散

suann²(p)：平安散

suann³(p)：拍散、分散

種　ciong²(w)：種種

ciong³(w)：栽種

cing²(p)：牛種

cing³(p)：種菜

思　su¹(w)：思想

su³(w)：心思（心緒）

si¹(p)：病相思

su⁷(p)：大心思、好心思

彈　tan⁵(w)：彈劾

tan⁷(w)：飛彈

tuann⁵(p)：彈琴

tuann⁷(p)：臭彈

空　khong¹(w)：天空、空間

khong³(w)：虧空

khang¹(p)：空空沒物件

khang³(p)：空地仔

相　siong¹(w)：相親相愛

siong³(w)：相命

sann¹(p)：相識

siunn¹(p)：相思樹

田　tian⁵(w)：田中

tian⁷(w)：通佃字

chan⁵(p)：做田儂

chian⁵(p)：田蛙仔

當　tong¹(w)：應當

tong³(w)：適當、妥當

tang³(p)：不當

tng³(p)：當店

3.三文一白型

數　chiok⁴(w)：數罟不入洿池　　　將　ciong¹(w)：將來

　　soo³(w)：數學　　　　　　　　　　ciong³(w)：大將

　　sok⁴(w)：祭不欲數（頻繁）　　　　chiong¹(w)：鏗將（聲音）

　　siau³(p)：數目　　　　　　　　　　ciang³(p)：將才

廣　kong²(w)：廣大

　　kong³(w)：由東到西的長叫廣

　　khong³(w)：空廣

　　kng²(p)：廣東

4.四文讀型

敦　tiau¹(w)：通雕字，敦弓　　　　湛　cim¹(w)：通漸字（浸染）

　　tun1(w)：倫敦　　　　　　　　　　sim⁵(w)：通沉字

　　tui¹(w)：逼迫也。《詩、　　　　　tan¹(w)：通耽字

　　邶風、北門》：王事敦我　　　　　tam⁷(w)：湛湛（深厚貌）

　　tui³(w)：盤子也。

彊　kiong¹(w)：通疆字

　　kiong²(w)：勉強

　　kiong⁵(w)：國家強

　　kiong⁷(w)：倔強

乙、從語音的差異分

1.聲母不同、韻母和聲調相同

　例如：

(1) 成　　白讀有 ciann^5、chiann^5、siann^5 的異讀

(2) 平　　白讀有 pinn^5、phinn^5 的異讀

2.韻母不同、聲母和聲調相同

例如：

(1) 工　　有文讀 kong^1 及白讀 kang^1、kng^1 的異讀

(2) 牙　　有文讀 ga^5 及白讀 ge^5、ging^5 的異讀

3.聲調不同、聲母和韻母相同

例如：

(1) 種　　文讀有 ciong^2、ciong^3 兩讀

　　　　　白讀有 cing^2、cing^3 兩讀

(2) 想字　白讀有 siunn^1、siunn^2、siunn^7 的異讀

(3) 彈字　文讀有 tan^5、tan^7 的異讀

　　　　　白讀有 tuann^5、tuann^7 的異讀

4.聲母、韻母不同，聲調相同

(1) 樂　　文讀有 gak^8 及 lok^8 的異讀

(2) 平　　文讀 ping^5 白讀 bin^5 的異讀

5.聲母聲調不同，韻母相同

湛字文讀有 cim^1、sim^5 的異讀

6.韻母聲調不同，聲母相同

齊字文讀有 ce^5、cai^1 的異讀

7.聲母、韻母、聲調均不相同

(1) 數　　文讀有 chok^4、soo^3 的異讀

(2) 湛　　文讀有 tan^1、sim^5 的異讀

參、多音的來源

　　如上節所述，這些一字四音的多音字，究竟有那些來源的呢？仔細分析，可歸納出下列數種原因：

一、文白異讀

　　幾乎所有漢語方言都有文讀音和白話音的區別，閩南語尤其顯著。文白異讀是歷史上權威或優勢方言進入地域方言後兩種音系互動的沉積。起初，兩音系各有使用場合而並行不悖，浸假而起交叉滲透，於是產生了競爭、取代、抵拒、妥協、分工等一連串複雜的變化。❷文白異讀之間，必須有嚴整的語音對應關係。

　　《廈門音新字典》中一字四音的多音字，其中頗多是文白異讀互動的沉積。例如：種有 ciong^2、ciong^3、cing^2、cing^3 四讀，其中 ciong^2 與 cing^2，ciong^3 與 cing^3 互爲文白異讀。其他如：

花	hua^1 : hue^1		縫	hong^5 : pang^5
老	lo^2 : lau^2			hong^7 : phang^7
解	kai^2 : kue^2		正	cing^1 : ciann^1
頭	thoo^5 : thau^5			cing^3 : ciann^3
雙	song^1 : sang^1		空	khong^1 : khang^1
雄	hiong^5 : hing^5			khong^3 : khang^3
穿	chuan^1 : chng^1		程	ting^5 : tiann^5

---

❷　詳見何大安先生《聲韻學中的觀念和方法》頁 166-168，張光宇先生〈漢語方語見系二等文白讀的幾種類型〉，以及楊秀芳先生〈閩南語的文白異讀研討大綱〉等文。

當	tong¹ : tang¹		thing⁵ : thiann⁵
白	pik⁸ : peh⁸	重	tiong⁵ : ting⁵
龍	liong⁵ : ling⁵		tiong⁷ : tang⁷
量	liong⁷ : niu⁷	還	huan⁵ : hing⁵
鄉	hiong¹ : hiunn¹	閒	han⁵ : ing⁵

二、音隨義轉

漢字初造之始，應該是一個字形、一個字音、一個字義，其字義稱爲本義。由於社會日趨複雜，爲了表達的需要，由本義產生引申義、假借義，造成一個字形兼有多種不同的意義。人們爲了區別詞義的不同，從而改變音讀以配合之，學者稱這種現象爲謂之音隨義轉。

音隨義轉，不論在傳統古籍裡，國語交談時或是方言使用中，都是常見的現象。《廈門音新字典》中的多音字，音隨義轉也是多音的主要來源。現在舉例如下：

甲、由於引申而異讀

由於字義引申或詞性變化，因而改讀聲調（四聲）以區別之，學者稱之爲四聲別義。❸例如：

1. 種　　文讀　(1) ciong² : 種種、品種、業種
　　　　　　　　(2) ciong³ : 種植樹木
　　　　　　白讀　(1) cing² : 人種、黃種、好種
　　　　　　　　(2) cing³ : 種田、種樹仔、種西瓜

---

❸ 詳見周祖謨《問學集》上冊，頁 81-119。有的學者稱爲讀破，詳見游子宜《群經音辨研究》頁 119-212。

2. 空　　文讀　(1) khong¹：空氣、空洞、太空

　　　　　　　　(2) khong³：303、505（0 念空）

　　　　　白讀　(1) khang¹：空行、空心、空頭

　　　　　　　　(2) khang³：空縫、空白、空額

3. 正　　文讀　(1) cing¹(w)：正月

　　　　　　　　(2) cing³(w)：正途

　　　　　白讀　(1) ciann¹(p)：正月

　　　　　　　　(2) ciann³(p)：頭正正

乙、由於假借而異讀

1. 親　　文讀　(1) chin¹：如親近、親愛

　　　　　　　　(2) sin¹：通新字（假借音）

2. 齊　　文讀　(1) ce⁵：整齊、排齊

　　　　　　　　(2) cai¹：通齋字（假借音）

3. 龍　　文讀　(1) liong⁵：一尾活龍

　　　　　　　　(2) thiong²：通寵字（假借音）

4. 白　　文讀　(1) tian⁵：田文（人名）

　　　　　　　　(2) tian⁷：通佃字（假借音）

5. 高　　文讀　(1) kau¹：高大漢

　　　　　　　　(2) koo¹：koo¹-tai¹-cinn⁵

　　　　　　　　　　ia⁷-koo¹-tai¹（假借音）

三、特殊音讀

出現在人名、地名、物名等特殊之讀法。例如：

1. 分，四音中有 bun⁷ 一音，如 hoo⁵-lo⁵-bun⁷（一種賭博用的紙）

2. 連，四音中有 ni^5 一音，如黃連

3. 管，四音中有 koo^2 一音，如牛角管

4. 難，四音中有 $lian^5$ 一音，如 kai^2-$lian^5$-$king^1$（金紙）

5. 花，四音中有 he^1 一音，如蔻花色

6. 肉，四音中有 cu^7 一音，如江瑤肉

7. 石，四音中有 sip^8 一音，如 siu^1-sip^8-tan^1

8. 工，四音中有 kng^1 一音，如阿工（船內工作師傅）

9. 山，四音中有 sam^1 一音，如山魈

10. 樂，四音中有 loh^8 一音，如 tio^5-loh^8（長樂）

四、又讀

1. 麻　moo^5＝ma^5（文讀）

2. 雪　sap^4＝sat^4（文讀）

3. 簷　$liam^5$＝$siam^5$（文讀）

4. 程　$ting^5$＝$thing^5$（文讀）

5. 纏　$tian^5$＝$tian^7$（文讀）

6. 事　lia^7＝tai^7（白讀）

7. 便　$ping^5$＝pan^1（白讀）

8. 勞　ho^5＝lo^5（白讀）

9. 程　$tiann^5$＝$thiann^5$（白讀）

10. 纏　$pinn^5$＝$tinn^5$（白讀）

五、訓讀

1. 香字四音中有 $phang^1$ 一音，本字為芳

2. 口字四音中有 chui³ 一音，本字爲喙

3. 行字四音中有 cua⁷ 一音，本字擬爲（迣、畷）

4. 吹字四音中有 pun⁵ 一音，本字擬爲（歕）

5. 穿字四音中有 ching⁷ 一音，本字擬爲（頌）

6. 高字四音中有 kuainn⁵ 一音，本字擬爲（懸、峼）

7. 發字四音中有 puh⁴ 一音，本字擬爲（窋）

8. 頭字四音中有 chau² 一音，本字擬爲（草）

9. 與字四音中有 hoo⁷ 一音，本字擬爲（付）

10.雄字四音中有 hiong¹ 一音，本字擬爲（兇）

11.蓋字四音中有 kham³ 一音，本字擬爲（勘）

12.轉字四音中有 cun⁷ 一音，本字擬爲（拵）

肆、結語

　　由以上的分析可知，《廈門音新字典》中一字四音的多音字，其多音的來源十分複雜：有文白異讀、音隨義轉、特殊音讀、訓讀、又讀等因素，也有少數來源不甚清楚，仍有待深入研究。

　　多音字由於繁瑣，常使老師或學習者造成一些困擾。因此有些人主張簡化字音，把所有多音字統整爲一字、一形、一音，其用意雖佳，但卻忽視了語言發展的事實。語言是成千上萬的人共同生活，經過長久時間的孕育，慢慢約定俗成的。多音現象，不僅存在國語裡頭，也普遍存在方言之中，本文的研究，或許能提供研究其他方言多音字及國語多音字的參考。

參考書目

1. 《廈門音新字典》甘為霖　臺灣教會公報社。

2. 《語言地理類型學》橋本萬太郎　北京大學出版社。

3. 《閩客方言史稿》張光宇　南天書局。

4. 《切韻與方言》張光宇　商務印書館。

5. 《聲韻學中的觀念和方法》何大安　大安出版社。

6. 《臺灣閩南語概論講授資料彙編》　臺灣語文學會。

7. 《人類文化語言學》鄧曉華　廈門大學出版社。

8. 《問學集》周祖謨　中華書局。

9. 《群經音辨研究》游子宜　政大中研所碩士論文。

10. 《臺灣閩南語一字多音之研究》游子宜　政大中研所博士論文。

11. 〈閩南方言中的上古音殘餘〉黃典誠《語言研究》1982.3 期。

12. 〈客語異讀音的來源〉羅肇錦《臺北師院學報》，第七期，頁 305-326。

《聲韻論叢・第九輯》
聲韻學學會主編　　頁667～718
臺灣學生書局　　　2000 年 8 月

漢語送氣音與鼻音衍化的動機與類型

洪惟仁*

0 前言

　　漢語是一種單音節的孤立語，文法上沒有形態變化，表意的漢字通行了數千年之久竟不必廢棄。漢字這種表意的特色使得中國的學者天生缺少語音分析的能力。因此漢語語音學以訓詁、文字方面的研究最先發達，中國聲韻學是因佛教的東來，受印度聲明學的影響才發達起來的。其次由於漢語自來缺少一套通行的標音符號，從南北朝沈約等人發現四聲、隋陸法言編《切韻》到清末的古音學研究，中國聲韻學竟是在一種沒有音標的情形下發達起來的。

　　沒有音標做為記錄、討論的工具，漢語聲韻學只能做到「音類」的歸納，而做不到「音值」的描寫，註定了中國聲韻學發展的侷限，這種侷限只有等待歐洲的語言學來突破。

　　歐洲語言學的發達和殖民地的擴張有相當的因果關係。英國統治

---

*　　國立清華大學語言研究所

印度之後，Sir William Jones（1746-1794）發現了梵語和歐洲的語言間的近似。1816 年 Franz Bopp（1791-1867）以純粹語言學的方法證明了印度梵語與歐洲語言的血緣關係，因而誕生了印歐歷史比較語言學。

同時，漢語歷史比較語言學也在東方開始萌芽，先是 Marshman 1809 年的論文從漢梵對音，爲古漢語擬出一套濁聲母 b, d, g，並指出漢語、暹邏語、藏語、緬甸語的關係。同時漢語方言辭典紛紛出版，而集方言之大成者先是 Williams 1874 年的字典蒐集了四種方音，其後 Parker 在 Giles（1892）的大字典裏蒐錄了 11 種方言，爲當時的漢語方言及域外漢字音的比較研究提供了基本材料。漢語史的研究在歐洲有 Edkins, J. 1871、Volpicelli, Z. 1896、Schaank, S. H. 1897-98、Maspero, H.1912（馬伯樂），在臺灣則有小川尙義（1907）的研究，都是根據這些材料所做的。

然而集漢語方言調查與漢語歷史比較語言學大成者是高本漢。高本漢的著作很多，最有名的是他的博士論文 "Etudes sur la phonologie Chinoise"（1915-1926），1930 年在北京影印再版，漢文題目《中華語音學研究》。此書一出，在漢語音韻學界發生很大的震撼，1940 年趙元任、羅常培、李方桂參照高本漢後來的修正，譯爲中文，題爲《中國音韻學研究》，對漢語音韻學、方言學更造成極大的影響，在漢語語言學史上獲得極高的評價。

高本漢引進了西方歷史比較語言學方法，一方面善用傳統中國聲韻學的既有成就，開創了漢語歷史比較語言學的新紀元。今天談漢語古音擬測沒有人能夠忽略高本漢的成就，後來的漢語音韻史家都只不過是根據所見，針對高本漢的擬音做局部的修改而已（以上詳參洪惟仁 1994）。

然而高本漢的時代結構主義尚未誕生，當時還沒有「音位學」（phonemics），因此他所擬的音值極為煩瑣，後來音位學發達起來，漢語音韻學家們開始注意到音韻系統的對稱性、經濟性。新一代的漢語音韻史家中尤以王力 1958、董同龢 1964、李方桂 1971 的成就最受肯定。

可是自 Chomsky and Halle 1968 發表 The Sound Pattern of English（SPE）以後，現代音韻學發生了極大的變革，主要的精神是：音韻學不但要求正確地描寫音韻的事實，並且要能根據音韻的普遍性（phonological universal），提出適當的解釋。

至於如何追求音韻的普遍性則有幾種不同的法門（approach），Ladefoged 和 Ohala 等從語音學的角度追求物理的以及心理的普遍性；Greenberg、Ferguson 和 Maddieson 等人蒐集世界上各種語音或音韻標本，運用歸納法證明那些是人類的語言偏好使用的音位或音值，而衍生音韻學家們則從區別性特徵及音韻結構等各方面追求音韻上普遍的規律或限制。尤其是優選理論（optimality theory）給與本文最深刻的啓示。

現代音韻學一個很重要的概念是所謂「標記性」（markedness），也就是一組對立的語言形式需要註明的特徵值。必須加上[±F]特徵的音位是「有標的」（marked），反之不必加上[±F]特徵的音位，或者說完全沒有這樣一個特徵的音位是「無標的」（unmarked）。以塞音為例，清音是無標的，而濁音[+VOICED]則是有標的，不送氣音是「無標的」，送氣音[+SPREAD]是「有標的」。至於擦音送氣則是犯了雙重「標記性」，那就更有標的了。

至於特徵結合也有「標記性」，比如鼻音[+NASAL]跟濁音[+VOICED]或跟塞音[-CONTINUANT（非續音）]聲母結合是無標的，但是鼻音和元音[-CONSONANTAL]結合成鼻化元音則是有標的，和

[-VOICED（清音）]　[+CONTINUANT（續音）]結合成鼻擦音更是有標的。

　　越是無標的音越容易發音，因此也可以說越具有「自然性」（naturalness）。越自然的音當然越受世界的語言普遍採用於其音韻清單（phonological inventory）之中，反之越是有標的音越不易發音，因此越不受世界的語言普遍採用。世界的語言絕大多數有清塞音，但是有些語言沒有濁塞音；大部分的語言普遍有清不送氣音，較少的語言有送氣音；至於濁送氣音、送氣擦音那就更少見了。相反的，如果一個語言有濁音，通常這個語言也有清音與之對立；如果一個語言有送氣音，那這個語言通常也有不送氣音與之對立（或者像英語那樣，送氣或不送氣是條件變讀）。因此語音的「無標性」和「普遍性」有平行的關係。

　　共時的語言通常會避免採用有標的音，在語音體現上成為一種「限制」（constraint），為了迴避限制，語言通常以無標的音代替有標的音，也就是用普遍的音取代罕見的音。反映在歷時方面，迴避音韻限制就成了語音演變的一種動機（motivation）。本文以漢語演變史上送氣擦音和鼻擦音這兩個有標音的演變為例來解釋這種語音演變的動機。

　　語音的標記性除了生理的和心理的解釋，也可以由世界語言的普遍調查得到解釋。既然越是無標的音段或無標的特徵結合越具普遍性（universality），如果我們蒐集世界上各種語言的音系清單和音系結構，利用統計的方法，計算個別語音在世界語音被採用為音位的「頻率」（frequency），這樣我們就可以求得某種音位或結構限制的普遍值。Maddieson（1984）從世界各語系中分佈平均地選擇了 418 個語言的音系，輸入電腦，製成「洛杉磯加州大學音韻清單資料」（UCLA Phonological Segment Inventory Database 簡稱 UPSID），其統計的結果

成了人類語音的普遍性的證明。Maddieson 的資料是本文的主要論據。

　　語音的普遍性在歷史語言學的重要性越來越顯著。中古漢字音聲母，各家的擬音雖然不同，但有一個共同點：就是力求音系的平行（parallel），音系的平行意味著音系的對稱（symmetry）。他們相信有幫滂並明就應該是非敷奉微，有端透定泥就應該是知徹澄娘。而事實上因為特徵結合的限制不同，塞音有的區別，擦音不一定也有，阻音（obstruents）有的區別，響音不一定有。因此當塞音擦音化，或阻音續音化時兩個序列（order）的音就不一定是平行的。當重唇音變清唇音時，輕唇音序列可能無法保存重唇音序列的區別；當上古塞音顎化為塞擦音時，鼻音也不一定跟著變成鼻塞擦音。漢語歷史音韻學家所擬的音值如果不能反映音韻發展的這種不對稱性，一味追求對稱，所建構的可能是很不自然的、虛構的音韻史。

　　過去的歷史音韻學家因為太著重音系的對稱而忽略語音的普遍性和自然性，因而往往擬出一些非常奇怪的音來，對音系衍化的動機也沒有好的解釋。衍生音韻學發展至今已三十多年，新的音韻理論不斷推陳出新，但是這些新的研究成果似乎還很少被運用到漢語音韻史的研究領域來。本文嘗試利用現代音韻學的知識與理論，以中古音的送氣音及鼻音為例，對過去的中古音擬測提出一些檢討。本文不擬提出新的擬測，只是要檢討一下這些擬測的音讀是否具有自然性，對於那些不自然的擬音，我們也許可以考慮把它們的可能性減至最低。此外我們把漢語當作是一個自然語言，依照他對送氣音與鼻音限制的迴避策略來推測整個漢語送氣音及鼻音發展史的衍化過程，或者用 Sapir 的話來說：整個漢語音韻發展的潮流（drift），我們把迴避音韻限制看成是一種音變的動機，而迴避限制的策略不同則造成不同的方言類型。

1 現代方言與中古聲母擬測

　　漢語歷史比較語言學有兩大基石，一是方言調查與方言比較，二是中古韻書的整理。關於後者，中國乾嘉學派的學者已經打下良好的基礎，至於前者則百餘年來已經累積了豐富的資料，並且新的資料不斷出現、研究方法不斷在進步之中，漢語語音史的軌跡日益明朗。

　　本文的目的在探討古漢語聲母的送氣音和鼻音，茲將相關的部分聲母現代方言對應音讀整理如下，並將各家的擬音及重要討論，略做介紹，做爲本文討論的基礎。詳細的討論請看第 2 節。

　　以下羅列 7 個方言點語料作爲漢語各大語系的代表，資料主要採自《漢語方音字彙》（1989 二版），方言點代表語支如下：

　　北京：官話　　蘇州：吳語　　雙峰：湘語

　　梅縣：客語　　廣州：粵語　　廈門、福州：閩語

1.1 唇音

　　中古有漢語重唇音、輕唇音的對立。中古重唇音和輕唇音在現代方言的音讀及各家擬音如下：

1.1.1 重唇音

　　(1) 方言資料

幫系	北京	蘇州	雙峰	梅縣	廣州	廈門	福州
幫	p	p	p	p	p	p	p
滂	p^h	p^h	p^h	p^h	p^h	p^h	p^h
並	p^h平;p仄	b	b	p^h	p^h平;p仄	p;p^h	p;p^h
明	m	m	m	m	m	m	m

　　歸納以上的語料：重唇音除<並>母外現代方言的行為相當一致，因此各家的擬音也沒有什麼差異，至於<並>母和其他中古全濁音一樣，現代漢語多半已清化，唯蘇州吳語、雙峰湘語保存濁音，但吳語實際是清音濁流，湘語是不送氣濁音。清化的方言中只有客語全部送氣，粵語、官話則平聲送氣、仄聲不送氣❶，閩語則送氣不送氣沒有一定的條件。

　　(2) 各家擬音

幫系	小川	高本漢	王力	董同龢	李方桂
幫	p	p	p	p	p
滂	p^h	p^h	p^h	p^h	p^h
並	b	b^h	b^h	b^h	b
明	m	m	m	m	m

　　自十九世紀初 Marshman 以來，Edkins, Volpicelli, Schaank, 以至小川尚義，每一位漢語音韻學家都認為古代的全濁聲母是不送氣的，但是高本漢根據吳語濁音送氣（應是清音濁流）的性質，堅持認為中古漢語全濁聲母是送氣的。李方桂對這一點評論說：

　　　　切韻系統的濁母，塞音或塞擦音，高認為是吐氣的，馬伯樂認
　　　　為是不吐氣的。近年來對於這個問題也有不少討論。至少在切
　　　　韻時代濁母吐氣與否不是一個重要的區別，因為只有一套濁
　　　　母，這也跟藏漢系的語言如西藏話的情形相同。但是高本漢認

---

❶　據吳疊彬先生：粵語也有一些濁上聲唸送氣的例子，如：肚、舅、被、棒、抱等，
　　並非所有的仄聲都送氣。

爲濁母是吐氣的，所以引起他在上古音系裏另立了一套不吐氣的濁母，我覺得這是不必要的，他以爲不吐氣的濁母，後來在現代方言裏有變成吐氣的（如客家話，或北京話的陽平字等）在音理上不易解釋。他的理由並不充足，所以我們認爲切韻的濁母，塞音或塞擦音，都是不吐氣的 b-, d-, g-, dz-等。　(1980,p.6)

1.1.2 輕唇音

(3) 方言資料

非系	北京	蘇州	雙峰	梅縣	廣州	廈門	福州
非	f	f	x	f	f	h;p 白	x;p 白
敷	f	f	x	f	f	h; p^h 白	x:p^h 白
奉	f	v	ɤ;x	f	f	h;p,p^h 白	x ;p,p^h 白
微	(w)	v 文;m 白	w 文;m 白	v 文;m 白	m	b;m	(w) 文;m 白

　　歸納以上的語料：輕唇音的現代方言多半已經變成擦音 f/v，或「脫口化」（debuccalized），變成 h，雙峰和福州的 x 應看成 h 的變體。但是南方方言的白讀，尚保留少數重唇音，尤其是閩語，雖然文讀唸成 h/x，但白讀全部唸成重唇音。

(4) 各家擬音

非系	小川	高本漢	王力	董同龢	李方桂
非	f	f	—	f/pf	—
敷	f^h	f^h	—	f^h/pf^h	—
奉	v	v	—	v/bv^h	—
微	ṽ	ɱ	—	ɱ	—

諸家對於非鼻音部分的擬音相當一致，董同龢多擬了一套塞擦音，可以算是由上古重唇音到擦音的過渡，王力、李方桂不爲輕唇音擬音是因爲他們把擬音的時代限定在切韻時代，即隋朝，當時輕唇音尚未從重音分化出來。比較值得討論的是<敷>母 fʰ 擦音送氣，以及<微>母的擬音：ṽ 和 ɱ 都非常的缺乏自然性，這是本文所要討論的重點。

高本漢說：「在唐朝的初年，中古的 p, pʰ, bʰ 分化作 f, fʰ,v 兩組的時候，中古屬於 m-的字同時也分化成兩類（m; ɱ）。…近古漢語的分別（m; ɱ）存在了好幾百年，至少到十四世紀之末。」（1940:432）

董同龢：「微母本與明母爲一，字母又歸輕唇，他是唇齒鼻音當無疑義。現代的 m-或者直接來自反切，或者是由ɱ-所變；v-由ɱ-來是自然的；ø-則中間又經過 v-的階段（ɱ-→v-→ø-）。」（1985:143）

韻鏡與各家擬音，重唇音和輕唇音都是非常對稱的，但是本文認爲近古的非系如果是個擦音的話，應該不會有 f:fʰ 的對立，如果有非：敷的對立比較有可能如董同龢所擬的 pf:pfʰ 的塞擦音對立，因爲擦音送氣限制不適用於塞擦音（參（13-C1））。與此平行的，鼻音的<微>母應該是*mv-，不一定要經過一個*ɱ的過渡階段。王力把 mv-當成一個鼻塞擦音看待，就如 nz是個鼻塞擦音一樣，它是一個單輔音而不是複輔音（王力 1958:75，又見本文 1.3）。

1.2 舌音

1.2.1 舌頭音

(5) 方言資料

端系	北京	蘇州	雙峰	梅縣	廣州	廈門	福州
端	t	t	t	t	t	t	t
透	t^h	t^h	t^h	t^h	t^h	t^h	t^h
定	$t^h_{平}$;$t_{仄}$	d^h	d	t^h	$t^h_{平}$;$t_{仄}$	t^h;t	t^h;t
泥	n	n	l,n	n	n	l(n)	n
來	l	l	l	l	l	l	l

　　現代漢語舌頭音的行為也相當一致，和重唇音平行，只有清濁、送氣的不同。但有些方言<泥>、<來>有混同現象。

　　(6) 各家擬音

端系	小川	高本漢	王力	董同龢	李方桂
端	t	t	t	t	t
透	t^h	t^h	t^h	t^h	t^h
定	d	d^h	d^h	d^h	d
泥	n	n	n	n	n
來	l	l	l	l	l

　　各家擬音相當一致，為<定>母有送氣不送氣的差異，這一點和<並>母的擬音是相平行的。

1.2.2 舌上音

　　(7) 方言資料

知系	北京	蘇州	雙峰	梅縣	廣州	廈門	福州
知	tʂ	ts	t; tʂ	ts	ts	t	t
徹	$tʂ^h$	ts^h	t^h;$tʂ^h$	ts^h	ts^h	t^h	t^h
澄	$tʂ^h_{平}$;$tʂ_{仄}$	z	d;dʐ	ts^h	$ts^h_{平}$;$ts_{仄}$	t;t^h	t;t^h
娘	n	ɲi	ɲi	ɲi;(i)	n	l;n	n;(y)

舌上音在現代方言中多半變成塞擦音，只有閩語保存塞音的古讀，湘語的部分字也唸塞音，但因爲湘語的正齒音也有部分字唸塞音，這種塞音的音讀可能是後起的，不一定是古上音的殘留；官話和湘語變成捲舌音，其餘的方言不捲舌。但是鼻音的<娘>沒有一個方言唸捲舌音，只有部分方言在齊齒音之前發生了顎化。

(8) 各家擬音

知 系	小川	高本漢	王 力	董同龢	李方桂
知	t	$\acute{t}$	$\acute{t}$	$\acute{t}$	ţ
徹	tʰ	$\acute{t}^{h}$	$\acute{t}^{h}$	$\acute{t}^{h}$	ţʰ
澄	ḍ	$\acute{d}^{h}$	$\acute{d}^{h}$	$\acute{d}^{h}$	ḍ
娘	ŋ	-	ń	ń	ŋ

各家都把舌上音擬爲舌面音，唯小川尙義與李方桂擬爲捲舌音，兩者都是以梵漢對音爲根據。李方桂說：

> 知徹澄娘等母高本漢以爲是舌面前的塞音及鼻音。羅常培根據梵漢對音把這些聲母擬爲捲舌音 retroflex 或 supradental。就切韻音系的聲母分配情形來看，知徹澄娘等母跟照_穿_床_審_等捲舌音很相似，都可以在二等韻母前出現。但是舌面前的塞擦音照_穿_床_審_日等母都只能在三等出現。如果知徹澄等母是舌面前音的話，我們看不出來爲什麼跟同是舌面前的塞擦音的分配這樣地不一致。
>
> 再者，依高本漢的學說知徹澄娘跟照_穿_床_審都是從上古的舌尖前音，受二等韻母的影響變來的，我們也找不出適當的理

由去解釋爲什麼二等韻對於一種舌尖前音使他變成舌面前音如
知徹澄等，對於另一種舌尖前音使他變成舌尖後音如照₂穿₂床₂
審₂等。這種不同的演變在音理上也不易說明。因此我們決定把
知徹澄娘等認爲是捲舌音，寫作ʈ-, ʈʰ-, ɖ-, ɳ-, 以與照₂穿₂床₂審₂
tʂ-, tʂʰ-, dʐ-, ʂ-, 相配合。 (1980, p.6-7)

1.3 正齒音

(9) 方言資料

照三系	北京	蘇州	雙峰	梅縣	廣州	廈門	福州
照	tʂ	ts	tʂ;t	ts	tʃ	ts	ts
穿	tʂʰ	tsʰ	tʂʰ;tʰ	tsʰ	tʃʰ	tsʰ	tsʰ
船	tʂʰ	z	dz;s;ɣ	s	ʃ	s ₓ;ts ₐ	s
審	ʂ	s	s;ɕ	s	ʃ	s ₓ;ts ₐ	s
禪	tʂʰ	z	ɕ;dz;ɣ;d	s	ʃ	s	s
日	ʐ	z ₓ;ɲ	ø(i,e) ₓ;ɲ	ɲ	j	l	ø(i;y) ₓ;ɲ

現代方言的正齒音和齒頭音大體上是平行的，基本上是塞擦音或
擦音，差別在官話和湘語的非鼻正齒音是捲舌音，和齒頭音相對立，其
餘方言正齒音和齒頭音沒有區別。客語梅縣方言雖然沒有正齒音和齒頭
音的區別，但海陸話所有三等的正齒音和舌上音都唸舌面音，和精系的
舌尖音對立。鼻音沒有唸捲舌音的。官話、閩語的<日>母字有去鼻化
現象，基本上是濁擦音或濁塞擦音，廈門的 l 其實是由漳州及泉州的
dz/z 變來的。其餘的南方方言都變成舌面鼻音，粵語則進一步喪失了舌
面鼻音，變成 j。

(10) 各家擬音

照三系	小川	高本漢	王力	董同龢	李方桂
照	tɕ	tɕ	tɕ	tɕ	tɕ
穿	tɕʰ	tɕʰ	tɕʰ	tɕʰ	tɕʰ
船	dʑ	dʑʰ	dʑʰ	dʑʰ	dʑ
審	ɕ	ɕ	ɕ	ɕ	ɕ
禪	ʑ	ʑ	ʑ	ʑ	ʑ
日	z̃	z̃	nʑ	ɲ	ɲʑ

各家都把正齒音擬爲舌面塞擦音或擦音，但<日>母的擬音則很不一致。王力、李方桂擬爲鼻塞擦音，王力解釋說：「nʑ不是兩個輔音，而是一個整體，和一般破裂摩擦音（塞擦音）的道理是一樣的。」（王力 1958:75）。<日>母和<微>母在現代方言有平行發展的現象，王力把兩者都擬爲鼻塞擦音（mv, nʑ），董同龢都擬爲鼻塞音（ŋ, ɲ），相平行。高本漢將<微>母擬爲鼻塞音（ŋ），<日>母則擬爲鼻塞擦音（z̃），不合現代漢語方言的事實。小川尚義把<日>母和<微>母都一致地擬爲鼻擦音，只是這個鼻擦音很不自然，這是本文所要討論的重點。

1.4 牙音

(11) 方言資料

見系	北京	蘇州	雙峰	梅縣	廣州	廈門	福州
見	k;tɕi	k;tɕi 文	k;tɕi 文	k	k	k	k
溪	kʰ;tɕʰi	kʰ;tɕʰi 文	kʰ;tɕʰi 文	kʰ	kʰ;h;f(合)	kʰ	kʰ
群	tɕʰ平;tɕi仄	dʑ	tɕʰ文;dʑ	kʰ	kʰ平;k仄	k;kʰ	k;kʰ

疑	ø	ŋ;ɲ(i)	ŋ;ɲ(i)	ŋ;ɲ(i)	ŋ;j	g;ŋ	ŋ
曉	x;ç	h	ç$_{文}$;x	h	h	h	x
匣	x;ç	ɦ;j	ç$_{文}$;x;ɣ	h	h	h	x

牙音的現代方言多半還是舌背音（dorsal，以前叫 velar 漢譯爲舌根，但舌根應爲 radical，在舌背的更裡面，對應於喉壁的位置），但除客語、粵語、閩語在齊齒音之前都顎化爲舌音擦音了，至於鼻音的<疑>母字：北京話消失了鼻音聲母，粵語在齊齒音之前也消失了變成 j-，但南方方言多半還是保存 ŋ 的讀法，只是有些方言在齊齒音之前顎化爲舌面鼻音。

(12) 各家擬音

見系	小川	高本漢	董同龢	董同龢	李方桂
見	k	k	k	k	k
溪	k^h	k^h	k^h	k^h	k^h
群	g	g^h	g^h	g^h	g
疑	ŋ	ŋ	ŋ	ŋ	ŋ
曉	h	x	x	x	x
匣	h (弱)	ɣ	ɣ	ɣ	ɣ

中古「牙音」不包括曉匣二母，曉匣二母歸爲「喉音」，既然現代音韻學家都認爲曉匣二母是舌背音，所以將曉匣二母附錄於「牙音」之後以資參考。

各家都一致的把牙音擬爲舌背音，只有小川尙義把<曉>、<匣>二母擬爲*h、弱*h，和高本漢以前的漢語學家如 Schaank、Volpicelli 非常相似，不過 Schaank 解釋說：曉是很強的*h，匣是普通的*h，這些只是

根據「喉音」的定義強加分別而已，並沒有什麼根據。Maspero 定<曉>爲*x、<匣>爲*ɣ-，高本漢根據日本吳音<曉>母譯爲 k，<匣>母譯爲 g 等理由證實了 Maspero 的說法，以後好像沒有人提出異議，這個說法算是成爲定論了。

　　與送氣音與鼻音有關的現代方言和現代漢語學家的擬音已經介紹如上，以下我們將以這些研究成果爲基礎，討論一下由上古到現代音韻衍化的動機與過程。

2 送氣音與鼻音的音韻限制與迴避策略

　　本文前言中討論到凡是非「無標性」、「普遍性」、「自然性」的音位，也就是「有標的」、「獨特的」、「不自然」的音位在自然語言中容易變成一種音韻限制，無論在共時面或歷時面都會設法避免。即使自然語言一時容忍不自然音段的存在，在歷史上存在的時間也不會很長，其方言地理分佈的範圍也會受到限制。以下從音韻限制的觀點來探討中古漢語送氣音和鼻音衍化的歷史軌跡。

2.1 擦音送氣限制

　　如前所述，上古漢語沒有輕唇音，到了中古才有所謂「輕唇音」，但是到底輕唇音的音值如何呢？小川、高本漢等看到現代的輕唇音都唸 f, v 於是一致地把輕唇音系統擬爲*f, *fʰ, *v, *ɱ，這樣重唇音的四向對立就可以完全體現在輕唇音。可是*v 並不送氣，既然高本漢把重唇音擬爲送氣*bʰ，爲什麼*v 卻不送氣呢？如果說送氣擦音限制適用於濁音，爲什麼不能適用於清音呢？

　　根據 UPSID 統計的結果（Maddieson 1984），在世界 418 個語言中送氣塞音和送氣塞擦音都相當普遍，可是沒有一個語言具有送氣擦音。有人認爲韓語 s:ss 的對立是送氣不送氣的對立，但是根據 Maddieson（1984:283），這是「喉化」（laryngealized）與否的對立。雖然如此，送氣擦音並非絕對沒有的，根據《苗瑤語方言語彙集》1985 的記載，苗語黔東方言有成套的擦音送氣不送氣的對立音，如：f:fʰ, l̥:lʰ, s:sʰ, ç:çʰ, h:xʰ，不過所載 7 個苗語中只有黔東方言有送氣擦音，可見送氣擦音的出現受到限制。又據《藏緬語語音和詞彙》1991 的資料藏語安多方言也有 s:sʰ, h:xʰ的對立，康方言有 s:sʰ, ç:çʰ, h:xʰ的對立，碧江怒語有 f:fʰ, s:sʰ, ʂ:ʂʰ, ç:çʰ的對立，緬甸語有 s:sʰ的對立，所載 34 個藏緬語族語言中只有 3 個方言有送氣擦音。並且由上述的資料看來，送氣擦音主要集中在舌冠擦音，脣音、舌背音的擦音受到更嚴格的限制。由此可見，送氣擦音是非常不普遍的不自然音段（non-natural segment）。根據上面的資料，我們可以定下一條漢語語音特徵結合的普遍限制：[+CONT 續音]和 [+SPRD 送氣]特徵不應結合❷。

　　(13) C1 送氣擦音限制

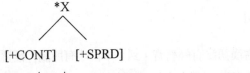

　　如：*fʰ, *sʰ

　　小川、高本漢、董同龢把<敷>母擬爲*fʰ，正好違反了 C1。上古音

---

❷　此一限制不僅對擦音發生效力，對其他的續音如邊音、滾音等也應發生效力，唯本文只討論擦音，其他的續音暫不涉及。

沒有輕唇音，現代漢語方言也找不到有送氣擦音的方言，因此這樣的送氣擦音即使能夠存在，其地理分佈一定非常窄，存在時間一定非常短。

此外，在高本漢等人的系統裡，只有唇音的清擦音分送氣不送氣，其他部分的擦音都不分，這樣又顯得極不對稱了。

總之高本漢的擬音不是自然語言常見的音韻系統。也許董同龢已經看到了這一點，可是也沒有舉出反對的理由，所以在沿襲高本漢的擬音之外，在非鼻音部分董同龢提出另外一種構想：<非>*pf, <敷>*pfʰ, <奉>*bvʰ，但<微>仍然擬為*m-。塞擦音最受歡迎的是舌冠塞擦音（coronal affricate），唇音很少塞擦音。UPSID 的資料中唇塞擦音 pf 只出現於 German, Beembe, Teke 三語，pfʰ 只出現於 Beembe（和 pf 對立），顯示唇塞擦音是非常不普遍的，但比唇送氣擦音的普遍性高。漢語陝西話也有*pf, *pfʰ 這種唇塞擦音（高本漢 1940），不過它們是源於合口捲舌音，其歷史來源與中古輕唇音無關。脣送氣塞擦音比脣送氣擦音的採用律高，顯示董同龢的擬音比高本漢自然一點。但是董同龢擬的 *bvʰ 這種濁送氣音亦是非常不自然的，在 UPSID 的資料中只有 Teke 有 bv 的音，但沒有一個語言有 bvʰ 的音段。

假定董同龢的構想是正確的，依 C1 的限制，我們也相信當 *pf, *pfʰ 變成擦音的時候，最大的可能性是送氣特徵完全中和了，也就是說*pf, *pfʰ 一起變成*f。即使漢語曾經存在過 /*f/ : /*fʰ/ 對立的時期，分佈的範圍應該很有限，出現的時間也應該很短。

pf, pfʰ 雖然不像 fʰ 那麼少見，也不太普遍，現代漢語沒有一個方言的非系字保存了董同龢所擬的讀法，因此在漢語音韻史上是否所有的方言都一定要經過這個歷史階段，令人懷疑。重唇音 p:pʰ 同時混同變成 f 是極平常的輕化（lenition），不一定要經過塞擦音 pf:pfʰ 的過渡階段才

能變成 f。

　　既然送氣擦音是那麼少見，那麼韻鏡的作者到底是不是眞正聽過送氣擦音的分別令人懷疑。中古的漢語聲韻學家的音系最令人不放心的是他們分聲、分韻并不反映實際的語言事實。不過有標的音雖然較少見，并非不可能，因此中古時代是否曾經有過擦音分送氣不送氣的時期，成了見仁見智的問題，無法實證。高本漢針對這個問題有過一段討論：

　　　　Maspero (Phon. Ann. p.39) 好像是有這個意見，說非 f 跟敷 f^h 的分
　　　　別只是理論的而不是實際的：「古代漢語（就是我們這裏所謂
　　　　近古漢語）有兩個摩擦音，清聲 f 跟濁聲 v，其中的一個在韻表
　　　　裡依照來源的 p 母或 p^h 母而分成兩類」。這個意見並不是不可
　　　　以承認，不過我看不出它的需要來。從 p^h 生出的 f 要比從 p 生
　　　　出的 f 加強一點，那是很自然的。各種字典的反切都很小心的分
　　　　別 f 跟 f^h，就是完全不守舊法的正韻在這一點上也是如此。正韻
　　　　所用的反切上字有時候跟別的韻書不同，然而 f 跟 f^h 並不混淆。

　　　　(1940 譯本 p.416)

　　Maspero 和高本漢的異見牽涉到對韻書是否反映實際語言的評價。既然〈切韻序〉有兼顧「古今通塞，南北是非」的自白，中國聲韻學家重視文獻不重視語言事實的證據已經很明顯。後來的切韻系韻書都本著這個精神，不論承襲的成分多寡，都不是實際語言的反映。因此我們傾向於支持 Maspero 的主張。

2.2 送氣擦音限制的迴避策略

上述 C1 規定送氣和擦音的結合受到限制 *[+SPREAD] [+CONTINUANT]，因而我們可以預測像 fʰ, sʰ, ʃʰ, çʰ, xʰ 在漢語都是不合法的音段，迴避 C1 限制的策略，最好的策略莫過於取消送氣特徵了。現代漢語沒有送氣擦音的音段，便是印證了這個策略的運用。這個迴避策略可以圖示如下：

(14)

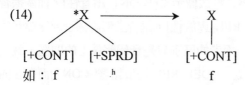

如：f　　　ʰ　　　f

2.4 塞擦音是塞音的子類

雖然送氣擦音不是自然音段，但是送氣塞擦音卻是相當普遍的，現代漢語 pfʰ, tsʰ, tʃʰ, tɕʰ, tsʰ 等送氣塞擦音都是合法的音段，這個事實說明了塞擦音的擦音成分和送氣特徵的結合不受 C1 的限制。同樣是[擦音]+[送氣]的序列，為什麼在擦音是非法音段，而在擦音就成了不合法音段呢？這是我們一個音韻理論上必須解釋的問題。假定漢語塞擦音和擦音的特徵結構如下圖所示：

(15)　　a 送氣塞擦音　　　　　b 送氣擦音

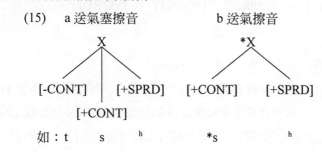

如：t　　s　　ʰ　　　　*s　　　ʰ

上表中(15a)和(15b)擦音特徵[+CONT]和送氣特徵[+SPRD]都是緊鄰的，[s]和[h]同受一個音段 X 的直接領有（dominated），而爲姊妹成分（sister），依照 C1 限制做特徵檢查（feature checking）的話，a 和 b 都應該是不合法形式，可是漢語 a 塞擦音是合法形式，而 b 擦音卻是不合法形式，(15)的結構圖無法解釋這種不對稱現象。可見(15)不是好的分析。

傳統衍生音韻學把擦音特徵標示爲[+CONT 續音性]，而塞擦音的擦音特徵標示爲 [+DEL REL 遲放性]，語音上無論擦音或塞擦音的擦音性質其實都是一樣的，兩者的區別只是音韻解釋上的問題，就是說[+CONT 續音性]可以獨立，[-DEL REL]是依賴著[-CONT]而存在的，不能獨立存在。傳統衍生音韻學的特徵矩陣是平面，但是在現代的特徵幾何理論下，一個音段的特徵結構是立體的、有階層性的，特徵的依賴性可以用階層結構來表示，而不必把同樣的擦音性質用不同的特徵名稱表示， [+DEL REL]完全可以寫成[+CONT]。塞擦音和擦音的特徵結構可以分別作如下圖：

(16)　　a 送氣塞擦音　　　　　　b 送氣擦音

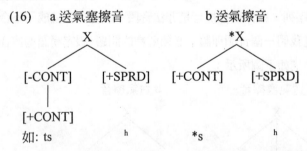

在 (16a) 的 塞擦音結構裡 ，[+CONT] 被 [-CONT] 節點所領有（domination），塞擦音的塞音和擦音特徵序列關係由語言的普遍性預測：塞擦音當然是先塞後擦，世界上沒有先擦後塞的塞擦音。在(15a)

結構裡 X 所直接領有的成分中看不到[+CONT]和[+SPREAD]的特徵結合，因此在 C1 的特徵檢查下是合法的音段；而(16b)的結構在 C1 的特徵檢查下發現了[+CONT]和[+SPREAD]的特徵結合，因而成為不合法音段。

送氣塞擦音和送氣擦音的行為差異完全可以從特徵樹所顯示的結構差異得到解釋，這一點傳統衍生音韻學的平面結構是無法解釋的。基於上述的分析，我們把塞擦音看成是塞音的一個子類，漢語送氣塞擦音因為不違反 C1 限制而為合法結構，而送氣擦音則是不合法的。

2.4 鼻續音限制

接著我們把這個分析模式運用到續音的鼻音限制上。鼻音最自然的是鼻塞音，至於鼻擦音或鼻流音的出現，雖然不是生理上不可能發出的音，卻是非常有標的音，在自然語言中很少用來作為音位使用。

自然語言往往限制鼻化擦音如 z̃ 的出現，我們稱為「鼻擦音限制」（nasal fricative constraint）；限制鼻化流音如 r̃, l̃ 的出現，謂之「鼻流音限制」(nasal liquid constraint)，統稱為「鼻續音限制」(nasal continuant constraint)，這兩種限制可以圖示如下：

(17) C2 鼻續音限制

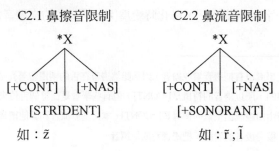

   C2.1 鼻擦音限制   C2.2 鼻流音限制

     *X   *X

[+CONT] [+NAS]   [+CONT] [+NAS]

  [STRIDENT]   [+SONORANT]

   如：z̃   如：r̃ ; l̃

　　送氣音、鼻音雖然性質不同，但是有一個共通點，就是須要相當的用力（effort），續音本身已經需要一些氣流的流出，如果加上送氣特徵或鼻音雙管齊下，必須加倍強的氣流才能體現❸。因此送氣續音或鼻續音，譬如送氣擦音、鼻擦音、送氣流音、鼻流音都非常難於發音，至於送氣鼻擦音、送氣鼻流音那就難上加難，雖然不是生理上不可能發出的音，卻是非常「有標的」（marked），亦即是不具「普遍性」的、「不自然」的音，因此在世界的語言中非常罕見，UPSID 的資料中沒有一個語言有鼻續音或送氣擦音音位。

　　「有標」的特徵結合往往是一種「限制」（constraint），個別的語言如果因為歷史的發展或音節結合的結果，「不巧」產生這樣的一個音，違反了限制，往往會想辦法解決：如刪除整個音段或替換部分特徵以迴避限制。以下以閩南語的特徵替換為例做個說明。

2.5 鼻續音限制的迴避策略

　　閩南語是至今所發現唯一容許違反鼻續音限制音段存在的漢語，雖然它只存在於表層的音值，並且出現的情形非常有限。閩南語的<入>字頭/dz/對應於中古的<日>母。/dz/如接鼻化元音時依照濁音鼻化律，必須變為[nẑ]，譬如「耳」的文讀音是：[nẑi]（白話音[hĩ]），臺灣漳州腔<入>字頭多讀為[z]，鼻化時變為[ẑ]，「耳」的文讀音為：[ẑi]，

---

❸　有些衍生學者沒有把邊音看成續音，因為雖然邊音在舌的兩邊留著孔隙，舌的中線
　　卻是阻塞的，所以邊音的特徵是[-CONT]，但有些學者是從整個舌位來看，認為只
　　要發音時由口腔流出空氣的便算是[+CONT]。本文基於流音和其他續音有相同的音
　　韻行為，接受後者的看法，把邊音看成是續音。

都違反了 C2 鼻續音限制。這個音讀記載於所有早期的閩南語韻書、字典中，現在還存在於少數臺灣話的文讀音系統中❹。因爲文讀音的[nʑ]或[ʑ]只出現在「耳」字，這個音讀消失之後，[nʑ]或[ʑ]就完全在臺灣話中消失了。

但「耳文」一般口語唸 ni² 或 dzi²/ zi²，如「木耳」讀爲 bɔk⁸ ni² / bɔk⁸ dzi²/ bɔk⁸ zi²。爲什麼 nz̃ĩ → ni² 或 dzi，而 z̃ĩ → zi？我們認爲是爲了迴避 C2 鼻續音限制。

與此平行的是文白對應的例子，閩南語不論文白都以<入>/dz/對應於中古音的<日>母，相當整齊，唯獨鼻音韻的白話音都變成了[n]，如：

(18)　　　　文讀音　　　　白話音

染　　dziam²　　　　nĩ²

讓　　dziɔŋ⁷　　　　niũ⁷

瓤　　dziɔŋ⁵　　　　nŋ⁵

從這個例子，我們也看到了鼻續音限制效應。(18)的白話音 n 的產生有兩種可能的假設：

A. 假定韻尾鼻音擴散到元音（*-VN→ṽ）的時間比*nz→dz 的時間晚，即先*nz→dz，然後受到來自韻核（nucleus）的鼻音滲透，再經鼻擦音強化過程：dz→dz̃→n，這樣由上古*n→*nz→n 就成了回頭演變。

---

❹　共時的臺灣話[nʑ/ʑ]只是一種語音體現（phonetic realizaion），沒有音位的資格，臺灣話的底層聲母都是沒有鼻音的（參洪惟仁 1996, Chung 1996），不過文讀音的閉音節鼻音聲母往往反映中古鼻音，[nʑ/ʑ]保存了中古漢語的鼻塞擦音。在大多數現代臺灣話中[nʑ/ʑ]這個音差不多已經死亡，只保存在極少數的書房老先生的讀書音中，筆者年輕時父親教我的讀書音就是漳州腔的[ʑ]。但許多臺灣人<入>母[z]/[dz]兩讀自由變異，聲母鼻化後的[z̃]和[nz̃]可以互換。

因爲閩南語另一條規則：l→n / ṽ，造成 dz 和 l-合流爲 n-，所以這是一種部分回頭演變。

　　B. 反之，假定韻尾鼻音擴散到元音（*-VN→ṽ）的時間早於*nj→nz 的時間，那麼*nj 可能一開始就預先迴避 C2 的限制，脫落 j 變成*n-，而不變成*nz，這樣一直保留鼻音唸法。

　　依經濟性的觀點我們應該採取 B 假設。不過在 B 假設下元音鼻化的時間就應該提得很早，早於聲母去鼻化，即把元音鼻化的相對年代提前。因爲閩語方言裡只有閩南語有元音鼻化現象，閩東、閩北都沒有元音鼻化，可見閩南語元音鼻化是閩南語分化出來以後發生的現象，所以把元音鼻化的相對年代提得越早可能性越低。而鼻擦音強化是一條普遍性的規則，A 假設只需設立一條鼻擦音強化規則(19)即可，看來 A 假設比較合乎事實。不過無論如何，兩者都是爲了迴避鼻續音限制，差別只是限制發生效應的相對年代不同。

　　總之爲了迴避鼻續音限制，臺灣話必須採取一些策略。以下閩南語的語料分析出兩種不同的策略：一是「續音強化策略」，使鼻續音變成鼻塞音：ẑ→n；二是「去鼻化策略」，乾脆把鼻音特徵拿掉。閩南語的迴避策略其實具有語言的普遍性，因此特別值得詳細加以分析。

2.5.1 續音強化策略

　　第一種迴避「鼻續音限制」的策略是如前例所示的，將續音成分變成塞音，續音一旦變成塞音，那就不違反 C2 限制了。這個策略謂之「鼻擦音強化」（fortition of nasal fricative）。圖示如下：

(19)

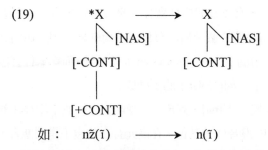

如： nž(ĩ) ⟶ n(ĩ)

[鼻音]連結 z 違反鼻續音限制。「鼻擦音強化」策略是將鼻塞擦音除阻部分的鼻擦音變成鼻塞音，也就是緊接著元音，而成鼻塞音。Hebert（1986:237，引自 Steriade 1993）把這種音韻過程稱為「鼻後音強化」（postnasal hardening），但是既然是鼻後擦音變成塞音，Steriade（1993:410）建議稱為「鼻後音塞音化」（postnasal stopping）。本文認為擦音變塞音是一種強化作用，所以不如叫做「鼻擦音強化」（fortition of nasal fricative）。擦音強化的動機不應該只是因為處在鼻後位置的關係，而是因為鼻音是一種不安份特徵（less robust feature），容易向鄰音擴散，擦音一旦受到鼻化，就違反了「鼻擦音限制」，必須採取「強化」的手段脫離續音範疇，變成鼻塞音（nasal stop）。

(19)顯示鼻音特徵和續音的相容性比送氣特徵和續音特徵的相容性更低，在送氣擦音的情形，必須在 X 的姊妹成分檢查到違反 C1 的特徵結合才是不合法的音段，因此 ts^h 可以是合法的；但在鼻續音的情形，只要在鼻音特徵 c-command 的領域內發現[+CONT]就可以判為違反限制，而成了不合法音段了。而 nž 變成不合法音段。鼻音和送氣音的特徵檢查的行為差異可以從鼻音的超音段性質得到解釋。從語音層次來看，送氣塞擦的擦音成分和送氣成分是在不同時段連續發出的；但鼻音成分和鼻塞擦音的擦音成分是同時出現的，鼻音是一個超音段特徵，

鼻音無法脫離音段而與塞擦音成序列關係，鼻音與塞擦音完全疊合，[-CONT]和[+NASAL]兩個特徵矛盾沒有任何緩衝餘地。因此鼻續音限制的特徵檢查領域必須涵蓋[NAS]的 c-command 領域，而送氣擦音限制只要求在同一個階層上，如(15)所示的姊妹成分。

　　與此類似的是「籃」lã [nã]，聲母 /l/ 受鼻化之後並不讀鼻化的邊音（雖然閩南語的 /l/ 邊音成分甚低，在高元音之前幾乎是濁塞音，但在低元音之前有較高的邊音成分）。這是一個「鼻流音強化」（fortition of nasal liquid） 的例子。可見鼻續音和鼻流音的行為是一致的，我們把「鼻擦音強化」和「鼻流音強化」兩種強化合稱為「鼻續音強化」（fortition of nasal continuant）。

2.5.2 去鼻化策略

　　第二種迴避「鼻續音限制」的策略是乾脆把鼻音成分取消，謂之「去鼻化」(denasalization)。如[nž]或[ž]違反 C2，取消鼻音成分的塞擦音或擦音即不再違反限制，這個策略如下圖所示：

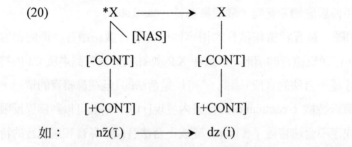

以上所述是共時漢語的例證。「鼻續音限制」及其迴避策略不僅適用於其他語言，也適用於漢語，是相當具有普遍性的，因此我們認為在長久的漢語語音史中也一定適用。

除了閩南語這兩個事後迴避限制的策略，另外一種事前迴避的策略，就是南方漢語普遍適用的一種鼻音顎化（*nj-→ɲ）或喪失介音的性質（*mjʷ-→mi），或根本刪除鼻音音段，這過程是一種拆橋規律（bleeding），規律適用之後，使得鼻音喪失適用(19)(20)的機會。這個類型其實和鼻續音很相似，都是刪除了違反或可能違反鼻續音限制的音段，可以歸為一類，謂之「去續音」策略。

3 音位序列的不對稱性

以上介紹兩個人類語言普遍的限制及一些迴避策略。這些限制與策略雖然是由共時語言歸納出來的原則，但是因為極為普遍，我們相信共時面發生作用的限制，極可能也會在歷時面發生作用。

中國聲韻學有名的所謂「古無輕唇音」指上古輕唇音序列尚未由重唇音的序列分化出來的階段；所謂「古無舌上音」舌上音（舌面塞音）是尚未由舌頭音（舌尖塞音）分化出舌上音（捲舌塞音）的階段，另外正齒音有一部分也是由舌頭音變來的。假定我們把重唇音和舌頭音當作原序列，那麼分化出來的輕唇音、舌上音和正齒音便是新序列了。如果新序列和原序列是對稱，那麼只要原序列有一個鼻音，新序列就必須要有一個鼻音。如下表所示：

(21) 原序列　　　幫系：明　　端系：泥

　　　新序列　　　非系：微　　知系：娘　　照系：日

然而這樣對稱的系統是必然的嗎？李方桂首先提出質疑。他說：

娘母 ŋ 在守溫韻學殘卷裏與泥母不分，在近代方言中也跟泥母沒有什麼不同的演變。我以爲上古 *n- 後面的 *r 在有些方言中使鼻音捲舌化成 ŋ，有些方言只失去而不影響鼻音。就一般的語言而論，鼻音的分辨遠不如塞音分辨的細，所以有些方言不分泥娘並不奇怪。　(1980:15)

雖然李方桂並沒有提出詳細的解釋，他對守溫聲母系統乃至傳統韻書的懷疑是有見地的。上面一段簡單的解釋，隱含兩點重要的意義，和我們的意見有不謀而合，我們認爲：

一、中國聲韻學家利用韻書歸納的音韻系統，基本上是文獻學（philology）的工作，不是語言學（linguistics）的工作。陸法言編《切韻》有兩個重要的原則：一是兼顧「古今通塞，南北是非」，切韻所反映的不是當時的語言事實，而是歷史的以及方言的區別。二是「從分不從合」，就是只要歷史上或當時的方言有區別的音類必須反映在韻書上，因此他的音韻系統比實際語言的音韻系統膨脹了許多。陸法言的《切韻》根據當時的許多方言韻書變成的，那些方言韻書眞正是反映語言實際的第一手資料，可惜在《切韻》出現之後所有的方言韻書都失傳了，我們現在無法知道《切韻》所載的那些聲韻的區別是何時何地的區別。《切韻》及後世的切韻系韻書所提供給我們的其實是音韻學家所整理的二手資料，如果切韻所顯示的可以稱爲「音系」的話，它是一個虛構的理想音系，我們利用《切韻》系韻書時必須小心陷入作者們的誤導。

二、漢語方言是何時分化的呢？當高本漢爲切韻音系擬音的時候，心中所想是一個抽象統一的漢語？還是其中的一個方言而已呢？高本漢並未給我們明確的回答。陸法言在《切韻》序中已經明言當時有許

多方言差異，說當時沒有方言，顯然是沒有知識的論斷，可是高本漢卻為他所訂的每一個音類都擬了不同的音。李方桂雖然沒有系統性的說明方言的情況，但是他說「有些方言只失去（r 介音）而不影響鼻音」，就是提醒讀者，歷史語言學的工作不應該只是把文獻上虛構的音系翻譯成音標就了事，歷史語言學的工作應該是追求語言實際上可能的演變過程。

就以上兩點申論來說，李方桂的觀念比高本漢的時代進步了，但是由於理論發展的局限，他也不能提出更有解釋性的主張與說明。我們現在就利用現代音韻學的一些研究成果，根據上面所設定的音韻限制，對漢語送氣音與鼻音的衍化史提出一些新的解釋。

要達到這個目標，那麼我們就不能受限於切韻系韻書所擬訂的中古音系，而要回歸語言的事實。雖然漢語音韻學家為我們所擬訂的音系，新序列和原序列都是對稱的，但是我們寧可相信：當原序列（order）分化出新序列時，由於新的序列中某些新音的出現違反了某一個限制而無法和同序列的其他音平行衍化，而發生保存原音、和其他音合流等不平行的演變，在這種情形下音位序列的「不對稱」（asymmetry）變成音系衍化必然的結果。

以下根據上面所討論的 C1 送氣擦音限制和 C2 鼻音續音限制所可能產生的效應來討論中古聲母送氣音與鼻音序列不對稱性的原因及類型。

3.1 送氣擦音限制效應

3.1.1 <敷>母的衍化

如前所述，輕唇音：非敷奉微，是由重唇音：幫滂並明分化出來

的新序列。所謂「輕唇音」的音值如果擬爲塞擦音的話，塞擦音的地位等於塞音，輕唇音可以保留送氣音；如果「輕唇音」是擦音的話，pʰ輕化時，受到C1送氣擦音限制，不能發生送氣唇擦音fʰ，於是漢語採取了取消送氣成分的策略（*fʰ→*f），使<敷>母和<非>母合流，都變成f，造成新序列和舊序列的不對稱。圖示如下：

(22)　原序列

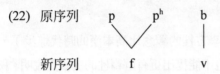

　　　　新序列　　　　　f　　　　v

　　　這是一種送氣擦音限制效應。現代漢語方言的擦音不分送氣不送氣，這就是「送氣擦音限制」發生了作用的結果。這種效應到底什麼時間發生？是一開始就沒有送氣擦音的區別，或者分別了一段時間，在那些方言發生，維持多長時間，文獻不足徵，不能妄加揣測。但是可以推斷的是違反限制的音分佈的地理範圍一定很有限，維持的時間一定很短。

3.2 鼻續音限制效應

3.2.2 <日>母的衍化

　　　上古漢語舌冠音（coronal）聲母由原序列衍化出一些新的序列，增加了許多發音部位，基本原因是受到介音的影響。高本漢首先把韻書的三等韻擬爲有一個半元音的介音*-j-，因爲照三系聲母只出現在三等，換言之中古的舌面音和舌尖塞音有互補分佈的關係，因此李方桂很容易寫下一條由上古音到中古音的塞音顎化律（李 1980:11）：

(23a)　上古　　*t-等+*-j-　→　中古*tɕj 等

　　　把這條規律運用到鼻音來，就是中古鼻音顎化律：

(23b) 上古　　*n-+*-j-　→　　中古 *ɲʑ̃j

*ɲʑ̃ 這個音王力 1958 擬爲 nʑ，依照前引王力的意見 nʑ 是個塞擦音，依 Steriade 1993 的分析[nz]是個前鼻的塞擦音，在音韻上等同於[ⁿdz]（意即兩音沒有辨義作用，只是語音體現上鼻音停止的時間有所不同而已）。前鼻音在世界的語言還算普遍。UPSID 的 418 個語言中有 76 個有前鼻音（Maddieson 1984:70）。現代閩南語大部分方言的濁音都多少帶有前鼻音，不過因爲前鼻音成分沒有辨義作用，閩南語母語人聽不出來，一般文獻也不紀錄。

雖然如此，前鼻塞擦音的鼻塞音部分和擦音部分都同在一個輔音音段的領域裡，鼻音是容易擴散的不安定特徵，因此鼻音成分傾向於擴散到整個領域內，使得*nʑ̃→*nʑ̃，這樣一來，就產生了一個鼻擦音[ʑ̃]，違反了鼻續音限制。既然違反限制，就必須有所解決：不是取消鼻音，就是取消擦音部分，或者根本預先避免*nʑ̃音段的產生。

基於現代北京話、閩南語、日語漢音的<日>母都對應非鼻的濁擦音或濁塞擦音，閩南語到現在都還存在一個違反鼻續音限制的[nʑ̃ĩ]（「耳ₓ」），可以想見中古的前鼻塞擦音應該持續一段相當長久的時間。這些方言衍生出一個違反鼻續音限制的音段，然後爲了迴避限制而取消鼻音成分。

可是請看表(9)，蘇州白（吳語）、雙峰（湘語）、梅縣（客語）等南方方言的<日>母基本上都是舌面鼻音*ɲ，部分念擦音或無聲母的是借自北方話的文讀層。*ɲ可能由*nʑ̃依照「鼻音續音強化」規則變來，但是更可能一開始就迴避「鼻續音限制」的規範，由*nj→*ɲ直接顎化之後就沒有再變過。兩條路線前者寫成 R1，後者寫成 R2：

(24)　R1　A[鼻塞音*ɲ] → B[鼻塞擦音*ɲʑ] → A[鼻塞音ɲ]

　　　　R2　A[鼻塞音ɲ (不變)]

R1 是一種語音的回頭演變（retrograde sound shift），何大安（1988: 37）將回頭演變分爲「完全回頭演變」和「部分回頭演變」。前者是所有的字都按 R1 的規律演變回來；後者是演變回來之後已經不是原來的集合，而加入其他的成分。何大安總結說：「回頭演變可以有規律分合上的痕跡加以推求的，總是部分回頭演變，不是完全回頭演變。」R1 是一條完全回頭演變規律，根據何大安的規則，R1 不會發生。

另外，如果有兩條音韻過程（phonological process）都可以達到同一結果，R1 比 R2 迂迴，依照經濟原則，那我們寧可選擇 R2。也就是說，現代南方漢語的ɲ-根本沒有經過鼻擦音的衍化過程，由上古到中古只是顎化而已，一直都是一個鼻塞音。介音併入聲母使鼻音顎化是一條拆橋規律（bleeding rule），使得(23b)的鼻音塞擦音化律沒有適用的機會，可以說是預先就規避了鼻續音限制了，不和塞音的擦音化平行。這一條路線不在中國音韻史家的擬測之內，但是我們從現代方言的比較不能不承認在上列的南方方言是採取了這條路線演變來的。

因此我們設定上古*n-到現代漢語的演變過程有兩個類型，每一個類型擬出衍化的潮流（drift），表中所標示的是各個漢語方言在潮流中進化的階段（以下違反音韻限制的音段用[　]括起來）：

(25)

第一類　*nj→*ɲʑ→[*ɲʑ]→dʑ(閩南₍偏泉₎)　　　z (蘇州₍文₎)
　　　　　　　　　　　　　[*ʑ]→ʑ(漢音,閩南₍偏漳₎)→ʐ(北京)
　　　　　　　　　　　　　　　　　　　　　　ø(-i) (雙峰,福州₍文₎)
　　　　　　　　　　　　　　　　　　　　　　l (廈門) /g(i) (高雄,霧峰)

第二類　*nj→ɲ(i) (吳音,蘇州,雙峰,梅縣)　　　→j (廣州)
　　　　　　　　h(ī) (閩南₍白₎)

　　第一類屬「去鼻化」類型。這個類型有兩個可能的發展路線：一是變成鼻塞擦音，因為違反鼻擦音限制而「去鼻音成分」變成 dʑ，官話及閩南語屬於這個類型，廈門音、部分臺灣話則進一步喪失擦音部分，和去鼻化的中古鼻音合流為 l- [l-/d-]，有些臺灣方言(如霧峰、高雄縣部分方言)合流為 g(i)。另一條路線是連塞音部分也刪除了，nʑ→ʑ，也可以擬為 nʑ→ʑ，總之是「去鼻音音段」。現代官話不論是半元音或擦音，在歷史上可能都應該經過擦音的階段。因為日語漢音<泥>、<娘>二母對應於 d-，<日>母對應於 z-，顯示唐朝長安音<日>母是個擦音或塞擦音，假設這個擦音特徵和官話有直接傳承的關係，那就證明現代官話的擦音在唐代已經發生。又中原音韻有「然」ʒ- 與「言」、「延」ø- 的對立、「瓤」ʒ- 與「陽」ø- 對立（參見許世瑛 1964），顯然現代北方話的zɿ-, ʐ-, z-、蘇州話的 z- 等音有很長的歷史，所以一般認為 j- 是經過擦音階段的看法有文獻上的根據。

　　總之「去鼻化」類型有兩個小類：「去鼻音」類和「去鼻音音段」類。

　　至於湘語、福州話之類ø-(i,y)讀，王力（1958:129）認為：「有些地方的日母變了半元音 j，這是直接由 nʑ→ʑ變來。」認為上古*nj→現代的 j-有一個擦音 ʑ 的中間過程。蘇州、福州的 ø- 都屬文讀，文讀音是晚近由官話移入的一層，因此也應該和官話、閩南語一樣經過擦音的過程，然後進一步弱化為無聲母。不過並非所有現代漢語的 j 都必須經過擦音的過程，譬如下文所要討論的廣州話可能由*nj→j，脫落鼻音聲母的結果。

　　這個類型發展的結果，<泥><日>的區別「音系重編」(rephonologize)為鼻音和非鼻音（擦音或塞擦音、齊齒音）的區別。閩南語所有濁音包

括 dz- 都是去鼻化的結果，去鼻化的中古鼻音，塡補了全濁清化之後留下的濁音空位；而北京話的 ẓ 是音系中唯一的濁音，這個濁音正是由<日>母去鼻化（*ẓ→ẓ，如「絨」字）和<喻>母的強化（*j-→*ẓ→ẓ-，如「榮」、「融」字）合流演化來的。中古非鼻濁音在現代漢語清化了，但日母只是去鼻化並沒有清化，表現了新序列和舊序列的不對稱。

　　第二類屬「去續音」類型。聲母*nj-直接顎化爲舌面鼻音*ɲ-變成一條拆橋規律（bleeding rule），使*nj-沒有機會變成鼻擦音，預先迴避了鼻擦音限制，然而 j 也是一個半輔音強化了就變成ẓ，所以我們把兩者合稱爲「去續音」類型。這個類型衍化的結果，<泥><日>的區別音系重編爲舌尖鼻音和舌面鼻音的對立。既然上古舌尖塞音*t-、*tʰ-、*d-顎化之後變成塞擦音<照>*tɕ-、<穿>*tɕʰ-、<床>*dʐ-，但第二類型上古*n-顎化後還是鼻塞音ɲ-，沒有變成鼻塞擦音，這又表現了鼻續音限制效應造成鼻音和塞音衍化的不平行。

　　另外我們似乎可以設想第三類型的鼻音衍化：*nj- → j-，也就是第一類型省掉擦音的過程，直接由鼻音變擦音。依這個設想，<日>母和<喻>母應該全部相混才對，因爲*nj-只是掉了[n-]，於是便和<喻>母、<影>母相混了。官話、閩語<日>母和<喻>母雖有部分混同的現象，原則上是不混的，所以對官話、閩南語來說第三類型的路線行不通。

　　粵語<日>母、<喻>母、<影>母正好完全相混，似乎是可以行得通的，不過粵語<疑>母三等也同時喪失了鼻音變j-，因此廣州話「軟ᴅ」、「原ᵧ」、「緣ᵧ」、「怨」都讀 jyn，但是<微>母仍然讀 m-，如「萬」man。同爲三等撮口韻鼻音的<微>母和<日>母、<疑>母的衍化路線不平行，需要有個解釋。南方漢語這三母的衍化是平行的，南方漢語<日>母白讀都變 ɲ-，爲什麼唯獨粵語的<日>母特別？雖然現代粵語<日>母

和<疑>母齊齒的鼻音脫落了，和<喻>母、<影>母混同了，使我們無法
證明<日>母的古讀，但是少數的粵語方言譬如合浦系的廉州仍然保存
了一個ɲ-音位和 m-,n-,ŋ- 對立，這個ɲ-正是來自中古的<日>母，至於臺
山系則唸成 ŋ-（袁家驊 1989:201）。所以我們認爲粵語的<日>母和<疑>
母三等都先顎化爲 ɲ-，混同了之後才失去鼻音變成 j-，於是又和<喻>
母、<影>母混同，因此粵語鼻音的發展只是比其他南方方言進一步脫
落顎化鼻音而已，衍化的路線並沒有什麼特殊。因此我們認爲粵語是第
二類型的進一步發展，沒有必要設立第三類型。

3.2.3 <微>母的衍化

和<日>母的衍化相平行的是<微>母。<微>母只能出現在三等合口
韻，依照高本漢的擬音，早期的中古音有介音*-jʷ-（見<方言字彙>的
擬音），後來又變成*mj-。其音韻過程可以寫成如下的公式：

(26) 上古　　*m- + *-jʷ-　→　中古 *mj

李方桂沒有替<微>母擬音。小川<微>母擬爲*ṽ（與<日>母擬爲ẓ
相平行），這個音可以解釋現代北京、蘇州、雙峰的 w-, v- 音讀，但
是違反了鼻續音限制，ṽ 和 ẓ 一樣是非常有標的音，它即使能夠在中
古時代出現，分佈範圍一定非常有限、存在時間也一定不長。高本漢、
董同龢擬爲*mj以說明後來變成*v→w，說明了他和上古音的關係，但
是既然<微>母是輕唇音，其他的塞音都把輕脣擬爲塞擦音或擦音，唯
獨<微>母仍是鼻塞音，只是換了發音部位，擬了一個不自然的*mj，這
樣不能解釋輕唇音的現象❺。如果*mj→v，恐怕還有一個中間階段*mj

---

❺　*mj是個脣齒鼻塞音，脣齒塞音是有標的音，脣齒這個部位無標的音是擦音，*mj這
　　個音當成音位是非常罕見的，UPSID 只有一個語言採用這個音作爲音位，是一個不
　　自然音段。

→ṽ→v，小川的擬音說明了這個過渡階段的音。

王力（1958:131）雖不認爲切韻時代有<微>母，但也認爲唐末宋初以後<明>母分化出微母，擬爲*m(mv)，顯然王力把*mv 和*ŋ看成是一樣的音韻表式，mv 和 nʑ一樣是一個前鼻塞擦音，*mv 的 v 成分可以視爲由介音*-jʷ-變來的。以這個音來解釋後來變成擦音（*mv→v 或*mv→mṽ→ṽ→v）似乎比較自然，都是爲了迴避鼻擦音限制所採取的必要策略。所以我們認爲<微>母的發展和<日>母擬爲*nʑ-相平行，都經過擦音的階段。*mv 對應於塞擦音*pf, *pfʰ, *bv 的擬音，*ṽ 對應於擦音*f, *v 的擬音，無論細節上的過程差異如何，輕唇鼻音總是受到鼻擦音限制而*ṽ→*v→w 的。

<微>母和<日>母衍化的條件都是受到介音*-jw-或*-j-的影響，它們的行爲在現代方言多半是平行的。按照<日>母衍化的模式，將各方言衍化過程擬如下表：

(27)

第一類　　*mjʷ → *mv → [*mṽ → *ṽ] → v (蘇州,雙峰文) →
　　　　　　w (北京;福州文)

第二類　　*mjʷ → *m (蘇州,雙峰,梅縣,廣州) → b (閩南語)

除閩語及粵語以外，其餘的現代漢語<微>母和<日>母的衍化都是相平行的，大抵北方方言傾向採取去鼻化策略（第一類型）；南方方言傾向於保留鼻音（第二類型），無論那個類型都是在迴避鼻續音限制；閩南語比較複雜，<微>母<日>母文讀走北方路線、白讀走南方路線，但最後所有鼻音聲母都去鼻化。粵語則日母疑母喪失鼻音音段，唯<微>母保留鼻音音段。

無論怎麼走，鼻音和塞音都是不平行的發展。

第一類型屬「去鼻化」類型，音變過程是參照前述傳統的主張（王力 1958:131；董同龢 1985:59-60）所擬，這條路線認爲輕脣化經過鼻擦音的階段，然後受到鼻續音限制（*ṽ），失去鼻音成分變成*v-，再變成合口介音 w-。*v 作爲 w 的過度階段有中原音韻的證據，中原音韻的聲母系統有「晚」*v-與無聲母如「腕」*w-的對立，所以一般認爲現代北方話的發展循第一套的路線，這條發展路線正好和<日>母平行；我們也許可以反其道而行認爲現代北京話「晚」wan 是直接由*mjʷ- → w-，預先就迴避了鼻續音限制，乾脆喪失鼻音部分，直接變成非鼻合口音 w-，後來合口音再變成脣擦音 v-（譬如客家話）。第二套路線較合乎經濟原則，可惜沒有方言文獻的支持，除非我們否定現代北京話和中原音韻的傳承關係，否則無法相信這條路線是實際發生過的，所以我們暫時不設想這條路線。

第二類型屬「去續音」類型，其音變過程和<日>母的第二類型平行，介音*j-或*w-消失，變成一條拆橋規律（bleeding rule），使*mjʷ-變成*mj-或*mw-，於是沒有機會變成鼻擦音，因而保存了鼻塞音的性質。南方漢語都屬於這個類型。

3.2.4 <娘>母的衍化

<娘>母屬於知系聲母，知系和莊系聲母都只能出現在二等韻和三等韻。知系和莊系二母在現代北方話唸捲舌音，小川、李方桂都擬爲捲舌音。李方桂認爲這些聲母後面一定有一個聲母使其捲舌化，他設想的是一個*-r-介音（1980:15,22）。李先生的說法已經得到現代漢語音韻史家的承認。照這個說法，我們可以爲知系和莊系聲母的衍化擬出一個公式：

(28a) 上古　　*t- 等 + *-r-　→ 中古 *ṭ 等　　<知>系

(28b) 上古　　*ts- 等 + *-r-　→ 中古 *tʂ 等　　〈莊〉系

按照這個公式，〈娘〉母由上古到中古的衍化過程應該是由*nr-變成一個捲舌的鼻音*ɳ-：

(29) 上古　　*n- + *-r-　　　→中古 *ɳ　　　〈娘〉

問題是現代漢語北方話〈知〉系和〈莊〉系大部分方言都念捲舌音，唯獨〈娘〉母沒有念捲舌的。但《韻鏡》明載舌上音包括〈知〉〈徹〉〈澄〉〈娘〉四母，和舌頭音的〈端〉〈透〉〈定〉〈泥〉四母相對稱。如果我們相信《韻鏡》的系統，那就不能不擬出一個捲舌鼻音*ɳ-來。前面已經引過李方桂的說法，他認爲有些方言直接失去*-r-介音留下 n-，所以〈娘〉母早就和〈泥〉母混同了。但是在他所擬的中古音裡還是把〈娘〉母擬爲捲舌鼻音，顯然在他看來，有些方言走的是經過捲舌鼻音的階段。如果這是某些現代漢語的中間過程，那麼〈娘〉母在這些漢語的發展就應該如下：

(30) 上古　　*nr- → 中古 *ɳ → 現代 n-　　　〈娘〉

李方桂設想的兩個不同的衍化類型都是合理的、可能的。在進一步分析以前，我們先檢討幾個理論的問題。一是(30)的路線算不算「回頭演變」？其次是如果(30)是正確的，爲什麼所有現代方言都表現了「泥娘不分」的現象。

一、關於「回頭演變」

從(30)〈娘〉母的行爲來看，的確像是「回頭演變」，因爲*ɳ 是基於*n+rj 的條件而分化出來的，後來又喪失了捲舌成分，混同於泥母，這樣似乎應該算是何大安（1988:35）定義下的「回頭演變」。但是如果從〈泥〉母來看，〈娘〉母不過是〈泥〉母的一個變體，兩者具有互補分佈的關係，儘管〈娘〉母音值又變得跟〈泥〉母相同，那樣只是一種「語

音變化」（phonetic change），不是「音系衍化」（phonological mutation），所以不能算是「完全回頭演變」。

二、關於「泥娘不分」

值得討論的是和<娘>母環境相同的序列：那些同爲二等韻的<知>系、<莊>系和<娘>母之間是否有平行發展關係。

漢語大別之可以分爲幾種類型：

一、<知>系、<莊>系、<照>系唸捲舌音，<娘>母歸<泥>母，如官話。

二、<知二>系、<莊二>系歸<精>系，<知三>系、<莊三>系、<照三>系唸舌面音。<娘>母歸<泥>母，如客語海陸話。

三、<知>系、<莊>系、<照>系、<精>系混同。<娘>母歸<泥>母，如粵語、吳語。

四、<知>系唸舌尖塞音，歸<端>；<莊>系、<照>系、<精>系混同，但<照>系接齊齒音，<娘>母歸<泥>母，如閩語。

五、<知白>系唸舌尖塞音，歸<端>；<莊二>系、<精>系混同，<知三>系、<莊三>系<照>系捲舌，<娘>母歸<泥>母，如湘語。

雖然各方言混同的情形不同，但是<知>、<莊>、<照>、<精>四系之間，無論那兩個系都有現代漢語方言加以區別，唯獨所有方言都發生「泥娘混同」現象，但都和<日>母不混。請看以下的現代漢語資料：

(31)

	泥四		娘三			日三			
	泥	尿	尼	膩	你	兒	二	耳	日
北京	ni	niau	ni	ni	ni	ɚ	ɚ	ɚ	zʅ
蘇州	ɲi	ɲiæ	ɲi	ɲi	ni 文 ŋ̍ 白	l̩ 文 ɲi 白	l̩ 文 ɲi 白	l̩ 文 ɲi 白	zɤʔ 文 niɪ 白
溫州	ɲi	ɲia	ɲi	ɲi	ɲi	ŋ	ŋ	zï ŋ 白	zai 文 ɲiai 白
雙峰	ɲĩɪ	ɲiɤ	ɲĩɪ	ɲĩɪ	ɲĩɪ 文	e 文 ɲĩɪ 白	e	e	i
梅縣	ni 文 nai 白	niau	ni	ni	ni 文	i	ɲi	ɲi	ɲit
廣州	nɐi	niu	nei 文 nɐi 白	nei	nei	ji	ji	ji	jɐt
福州	nɛ	zie	nɛ	nei 文 nøy 白	ni 文	i 文 nie 白	nei	ŋi 文 nei 白	niʔ
廈門	nĩ	lio	nĩ 文 li 白	li	li	li	li	nĩ 文 hi 白	lit
潮州	nĩ	zio	nĩ	nĩ		zi	zi	zi 文 hĩ 白	zik
高雄	nĩ	zio	nĩ	zi		zi	zi	zi 文 hĩ 白	zit

　　由上表看來，<娘>母在現代漢語方言的行爲基本上和<泥>母相同❻，證明基本上李方桂的說法是可信的。也因而看出他另外替<娘>

---

❻　上表中有一個「你」字，基本上是北方方言詞，南方方言普遍用「汝」或「女」，有許多異於娘母字的讀法，並非是「你」的白話音，不列入表中。

母擬了一個捲舌鼻音，只不過是要向文獻交待而已。問題是文獻是否眞正反映語言的實際？果然反映了實際，那麼捲舌鼻音在那個時代、那個方言存在過呢？

(31)所舉的例子都是齊齒音，<泥>母字是四等韻，依照各家的擬音中古有個*-i-介音；至於<娘><日>二母都屬三等韻的字，依照各家的擬音中古三等韻有個*-j-介音。現代漢語，就上面所舉的七種代表性漢語來看，塞音變成捲舌音的方言，如北京、雙峰等，鼻音的<娘>母都沒有捲舌，爲什麼漢語沒有捲舌鼻音呢？我想這有兩個可能的原因。

一是捲舌音本來就是有標的，在 UPSID 的 418 個語言中只有 36個有捲舌音，其中只有 21 個語言有捲舌鼻音。至於其他的鼻音都非常普遍，舌面鼻音 ɲ 有 108 個，舌背鼻音 ŋ 有 190 個，雙唇鼻音有 346個，而舌冠鼻音 n 等有 356 個。可見捲舌音本身是一個非常有標的、不自然的音，一般的語言都會想辦法迴避，在漢語史上如果發生這樣的音，他的存在空間與時間一定是有限的。迴避限制最大的可能就是取消捲舌特徵，變成普通的舌冠鼻音。

另一個的可能是：介音*-r-一開始或在很早的時期，因爲*nr-輔音串（consonant cluster）中的*-r-受到前面的鼻音的擴散變成*[r̃]，違反了鼻續音限制而脫落，因而現代漢語<娘>母的行爲同於<泥>母。

可是*-r-介音的脫落不會早於<日>母的顎化。因爲脫落*-r-介音的三等韻聲母*nrj→*nj-，那豈不是和(22)所示的上古鼻音顎化規則相同，而顎化成<日>母了嗎？這和「泥娘不分」現象是不合的。因此<娘>母*-r-介音的脫落，必定是在三等的<照>系聲母顎化以後，上古的*nj 變成<日>母*ɲʑ-了，然後 *nrj- 才變成*nj-，這時 *nj-已經不再進行顎化

爲*nʑ-的運動了。兩者有推移（shift）的衍化關係，相對年代互相錯開，所以<娘>母老是追不上<日>母，因而不致和<日>母混同。如果<娘>母的*-r-先脫落，那麼*nrj- → nj-<娘>母會和<日>母混同❼，這樣不符合現代漢語的事實。<日>母的擦音化大概在唐朝已經完成了，日本遣唐使帶回日本的「漢音」<日>母對應於擦音*z-，而<微><泥><娘>和<疑>母都分別對應於濁塞音*b-,*d-,*d-,*g-（參見小川尙義1907）。

不過中古時代以後也有*nj-/*ni-顎化而趕上<日>母的例外情形。譬如「尿泥四」字客語和福州話、閩南語的行爲、「膩娘三」在閩南語的行爲等，<娘>母的確混入<日>母了。不過這些變化都是零星的（sporadic）變化，只能證明當<日>母開始形成的時候，已經有一些<娘>母字也開始脫落*r-了。

另外值得注意的是：許多語言<泥四>母和<娘三>母在齊齒音之前完全沒有顎化，如北京、梅縣、廣州、閩語，分佈於華北與華南，而華中的吳語、湘語反而有顎化現象。《漢語方音字彙》的資料6個官話方言中，有3個顎化、3個不顎化，顎化與不顎化只是不同的語音體現，沒有辨義作用，和客語之類分顎化、不顎化兩套鼻音對立的情形不同，所以我們認爲北方話的 nj 是先顎化爲 ɲi、混同於<疑>母*ŋi→ɲi（如「逆」、「擬」），再混同於 ni 的。

---

❼　此時 r → ø/n 就變成一條搭橋規律（feeding rule），創造*nj → ɲ（<日>）的條件。「娘日混同」在日語漢音是確實有的情形，譬如「娘」zyo，「日」zitsu，都是 z-，不過這是後來的發展，漢音<泥><娘>母原讀*d-，<日>母原讀*z-（參見小川尙義1907:25-34），現代日語 di 全部顎化爲 zi，造成漢音<泥><娘><日>三母都混同了，其實古漢音是「泥娘混同」、「娘日有別」。

吳語、湘語大抵<泥><娘>在齊齒音之前都顎化了，最後和北方官話一樣，跟<疑>母（如「逆」ȵ-）都混同了，只是混同為顎化音而已。看來華中漢語的顎化的時間比北京話之類北方官話晚。

大體說來華中漢語及北方官話傾向於顎化，華南漢語傾向於不顎化。既然<娘>母讀捲舌鼻音的時代或方言無法證明，我們只好承認<娘>母在很早的時期-r-介音就已經消失而歸入<泥>母，之後的發展兩母都一樣了。根據前面的分析我們也可以將<娘>母發展的路線分為兩個類型：

(32) 第一類　*nrj → [*nr̃j] → *nj → ȵ(i) (蘇州、溫州、雙峰) /

　　　　　　ni (北京)

　　第二類　* nrj → [*nr̃j] →*nj / ni (梅縣、廣州、閩語)

第一類和第二類的區別在第一類型經過顎化的過程，造成 ȵ 和 n 的對立，北京則又混同為 n，第二類則沒有經過顎化的過程，喪失*-r-介音之後保留 n。但是無論那個方言都受到了鼻續音限制[*nr̃j]，喪失了*-r-介音。必須要提醒的是，不論那個方言，基本上<泥><娘>總是和<日>母區別的，顎化不顎化只是語音體現的表面差異，只能說華中與華北齊齒音之前的鼻音顎化的發展較快，而北京話可能失去顎化對立，混同為舌尖音了。既然北方話的<日>母已經去鼻化，<娘>母要和<日>母區別只要保留鼻音便可，至於吳語<日>母文讀是擦音化的，白讀保留鼻音 ȵ，並且所有鼻音在細音之前都顎化為 ȵ，於是<日>、<娘>、<泥>便混同了。南方的閩語、客語、粵語<娘>母都沒有顎化，動機應該是要和<日>母的 ȵ 讀達成功能上的區別。這也間接證明我們所在前文所論證的，粵語早期的<日>母是唸成*ȵ-的，後來才脫落的。同時也

啓示我們想像：閩語和官話的<日>都有擦音化、去鼻化的演變❽，福州和粵語都變成ø-(j/i,y)看來是各自平行的發展。

4 結論

　　自從 Chomsky（1968）發表 SPE 以來，音韻學家逐漸把注意力集中在語言普遍性的探索，這個趨向對歷史語言學的發展應該有重要的啓發。傳統漢語音韻學家所擬的音韻系統雖然表面上是面面俱到，可以解釋方言變異和歷史發展，但是整個系統煩瑣不堪，有些奇特的擬音，違反語言普遍性，不是自然語言常見的音位，同時傳統漢語音韻學家也無法解釋音韻衍化的動機與方言分化的類型。語言普遍性不但解釋了語言演變的動機，同時告訴我們什麼樣有這樣的方言類型，也告訴我們那一套擬音比較合乎音韻演變的事實。如果我們沒有一個語言普遍性的觀念，對於前人眾說紛云的擬音，便沒有一個取捨的根據，這樣就會產生無所適從的困擾。

　　但是語言普遍性的追求有許多法門，本文主要採證 Maddieson 從世界語言的音系的統計中得到的數據，但是對於生理語言學的語音學研究和衍生語言學以來的音韻學研究成果，我們也儘量採用。

　　本文根據語言的普遍性提出漢語音韻發展史上的兩條限制：

---

❽　請注意閩南語的去鼻化和官話的動機應該是不同的，官話只有<日>母去鼻化，閩南語則各種鼻音聲母都有去鼻化現象；官話<日>母去鼻化是強迫的，所有<日>母字都要去鼻化；閩南語的去鼻化則不是全面的，有些字仍保留鼻音，並且方言之間往往因爲有無去鼻化而造成方言差異。

C1 *送氣擦音限制：擦音與送氣特徵結合的限制。

C2 *鼻續音限制：鼻音和續音特徵結合的限制。

　凡是違反這些限制的音位或音值，不是不能存在，而是有標的（marked）存在，在自然語言裡它們的存在受到限制。在共時面他們的存在受到空間的限制，在歷時面受到時間的限制。我們嘗試以音韻限制作爲音韻衍化的「原則」（principle），迴避限制是「動機」（motivation），迴避限制的策略便是「參數」（parameter），不同的迴避策略造就不同的方言「類型」（typology）。

　根據這個理論，整理紛繁多彩的現代漢語方言變體便有了一個頭緒了，由上古到現代整個漢語音韻演變過程也不難擬測了。如果把所有的分化流變過程看成一個沖積扇的水系，這就是 Sapir 所謂的「潮流」（drift），把所有的潮流合起來看，就是一個完整的漢語音韻史了。由這個觀點來看，現代漢語方言的個別變體其實是位於潮流中的一個驛站而已，它的下一步會變成什麼音其實也不難預測。

　由於特徵結合的限制不同，當音系清單（inventory）發生變化時，某些音位因爲違反了限制而無法衍生新音，某些音位衍生的方向和其他的音位不一致，因此當音系中的某一個序列（order）衍化出一個新序列時，新序列和原序列往往不對稱。但是傳統《切韻》系韻書的音韻「系統」所有新序列的音位和原序列都是對稱的。我們因此懷疑《切韻》系韻書只是反映歷史的及方言的區別而不是實際語言的區別。

　既然送氣擦音是一個限制，我們論證中古音不一定如高本漢等人把<敷>母擬成個送氣擦音*fʰ，因爲它是有標的，很可能當唇音輕化時，f 和 fʰ 的對立同時消失了。也許有個別的方言，在歷史上曾經有過 f 和 fʰ的對立，但因爲受到鼻擦音的限制，這樣的方言一定很少，並且可能

很快的造成 f 和 fʰ的混同。由於現代方言普遍沒有 f 和 fʰ的對立，因此我們認爲鼻擦音限制在中古聲母的發展上是一條有效的限制，限制*fʰ的存在，逼使其混入*f-，因此唇音輕化的結果，幫系聲母和非系聲母是註定不對稱的。

其次，<日>母和<微>母衍化的條件相似，語料顯示，大部分現代漢語<微>母和<日>母的衍化都是相平行的，大抵北方方言傾向變成鼻塞擦音後再去鼻化（第一類型）；南方方言傾向於保留爲鼻塞音（第二類型）；至於<娘>母則混同於是<泥四>母，北方只管保存鼻音，發音部位不重要，南方因爲日母唸顎化鼻音，娘母和泥母都唸成舌尖鼻音以爲區別。由中古至現代鼻音聲母的南北發展潮流（drift）可以模式化如下表：

(33)　　　　　　　　南方　　　　　　　　　北方

微母　　$*mj^w \to mu \to bu$　　　　$*mj^w \to mv \to v \to w$

日母　　$*nj \to *ɲ(i) \to j$　　　　$*nj \to ɲʑ \to dʑ \to ʑ \to z/j/ʐ$

娘母　　$*nrj \to nj \to ni$　　　　$*nrj \to nj \to ɲ(i)/ni$

泥母　　$*ni$　　　　　　　　　$*ni \to ɲi/ni$

由於鼻續音限制只適用於鼻音，與非鼻塞音無關，因此鼻音的發展和塞音註定是不平行的，因而當語音發生變化時，原序列和新序列也不對稱。

本文所擬的音變過程多半是因循前人的研究成果，擬音並非本文的目的。但是前人的漢語音韻史研究，對傳統文獻並沒有深刻的批判，對所擬的音也並沒有一個富「普遍性」的解釋。因此所謂擬音不免流於將「字母」轉寫爲「音標」之譏；結構學派太注重「對稱性」往往犧牲了普遍性（universality）和自然性（naturalness），擬出一些不自然的

音來。既然音系的衍化過程,因為限制的不同,原系列衍化出新系列,兩系列不一定是對稱的,傳統歷史語言學對這一點似乎還沒有好好的檢討。

本文的興趣是把漢語當成一個自然語言,從語言普遍性的觀點重新檢討漢語的送氣音及鼻音的衍化過程,我們企圖在漢語音韻學的方法論上建立兩個理論:

一、過去的研究偏重於史實的考證,但是對於音系衍化的動機與策略沒有提出一個比較自然的解釋。本文從生理語音學的、音韻普遍性的觀點提出送氣音與鼻音之所以容易變化的原因、即變化的動機在於受到音韻限制。

二、本文所擬的音韻限制是普遍性的,任何語言都可能受到這兩個限制的規範,但是個別語言對解決或迴避限制的策略各不相同,有些方言對限制比較敏感,一開始就採取策略預先迴避,有些方言則違反了限制之後再想策略解決;迴避限制的策略也有很多方式,有些方言採取去除違反限制的特徵的策略,如去送氣成分或去鼻音成分;有些方言則改變了環境,如*-j- 併入聲母而使聲母顎化,*-j- 本身則元音化,或去-r-介音,使限制不再能夠適用。迴避策略的不同正是造成方言分化的關門。

我們所提供的研究方法不但能夠在歷時上提出音變動機與音變方向的解釋,並且在共時上提出漢語音韻類型學的理論基礎。

[謝啓] 本文撰寫期間承蒙龔煌城教授、連金發教授、陳素宜教授、孫宏開教授、戴慶廈教授、何大安教授、鍾榮富教授、吳疊彬先生、鄭曉峰同學,多所指教或指正,受益良多,謹此致謝。

參考書目

小川尙義

　　1907　〈日臺大辭典緒言〉收入《日臺大辭典》1-212頁，臺灣總
　　　　　督府

王　力

　　1963-64《中國語言學史》北京·「中國語文」月刊124-129期

　　1958　《漢語史稿》上冊，科學出版社。本文據香港波立書局版

中央民族學院苗瑤語研究室編

　　1987　《苗瑤語方言語彙集》北京·中央民族學院出版社

北京大學中國語文學系語言學教研室編

　　1989　《漢語方音字彙》北京·文字改革出版社

李方桂

　　1971《上古音研究》「清華學報」9.(1+2):1-61.　1980　北京·商務
　　　　　印書館

何大安

　　1988　《規律與方向：變遷中的音韻結構》臺北·中央研究院史
　　　　　語所

高本漢

　　1915-1926 趙元任、羅常培、李方桂合譯 1940《中國音韻學研究》
　　　　　商務印書館

洪惟仁

　　1994　〈小川尙義與高本漢漢語語音研究的比較——兼論小川尙
　　　　　義在漢語研究史上應有的地位〉臺北·中央研究院臺灣史

研究所籌備處《臺灣史研究》1.2:26-84

1996 〈從閩南語聲母的鼻化、去鼻化看漢語的音節類型〉國立
新竹師範學院·第五屆國際暨第十四屆全國聲韻學學術研
討會論文初稿

許世瑛

1964 《音注中原音韻》臺北·廣文書局

董同龢

1964 《漢語音韻學》 1985 臺北·文史哲出版社八版

羅莘田

1935 〈中國音韻學的外來影響〉《東方雜誌》 32.14:35-45

龍宇純

1964 《韻鏡校注》臺北·藝文出版社

藏緬語語音和詞彙編寫組

1991 《藏緬語語音和詞彙》北京·中國社會科學出版社

Chomsky, N. and M. Halle

1968 *The Sound Pattern of English* (SPE) New York: Harper and
Row

Chung, R.

1996 *The Segmental Phonology of Southern Min in Taiwan* Taipei:
Crane Publishing Co.

Crystal, D.

1997 *A Dictionary of Linguistics and Phonetics* UK Oxford:
Blackwell

Edkins, J.

1871　*China's place in philology* London.

Giles, Herbert A.（翟理斯）

1892　*A Chinese English Dictionary*《華英大辭典》　Shanghai. 1912 second edition, revised and enlarged.

Karlgren, B.

1915-1926　*Etudes sur la phonologie Chinoise* Leyde, Stockholm, and Goteborg 898 pp. 1930 北京影印，題爲《中華語音學研究》。

Karlgren, B.

1928　"Problems in Archaic Chinese" Journal of the Royal Asiatic Society, 769-813.

Marshman

1809　"Dissertation on the characters and sounds of the Chinese language" 見 Volpicelli(1896)

Ladefoged, Peter and Ian. Mddieson

1996　*The Sounds of the World's Languages* UK Oxford: Blackwell Publishers

Maddieson, Ian

1984　*Patterns of Sounds* London: Cambridge University

Maspero, H.（馬伯樂）

1912　"Etudes sur la phonetique historique de la langue Annamite, les initiales" BEFEO(Bulletin de l'Ecole Francaise ce l'Extreme Orient):12

Padgett, Jaye

1995　"Stricture and Nasal Place Assimilation" CSLL

Schaank, S. H.

1897-98　"Ancient Chinese Phonetics" T'oung Pao:8.1(1897): 361-377, 8.2 (1897): 457-486, 9(1898)28-57 新 2.3(1902):106-108

Steriade, Donca

1993　"Closure, Release, and Nasal contour" in Huffman and Karkov (eds) 1993 *Phonetics and Phonology* (5): *Nasality, Nasalization, and the Velum*, Academic Press.

Volpicelli, Z.

1896　*Chinese Phonology, an Attempt to Discover the Sound of the Ancient Language and to Recover the Lost Rimes*, Shanghai

《聲韻論叢・第九輯》
聲韻學學會主編　頁719～768
臺灣學生書局　　2000 年 8 月

保守與創新——臺灣閩南語陽聲韻「熊」的音韻歷史變化

程俊源*

0. 緒說

　　語言演變具規律性（regularity），自十九世紀新語法學派（Neogrammarian）極化性的堅持以來，已成爲語言學者工作上的原則性了解，但不可否認的，在實際呈顯的語料上，卻常可見些零碎不齊整的例外現象，而對於這些「例外」，誠如李榮（1982:107）所言「例外考驗規律。通過例外的分析研究，可以幫助我們進一步掌握規律。」，因此「例外」是如新語法學者的認識只是尙未尋繹出其規律，抑或尙有其他？

　　在漢語方言中文白異讀的現象十分豐富，東南方言中如吳、閩……❶等，北方方言中如山西、山東……❷等多可見，臺灣閩南語亦如一般，

---

*　　國立臺灣師範大學國文研究所

❶　　葉祥苓（1988）、張盛裕（1979）、楊秀芳（1982）、余靄芹（1982）、張振興（1989,90）…

❷　　侯精一、楊平（1993）、張衛東（1984）…

文、白之間各成系統，由於歷史層積漸漸形成多系統的語言層疊置，林語堂（1933:201-2）已指出閩方言有因歷朝徙民遷居而留有層次的痕跡，然尚未及明確的劃分語層類次，至羅杰瑞（Norman 1979）首先揭示性地提出閩語包含了三個重要的詞彙層次——漢朝、南朝後期與唐朝後期，張光宇（1996:59-72）則對閩語的形成與層次再詳加剖析區分，認爲閩語形成可分作三個階段，四個層次，亦即閩語的語言層可以有三個時代階段，四個地域來源的異質疊置，語言現狀是歷史的積澱，不同的歷史質素，匯整融治成共時的系統，不過雖然閩語語層的歷史層迭（historical stratification）容或紛雜交涉，但各層次間自成系統則又是可認識徵別的，羅常培（1956:II）、袁家驊（1989:249）即指出閩南語的文白幾乎各成系統，以今天的認識文白各自間也許尚不只一個系統，因此楊秀芳（1982）對閩南語的文白系統與音韻層次從系統與對應的角度作了探索與示範，一定程度上判別還原了閩南語的文白音韻史。

　　因此漢語方言中的文白異讀現象，在地域、類型與數量上容或有參差，但各語言的語言層間呈顯出系統性對應的現象則是一致的，例如閩南語古通攝合口三等陽聲韻字，大體上可以徵別出有 iɔŋ:iŋ 的文白對比模式（楊秀芳 1982:83）。

	古攝等	文	白
宮	通合三東 見	kiɔŋ	kiŋ
眾	通合三東 章	tsiɔŋ	tsiŋ
重	通合三鍾 澄	tiɔŋ	tiŋ
松	通合三鍾 邪	siɔŋ	tshiŋ
龍	通合三鍾 來	liɔŋ	liŋ
熊	通合三東 云	hiɔŋ	him

在 ioŋ:iŋ 齊整的對應模式中，「熊」的白讀顯得突兀❸，表現的是個例外的形式，如何切近地理解這個問題，筆者擬由「文白異讀」的系統反映作為我們的診斷框架，並較大尺度比較概括語言間的語音演變，嘗試抽繹出其通則，繼以此原則向問題靠近，希望藉此個例的研究能讓語言的事實，獲得某種程度的澄清。

1. 回顧與探討

對於閩南語系「熊」讀 him⁵ 的語音形式，學者間研究探討多有，楊秀芳（1982:83-4）從結構與系統的觀點出發，認為「熊」羽弓切，云母通攝合口三等字，文讀 hioŋ⁵ 合於正規文讀層演變規律，而 him⁵ 的語音形式則難以簡單地論斷出其究屬文讀層或白話音，而認為是一個特殊字。因為從語音結構的觀點看，聲母讀 h-顯然呈顯了「喻三歸匣」的早期漢語音韻特徵，但並非盡然就可以此將其劃入白話層，因為其文讀亦讀 h-，形式上今華語亦讀為匣母擦音的形式，故聲母的證據尚不足於支持其為白話層。

因此再將論點及於韻母的話，-im 的形式正如上述並不合於一般白讀層-iŋ 的形式，對於這樣的一個特殊的語言現象，經驗上我們可以有

---

❸ 將「熊」him 的語音形式暫列入白讀一欄中，是基於兩點考量，一為突顯文、白對比的不齊整，二為所謂的「文讀音」與「白讀音」，傳統上毋寧說只是基於語體風格或語用上的考量而作的二元分類，而當我們建立「層次」的概念時，則文、白的判別在於其各成系統的反映，也許語用上可粗疏地分作兩類而不礙，但實際的語言層疊積中其間可能不只兩層，今將「him」列入白讀只是暫依日常語用上的原則分類，至於其究屬「文」或「白」（正確說應是哪一個層次），則容後再述。

三向的思考假設，一爲古音形式殘留，第二爲後起的語音變化或第三來自古底層的干擾（substratum interference）。當然這樣的假設對於問題眞實情況的了解仍未免過於簡單化，因爲「可能性」的範圍畢竟無窮，但我們認爲化約的思路模式能概括較大的外延現象。因此對於第三項假設的了解，由於我們對閩語底層的認識尙未全面，且掌握的資料亦不足以全面撐起這樣的假設，較不可能明確地就此證成或證僞❹，倒是第

---

❹　閩語語層中反映出一定程度的古百越底層質素，學者間已多所論列（A. Hashimoto 1973、Norman & Mei 1976），不過古百越族到底操何系語言，雖因族系繁多，難能遽以論定後裔，但一定程度上與今苗瑤、壯侗（覃曉航 1995、羅美珍、鄧曉華 1995:25）、甚或南島語（倪大白 1994）有所聯繫。順此角度我們進一步比較考索，例如邢公畹（1985:279）報告三江侗語「熊」讀 me。

王均（1984:804）報告的壯侗語

	壯(武鳴)	壯(龍州)	布依	傣(西)	傣(德)	侗	么佬	水	毛難
熊	mui	mi	mwi	mi	mi	me	pwa mɛ	ʔmi	moi

中央民族學院苗瑤語研究室（1987:98）報告的苗瑤語

	黔東苗語	川黔滇苗語	滇東北苗語	布努瑤語	勉瑤語	標敏瑤語
熊	ll	tla	ntʂhi	ʑi(tɬi)	pit	huɛ

歐陽覺亞、鄭貽青（1983:504）報告的海南島黎語

	保定	中沙	黑土	西方	白沙	元門	通什	塹對	保城	加茂
熊	mui	mui	mui	mui	moi	mou	mui	mui	mui	mui

李壬癸（1996:115）報告的臺灣平埔族語

	臺北新社	宜蘭社頭	掃笏	珍珠里簡	里腦	花蓮新社
熊	tomai	tumai	tumai	tumai	tumai	tumay

陳康（1992:273-4）報告的南島系語言

	泰耶爾	賽德	鄒	排灣	阿眉斯	布農	魯凱	薩斯特	卑南	邵
熊	ŋarux	sumai	tsəmoi	tsumaj	tumaj	tumað	tsumaj	somaj	ʈumaj	θumaj

由此就目前掌握的材料看，臺語的「熊 him」並不與侗傣、苗瑤、南島等語系有嚴格的語音對應關係，較大程度上似仍不足看待成底層詞。

一、第二個假設是傳統上我們處理時常採取的門徑，而對於這兩層設想，換言之其實正是在思考-im 的語音形式，是保守的（conservative），抑或創新的（innovative），哪一樣的看法才是我們有利的關節點，這個問題該如何認識？

　　漢語音韻史上-m 尾與-ŋ 尾的交涉《詩經》時代已如此，「熊」這樣現象或可聯繫到上古的形式，董同龢（1944:134）認爲龜甲與鐘鼎文字「熊」皆象形，左傳文公十八年「仲熊」潛夫論作「雄」；又「有熊氏」《白虎通》訓「宏大」，易林蹇之大過「熊」與「宏」韻，因此判別「熊」上古當屬「蒸韻」。而上古「冬」、「蒸」、「侵」偶有交涉（李毅夫 1982、劉寶俊 1990、周祖謨 1993、史存直 1997），這裡似乎對「熊」的-m 尾有了歷史線索上證據。因此李方桂（1980:45）便是將「熊」*gwjəm(?)>jung 列入「侵部」，不過擬音後的問號，似乎也可看出意見上仍有擺盪。

　　「熊」字因不見於《詩經》上的韻腳，因此歸部意見上猶有紛歧，如果由考定上古音的另一材料「諧聲字」出發，《說文》云「熊」從能，炎省聲。❺「炎」上古屬「談部」，中古仍在咸攝，如果我們相信許慎，則這樣的材料亦顯示了「熊」古收-m 尾的可能。

　　「聲訓」、「諧聲字」的證據都支持了「熊」古音收-m 尾的可能，語族內部證據如此，但如果再跳高一層宏觀地看問題，我們期望於漢藏系的語言反映能依然如是，由龔煌城（Gong 1980:483）漢、藏、緬的比較語料中，藏文「棕熊」爲 dom，緬文「熊」爲 wam。漢藏語系的鼻音韻尾發展雖各有參差，各自間體現殊相的規律（石林、黃勇 1996），

---

❺　段玉裁《說文解字注》頁 484 上 藝文印書館印行（1989）6 版 板橋。

如藏緬語族中雖然緬甸語的輔音韻尾多已消失（汪大年 1983），但藏
語支中大體上仍有多個次群保留輔音韻尾（馬學良、戴慶夏 1990:43），
因此上古「熊」的韻尾問題，或許可以在研究者間確立。❻

藏文 （書面語）	拉薩	阿立克	嘉戎	道孚	緬文 （書面語）	緬語 （仰光）	阿昌	仙島	載瓦
dom	thom (tom)	tom	tə wam	dəm	wam	wū weʔ wū	ɔm	om	vəm

　　綜合上述，閩南語「熊」讀 him⁵ 的語音形式，將其視爲白話層並
不會有太大的滯礙，韻尾的形式由上述可聯繫到上古音，而聲母 h-的
形式，正是大多數白話音云母唸 h-的反映，「熊」保存了這些早期的
音韻特徵，李新魁（1994:445）明確地表達了這樣的看法。

　　只取成說的話，我們或可認爲這屬存古的殘餘，如果僅僅考慮閩
南語自身呈顯的形式，以及這樣解釋的能力，存古的這個設想顯然簡潔
又有效力，不過這樣的設想勢必亦得面臨兩個問題需要作更進一步的澄
清，古通攝合口三等唸-im 的形式是否只有「熊」一字，有沒有什麼特
殊原因使「熊」類的字脫離原來的語音變化而成爲殘存，或只是單純的
殘餘。

　　李熙泰（1982:21）報告了廈門方言的「熊」字唸-m 並非孤例，如：
「雄黃 him⁵ hɔŋ⁵」、「終古 tsim¹ kɔ²」顯然「熊、雄、終」韻母都唸 -im。
「雄」字古「蒸部」，「終」字古「多部」，收-m 尾的形式理由可如

---

❻　下表資料摘自黃布凡等《藏緬語族語言詞彙》頁 104 中央民族學院（1992）北京。

上述，但我們認為若基於語音變化的條件環境看，*-m>-ŋ 可以是由脣音異化（labial dissimilation）所致，如「風」古韻「侵部」，後世變為-ŋ 尾，應是脣音聲母與-m 尾的異化所致（李方桂 1980:45），顯然這樣的條件環境並不合於「熊、雄、終」等，但參照中古音類的反映，「熊、雄、終」又確然已收-ŋ，因此從條件上著眼，回溯到我們有權假設的合理形式，不如仍歸回其上古的本部應收-ŋ 尾。當然若由《說文》出發，認為「熊」上古為「談部」的話，「談部」變入後世多入中古咸攝（董同龢 1944:112），從韻部的性質上看顯然亦不與通攝交涉，而再論及殘存的話則歷史上可供思考的證據便不多了，而上古「談部」來源的字，在閩南語亦入咸攝，其白讀層則大多表現為-(i)ã 的形式❼（黃典誠 1982:181、楊秀芳 1982:85-91）。這裡如果我們反向思考一下，那如果是從「能」得聲呢？「能」古韻在之部，解釋上恐怕得更費心力，若取「奴登切」的話❽，可以推為蒸部，那麼理由便如上述了。我們還可以思考介音的合口性質是否也是影響的參數，我們不反對大多數的現代漢語方言中有著脣音異化的共存限制例如粵語（Yip 1988），閩南語自身亦不例外，甚至合口介音並不與脣輔音韻尾共存，例如：有著*kuam、*kuap 的音節結構限制（鍾榮富 Chung 1996:219），但古漢語是否亦如此，合口介音不接脣輔音韻尾，我們看咸攝的「凡」韻屬合口三等，看來中古漢語是容許這樣子的音節結構，沒有類似*uVm/p 這樣的限制

---

❼　閩南語白讀層中大致能別古「覃」「談」兩韻，覃韻 am，談韻 ã，吳語區亦可見到，宜興方言南 nə ≠ 藍 la（葉祥苓、郭宗俊 1991:90, 92），嘉定方言，潭 dɪɪ ≠ 談 dɐ（湯珍珠、陳忠敏 1993:45, 47），浙江雲和，蠶 zuɐ ≠ 慚 zã。（太田齋、曹志耘 1998:292）。

❽　大徐反切，段玉裁《說文解字注》頁 484 上 藝文印書館印行（1989）6 版 板橋。

（constraint）。

當然這裡我們並非以中古例上古，以《切韻》音系規範上古漢語，漢語音韻學中每個時期的材料有每個時期特殊的性質（張琨 Chang 1979:241），對於上古漢語的音節結構也許是 CVC（李方桂 1980:35），丁邦新（1979）由語族內部與外族系語言的證據，推定上古漢語完整的音節結構當是(C)C(C)(S)(S)VC（可簡寫爲 CVC），從結構上看容許有合口介音的音段存在，但對於合口介音，李方桂（1980:16-7）在上古音裡另立一套圓脣舌根音聲母（labio-velars），來解決後世的合口問題，因此上古除少數祭、歌、元等韻部在舌尖聲母後有合口，其餘便處理成沒有合口介音，那麼「熊」的變化便與後世所謂的合口無關了，但這只是理論設定的原則而已，其實問題仍然複雜，圓脣舌根音聲母仍可能引起異化作用，我們茲引李文的一些例子作爲以下討論的張本。

例字		頁碼
風	*pjəm>pjung	45
熊	*gwjəm(?)>jung	45
炎	*gwjam>*jwam>jäm	57
軌	*kwjiəgw>*kwjiəg>kjwi	42
逵	*gwjiəgw>*gwjiəg>gjwi	42
九	*kwjəgw(?)>*kjəgw>kiəu	41
鴞	*gwjagw>*jwagw>jäu	63
饁	*gwjap>*jwjap>jäp	56
煒	*gwjəp>*jwəp>jəp	44
品	*phljiəm>*phjiəm>phjəm	45
卯	*mrəgw>mau	41

以上我們僅暫取李文中一些可表述脣音異化音變過程的例子，直觀上我們可以發現各例脣音異化的效力互有參差，「卯」的結構到今日仍允許而不異化，另外在元音*iə 條件下不發生異化作用如「品」（李方桂 1980:45），元音爲*iəgw 時，脣音異化先失去的是圓脣韻尾如「軌、逵」（李方桂 1980:42），而一般上圓脣舌根聲母無論接圓脣舌根韻尾或脣音韻尾，先失去脣音的是位於音段首的圓脣舌根聲母，如「九、鵁、龥、燁、炎」，而這裡較可比較的是「炎」*gwjam 與「熊」*gwjəm，音段上除元音性質的不同外，脣音異化的條件相同，但行爲卻並不同調，「炎」先丟失圓脣舌根聲母而「熊」則異化了脣音韻尾，「熊」的模式成了較特殊的演變，可能的解釋與聲母影響元音的變化行爲有關（李方桂 1980:45），但若再與「九」*kwjəgw 相較，則「九」的圓脣舌根聲母並不影響元音使其變化，如此從詮釋的角度看，顯得較爲迂曲。❾

我們相信理論總是來源於事實（李榮 1983b:88），如果我們不刻意的避開問題，那麼勢必得在理論辯證上有所交待，從存古的角度思考若仍顯得曲折費力的話，我們必得再尋求令人信服的解釋，因此形式上可不可能是-ŋ>-m 的新創變化？當然要理解這一點時，我們得先確定我們要提的問題，亦即若提到漢藏語的高度，我們並不反對「熊」收-m

---

❾ 再者由上我們尚可再附帶一說，古漢語的脣音限制顯然並不同於現今大多數漢語方言，所謂限制（constraint），是音節結構中產生系統性的空缺（systematic gap），例如粵語東莞方言中沒有*kwam、*kwau 等的結構（詹伯慧、陳曉錦 1997:10-1），閩南語中亦沒有*pVm/p、*uVm/p 等的組合，但顯然上古漢語可以允許，中古漢語亦不拒絕如*uVm/p 的結構。

尾亦是一有力的可能，只是我們要討論的是閩南語「熊」-im 的形式，是否即符應於原始古形式的化石音讀，抑或-im 的形式其實亦可合理地詮釋成閩語中的一種創新演變，對於這另向的思考模式，我們找到問題的突破口在於閩中永安方言的啓示與築基於諸多漢語方言的音變比較。

2. -m 尾的方音現象

2.1 永安-m 尾

閩中永安方言的-m 尾現象，對於理解我們將面對的問題似有提示之功，羅杰瑞（1980）報告了永安方言，周長楫（1990）、鄭縈（1995）皆爲永安方言的-m 尾尋出一音理上的合理詮釋，撮要言之在於元音與韻尾的互動，亦即-m 的出現是有語音上的條件的，例如永安的-m 大體出現於古山攝、宕攝、通攝與江攝。

	單	山	飯	堂	中	宮	江
永安	tum	sum	pum	tɔm	tam	kiam	kɔm
沙縣	tũĩ	sũĩ	pũĩ	taŋ	tøyŋ	køyŋ	kaŋ

由上表的體現，永安的-m 尾與元音有一定的依存關係，再比較沙縣更明顯可見，山攝的-m 尾，周長楫（1990:44）認爲是元音-u 的影響，而鄭縈（1995）研究亦指出-m 的前身亦可來自鼻化韻，核實了羅杰瑞（Norman 1988:237）的推論，-m 尾的產生應是由自*oŋ>ãũ>am、

*an>ū>um，亦即元音的性質是使古-ŋ 尾進一步轉變爲-m 尾的最大參
數。從方言比較上看，山攝邏輯上應曾有過鼻化元音-ū的形式，宕攝、
通攝的來源比較後的認識，其早期的語音模式亦應是個*auŋ，可以形式
化的表達如下*(i)auŋ→(i)āūŋ→(i)am，而江攝則可能是音變後類推同化
所致。

　　永安-m 尾的價值，在於從音理的高度，合理地詮釋了元音與韻尾
的互動關係，基本上我們也正是以此結論作爲我們的思考前題，也正是
由於這個事實迫使我們反向思考。張光宇（1991:437）總結性地指出大
體上漢語方言的韻尾演變有兩個趨勢：若韻尾由前變後如：-m → -n、
-ŋ 或-n→-ŋ 通常是無條件的變化（unconditioned change），沒有環境限
制。而若韻尾由後變前如：-ŋ→-m、-n 或-n→-m 通常是有條件的變化
（conditioned change），有一定的環境促成。比如-ŋ→-n 一般在元音 i、
e 後發生；-ŋ、-n→-m 一般在元音 u、o 後發生。

　　因此-m 尾的出現盡可能是以語音環境爲條件，由此論點出發，我
們放大尺度先於漢語方言中作一概括性的觀照，再回視本文的問題焦
點。

2.2 山西祁縣-m 尾

　　潘家懿（1982）報告了晉語并州片中祁縣-m 尾的情況，祁縣-m 尾
的轄字，亦不屬古咸、深兩攝，而是分布於山、臻、曾、梗、通五個韻
攝的合口字，共時上只呈顯爲 om、iom 兩韻。而徐通鏘（1984）則更
指出來自中古的遇攝字及流攝侯、尤兩韻脣音字，祁縣產生了一個新的
雙脣濁擦音韻尾-β。

	昆	均	東	永	租	牡	婦
祁縣	khom	tɕiom	tom	iom	tsᵒuβ	mᵒuβ	xᵒuβ

　　祁縣-m 與-β 尾的出現，可以抽繹出一個共同的條件，皆承自古合口字，而共時上亦更可以看到元音-o 與-u 的主導作用，由徵性分析（feature analysis）入手的話，-o 與-u 的圓脣作用 [+round] 顯然是產生-m 的環境條件，甚至使結構上原無輔音尾的古陰聲韻字亦增生一-β 的新韻尾。

2.3　山東平度-m 尾

　　山東平度縣西靠昌邑的郭家埠、冢東、楊家圈、大鄭家、西河五處亦具-m 尾，情形亦如山西祁縣一般，共時上只呈現 om、iom 兩韻，歷史音類上亦非來自古咸、深攝，而是來自古通攝。（錢曾怡、曹志斌、羅福騰 1985:221）

	王家營	冢東	楊家圈	庄子	南埠	大鄭家	西河	雙廟	塔西坡
共	koŋ	kom	kom	koŋ	koŋ	kom	kom	kəŋ	koŋ

　　與近鄰的方言比較看出，山東平度的-m 尾，很可以是-N 尾的後繼發展。

2.4　江蘇呂四的閉口韻 m̩

　　盧金元（1986:52, 1988:83）指出江蘇呂四的閉口韻 m̩ 來自古咸、山兩攝開口一等與山攝合口一、三、四等，共時上因所接的聲母不同有

u 及 y 的過渡音形式，如 ᵘm̩、ʸm̩。

	熊	望	弘	宏	天	仙	談	飯	南	宣
呂四	zyoŋ	moŋ	ɣoŋ	ɣoŋ	thiĩ	çiĩ	dæ̃	væ̃	nᵘm̩	çʸm̩

上表顯示呂四方言的古通、宕、曾、梗，今仍是-oŋ 的形式，並無
變化爲-m 尾，但古咸、山攝卻有 m̩ 的聲化韻產生，古咸、山兩攝的舒
聲韻今體現爲[ᵘm̩、ʸm̩、æ̃、iĩ、uæ̃]五韻，若從共時的系統上，可以看
到聲化韻與鼻化韻呈互補的分布，鼻化韻的元音形式爲前、展脣元音並
沒有後、圓脣元音的鼻化韻，這樣的分布有效地解釋了聲化韻 m̩ 的產
生。（鄭縈 1995:350-1）

若再置入歷史的角度觀察，閉口韻 m̩ 只來自古咸、山兩攝開口一
等與山攝合口、三、四等，即古咸、山兩攝二等與三、四等開口，都
不是閉口[m]韻，這亦暗示了兩個現象，m̩ 韻與歷史上合口的性質有所
聯繫，而開口則只能在一等韻上才能體現爲 m̩，反映歷史上設定的一
等後*-ɑ 形式。張琨(1993b:120-1)總結性地指出南方方言中前*a 讀*a，
後*ɑ 讀*o 的趨勢，並且方言中前 a 總與 i 相關，後 ɑ 總與 u 關聯。呂
四方言 m̩ 韻的歷史條件，性質上反映了上述的結論。

2.5 安徽銅陵-m 尾

安徽銅陵的-m 尾，亦表現爲 om、iom 兩韻（王太慶 1983:110-1），
歷史音類上來自古曾、梗、通三攝。

	弘	朋	宏	萌	熊	松	夢
銅陵	ɣom	vom	ɣom	mom	ziom	zom	mom

現象上-m 的產生條件仍如上述，以後、圓脣元音 -o 爲條件 -oŋ > -om，突出的一點是古通攝字今全部收-m 尾，顯示了通攝元音的後位圓脣性質。

2.6 江蘇如東-m 尾

江蘇如東（掘港）的-m 尾，仍可以「攝」爲觀察視點，此不受「等」或「聲調」等其他影響限制，-m 尾現象一致地分布於古通攝舒聲，平、上、去都有例，共時形式表現爲 ɔm、iɔm 兩韻（季明珠 1993:280）。

	蒙	攏	空	宗	統	宋	朧	封	拱	用
如東	mɔm	lɔm	khɔm	tsɔm	thɔm	sɔm	nɔm	fɔm	kɔm	iɔm

-m 尾的產生條件仍清晰可見，不過與上述安徽銅陵的現象並不一致，並非整個古通攝來源的字都收-m 尾，可能亦屬一新生的變化，因除在條件滿足時並未完全變化外，共時上仍可能因所處的音節位置，並在箇讀或連讀時有所變異，顯示仍未完全擴散的階段，不過該變化不盡然能夠完成，因爲受到普通話的干擾後，現代新、老派的體現中，老派讀-m 仍一致，而新派則不同程度有所遞減。

2.7 浙江縉雲-m 尾

浙南縉雲-m 尾仍屬特殊，除分布於古通攝，並見於陰聲韻的流攝

除幫系與見系一等字外，周圍城鄉間語音形式並不一致，不過這反而體現了變化的階段圖象。（馮力 1989:400）

	東	窮	眾	勇	修	丑	有	鬥	袖	狗
五雲鎮	nɔm	dʑiɔm	tsɔm	iɔm	ɕium	tɕhium	ium	tium	dʑium	kɯ
新建鎮	nɔm	dʑiɔm	tsɔm	iɔm	ɕium	tɕhium	ium	tium	dʑium	kɯ
舒洪	nɔm	dʑiɔm	tsɔm	iɔm	ɕiuʷm	tɕhiʷm	iʷm	tiʷm	dʑiʷm	tɕiʷm
前村	nɔm	dʑiɔm	tsɔm	iɔm	ɕiuʷm	tɕhiʷm	iʷm	tiʷm	dʑiʷm	tɕiʷm
壺鎮	naum	dʑiaum	tsaum	iaum	ɕium	tɕhiʷm	iʷm	tiʷm	dʑiʷm	tɕiʷm

　　古通攝部份大致表現為-ɔm、-iɔm 韻，僅壺鎮區元音變為複元音讀-aum、-iaum，元音微別，但變化條件仍一致，不過壺鎮區的-m 尾已同於吳語區陽聲韻一般的變化方向，有弱化消失的趨勢，音值實際作 aum，變化速度快於其他鄉鎮。

　　而古流攝原屬陰聲韻，一般並不具鼻輔音尾，今讀陽聲韻顯然由自鼻音增生（nasal-epenthesis），漢語方言中這種增生作用並不乏見，除吳語區外例如閩南語系、湖北、湖南、四川西南官語區等等多可見，下文尚會交待，至於增生的機制何在？各方言間可能不盡全同，不過變化後音韻的行為動向，一定程度下仍是可以預測的，縉雲古流攝的變化，大致可分兩區，同一規律的變化中，五雲、新建鎮於見系一等處尚未增生-m，但舒洪、前村、壺鎮區則已讀-m 尾，變化速度快了一步，因此擴散的範圍、轄字較為多，與通攝的變化一併觀之，壺鎮顯然是縉雲一帶變化最快的一員。

　　審視了諸多漢語方言中特殊的收-m 尾現象，這樣的現象克實而

論，雖不見得普遍，但也絕不罕見。❿當我們發現這種對應的例證，隨著數量的增多而變得更爲有力的時候，我們將立於此基點，回覽上述對閩南語「熊」所提的論題，這饒有興味的啓發既非毫無根據，也許我們已可找到較有利的詮釋依據。

3. 閩南語「熊」的歷史音韻變化

3.1 「熊」的音韻層次與變化

如§1所述，我們將閩南語「熊」的現象置於閩語本身的音韻史，及漢語史中加以考查，「熊」韻母-im的形式是當中較難以處理的環節，從文白的診斷框架中，我們將 him[5] 暫列入白讀層加以比較，但文白的對應模式中-im的形式並不成系統，當我們在剖析語言層時，原則上一個語音形式便代表一個語言層次，-im的形式是表徵了另一歷史的異質質素層積，抑或只是由一個歷史層次的接續發展，在置入漢語史的角度時，我們肯定「熊」字甚至在漢藏語的階段有收-m的可能，但並不能就直觀地認爲，「熊」的-m尾便直承自此形式，因此邏輯上我們得論證兩個面向，「熊」的-m尾屬古音的孑遺或是新創的語音變化，這亦正是我們所擬解答的問題。

---

❿　將漢語方言的特殊收-m尾的現象，除本文所舉諸例外，現今調查發表的尚有湖南嘉禾的-m尾，分布於古曾、梗、通三攝（楊時逢 1974:733），江西婺源的-m尾，分布於古咸、山、通等（顏森 1986:26,29），江蘇寶應氾光湖的-m尾，分布於古深、臻、宕、江、曾、梗、通諸攝（黃繼林 1992）……等，由於文繁茲不縷析贅述。

　　從廣袤的南北漢語方言視野中，我們論述並確認了元音與韻尾的互動關係，元音的後位圓脣性質是使-ŋ 變爲-m 的環境條件，若準此原則向問題靠近，我們有理由相信「熊」him⁵ 的形式，其前身應是來自 hioŋ，亦即邏輯過程可能是*hioŋ→hiɔm→him，而這樣 him⁵ 的形式便是來自於文讀音的接續發展。**⓫**

　　當我們做出這樣的解釋，也許我們仍可以追問判斷的基礎何在？有什麼樣的物質基礎或語音特質（phonetic properties）讓我們如此處理？語音的區別徵性（distinctive features）是我們判斷的依據，自 Jakobson, Halle & Fant（1952）到 Chomsky & Halle（1968）的 SPE，徵性的選擇與確認，不外乎由語音的物理特性或發音學（articulatory phonetics）的機制等爲基準。如張光宇（1991:436）的看法，也許我們可以再進一步揭示圓脣元音與脣輔音的關係，當[+labial 脣]定義爲發音時使用嘴脣，[+round 圓]定義爲發音時嘴脣呈圓形，從定義上看有[+圓]就一定有[+脣]，反之不必然，亦即[+圓]與[+脣]之間有著蘊涵關係（包智明 1997:41）。因此[+圓]蘊涵（imply）著[+脣]，這個跡象表明圓脣元音與脣輔音的共通點在於[+脣]，置入音系中的行爲表現，因有著相同的徵性而進一步合一，或說其一因著異化而消失，這樣的物質基礎，

⓫ 將 him 的形式處理成文讀音的尚有鄧曉華（1998:310）的看法，不過這是與傳統完全相反的處理方式，反過來將 hioŋ 處理成白讀，如：

	熊	雄	終
文	him⁵	him⁵	tsim⁵
白	hioŋ⁵	hioŋ⁵	tsioŋ⁵

這樣的處理方式與本文的觀點並不一致，最重要的是如此的處理方式難以全面，因爲破壞了通攝合口三等文白間的系統對比模式，解釋上顯然迂曲不經濟。

爲我們判別「熊」音韻發展的邏輯先後歷程，提供思考判斷的基礎。

以下我們將閩南語「熊」在各次方言的文白反映再作一系統對比，以求有助於廓清語言的實象（語料來源「廈門」－李熙泰 1982:21, 1996:56、「泉州」－林連通 1993:89、「潮陽」－張盛裕 1979:262-3、「漳平」－張振興 1989:292，語料的呈顯爲求清晰暫從傳統的文白的看法。）。

	廈門	泉州	潮陽	漳平
熊	hioŋ 文 him 白	hioŋ 文 him 白	hioŋ 文 him 白	hioŋ 文 him 白
雄	hioŋ 文 英～ hiŋ 白 鴨～ him 白 ～黃	hioŋ 文 英～ hiŋ 白 鴨～ hin 白 ～黃	hioŋ 文 英～ heŋ 白 鴨～	hioŋ 文 ～頭 him 白 鳥～

閩南語「熊、雄」在各次方言的文白反映中，「雄」字大體上一如一般，具通攝合口三等的文白對比模式，而額外的形式則讀如「熊」him 的形式，而上表中還可發現一有價值的突破口，在於泉州「雄黃」唸 hin 並不收-m 尾，不能表徵出古音殘存的形式，如此的形式若聯繫到上古音便顯得齟齬了，因此基於我們的論點，音變程式應是經由*hioŋ→hiom→him→hin 這樣的邏輯過程而來，亦即「雄」與「熊」皆應屬於文讀語音形式的後續發展。

而我們的另一個可指認「雄」唸 him 屬文讀層的旁證在於，語料上的反映「雄」多在「雄黃」一詞內唸 him，誠如張振興（1989:179）、張屏生（1997:10 之 14）所言中藥名絕大多數用文讀，如漳平「麝香」

sa-hiaŋ、「艾葉」gai-giap，而「雄黃」廈門唸 him-hɔng「黃」字亦唸文讀而非唸白讀的 ŋ。因此我們由語音自身的演化與文白層的系統比對，及詞彙使用場合的語音形式表現，證明了 him 的語音形式，屬文讀層後續發展下新創的語音形式。❷

也許我們解決（或相對解決）了「熊」的層次問題，但同時也涉及了另一個問題，「熊」在後續的語音發展中，形式上一定程度地回復了其古音的樣貌，如果我們相信漢藏語的反映，則-ŋ>-m 的變化，反而體現了其早期階段的樣態，這正如何大安（1988:35-37, 1994）所謂的「回頭演變」。

我們認爲「雄、熊」唸 him 爲文讀層後續的音韻變化，但若基於「方法論的否證論」（methodological stereotype of falsification）上的思考，我們仍必須回答爲何仍有未變的形式，亦即在其歷經這樣的變化後，其轄字爲何仍如此之少，換言之是何因素使這樣的變化中斷抑或是這樣的變化屬尚在進行中，所以所波及的字仍不多，抑或者我們所推演的命題根本就錯誤，因爲仍有未變的反例（counter instance）。從語料的呈現上，就閩南語自身我們看不到*hiɔŋ→hiɔm→him的變化過程中，hiɔm 的形式，或 hiɔm、him 並存的過渡形式❸，因此從微觀的角度，

---

❷ 當然我們並不反對語言間有文白搭配構詞的構詞方法（周長輯 1981, 1983b、李熙泰 1981），甚至一個音節結構裡亦有文白搭配共營成混血音讀的可能（楊秀芳 1993:14），因此此處乃基於詞彙語用上的通則考量，提供一旁證的設想。

❸ 我們採集到臺灣閩南語中「穿衣」有「lɔm-衫」、「lɔŋ-衫」兩種形式，不過前字因不能明顯地指出在漢語上的來源，亦即我們還不知其「本字」的來源，因此無法確認其-m、-ŋ 的在歷史上實際的先後關係，不好就此類比「熊」的類型。不過在此我們可以附帶一說的是，在漢語與侗泰語中相互的-m、-ŋ 交替現象並不乏見（邢公畹 1986）。

我們無法指認此爲尙在進行的變化。反之則顯然已是個中斷了的變化，但究竟是甚麼因素影響所致，涉及實際語言的經驗證據，我們並說不得準，我們嘗試的是剖析文白語言層的系統對應及審視比較方言後所抽繹出的語言通則（linguistic universal）現象。系統、規律是我們工作上的假定（working hypothesis），但語音的變化卻常如此的不齊整，例外紛陳，如：閩西北的古來母 s- 聲現象，據李如龍（1983:270）的材料所示，這個現象所轄的漢字亦僅三十一個漢字，各次方言間分布亦不甚一致，如最多的建陽只有二十三個字，而邵武爲十七個字，最少的明溪僅十三個字。而同樣的現象在閩南方言若如李所言的話也盡只五字，另外我們發現在泉州有一詞彙「煩好」huan⁵-ho²，意爲「焦慮」（林連通1993:233），但比較各次方言此詞彙多作「煩惱」huan⁵-lo²，如此若只就「惱」這個字而言唸 h-可能是閩南語中惟一的例子⓮，而這盡可能是語言結構自身發展的不平衡所致，因此實際上，我們不能指望這些演變的作用力會機械地發生，從而同時影響到所有的詞。

3.2 逆向的演示

如上所述，方法上我們基於元音與韻尾的互動模式，我們檢證了「熊」讀 him 爲文讀的後續，但爲了再核驗我們的看法，對同一課題

⓮　而這裡也許我們可以從另一個側面證明閩語次濁類讀擦音並非源自上古。泉州的「煩惱」huan⁵-ho²，對應著其他次方言的「煩惱」huan⁵-lo²（馬重奇1994:81），考慮到閩南方言中鼻音聲母有著去鼻化的動力（李壬癸1992），而這去鼻化的動力從規律面上考量則理應在濁音清化之後（程俊源1998:282），若果如此則源自古泥母的泉州「惱」字演示爲 n→l→h，那麼從規律間的相對年代看，泥、來母等次濁類讀擦音應屬較後世的演變，或說是方言自身獨特的規律。

增加質的深度，我們期望在對於語音較基礎的線性認識中，古疑母（*ŋ-）與後圓脣元音相接時，亦可能因爲充分的環境條件而變爲 m。

在客、贛方言中我們發現到這樣的例子，李如龍、張雙慶（1992:31,33）的調查報告中，語料呈現出如下的例子。

	梅縣	翁源	連南	河源	秀篆	寧化	贛縣	大余	余干
吳	n	m	m	ŋu	m	vu	vu	m	hŋ
五	n	m	m	m	m	ŋ	vu, ŋ	m	ŋ
魚	n	ŋy	ny	ŋy	m	ŋɤ	ŋe	m	nie

正如我們的預期，古疑母字（*ŋ-）接古遇攝字（*-u）時在客、贛方言中多可見 m 的形式，從比較方言的角度，余干的形式揭示了古疑母的特徵，而贛縣的形式則揭示古遇攝後位圓脣元音的性質，在條件充分下，秀篆、大余展現了系統演變。而這樣的演變亦如閩南語的「熊、雄、終」等一般，其於歷史來源上，古音條件皆來自遇攝合口，變化行爲所呈顯的不盡然就同步一致，仍見參差離散，最明顯的如：河源。從動態的角度來看語言的演變，難免有過渡的性質出現，因此秀篆、大余標志了演變的效力，翁源、連南、河源表現了過渡的階段。足見語言發展與變動上的不平衡，而這些不平衡也正是語言變動不居，姿態紛呈的原因所在。

而梅縣則並不參與 m̩ 的演變，可能的解釋方式，或爲演變的條件選擇了 y 的[+front]而體現爲 n̩，抑或者是更進一步的變化。

	長汀	連城	寧化	清流	上杭	武平	永定	永定 (下洋)	新丰	烏逕
唔	ŋ	ŋ	ŋ	ŋ	ŋ	ŋ	m̩	n̩	m̩	—
午	ŋ	ŋ	ŋ	ŋ	ŋ	ŋ	m̩	n̩	—	—
五	ŋ	ŋ	ŋ	ŋ	ŋ	ŋ	m̩	n̩	m̩	m̩
吳	ŋ	ŋu	—	ŋu	ŋ	ŋ	m̩	n̩	—	m̩
魚	ŋe	ŋue	ŋɤ	ŋɤ	ŋei	ŋei	ŋei	ŋei	ŋy	m̩

　　黃雪貞（1992:278）指出梅縣客話中「唔」讀m̩、「五、魚」讀n̩，
這樣的例子或許可聯繫閩西客話一併觀之。閩西客話中永定方言古遇攝
合口字亦讀m̩的形式（林寶卿1991:59），不過永定（下洋）方言黃雪
貞（1984:47）則記爲n̩。從出版年代看永定（下洋）的報告發表於林
寶卿之前，但我們並不能就此年代上的差距，草率推論出是n→m。其
中可能牽涉的影響參數甚夥，也許包括發音人或調查點（城關或鄉村）
等的不同而產生的差別，抑或只是共時的變體，記錄人個人音位化處理
後的結果，再者就文章性質上林文屬比較性的論文，因此並無交代語料
收集的來源或時間，因此不好就此推論。倒是黃雪貞（1984:48）指出
成音節鼻音可能因語流音變而變讀，但單讀時則多讀作n̩。所以我們不
妨從比較的角度入手推論其演變過程，除上述《客贛方言調查報告》的
例子，廣東新丰客話「唔、五」讀m̩（周日健1992:34）、廣東南雄（烏
逕）客方言「五、吳、魚」亦讀m̩（張雙慶、萬波1996:291），演變
的條件多一致，如此配合張光宇（1991:437）的觀點，鼻輔音的演變從
發音部位上從前位到後位常是無條件的演變，因此我們應可以認定m
→n。此無論從次方言比較或語言通則的歸納，這樣的詮解都較爲理想，

如此永定的 m̩ 與永定（下洋）的 ŋ̍，縱然共時上可能是異讀的形式⑮，但作邏輯上的理解以 m 早於 n 的推論毋寧較合於一般的認識，如此梅縣的「吳、五、魚」讀 ŋ̍，或許也可以視爲進一步的演變結果，而「唔」讀 m̩ 可能不是來自古疑母，而是古明母的痕跡。⑯

吉川雅之（1998:163）報告的大埔縣客話的內部差異。

	湖寮	銀江	高坡	大東	桃源	茶陽	西河	長冶	岩上
魚	ŋi	ŋi	ŋ	n	ŋ	m	ŋi/m	ŋEi	n

另外在粵語四邑話中我們亦能找到 m̩ 與 m̩/ŋ 共存的例子。（趙建偉、丘學強 1990:116-7）開平古遇合一平聲模韻「吳、蜈、吾、梧」讀 vu，姥韻、暮韻「五、伍、午、誤」讀 m̩。

---

⑮ 盧紹浩（1995:121）報告的江西井岡山客家話「五」讀 ŋ、而「魚」亦有 m̩、ŋ̍ 的異讀，然並無報告有否語用上的風格色彩差異或更多可離析層次的語料，我們且將之處理爲共時上的異讀形式。

⑯ 「唔」尚可再進一步論證，東南方言中以之爲否定詞的並不少，閩、粵、客、贛、吳、湘都有，大體表現爲 m̩、ŋ̍，間亦有 n 的形式，如瀏陽南鄉（夏劍欽 1983:52）、四川宜賓王場（左福光 1995:51）、達縣的長沙話（崔榮昌 1989:25）、湖南耒陽則讀舌面前 ń（鍾隆林 1987:228）、江西大余 m̩~ ŋ̍~ŋ 可變讀（劉綸鑫 1995:69）。李如龍（1996:26）認爲本字是「毋」。羅杰瑞（Norman 1988:182, 213）用了十個標準區分漢語方言，「否定詞」是當中一例，認爲南方方言多用成音節鼻音，可擬作 *m，若置於漢語史的角度，可能溯源於上古明母魚部的「無」*m(j)a（羅杰瑞 1995:32）其變化過程當是 *m>ŋ、*m>n(ń)。

	恩平	臺城	開平	新會	斗門	廣海	端芬
吾	m	ŋ/m	vu	ŋ/m	ŋ	ŋ	ŋ
魚	ŋgui	ŋgui	ŋgui	gi	gi	ŋgui	gui

　　湖南東安花橋土話兼有果攝字讀 m̩ 的例子，不過其受語音條件的
限制仍非常明顯。（鮑厚星 1998:52-8, 78-9）

		鵝	餓	梧	蜈	五	伍	魚	墓
花橋	文	ŋo	ŋo	u	u	u	u	y	mu
	白	mu/m	mu/m	mu/m	mu/m	ŋ	ŋ	ŋe	m

　　湘南花橋土話的古果攝字文讀層雖仍與遇攝分立，但白讀層有一
層次形式同於遇攝，如「舵」讀 du、「羅」讀 lu、「坐」讀 dzu，因此
果攝疑母的「鵝、餓」形式同於遇攝的「梧、蜈」ŋu→mu→m，由於
聲母變爲 m-，並進而與遇攝明母字有著相同的演變。

　　整合上述客、粵、湘語中，古遇攝字疑母字的演變形式，成音節 ŋ
的形式是單純古疑母形式的保存，m̩ 的產生則有特定的環境，因此也
許我們有理由作這樣的假言判斷，-u（或說是[+round]）是其必要的音
韻條件，而 ŋ̩ 則可能屬 m̩ 的接續變化。

　　以上築基於廣域的語言間之比較研究，我們的演示無疑是種歸納
邏輯（inductive），這樣的結論從方法論上毋寧還是一種「假說」
（assumption），還有待更多樣本的考驗，因此我們希望我們的結論是
基於充足的現象觀察，所得到的經驗法則（empirical law）而作出的理
論概括，如此前述類型的語料例證，含攝的語言愈多，對於我們的觀點

便愈見支持❼，因此我們再進一步的回到閩語，以靠近論題本身。

客、贛方言的例子核實了我們的看法，於線性的語音結構中，元音與韻尾有所互動，反過來元音與聲母亦相互的影響，我們由客、贛方言進一步再回到閩語裡，亦能見到類型一致的變化，如：粵西電白的「吾」讀 m̩ 的形式。（林倫倫、陳小楓 1996:198-201、臺灣閩南語的語料為筆者所加，便於以茲比較。）

	汕頭	潮州	揭陽	海豐	海康	電白	隆都	三鄉	臺語
吳	gou	gou	gou	gou	ŋeu	keu	ŋ	ŋɔ	gɔ ŋɔ
吾	u	u	u	gou	ŋu	m	ŋ	ŋ	ŋɔ
五	ŋou 白 u 文	ŋou u	ŋou u	ŋou u	ŋeu ŋu	ŋeu	ŋ	ŋɔ	gɔ ŋɔ
魚	huɯ	huɯ	huɯ	hi	hu	hu	ŋi	hu	hi

由這些現象的觀察我們確認了我們研究的詮釋方法，因此粵西的閩語海康方言「月」讀 buɛ、「牛」讀 bu……等（張振興 1987），從方言比較的關係得知，其聲母 b- 顯然當由 g- 的形式發展而來，而元

---

❼ 穆勒（J.S. Mill）論及歸納法的中契合法的應用時，指出契合法之所以不能得出絕對可靠的結論是由於事物的多因性。但隨著事例的增多，這一方法的不確定性將逐漸減少。（金岳霖 1979:340）

音-u 儘可以是促成變化的條件環境所在。❽

	泉州	漳州	廈門	漳平	潮州	潮陽	汕頭	海康	海豐	臺語	福州
月	gəʔ	gueʔ	geʔ	gie	gueʔ	gueʔ	gueʔ	buɛ	gueʔ	gueʔ	ŋuoʔ
外	gua	gua	gua	gua	gua	gua	gua	bua	gua	gua	gie
牛	gu	gu	gu	gu	gu	gu	gu	bu	gu	gu	ŋu
我	gua	gua	gua	gua	ua	ua	ua	ba	ua	gua	ŋuai

　　以上廣東海康中「月」、「外」、「牛」、「我」諸例，展現了 g-
→b- 的音韻變化，而其中演變的動力與動向雖然一致，但顯然尚有演
變速度上的差別，「我」的語音形式邏輯上當是經過如下的變化過程，
gua→(bua)→ba ❾，演變的速度比之「月」等更快了一步，原創造變化
條件的元音與脣音聲母進一步異化而消失❿。而這樣由舌根到脣音的變

---

❽　語料來源「泉州」－林連通（1993:208,210,213,235）、「漳州」－馬重奇（1994:240,
　　245,251,309）、「廈門」－李熙泰（1996:121,127,145）、「漳平」－張振興（1992:128,132,
　　133,166）、「潮州」－詹伯慧（1959:97,99）、「潮陽」－張盛裕（1982:139）、
　　「汕頭」－林倫倫（1991:154,156,157, 1992:80）、「海康」－張振興（1987:276,278,
　　279）、「海豐」－潘家懿（1996:10,13,11,17）、「福州」－李如龍（1994:237,233,234,
　　236）。

❾　除了比較的所得，作爲一個歷史的解釋，設定此一可能的過渡階段，應屬可能的判
　　斷，我們雖期望連續式的演變較能彰顯規律的效力，但實際的演變情況，縱然演變
　　方向一致，速率上仍可能呈詞彙擴散般離散進行。

❿　發音部位從後位的舌根轉到前位的脣音，看似特殊，其實仍泛屬語言間所常見，高
　　本漢（1915-26:250）指出 khu>χu>f(u)的變化，u 若作爲二合元音的起首，會被吸
　　收入 f 裡。拉丁語 ferus<古拉丁 χu，印歐 ghueros；斯拉夫語χv(XB)>f。粵語廣州「寬」

化過程正與文前我們演示「熊」的變化模式有著類型上的一致。

	廈門	漳平	潮陽	汕頭	海康	臺語	福州
飛	hui	hui	hui	hui	bi	hui	hi
放	hɔŋ	huaŋ	huaŋ	huaŋ	baŋ	hɔŋ	huoŋ
芳	hɔŋ	huaŋ	huaŋ	huaŋ	baŋ	hɔŋ	huoŋ
浮	hu	hu(婦)	phiu	hu(桴)	bɛu	hu	phu
飯	huan	huan(繁)	huaŋ	huaŋ	baŋ	huan	huaŋ

　　海康方言特殊的 b- 聲母，從來歷上看並不止來自古疑母，並來自古非、敷、奉三母的文讀音（張振興 1987:265），因此上表❷中所錄供比較的次方言皆為文讀形式，語料上若恰無相應的文讀音記錄則代之以音韻地位相同的字。古非、敷、奉三母的文讀形式，從比較上可見到在閩語中大多體現爲[h-]的形式，此與閩語無輕脣音有關，但海康方言在文讀形式中卻仍讀作雙脣音，此是保存古音形態抑或其他？觀察比較看從其共時上的表現，呈顯出嚴格的音韻條件限制，而且分布上成系統並非零星的殘餘，則由此樣態上的表現，我們並不認爲屬「存古」。如果

---

fuːn，「塊」fɑːi 皆屬此例。另在廣西北部的臨桂兩江平話「快」fa（梁金榮 1996:180）亦能見到、而其東邊的臨桂四塘平話「快」xuai（駱明弟 1996:195），雖相隔咫尺，但卻已體現了出 kh->x->f-的變化速度差別。而湖南道縣（小甲）土話「客」讀 xu（周先義 1994:203），江永「苦、口」亦讀 hu、hou（黃雪貞 1991:74, 148）。

❷ 語料來源「廈門」—李熙泰（1996:58,57,58）、「漳平」—張振興（1992:46,58,40,56）、「潮陽」—張盛裕（1982:56）、「汕頭」—林倫倫、陳小楓（1996:72,79）、「海康」—張振興（1987:265）、「福州」—李如龍（1994:357,356）。

我們再相信次方言間的語言層次有一定程度的相應，那麼聯繫各次方言間的表現形式，b- 的形式應屬新創的變化，其變化過程一如上述來自古疑母的諸例，-u 是其變化的音韻條件，使得原讀喉擦音的形式變讀爲脣音聲母，如「飯」huaŋ→(buaŋ)→baŋ，變化的速度與「我」例一致，且並未完全擴散完成，如歷史音類上同來源的「夫」讀 hu、「蜂」讀 hoŋ、「符」讀 hu。㉒

　　粵西閩語如此，閩北建甌方言亦可發現這樣的例子。（北大中文系 1989:123-40）

	吳	梧	午	五	誤	悟	魚	娛	語
建甌	ŋu	ŋu 文 mu 白	ŋu	ŋu	ŋu	ŋu	ŋy	ŋy	ŋy

　　建甌「梧」的白讀形式中，聲母 m- 應該也同於我們的論點，很可以從音理上加以說明的。㉓

㉒　廣東吳川的東話古非、敷、奉母，今亦讀雙脣音[b-]，如「放」baŋ、「飯」bui、「縛」bak（張振興 1992:197）。不過性質上可能並不同於海康，而是得聯繫於諸多南方方言或侗臺語、南亞語等的先喉塞音現象，因爲永康古幫、端母並不讀[b-, d-]，而吳川不管白話、東話、海話等，古幫端母多讀[b-, d-]（張振興 1992:198），這一現象在漢語方言中，從吳語區到海南島，整個環沿海地帶多可見到，呈一連續體（continuum）的樣貌，可以是這一帶的區域特徵（areal features）（陳其光、田聯剛 1991），也可能是古百越語底層（陳忠敏 1995）。

㉓　當然這裡我們涉及了另一個問題，從歷史的角度看，如此則白讀形式似乎比文讀形式創新，亦即形式上的相較白讀比文讀變化更多，文讀反而比較保守（楊秀芳

由客、贛方言到廣東閩語、閩北閩語，元音的性質標志了變化的可能，最後我們回覽臺灣閩南語自身，同類型的語音變化亦能尋得。

詞條				釋義
孫悟空	sun-ŋɔ-khong	>	sun-mɔ-khong	
蜈蜞	gɔ-khi	>	mɔ-khi	水蛭

如此「孫悟空」與「蜈蜞」中 m-的共時變異形式，便也不難解釋了。

3.3 另一類型的演變——從陰聲韻到陽聲韻

最後我們再討論一個與本文論旨相關的一個演變類型，廣東閩南潮陽方言中「五」與「藕」唸 ŋom、「虎」與「琥」讀 hom（張盛裕1982:139-40），-m 尾的形式較爲費解，從歷史來源求索上例概來自古「遇」、「流」兩攝，今讀陽聲韻尾與古陰聲韻的特徵顯得乖舛不合，因此縱向的思考對此問題顯得較爲無力，不過如果我們橫向的放大些觀

1996:156），其實這種例子在語言中亦屬平常，如山東文登、榮城方言見系二等的文白異讀中，文讀爲舌根音，白讀反而讀舌尖前音，「街」kiai（文）、tsei（白）（張衛東1984:36），白讀的 tsei 邏輯上應由 tɕiai→tsiai→tsei 的聲母舌尖化與元音高化而來（張光宇1993:29），再如閩南語的「下」ha（文）、ke（白）、e（白），匣母讀 k- 固然保守（李榮1965、黃典誠1982:178-80），但讀ø-在形式上較之文讀更爲創新。（張光宇1996:164）

察視點，也許能從中看到些柳暗花明。❷

	廈門	潮州	潮陽	汕頭	揭陽	海豐	海康
五	ŋɔ̃ 文 gɔ 白	ŋõũ	ŋom	u 文 ŋou 白	u 文 ŋou 白	u 文 ŋou 白	ŋu 文 ŋeu 白
虎	hɔ	hõũ hou	hom	hõũ	hõũ	hou	heu
藕	ŋɔ̃ 文 ŋãũ 白	ŋõũ	ŋom	ŋou	—	—	ŋeu

　　潮陽「五」、「藕」的-m 尾，聯繫我們前述的見解與方言差異的比較，我們可以設想如下的歷史過程，ŋou→ŋõũ→ŋom，亦即來歷上雖不具鼻音韻尾，但卻源自鼻音聲母（古疑母），由於鼻音聲母的展延（spreading）力量，使得原屬開音節的結構，進一步發展出鼻音韻尾，不過這裡我們還可追問的是，如果這樣的推測屬實，那麼從漢語的角度看，如此的音節結構理論上將有-m、-n、-ŋ 三種樣本可供選擇❷，選擇-m 正合於我們理論的預測，元音的屬性正是影響的其變化的參數。

---

❷ 語料來源「廈門」、「潮州」－北大中文系（1989:128,127,212）、「潮陽」－張盛裕（1982:139,140）、「汕頭」、「揭陽」、「海豐」、「海康」－林倫倫、陳小楓（1996:68,134,199）。

❷ 當然從響音韻尾的角度還有[-l(ɬ)]韻尾一類可考慮（董為光 1987、楊自翔 1989、王世華 1992），江西南豐「骨」kul（大島廣美 1995:128），吳語蘇州方言亦有此現象，例如「線」sil（俞允海 1983:101），不過其屬個別方言後世的特別演變，因此我們有兩點理由暫不考慮，一是基於普遍的漢語音節結構，一是鼻音徵性的保存。

　　以此論點審視潮陽「虎」、「琥」的-m尾，兩字皆來自古曉母，歷史來源上並無鼻音成素存在，今讀出現鼻音顯得無中生有，不過閩南語中這些無中生有的例子並不少見，例如：於廣東雷州半島上閩南系的遂溪方言「蟻」hiã（余靄芹 1982:356），而臺灣閩南語可見的「鼻水」phĩ⁷-chui²、「好奇」hɔ̃²-ki⁵、「歌仔戲」kua-a²-hĩ³、「快活」khũĩ³-uah⁸、「而且」li⁵-tshĩã²、「老虎」lau⁷-hɔ̃²；泉州的「飛機」hũĩ-ki（林連通 1993:215）……等，從初步的表象看，這些例子似乎多與 h 有關，董同龢（1974:292）正是作這樣的觀察，可能的解釋也許還有❷，不過並非本文的論旨所在，本文側重於增生鼻音後的後續行為。例如「虎」字次方言間的表現上廈門、海豐、海康並未增生鼻音，但潮州已顯示了共時變讀，而汕頭、揭陽則是增生了鼻音。這些地理的分布應是可以解釋語音的發展的（A.G.奧德里古爾 1959），趙元任（1968:99）「原則上大概地理上看得見差別往往也代表歷史演變上的階段。所以橫裡頭的差別往往就代表豎裡頭的差別」。因此如果我們由語音在空間上的差異圖象尋繹其歷史上的發展序列，那麼如上述潮陽的「虎」hom，可以是 hou→hõũ→hom，如此的語音演變類型，雖與本文對「熊」的解釋，變化方向相反，但其演變的內在肌質卻屬一致。

　　這樣的演變類型在漢語史中畢竟特殊，如果可能我們期望這不只限於閩南的潮陽，在其他的漢語方言亦能呈顯出這樣的變化，使我們的工作能立於較信實可靠的層次，而非主觀任意性的。

　　丁邦新（1987:829-30）指出湖北等地有通攝入聲、流攝而雲南尚

---

❷　例如也許可以假設為是一種「n化小稱」類的後綴殘餘（陳忠敏 1992），或者是受其他鼻化韻類化影響的結果（楊秀芳 1982:150-1）。

還有效攝等讀陽聲韻例，詹伯慧（1985:42-3）鄂東南通城話古咸、深、山、臻的入聲字收-n尾，如十 sən、立 dhin、拔 bhan、質 tsən，閩北邵武「答、鴨、甲、壓」唸 an，「接、葉、涉」唸 ien，「合、雜、納」唸 on，西南官話的重慶方言古流攝明母字「謀、畝、某、茂、貿、懋」讀 moŋ（翟時雨 1996:68）。馬希寧（1995:444-55）分析雲南方言的華坪、龍雲、洱雲、永仁、昭通、大關、永善、綏江、鹽津；四川方言成都、岳池、涪陵、酉陽、南江、長壽、蒼溪、蒲江、羅江……等大體上「謀、某、畝、茂」皆讀 moŋ，韻尾-ŋ 的生成來自古明母的展延力量。四川資陽、資中「戒、介、解、諧、械」讀 tɕien、ɕien，而其他蟹二見系字韻母則讀-iei，另外四川華陽、西昌、寧南「浮」讀 fəu，而五通橋、自貢、榮縣則讀 fuŋ 或 foŋ（李國正 1984:441），如此的鼻音成素[nasal]多屬無中生有的上加，連結到韻尾音段上則使韻尾變為鼻音，至於選擇-n 或-ŋ 亦如前述正是元音性質的使然。

　　如此廈門「墓」唸 boŋ、潮州「謀、某」唸 mõũ、moŋ、湖北武漢「謀」唸 mou、moŋ、湖南吉首「母」唸 muŋ，甚至古入聲的「墓、木、目、牧」武漢唸 moŋ、吉首唸 muŋ，這些看似與古無徵的現象，現在都可迎刃而解了❷（北大中文系 1989:103,202、李啟群 1996:29）。而如李國正（1984:441）指出的，四川話一般蟹攝開二等牙喉音有增生-n尾

---

❷　黑維強（1997）指出陝北晉語的綏德、佳縣古果、假攝，今亦讀鼻音韻尾，如綏德果攝「多」təŋ、「羅」ləŋ；假攝「車」tʂhəŋ、「蛇」ʂəŋ，佳縣「左」tsaŋ、「賀」xaŋ。增生鼻音韻尾-ŋ，看似與元音性質無關，但這裡其實是因共時的語音系統結構，晉語大部份已沒有-m、-n尾，有-n尾的只有上黨片南部與邯新片的陽城、獲嘉（溫端政 1997:3）。因此屬五臺片的綏德與呂梁片的佳縣，鼻音尾的增生便只能選擇-ŋ了。

的現象，但同居四川的重慶方言甚至已擴展到蟹合一，如「外」讀
uan(<uai)，此外尚有止攝的「記」文讀 tɕi、白讀 tɕin（翟時雨 1996:177，
12）。閩中永安「笊籬」tso-le→tsɔm-le（周長楫、林寶卿 1990:20），
而另外具更地理跨度的是，遠離祖居地之四川閩語「鼻」唸 phin（崔
榮昌 1996:249），從泉州唸 phi（林連通 1993:227）、漳州唸 phĩ（林
寶卿 1992:232），不難理解爲 phi→phĩ→phin，與潮陽的「虎」hom 雖
地理上相隔甚遠，但其變化正有著異曲同工。

　　從陰聲韻到陽聲韻的演變類型在漢語方言中如此，苗瑤語中亦復
如此，張琨（1995:11-3）觀察古苗語鼻音聲母在現代苗語方言中的體
現，正有一類演變是因聲母鼻音的同化作用而使陰聲韻字讀陽聲，如：

	龍勝	泰北	養蒿	臘乙坪	大南山	擺托	甲定	絞坨	野雞坡	楓香
有	maai	maai	mɛ	me	mua	mu	mɘŋ	—	ma	mu
問	naai	naai	nɛ	ne	no	noŋ	nɘŋ	noŋ	na	noŋ
藤子	m̥ei	m̥ei	—	ɕin	m̥aŋ	m̥aŋ	m̥haŋ	ma	m̥oŋ	—
天、日	n̥ooi	n̥ɔi	n̥hɛ	n̥he	n̥o	n̥oŋ	n̥hɘŋ	n̥oŋ	n̥a	n̥hoŋ
咳嗽	n̥op	n̥op	—	—	n̥oŋ	n̥en	—	naŋ	n̥o	—
鳥	no	nɔʔ	nə	nu	noŋ	nen	noŋ	nɘŋ	no	noŋ

　　這些由陰聲韻變化爲陽聲韻的例字，各方言點間字數不一，甚至
並不限於陰聲韻字，如「咳嗽」和「鳥」在瑤語的龍勝、泰北讀入聲的
形式。不過重要的是整體的表現上，鼻音聲母的展延力量是產生鼻音韻
尾的原因，而音段上輔音韻尾的選擇大體上與元音的性質仍有一定的依
存關係，例如演變後的形式表現，-ŋ 尾並不接前元音，而 -n 尾則只接

-i-、-e-。㉘而甚至在入聲韻尾依然與元音有所互動，例如廣東連南八排瑤語，其原音系丟失了塞音韻尾-k 後，凡是借用漢語原屬-k 韻尾的語詞時，得經過調整折合，與前元音（i, e, a）相拼時以-t 代替，而接後元音（o, u）時則用-p 代替，如「織」tɕit、「色」set、「責」tsat、「國」kɔp、「燭」tsup。（李敬忠 1989:47-8）

詞條				釋義
會曉	e⁷-hiau² ＞ e⁷-hiaŋ²			會；能夠
轉去	tŋ²-khi⁰ ＞	tŋ²-ĩ⁰ ＞	tĩ²-ĩ⁰ ＞ tin²-li⁰	回去

從此隅反，以上臺灣閩南語的現象便不太意外了，「會曉」變成e-hiaŋ，鼻輔音尾-ŋ 的產生除鼻音成素的例外上加，音段的選擇則與元音-u 有關，例如江蘇徐州也如此「努力」、「奴隸」nu-li→nuŋ-li（蘇曉青、呂永衛 1994:189）。反之若發生這樣的逆變化時，比如原有鼻輔音尾而今丟失時，重慶「堂」讀 thau(<thang)（翟時雨 1996:195），整合上述我們在此先作點階段性的說明，由這諸多語言變化的實踐性分

㉘ 類此的例子如吳語由於歷史演變的結果所致，今從共時的觀點看，只有鼻音尾與非鼻音尾的對立，因此在蘇州共時鼻音尾的呈現取決前接的元音，-ŋ 尾只接低、後元音，-n 尾只接前、央元音，但溫州就不受元音影響只有-ŋ 尾（Norman 1988:201）。湘語婁底方言-n、-ŋ 亦互補，-n 接高元音，-ŋ 接非高元音（顏清徽、劉麗華 1994:8-9），雙峰方言也如此（袁家驊 1989:110），而另一種類型，如贛語南昌方言，從分布看大致上-n 尾多接高、前元音，如「生、等、應」收-n 尾，換言之由歷時的角度看，即古舌根鼻音尾因元音性質的作用，而轉變爲舌尖尾了（熊正輝 1995:12）。西南官話也如此，高、央元音後-ŋ 變入-n 如貴陽的「騰、冰」（汪平 1994:11）。

析顯示，m 與 ŋ 的變化盡可能都與元音性質有關，不過本質上不盡全同，m 是因爲圓脣的性質[+round]，ŋ 則是聯繫後位舌位[+back]，端視語言間甚或詞彙間各自的性格取向，自我協調。㉙

「轉去」一例，四種語音形式皆實際存在，乍看雖較複雜，但變化的過程依然清晰可辨，臺語雖屬聲調語言但仍有一定的輕重音分布類型，結構性的助詞或補語常讀輕聲（鄭良偉、曾金金 1997），「轉去」屬尾弱型，故「去」字讀輕聲，而語言中輕音節常伴著隨聲母、韻母的弱化（王洪君 1994:315），例如英語中非重音音節元音的弱化（unstressed vowel reduction），「去」因位於輕音節，所以聲母弱化而消失變讀作 tŋ-ĩ，進而再逆向同化爲 tĩ-ĩ，而 tin-li 的形式，便可推知爲 tĩ-ĩ 的後續發展，鼻輔音尾-n 的產生，變化的動因得聯繫於-i 元音，由此我們於語言這鮮活的有機體中，觀察到連續漸異的演變過程。而這在閩中永安方言亦雷同，如「凳頭」tĩ-thø→tin-thø、「行李」hĩ-li→hin-li、「先去」sĩ-khɯ→sin-khɯ。（周長楫、林寶卿 1990:20）

最後我們再附帶一說，李熙泰（1982:21）同時指出廈門猶有深攝字讀入通攝的，如「參、森」皆有 sim、sɔŋ 兩讀，與「熊」字等並觀時，認爲閩南話裡這些字本就有東韻、侵韻兩讀。「熊」的看法已如前述，而「參、森」的解釋我們並不作此理解，我們認爲此應與語言接觸有關。首先廈門深攝讀入通攝形式，只在「參、森」兩字，其他並不如

㉙ 李樹侗話輔音韻尾的變化中，歷史上的長 a:變爲 a，其後的-m 尾併入-n，但短 a 變爲 o，其後的-m 尾則變爲-ŋ。（黃勇 1995:49）

	敢	三	膽	水	苦	早
章魯	a:m	sa:m	ta:m	nam	am	sam
李樹	kan	san	tan	noŋ	koŋ	soŋ

此，從次方言的提示，深攝字收鼻音尾的層次大致有-im、-(i)əm、-ɔm、-(i)am 等形式，而-ɔm 的形式只在於漳州、海豐，且亦只在於「參、森」兩字（馬重奇 1994:183、林倫倫、陳小楓 1996:251），這裡語彙來源的平行重疊與元音性質的相同予我們一定程度的提示。因是我們擬再由廈門方言的形成與語音系統作一了解，廈門雖與臺灣閩南語一樣「非漳非泉、亦漳亦泉」，屬漳泉的混合腔，但臺多偏漳，廈多偏泉（洪惟仁 1992:40），而又廈門聲調系統雖同漳州較接近，但聲母、韻母系統則同泉州比較接近（陳榮嵐、李熙泰 1994:28），再就廈門方言的形成與文史地理的事實，廈門古屬泉州轄治，隸屬同安，方言也系屬泉屬同安話系統（陳榮嵐、李熙泰 1994:28-31），因此我們有理由判斷廈門方言的老底應屬泉州一系，也因此廈門的音韻系統中並無-ɔm 韻。若此當漳州月港興起或是漳州話勢力或移民與古廈門一地接觸時，廈門若要學習或接納漳州系統時，不見得能夠全盤的接受，當音韻系統中缺少*-ɔm 韻時，那麼得調整爲系統可接受的形式，採取「折合」（adjustment）的方式來處理，在音節核心不改變下，鼻輔音尾的選擇尚有-n、-ŋ，然廈門亦無*-ɔn 韻，*-ɔn、*-ɔm 爲廈門的意外性缺口（accidental gap），廈門-ɔ 只接舌根音尾，那麼必得也只能處理作-ɔŋ 的形式。因此基於以上兩點理由的考量，一是廈門方言的形成與音韻系統的判別，二是語言接觸時的調整匯入，我們並不認爲廈門「參、森」唸 sɔŋ 是遠古已有之的形式（李熙泰 1982:21，鄧曉華 1998:310），如此同屬同安腔的澎湖馬公、湖西「參」唸 sɔŋ，吉貝唸的 soŋ，亦應源自於此（張屛生 1998:24）。

　　漢語方言淼若煙海，語言變化更是鏡象萬千，箇中原因可以是千差萬別，也可能有一定的內在演變機制可尋，而我們能做的工作是在材料上類聚分析、節篩抽繹，盡一切演示可能。因此以上廣域的橫向比較，

我們的實踐分析顯示，從各語言間空間差異的反映，可以看到歷史連貫變化的條件與序列。由此回視文前針對「熊」字所提出的兩項假設，我們的結論支持了第二項假設，當然這並非絕對無頗，學術研究是一個不斷深入、深化的過程，也盡可以是個不斷自我否定的過程，我們的看法並不支持「熊」him 的形式爲古音殘餘，這雖非必然但認爲其屬第二層假設是新創的變化形式，顯然因爲第二種想法多了實際語言的經驗證據，亦多了幾層的考慮，得到較普遍的充分保證，當然這並非將「熊」這樣的音韻變化視爲與其他方言一致的共同創新（shared innovation），而只是說明其歷經相同類型的變化過程。❸

4. 結論

語言的演變有其規律，但語言結構自身發展的不平衡，可能促使了語言演變時產生例外，而這些「例外」正是我們研究語言史的極佳窗口，抓住差異才能使研究更深入一層，「例外」提供我們揣測其中的原因和規律，我們的工作程序毋寧是從結果追原因，盡可能衡量與反映所掌握的語料，藉由音韻層次的剖析與方言比較所總結的通則了解，我們能動地尋繹出「熊」him 的音讀當來自於文讀層 hioŋ 的後續新創變化，

---

❸　對於傳統而言，我們的處理方式不如說亦是提出了另一個問題，愛因斯坦（1979:66）「提出一個問題往往比解決一個問題更重要，因爲解決一個問題也許盡是一個數學上的或實驗上的技能而已，而提出新的問題，新的可能性，從新的角度看舊的問題，卻需要有創造性的想像力，而且標志著科學的眞正進步」，這正也是我們期望，對於研究課題能有稍許深化之功。

從語言自身的音韻變化及方言比較的結果，再試圖與漢語史上的材料作
一接合以相爲佐證，論斷上提供了較明顯的證據。語言工作者總是期望
得到「歷史的眞實」，但操作上仍不免滲透一些想像，是否眞能滿足歷
史的要求「不失眞」，還是只能一步一步「逼眞」、「還眞」，語言現
象總是吉光片羽，在面對「例外」的實例性研究中，我們儘量披沙撿金
由一般示個別，由個別顯一般，我們理想與高本漢（1915-26:4）一樣，
只是希望能把方言解釋到一可信的程度，準此在對閩南語「熊」的定性
析分中，我們相信我們所得到的結果是可以再證明的。

參引書目

中央民族學院苗語研究室 編（1987）《苗瑤語方言詞彙集》中央民族
　　學院出版社 1 版 北京

王　均 等（1984）《壯侗語族語言簡志》民族出版社 1 版 北京

包智明、侍建國、許德寶（1997）《生成音系學理論及其應用》中國社
　　會科學出版社 1 版北京

北大中文系（1989）《漢語方音字彙》文字改革出版社 2 版 1 刷 北京

何大安（1988）《規律與方向：變遷中的音韻結構》史語所專刊之 90
　　臺北

李壬癸（1996）《宜蘭縣南島民族與語言》宜蘭縣政府出版 1 版 宜蘭

李方桂（1980）《上古音研究》商務印書館（1998）1 版 3 刷 北京

李如龍、張雙慶（1992）《客贛方言調查報告》廈門大學出版社 1 版 廈門

―――等（1994）《福州方言詞典》福建人民出版社（1996）1 版 2 刷
　　福州

李熙泰 等（1996）《廈門方言志》北京語言學院出版社 1 版 北京

汪 平（1994）《貴陽方言詞典》江蘇教育出版社 1 版 南京

邢公畹（1985）《三江侗語》南開大學出版社 1 版 天津

周長楫、林寶卿（1990）《永安方言》永安市地方志編纂委員會 1 版
　　　永安

林倫倫、陳小楓（1996）《廣東閩方言語音研究》汕頭大學出版社 1
　　　版 汕頭

林連通（1993）《泉州方言志》社會科學文獻出版社 1 版 北京

金岳霖（1979）《形式邏輯》人民出版社（1991）1 版 16 刷 北京

袁家驊（1989）《漢語方言概要》文字改革出版社 2 版 3 刷 北京

馬重奇（1994）《漳州方言研究》縱橫出版社 1 版 香港

高本漢（1915-26）《中國音韻學研究》趙元任、羅常培、李方桂合譯
　　　（1940）商務印書館 北京

崔榮昌（1996）《四川方言與巴蜀文化》四川大學出版社 1 版 成都

張光宇（1990）《切韻與方言》商務印書館 初版 臺北

———（1996）《閩客方言史稿》南天書局有限公司 初版 1 刷 臺北

張振興（1992）《漳平方言研究》社會科學文獻出版社 1 版 北京

陳 康 編（1992）《臺灣高山族語言》中央民族學院出版社 1 版
　　　北京

陳榮嵐、李熙泰（1994）《廈門方言》鷺江出版社 1 版 廈門

湯珍珠、陳忠敏（1993）《嘉定方言研究》社會科學文獻出版社 1 版
　　　廈門

覃曉航（1995）《嶺南古越人名稱文化探源》中央民族大學出版社 1
　　　版 北京

黃布凡 等（1992）《藏緬語族語言詞彙》中央民族學院 1 版 北京

愛因斯坦·英費爾德（1979）《物理學的進化》周肇威 譯 上海科學技
　　術出版社 1 版 上海

楊秀芳（1982）《閩南語文白系統的研究》臺灣大學中文所　博士論文
　　臺北

楊時逢（1974）《湖南方言調查報告》中央研究院歷史語言研究所專刊
　　66 臺北

董同龢（1944）《上古音韻表稿》中央研究院歷史語言研究所單刊甲種
　　之 21（1991）4 版 臺北

詹伯慧（1985）《現代漢語方言》湖北教育出版社 1 版 新州

―――、陳曉錦（1997）《東莞方言詞典》江蘇教育出版社 1 版 南京

熊正輝（1995）《南昌方言詞典》江蘇教育出版社 1 版 南京

翟時雨（1996）《重慶方言志》西南師範大學出版社 1 版 重慶

趙元任（1968）《語言問題》臺灣商務印書館（1982）4 版 臺北

歐陽覺亞、鄭貽青（1983）《黎語調查研究》中國社會科學出版社 1
　　版 北京

潘家懿 等（1996）《廣東海豐方言研究》語文出版社 1 版 北京

鮑厚星（1998）《東安土話研究》湖南教育出版社 1 版 香港

顏清徽、劉麗華（1994）《婁底方言詞典》江蘇教育出版社 1 版 南京

羅美珍、鄧曉華（1995）《客家方言》福建教育出版社 1 版 福州

羅常培（1956）《廈門音系》科學出版社 新 1 版 北京

Chung, Rung-fu (1996) *"The Segmental Phonology of Southern Min in
　　Taiwan"* The Crane Publishing Co., Limited Taipei.

Jerry Norman (1988) *"Chinese"* Cambridge Language Surveys, New York

參引期刊論文

丁邦新（1979）〈上古漢語的音節結構〉《史語所集刊》50.4:717-739 臺北

——（1987）〈論官話方言研究中的幾個問題〉《史語所集刊》14.2:257- 273 臺北

大島廣美（1995）〈南豐音系〉《中山大學學報》3:124-132, 136 廣州

太田齋、曹志耘（1998）〈浙江雲和方言音系〉《方言》4:290-303 北京

王太慶（1983）〈銅陵方言記略〉《方言》2:99-119 北京

王洪君（1994）〈什麼是音系的基本單位〉《現代語言學》308-331 語文出版社 北京

王世華（1992）〈寶應方言的邊音韻尾〉《方言》4:272-274 北京

史存直（1997）〈古音「東冬」兩部的分合問題〉《漢語音韻學論文集》57-71 華東師範大學

左福光（1995）〈四川省宜賓王場方言記略〉《方言》1:51-62 北京

石林、黃勇（1996）〈漢藏語系語言鼻音韻尾的發展演變〉《民族語文》6:22-28 北京

吉川雅之（1998）〈大埔縣客家話語音特點簡介〉《客家方言研究》158-173 暨南大學出版社

何大安（1994）〈聲調的完全回頭演變是否可能？〉《史語所集刊》65.1:1- 18 臺北

李壬癸（1992）〈閩南語鼻音問題〉《中國境內語言暨語言學》第一輯漢語方言 1:423-435 臺北

李 榮（1965）〈從現代方言論古群母有一、二、四等〉《中國語文》

5:337-343 北京

———（1982）〈語音演變規律的例外〉《音韻存稿》107-118 商務印書館　北京

———（1983a）〈關於方言研究的幾點意見〉《方言》1:1-15 北京

———（1983b）〈方言研究中的若干問題〉《方言》2:81-91 北京

李如龍（1983）〈閩西北方言「來」母字讀 s-的研究〉《中國語文》4:264-271 北京

———（1996）〈聲韻調的演變是互制互動的〉《方言與音韻論集》25-35 香港中文大學　香港

李國正（1984）〈四川話流、蟹兩攝讀鼻音尾字的分析〉《中國語文》6:441-444 北京

李啓群（1996）〈湖南吉首方言同音字彙〉《方言》1:29-38 北京

李敬忠（1989）〈試論漢藏語系輔音韻尾的消失趨勢〉《語言文字學》11:43-53 北京

李新魁（1994）〈音韻學與中國古代文化的研究〉《李新魁語言學論集》437-458 中華書局北京

李熙泰（1981）〈廈門方言的一種構詞法〉《方言》4:289-294 北京

———（1982）〈廈門方言的「熊」字〉《方言》1:21 北京

李毅夫（1982）〈上古韻是否有個獨立的多部〉《語文研究》2:28-32 太原

余靄芹（1982）〈遂溪方言的文白異讀〉《史語所集刊》53.2:353-366 臺北

汪大年（1983）〈緬甸語中輔音韻尾的歷史演變〉《民族語文》2:41-50 北京

邢公畹（1986）〈漢語和泰語的-m、-ŋ交替現象〉《民族語文》4:1-14
　　北京

周日健（1992）〈廣東新丰客家方言記略〉《方言》1:31-44 北京

周先義（1994）〈湖南道縣（小甲）土話同音字彙〉《方言》3:201-207
　　北京

周長楫（1981）〈廈門話文白異讀構詞的兩種形式〉《中國語文》5:368-370
　　北京

────（1983）〈略論廈門話的構詞手段和方法〉《廈門大學學報》
　　1:92-101 廈門

────（1990）〈永安的-m尾問題〉《中國語文》1:43-45 北京

周祖謨（1993）〈漢字上古音東冬分部的問題〉《周祖謨學術論著自
　　選集》117-122 北京

俞允海（1983）〈音轉爭論〉《語文論叢》2:96-102　　上海教育出版社
　　上海

季明珠（1993）〈江蘇如東（掘港）方言古通攝陽聲韻收-m尾〉《中
　　國語文》4:280 北京

林倫倫（1991,2）〈汕頭方言詞彙(一)(二)(三)(四)〉《方言》2:153-
　　160, 3:232-240,4:310-314,1:78-80

林語堂（1933）〈閩粵方言之來源〉《語言學論叢》文星書店（1967）
　　臺1版 臺北

林寶卿（1991）〈閩西客話區語音的共同點與內部差異〉《語言研究》
　　2:55-70 武漢

────（1992）〈漳州方言詞彙(一)(二)(三)〉《方言》2:151-
　　160,3:230-240,4:310-312 北京

洪惟仁（1992）〈臺灣音與廈門音異讀與中古音的對應關係〉《臺語文摘》5.4:40-44 臺北

候精一、楊平（1993）〈山西方言的文白異讀〉《中國語文》1:1-15 北京

倪大白（1995）〈南島語與百越諸語的關係〉《民族語文》3:21-34 北京

夏劍欽（1983）〈瀏陽南鄉方言記略〉《方言》1:47-58 北京

徐通鏘（1984）〈山西祁縣方言的新韻尾-m 與-β〉《語文研究》3:1-10 太原

馬希寧（1995）〈漢語方言陽聲韻尾的一種演變類型：元音韻尾與鼻音韻尾的關係〉《聲韻論叢》5:433-466 學生書局 臺北

馬學良、戴慶廈（1990）〈藏緬語族輔音韻尾的發展〉《藏緬語族語言研究》32-54 雲南民族

崔榮昌（1989）〈四川達縣「長沙話」記略〉《方言》1:20-29 北京

陳其光、田聯剛（1991）〈語言間的區域特徵〉《中國語言學報》4:212-230 商務印書館 北京

陳忠敏（1992）〈論吳語閩語兩種表小稱義的語音形式及來源〉《大陸雜誌》85.5:35-39 臺北

───（1995）〈作為古百越語底層形式的先喉塞音在今漢語南方方言裡的表現和分布〉《民族語文》3:1-11 北京

馮　力（1989）〈縉雲話流通兩攝讀閉口韻尾字的分析〉《中國語文》5:400 北京

黃典誠（1982）〈閩南方音中的上古殘餘〉《語言研究》2:172-187 武漢

黃　勇（1995）〈李樹侗話輔音尾的演變規律〉《民族語文》2:48-54 北京

黃雪貞（1984）〈永定（下洋）方言自成音節的鼻音〉《方言》1:47-

50 北京

———（1991）〈湖南江永方言詞彙(一)(二)(三)〉《方言》1:68-80,
2:143-152, 3:223-231 北京

———（1992）〈梅縣客家話的語音特點〉《方言》4:275-289 北京

黃繼林（1992）〈寶應氾光湖方言中的 m 尾〉《方言》2:120-124 北京

張 琨（1985）〈論比較閩方言〉《語言研究》1:107-138 武漢

———（1993a）〈漢語方言中鼻音韻尾的消失〉《漢語方言》23-63 學
生書局 臺北

———（1993b）〈切韻的前*a 後*ɑ 在現代方言中演變〉《漢語方言》
23-63 學生書局 臺北

———（1995）〈古苗瑤語鼻音聲母字在現代苗語方言中的演變〉《民
族語文》4:10-13 北京

張光宇（1991）〈漢語方言發展不平衡性〉《中國語文》6:431-438 北京

———（1993）〈漢語方言見系二等文白異讀的類型〉《語文研究》
2:26-36 太原

張屏生（1997）〈臺灣閩南語調查所發現的一些特殊現象〉《母語教
育文集》10 之 1-59 新竹

———（1998）〈臺灣閩南話部份次方言的語音和詞彙差異〉《臺灣
語言與語文競賽研討會》

張振興（1987）〈廣東海康方言記略〉《方言》4:264-282 北京

———（1989,90）〈漳平（永福）方言的文白異讀〉《方言》3:171-179,
4:281-292, 1:44-51 北京

———（1992）〈廣東省吳川方言記略〉《方言》3:195-213 北京

張盛裕（1979）〈潮陽方言的文白異讀〉《方言》4:241-267 北京

——（1982）〈潮陽聲母與《廣韻》聲母的比較(一)(二)(三)〉《方言》1:52-65,2:129-45,3:196-202

張衛東（1984）〈文登、榮成方言中古見系部份字的文白異讀〉《語言學論叢》12:36-49　北京

張雙慶、萬波（1996）〈南雄（烏逕）方言音系特點〉《方言》4:290-297　北京

梁金榮（1996）〈臨桂兩江平話同音字彙〉《方言》3:180-189　北京

梅祖麟、羅杰瑞（1971）〈試論幾個閩北方言中的來母 s-聲字〉《清華學報》新 9.12:96-105

程俊源（1998）〈臺灣閩南語聲母去鼻化之詞彙擴散現象〉《聲韻論叢》7:277-315　學生書局

黑維強（1997）〈陝北語果攝字讀鼻尾韻例〉《中國語文》4:267　北京

楊自翔（1989）〈安徽桐城方言入聲的特點〉《中國語文》5:361-368　北京

楊秀芳（1987）〈試論萬寧方言的形成〉《毛子水九五壽慶論文集》1-35　幼獅出版社　臺北

——（1993）〈論文白異讀〉《王叔岷先生八十壽慶論文集》823-849　大安出版社　臺北

——（1996）〈「閩南語的文白異讀」研討大綱〉《『臺灣閩南語概論』講授資料彙編》154-224

溫端正（1997）〈試論晉語的特點與歸屬〉《語文研究》2:1-12　太原

葉祥苓（1988）〈蘇州方言中的文白異讀〉《吳語論叢》18-26　上海教育出版社　上海

——、郭宗俊（1991）〈宜興方言同音字彙〉《方言》2:88-98　北京

董同龢（1974）〈廈門方言的音韻〉《董同龢先生語言學論文選集》275-297 食貨出版社 臺北

董爲光（1987）〈湘鄂贛三界方言的「l」韻尾〉《語言研究》1:49-59 武漢

詹伯慧（1959）〈潮州方言〉《方言和普通話叢刊》2:39-120 中華書局 北京

趙建偉、丘學強（1990）〈論古明、微、泥、疑、明母字在四邑話的讀音形式〉《第二屆國際粵方言研討會論文集》114-119 暨南大學出版社 廣州

劉綸鑫（1995）〈江西省大余(南安)方言音系〉《方言》1:63-69 北京

劉寶俊（1990）〈冬部歸向的時代和地域特點與上古楚方音〉《語言文字學》11:37-44 北京

潘家懿（1982）〈晉中祁縣方言裡的[m]尾〉《中國語文》3:221-222 北京

鄭縈（1995）〈永安方言的 m 尾〉《聲韻論叢》5:329-357 學生書局 臺北

鄭良偉、曾金金（1997）〈聲調語言中重音的類型〉《中國境內語言暨語言學》4:255-263 臺北

鄧曉華（1998）〈閩語時代層次的語音證據〉《語言研究》增刊 307-314 武漢

盧今元（1986）〈呂四方言記略〉《方言》1:52-70 北京

────（1988）〈呂四方言裡的[m]韻〉《吳語論叢》71-83 上海教育出版社 上海

盧紹浩（1995）〈井岡山客家話音系〉《方言》2:121-127 北京

錢曾怡、羅福騰、曹志斌(1985)〈平度方言的語音差別〉《方言》3:214-221 北京

駱明弟 (1996) 〈臨桂四塘平話同音字彙〉《方言》3:190-199 北京

鍾隆林 (1987) 〈湖南省耒陽方言記略〉《方言》3:215-231 北京

顏 森 (1986) 〈江西方言的分區（稿）〉《方言》1:19-38 北京

羅杰瑞 (1980) 〈永安方言〉《書目季刊》14.2:455-490 臺北

———(1995) 〈建陽方言否定詞探源〉《方言》1:31-32 北京

蘇曉青、呂永衛 (1994) 〈《徐州方言詞典》引論〉《方言》3:184-197 北京

A. G. 奧德里古爾 (1959) 〈歷史和地理可以解釋某些語音的發展〉《語言研究》4:81-86 北京

Roman Jakobson, C. Gunnar M. Fant, Morris Halle (1952) 〈語音分析初探（上）（下）——區別特徵及其相互關係〉《國外語言學》王力譯 (1981) 3:1-11, 4:1-21 北京

Hasimoto, Anne Oi-kan Yue (1973) "Substratum in Southern Chinese The Tai connection" *Computational Analyses of Asian & African Languages* 6:1-9.

Hwang Cherng Gong (1980) "A comparative study of Chinese, Tibetan, and Burmese vowel systems" *Bulletin of the Institute of History and Philology*, Academia Sinica 51.3:455-490.

Jerry Norman & Tsu Lin Mei (1976) "The austroasiatics in Ancient South China: some lexical evidence" *Monumenta Serica* 32:274-301.

———(1979) "Chronological strata in Min dialects" 《方言》4:268-274 北京

Kun Chang (1979) "The Composite Nature of the Ch'ieh-yün" *Bulletin of the Institute of History and Philology*, Academia Sinica 50.2:241-255.

Moira Yip (1988) "The obligatory contour principle and phonological rules: A loss of identity" *Linguistic Inquiry* 19.1:65-100.

《聲韻論叢・第九輯》
聲韻學學會主編　頁769～780
臺灣學生書局　　2000 年 8 月

國、臺語夾雜時的三聲變調*

蕭宇超、林蕙珊**

引　言

　　方言夾雜（code-mixing）常被社會語言學者所廣泛討論（如施玉惠 1994 等等），而連讀變調（Tone Sandhi）是漢語音韻學者研究的重心之一。鄭錦全（1973）、陳淵泉（1987）、石基琳（1986）及蕭宇超（1991、1995）等等皆討論過國語及臺語的變調，本文則從音韻學的角度來探討在國、臺語夾雜時的連讀變調❶，主要的重點是檢視國語三聲變調的語境。

---

* 本文的夾碼語料乃是由作者蒐集或設計。本文研究之重點不在於這些夾碼語料的社會通用性，而是著重於它可能發生的連讀變調，也就是說，當語者讀出這些國臺語夾碼語料時，語感反應出來的變調通則。此與三聲變調之研究同理，研究者所設計的三聲字串未必是日常朗朗上口的語言，然其反映出豐富的三聲變調現象，深具理論研究價值。

** 國立政治大學語言學研究所

❶ 這裏所指的國臺語夾雜現象是句中的（intrasentential）而非句間的（intersentential）夾雜現象。

以下臺語語料部份將以加註底線的方式來表示。而在聲調的標示上，國語上聲以 L 來標示❷，臺語陰去的單字調和陽去的連字調皆標為 LL ❸。

相關的連讀變調規則

在國、臺語的夾雜的變調現象中，涉及了這兩二個方言的變調規則（Tone Sandhi Rule）。基本上，臺語有七個單字調，每一個單字調都有一個相對應的連字調。其中，單字調只出現在相關範疇末端的位置，而連字調則出現在非末端的位置❹。其聲調的對應關係如表一所示：

（表一）

	單字調	範例	連字調	範例
陰平	HH	東	MM	東邊
陰上	HL	黨	HH	黨部

❷ 一般說來，「213」是用來標示出現在詞尾的國語三聲,即「全上」，非詞尾的三聲多半呈現所謂的「半上」，而以「21」來標示。本文為了方便討論，採用石基琳（1986）及蕭宇超（1991）的標法，一致以 L 表示，因為國語三聲就音韻功能而言即是一個低調。

❸ 臺語陰去的單字調和陽去的連字調可以標示為「21」或「11」。本文為了方便討論，一致標為 LL。

❹ 在臺語的變調範疇方面，蕭宇超（1995）提出口語變調範疇是一個音韻詞組（phonological phrase），而吟唱變調範疇則是一個步音（foot），詳參該文討論。

陰去	LL	放	HL	放假
陰入	M	督	H	督學
陽平	LM	同	MM	同學
陽去	MM	謝	LL	謝禮
陽入	H	毒	M	毒藥

　　臺語的連讀變調規則爲：T → T' / ＿ T（T＝單字調；T'＝連字調）。簡單地說，當兩個單字調相鄰之時，第一個單字調會變爲連字調。以例一）來做說明：

　　　例一）　　　<u>謝</u>　　　　　<u>禮</u>

　　　單字調　　　MM　　　　HL

　　　變調　　　　LL

　　　連字調　　　LL　　　　　HL

「<u>謝</u>」的單字調是 MM，當後接另一個單字調「<u>禮</u>」HL 時，即發生變調而呈連字調 LL。

　　國語的三聲連讀變調規則運作於兩個或兩個以上三聲（L）相鄰的字串。規則中說明了當兩個三聲緊鄰之時，第一個三聲會變爲二聲（LH），即：L→LH/＿L。以例二）說明：

　　　例二）　　　雨　　　　　傘

　　　單字調　　　L　　　　　L

　　　變調　　　　LH

　　　連字調　　　LH　　　　L

「雨」字後方緊鄰著也是三聲的「傘」字，遂產生變調而讀成二聲。

　　由以上的討論，我們可以歸納出兩點：（一）臺語變調的發生必須

是相關聲調後接一個單字調;而(二)國語三聲變調規則並未說明其變調語境應是後接一個單字調或連字調,因為國語並沒有派生的低調(即三聲) ❺。

不過,石基琳 (1986) 、洪同年 (1987) 、蕭宇超 (1991) 所詮釋的循環變調模式 (cyclic application) 間接地暗示在國語裏三聲變調的「觸發者」 (trigger) 是一個單字調,見例三) 說明:

例三)		雨	傘	廠
音步範疇	(		)	)
單字調		L	L	L
變調	(	LH	)	

---

❺　鄭錦全 (1973) 列舉了國語中常發生的變調規則:

1. 三聲變調規則

   當二個三聲相鄰時第一個三聲會變為二聲。

2. 半上變調規則 (half-third tone rule)

   當三聲出現在非三聲的聲調之前,三聲會變為一個低降調。

3. 二聲的變調規則

   在較快的談話速度之下,夾在一聲或二聲以及非輕聲聲調的二聲會變為一聲。

4. 重疊 (reduplicated) 形容詞的變調規則

   當單音節形容詞以重疊來構成新詞時,不管原來的形容詞是什麼聲調,重疊的那個字會變為二聲。

5. 「一」、「七」、「八」、「不」變調規則

   (1)「一」在一聲、二聲及三聲前會轉變為四聲。

   (2)「一」及「不」在四聲前會轉變為二聲。

   (3)「七」及「八」在四聲前有可能變為二聲。

   因此,在國語中,並不會出現派生的低調。

變調		(	LH	)
連字調		LH	LH	L

在這裏，（雨傘）構成最小的音步，三聲變調運作時，變調規則會先運
作於此音步內，使「雨」變爲二聲；接下來，（雨傘廠）構成一個三音
節音步，「傘」後接另一個三聲字「廠」，因此也產生了變調。換言之，
當「雨」字產生變調之時，「傘」字仍是一個單字調，而當「傘」字發
生變調之時，「廠」字亦是一個單字調。然而，國、臺語夾雜時，三聲
變調則呈現另一種風貌。

國、臺語夾雜時的連讀變調

在國、臺語夾雜的語料之中，國語的單字調可以觸發臺語的連讀
變調。以例四）說明，臺語「看」的單字調爲 LL，後接另一個單字調
「帥」HL，即使這個單字調是國語而非臺語，「看」依然發生臺語變
調而呈連字調 HL：

例四）	愛	看	帥	哥
單字調	LL	HL	HH	
臺語變調		HL		
連字調		HL	HL	HH

另一方面，臺語的低調亦能夠引發國語的三聲變調：

例五）		好	飯	店
單字調		L	MM	
臺語變調			LL	
國語變調			LH	

連字調　　　　　　　LH　　LL

例六）　　　　　　他　　很　　妍　　投
單字調　　　　　　　　　　L　　HH
國語變調　　　　　　　　　　--
臺語變調　　　　　　　　　　　　MM
連字調　　　　　　　　　　L　　MM

例五）及例六）同樣是由國語三聲後接一個臺語字所組成，然而，只有例五）中的三聲才產生變調。仔細比較，例五）的臺語字「飯」呈現低調 LL，而例六）的臺語字「妍」則呈現 MM，由此可說明臺語的低調可以觸發國語的三聲變調❻。

中、英文夾雜時的三聲變調

　　鄭錦全（1968）的研究中也說明了類似的現象：當國語的三聲出現於英文最弱音節（the weakest stress）❼之前時，會產生連讀變調而轉為二聲，因為英文的最弱音節中有一個[-high]的成份，對應到中文則是一個低調，故而引起三聲變調。見下例：

---

❻　另外，由上例中我們似乎不難發現在國、臺語夾雜時的國語及臺語的變調規則中存在著某種運作上的次序關係。由於此論點並非本文所欲深論的要點，因此將另文探討（詳參蕭宇超與林蕙珊 1999）。

❼　鄭錦全（1968）指出在英語的重音至少可以區分為四個等級，即主要（primary）、次要（secondary）、再次要（ternary）及最弱（the weakest），請詳參該文討論。

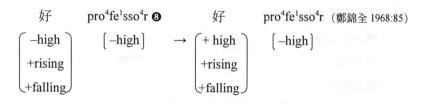

好 pro⁴fe¹sso⁴r ❽ 好 pro⁴fe¹sso⁴r （鄭錦全 1968:85）

$$\begin{bmatrix} -\text{high} \\ +\text{rising} \\ +\text{falling} \end{bmatrix} \quad \begin{bmatrix} -\text{high} \end{bmatrix} \rightarrow \begin{bmatrix} +\text{high} \\ +\text{rising} \\ +\text{falling} \end{bmatrix} \quad \begin{bmatrix} -\text{high} \end{bmatrix}$$

以「好 professor」爲例，「pro-」爲低調（即最弱音節），前鄰「好」時遂引起三聲變調。鄭錦全的研究說明了引發國語三聲變調的因素可以是非國語（即英語）的低調，正好與本文中對國臺語可以觸發彼此變調的發現一致。

國語三聲變調的語境

在上述的討論中，我們發現了臺語的低調 LL 可以觸發國語的三聲變調。但是，例七）中的臺語字「放」的陰去單字調則無此功能：

例七） (a) 小　明　想　<u>放　　假</u>

單字調　　　　　　L　　LL

國語變調　　　　　*LH

　　　 (b) 小　明　想　放　假

單字調　　　　　　L　　LL

臺語變調　　　　　　　<u>HL</u>

國語變調　　　　　--

連字調　　　　　　L　　<u>HL</u>

---

❽　鄭錦全（1968）以 ¹,²,³,⁴ 來表示主要重音、次要重音、再次要重音及最弱重音。

試比較例七）與例八）：

例八）　（a）　小　明　買　<u>謝　禮</u>

單字調　　　　　　　　L　　MM

國語變調　　　　　　　*--

　　　　　　（b）　小　明　買　<u>謝　禮</u>

單字調　　　　　　　　L　　MM

臺語變調　　　　　　　　　<u>LL</u>

國語變調　　　　　　　LH

連字調　　　　　　　　LH　<u>LL</u>

在例八）中，「謝」的臺語單字調爲 MM，無法引起國語的三聲變調，但是它的連字調爲 LL，符合了國語變調的要求。也就是說，例八）中的變調是由「謝」的連字調所引起的❾。有趣的是，在例七）中，「放」的單字調爲低調（亦即陰去 LL），卻不能引起三聲變調。因此，我們

---

❾　或許有人會質疑，國臺語夾雜變調應是由範疇的內層向外層運作。譬如在例八）中，臺語的「謝」處於範疇內層，會先變成 LL，接著範疇外層的「買」字才產生變調。此種質疑涉及範疇定義問題，另文討論，不過，即使國臺語夾雜變調眞是根據此相關範疇來運作，問題亦非如此的單純，見下例說明：

（a）　（買　（米　酒）　（b）　　買　米　酒

單字調　　HL　L　L　　　單字調　　HL　L　L

國語變調　　　　LH　　　臺語變調　HH

臺語變調　*HH　　　　　國語變調　　　LH

　　　　　　　　　　　　連字調　　HH LH L

在內層的國語字「米」若先變爲連字調，則外層的臺語字「買」便失去變調的語境而無法變調。

可以在此提出一項觀察：國、臺語夾雜時，三聲變調的觸發者是一個連字調。這項觀察可在下例中得到進一步的驗証：

例九)	考	地　　理
單字調	L	MM
臺語變調		LL
國語變調	LH	
連字調	LH	LL

例十)	考	數　　學
單字調	L	LL
臺語變調		HL
國語變調	--	
連字調	L	HL

結　論

　　綜合而言，本文的研究發現，國、臺語夾雜時，國語的單字調可以觸發臺語的連讀變調，而臺語的低調（即 LL）亦能引發國語的三聲變調。就國語本身而言，三聲變調規則並未說明其變調語境應是後接一個單字調或連字調，因爲國語並沒有派生的低調（即三聲）；不過，在國、臺語夾雜之時，臺語派生的低調才能引起國語的三聲變調。語言夾雜的變調所牽涉之問題十分廣泛，本文的討論祇是研究的初步階段。其他相關問題至少有二：㈠變調規則運作次序（rule priority）問題，在國、臺語夾雜中，臺語的陰去單字調不能影響國語三聲變調，而派生的低調

則可，此一現象是否意味著臺語連讀變調的運作必須先於國語三聲變
調？㈡變調範疇定義問題，設國語之口語變調範疇為音步（石基琳
（1986）、洪同年（1987）、蕭宇超（1991）），臺語之口語變調範疇
為音韻詞組（蕭宇超（1991，1995）），在國、臺語夾雜中，兩種範疇會
不會有明顯互動？相關變調範疇是否會重新調整？這些問題在另一篇
文章（蕭宇超與林蕙珊 1999）中討論。

參考書目

Chen, M. （陳淵泉）　1987.　"The Syntax of Xiamen Tone Sandhi."
　　Phonology Yearbook　4: 109-115.

Cheng, C. C.（鄭錦全）　1968.　"English Stresses and Chinese Tone in
　　Chinese Sentences."　*Phonetica* 18:77-88.

Cheng, C. C.（鄭錦全）　1973.　*A Synchronic Phonology of Mandarin
　　Chinese.*　Paris: Mouton & Co.

Cheng, R. L.（鄭良偉）　1987.　*Analysis and Study of Taiwanese
　　Readings for Mandarin Speakers.*　Taipei: Student Book Co., Ltd.

Hung T.（洪同年）　1987.　*Syntactic and Semantic Aspects of Chinese
　　Tone Sandhi.*　UCSD. Ph. D. Dissertation.

Hsiao, Y.（蕭宇超）　1991.　*Syntax, Rhythm and Tone: A Triangular
　　Relationship.*　Taipei: Crane Publishing Co.

Hsiao, Y.（蕭宇超）　1995.　*Southern Min Tone Sandhi and Theories of
　　Prosodic Phonology.*　Taipei: Student Book Co., Ltd.

Hsiao, Y., and H. Lin （蕭宇超·林蕙珊）　1999.　*Interlanguage Tone*

Sandhi: Evidence from Mandarin-Min Code-Mixing. Paper for the 11th North America Conference on Chinese Linguistics. Harvard University, Massachusetts.

Shih, C.（石基琳） 1986. *The Prosodic Domain of Tone Sandhi in Chinese.* UCSD. Ph.D. Dissertation.

施玉惠 1994 從社會語言學觀點探討報紙標題國臺語夾陳的現象 臺北市：行政院國科會科資中心。

Xianzhi Zweierronn Monthan. 1996. Door Here. Fourteenth
Linthkeall Annual Conference on Chinese Linguistics. Harvard
University, Massachusetts.

《聲韻論叢・第九輯》
聲韻學學會主編　頁781～808
臺灣學生書局　　2000 年 8 月

閩南語單音節形容詞重疊與變調現象的問題[*]

歐淑珍[**]

摘　要

　　閩南語形容詞重疊變調一直是一個廣泛被討論的議題，尤其是其聲調和語意部份。本文首先對其表面現象提出文獻上的描述：特殊變調和語意有對照關係；再引進「規律派生」理論之「自主音段理論」和「韻律構詞學理論」，此一議題所牽涉的種種規則，和各種處理方式的比較和探討。第六部份提出與「非規律派生」觀點之「優選理論」的處理模式，提出另一種看法，牽涉的限制條件有：(1) MAX-IO, REDSIZE = σ, REDSIZE = Ft, OCP -T；(2) LEFTMOST >> SALIENCY；(3) LINK 【TONE】 >> FAITH 【TONE】。

---

*　作者在此要特別感謝政治大學語言學研究所蕭宇超教授和郭令育同學，提供許多精闢的見解；感謝景文技術學院提供良好學術環境和同仁們的支持鼓勵；最後感謝鍾榮富先生在論文發表後所提評論。

**　景文技術學院應用外語科

前　言

　　本篇論文旨在探討臺灣閩南語單音節形容詞重疊構詞所產生的語意和變調問題。主要重點是放在二疊與三疊的部份。論文共分若干小節來討論：第一節在檢視 Cheng（1968）和許（1990）針對此一議題所提出的一般描述。第二節介紹 Yip（1980）採用「聲調幾何理論」，對三疊變調問題所提之分析。第三節則是 Chiang（1992）採用「韻律構詞學」理論，分析二疊和三疊的構詞程序。第四節為 Ou（1996）亦採「韻律構詞學」，對 Yip（1980）和 Chiang（1992）分析的優缺點提出檢討，並提出修正後的模式。第五節是兩個跨方言分析的佐證：徐&蕭（1996）的客家語和Shih（1997）的金城方言。第六節則在最新的語言學理論——「優選理論」的框架下提出的另一種分析。最後是本論文的結語。以下就本文架構再作一介紹：

　　零、前言

　　壹、一般性描述

　　貳、二疊詞和三疊詞的聲調問題

　　參、二疊詞和三疊詞的構詞問題，是後綴嗎？

　　肆、聲調、構詞和語意的三角問題，抑是前綴？

　　伍、跨方言分析佐證

　　陸、「優選理論」的另一種分析

　　柒、結語

壹、一般性描述

　　一般說來，閩南語的單音節形容詞可以用重疊構詞的方式產生不同語意，如「紅」變成「紅紅」和「紅紅紅」等。二疊詞在語意上扮演弱化的功能，而三疊詞則扮演語意加強的功能。值得一提的是，二疊詞只須經過「一般變調」，但是三疊詞還經過所謂的「特殊變調」。以下則引用 Cheng（1968）和許（1990）的描述。

(1)　　　　　紅 LM　　　紅 LM

　　　　　　　↓　　　　　　　　　一般變調

　　　　　紅 **MM**　　　紅 LM

輸出值：　紅 MM　　　紅 LM　　【意：有點紅】

例(1)中的「紅」重疊成「紅紅」，其中，左邊的音節須經過一般變調。❶所產生的語意爲弱化現象。

---

❶　本文所使用的標調系統爲 Hsiao（1995）所提的系統，H 代表音高爲高、M 代表音高爲中、L 代表音高爲低。非入聲字用兩個元素表示，入聲字用一個元素表示，以方便討論：

聲	調名	陰平	陰上	陰去	陰入	陽平	陽去	陽入
調	調型	Γ	Ｎ	Ｋ	｜	Ｌ	｜	Γ
系	本調	HH	HL	ML	M	LM	MM	H
統	變調	MM	HH	HL	H	MM	ML	M
表	例字	東	黨	凍	督	同	洞	毒

因爲閩南語長音節一般由兩個音拍（mora）組成，Chang（1993）和 Duanmu（1994）主張音拍爲「聲調表現單位」（tone bearing unit），所以用兩個元素表示高平調和中平調，並不違反「必要性起伏原則」（Obligatory Contour Principle）。

(2) (a)

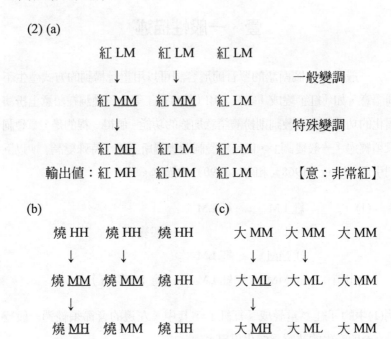

	紅 LM	紅 LM	紅 LM	
	↓	↓		一般變調
	紅 <u>MM</u>	紅 <u>MM</u>	紅 LM	
	↓			特殊變調
	紅 <u>MH</u>	紅 LM	紅 LM	
輸出值：	紅 MH	紅 MM	紅 LM	【意：非常紅】

(b)　　　　　　　　　　　　　　　　　　(c)

燒 HH	燒 HH	燒 HH
↓	↓	
燒 <u>MM</u>	燒 <u>MM</u>	燒 HH
↓		
燒 <u>MH</u>	燒 MM	燒 HH

大 MM	大 MM	大 MM
↓	↓	
大 <u>ML</u>	大 ML	大 MM
↓		
大 <u>MH</u>	大 ML	大 MM

觀察例(2)中的三個例子，我們可以發現到三疊詞中的最左邊音節，其變調行爲是兩階段的：(2a)中的「紅」本調爲 LM，第一次變調爲「一般變調」，使得靠左邊的兩個音節的 LM 變成 MM；第二次爲「特殊變調」，發生在最左邊的音節，使得調值 MM 再轉變成 MH。例(2b)和(2c)的情形亦同，在此不再詳述。根據 Cheng（1968）和許（1990）兩位學者的看法，由於 MH 調值並非屬於閩南語聲調系統，而類似國語的第二聲，故稱「特殊變調」或「額外變調」。其餘調類的例子請參看表(3)。值得一提的是，若一般變調的結果是 HH、HL 和 H，最左邊的音節就維持一般變調的調值，不必再經過特殊變調。

(3)

本調	HH	LM	MM	H	HL	ML	M
一般變調	MM	MM	ML	M	HH	HL	H
特殊變調	MH				--(HH)	--(HL)	--(H)
例子	新新新	紅紅紅	大大大	直直直	冷冷冷	暗暗暗	發發發

從以上兩位學者對此議題的詳細觀察和描述，不難發現閩南語單音節構詞牽涉三個部門的問題：語意、構詞和音韻（變調）。以下，我們便要來看看諸位學者如何運用語言學理論來分析此一議題。

貳、二疊詞和三疊詞的聲調問題

1970 年間針對音韻表現的議題上，Goldsmith 等人發展了所謂的「自主音段音韻學」理論（autosegmental phonology），理論之基本主張爲音韻表現是由存在於不同層級（tiers）的自主音段（autosegments）所共同構成，自主音段如：在重音層（stress tier）的輕重音（weak / stress）、在聲調層（tonal tier）的聲調（tone）、在音片層（segmental tier）的子音（consonant）、母音（vowel）等等。而不同階層之音段是自主的，其互動關係是透過所謂連結線（association line）。幾位學者運用此理論處理聲調的問題上，發展出「聲調幾何學」理論。❷本論文

---

❷　由於探討聲調的重點不同，而有不同的聲調幾何架構產生，如文中所採 Yip（1980,1989），其它尚有 Bao（1990）等。採用 Yip 的模式，僅爲方便討論。關於眾多模式，Chen（1995）的手稿中有詳細討論。

作者所採用的是 Yip（1980）提出的的模式，在此模式下，上述三疊詞中的特殊變調可視爲「浮游高調」（floating high tone）的附著（docking）。

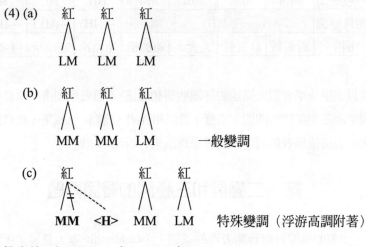

(4) (a)

(b)　　　　　　　　　　　　　　一般變調

(c)　　　　　　　　　　　　　　特殊變調（浮游高調附著）

輸出值：紅 MH　　　紅 MM　　　紅 LM

例(4)是以自主音段理論的方式來呈現變調情形，上層爲音片層，下層爲聲調層，兩層之間以連結線連接。請注意(4c)最左邊的音節，Yip 說明所謂「特殊變調」乃是其右邊有一個浮游高調<H>，它向右附著而取代了原來的調尾 M，因而產生了 MH 的結果。Yip 將浮游高調視爲無音片的詞素（a morpheme with tone but without segment），在三疊詞中的這個高調正可解釋爲加強語意的功能。

參、二疊詞和三疊詞的構詞問題，是後綴嗎？

語言學的構詞部門所處理的問題是一個語言中「詞的結構」。如

我們正在討論中的重疊，必須去探討它們以何種規則產生代表某種意義的詞，而規則愈簡潔越好，以符合文法經濟要求。如 McCarthy & Prince（1986, 1990）的「韻律構詞學」（prosodic morphology），基本主張為「韻律模板」（prosodic template）扮演詞綴的角色。就重疊構詞而言，此板模的音韻是無須標示的（phonologically underspecified）。以下引用一個來自 Katamba（1993:190）的例子來說明。

(5) Saho

(a) 詞基　　後綴　(b) 拷貝內容　　(c) 從右到左連線

```
C V C – V C        C V C – V C        C V C – V C
| | |   |          | | |   |          | | |   |
l a f   o          l a f   o l a f     l a f   o l (a)(f)
```

【意：骨頭（複數型）】C：子音；　V：母音；　◯：刪除

根據 Welmer（1973：224）的描述，在這個語言中，名詞的複數型形成是在詞基加上一個重疊後綴（reduplicative suffix），也就是-VC 模板，而 V 的部份已先前連接/o/母音，❸如(5a)所示。所遺留下來的「C」是空白的，此動機引發詞基的拷貝，此時不須要界定所拷貝的內容，如(5b)所示。最後，由於後綴模板的關係，從右到左的順序連結/f/到「C」的位置，/l/ 和 /a/ 自然被刪除了，如(5c)所示。❹

---

❸　「韻律構詞學」主張「韻律模板」的存在，一般來說，其音韻層次無須標明（phonologically underspecified），因為音韻層次的拷貝動作會自動發生。然而，各語言中仍會有特殊的音韻表徵，例(5)中的/o/，所以此理論亦允許音韻層次部份標明（phonologically partially specified）。

❹　若是前綴，則由左而右順序連結。

在此理論的框架下，Chiang（1992）指出形容詞重疊構詞在閩南語中扮演兩種語意功能：語意弱化和語意強化，而且來自於不同的模板。她的看法是：二疊詞是單音節後綴的結果；三疊詞則是二疊詞為詞基（base）再後綴的結果。

(6) a.　Δ　　↑　　→　　A　A

　　　　詞基　後綴

　b.　紅　↑　→　紅　紅　　　【意：有點紅】

例(6)是表示扮演語意弱化的構詞程序：先有一個單音節形容詞「A」當作詞基（base），其後的「↑」代表後綴（suffixation），所遺留音韻層次自動產生詞基拷貝，這是二疊詞的衍生過程。再看看三疊詞。

(7) a. 第一回：Δ　↑　→　A　A

　　　　　　詞基 後綴

　　　第二回：A　Δ　↑　→　A　A　A

　　　　　　　詞基 後綴

　b. 第一回：紅　↑　→　紅　紅

　　　第二回：紅紅　↑　→　紅　紅　紅　　　【意：非常紅】

依照 Chiang 的分析，三疊詞是經過兩回合（two cycles）構詞：第一回是以單音節形容詞為詞基，後綴一個音節而造成二疊詞；第二回合以第一回合二疊詞中的第二音節為基，再後綴一個音節而來。❺ Chiang

---

❺　Chiang 在此採用「音韻環境限制」（prosodic circumscription）的觀念，詞基不再完全拷貝，而是限定某部份被拷貝。

會採用「音韻環境限制」（prosodic circumscription）的觀念，是企圖對此語言中另一種表示語意加強的部份重覆構詞（partial reduplication）提出統一的解釋，說明既是同表語意加強功能，應衍生自相同模板，請看下例：

(8) 紅　kong　↑　→　紅　kong　kong　【意：非常紅】

例(8)的構詞是由單音節形容詞加上一個狀態詞，再以狀態詞爲詞基，後加一個音節爲詞綴而來。因其所表現之語意功能和三疊詞相同，故 Chiang 主張其構詞程序也應雷同，如此才能簡化語言的文法，達到經濟效益。在她的分析中，沒有提到三疊詞的變調問題。

試比較 Yip 和 Chiang 的分析，我們可以觀察到他們的相同和相異處：兩者皆同意三疊詞在此語言中所扮演語意加強的功能，但前者重點較強調這種功能是由浮游高調來表現，而後者則較強調是由音片重覆（segment reduplication）來表現。

肆、聲調、構詞和語意的三角問題，抑是前綴？

Ou（1996）亦採用「韻律模板」來分析閩南語三疊詞，和 Chiang（1992）不同，Ou 認爲它是一個以二疊詞爲詞基，加上一個前綴音步（f-），而非 Chiang 所說的後綴音節（-σ）；同時 Ou 亦融入 Yip 的看法：浮游高調可扮演詞素（morpheme）的角色，它是一個沒有音片層次的詞素。

(9) a.音步板模（foot template）

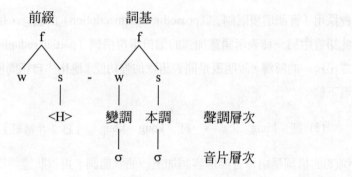

b.充填原則（mapping principles）：

(a) 二疊詞 AA 構成三疊詞 AAA 的詞基。

(b) 放置一個音步前綴，而且已先連上浮游高調<H>在重音的
位置。

(c) 拷貝詞基兩個層次（聲調和音片）的內容。

(d) 從左到右連接拷貝內容到空白位置。

例(9a)爲 Ou 所提出的音步前綴模板，(9b)填充原則說明它的運作情形。
以下就來看看實際的例子。

(10) a.　　詞基

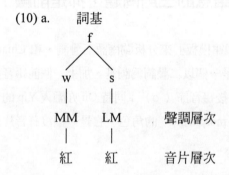

b.音步前綴

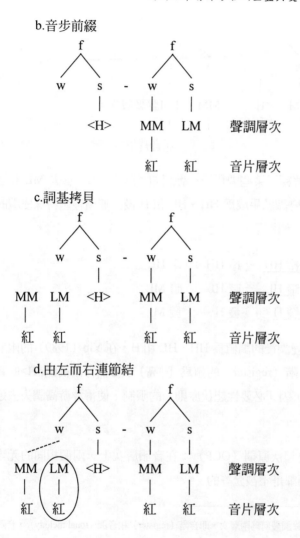

c.詞基拷貝

d.由左而右連節結

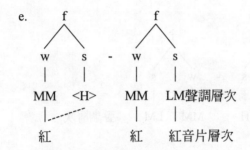

e.

```
        f                    f
      /   \                /   \
    w       s   -       w         s
    |       |          |          |
    MM     <H>         MM        LM聲調層次
    |  ` ─ ─ ─         |          |
    紅                 紅        紅音片層次
```

Ou 的分析亦解釋了某些調類的三疊詞如：陰上 HL、陰去 ML 和陰入 M，在經一般變調結果成爲 HH、HL 和 H 後，無須經過特殊變調的原因。如(11)的三個例子。

(11) a.　<u>冷 HH</u>　　冷 HH　　冷 HL

　　 b.　<u>暗 HL</u>　　暗 HL　　暗 ML

　　 c.　<u>發 H</u>　　發 H　　發 M

觀察(11)一般變調後的調值爲 HH、HL 和 H，在 Yip（1989）的兩層次分析中，其音階（register）的值爲【+高】，❻而浮游高調<H>的音階也是【+高】，因「必要性起伏原則」的限制，使得浮游高調失去連線（delinking）。

(12) 必要起伏原則（OCP）：在音韻層次上，兩個相同的元素緊緊相鄰是不被允許的。

---

❻　Yip 所提之聲調幾何爲兩層次，即音階（register）和音調（tonal melody），音階【+高】以（+upper）或【-高】（-upper）表示，音調則以 H 或 L 表示，音階對音調有統御作用。本文爲討論方便，只有在必要的地方採兩層次表示，其餘則以 Hsiao 的 H、M、L 表示。

(13) a.必要性起伏原則&浮游高調失去連線

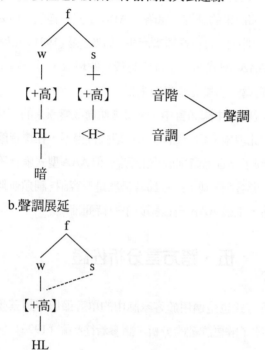

b.聲調展延

(12)為 McCarthy（1986a:208）所提出的必要性起伏原則，運用於三疊詞的浮游高調附著，在音階層次上，兩個【+高】的成份違反了這個原則，因而產生失去連結的動作，如(13a)所示。(13b)則表示所遺留的空缺由最左方音節的聲調展延而遞補之，也就是蕭（1995）所稱之「遞補性延長」。

　　Ou 提出以上的分析，主要原因有二，以下就來看看原因簡述。

1. Chiang 以重疊構詞 ABB 型式，作為 AAA 型式的第三音節是重覆第二音節而來的証據。忽略了 ABB 型式只經過一般變調，而 AAA 型式則伴隨有特殊變調產生。另外，楊（1991）和龔（1995）也指出 AAA 型式的最左音節有較長的現象，這一點也支持了 Ou 所言它為一個獨立音步的主張。

2. Chiang 說明在中國語言中，後綴會傾向改變原來的詞類，而前綴則沒有此現象。這一點在 AA 型式行得通，在單音節時詞類為名詞，到了雙音節時則成為形容詞。但 AAA 型式就行不通了，雙音節是形容詞，到了三音節時仍然是形容詞，詞類並無改變。基於此點，主張 AAA 為後綴似乎有待商榷。

伍、跨方言分析佐證

以上的分析方式也是適用於客家話中的單音節形容詞三疊中，例 (14)即是一例，欲了解更詳細的分析，請參看徐&蕭（1996）。

(14) a. 詞基

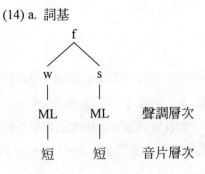

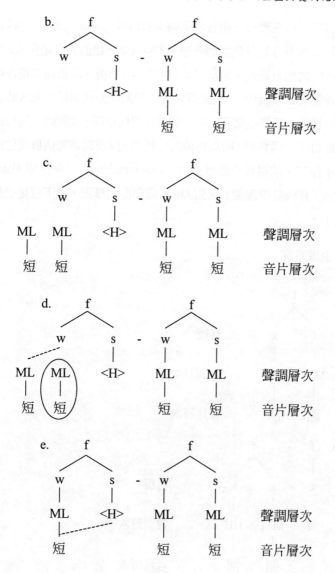

　　除了客家話的三疊可以用音步前綴來分析外，Shih（1997）亦採用此方式處理金城方言的三疊變調問題。大致說來，她的分析是與 Ou 是一致的，不同的地方是她不贊成 Ou（1996）的分析「浮游高調是在輸入時就已先連接於模板中」，她的理由是：如果浮游高調是在輸入時就已先連接於模板，那麼後來音因為「必要性起伏原則」而刪除，這樣的規則就會顯得不經濟實惠。所以在他的分析中，浮游高調先佔板模位置的動作並不存在，前綴音步是單支的（non-branching）。並採用 Hsiao（1994）的「音板計數理論」來對 Ou 的處理提出修正，以下就是引用 Shih 的例子。

　　(15) 金城方言
　　　　a. 詞基

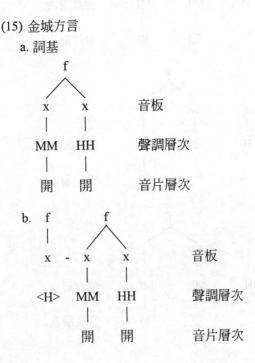

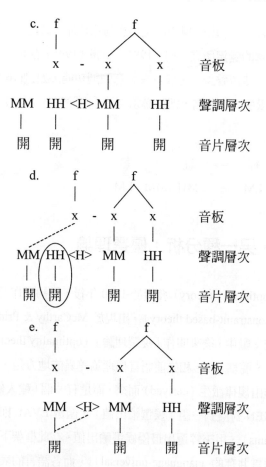

所遺留下的問題

經過上面諸位學者的分析，閩南語單音節形容詞重疊和語意之間的配對，似乎不僅僅是牽涉音節數目，聲調變化更是一個重要的條件。換句話說，兩個音節所表示的並非只是語意弱化的功能，若伴隨特殊聲

調變化（浮游高調附著），它所表現的便是語意強化功能。甚至，音節
數目似乎不是決定語意的關鍵所在，楊（1991）和龔（1995）都指出三
疊詞可簡化爲兩音節，徒留聲調，一樣具有語意強調功能，如例(16)所
示。若以上述「規律派生」的觀點，則又必須再造「刪除音片」規律，
增加文法不經濟性。

(16) 紅 紅 紅 → 紅 紅
　　 MH MM LM 　　 MH MM LM

陸、另一種分析：優選理論

「優選理論」（optimality theory）發展於 1990 年後，最初稱作「限
制條件基礎理論」（constraint-based theory），出現於 McCarthy & Prince
（1993,1994）的研究文獻中，後來叫作「優選理論」（optimality theory）
（Archangeli 1997），簡稱 OT。和先前語言學理論差異的地方是，語
言中的各種現象並非由規律派生（derived）而來，而是有一個「輸入值」
（Input）透過函數 GEN 對應到一組「候選輸出值」，函數 EVAL 則包
含限制條件（constraints），用來粹選出最優候選輸出值。在此框架下，
大部份限制條件是語言共存的（language-universal），而各語言的表現
差異是由於限制條件排列層級（ranking）不同，而違反最低層級制約
的候選值，稱之爲「最理想輸出值」（optimal candidate）。以下，作
者嘗試以此全新觀點詮釋閩南語單音節重疊詞的構詞變調問題。

由例(16)，作者要強調在閩南語的單音節重疊構詞中，傳統所謂「三
疊」這種以音節（或音片）爲決定語意的處理方法似乎不盡理想，因爲

「二疊」同時具有語意強化和弱化的雙重角色，不同的部份只有在聲調而已。爲此，作者強調聲調所扮演的角色不只是單純的音韻變化而已，而且還是決定語意主要功能。在世界聲調語言中，不難發現類似情形：

(17) Central Igbo:

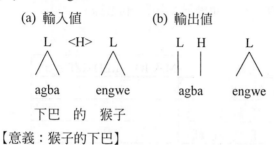

(a) 輸入值　　　　　(b) 輸出值

下巴　的　猴子
【意義：猴子的下巴】

例(17)爲引用自 Akilabi（1995）❼的例子。<H>調扮演詞素的角色，與閩南語中浮游高調類似。

　　作者於此主張閩南語重疊構詞的動機是以「語意」爲出發點，表語意弱化和語意加強有不同的輸入值，個別對應出若干可能輸出值，再由可能之限制條件篩選出最好的輸出值。

(18) a. 語意弱化輸入值：　　　σ
　　 b. 語意強化輸入值：　<H>　σ
　　【σ代表音節。】

語意弱化重疊構詞

---

❼　引用自 Archangeli（1997）。

　　表語意弱化牽涉到哪些限制條件，首先要看到的是關於重疊詞大小的問題：

(19) Max-IO：輸入值的每個元素必須完全對應到輸出值。

(20) REDSIZE＝σ ：重疊詞大小爲一個音節。

(21)

輸入值＝紅	Max-IO	REDSIZE＝σ
☞ a. 紅 紅		
b. 紅 紅 紅	*!	
c. 紅 紅 紅 紅	**!	

表(21)表示單音節重疊後可能產生二、三、四或更多音節的可能候選值。其中，(21a-c)皆符合「Max-IO」條件，每個重疊詞皆與輸入值對應。但是，「REDSIZE＝σ」條件說明重疊詞大小爲一個音節，(21b-c)各多出一個音節和兩個音節，在表格上被記上一個星號和兩個星號(*)表示，因而被迫出局，(21a)成爲最理想輸出值。而兩個限制條件排列順序並不影響輸出值的選擇，因此中間以虛線表示。另外，(21)二疊詞的聲調亦有兩種可能性：本調和變調。受到(22)限制條件選擇，產生正確輸出值。

(22) OCP-T：任兩個單字調不得緊鄰。❽

---

❽　此條件引用自蕭（1996），閩南語的連讀變調是屬於 paradigmatic process，亦即單字調和連字調的變換關係，相關討論可參看 Chen（1995）。

LM　　　　輸入值 = 紅	Max-IO	REDSIZE = σ	OCP-T
LM　　LM 紅　　紅			*!
☞　MM　LM 紅　　紅			
MM　MM　LM 紅　　紅　　紅	*!		

從以上說明我們可以了解表示語意弱化的構詞和變調受到三條限制條件的控制：(19)的「Max-IO」、(20)的「REDSIZE = σ」和(22)的「OCP-T」，而(19)、(20)排列先於(22)，它們的關係如(23)所示。

(23) Max-IO, REDSIZE = σ　　>>　　OCP-T

語意強化重疊構詞

如(18)所示，表語意強化的輸入值是重覆單音節外加一個浮游高調<H>。關於音節重覆牽涉三個條件：「Max-IO」、「REDSIZE = σ」和「REDSIZE = Ft」。前兩條說明如前所述，後一個說明在(24)。為方便說明，作者將音節和聲調部份分開討論。

(24) REDSIZE = Ft：重疊詞大小為一個音步

(25)

		<H>　LM	Max-IO	REDSIZE = Ft	REDSIZE = σ
輸入值 =		紅			
	紅　紅			*!	
☞	紅　紅　紅				*
	紅　紅　紅　紅				**!

例(25)說明當「REDSIZE = Ft」限制條件排列高於「REDSIZE = σ」限制條件，則「紅紅紅」為最佳輸出值。然而，如前文所述，語意加強亦有可能為二音節，此時「REDSIZE = σ」限制條件排列高於「REDSIZE = Ft」限制條件，如例(26)所示。作者觀點是此兩條件的排列順序不穩定，而產生兩個輸出值。❾

(26)

		<H>　LM	Max-IO	REDSIZE = σ	REDSIZE = ft
輸入值 =		紅			
☞	紅　紅				*
	紅　紅　紅			*!	
	紅　紅　紅　紅			**!	

探討過音節部份，以下要探討的是浮游高調<H>的位置問題。作者提出兩個可能限制條件。

---

❾　此觀點和政大語言所研究生郭令育先生討論而得，在他 1997, 1998 年對雅美語的研究中，亦有類似情形。

(27) LEFTMOST：前綴的左邊界和韻詞的左邊界一致。

(28) SALIENCY：顯著徵性愈早出現愈好。

重疊詞在此被視爲前綴，❿「LEFTMOST」限制條件說明前綴出現在韻詞一開頭爲最理想。另外，作者主張浮游高調<H>爲一個表語意功能的顯著徵性，「SALIENCY」則說明此一徵性出現愈早愈好。例(29)爲此兩條限制條件如何選出理想輸出值。

(29)

<H>　　　LM 輸入值 ＝ 　　紅	LEFTMOST	SALIENCY
a. <H>　MM　　　LM 　　φ　紅　　　紅	*!	
☞ b. MM　<H>　LM 　　紅　φ　紅		*
c. MM　　　LM　<H> 　　紅　　　紅φ		**!
d. <H>　MM　　MM　　LM 　　φ　紅　　紅　　紅	*!	
☞ e. MM　<H>　MM　　LM 　　紅　φ　紅　　紅		*
f. MM　　MM　<H>　LM 　　紅　　紅　φ　紅		**!
g. MM　　MM　　LM　<H> 　　紅　　紅　　紅　φ		***!

---

❿　視爲前綴原因是它不改變詞類。

例(29a)和(29d)中，<H>出現於整個韻詞之前，符合「SALIENCY」條件，但違反「LEFTMOST」條件，因爲如此一來重疊詞左邊界就不等於韻詞左邊界了。(29c, f, g) 則說明<H>愈晚出現，違反「SALIENCY」愈多，因而被迫出局。最後留下(29b)(29e)爲最理想輸出值。接下來是有關於聲調連接的問題，牽涉到兩個限制條件。

(30) LINK【TONE】：聲調必須與母音連結。

(31) FAITH【TONE】：輸入值的聲調必須出現於輸出值中。

(32)

<H>　　LM 輸入值 ＝　　紅	LINK【TONE】	FAITH【TONE】
a.　M　M <H>　　LM 紅　　　紅	*!	
☞b.　MM <H>　　LM 紅　　　紅		*
c. M M <H>　　MM　LM 紅　　　紅　　紅	*!	
☞d.　M M <H>　　MM　LM 紅　　　紅　　紅		*

「LINK【TONE】」說明浮游高調<H>必須連接到音節上,方能表現出來。例(32a, c)中的<H>並無連結,而被淘汰。「FAITH【TONE】」則說明音節在輸入時就帶聲調,所以輸出時也應帶其聲調,例(32b, d)不符合此點。<H>在此有主要語意功能,「LINK【TONE】」限制條件排列高於「FAITH【TONE】」限制條件。

綜合以上討論,表語意加強重疊構詞牽涉到下列限制條件:

(33) MAX-IO, REDSIZE = Ft, REDSIZE = σ >> OCP-T

LEFTMOST >> SALIENCY

LINK【TONE】 >> FAITH【TONE】

柒、結語

本論文對閩南語單音節形容詞重疊構詞問題提出探討,主要對「規律派生」觀點的文獻作一介紹和比較。論文後半部更運用「限制條件」爲基礎的優選理論提出另一種詮釋。作者以語意作爲輸入値的動機所在:弱化和強化的輸入不同。儘管表面上二疊兼具兩種語意,因其輸入値不同,產生之輸出値也自然不同。浮游高調<H>扮演語意功能,在輸入値就存在。語意弱化輸入値爲單音節形容詞,重疊時包含音片和聲調,主要牽涉三個限制條件:MAX-IO, REDSIZE = σ, OCP-T。語意加強輸入値爲單音節形容詞外加浮游高調<H>,重疊時亦包含音片和聲調,所牽涉的限制條件:(1) MAX-IO, REDSIZE = σ, REDSIZE = Ft, OCP-T;(2) LEFTMOST>>SALIENCY;(3) LINK【TONE】>>FAITH【TONE】。透過此一分析,希望能提供這個舊議題,一個新觀點與詮釋。

參考書目

【中文部份】

龔煌城 1995 〈臺灣閩南語方言調查研究計劃〉 國科會專題研究
計劃

楊秀芳 1991 《臺灣閩南語語法稿》 臺北：大安

許極燉 1990 《臺灣語概論》 臺北：臺灣語文研究發展基金會

徐桂平&蕭宇超 1996 〈苗栗四縣客家話的三疊變調〉 第五屆國際
中國暨第十四屆全國聲韻學研討會論文

【英文部份】

Archangeli, D & T. Langenoen. 1997. *Optimality Theory*. Oxford: Basil Blackwell.

Bao, Z. 1990. *On the Nature of Tone*. MIT Ph.D. Dissertation.

Chen, M. 1995. "Tone Sandhi." Manuscript. University of California, San Diego.

Cheng, R. 1968. "Tone Sandhi in Taiwanese." *Linguistics* 41: 19-42.

Chiang., W. 1992. *The Prosodic Morphology and Phonology Affixation in Taiwanese and Other Chinese Languages*. Ph.D. Dissertation. University of Delware.

Goldsmith, J. 1976. *Autosegmental Phonology*. MIT Ph.D. Dissertation.

---. 1990. *Autosegmental and Metrical Phonology*. Oxford: Basil Blackwell.

Guo, L. 1998. "A Constraint-based Analysis to Yami Reduplication." Paper for the 5th Annual Meeting of Austranesian Formal Linguistics at Mamoa. University of Hawaii.

Hsiao, Y. 1995. *Southern Min Tone Sandhi and Theories of Prosodic Phonology.* Taipei: Student.

---. 1996. "Optimality and Syntax-Phonology Interface." Report of NSC 85-2418-H-004-002 .

Katamba, P. 1993. *Morphology.* Houndmills: Macmillan.

McCarthy, J. & A. Prince. 1986. "Prosodic Morphology." Manuscript.

---. 1990. "Foot and Word in Prosodic Morphology: The Arabic Broken Plural." *Natural Language and Linguistic Theory* 8: 209-284.

---. 1993. "Prosodic Morphology I: Constraint Interaction and Satisfaction." Manuscript.

---. 1994. "The Emerge of the Unmarked Optimality in Prosodic Morphology." RuCCS Technical Report. University of Massachusetts and Rutgers University.

Ou, S. 1996. *A Prosodic-theoretic Approach to Southern Min Tone Sandhi.* M.A. Thesis. National Chenghi University.

Shih, H. 1997. *An Autosegmental Approach to Jincheng Tonology.* M.A. Thesis. National Chinghua University.

Yip, M. 1980. *The Tonal Phonology of Chinese.* MIT Ph.D. Dissertation.

---. 1989. "Contour Tones." *Phonology Yearbook* 6: 149-174.

《聲韻論叢 · 第九輯》
聲韻學學會主編　頁809～822
臺灣學生書局　　2000 年 8 月

Vocalism in Chinese Dialect Classification

Jerry Norman[*]

Up until the present time consonants, particularly initials consonants, have played a major role in attempts to classify Chinese dialects. These attempts have not been wholly successful. As far as I am aware no one has attempted to use vocalism as a basis for dialect classification. The present note is an attempt to do this.

It has long been recognized that the various reconstructions of medieval Chinese based on the *Chiehyunn* and related works have a very complex vocalism and that the vocalism underlying most modern Chinese dialects is much less complex. In the present paper I will focus my attention on dialects of the Mandarin, Wu, Gann and Shiang groups.

For the sake of convenience, I will examine the vocalism of syllables ending in -n and -ng. This is done solely by way of experiment. Perhaps if we can create a clear picture of the vowels occurring with finals -n and

---

[*]　University of Washington

-ng, we will have taken an important first step in determining the vocalism that underlies the four dialect groups referred to above. Although the various reconstructions of *Chiehyunn* Chinese have often been used as if they were the protolanguage underlying all Chinese dialects, it has long been recognized that many of the distinctions found in this medieval source are not attested in modern dialects. Nonetheless, we can use the set of *Chiehyunn* contrasts to try to determine what a more realistic vowel system for Common Chinese would look like. The ultimate validity of such a system, however, will depend how well it is substantiated by comparative work on the Chinese dialects themselves.

The *Chiehyunn* finals ending in -n, as constructed by Karlgren are as follows:

ân	an/ăn	i̯än/i̯ɐn/i̯en
uân	wan/wan	i̯wan/i̯wɐn/iwen
ən		i̯ĕn/i̯ən
uən		i̯uen/i̯uən

Finals separated by a slash are only very rarely distinguished in modem dialects: thus the original 18 distinct finals can be reduced to 10. The reduced system on which almost all modern dialects are based can be listed as follows:

ân	ən
an (an, ăn)	in (i̯ĕn, i̯ən)

ien (i̯än, i̯ɐn, i̯en)   un (uən)

uân   yn (i̯uĕn, i̯uən)

uan (wan, wǎn)

yen (i̯wän, iwɐn, iwen)

From a phonemic point of view, e (which occurs only after i and y) can easily be identified with a which occurs either without a medial or with -u-. Once this is done the following scheme results:

	ân	an	ən
		ian	in [iən]
uân		uan	un [uən]
		yan	yn [yən]

This is a system with three high vowels (i, u, y) and three non-high vowels (â, a, ə), six vowel phonemes altogether. Most modern Mandarin dialects have lost the distinction between â and a, resulting in a five vowel system: i, y, u, a, ə.   It is interesting to note that in dialects which have preserved the six-way contrast, there is never a distinction between a [a] and â [ɑ].   The distinction is rather between o [ɔ] and â [ɑ], i.e., Karlgren's â grave is a back, lower-mid, rounded vowel. Such a system is best preserved in the Gann dialects.   Cf. Nanchang:

    kɔn 肝   kɛn 根   kan 間

Although the Wu dialects tend to lose final -n, they clearly belong to the same system as Gann.　Cf. Sujou:

kø 肝　　　kən 根　　　ke 間

(<*kon)　　(<*kən)　　(<*kan)

The same vowel system is also contrastive after other types of consonants.

　　As important, if not more important, than the number of vocalic contrasts is the distribution of these vowels, particulary o and a.　In Wu and Gann dialects the vowels o and a contrast in all positions.　This can be shown by the following four sets of Gann forms. (The same exemplary characters are used for all the dialects cited in this section.)

Nanchang 南昌

pɔn[1] 般　　　pan[1] 斑

tɔn[1] 端　　　tan[1] 單

kɔn[1] 干　　　kan[1] 間

kuɔn[1] 官　　　kuan[1] 關

Nancherng 南城

pon[1]　　　pan[1]

ton[1]　　　tan[1]

kon[1]　　　kan[1]

kuon[1]　　　kuan[1]

Gau'an 高安

pɛn[1]　　　pan[1]

ton[1]　　　tan[1]

kon[1]　　　kan[1]

kuɛn[1]　　　kuan[1]

Yichun 宜春

pon[1]　　　pan[1]

ton[1]　　　tan[1]

kon[1]　　　kan[1]

kuon[1]　　　kuan[1]

The following sets of Wu forms show the same patterning

Sujou 蘇州

po¹	pe¹
to¹	te¹
ko¹	ke¹
kuo¹	kue¹

Shanqhae 上海

po¹	pe¹
to¹	te¹
ko¹	ke¹
kuo¹	kue¹

Wushi 無錫

po¹	pɛ¹
to¹	tɛ¹
ko¹	kɛ¹
ko¹	kuɛ¹

Longgaang 龍港

po¹	pɔ¹
to¹	tɔ¹
ko¹	kɔ¹
ko¹	kɔ¹

Uenjou 溫州

pe¹	pa¹
te¹	ta¹
ke¹	ka¹
ke¹	ka¹

Charngjou 常州

pɣ¹	pɛ¹
tɣ¹	tɛ¹
kɣ¹	kɛ¹
kuɣ¹	kuɛ¹

The important thing to notice here is the pattern; *-an and *-on remain distinct after all types of initials, labials, dentals and velars. (The pattern remains the same if we introduce the sibilant initials which I have left out for the sake of simplicity.) Now let us examine some typical Mandarin dialects.

Beeijing 北京

pan¹	pan¹

Tayyuan 太原

pæ̃¹	pæ̃¹

tuan¹	tan¹	tuæ̃¹	tæ̃¹
kan¹	tɕian¹	kæ̃¹	tɕie¹
kuan¹	kuan¹	kuæ̃¹	kuæ̃¹

Note than in Tayyuan the final -ie must come from *-iæ̃ which otherwise is not found in this dialect.

Cherngdu 成都		Shi'an 西安	
pan¹	pan¹	pæ̃¹	pæ̃¹
tuan¹	tan¹	tuæ̃¹	tæ̃¹
kan¹	tɕian¹	kæ̃¹	tɕiæ̃¹
kuan¹	kuan¹	kuæ̃¹	kuæ̃¹

In these dialects Common Chinese *-an and *-on have merged. This pattern is found throughout Northern Mandarin (Li Rong's Beeijing, Beeifang, Jongyuan and Lanyn groups) as well as Southwestern Mandarin (Shinan *guanhuah*). Some Mandarin dialects, however, exhibit a different pattern that is transitional between the Wu-Gann and Northern Mandarin patterns:

Yangjou 揚州		Herfeir 合肥	
puõ¹	pɛ¹	pũ¹	pɛ̃¹
tuõ¹	tɛ¹	tũ¹	tɛ̃¹
kɛ̃¹	kɛ̃¹	kɛ̃¹	tciĩ¹
kuõ¹	kuɛ̃¹	kũ¹	kuɛ̃¹

Charngsha 長沙		Gauyou 高郵	
põ¹	pan¹	pũ¹	pɛ̃¹
tõ¹	tan¹	tũ¹	tɛ̃¹
kan¹	tan¹	kɛ̃¹	kɛ̃¹
kõ¹	kuan¹	kũ¹	kuɛ̃¹

This pattern is very close to the Wu-Gann pattern; it preserves the distinction between *-an and *-on, except that Common Chinese *kon has shifted to *kan. This pattern, it turns out, is typical of the Jiang-Hwai dialects. Note that while Charngsha is conventionally said to be a Shiang dialect, from the point of view of its vocalism it belongs to Jiang-Hwai Mandarin.

Let us now examine the finals ending in -ng. For Common Chinese the following finals can be established using the method applied above:

> âng
>
> iâng (i̯ang)
>
> ang (ɐng, ɛng)
>
> i̯âng
>
> iang (iɐng, iang, ieng)
>
> uâng
>
> uang (wɐng, wɛng)
>
> əng
>
> ing (i̯əng)
>
> ung (ung, uong)

iung (i̯ung, i̯wong)

In dialects in which *-ang does not merge -with *-əng (i.e. non-Mandarin dialects), the main vowel of the final here written *-ang is generally rounded; for the sake of exposition, I will then write this final as *-ong; by the same token, *-iang will be written *-iong. Now let us examine how these finals show up in various dialect groups.

Mandarin dialects show the following configuration.

ong (ang),   iong (iang)

əng (ang, əng),   ing (ing, iang)

ung (ung, uəng)

iung

The critical Mandarin feature is the merger of *-ang with *-əng and *-iang with *-ing.   (The further merger of *-əng and *-ən and *-ing and *-in in many Mandarin dialects has no relevance to our present argument.)

Gann shows the following configuration:

ong, iong

ang, iang

ən (< əng), in (< ing)

ung, iung

In Gann dialects -ang is distinct from -ən (< *-əng) and -iang is distinct from -in (< *-ing). The Wu pattern differs from both the Mandarin and

Gann patterns in that it preserves the distinction between *-əng and *-ang
but merges the distinction between *-ing and *-iang; the Wu pattern is as
follows:

> ong, iong
>
> ang
>
> ən (< əng), in (< ing)
>
> ung, iung

Since all the dialects examined here keep the finals *-ung/*-iung separate
from the others, they will not be discussed further. Following, examples
of the set of contrasts in Gann, Wu and Mandarin will be shown. First the
pattern found in Gann dialects:

Nanchang 南昌

*-ong		*-əng		*-ang		*-iang		*-ing	
p'ɔŋ²	旁	p'uŋ²	朋	p'aŋ²	彭	piaŋ³	餅	pin¹	冰
t'ɔŋ¹	湯	t'ɛn²	藤	laŋ³	冷	liaŋ³	嶺	lin²	陵
sɔŋ¹	桑	ts'ɛn²	層	saŋ¹	生	tɕiaŋ¹	正	tsən¹	蒸
kɔŋ¹	缸	k'iɛn³	肯	k'aŋ¹	坑	kiaŋ¹	驚	in⁵	應

Unless otherwise indicated, the same example characters will be used for all
subsequent examples.

Yichuen 宜春

p'oŋ²	p'əŋ²	paŋ²	piaŋ³	pin¹
t'oŋ¹	t'en²	laŋ³	liaŋ³	lin²
soŋ¹	ts'en²	saŋ¹	tʃaŋ¹	tʃin¹
koŋ¹	k'en³	k'aŋ¹	kʃaŋ¹	in⁵

Fuujou 撫州

p'oŋ²	pen¹	崩	p'aŋ²	piaŋ³		pin¹
t'oŋ¹	ten³	等	laŋ³	tiaŋ³		tin²
soŋ¹	ts'en²		saŋ¹	taŋ¹		tin¹
koŋ¹	k'en³		k'aŋ¹	kiaŋ⁵	鏡	in⁵

Duchang 都昌

boŋ²	ben²	baŋ²	piaŋ³			piŋ¹
doŋ¹	den²	laŋ³	diaŋ³			diŋ²
soŋ¹	dzen²	saŋ¹	tʃaŋ¹			tʃəŋ¹
koŋ¹	gen³	gaŋ¹	tɕiaŋ⁵	鏡		iŋ⁵

The following examples are from Wu dialects:

Sujou 蘇州

bã²	bã²	bã²	piŋ³	piŋ¹
t'ã¹	dəŋ²	lã⁶	liŋ⁶	liŋ²
sã¹	zəŋ²	sã¹	tsəŋ¹	tsəŋ¹
kã¹	k'əŋ³	k'aŋ¹	tɕiŋ¹	iŋ⁵

Shanghae 上海

bã^6	bã^6	bã^6	piŋ^5	piŋ^1
t'ã^1	dəŋ^6	lã^6	liŋ^6	liŋ^6
sã^1	zəŋ^2	sã^1	tsəŋ^1	tsəŋ^2
kã^1	k'əŋ^5	k'ã^1	tɕiŋ^1	iŋ^5

Wushi 無錫

bã^2	bã^1	bã^2	pin^3	pin^1
t'ã^1	dən^2	lã^4	lin^2	lin^2
sã^1	zən^2	sã^1	tʃən^1	tʃən^1
kã^1	k'ən^3	k'ã^1	tɕin^1	in^3

Uenjou 溫州

buɔ^2	boŋ^2	biɛ^2	peŋ^3	peŋ^1
t'uɔ^1	daŋ^2	liɛ^4	leŋ^4	leŋ^2
suɔ^1	zaŋ^2	siɛ^1	tseŋ^1	tseŋ^1
kuɔ^1	k'aŋ^3	k'iɛ^1	tɕiaŋ^1	iaŋ^5

Longgaang 龍港

bo^2	boŋ^2	ba^2	peŋ^3	peŋ^1
t'o^1	daŋ^2	la^3	leŋ^3	leŋ^2
so^1	zaŋ^2	sa^1	tseŋ^1	tseŋ^1
ko^1	k'aŋ^3	k'a^1	tɕiaŋ^1	iaŋ^5

The following examples show the reduced Mandarin system:

Beeijing 北京

p'aŋ²	p'əŋ⁵	p'əŋ⁵	piŋ³	piŋ¹
t'aŋ¹	t'əŋ²	ləŋ³	liŋ³	liŋ²
saŋ¹	ts'əŋ²	ʂəŋ¹	tʂəŋ¹	tʂəŋ¹
kaŋ¹	k'ən³	k'əŋ¹	tɕiŋ¹	iŋ⁵

Tayyuan 太原

p'ɔ̃²	p'əŋ²	p'əŋ²	piŋ³	piŋ¹
t'ɔ̃¹	t'əŋ²	ləŋ³	liŋ³	liŋ²
sɔ̃¹	ts'əŋ²	səŋ¹	tsəŋ¹	tsəŋ¹
kɔ̃¹	k'əŋ³	k'əŋ¹	tɕiŋ¹	iŋ⁵

Cherngdu 成都

p'aŋ²	p'oŋ²	p'ən²	pin³	pin¹
t'aŋ¹	t'əŋ²	lən²	nin³	nin²
saŋ¹	ts'əŋ²	sən¹	tsən¹	tsən¹
kaŋ¹	k'əŋ³	k'ən¹	tɕin¹	in⁵

Yangjou 揚州

p'aŋ²	p'oŋ²	p'oŋ²	piŋ³	piŋ¹
t'aŋ¹	t'ən²	lən³	liŋ³	liŋ²
saŋ¹	ts'ən²	sən¹	tsəŋ¹	tsəŋ¹
kaŋ¹	k'ən³	k'ən¹	tɕiŋ¹	iŋ⁵

Shi'an 西安

p'aŋ²	p'əŋ²	p'əŋ²	piŋ³	piŋ¹
t'aŋ¹	t'ən²	lən³	liŋ³	liŋ²
saŋ¹	ts'ən²	sən¹	tʂəŋ¹	tʂən¹
kaŋ¹	k'ẽ³	k'əŋ¹	tɕiŋ¹	iŋ⁵

Herfeir 合肥

p'ã²	p'əŋ²	p'əŋ²	pin³	pin¹
t'ã¹	t'ən²	lən³	lin³	lin²
sã¹	ts'ən²	sən¹	tʂən¹	tʂən¹
kã¹	k'ən³	k'ən¹	tɕin¹	in⁵

For finals ending in -ng we can see that there is a sharp distinction between the Gann, Wu and Mandarin patterns. In the case of the so-called Shiang dialects, no clear pattern emerges. New Shiang dialects like Chamgsha 長沙 and Hemgyang 衡陽 show the Mandarin pattern. Old Shiang dialects which preserve voiced obstruent initials to some degree are not consistent; some like Shawyang 邵陽 and Wuugang 武岡 show the Mandarin pattern while some others like Loudii 婁底 show a Gann-like pattern. This suggests that the status of Shiang as a separate dialect group should be reevaluated.

Sources of dialect data

Beeijing 北京, Charngsha 長沙, Cherngdu 成都, Herfeir 合肥, Shi'an 西安,

Sujou 蘇州, Tayyuan 太原, Uenjou 溫州, Yangjou 揚州: *Hannyeu fangin tzyhhuey*.

Charngjou 常州, Gauyou 高郵, Shanqhae 上海, Wushi 無錫: *Jiangsusheeng her Shanqhaeshyh fangyan gaykuanq*.

Duchang 都昌, Fuujou 撫州, Nanchang 南昌, Nancherng 南城, Yichuen 宜春: Chern 1991.

Longgaang 龍港: Uen 1991.

聲韻學的科際整合座談會記錄

一、主席報告

張以仁先生：

　　各位貴賓、各位女士、各位先生，大會找我來主持這場座談會，讓我能夠跟各位共聚一堂，聽各位的高見，我感覺到非常榮幸。聲韻學的科際整合是這次會議的主調，三天議程的進行，主要分為三大部分：第一個是聲韻學與經學的整合，第二個是聲韻學與文學的整合，第三大部分是聲韻學與方言學、語音工程、當代音韻理論的整合；一共宣讀了四十二篇論文；並且設計了這個「文學、經學與聲韻學」座談會，讓與會學者有更多互動機會，獲得更多交集點和共識。

　　科際整合的研究構想，口號喊了很多年，在人文學方面，成效是相當有限的。二十幾年以前，語言學家梅祖麟院士同普林斯頓大學教授高友工先生他們合寫過一篇文章，叫做〈分析杜甫的秋興〉，發表在《中外文學》。這篇文章從語言節奏入手，從事文學的批評，當時引起學界廣泛的注意。可是，繼響無聲，一過就是二十幾年，一直到今天，才看到這麼一個專門為「聲韻學的科際整合」設計的會議，匯聚這麼多學者在一堂，不但討論聲韻學，也把經學和文學包含在裡面，這實在令人有無限的感慨與說不出的歡喜。

　　這固然是由於聲韻學本身的客觀條件比較充分，更由於主辦單位的精心規畫，而使得這次會議在眾多的人文學會議之中，顯得非常突

出，向科際整合的研究邁進一大步，這是非常值得欽佩的。我們希望它匯合領導各方面的人馬，浩浩蕩蕩，成爲進入二十一世紀的一個學術的大隊伍。

下面，讓我們展開這次的座談會。我先介紹六位引言人。這六位學者，在全世界知名度都相當高，可是我仍然願意把他們各自的重要成就介紹給大家，以表示我對他們各位先生在學術上的努力和成就的尊敬。

第一位是文學方面的張健教授。張健教授是台大中文系的資深教授，他不但研究文學，他又是詩人，又是散文作家。他的著作等身，沒有一百部也有幾十部，他是了不起的一位學者。第二位是簡宗梧教授。簡宗梧教授是政大中文系的教授，也是政大文學院前院長，他現在擔任教育部顧問室的顧問。他除了聲韻之外，還兼長文學方面的研究，對於中國古文學像《左傳》等他都有專文討論，他最擅長的就是對「賦」的研究，那是國際知名的。以上這二位是文學方面的引言人。

經學方面的引言人，第一位是季旭昇教授。季教授是師大國文系的教授，他對文字學研究以及經學方面的研究，都有很好的成績。他用商周的古文字來討論《詩經》，讓大家刮目相看，雖然他是比較年輕一點，可是學術的聲望已經建立起來了。第二位是孔仲溫教授。孔教授是中山大學中國文學系的教授，現在也是中國文學系的主任。他除了聲韻學之外，兼長古文字學，尤其對於新出的竹簡文字的考釋，他有相當的掌握和創獲，對於文字學、聲韻學和經學相會通的方面，他也有豐富的經驗。這兩位都是經學方面的引言人。

下面是音韻理論和聲韻學方面的引言人。我右邊的這位是鍾榮富教授。鍾教授是高雄師範大學英語系教授，他長於用音韻理論分析漢語

方言，很受學界的注目。差不多十年前吧，我們一起到美國、加拿大去開過會，那時候在一起的學者就對他非常佩服。我左邊另一位是姚榮松教授。姚教授是師大國文系的教授，他主要研究聲韻學，還有方言學、訓詁學；他對音韻理論的內容和發展也都非常熟悉。

這幾位教授今天來作我們的引言人。我們先從文學方面講起，每一個引言人以十分鐘為限，六位引言人發言完畢以後，再開放全場的人士發言，每個人以三分鐘為限。現在就請張健教授發言。

二、引言人報告

㈠文學組發言：

張健先生：

主持人、各位學者、各位同學。我參加聲韻學研討會是非常意外的事情，本次會議的召集人楊秀芳教授兩、三個月前跟我聯絡，她說這個研討會要進行聲韻學和文學的科際整合，所以我就欣然答應了。她讓我在事先跟簡宗梧教授彼此設問對答，結果我們兩個設的題目好像很接近，現在我就盡我所知來講。

主要的一個問題是：聲韻學對文學研究甚至於文學創作能夠有什麼貢獻？我現在談談我的淺見。我們都曉得，中文系的學生，一般講起來，對文學有興趣的居多。在我們台大中文系所大概差不多一半吧。他們有些學生進來以後就會打聽，說我們這個系什麼課最難啊，幾乎一致說是聲韻學。有少數學生就為怕聲韻學直接轉系轉走了，也有些學生因為聲韻學，留校不只一、二年。可以說，對於研究文學，或者對於文學有興趣的學生來說，聲韻學是一種負擔，當然應該說是一種挑戰。所以我們就要來問，到底聲韻學對於我們文學研究或文學創作有什麼用處？

或者聲韻學學者對於我們文學界能夠有什麼貢獻？

　　我們首先想到的是寫詩，廣義的詩，包括詩詞曲。寫詩的時候，要講究平仄，要講究音韻，還要講究節奏感。這三點都是聲韻學裡的課題。當然我們也知道教詩的老師有的對這方面也很專長，他們也可以教得很好。但說老實話，越年輕的教文學、教詩詞的老師，對於聲韻學的素養越遜色。雖然我已經不年輕了，但是這句話說不定也包括我自己在內。如果聲韻學的學者能在這方面幫我們作一些工作，或者教我們一些東西，那是很有幫助的。

　　我現在舉個例。大家都曉得，王易先生的《詞曲史》討論了幾個問題。第一個是對四聲特質的討論。他說「平韻和暢，上、去韻纏綿，入聲韻迫切。」「入聲韻迫切」是大家有共識的，可是我有點懷疑他的「平韻和暢」。平韻包括陰平陽平，陰陽平是不大一樣的，為什麼拿「和暢」兩個字就把它概括了呢？這我非常懷疑。第二呢，「上、去韻纏綿」，上、去韻也不同啊，為什麼兩個字就可以包含兩個不同的調子呢？關於這個問題，如果聲韻學界有一個全面的研究，甚至最後得到一個權威的答案，對於我們研究詩的人、學詩的人、作詩的人，都會有很大的幫助。

　　在王易的書裡，他又特別指出某些韻是表現某種情感的。比方說他舉「東董寬洪，江講爽朗，……眞軫凝重，元阮清新……覃感蕭瑟……覺藥活潑……」等等。這表示說某些韻可以表現某種情感，或者說最適合表現某種情感、某種情調。對於這個說法，我有幾分相信，但是並不完全相信，因為這種判斷是有點主觀的。

　　我記得大約十年前，丁邦新教授寫過一篇論文，他大概就是看了這本書，或者類似的理論，他拿《全元散曲》作研究對象去試驗這個理論到底對不對。我大概記得他的結論是否定的，就是說《全元散曲》裡

面那麼多的作品，不見得都符合王易或者類似的理論，說押某種韻就表現某種情感。這個印象我很深刻。不過我倒是有另外一個不同的看法，就是說如果不是拿《全元散曲》來試驗，因為《全元散曲》大家都知道是全部都收在裡面的，一流的、二流的，甚至二流以下的作品都在裡面。那麼或許拿某種韻來表現某種情感、情調，是一種高水準的要求，是一種藝術上的講究。如果我們拿比方說《元曲三百首》、《宋詞三百首》、《唐詩三百首》，或者其他的選集，比方戴君仁先生的詩選、鄭騫先生的詞選等等，經過選擇的優秀作品，來作這個工夫，可能作出不同的結果來。如果聲韻學界做出來啊，對我們研究文學是很有幫助的。

　　還有比方說響字的問題。我研究文學這麼久，響和啞的問題常常讓我很頭痛。有一個簡單的定義是「響者致力處也」，這是呂本中的主張，指的是詩眼。最精彩的地方就叫響，不精彩的地方就不叫響，或者就叫啞。這跟聲韻學無關。

　　另外還有兩種解法。第一種我舉袁枚《隨園詩話》卷六的說法。他說「葩」跟「花」是同樣的意思，可是「葩不亮」，不亮就是不響；「芳」跟「香」一樣的意思，可是「芳不響」。我覺得很奇怪，為什麼我讀「葩」覺得很響。他好像專門找脣音字的麻煩，脣音字就不響，齒音字就響、喉音字就響，是這樣嗎？這個真的須要研究。

　　另外一種說法也很有道理。這是說一個字響不響，決定於前後文的聲調如何；也會受前後文聲母的發音部位影響，而表現出這一個字或者響、或者啞。這些都沒有定論，讓學文學的來研究，遠不如讓聲韻學家來研究。研究了讓我們坐享其成啊，這該多好。

　　此外我們還可以反省，畢業的中文系學生是不是會覺得聲韻學學了沒有什麼用處。我將來又不研究小學，我也不研究經學，我費這麼多

時間學聲韻學有什麼用？當然學習不同領域的學科會有好處，比方說一個學文學的人你數學學得好，對於你的文學研究一定有幫助，但是這個好處不是直接的。

如果要有直接的好處，我建議大學裡的聲韻學可以設計為兩種課程，讓學生來選。一種就是現在的聲韻學，可以對於將來要研究古典學問，尤其是研究小學、經學等等的人，直接有用處的。另外一種是給那些對文學有興趣的同學，他將來也許去教書、也許從事創作，這些學生也應該有聲韻學的基礎，不過最好是把聲韻學裡面某些比較專門的東西簡化，而把跟文學有關的教給他們。比方說教詩韻，我覺得與其讓詩選老師教，還不如讓聲韻學老師教。又比方說，照我們國語講的，為什麼五微韻裡面也有 uei 也有 i，八齊韻裡面也有 uei 也有 i？這些都可以用一個道理教給學生，讓他們容易記憶，比起他自己瞎摸，要好得多。

還有比方說入聲問題。入聲問題是現在很多學生很困擾的。我有時候覺得，聲韻學如果教最基本的，把學生教會了怎麼辨認入聲，就很了不起了。我是南方人，我還會講家鄉話，我的吳語裡面，大部分的入聲都有，但是我也沒有百分之百的把握，大概就是八、九成的把握。如果能夠把學生教會了怎麼辨認入聲，這個聲韻學就對任何人都有用。時間到了，我就說到這裡為止，謝謝各位。

簡宗梧先生：

主持人、各位女士、各位先生。今天談這樣的一個科際整合，其實我並不在行，或許只是因為我碩士論文寫聲韻學的，後來教文字學，但是研究的方向又轉向賦學。在轉變的過程中，因為基本的訓練不同，所以到賦學裡，提出來的對於賦學的解釋，也大概略有和前賢不同的見

解，也因此在這方面等於說是比較有開拓出新的領域。大概基於這個吧，主辦單位也就要我來談談聲韻學與文學相關的問題。

目前我還是在政大教聲韻學，雖然我一直想要讓出來，還沒有能夠讓成。談到這樣的一個問題，剛剛張教授也提過，其實我們想到的都一樣。不過我總覺得當初中文系開設聲韻學這樣的課程，它主要考量的並不是文學的需要。中文系課程涵蓋經、史、子、集、義理、詞章、考據，在這樣的學術領域中，聲韻學是個基礎工具科目。必須要有這樣的訓練，你才能夠去解讀古代的經典；對於這些文學之美，也才能夠作進一步的欣賞。不過我覺得設課的當時，後者並不是一個主要的考量。

如果設身處地去想，愛好純文學的人進到中文系裡邊來，學習這個課程，實際上真的是會感到很害怕。剛才張老師說的，實際上我也可以現身說法。我所看到的是，他們學生也是這樣講，他們說全班都會到齊的時間是上聲韻學的課。雖然我從來沒有點名，但是他們都會來，因為他深怕這節沒聽，下一節以後沒有辦法聽懂。所以它是一個比較難的課，也有人說聲韻學 pass 大概中文系就可以畢業了，有這樣的說法。因為畏難，甚至會產生排斥的心理。我們現在常常可以看到課堂裡面、交流版上面，都寫著：誰來救救我、救救我的聲韻學。我自己教起來也覺得沒有成就感，怎麼讓大家都這麼來求救呢？

愛好文學的同學比較重視感性的東西，面對這個比較理性推論的知識，實際上真有它的困難度。這個困難該怎麼解決，使他們也能得到這方面的好處，我想這是我們所思考的主題。今天在座大都是以聲韻學為主要學術素養的學者，我想我們應該好好共同來討論這個問題。

聲韻學的知識是不是對文學研究有幫助？當然有，我可以舉我個人的經驗。因為我是從聲韻的辨偽入手去做賦篇的辨偽，於是就寫出了

幾篇觀念跟別人不太一樣的文章，有了一些不太一樣的考證的結果，因此使我能夠在賦學這個領域逐步拓展開來。其實由傳統所謂小學入手而拓展領域成功的典範很多。比如說張以仁老師，他也是從文字、訓詁、當然也包括聲韻這方面，逐漸的走向《人間詞話》的研究，使他能夠更上一層樓，比一般學者有更不同的境界。像丁邦新先生，他後來也很喜歡寫詩，他所寫的詩跟他原先所受的訓練，基本上有很重要的關係。比如在座的陳新雄老師，他後來研究東坡詞，在東坡的詩詞和散文的研究上有卓越貢獻。這幾位先生都藉助於文字聲韻的利器，使他們能夠有更進一步的成就。

我們如果跟學生去講這些例子，實際上可能陳義太高。學生會想，這些典範的人物在哪裡，我根本沒辦法跟他們學，要我去學那些幹什麼？所以我想，是不是我們應該安排兩套或三套的聲韻學教材？對於愛好文學、喜歡感性一面的同學來說，我們應該讓他理解到學聲韻學其實對文學有用，比如說可以教他們怎麼用韻、怎麼掌握節奏，還有聲情的欣賞這一類內容。但這也有一個困難，因為聲韻學課程時間有限，能夠給學生理論基本架構的模糊雛形已經很不容易了，現在要把應用的東西再放進來，事實上沒有足夠的時間。或者如果我們主要講應用的聲韻學，結果因為他基本的理論體系沒學到，不曉得古音的架構是什麼樣，事實上也沒有辦法真正去應用，那又是非常不切實際。

在目前專長領域逐漸區隔的情況下，學中文的人，有的是比較走向於傳統學術的研討，有的是比較屬於文學的研究，有的甚至是屬於現代文學的，在這樣的情況下，我們是不是能因應他們的需求，給他們一個比較能夠接受、而且樂於接受的課程大綱？這個構想，姚榮松先生曾經在彰師大提出一篇論文，提出編成兩套教材的構想。當時正好我是特

約討論人，我甚至提出來應該還可以有另外第三本，那就是怎麼樣在通識課程中，讓學生了解到漢語音韻大體的情形。現在談閩南話、客家話很熱門，但是他們所應用的知識，大部分都一知半解，甚至有錯誤。我們是不是也應該給他一個基本知識的理解作爲一種通識？如果是的話，我們是不是要有一個比較屬於傳統訓練的聲韻學，一個比較屬於古典文學研究者、現代文學研究者的聲韻學，以及其他外系能夠共同了解的一般架構的聲韻學？我在顧問室曾經擬過，看是不是能有這樣子的一個計畫案。如果有適當的人選與組合，我倒是很樂意看到這樣子的一套設計。這個設計只不過是一個綱要，我們還得把架構建立起來，以合乎課堂上的需要。我今天大體上也只是拋出一個問題來，當初我跟張老師在談的時候，焦點還是在怎麼樣教才能夠使學生知道如何應用、使他們感到興趣，幫助他們。我想這些都是問題，作爲引言人，我主要提出這些問題來就教於各位，謝謝。

主持人：

　　這個座談會談聲韻學與文學、經學的整合問題，研究教學的問題都可以談。剛剛兩位教授主要提出兩點，一個是大學要不要開設普通聲韻學以外的應用聲韻學，讓學生能夠把聲韻學的知識應用到其他方面。第二個是針對王易的說法提出懷疑的一個態度。剛好陳新雄教授前天的演講發揮了王易的說法，而竺家寧教授就不是很同意，認爲語言同意義有必然的關係，這是十九世紀一個爭論的話題，到現在又出來了，這個很有意思。現在我們來聽聽經學方面的討論。

㈡經學組發言：

季旭昇：

　　主席、各位師長。前面聆聽了兩位老師談文學跟聲韻的關係。文學是比較迷人的一個領域，但是一遇到聲韻，有些人嚇得要轉系，如果再加上經學啊，大概就要跑光了。經學研究的材料距離現在有兩、三千年，它的內容比較古奧、比較難懂，那聲韻學又是這麼困難，所以如果研究聲韻與經學可以說是難上加難。但是以我個人的經驗，聲韻學恐怕也不是這麼可怕。

　　我記得我民國六十二年開始學聲韻學，當時教我們的是我敬愛的陳新雄老師。陳老師在第一節課講了一段話，讓我們全班同學都非常安心。不知道老師允不允許我轉述老師的這個話？老師的話有一點鄉音，我印象很深。他說「聲韻學一點都不難，只是有點煩，如果耐不住煩，就非常難，如果耐得住煩，就一點也不難。」第一節課聽到陳老師的這一段話，有一種安定的效果。如陳老師所說，聲韻學它是有一點點煩，但是一點也不難。如果我們能夠循序漸進，照著老師給的課程、安排的作業，平心靜氣的，一步一步的去學，那事實上一點都不難。我跟著陳老師學了一年的聲韻學，在老師設計的作業做完之後，很多問題大體上也都能夠了解，並不覺得有什麼特別困難的地方。這個是指一般的知識的部分，專業的部分對我們來說，還是相當艱深的。

　　等到三、四年級慢慢接觸經學，我個人對詩經有比較多一點的愛好，在研究經學的過程中啊，勢必非用到聲韻學不可。研究經學之所以難，就是因為經典記載用的是兩、三千年前的語言，使用的是兩、三千年前的文字，經過秦火以後，它的文字也變了，它的語音系統，兩、三千年來也變了。因此我們現在要解讀經典，文字、語言確實是要克服的第一大困難。如果說聲韻學不好好學，那麼將來在解讀的時候確實會發

生很大的障礙。清儒說過一句大家都很熟的話:「小學明而後經學明」,意思也就是克服了小學這一層障礙之後,經學就可以比較輕鬆的深入其間。以下我就幾個方面來談我個人對這一個專題的認識:

第一個就是,從前的聲韻學家都是經學家。早期研究聲韻的材料主要是以周代的文獻為主,因此要研究上古音,第一個就要把周代的文獻弄熟,尤其是《詩經》。宋代以來開始發展古音學,幾乎每一位學者在《詩經》方面都有相當深的造詣,絕大部分都有跟《詩經》相關的著作。一直到今天,我們可以看到在場很多聲韻學專家,對《詩經》也都非常嫻熟,也都寫過有關《詩經》的作品。由於聲韻學家從經學下手,因此回過頭來說,聲韻學家對經學的幫助也就特別的大。從經學的角度來看,聲韻學家對經學的幫助,第一個是在解讀經典。經典的字辭有很多距離現在已經兩、三千年了,已經很難理解,而書寫的文字形式也改變了;透過聲韻學研究,我們可以追蹤到它最初的原貌。清代的聲韻學家說過,很多的字詞,如果從字面上去解,往往會被誤導,但是如果從聲音下手,我們往往可以知道它真正的意思。

我想舉一個王國維的例子。王國維在《觀堂集林》有一篇〈肅霜滌場說〉,討論《詩經·豳風》「九月肅霜,十月滌場」的問題。《毛傳》說「肅」就是「縮」,霜降而收縮。顯然他是把「肅霜」照字面上來解,就是霜降以後,萬物收縮。「滌場」也是照字面來解,就是到十月以後,農作物一一收割了,大家把曬穀場清理乾淨,準備過年。王國維在這篇文章裏面,他就指出「九月肅霜」我們不能看成說是下霜以後,萬物收縮;「肅霜」、「滌場」其實都是連綿詞。「肅霜」就像「肅爽」,就像「瀟湘」,它的意思就是天氣到了秋天了,天氣寒冷,秋氣蕭瑟。「滌場」就是「滌蕩」、「跌蕩」、「條蕩」、「倜儻」,它們的意思

都一樣。表面上的書寫形式轉變很大，但是透過聲韻來看，事實上它們都是同一個詞。我們看「滌場」跟「倜儻」，字面上差很多，但是如果我們接受王國維的講法，事實上它們是一音之轉，有相同的意思。王國維之後，以這樣的聲韻學知識來解經的專家學者很多，比如說高本漢的《詩經註釋》，裏面絕大多數的例證都是透過高本漢他精湛的聲韻學知識，才能對詩經作出精闢的見解，讓我們中國學者讀了之後，往往覺得非常愧疚。以一個外國學者，他能夠看到我們看不到的地方，能夠解出我們解不出的答案，他的眞正得力處，都在聲韻。

第二個部份，我想很簡單提一點。上個禮拜在台大有一場經學研討會，何澤恒教授提了一篇文章，討論《論語》裏面「五十以學易可以無大過」那一個「易」字。「五十以學易」的「易」或說是《易經》的「易」，或如《經典釋文》所引版本作「亦」。聲韻學家說這兩個「易」「亦」不能通，但是我們從一九七三年定州出土的《論語》看，它就是寫「也是」的「亦」。顯見在漢朝初年，這兩個字確實可以通的。如果說沒有定州《論語》的出版，我們可能就沒有辦法明確的相信它可以通。

我這裏要提出的問題就是，聲韻學家目前做的聲韻研究，可能都是依照標準語來作，可是《魯論》是不是有方言的因素？如果說聲韻學家整理古音系統時，也能夠兼顧到方言的系統，可能我們在古文獻或古文字裡面所遇到的很多聲韻問題，就能夠得到更好的佐證。這一點是我研究經學，熱切盼望聲韻學家能夠給我們的協助。謝謝。

孔仲溫：

主席、在座的師長、各位貴賓。現在由我來跟季教授對談有關經學與聲韻學的關係。剛才季教授從經學的角度談聲韻學能夠爲經學做些

什麼，的確，經學與聲韻學的發展密切相關。剛才季教授講到以小學讀經學的重要性，現在我把那段原文比較完整的提出來。王念孫替段玉裁作《說文解字注》序的時候，他說：「聲音之道明，而訓詁之道明」，他又接著說：「訓詁、聲音明，而小學明；小學明，而經學明。」換句話說，這整個小學明的關鍵在於聲韻學。所以呢，經學要讀得好，聲韻學是一個關鍵。

現在我從另外一個角度反過來說，我們今天要建立上古音系的知識，得透過上古這些經學材料。利用經學材料來了解古代語言，這樣的做法早自六朝就已經開始，他們有所謂協句、取韻、協韻種種改讀的做法。改讀之所以產生，就是因為他們讀《詩經》時，發現用當時的語言讀起來不押韻，於是就從詩經的韻腳中，觀察上古的語言系統是不是跟當時的語言系統有些不同。

不過真正從經典裡頭去構建上古音，是從宋朝吳才老的《韻補》開始。我們姑且不談吳才老的材料對與不對，不過他當時用的幾個材料是值得後人注意的。他用的是《詩經》、《易經》、《尚書》，這些典籍都有押韻的部分。他從這裏去歸納分析，初步構建了上古的韻部系統。

從宋朝以後到明朝，古音學的發展非常清楚。底下像：元朝戴侗，明朝焦竑、陳第，一直到清代的大學者顧炎武，都有重要的成就。從顧炎武的古音十部往下發展，江永分十三部、段玉裁分十七部，這些大學者他們構建上古音韻系統，基本上《詩經》都是最主要的材料。而實際上每一個人對於《詩經》的韻例，閱讀觀點不同，歸部的結果會有差異。我想這就是古音學上學者們對於韻部的分合有不同看法的主要原因。

除了《詩經》這個主要材料之外，我剛才還提到《易經》和《尚

書》。特別值得注意的是，段玉裁他在作《群經韻分十七部》的時候，幾乎整理了所有的經書，包括《儀禮》、《大戴禮》、《禮記》、《左傳》、《論語》、《孟子》，不過他也加進了《楚辭》跟《國語》。顯然他所謂的「群經」是比較廣義的，不一定只是儒家的經典，例如《楚辭》就不是儒家的經典，應該是南方的文學作品，他也加到裡面去。雖然材料不怕多，但是要構建上古的音系，不論我們用什麼材料來討論，你不能丟開這個上古經學的素材，這最基本的材料。因此所有研究古音學的大家，包括章太炎、黃季剛、高本漢、董同龢、陳新雄、龍宇純、丁邦新等，在研究上古音分部問題的時候，都一定從詩經入手。以上這是從構建上古音系看經學與聲韻學的關係。

　　前面的材料主要是用來研究韻部。另外關於聲母的研究，我想最有名的就是錢大昕的《十駕齋養新錄》，他利用經書裏面的素材來討論上古的聲母系統。他的「古無輕唇音」、「舌音類隔之說不可信」這些理論主要就是利用經籍的異文建立的。例如齊國的陳駢又寫爲田駢，從這個異文材料可以推知「古無舌上音」。此外，兩漢、魏晉經學家對古讀的材料，以及聲訓的材料，都對訓解典籍有重要的貢獻。民國以來，黃季剛先生利用經籍異文構建上古的聲母系統，提出古聲十九紐的系統，很多材料正是來自於經籍的異文、古讀，跟聲訓的材料。以上所說是經學材料提供上古聲母系統構建的情形。

　　聲調方面，例如江有誥上古聲調的構建，也是利用《詩經》的押韻。上古聲調到底是四聲一貫？或者古無去聲？或者上古四聲皆備？這些學說都取材於《詩經》的用韻。前天龍宇純先生發表一篇論文〈從聲韻的觀點來讀《詩》〉，提到《詩經》格律平仄的問題，這是個有趣的問題。如果我們去歸納《詩經》裡面平仄的現象，也許可以提供一些《詩

經》聲調的現象，值得我們注意。以上談的是經學材料對聲韻學的一些貢獻。

剛才季教授提到一個問題：經學材料的語言是不是一定都是標準語？會不會有方言的問題？經籍異文產生的原因是不是和方言不同有關？我這幾年花了很多精力在古文字的研究上，發現竹簡有很多異文、假借是非常難解釋的，根據一般的聲韻學知識很難說得合理。明明發現這個字跟那個字可以相通，卻在聲韻學上找不到理論的基礎。我懷疑地下出土的材料也許可以提供聲韻學某些思考的層面，甚至包括複輔音等等的一些問題，我都覺得有一些現象值得再繼續去追索。請大家多多指教。

㈢**聲韻學組發言：**

鍾榮富：

主持人、各位先進、各位師長，還有聲韻學未來的生力軍，大家好。我來這邊是很惶恐的，因為聲韻學對我來說，是一個我剛剛開始探索的領域。我所學的雖然也叫聲韻，但是我所學的大部分都是共時語言的，而聲韻學在我們的想法裡面，大部份都是在做歷史的流變。我從加入中華民國聲韻學會以來，一直想要設法把現在在西方發展的音韻理論，應用到中國的聲韻學裡面來。這是我一直想要做的一件事。

我目前在做的大部份是共時語言研究，特別是客家話和國語的聲韻研究。現在正在寫的是董同龢中古音擬音的問題，這是從中國聲韻學的裡面來看。我一直在思索，傳統的中國聲韻學跟現代西方的聲韻學理論，兩者之間有沒有可能結合？它們之間的關係如何？

這次會議我很高興看到洪惟仁先生發表的一篇文章，這篇文章討

論的問題也是我一直在思索的問題。這個問題是：中國聲韻學處理的問題其實是文獻的問題，它跟語言的本質有一段距離。語言的本質跟傳統中國聲韻學文獻之間如何作一個溝通，如何讓它結合，這是我一直在探索的問題。這個問題在洪惟仁先生的這篇文章中都有談到，我想這是一個很好的起步。

底下我想從三個方向來看：第一個是：所謂現代的音韻理論，從杭士基 Chomsky 一九六八年發展到現在，經過了主要的三個階段：所謂的 SPE（Sound Pattern of English）的階段，還有自主音段音韻理論的階段，還有今天所謂的「優選理論」的這個階段。在這些研究裡，我們可以發現，它們主要是在探索人類的發音。哪些音比較可能發得出來，哪些音比較可以共同連接，哪些音比較不可能……從這個方向來看，如果我們要把現代音韻的理論納到中國聲韻學裡面來，我想最基本的就是需要一本比較粗淺的介紹語言學概論的書。我們希望中文系這邊開設類似的課程，像語言學概論的課程，慢慢讓學生去了解現代西方語言學發展的一些基本看法。

第二個就是說，有沒有可能利用現代的音韻理論研究中國聲韻學關於語音流變和語音擬構的問題？這一點，從西方理論來看，現在逐漸掘起的所謂的西方社會語言學，給我們一個很大的啓示：這個啓示第一個就是音變。音為甚麼會發生改變？音的改變是怎麼產生的？在十九世紀所謂新語法學派那一代，他們認為音的改變是非常有規律的、有規則的，那麼能不能從社會的現象去看呢？剛才各位前輩講到正音和方言，事實上社會各個階層所講的語言也不一樣，那麼社會語言的差異是怎麼產生的？我常常在想一個問題，在朱元璋的辦公室裏面大家講甚麼話呢？你要讓他去學大家讀書人講的話嗎？我想不可能。因為他現在是權

力的中心，所以你只好跟著他講他的話，也就是江南話。明成祖遷都到北京去，江南話跟北京話接觸以後會有怎樣的音變？這都是社會語言學上值得探討的課題。

此外，我們中國的聲韻學從公元六○一年到現在，已經將近一千四百年，我們難道沒有辦法發展出自己的理論？爲甚麼我們一定要跟著西方走？目前在音變方面所發展出來的所謂「詞匯擴散」理論，基本上都是中國的學者用中國的材料、中國的方言所驗證出來的。這個理論目前在中國聲韻學界應用的非常少，事實上我們有很多材料可以利用來擴張、發展這個理論，可惜目前都沒有在做。我們如果要推動聲韻學往前進步，這是一個下一步可以考慮的方向。

最後我要談的是，聲韻學跟電腦科技的結合。聲韻學牽涉到語音，一個是人體怎麼發音，就是所謂的 articulate；另外一個是聲學上怎麼研究。目前電腦上做語音分析的軟體已經很多，像鄭錦全先生就發展出一套語音分析的軟體。電腦作爲聲韻學的應用的工具，可說已經跨了一大步。另外就是說，電腦作爲一個計算的工具，它提供了一個非常好的研究方向。鄭錦全先生所作的計量方言的研究，就是利用電腦計算方言之間的溝通度、相似度。這些軟體現在都已經開發完成，有興趣的人可以往這方面多做。我們目前有很好的閩客方言田野調查的材料，可以利用電腦算出這些方言之間的親疏關係，然後再去看它語音的擬構。一步一步往前走，這種語音的研究會爲聲韻學帶來好處。

另外就是在語料庫方面，目前中央研究院已經有一個很完整的語料庫。這個語料庫是以書寫（written text）的形式儲存，我們還應該發展語音的資料庫。如果有一個語音資料庫，大家以後要做語音方面的研究、聲音方面的分析，就可以有很大的助力。以上我提出三個可能的發

展方向，就教於大家。

姚榮松：

　　各位前輩、各位老師、還有在座同行、同道。大會可能因爲我這個秘書長沒有提論文，所以給我一點機會，本來要談傳統音韻學，好多老師都應該要坐在這個位子。我在推動聲韻學會的過程中，有很多機會接觸這些問題，可以談一些比較現實的問題。剛才前面五位引言人談到聲韻學難學的問題，我想這也許跟中文系的體質有一點關聯，我想我就從這個角度來看。

　　整合的口號喊了好多年，一直沒有能夠眞正推動開來，原因不止一端。其實聲韻學要能夠趕上時代，要能夠跟現代的科際或現代語言結合，並不是光靠我們幾個教聲韻學老師的力量就有辦法，應該是要有整體結合的力量。

　　我記得剛才主持人提到十幾年前鍾榮富先生在美國，他畢業之後加入聲韻學會。後來陸陸續續有殷允美、江文瑜、蕭宇超回來，他們在美國學到最新的音韻理論，都急著找市場發表。我覺得他們學西方理論的人，比較勇於發表，而且喜歡提出新的理論，所以他們一回來都很熱心的加入聲韻學會。在我們出版的八個集子裡面，我們可以看到，從他們剛學回來當時最新的理論，到今天，音韻理論又轉了三個階段了。像剛才說自主理論，又有這個優選理論。我曾經想要跟一跟這些理論，可是實在力不從心，常常會覺得理論一直在變，又不是在專搞西方理論的人，往往看了這篇，看不到那篇。固然想盡可能的把這些西方理論引薦進來，但是理論太多，常常覺得不知道何所適從。不過，如果有比較長的時間可以討論，或者可以組織一個小的 workshop，或者是暑期幾個

禮拜的課。我想將來台灣語言學會成立，他們可以作這種介紹理論的工作。不過他們的面比較廣，我們基本上是希望集中在音韻學理論。如果說我們能夠知古，又能夠知今的話，那我想我們的聲韻學活動不只是今天這麼熱鬧。

在座很多都是從國外回來的，像鄭錦全先生，他是科際整合最成功的一個例子。鄭老師是台大中文系畢業的。還有在座的鄭再發先生。本會二十四號要在中興大學舉辦一天的小型演講會，邀請鄭再發先生談他的詩律學，上下午兩場，我藉這個機會說明一下，它是禮拜一上午九點半到下午四點的演講，我們希望有很多人來參加，可以延續這次會議的主題。他要介紹的這個詩律學，是他長期思考的一個結果，所以用比較長的時間來講。我自己都想去聽。我們回到正題。聲韻學會十七年來為什麼這麼熱絡，這當然跟我們的老師過去引導我們怎麼進入這個領域，息息相關。我們因為學會的活動而眼界開闊，並到處作學術交流，最近幾年我們也出席大陸的音韻學研究會，相互切磋，今年邀請到八位的專家來發表論文，都是很有意義的。

另一方面，我們感覺現在中文系裏面，近年來文學是主流，其他方面包括經學等，都開始萎縮，在聲韻學方面的研究者相對的也少了一點，沒有過去那麼熱。這或許是跟整個大環境有關，許多學生認為要學語言學，就去學現代語言學的那套理論，不需要做很繁瑣的功夫。不過如果要登峰造極，其實還是要耐得住長期的研究。學術人口不旺，也許也跟現代學生追求學位愈快愈好是有關聯的。

去年在彰化的會議是以聲韻教學作為主題，因此我也思考過這些問題。去年八月份我到長春去開會，有一位閩西大學的郭啓熹先生談「文學音韻學」的寫作。後來我買到一本小書，叫做《文藝音韻學》，作者

是沈祥源，好像也對音韻跟文學或其他學科作整合。這次馮蒸先生談戲曲音韻學，也是不斷的在開拓領域，證明了聲韻學領域跟不同的領域是可以結合的。所以看來，我去年談的已有點空疏了。

　　所以我主張中文系應該對這個課程做一點調整，但是這牽涉到整個中文系體質的問題。譬如有些學校在語言學方面的課程還很少，只有少數學校是必修課，例如台大，我覺得這是一個很進步的作法；其他學校例如師大，目前還是選修的多。我覺得音韻學必須要跟語音學配套，而師範院校大多教國語語音學，但是質還不夠，沒有做現代音韻學理上的探討，長期以來只是停留在怎樣把發音發得好。

　　所以，我主張聲韻學教材分成兩種，一種是給中文系的語言文字學專業用，一種是給其他領域的學生用。替學文學的人另編一套聲韻學，如同語言學領域也爲學文學的人編另一種「語言學」一樣。這樣的構想在《聲韻論叢》第八輯中已經發表，請各位參考指教。

主持人：

　　六位引言的先生都說過了，文學方面我剛已稍微提過。經學方面季先生和孔教授他們提出聲韻學對經典解讀的幫助，簡先生也涉及到，他們都提到聲韻學和經學研究的關係，這是一個方面。季先生還提到聲韻研究的改進也許會對經典有不一樣的解讀，孔先生則反過來提到「經學是聲韻學的資料」。我個人在此有一點提示，科際的整合本身似乎是有層次的問題。像對經學方面，它是基礎的，它在解讀這方面，與其說是對經學方面，不如說是對古文字或古字的一個解讀，或者是訓詁的整合，即把它當作一個資料，是對經書本身，還沒有進入核心，不像用聲韻討論文學，它同文學的結合面就廣大，這當中恐怕有層次問題在裡

面。

　至於鍾榮富教授提到音韻理論對聲韻學可能的幫助，他又提到聲韻學和電腦結合建立語料庫，也可以改進對聲韻學的研究，間接對其他學門也有幫助。姚榮松教授提到怎樣運用音韻理論到傳統音韻研究上去，更認為需花更多時間來作理論的、課程的調整。現在時間開放給與會者來討論。

三、討論人發言

師大國研所研究生潘柏年：

　就剛才張健教授、簡宗梧教授的意見，學生以聲韻學後學者深以為憂。因為在討論聲韻學要不要教，教多少之前，應先釐清中文系或國文系的教育宗旨是什麼，必須思索我們的教育宗旨是要培養作家的話，聲韻學可教得淺一點，但如果教育宗旨是要對國學作全盤了解，則聲韻學是有必要的。聲韻學的難易猶如游泳的訓練內容，要由教練決定，而非學生自定。再者，現在有關學生害怕聲韻學是一種假相，因為它很難拿高分。以經學來說，我在周易課上拿了九十五分，就認為我的《易經》很好，事實上因聲韻學一竅不通，我的《易經》也完全沒有獨立研究的能力。許多學生被這類的假相所蒙蔽。其次，我們要耽心受到誤導。害怕聲韻學的一部分原因是學長告訴我們聲韻難學，但也有些學生剛開始的時候討厭聲韻學，但是念了之後對聲韻學發生興趣，我個人就是這樣的例子。

積丹尼：

　最近臺灣的路牌拼音問題上報，我對此也感不安。我想對這個問

題最有資格發言的，就是聲韻學專家。這是難得可以用聲韻學來解決現實問題的機會，而且可以省下政府很多錢。我看除了洪惟仁以外，我們聲韻學的專家少有人發表意見，殊爲可惜，我希望我們要正視這個發言權。

洪惟仁教授：

　　我覺得聲韻學在中文系好像附屬品，課程很少。一門聲韻學實際上它所需要具備的基本知識實在很多，我們所謂「聲韻學」其實是歷史語音學或語音史，或中國音韻史，這是歷史語言學的一部分。要了解這門學問，應該要有歷史語言學的基礎，還有普通音韻學的基礎。如果在大學課程裡只丟給他一個聲韻學，就好像學生未上初中或小學的基礎課，就教他高中的課，學生當然聽不懂。這是課程結構的問題。我希望中文系，即使聲韻學門作爲「少數民族」，也不能少到只有一門課，至少也要有二、三門相關的課，更理想的當如鍾榮富教授講的，應有一門語言學的課，基本核心的語言學的課如語法也很重要，才不會叫學生愈學愈痛恨。

張健教授：

　　回應剛才師大同學的話，剛才因爲只有十分鐘不夠，我講的快一點，他恐未能完全把握我的話。我的重點是現在的聲韻學對某些同學是不必要的負擔，並不是全部，所以我建議有另一種聲韻學。你說你學聲韻學只得六十分，我當年跟許世瑛老師學聲韻學，他是位很好的老師，我學了九十幾分。憑良心講，幾十年來我每天做學問，聲韻學對我的用處眞是非常有限，所以我才建議有另外一種聲韻學。

簡宗梧教授：

我對這位同學的隱憂也說明一下。我目前推動的中文系學程，這套學程要因應各種不同的需要來作規畫。如果我走語言文字研究的路，單學聲韻學是不夠的，正如剛才洪先生所說的。最早的聲韻學是由工具學科的設計演進到理論體系的學科，而現在應該回歸到這門理論體系的學科，原來兩個學期每週三小時，現在變成每週二個小時的課，怎麼來上？不可能的。所以應該做出學程規畫。對一位有研究志向、願意學聲韻學的學生來說，我們也應該提供接受過程不那麼痛苦的方式；不是因為某個小孩怕打針，才讓他去打不會痛的針，而是要讓打針本身就不會痛。

徐芳敏教授：

中文系學生大多仰慕文學而進入中國文學系，這裡還有更基本問題是：中國文學系的定義是什麼？文學是不是就指目前的文學呢？或者是指廣義的跟中國文獻有關的所有學問？如果是前者，那麼文學音韻學這是絕對必要的；如果是後者，問題還包括如何讓國中生、高中生先知道，中國文學系不是只欣賞李杜詩而已，中國文學系還要唸經學、語言學。也許如洪惟仁先生所說的語言學還需加強，可是目前的現況是：許多學生都因仰慕李杜詩而進入中文系，因此聲韻學對他們就很痛苦。要改善這個狀況，要讓中學生知道中國文學系不只唸李杜而已。這裡我要引用北京大學已故的朱德熙教授的話；朱先生本身是由北大物理系轉到中文系的，他說如果想唸聲韻學或者語言學，學生要帶點理工科的特質。國文班上成績高的學生唸聲韻學不一定能得高分，故而中文系未來的規畫，除了課程規畫外，也要分出兩類的學生，甚至兩類以上的學生，作不同的課程規畫。這樣也就比較接近一些理工科的做法，比如數學

系,有純粹理論數學的研究,也有偏向應用數學的研究,學生與課程規畫配合得好一點,也許聲韻學目前這種不上不下的窘境會變好。

陳新雄教授:

　　我民國四十八年開始教聲韻學,到現在剛好四十年,想把我教聲韻學四十年的經驗說一說。我在前面的十年,因為自己對聲韻學的了解也不太完整,所以也很害怕,所以在課堂上也不敢講廢話,兢兢業業在那裡,學生怕得要死,學生也不願意上課。可是我教了十年以後,本身也豐富起來了,這後三十年來,我的課座無虛席,很多人聽過我的課,他們甚至從別班,甚至從別的學校來,他們覺得上我的聲韻學不會無聊,而且很有幫助。比如張健先生問唸聲韻學對文學有無幫助,我舉一個例來說。我們說「陰平陽平是平聲,上聲去聲是仄聲」這話是不對的,因為陰平、陽平裡頭還有一部分是仄聲。怎麼把那些仄聲舉出來?我就告訴學生,我們的ㄅㄆㄇㄈ、ㄉㄊㄋㄌ、ㄍㄎㄏ、ㄐㄑㄒ、ㄓㄔㄕㄖ、ㄗㄘㄙ每一組的第一個聲母如果現在國語念第二聲,一定是仄聲。這個對他們很有幫助。如果再加上一些詩歌的欣賞,告訴他這裡有聲韻之美,豈不是使他興趣更濃厚?如果我們對經學又有一些理解,有時信口念一首詩經,告訴他其中的意思,他們對你簡直服氣透了,恨不得多上一點課。謝謝各位。

主持人:

　　陳先生講到教師本身的問題與對學生的吸引力的關係,我想還有一個情形。現代的中文系,現代文學課程比較多,而古典文學中,大家又趨向於小說的研究,這大概對聲韻的需求就比較少,也是個關係。

唐作藩教授：

關於聲韻學，聽台灣同行的經驗，我學到不少。我自己也教了幾十年音韻學，效果也不太好吧，也碰到同樣的問題。在大陸那麼多學校，總的來說是重理輕文；中文系來說，是重文輕言。這恐怕是相同的傾向。所以怎樣讓音韻學更好的普及，這是今後要努力的方向。在北大，我的音韻學早幾年已交給耿振生了，由他來講啦，因我退休了。有一次他們討論要擴大知識面，要加強中文系的知識，不光是學一點文學，還要選些外系的課，因此得重新調整教學計畫。結果我聽說音韻學給取消了。我很生氣，我說北大音韻學是很傳統，五四以來一直有音韻學，是不能取消的。現在又恢復了。不管它教學效果怎麼樣，但是這門課是不能取消的。

鄭錦全教授：

我提一下語言學理論的問題。我們因為覺得自己做傳統音韻學，說到外國語言學理論就覺得有點自卑，不能夠趕上外國語言學理論的問題。我有另外一個看法。我們在一九六幾年做詞彙擴散理論的時候，最基本的前提是：一、中文已有兩千年文字書寫的歷史，全世界沒有哪一個語言有這麼豐富的文獻，這裡有很多可以發掘的東西。二、漢語方言覆蓋整個亞洲大部分地區，世界上也沒有任何一個方言有這麼多的人口，這麼多的變體。三、從語言特性來說，漢語有聲調，這和其他語言很不相同；非洲語言雖然也有聲調，但是和漢語不太一樣。從這幾點來看，中國語言學或漢語的研究，能夠對語言學理論提出新的貢獻。問題是剛才鍾老師說的從早期的 SPE 到 autosegmental，到現在的優選理論，從這些理論階段的變化中，我們看到很多學生寫的論文有一個危險性，

英文叫做 Reanalysis Linguistics，這些語言學家光拿別人已做出的語料再做分析，以新的語言理論來分析，在新的理論消失後，另一些人拿同樣語料再作分析，這沒有太大意思。每次我看到一篇論文課題，看到一個新的材料，發現新的東西都會跳起來說，「對！應該就是這樣！」拿舊的語料再重新分析沒意思，從我們自己的語言材料去發現理論，才是眞正的理論。從材料中發現新理論，這是最令人高興的。

鍾榮富教授：

　　非常感謝鄭老師的指正，老師這些話以前也講過，我常牢記在心。做語言研究要找語言材料，所以我回國以來，一直都在尋找新語料看是不是能對理論有所啓發。這應該是一條正確的道路。我認爲在這麼豐富的漢語環境，應該試著保持清醒的頭腦，做自己的研究與分析，把我們傳統音韻學理論的架構，應用在新的語言材料上，這是我認爲傳統音韻學與現代語言理論可以互相結合的地方。

姚榮松教授：

　　我願意補充一下課程配套問題。我爲什麼提出兩套教材，並非是要兩套課本懸殊，而只是其中一套藉文學入手把聲韻學知識傳授給他們，這裡要求不那麼高而已，但基本的東西也還在裡面。比如傳統聲韻學的基本方法，審音、正名、明變、旁徵，羅常培、林尹先生的書都這麼提，把這四個要件都弄清楚，學生就有基本的方法可以入手。審音、明變是基本規律，旁徵即方言，所以方言學在這裡配套必不可少。將來大學自主，各校可自行規畫學程，現在有的學校連語音學都沒有，顯然較外文系落後，中文系要培養漢語的專業，語言學、語音學、方言學的

配套都是必不可少的。

主持人結語：

　　整合的座談會到此告一段落，聲韻學與文學、經學、語言學的整合，不但有研究上的，也有教學上的整合，一時也談不完；而整合的對象也不止是文學、經學，文字學、訓詁學都非常有關係。我希望以這個會議作爲開端，將來匯聚大家的力量，在整合的研究上頭，闢出一條大道出來。

　　謝謝各位參與。

編 後 記

　　這本厚厚的論文集，就厚度和論文內容的多樣性，都較「論叢」第六輯不稍遜色，這是去年五月中旬在臺灣大學的盛大研討會的成果，能在短短一年餘集結出版，十分不易。

　　為體現會議主題，大會議程以「聲韻學與經學」作為分場名稱，但該場論文內容比較廣泛，除了詩經議題外，還有工具論、方法論，也有學術思想與學門發展的課題，連同大會的專題演講，現在把它們合併為「通論」一類，名實較符。「聲韻學與歷史比較語言學」一類則是歷史語言學與比較語言學兩類論文的合併，並非嚴格的「歷史比較語言學」。「聲韻學與漢語方言學」一類，也包括了議程上「聲韻學與當代音韻理論」分場的論文，由於後者皆與漢語方言學有關，合併後使各類篇數相當、也較精簡。

　　本輯包羅較多聲韻學界前輩的論述，有九篇是為分場子題特別撰述的主題演講，它們分別排列在各類的前一、二篇。羅杰瑞教授的專題演講是唯一收錄的英文講稿，遷就中、英文排版體例，把它改排在該類的末尾，剛好在所有中文論文之後。至於各類之內的論文次序，大抵依循議程原來順序，特此說明。

　　這次會議在整合議題及每場安排一位特約評論人兩方面都展現了匠心獨運，尤其以座談會總結會議主題，帶動會議高潮，更是別具特色，

座談內容也完整的保存在這本論文集裡。個人認爲沒有大會執行長楊秀芳教授和臺大中文系所有籌備人員將近一年的辛勤奉獻，便沒有這麼豐碩的學術果實。

　　出版過程中，楊秀芳教授和他的助理陳靜芳小姐搜集、整理磁片，錄寫並一再修訂座談會記錄，出版組的陳貴麟及程俊源二位先生負責大部分的校對工作，葉鍵得先生和黃金文小姐並協助三校，學生書局編輯游均晶小姐的聯繫規畫，吳若蘭小姐全方位的打字、排版，他們都付出相當大的辛勞，沒有他們無私的投入，論叢第九輯便不可能這麼早呈現在大家的眼前。謹在此致上由衷的謝意。

秘書長

姚榮松 謹記

民國八十九年五月十五日

國家圖書館出版品預行編目資料

聲韻論叢・第九輯

中華民國聲韻學學會、臺灣大學中文系主編.—
初版.— 臺北市：臺灣學生，
2000[民 89] 面；公分

ISBN 957-15-1016-5 (精裝)
ISBN 957-15-1017-3 (平裝)

1.中國語言—聲韻—論文，講詞等

802.407   89006704

聲韻論叢・第九輯(全一冊)

主　編　者：中華民國聲韻學學會、臺灣大學中文系
出　版　者：臺　灣　學　生　書　局
發　行　人：孫　　　善　　　治
發　行　所：臺　灣　學　生　書　局
　　　　　　臺 北 市 和 平 東 路 一 段 一 九 八 號
　　　　　　郵 政 劃 撥 帳 號 0 0 0 2 4 6 6 8 號
　　　　　　電　話：(02)23634156
　　　　　　傳　真：(02)23636334

本書局登
記證字號：行政院新聞局局版北市業字第玖捌壹號

印　刷　所：宏　輝　彩　色　印　刷　公　司
　　　　　　中 和 市 永 和 路 三 六 三 巷 四 二 號
　　　　　　電　話：(02)22268853

　　　　　精裝新臺幣九○○元
定價：平裝新臺幣八○○元

西 元 二 ○ ○ ○ 年 十 一 月 初 版

臺灣學生書局 出版

中國語文叢刊